吉村昭
昭和の戦争
III
秘められた史実へ

深海の使者
総員起シ
海軍乙事件 ほか

新潮社

吉村昭　昭和の戦争　3

目次

吉村昭　昭和の戦争　3　秘められた史実へ

深海の使者

一

昭和十七年四月二十二日未明、一隻の大型潜水艦がひそかにマレー半島西海岸のペナンを出港した。

空には星の光が残っていたが、夜明けの気配のきざしはじめた海面には、航跡がほの白く浮び上っていた。艦は、朝靄《あさもや》にかすむスマトラ島を左舷方向に見ながら、ベンガル湾に舳《へさき》を向けて進んでゆく。日が昇り、海はまばゆく輝いた。やがて、マレー半島の陸岸が、徐々に後方へ没していった。

前年の昭和十六年十二月八日に勃発した太平洋戦争は、ハワイ奇襲、南方海域の制圧等、開戦前に樹立した日本海軍の第一段作戦計画を予期以上にみたし、第二段作戦の実施に移っていた。その主な作戦計画は、アリューシャン、ハワイ、フィジー、サモア、ニューカレドニア、濠州、ニューギニア、ココス、インドの各要地の占領または破壊であった。

日本海軍は、その計画にしたがって、まず、インドのセイロン島に対する航空進攻作戦に着手し、三月二十六日、*航空母艦五隻を擁する機動部隊をインド洋上に出撃させた。四月五日には、セイロン島南方洋上から*艦攻五十三機、*艦爆三十八機、*艦戦三十六機を放ってコロンボを攻撃、港内商船約十隻を撃沈破、敵機約五十機を撃墜した。

さらにその後、イギリス*重巡洋艦「ドーセットシァー」「コンウォール」、空母「ハーミス型」一、重巡一、輸送船十二隻を撃沈破、敵機約四十機を撃墜、また、別動隊はベンガル湾を攻撃、輸送船約三十隻を撃沈破して、航空進攻作戦は大成果をおさめた。

日本海軍は、これにつづく作戦計画として、*特殊潜航艇（*甲標的）による濠州のシドニーとインド洋沿岸の要地攻撃を決定した。その命を受けたのは、第八潜水戦隊（司令官石崎昇少将）で、戦隊を二分し、*伊号第十、第十六、第十八、第二十、第三十の五潜水艦と第二十四戦隊の商船改造の*特設巡洋艦「愛国丸」「報国丸」（いずれも約一〇、五〇〇総トン）を甲先遣支隊としてインド洋上へ、また、伊号第二十七、第二十九を乙先遣支隊、伊号第二十一、第二十二、第二十四を丙先遣支隊としてシドニーにむかわせた。

インド洋作戦に参加する甲先遣支隊主力は、石崎司令官指揮のもとに、四月中旬、内地を発して前線基地のペナンに集結、同月末、インド洋上へ出撃することに決定していた。そして、ハワイ攻撃で、特殊潜航艇の搭載工事を受け潜航艇を真珠湾内に放った伊号第十六、第十八、第二十の三潜水艦に、それぞれ特殊潜航艇をペナン基地で搭載することも予定されていた。

その作戦部隊に先がけて、伊号第三十潜水艦が、偵察の目的で先発することに定められていたが、四月二十二日未明、ペナンを出港したのは同艦であったのだ。

甲先遣支隊によるインド洋上の作戦計画は、セイロンその他に対しておこなわれた機動部隊による攻撃とは、基本的に異なった性格をもっていた。

機動部隊の作戦目的は、すでに占領した南部ビルマ、アンダマン、ニコバル、マレー、蘭印[*]の防衛態勢を確立することにあって、作戦海域も東インド洋上にかぎられていた。が、甲先遣支隊のめざす作戦は、インド洋を南下、遠くアフリカ大陸の東海岸方面に進出し、点在するイギリス海軍基地を攻撃する目的をもっていた。その作戦は、日本にとって絶対的な必要性をも

航空母艦　軍艦の一つ。航空機を積み、これを発着させるための飛行甲板や格納庫を備える。空母。

艦攻　「艦上攻撃機」の略。航空母艦から発着できる攻撃機。敵の地上目標や艦船への攻撃を主な任務とする。

艦爆　「艦上爆撃機」の略。航空母艦から発着できる攻撃機。爆弾を搭載し敵を急降下爆撃することを任務とする。

艦戦　「艦上戦闘機」の略。航空母艦から発着できる戦闘機。敵機を攻撃したり、味方航空機の護衛または地上戦闘の支援を主な任務とする。

重巡洋艦　大型の巡洋艦（軍艦の一つ。戦艦と駆逐艦の中間に位置する）。基準排水量一万トン以下、主砲の口径六・一インチ（一五・五センチメートル）から八インチ（二〇・三センチメートル）のものをいう。重巡。

特殊潜航艇　旧日本海軍が太平洋戦争で使用した小型潜航艇。目的地近くで母艦から発進し、魚雷攻撃を行なった。

甲標的　旧日本海軍が使用した小型潜航艇の秘匿名称。乗員二名。魚雷二本搭載。

伊号第十　伊号第十潜水艦。旧日本海軍では、排水量が大きい順に潜水艦をイ、ロ、ハ（伊、呂、波）で分類した。「伊号潜水艦」は、基準排水量が一〇〇〇トン以上のものをいう。一等潜水艦。

特設巡洋艦　基準排水量一万トン前後の大型貨客船に砲・魚雷発射管を増設したもの。洋上での臨検・監視、船団護衛などに用いられた。旧日本海軍では、海軍兵力の不足を補うため、民間所有の商船などに兵装・艤装を施し、艦艇兵力の補助として用いた。これを「特設艦船」という。

蘭印　「オランダ領東インド」の略で、現在のインドネシアをいう。

つものではなく、同盟国ドイツの強い要請にもとづいて計画されたものであった。

日本は、開戦後ドイツ、イタリアとの軍事協定締結を企て、昭和十七年一月十八日同協定をベルリンで調印した。その折、日本は東経七〇度線以東、ドイツ、イタリアは以西の海域の敵側軍事根拠地、艦船、航空機を撃滅することを定めた。その境界線は、インド洋の場合インド前面の海域を日本側が担当することを意味していた。

その頃すでに、ドイツは、ベルギー、オランダ、フランス、デンマーク、ノルウェーを占領後、チェコ、ハンガリーやバルカン諸国も手中に納め、さらに、中近東、スエズ、エジプト方面の制圧にも着手していた。それに対してイギリスも、同方面への兵力増強を企て、地中海が独伊側に制せられていたため、遠くアフリカの喜望峰を迂回する補給路を活潑に利用していた。

そうした状況下で、ドイツは、同年三月頃から、イギリス輸送船団の航行する喜望峰迂回コースの潰滅《かいめつ》を企て、日本海軍兵力の進出を強く要請していた。日本海軍としては、太平洋上の作戦に全力を傾注していたので、その求めに応じることをためらっていたが、度重なるドイツの要望を無視することもできず、遂に甲先遣支隊の出撃にふみきったのだ。

先発艦となった伊号第三十潜水艦は、二カ月前の二月二十八日、呉《くれ》*海軍工廠《こうしょう》で完成した基準排水量二、一九八トンの新造艦で、遠藤忍中佐を艦長に瀬戸内海で猛訓練をつづけた後、四月十日、呉を出港した。そして、ペナンで燃料補給の後、作戦海面に先発したのだ。

艦はインド洋上をひそかに西進していったが、艦内には奇妙な空気が淀んでいた。作戦海域はアフリカ東海岸と定められていたが、呉出港時に作戦とは無関係と思われる大量の荷物が艦内に積みこまれていた。その内容は不明であったが、厳重に密封されていることから考えて、かなり機密度の高い積荷と推察された。

乗組員たちは、その積荷をいぶかしんでいたが、さらに、艦内に思いがけぬ海図が搬入されたことに一層疑惑を深めた。海図は、作戦を予定されているインドからアフリカ東岸にわたるもの以外に、喜望峰を迂回してアフリカ西岸からドイツ占領下のフランス沿岸に及ぶ大西洋方面の海図もふくまれていたのだ。

遠藤艦長は呉出発以来かたく沈黙を守っていたが、海図から察して艦がドイツへおもむくのではないかという声が、乗組員たちの間に流れた。そして、厳封された積荷も、ドイツへ輸送される重要物資ではないかと推測されていた。

日本とドイツは軍事同盟を結んでいて、協同作戦を企てていることが容易に想像できたが、両国の間には、一万五千浬《かいり》（三万キロ弱）という長大な距離をもつ海洋が横たわっている。その上、インドをはじめアフリカ沿岸にはイギリスの軍事基地が数多く点在していて、哨戒機*を飛ばし諸艦艇を放って、日独伊三国の艦船の往来をはばんでいる。その危険な封鎖線を突破してドイツへおもむくことはほとんど不可能に近く、日本からドイツへ潜水艦がおもむいたという前例もない。

乗組員たちは、釈然としない表情で艦内の勤務に従事していた。

しかし、艦が進むにつれて、乗組員たちの顔からは、艦の行動をいぶかしむ表情はうすらい

海軍工廠　「工廠」は旧日本陸海軍に所属し、兵器・弾薬などの軍需品の製造・修理を行なった工場。
哨戒機　敵の攻撃を警戒して見張りをする軍用飛行機。

でいった。艦には、第八潜水戦隊の先発艦として、アフリカ東岸のイギリス海軍基地を偵察する重大任務が課せられている。艦の前途には多くの危険が予想されるし、眼前にせまる作戦行動に乗組員たちの緊張は増していた。

伊号第三十潜水艦は、厳重警戒のもとにインド洋上を西進しつづけた。途中、船影も機影もみず、ただ、果しない海洋のうねりがあるだけだった。

艦は、セイロン島南方を昼間潜航しながら遠く迂回し、四月三十日にはアラビア海に潜入した。

その日、無電連絡によって、後発の甲先遣支隊主力の伊号第十潜水艦をはじめ四隻の大型潜水艦と特設巡洋艦「報国丸」「愛国丸」が、石崎司令官指揮のもとに相ついでペナンを出撃、作戦予定海面にむかったことを知った。後発隊は、計画通り伊号第十六、第十八、第二十潜水艦にそれぞれ特殊潜航艇を搭載、伊号第十潜水艦には、*零式小型水上偵察機一一型が格納されていた。

伊号第三十潜水艦は、潜航と水上航走をくり返しながら、アラビア半島とアフリカ大陸の間に横たわるアデン湾にひそかに進入していった。その奥にあるアデン港は、イギリス海軍の重要基地で、有力艦隊の在泊が予想されていた。

五月六日夜、伊号第三十潜水艦はアデン港口に接近、浮上した。

ただちに、零式小型偵察機が、*掌整備長安部与吉特務少尉の指揮で鋭い音をあげて*射出機から放たれた。機は、星明りをたよりに港口附近から港内を入念に偵察し、予定時刻に帰艦した。

艦は、偵察機を揚収すると、急いで港口から離脱、翌七日午前十時三十分、インド洋上を西

進中の甲先遣支隊に、

「ワレ、アデンノ飛行偵察ヲ実施ス。敵軽*巡一、駆*逐艦三、輸送船十ノ在泊又ハ入港中ヲ認ム。湾口附近ニ防備施設ラシキモノ無シ」

と、打電した。

さらに艦は潜航をつづけ、翌日夜にはアデンの対岸にあるアフリカのジブチ軍港に潜入、港口で浮上し、再び偵察機を放った。機は、港内を偵察したが、陸上防空隊に発見され機銃掃射を浴びせかけられて反転し、帰艦した。搭乗員は、

「敵ヲ見ズ」

と、遠藤艦長に報告し、港内には商船六隻の在泊があるのみで、市街地は警戒態勢をとっている気配はなく、灯が煌々《こうこう》とともっていた、とつけ加えた。

その日、後発隊の特設巡洋艦「報国丸」「愛国丸」は、南緯一七度三〇分、東経七六度一六分のインド洋上でオランダ国籍タンカー一隻を拿捕《だほ》、乗組員を乗りこませてペナンに回航させ

零式小型水上偵察機　旧日本海軍において、「零式」の名称は皇紀二六〇〇年（西暦一九四〇年）に制式採用されたことによる。「零」は「二六〇〇」の末尾の「〇」からとったもの。
掌整備長　「掌長」は、旧日本海軍で、整備科などの科長の実務的な補佐を任務とし、兵から叩き上げで准士官（士官の下、下士官の上に位置する官）や特務士官に昇進した兵曹長や特務中少尉が就いた。
射出機　艦艇から飛行機を飛び立たせるための装置。カタパルト。
軽巡　「軽巡洋艦」の略。小型の巡洋艦。基準排水量一万トン以下、主砲の口径六・一インチ（一五・五センチメートル）以下のものをいう。
駆逐艦　海軍艦艇の一つ。魚雷を主要兵器として搭載する、比較的小型の高速艦。

た。また、同日夕刻、石崎司令官のもとに大本営海軍部から、アフリカ東方に位置するマダガスカル島北端のジエゴスアレス軍港にイギリス海軍の有力艦船が集結している、という情報がもたらされた。

石崎司令官は、その電報によってジエゴスアレスを攻撃目標と定め、各艦に同方面へむかうよう指示するとともに、偵察艦の伊号第三十潜水艦に対し、アフリカ東岸沿いに南下して重要基地の偵察を続行するよう命じた。

海上はかなり激しい荒天になって、各艦の航行は困難をきわめた。殊に舷の低い潜水艦は、激浪にもまれ、船体はきしみ音を立てて、波頭にのしあげられ、波の谷間に落ちこんでゆく。各艦の行動は航行の自由を欠き、故障発生がつぎつぎに報告された。

そのような中で、伊号第三十潜水艦も、悪天候にさまたげられながら、石崎司令官の命にしたがってひそかにアフリカ東岸沿いを南下、五月十九日にはザンジバル、ダル・エス・サラームに潜入し、偵察機を射出させた。

その折の飛行偵察でも両港に敵艦艇を発見できず、偵察機は同艦上空にもどってきたが、波浪がはげしく着水できる状態ではなかった。しかし、敵機または敵艦の来襲が予想されたので、偵察機は、強行着水をおこなった。

艦の乗組員が見守る中を、機は激浪の上を跳躍しながら着水したが、波のうねりにフロート*が突っ込んでその一方の支柱が根元から折れ、機は傾いた。

艦では、ただちに二名の搭乗員を救出、機体も艦上に引き上げた。そして、波間に浮ぶフロートを敵に押収されることを防ぐため、機銃で連射して沈めた。

この不慮の事故によって、伊号第三十潜水艦の飛行偵察は不可能になった。

しかし、遠藤艦長は偵察任務の続行を指令し、翌二十日と二十一日の二日間にわたってザンジバル港深く潜入、潜望鏡によって港内を入念に偵察し、

「ザンジバルニハ、出入商船毎日数隻アリ。夜間ハ航海灯ヲ点ジ、哨戒機及ビ艦艇ヲ認メズ」

と、石崎司令官に打電した。

さらに、伊号第三十潜水艦は、反転し北上してモンバサに潜入、偵察行動をつづけた。が、モンバサにも敵艦艇は発見できず、そのまま同港内に潜航して次の指令を待った。

その日、石崎司令官からの暗号電報が入電、ジエゴスアレスに敵艦艇在泊の公算大と予想されるので、至急、同軍港方面に急航せよという指令を受けた。

遠藤艦長は、ただちにモンバサをはなれ、速度をあげて東南方に艦を進めた。

五月二十九日、第八潜水戦隊司令官石崎昇少将指揮の甲先遣支隊五隻の潜水艦は、マダガスカル島北方洋上に集結した。

石崎は、伊号第三十潜水艦によるアフリカ東海岸の重要基地偵察行動の結果、イギリス艦艇の姿は同方面に認められず、大本営情報どおりジエゴスアレスに敵艦隊が集中していると判断した。そして、その夜、伊号第十潜水艦搭載の零式小型偵察機を発進させて、ジエゴスアレス港内を偵察した。

大本営　明治時代以降、戦時または事変の際に設置された天皇直属の最高統帥機関。
フロート　水上飛行機の脚部に取りつけられた浮き舟。

予想は、的中した。港内には、イギリス戦艦ほか多くの艦船が在泊していた。

石崎司令官は、翌五月三十日午後八時〇〇分を期して特殊潜航艇三隻による攻撃を決意し、全潜水艦に潜航して待機することを命じた。

しかし、特殊潜航艇を搭載している三隻の潜水艦中、伊号第十八潜水艦は荒天にもまれている間に機械故障を起し、その修理も間に合わぬことが判明した。そのため、やむなく伊号第十六、第二十潜水艦二隻で攻撃をおこなうことに決定した。

五月三十日、日没後、二隻の潜水艦は、ひそかにジエゴスアレス港内へ潜入した。伊号第十六潜水艦搭載の特殊潜航艇には、秋枝三郎大尉、竹本正己*二等兵曹、伊号第二十潜水艦の特殊潜航艇には、岩瀬勝輔少尉、高田高二二等兵曹が搭乗していた。

午後八時〇〇分、二隻の特殊潜航艇はそれぞれ搭載艦をはなれ、伊号第十六、第二十の両潜水艦は、乗員収容と戦果確認のために同港内にとどまり、潜望鏡で特殊潜航艇の進攻方向を監視していた。

前夜飛行させた零式小型偵察機が発見されたためか、港内には、警戒態勢がとられているらしく市街の灯も消えている。その闇を潜望鏡で凝視していると、約三十分後、港内の一郭で突然大火柱がふき上り、それを追うように右方向でも火柱が闇を彩った。その炎の明るみに、あきらかに大型艦と思われる艦影と大型商船らしい姿が鮮明に浮び上り、*曳光《えいこう》弾の交叉するのが認められた。

特殊潜航艇の攻撃が功を奏したことを確認した石崎司令官は、特殊潜航艇に帰還するよう打電したが、予定時刻をはるかにすぎても両艇は姿を現わさず、その上、港内を疾走する*駆潜艇の*爆雷投下が開始されたので、二隻の潜水艦は潜航艇乗員の収容を断念して港外にのがれ出た。そして、その後、両艇の捜索を続行したが、艇も乗員の姿も発見できなかった。

その夜の攻撃については、イギリス公刊戦史に左のような記録が残されている。

「五月二十九日午後十時三十分頃、敵味方不明の小型機一機、ジエゴスアレス港上空に飛来。敵潜水艦または飛行機による黎明《れいめい》攻撃が予想されたので、それに対処する警戒手段として、*戦艦『ラミリーズ』（排水量二九、一五〇トン）は、三十日午前五時抜錨《ばつびょう》、日没時まで湾内を航行し、海軍航空隊は、黎明と薄暮に哨戒機による哨戒を実施す。

三十日午後八時二十五分、戦艦『ラミリーズ』とタンカー『ブリティッシュ・ロイヤリティー』（六、九九三総トン）が*雷撃を受け、タンカーは瞬時にして沈没。艦首を沈下した『ラミリーズ』は、弾薬、重油を放棄することによって釣合いを復元し、三十一日午後、ダーバンにむかう。

二隻のコルベット（対潜用護衛艦）によって港内を隈なく捜索、疑わしき探知目標に爆雷を投下したが発見できず。

二等兵曹　旧日本海軍の階級の一つ。一等兵曹の下、三等兵曹の上に位置する下士官（軍人の最下級である「兵」の上に位置する官）。

曳光弾　着弾点と弾道との関係がわかるように発光しながら飛ぶ弾丸。

駆潜艇　敵の潜水艦の駆逐を任務とする排水量六〇〇トン以下の小型高速艇。

爆雷　潜水艦攻撃用の爆弾。水中に投下して設定した深さに達すると爆発する。

戦艦　軍艦の一つ。強大な砲力と堅牢な防御力を備え、艦隊の主力となる。

雷撃　魚雷で敵艦を攻撃すること。

数日後、二名の日本人をジエゴスアレスの北方陸上で哨兵*が発見、降伏をすすめたが、抵抗したため射殺。所持していた書類により、豆潜水艦の乗組員であることが判明せり」

この記録によると、特殊潜航艇二隻のうち一隻の乗組員は港内で戦死。他の一隻の乗組員は海岸に上陸、潜伏中を発見され、射殺されたと推定される。

戦艦「ラミリーズ」が損傷を受けながらも離脱し、出撃した特殊潜航艇員全員を失ったことは、甲先遣支隊として不満足な戦果であった。

作戦計画としては、特殊潜航艇による敵艦隊の撃滅につづいて通商破壊戦が予定されていた。そのため、石崎司令官は、敵艦隊の捕捉と同時に輸送船攻撃を企て、アフリカ大陸とマダガスカル島の間に横たわるモザンビーク海峡を作戦海域に定めた。そして、南緯一〇度から二六度にわたる海域を四等分して、伊号第十、十六、十八、二十の各潜水艦を配置、伊号第三十潜水艦はマダガスカル島の東方海面で、特設巡洋艦「報国丸」「愛国丸」はモザンビーク海峡の南方でそれぞれ通商破壊戦をおこなうよう指令した。

各艦は、一斉に担当海面へ散った。作戦開始は六月四日とし、作戦終了後の集合点は、マダガスカル島南端のサントマリー岬南東二五〇浬*の地点と定められた。

潜水艦が放たれたモザンビーク海峡は、アフリカ東部、アラビア半島、インドへ軍需物資を送りこむ連合国側輸送船の重要航路であった。その附近一帯は日独伊海軍の兵力も及ばない海域であったので、輸送船は護衛艦もなく荷を満載して航行し、夜間も警戒態勢をとらず航海灯をともして往来していた。

甲先遣支隊にとって、それらの輸送船群は恰好な攻撃対象になった。担当海面に待機した潜水艦は、作戦開始と同時に輸送船を次々に発見、それらの船に魚雷を発射、浮上しては砲撃を浴びせかけることを繰返した。その作戦は、驚くべき成果をあげ、十二隻の輸送船撃沈が報告されたが、イギリス公刊戦史にも同様の結果が記録されている。

まず、全艦が予定海面に配置された翌六月五日には、伊号第十潜水艦（艦長栢原保親中佐）がアメリカ船「メルビン・H・ベーカー」（四、九九九トン）、パナマ船「アトランチックガルフ」（二、六三九トン）をそれぞれ雷撃と砲雷撃とによって撃沈、伊号第二十潜水艦（艦長山田隆中佐）も、パナマ船「ジョンストン」（五、〇三六トン）を雷撃によって沈没させた。

その攻撃を口火に、翌六日から二十日までに、伊号第十八潜水艦（艦長大谷清教中佐）がノルウェー船「ウィルフォード」（二、一五八トン）を砲撃、伊号第十潜水艦がイギリス船「キングラット」（五、二二四トン）を雷撃、伊号第十六潜水艦がギリシャ船「アギオスジョージスル」（四、八四七トン）、ユーゴスラビア船「スサク」（三、八八九トン）を砲雷撃、伊号第二十潜水艦がギリシャ船「クリストスマーケットス」（五、二〇九トン）、イギリス船「マロンダ」（七、九二六トン）、パナマ船「ヘレニク・トレーダー」（二、〇五二トン）、イギリス船「クリフトン・ホール」（五、〇六三トン）をそれぞれ砲雷撃によって撃沈した。

撃沈隻数は十二隻、撃沈トン数五二、八四〇総トンにおよぶ大成果で、殊に伊号第二十潜水艦は、八日間に五隻の輸送船を海底に沈没させた。

哨兵　見張りの兵。

二五〇浬　約四五〇キロメートル。「浬」は航海用の距離の単位。海里。一浬は一八五二メートル。

その間、伊号第三十潜水艦は、単独でマダガスカル島東方海面を索敵したが、航路からはずれていたためか一隻の船影も見ず、六月十八日に、予定されていた集合点におもむいた。

海面には、五隻の潜水艦が集結し、特設巡洋艦「報国丸」「愛国丸」も姿をあらわした。予期以上の戦果に甲先遣支隊は喜びにつつまれ、石崎司令官は、さらに第二次の通商破壊戦をおこなうことを命じた。

しかし、その作戦計画から、伊号第三十潜水艦のみが除外されていた。同艦は、単艦で重要任務につく予定になっているという。同艦の乗組員は、臆測が的中したことを知った。呉出港時に大西洋の海図と密封された大量の荷が積載されたことから察して、遠くドイツへおもむくのではないかという予想があやまちでなかったことに気がついたのだ。

特設巡洋艦「報国丸」が、伊号第三十潜水艦に接近してくると停止し、太いパイプを伸ばしてきて重油をタンクに満たした。そして、海面に食糧の包みを投げ、伊号第三十潜水艦はそれらを収容した。

燃料と食糧の補給作業が終了すると、石崎司令官は幸運を祈るの信号を送り、伊号第三十潜水艦は支隊とはなれて南西に艦首を向けた。

空は茜色《あかねいろ》に染まり、西日に輝く甲先遣支隊の各艦の姿は遠ざかってゆく。伊号第三十潜水艦は、日本潜水艦として初のヨーロッパへの航行を開始したのだ。

しかし、同航海の成功する可能性はきわめて薄かった。途中の海域はイギリス海空軍基地の支配下にあって、秀れた電波探信儀（レーダー）と水中聴音器、ソナー*の網がはりめぐらされ、通過する艦船を捕捉しようとしている。その鋭敏な触手にふれれば、たちまち爆弾や爆雷が投じられて艦は海底に没してしまう。

そのような危険をはらんだ航海ではあったが、日本海軍のみならず独伊両国にとって、伊号第三十潜水艦に対する期待は大きかった。同艦の任務達成は、杜絶《とぜつ》状態にある日本と独伊両国間をつなぐ新たな連絡路の開発であり、そのパイプが開かれることは、日独伊三国に測り知れない多くの恵みをあたえてくれる。むろん、その行動は生還もおぼつかないものであったが、日独伊三国には、その危険にみちた賭にふみきらねばならぬ事情があった。

二

一年四カ月前の昭和十六年二月、日本からドイツに陸海軍軍事視察団がぞくぞくと入国した。陸軍側は山下奉文中将、海軍側は当時日独伊三国同盟主席軍事委員としてドイツに滞在していた野村直邦中将をそれぞれ団長とし、陸海軍技術権威者四十数名によって構成された大視察団であった。

すでにアメリカの日本に対する経済圧迫は激化し、日本としては、対米戦を念頭に兵器研究の新知識を積極的に導入することを欲していた。そのためには、欧州大陸の大半を手中におさめイギリスとの戦いを優勢に進めていたドイツのすぐれた兵器類を調査し、その技術吸収と軍需器材購入の必要があった。

視察団は、陸軍、海軍と別個に行動したが、海軍は、副団長阿部勝雄少将をまとめ役に団員

ソナー　音波を利用して、水中の物体を探知する装置。

を三班に分ち、それぞれ専門分野にわかれて積極的な技術調査をおこなった。

技術行政担当班は入船直三郎少将を班長に佐藤波蔵大佐を配し、航空班は酒巻宗孝少将を班長に横田俊雄機関大佐、小林淑人、豊田隈雄、内藤雄各中佐、大友博、跡部保両機関中佐、巌谷英一、吉川春夫両造兵少佐、野間口光雄造兵大尉、樽谷由吉造兵中尉、大谷文太郎技師、丹野舜三郎技手等、航空機に関するあらゆる部門の権威者が参加していた。

また、艦艇班は三戸由彦少将を長とし、仁科宏造、頼惇吾両造兵大佐、伊藤庸二、奥明両造兵中佐、喜安貞雄造機中佐、山田精一機関中佐、葛西清一機関少佐、伊木常世造兵少佐、根木雄一郎造船少佐、西武夫技師ら海軍技術陣の俊秀たちによって編成されていた。

かれらは、約四カ月にわたってクルップをはじめドイツの主要な兵器工場や軍事施設を視察、多くの貴重な資料を得、ドイツ側とも技術知識の交換をおこなった。その間、海軍軍事視察団は、戦艦「ティルピッツ」をはじめ多くの艦艇のマストや英仏海峡に面した基地に、異様な装置が備えつけられているのを眼にしていた。それは、X装置と秘称されていた電波探信儀であった。

当時、電波を発しその反射波をとらえて目標物を検出する装置については、日本海軍でも、海軍技術研究所の水間正一郎、日本無線株式会社の中島茂、山崎荘三郎、佐藤博一らによって研究が進められていたが、その水準は低く、実用段階には達していなかった。それに比して、ドイツの電波探信儀はすでに実戦に活用され、しかも、敵国のイギリスはドイツよりも一段と高性能のものを使用していた。

視察団の中にくわわっていた電波兵器研究の権威伊藤庸二造兵中佐は、電波探信儀が驚くべき長足の進歩をしめしていることに愕然とし、ただちに本国へ長文の暗号電報を打って報告すると同時に、視察団長野村直邦中将にその入手方を強く要望した。

野村はただちにその交渉を駐独武官横井忠雄大佐に託し、横井は首席補佐官渓口泰麿中佐とともにドイツ海軍省に譲渡してくれるよう折衝した。海軍長官レーダー元帥からは即座に承諾の回答をつたえてきたが、その輸送方法について一つの条件を提示してきた。

それまで日独間の軍需物資の輸送方法としては、商船を武装したドイツの特設巡洋艦にたよる以外になかった。その行動はきわめて大胆で、大西洋からインド洋へとイギリス海軍の厳重な警戒網を突破して、日本軍の南方占領地や日本内地に姿をあらわしていた。そして、帰途、ドイツに不足していた重要物資の生ゴム、錫《すず》、タングステン、マニラ麻、コプラ*等を満載して、ドイツへ運搬していた。

それらの特設巡洋艦は柳船と秘称され、ドイツからアジアへむかう輸送を柳輸送、ドイツ向け輸送を逆柳輸送と称していた。危険海域を航行するのでイギリス海空軍に捕捉されることも多く、昭和十六年中に南方占領地からドイツへ出港した柳船は、十隻のうち三隻が撃沈または拿捕されていた。

日本側としては、その柳船によって電波探信儀の運搬を考えていたが、ドイツ海軍省は、途中、柳船がイギリス海軍に臨検*または拿捕された折、最高機密に属する探信儀の押収されるこ

コプラ　ココヤシの果実の胚乳を乾燥させたもの。ヤシ油の原料。
臨検　軍艦などが航行中の船舶を、条約違反行為などの有無を確かめるために停止させ、船舶書類の検査を行うことをいう。

とをおそれた。そして、種々検討の末、長大な航続力を誇る日本の大型潜水艦を派遣してくれれば、譲渡の用意はあると回答してきた。

横井海軍武官は、ただちにその旨を海軍省に打電して指示をこうた。折返し暗号電報が送られてきて、潜水艦派遣の準備を進めるから、電波探信儀の譲渡を受けるように努力せよ、とつたえてきた。日本海軍は、対米戦を目前に、ドイツとイギリスの間で電波探信儀が実戦兵器として重要な役割を果していることに慄然《りつぜん》としていたのだ。

さらに、日本海軍省は、電波探信儀の詳細な知識を得るため伊藤造兵中佐の帰国をうながし、その他、技術行政班長入船少将、航空班の班長酒巻少将、小林、内藤両中佐、跡部、大友両機関中佐、艦艇班の仁科造兵大佐、葛西機関少佐にも帰国命令を発した。

それら九名の技術者たちは、対米英蘭戦を企てている日本海軍にとって貴重な人材で、開戦と同時に展開予定の航空進攻作戦に、酒巻少将以下の航空班員を必要としていた。また、ドイツが無血占領したルーマニアの油田地帯を視察した燃料部門の権威葛西機関少佐も、占領を予定しているボルネオ、ジャワ、スマトラ等の南方地域の油田の管理に不可欠の人材と判断されていた。

すでに陸軍側の視察団は、独ソ開戦切迫の気配が濃くソ連との国境が閉ざされることをおそれ、団長山下奉文中将以下団員は、予定を早めてシベリア鉄道で帰国の途についた。それにつづいて九名の海軍側視察団員も同コースをたどろうとしたが、六月二十二日にドイツ軍がソ連領内に侵入を開始していて、その望みは断たれた。

かれらは、やむなくイタリアの双発機*に便乗、ブラジルにおもむいて二班に分れ、伊藤ら四名は、アルゼンチンから貨物船「山浦丸」に乗って、開戦一カ月前の十一月十三日に帰国。また、同じように帰国命令を受けてドイツからブラジルに到着していた頼造兵大佐らも、リオ・デ・ジャネイロから「東亜丸」に乗って帰国の途についたが、横浜港にたどりついたのは開戦後一週間たった十二月十五日であった。

この軍事視察団のドイツ訪問は、日本潜水艦のドイツ派遣を課題として残したが、太平洋戦争の勃発とアメリカの参戦によって、その派遣計画はさらに重要な意味をもつようになった。米・英・ソ・中の連合国側は、協同作戦をおこなうためひんぱんに連絡会議をひらき、兵器技術の交流や軍需物資の支援を活潑におこなっていたが、それとは対照的に、日独伊、ことに日本とドイツ、イタリア両国間の連絡は全く杜絶状態にあった。柳船の封鎖線突破もほとんど不可能になって、相互の連絡は無線通信以外になくなっていた。

そうした状態を打破するため、新たなルートを開かねばならぬという要望が日本と独伊双方で起ったが、航空機による連絡路開発は至難で、わずかに希望のもてるルートは海面下のみであった。

日本海軍は、懸案となっていた大型潜水艦のドイツ派遣を実行に移すことを決意し、竣工したばかりの伊号第三十潜水艦を第一便の遣独艦と定めたのだ。

その計画実務を担当したのは軍令部潜水艦担当部員井浦祥二郎中佐で、ドイツ海軍と電報で打合わせた結果、潜水艦の到着予定地をビスケー湾にのぞむ旧フランス軍港ロリアンと定めた。

双発機　「双発」はエンジンを二基備えている意。

そして、伊号第三十潜水艦艦長遠藤忍中佐をひそかに軍令部へ招くと、ロリアンまでの航行方法について詳細に説明した。

まず、航路上の状況については、基地から発した敵飛行機の索敵距離が五〇〇浬、特に三〇〇浬以内は哨戒密度が濃いというドイツ側からの注意があったので、陸岸より三〇〇浬外を航行するよう指示した。むろん、艦の存在をさとられぬため、敵艦船を発見しても攻撃はせず、ひたすら隠密行動をとることもつけ加えられた。

また、最も重要な航行途中の連絡方法については、艦がアフリカ大陸の南端ケープタウン沖合を通過するまでは、シンガポールの第十通信隊を中継して東京の軍令部から伊号第三十潜水艦に通信し、ケープタウン沖を通過し大西洋に入ってからは、ドイツ海軍本部電信所と直接交信をおこなうこともつたえられた。

その通信については特殊の暗号を用い、これをトーゴーと秘称し、伊号第三十潜水艦の呼出し符号も新たに数種制定した。また、潜水艦からは、敵にその所在を発見されぬため無電の発信も原則として禁じられた。

準備は極秘のうちにすすめられ、同艦には、ドイツ駐在の日本大使館宛の新暗号表等の機密図書以外に、ドイツ側へ渡す雲母《うんも》、生ゴム等の物資と、航空母艦の設計図をはじめとした機密度の高い兵器の設計図が積みこまれた。この第一便潜水艦の出発について、ドイツ側では、日本海軍の酸素魚雷の積載を強く希望してきていた。

酸素魚雷は、ドイツへ派遣された海軍軍事視察団にも参加した頼惇吾造兵大佐が中心になって開発した新式魚雷で、その威力は世界列国の魚雷性能をはるかに引き離したものであった。

爆破力を例にあげると、爆薬量がイギリスの魚雷の三二〇キロを世界最大としているのに対し、日本の酸素魚雷の爆薬量は実に五〇〇キロにもおよび、その上、速度が群をぬいて速い。しかも、雷速三六ノット*の折には、四万メートルという列国の魚雷の射程距離の数倍にもおよぶ数字をしめしていた。

さらに、酸素魚雷は、雷跡がほとんど目立たないという画期的な利点があった。列国の使用していた空気魚雷は多量の窒素を排出して気泡が生じるが、酸素魚雷は炭酸ガスのみを排出する仕組みになっているため、その多くは海水に溶解してしまう。雷跡の確認が困難であることは、敵艦に転舵する機会を失わせることになり、それだけ命中率も高くなる。

このような多くのすぐれた性能をもつ酸素魚雷を、日本海軍は、最高機密の兵器として極秘扱いにし、魚雷に装入される酸素を第二空気または特用空気と呼び、速度、射程距離の計測数値も常に偽りの数字を書き記すことに定められていた。

その存在をドイツ海軍はいつの間にか察知して、実物の譲渡を熱望してきたのだが、日本海軍は、たとえ軍事同盟を結ぶドイツではあっても、日本の誇る酸素魚雷を譲渡することは戦術上重大な影響があるとして、婉曲《えんきょく》に要求を拒絶した。そして、その代りにドイツで研究のおくれている航空魚雷の設計図を積みこませた。

準備はすべて整い、四月六日、軍令部は伊号第三十潜水艦のドイツ派遣を軍機扱いとして連

三六ノット　時速約六七キロメートル。「ノット」は船舶の速度の単位。一ノットは一時間に一海里（一八五二メートル）進む速度。

合艦隊に対し左のような指令を発した。

軍機

大海指第七十七号

昭和十七年四月六日

軍令部総長　永野修身

山本連合艦隊司令長官ニ指示

伊号第三十潜水艦ヲ四月中旬内地発、九月末迄ニ内地帰還ノ予定ヲ以テ欧州ニ派遣シ、作業行動ニ従事セシムベシ

伊号第三十潜水艦のドイツ派遣は、日独両国海軍首脳部の期待から生れたものであった。

三

伊号第三十潜水艦は、甲先遣支隊と別れてから十二日目の六月三十日、インド洋を南下、第一の難関である喜望峰沖に近づいた。

喜望峰には強力なイギリス空軍基地があって、少くとも喜望峰の三〇〇浬沖合を大きく迂回して通過しなければならなかった。

遠藤艦長は、南方に針路を定め、迂回路に艦を進めた。が、その海域は、世界水路誌上にもローリングフォーティーズという名で屈指の難所と明記されている場所で、南緯四〇度を中心

に東西約一、〇〇〇浬、南北約二〇〇〇浬にわたる広大な海面には、常に風速四〇メートル近い西寄りの強風が吹き、激浪が逆巻いている。

しかし、敵からの発見を避けるためには、その難所を突破する以外に方法はなく、艦はためらうことなくその海域にふみこんでいった。

予想した通り、海上は徐々に荒れはじめ、艦が進むにつれて、その激しさは急速に増していった。

風は唸りをあげて走り、高々と聳《そび》え立つ大波浪が、果しなく重なり合うように押し寄せてくる。艦首は絶えず波に突込み、波濤が艦橋*に激突してくる。その度に、艦は、今にも圧壊するのではないかと思われるほど無気味に震動した。

ローリングフォーティーズの真只中に突入した伊号第三十潜水艦は、風波との戦いをつづけた。見張りに立つ乗組員は、ロープで体を艦橋にしばりつけて二時間の当直に従う。波浪は見張り員の体をたたき、短時間のうちに体を無感覚にした。

そのうちに、艦の主機械の安全弁から海水が噴出しはじめ、危険を感じた遠藤艦長は、天候の恢復を待つため水深三〇メートルまで艦を潜航させた。が、五時間後浮上してみても荒天はやまず、艦は再び激浪にもまれながら水上航行をつづけた。

平常な気象状況ならば、その海域の通過は五日間ほどで十分だったが、すさまじい風波にさまたげられて艦の進度は遅れ、六日目にようやくその中央部近くに達するような状態だった。

艦橋　ここでは、潜水艦の上甲板に高く設けられた構築物のことをいう。

艦は航進をつづけたが、ローリングフォーティーズに入ってから七日目に、突然、危機が艦を襲った。主機械の排水口から海水が奔流のように入りこんで、主機械が、両舷機とも故障してしまったのだ。

航行は不能になって、艦は漂流し、風が向い風なのでたちまち引きもどされてゆく。遠藤艦長は、やむなく電動機航走の処置をとったが、それも長時間はつづけられず、艦を逆行するにまかせねばならなくなった。

機関部員は機械の故障個所に取りくみ、ようやく修理にも成功して艦を前進させることができたが、翌日には再び主機械が故障し、艦はまたも激しく引きもどされた。

艦内には、濃い憂色がひろがった。ローリングフォーティーズの波浪は想像を絶したすさまじさで、故障の続出する艦が、その暴風雨圏を突破できる可能性は薄い。ドイツへの道は遠く、艦が目的地に達することはできそうにもなかった。しかし、遠藤艦長は、乗組員をはげまして故障個所の修理につとめさせ、波浪を押し分けるように艦の航進をつづけさせた。そして、二週間後に、ようやく荒れ狂う海域を脱《のが》れ出ることができた。

艦が大西洋に出ると、東京からの無線連絡は断たれ、代りにドイツ海軍本部電信所の通信が入ってくるようになった。が、伊号第三十潜水艦は受信するのみで発信はせず、ひそかにアフリカ大陸西方の海上を北上していった。

陸岸から遠くはなれた海域を進む艦上では、航海長佐々木惇夫中尉と砲術長兼通信長竹内釼一少尉が、夜明けと薄暮の二回、定時に天測*をおこなって艦の位置を計測した。周囲には、ただ海洋のうねりがあるだけだった。

マダガスカル島北方でドイツへの航進を開始してから、一カ月が過ぎた。艦に課せられた使命はドイツにおもむくことだけで、敵艦船を攻撃するなどという刺戟もない。乗組員は、当直で見張りに立つ以外は陽光を浴びることもなく、わずかに食事をすることが時間の経過を知らせる手がかりにすぎなかった。

乾燥野菜と缶詰を副食物にしていたので、食卓にはビタミン補給剤としてエビオスが置かれていた。飲料水は制限され、体を洗うこともできない。やむなくアルコールで体を拭《ぬぐ》うだけであったが、皮膚は厚く垢《あか》でおおわれ、こすると撚《よ》れた垢が果しなく湧いてくる。ことに機関部員は油と汗でよごれ、その体からは異常な臭気がただよい出ていた。

七月中旬、艦はアセンション島西方に達したが、その位置で、見張り員は船影を発見した。急いで望遠鏡を向けてみると、船腹に印された標識で、連合国側の非戦闘員交換船であることが判明した。

遠藤艦長は、発見されることをおそれて潜航を命じた。

その船影を最後に、四囲には海洋のひろがりを見るだけで、艦は順調に北上をつづけた。そして、七月下旬には、地中海の入口にあるジブラルタル海峡の西方洋上に近づいた。

艦内には、使命が無事に達成されるだろうという安堵の色が濃く流れ、佐々木航海長と竹内通信長は慎重に天測をくり返していた。

艦は、危険海域に入りこんでいた。アゾレス諸島にはイギリスの航空基地が設けられ、哨戒

天測　航海者が船の位置を知るために、器械を使って天体の方位や高度を測定すること。

機が厳重な警戒を絶え間なくおこなっている。当然、昼間は水中にもぐって航走する必要があったが、遠藤艦長は、ローリングフォーティーズで二週間も消費してしまった遅れを回復させるため、水上航走をつづけさせた。

八月一日、北緯四〇度、西経一三度の地点で、突然、見張り員が、

「敵機」

と、叫んだ。

遠藤は、ただちに急速潜航を命じ、乗組員も機敏に動いて、艦は海底深く潜航した。その巧みな処置によって艦は危機を脱し、遠く爆雷の炸裂する音をきいただけであった。

その日、艦は潜航をつづけて日没後、浮上し、水上航走に移った。ドイツ側の無線通信によると、イギリス機はレーダーによって艦影をとらえ、激烈な攻撃をしかけてくるという。哨戒機に発見された伊号第三十潜水艦は、再び攻撃を受ける可能性が大きかった。

しかし、遠藤艦長は予定到着日にかなり遅れていることに苛立ち、翌日、夜が明けてからも水上航走を続行した。

その日正午すぎ、見張り員は、東方の空の雲の切れ目に点状の機影が湧くのを発見した。

艦内にブザーが鳴り、遠藤艦長は、

「急速潜航！」

と、命じた。

しかし、機の速度は早く、艦の一部が水面下に没しない間に爆弾が投下された。それは至近弾で、艦が激しく震動すると同時に艦内の灯が消えた。

その直後、

「前管室（前部魚雷発射管室）浸水！」

という絶叫に近い声が、伝声管からふき出した。

艦長は、

「応急灯つけえ」

と、命じた。

応急灯の淡い光に映し出された乗組員の顔に、血の気は失われていた。前管室に海水の浸入した艦の運命は、すでに定まったも同然であった。艦は急速に潜航しているが、それは再び浮上することのない沈下にちがいなかった。

艦長以下乗組員たちの顔には、悲痛な表情が浮んでいた。艦は、甲先遣支隊と別れてから一カ月半航進をつづけてきたが、目的地到達も間近い海域で撃沈の憂目にあってしまった。艦内には機密図書類が詰めこまれ、復路には、電波探信儀をはじめ日本の興亡を左右する機密兵器類の搭載が予定されている。艦に課せられたそれらの使命は、全く無に帰する。と同時に、日本とドイツ両国の悲願であった連絡路開通の試みも、不成功に終るのだ。

艦内には、重苦しい沈黙がひろがった。乗組員たちは、身じろぎもせず立ちつくしていた。

が、しばらくして、前部魚雷発射管室から伝声管をつたってふき出てきた甲高い声に、司令塔にいた者たちは互いに顔を見合わせた。発射管室からは、意外にも、

「前管室浸水はあやまり。浸水なし」

と、報告してきたのだ。

艦長遠藤忍中佐は、伝声管に口を押しつけると、あわただしく反問した。

発射管室からの説明によると、至近弾による衝撃を受けて艦内灯が消えた瞬間、発射管室の中に激しい水の奔入する音が満ちるのを耳にした。そのため、防水処置をとる必要から司令塔に、

「前管室浸水！」

と、急報した。

しかし、応急灯がついて室内を見まわすと、奇妙なことに海水が浸入している気配はない。不審に思って入念に調べてみると、前管室に積み込まれていた多量のビール瓶が割れているのを見出した。つまり、至近弾のはげしい衝撃で瓶が割れ、吹き出したビールの音を海水の浸入音と錯覚したのだ。

艦長は、責任者の軽率さをきびしく叱責したが、その顔には深い安堵の苦笑が浮び上っていた。

敵機の投弾を浴びた最大の理由は、昼間に水上航走をした行動にあった。遠藤艦長は、大本営海軍部からあたえられた「九月末迄ニ内地帰還ノ予定ヲ以テ……」という指示に忠実に従いたかったが、そのためには、喜望峰迂回路のローリングフォーティーズで費したおくれをとりもどさねばならず、危険を予知しながらも水上航行を命じていたのだ。

遠藤艦長は、あらためて太平洋と大西洋の根本的な相違に気づいた。大西洋の戦域はせまく、しかも、イギリスとドイツは海峡をへだてる近距離で対峙《たいじ》している。当然、その間に横たわる海域は、両国海空軍の哨戒圏が互いに深く食い入っていて、潜水艦に対する哨戒・攻撃密度も太平洋方面とは比較にならぬほど濃い。

遠藤は、すでに激烈な戦闘のおこなわれている海面に突入していることをさとり、夜間でも潜航して航走しなければならぬことに気づいた。

艦は潜航し、慎重に針路をヨーロッパ大陸に向けた。速度は毎時平均七ノットで、水中聴音器がかすかな音をとらえる度に、海底深く身をひそめた。航行位置はアゾレス諸島北東方約二〇〇浬で、針路はスペイン領北端に向けて定められていた。

その直後、ドイツ駐在海軍武官からの機密電が入電し、到着港ロリアンまでの航路を詳細に指示してきた。それによると、スペイン領最北端のオルテガル岬沖合の水深一〇〇メートルの海域を通過してビスケー湾に入る。同湾内には、ドイツ海軍が待機していて会合するという。

さらに、その電報では、会合日時を八月六日午前八時とし、その位置にドイツ駆潜艇八隻とＪＵ88型機八機を派遣するともつけ加えられていた。そのＪＵ88型機については、敵機と正確に判別できるように、低翼単葉*の引込脚*をもつ双発機で、頭部搭乗員室が特にふくれている特徴を有している、という注意も添えられていた。

双方の確認方法としては、ドイツ機が伊号第三十潜水艦を発見した場合、機上から信号拳銃*を発射し、伊号第三十潜水艦も、ただちに艦橋上の昇降短波檣*に軍艦旗をかかげることに定め

低翼単葉　「低翼」は飛行機の形式の一つ。主翼が胴体の下端付近についているもの。「単葉」は主翼が一枚のみである意。
引込脚　飛行機の着陸装置で、機内に引き込めるようになっているもの。
信号拳銃　信号弾を発射する銃。
昇降短波檣　伸縮式の短波アンテナ。

られた。

また、イギリス哨戒機の行動は活潑化しているので、会合点までは、完全に潜航して航進するよう厳重な警告もつたえられた。

艦は、機密電の指示にしたがって潜航しながら東進をつづけ、オルテガル岬沖合を通過、ビスケー湾に潜入した。使命達成は間近になったが、艦が定められた時刻に会合地点に達することが出来るか否かは、重大な問題であった。

マダガスカル島附近を発して航行を開始して以来二カ月近く、艦からは陸影を見ることができなかったので、航行位置は、佐々木航海長と竹内通信長が交互に星と太陽によって天測をつづけてきた。が、もしも、その数値にかすかな誤差でもあれば、会合地点におもむくことはできない。艦が進むにつれて不安は増し、佐々木と竹内の表情はかたくこわばっていた。

八月六日の朝を迎え、艦長は艦の動きを停止させた。その海底は、天測の位置測定によれば、指定された会合位置であるはずであった。艦は、海中深く身をひそめ、定められた時刻を待った。

やがて、時計の針が午前八時〇〇分をさした時、遠藤艦長は、鋭い声で浮上を命じた。ビスケー湾はイギリス空軍の厳重な哨戒圏内にあって、会合点の位置を誤って浮上すれば、たちまち攻撃にさらされる危険がある。

艦内の緊張は極度にたかまり、艦は徐々に海面に近づいていった。

潜望鏡が水面上にのびて、あわただしく上空が探られた。レンズの中いっぱいに、明るく澄みきった朝空の青さがひろがった。

「いたぞ」

艦長の口から、甲高い声がもれた。

頭上の空に、機体を光らせた機が翼をかしげて旋回しているのがとらえられた。しかも、その機の形態は、武官電の指示したＪＵ88型機と同型で、機上から閃光が発せられ、その光が尾をひいて流れるのもみえた。ドイツ機が合図の拳銃信号を発射したのだ。

艦内は歓声に沸き立ち、艦は完全浮上すると軍艦旗を揚げた。附近の洋上には、ドイツ海軍の駆潜艇が見え、白波を蹴立てて高速度で近づいてくる。天測はきわめて正確で、その任務を担当した佐々木航海長と竹内通信長は、互いに肩をたたき合って喜んだ。

八隻の駆潜艇が、伊号第三十潜水艦の前後に散ると、前方に五隻、後方に三隻整然とした隊形をとった。そして、伊号第三十潜水艦をつつみこむようにして、ロリアン軍港にむかい進みはじめた。上空には八機のドイツ機が旋回をつづけ、完全に立体的な護衛陣が形成された。伊号第三十潜水艦は、インド洋、大西洋を突破して、ドイツ海軍の勢力圏内に入ることができたのだ。

艦は、軍艦旗を朝風にはためかせながら、到着予定地の旧フランス領ロリアン軍港に近づいてゆく。

前方に一隻の小艇が姿を現わし、伊号第三十潜水艦に接近してくると、横付けになり、艇から日本海軍の士官と長身のドイツ士官が艦に乗り移ってきた。それは、駐独大使館付海軍武官首席補佐官渓口泰麿中佐と、水先案内をするドイツ士官であった。

遠藤艦長は顔を輝かせ、眼をうるませている渓口中佐とかたく手をにぎり合い、渓口の通訳でドイツ士官とも挨拶を交して水路の選定を託した。

艦は再び動き出したが、ロリアン軍港の港口に近づくにつれ、想像を絶した厳重な防備施設がその全容をあらわしてきた。渓口中佐の説明によると、イギリス本土基地から発進した敵爆撃機は一時間以内で飛来し、連日のように港の防備施設をはじめ出入港の艦船に激しい銃爆撃をつづけているという。つまり、ロリアンは、ドイツの重要な海軍基地であったが、同時に戦場でもあったのだ。

　乗組員たちの眼に、大型のドイツ機が海面をなでるように超低空で飛ぶのがみえた。それはイギリス空軍機が湾口に投下した*機雷を排除するためのもので、機の下部に環状の電磁石をとりつけ、磁気に感じた機雷を爆発させているのだという。事実、大型機がかすめすぎる海面には、轟音とともに大きな水柱が立ちのぼっていた。

　乗組員たちは、戦慄した。かれらは、その附近一帯が機雷におおわれた海であることを知ったのだ。

　いつの間にか、前方護衛にあたる駆潜艇に一隻の異様な形をした船が先航しているのがみえた。それは、伊号第三十潜水艦を機雷から守るための機雷原突破船であった。

　港内施設が前方に見えてきた。上空には多数の*防塞気球が揚げられ、港の海岸線には、巨大な壕のようなものが並んでいる。

「ブンカーだ」

　渓口中佐が壕のようなものを指さして言った。それは潜水艦の防空壕ともいえるもので、一つのブンカーに二隻または三隻の潜水艦を収容できるという。

　入港にそなえて艦の乗組員は*第一種軍装に着かえていたが、艦長からの指令もない極秘の内地出発であったので、夏季には不釣合いな紺色の制服を身につけて舷側に整列していた。

艦が曳船《えいせん》によってひかれはじめた。ブンカーの平坦な屋上には多くの人々がひしめき、しきりに手をふっている。そして、艦がブンカーの入口に接近した時、突然のようにドイツ海軍軍楽隊の演奏する日本国歌の旋律が流れた。
思いがけぬ国歌吹奏に、乗員たちは感動に眼をうるませて、直立不動の姿勢で立ちつづけていた。

四

ブンカーの内部構造は、乗組員たちを驚嘆させた。艦を繋留《けいりゅう》する桟橋以外に、潜水艦の修理・整備のためのドックや工場まで設けられている。上方をおおう屋根は、七メートルの厚さをもつ鉄筋コンクリートで、超大型爆弾の投下にも十分に堪え、内部の潜水艦を完全に守護している。当然、イギリス空軍機は爆撃を断念して、ブンカー入口の水路に向け航空魚雷を放つ攻撃方法をとることが予想された。が、その魚雷攻撃に対する処置も万全で、ブンカー入口の外方には魚雷を防ぐ堅牢な金網が張られ、さらに、港の各所に防塞気球も揚げられている。もしも雷撃機が来襲しても、まず防塞気球に侵入をさまたげられ、たとえ魚雷が投下された場合も、防雷網にふれて炸裂するという二段がまえの防備がなされていた。

機雷　「機械水雷」の略。多量の爆薬を堅固な容器に詰めて水面、水中、水底に敷設・係留し、接触あるいは接近する艦船を破壊する兵器。ここでは、磁気機雷をいう。近くを通る艦船の磁気に感応して爆発するもの。
防塞気球　重要都市や軍事施設などで、敵機による低空からの攻撃を防ぐために上空に係留される気球。阻塞気球。
第一種軍装　旧日本海軍の軍人が着用した冬用の紺色の制服。夏には、第二種軍装の白い制服を着用する。

伊号第三十潜水艦の繋留されたブンカーの桟橋には、ドイツ潜水艦隊司令官デーニッツ大将以下高級幕僚と駐独海軍武官横井忠雄海軍大佐*をはじめ大使館員多数が出迎え、デーニッツ大将が遠藤艦長に握手し、その行動に讃辞を送った。

乗組員たちは、ドイツ士官の案内で潜水艦基地隊内に設けられた歓迎会場に入った。そこには、日独両国の国旗がかかげられ、遠藤艦長の感謝の辞の後に、祝宴がくりひろげられた。

乗組員は、その日、ドイツ駐在の杉田保軍医大尉の健康診断を受けた。見張り当番にあたる者をのぞく大半の者たちは、二カ月近く艦内で陽光を浴びることもなかったので、顔は青白く、疲労の色が濃かった。が、加療を必要とする者はなく、少数の者をのぞいて乗組員たちは艦をはなれ、休養所に送られた。そこは深い森につつまれたフランスの豪壮な館で、さまざまな娯楽設備がそなえつけられ、疲労を十分にいやすことができた。

その間、伊号第三十潜水艦に積載されていた機密兵器と設計図や軍需物資がおろされ、海軍武官を通じてドイツ側に譲渡された。さらに、五月十九日、ザンジバル、ダル・エス・サラームの飛行偵察後、着水時に片方のフロートを失った零式小型水上偵察機一一型も、本国の許可を得てドイツ側に贈られた。それらの譲渡は、ドイツ海軍に大きな喜びをあたえた。

また、伊号第三十潜水艦長遠藤中佐は、内地出発前、軍令部から「伊三十潜ハドイツ側ニ見学セシメ差支ナシ」という指示を受けていたので、ドイツ海軍潜水艦関係者を艦内に招き入れて見学させた。

ドイツ潜水艦関係者にとって最大の驚きは、艦の大きさであった。ドイツ潜水艦隊の主力は、七百トン級の七型潜水艦と九百トン級の九型潜水艦で、排水量二千トンを越す伊号第三十潜水艦よりはるかに小型であった。そのため、伊号第三十潜水艦は、ドイツ潜水艦——Uボート(Unterseeboot)が二隻又は三隻格納できるブンカーにおさまりきれず、その艦尾部をブンカーの外に突き出していた。

かれらは、入念に艦内を見学し、遠藤艦長らの詳細な説明を受けた。その折、かれらは伊号第三十潜水艦に対するいくつかの疑点を指摘した。

その第一点は、エンジン系統や補機類*が、ドイツ潜水艦にくらべて騒音がはげしすぎるということであった。

潜水艦の最大の防禦《ぼうぎょ》法は敵に発見されぬことであり、殊に水面下にある時は、敵の水中聴音器にとらえられぬように行動しなければならない。音響を発することは潜水艦にとって致命的なことであり、敵艦艇が接近した時には、言葉を発することも控えなければならない。

そうした潜水艦の宿命を考えると、伊号第三十潜水艦の騒音は忌《い》むべきことであり、ドイツ士官の一人は、

「まるで太鼓をたたいて航行するようなものだ」

と、辛辣なことまで口にした。

遠藤艦長は、顔をしかめた。伊号第三十潜水艦は竣工したばかりの新造潜水艦であっただけに、その批判は意外だった。

高級幕僚　「幕僚」は軍隊で、指揮官に直属し、その職務の補佐、作戦・用兵などの計画に参与する将校。

補機類　「補機」は、船舶の航行に使用するメインエンジン以外の機関をいう。

しかし、その後、遠藤はUボートを視察したが、たしかにエンジンその他の騒音は少く、床などにも足音を消すような特殊な配慮がはらわれていることを知った。建造技術的にみると、日本潜水艦のエンジン部などの据付けがボルトで直接しめつけられているのに対し、ドイツ潜水艦の場合は、鉄板の両側をゴム板ではさみつけたものをボルトでしめる防震間座がほどこされていた。

ドイツ潜水艦関係者は、伊号第三十潜水艦の船体の大きさにも疑惑の眼を向けた。かれらは、搭載魚雷数から考えてみても、百名の乗員を必要とする伊号第三十潜水艦と三十名の乗員で足りる七百トン級のUボートの魚雷搭載量がほぼ同数であることは、日本潜水艦が劣っている証拠だという。

この指摘は、或る意味で当を得ていたが、そのような潜水艦関係者のいくつかの批判は、日本潜水艦とドイツ潜水艦の、戦闘方法と作戦海域の根本的な相違を考慮にいれなかったことから生じたものであった。

騒音の点については、たしかに日本潜水艦が批判されても仕方はなかったが、それも作戦海域の差からきたものであった。ドイツ潜水艦の行動する海域はせまく、イギリス海空軍は、おびただしい哨戒機と艦艇を放ってその撃沈につとめている。つまり、イギリス側の対潜密度はきわめて濃く、必然的にドイツ潜水艦は、その追及をのがれるために、騒音を発しないことを設計建造の重要な眼目の一つにしていた。

それに比して、太平洋の作戦海域は広大で、対潜密度も薄い。その結果、日本潜水艦関係者は、音に対してドイツ海軍よりも神経をはらうことが少かった。が、そのような事情はあっても、騒音発生についてのドイツ潜水艦関係者の指摘は、日本海軍の反省すべき課題であった。

日本潜水艦の大きさを不必要だと難じたドイツ側の指摘については、ドイツ駐在武官首席補佐官渓口中佐と遠藤艦長の説明で、ドイツ士官たちもその批判を撤回した。

まず第一に、ドイツ潜水艦は、その攻撃目標を敵の輸送船団に置き、いわば通商破壊戦を主眼にし、その魚雷発射位置も、敵船団の三〇〇メートルから八〇〇メートルの至近距離でおこなわれる。作戦海域がせまいので航続力も少くてすむし、小型艦で十分に作戦目的は果せられる。

しかし、日本潜水艦は、通商破壊戦を目的にしたものではなく、戦艦、巡洋艦、駆逐艦、空母等によって構成された艦隊と協同作戦をおこなうように設計・建造されていた。当然、艦隊に随伴することを可能にするため航続力は大でなければならず、速力も早くなければならない。速力を例にあげれば、ドイツ潜水艦と日本潜水艦の水中速度は八ノットから一〇ノットと変りはなかったが、水上航走では、ドイツの一六ノットに比して、二三ノット以上と日本潜水艦の速度がはるかにすぐれていた。その他、通信能力や大型双眼望遠鏡の設置等、太平洋上を行動するための設備と規模の大きさを必要としていた。また、日本潜水艦は、敵艦艇に対し数千メートルの遠距離から数本の魚雷を散開させて発射する。ドイツ潜水艦と異なって、その攻撃方法も大規模であった。

このような必要性から、潜水艦も大型化せざるを得なかったわけで、エンジンも大きく、そのために騒音発生をうながしていたと言ってもよかった。

しかし、ドイツ潜水艦が、戦力としては無に等しい碇《いかり》や鎖を排し、ベッド数、食卓なども最小必要限度におさえる等、日本海軍の学ぶべき点が多かった。

そのような討議がおこなわれている間、乗組員たちは、十分に休養をとり、ドイツ側の好意でパリ見物にも行った。

ドイツは、冬季戦にソ連軍の反撃にあって退却していたが、夏季攻撃を開始して有利な戦いを進めていた。また、北アフリカ戦線でも、ロンメル*機甲軍団がイギリス軍に大打撃をあたえ、ドイツ国内には戦勝気分があふれ、占領地のパリも平穏だった。

*下士官・兵たちは、通信長竹内釼一少尉の引率でパリ市街を歩き、娯楽場も見物してのんびりした日を過した。また、竹内少尉をのぞく士官の艦長遠藤中佐、航海長佐々木中尉、先任将校西内正一大尉、機関長中野実大尉の四名もベルリンにおもむいて、ヒトラー総統の招待を受け、特に艦長は*クロス勲章を授与されたりした。

ドイツ軍最高首脳部は、伊号第三十潜水艦による日独連絡路の開通を喜んでいた。

伊号第三十潜水艦のロリアン到着までに、ドイツ駐在の日本海軍武官は、その出迎え準備を着実に進めていた。その実務を担当したのは首席補佐官渓口中佐で、最も力を注いだのは電波探信儀の日本への輸送であった。

ドイツ側は、電波探信儀の譲渡を確約していたが、その譲渡を一層効果的にするため、構造、操作方法を日本人技師に習得させて、電波探信儀とともに潜水艦で日本へ送ったらどうか、と提案してきた。

渓口は、その申し出を諒承し、ドイツ駐在の技術監督官松井登兵機関中佐に日本人技師の人選を依頼した。松井は、伊藤庸二造兵中佐とともに軍事視察団にくわわって行動した電気部門の専門家で、伊藤の帰国後もドイツにとどまって電波探信儀の調査にあたっていた。

松井は、即座にフランスに駐在している日本海軍監督官助手鈴木親太技手を推薦した。鈴木は、東京物理学校卒後、海軍技術研究所をへて艦政本部*第三部陸上班長として無線兵装、無線電信所設置等の作業にたずさわり、昭和十四年末、フランスに派遣されてから無線電信関係の調査・研究に専念していた技手であった。

六月中旬、松井中佐は鈴木技手をベルリンに招くと、ドイツ語の個人教授を受けさせた。そして、三週間後には、ベルギーのドハンに疎開していたドイツ海軍電測学校に連れてゆき、特別実習生として入学させた。

習得期間は一カ月で、松井中佐は、鈴木に全力を傾けて電波探信儀の知識を得るように厳命した。

鈴木は、入学の目的を知らなかったが、X装置と秘称されていた電波探信儀の実習にとりくんだ。最大の障害は教官のヘルビック少尉の口にするドイツ語で、わずか三週間の個人教授を受けただけの鈴木には、その説明を理解することはおぼつかなかった。

そうした鈴木に、ドイツ語の堪能な松井中佐が付添ってヘルビック少尉の言葉を通訳し、鈴

機甲軍団　戦車・装甲車・自走砲などを装備した機動力のある部隊。
下士官　軍人の階級の一つ。兵（軍人の最下級）の上に位置する官。旧日本陸軍では曹長・軍曹・伍長、旧日本海軍では一等兵曹・二等兵曹・三等兵曹（昭和一七年一一月以降は上等兵曹・一等兵曹・二等兵曹）などをいう。
クロス勲章　鉄十字の意匠を象った勲章。ドイツで戦功のあった軍人に授与された。鉄十字章。
艦政本部　海軍艦政本部。旧日本海軍の海軍艦船・兵器の計画・建造・修理などを任務とした機関。

木の頭脳に電波探信儀の知識をたたきこませることにつとめた。鈴木も熱心に勉学にはげみ、仏独、仏和、独和、独英、英和、英独の六冊の辞書を買いこみ、宿舎にもどってからも深夜まで授業内容を理解することに努力した。

一カ月が経過し、松井中佐がヘルビック少尉に実習成果をただすと、

「鈴木はよく努力した。十分に頭に入ったようだから、安心してよい」

という答えを得た。

松井中佐は安堵して、鈴木を伴ないベルリンにもどると、鈴木のまとめた報告書をドイツ駐在海軍武官横井忠雄大佐に提出した。

鈴木技手は、その後、ドイツ士官の案内でドイツから旧フランス、旧オランダ領の海岸に設けられた要塞地帯をまわって、電波探信儀の実戦に使われている状態を見学した。海岸線には随所に電波探信儀基地が設置され、電波探信儀がイギリスのテームズ河口やドーバー海峡を航行する商船の姿をとらえると、その位置に長距離砲の砲口を向けて砲弾を発射していることも知った。

その頃、鈴木は、イギリスのロンドン放送で、日本潜水艦がドイツの軍港に到着していることを耳にした。イギリスは、伊号第三十潜水艦をビスケー湾へ潜入する前に二度哨戒機で発見し、その上、フランスで活動している諜報員からの通報でドイツ到着を知っていたのだ。

しかし、鈴木は、日本潜水艦で故国へ帰れるとは思ってもいなかった。「便アリ次第帰国セヨ」という指示が艦政本部から来てはいたが、海路も空路も閉ざされているので、帰国は諦めていた。

前線視察からもどって間もなく、かれは、武官会議出席のためベルリンに滞在していた駐仏海軍武官細谷資芳中佐から、旅装をととのえて至急ロリアン軍港におもむくよう命じられた。

鈴木技手は、いぶかしみながらも、パリにもどると身仕度をととのえてロリアンに行き、指定された宿舎に入った。

かれは、そこで無聊《ぶりよう》な日々をすごしていたが、八月二十二日の午後、不意にドイツ士官が訪れてくると、車で軍港に連れて行かれた。案内された場所はドイツ潜水艦基地の建物で、内部では、伊号第三十潜水艦の乗組員たちが、パリから出張してきていた日本料理店牡丹《ぼたん》屋の主人の料理の接待を受けていた。

鈴木は、ようやく潜水艦で帰国できることを知った。

その日、日没と同時に出港が予定されていたが、気象状況がきわめて悪く、出発は延期されると想像された。しかし、ドイツ側の忠告によって、予定通り出港することになった。ロリアン軍港を出てから通過しなければならぬビスケー湾は、イギリス海空軍の哨戒圏内にあって、電波探信儀とソナーを駆使してドイツ艦船を一隻ももらさず撃沈しようとねらっている。それを避けるためには、むしろ荒天の日が好ましく、しかも、夜陰に乗じて突破する必要があったのだ。

日没がせまると、あわただしく出港準備がはじまり、艦がブンカー外に引き出された。鈴木は初めて伊号第三十潜水艦を眼にしたのだが、艦は、意外にも黒色塗料がはがされ、Uボートと同じ明るい灰色をした白っぽい塗料がぬられていた。

日本潜水艦にぬられていた黒色塗料は、潜航した折に敵機から最も視認できない色として採用されていたのだが、その色を眼にしたドイツ潜水艦関係者は、飛行機から発見され易い色だと言って非難し、明るい灰色に塗装すべきだと主張した。

この塗料問題は、太平洋と大西洋の海の色の相違からくるもので、黒潮の流れる太平洋では黒色がふさわしいが、明るい大西洋では不適当であった。そうした事情から、大西洋突破を企てる伊号第三十潜水艦は、ドイツ工員の手で白色に近い色にぬり直されていた。

艦は、港内に全容を現わすと、すぐにエンジンを始動させて動き出し、ドイツ機の護衛のもとに港口へむかった。そして、港外に出ると、ただちに海面下に没し、ビスケー湾に潜入していった。艦には、多量の密封された荷が積みこまれていた。艦長以外はその内容を眼にした者はなく、鈴木技手も、飛行機格納筒に、雷波探信儀がドイツの四連装*機銃などの機密兵器類にまじって納められていることを知らなかった。

艦は、潜航しながら、針路を北東に定めてひそかにビスケー湾を進んでゆく。その上方の海面には激しい風波が吹き荒れ、黒雲にとざされた夜空は、濃い闇につつまれていた。

五

艦は潜航をつづけ、荒天を利して、無事にビスケー湾を脱出することができた。そして、アゾレス諸島北方を潜航したまま遠く迂回すると、直角に艦首をめぐらし、水上航走に移って南下した。

長い旅がはじまった。危険海域を突破した艦には、喜望峰迂回コースの荒天海域がひかえている。艦の進行は、順調だった。

ロリアンを発してから一カ月たった九月二十二日、伊号第三十潜水艦は、喜望峰沖のローリングフォーティーズを通過した。往路と同じく海は荒れ狂っていたが、追い風に押されてスピードが増し、故障発生もなく突破することができた。

艦がインド洋に入ると、乗組員の顔は明るんだ。マダガスカル島東方を通過、北東への航進に入ると、艦内に淀んでいた重苦しい空気もぬぐい去られた。艦は、安全な海域にたどりつくことができたのだ。

艦長は、特定の暗号で軍令部に航行位置を打電、十月十日頃マレー半島西岸の前線基地ペナン入港の予定もつたえた。

それまで伊号第三十潜水艦のドイツ派遣は、敵側の攻撃をおそれて極秘にされていたが、同艦が安全海域にたどりついたことを知った大本営海軍部は、国民の戦意をたかめるため、その事実の公表を決定した。そして、九月二十五日午後四時三十分、左のような大本営発表を行った。

一、帝国海軍兵力の一部は大西洋に進出し、枢軸海軍と協同作戦行動に従事中なり

二、（略）

三、大西洋方面作戦中の帝国潜水艦の一隻は、最近欧州の独某海軍基地に寄港し再び作戦海域に向け出動せり

また、同日、ドイツ総統大本営も同様の発表をおこない、日独両海軍の協同作戦が開始されたことを誇示した。

翌日の日本の新聞には、大本営発表文とそれに付随する記事が第一面を大きく飾り、波濤を

四連装機銃　一つの銃座に四門の機関銃を並べて装備したもの。

蹴って進む日本潜水艦の一部をうつした写真も掲載されていた。大本営発表にある「……再び作戦海域に向け出動せり」という字句は、あたかも伊号第三十潜水艦が依然として大西洋方面にあるかのようによそおったもので、インド洋を帰航中の同艦の位置をさとられぬための処置であった。

伊号第三十潜水艦の存在は、華やかな光輝につつまれた。開戦直後からの懸案であった日独両国間の連絡に成功し、機密兵器その他の交流を実現させることもできた。殊にドイツの電波探信儀を、その技術習得にあたった鈴木親太技手とともに日本に送りとどけることは、日本に多くの戦術的な利益をあたえるはずだった。

十月八日未明、伊号第三十潜水艦は、インド洋を横断し、遂にマレー半島西岸にある日本海軍基地ペナンに入港した。乗組員たちの顔には歓喜の色があふれ、久しぶりに生鮮食料品を口にし、機関部の者たちも外気を吸い、まばゆい陽光を浴びた。

ペナンで燃料、食糧を補給した艦は、十月十日夜、出港、マラッカ海峡に入った。すでにその海域は、日本海軍の制海圏下にあるので危険は感じられなかった。

艦は、そのまま日本内地の呉軍港へ直航する予定になっていたが、ペナンで海軍省兵備局からの暗号電報を受けとっていた。それによると、同艦がドイツで積みこんだ*エニグマ暗号機のうち十台をシンガポールでおろすように指示していた。そのため、予定を変更してシンガポールに寄港することになったが、その指令は、同艦の行動一切の指示に任じていた軍令部では全く知らぬ独断的な指令であった。

艦は、マレー半島を左舷方向にみてマラッカ海峡を進み、十月十二日にはシンガポール近くに到着した。が、夜間入港は坐礁と港内敷設の機雷にふれる危険があるので仮泊し、夜の明けるのを待った。

その間に、シンガポールに置かれた第十特別根拠地隊*は、同艦に対して入港日時を指定すると同時に、港口に安全水路の水先案内をする嚮導艇《きょうどうてい》を配置する、と暗号電報でつたえてきた。しかし、伊号第三十潜水艦は、その指示を諒解することができなかった。従来の暗号表が十日ほど前に変更されていて、艦はペナン基地で新しい暗号表を受けとっていた。が、同艦がドイツへの出発から内地帰着までは、軍令部からあたえられた特殊の暗号表によって電報を解読することになっていたので、新暗号表を黙殺していた。そのため、第十特別根拠地隊からの暗号電報も、解読することをしなかった。

夜も明けはじめた頃、艦は航進を開始し、シンガポール港外に達した。朝の陽光に海は輝き、水路入口にむかう白い伊号第三十潜水艦の姿は奇異なものに見えた。

艦が水路入口に近づいた時、あきらかに嚮導艇と思える艇の近づくのが見えたが、遠藤艦長は、ためらうことなく水路に入ることを指令した。シンガポールは日本の占領した重要基地で、入港に危険は全くないと判断したのだ。

しかし、シンガポールの水路には、イギリス海軍の敷設した機雷が数多く残されていた。日本海軍は、シンガポールを占領後、その機雷原を海上からの敵艦艇の侵入をふせぐために逆に

エニグマ暗号機　一九一八年にドイツで発明され、ドイツ軍に採用された電気機械式暗号機。
第十特別根拠地隊　「根拠地隊」は旧日本海軍の陸上部隊の一つ。占領地などに置かれた臨時の海軍基地の防衛・管理を任務とした。

利用していて、幅約三〇メートルの安全航行路を設け、その部分の機雷を除去していたにすぎなかった。

伊号第三十潜水艦は、水路を不安気もなく進んでゆく。むろん、それは安全な水路ではなく、海面下には機雷の群れがひしめき、潮流に押されてゆらいでいた。

しかし、艦は機雷にふれることもなくその上を通過しつづけた。丁度、満潮の時刻にあたっていて海面はふくれ上り、海底から鎖で結ばれていた機雷の群れは、同艦の艦底にふれることがなかったのだ。

艦は、機雷原の上を通過して、ケッペル港外の錨地《びょうち》に入り、停止した。乗組員は、明るい市街を満足そうにながめていた。

遠藤艦長は、ただちに上陸して第一南遣艦隊司令部*におもむき、司令長官大川内《おおこうち》伝七中将にドイツからの帰国報告をし、さらに、第十特別根拠地隊司令部にも挨拶におもむいた。すでに大本営発表もあって、両司令部では遠藤を歓待し、遠藤の説明する航海状況とドイツの軍事施設の話に耳をかたむけ、その労をねぎらった。

遠藤は昼食にも招待されたが、両司令部の者たちは、伊号第三十潜水艦が未掃海の機雷原の中を入港してきたなどとは想像もしていなかった。入港前に掃海区域を確認するのが常識であったし、同艦が、当然、掃海図を入手して安全水路を入港してきたと思いこんでいた。

その間に、伊号第三十潜水艦からは、海軍省兵備局の依頼にしたがってエニグマ暗号機が陸揚げされ、乗組員は半舷上陸*した。かれらは、嬉々としてシンガポールの繁華街を散策した。

内地を出港して以来、六カ月間が経過していた。その間、かれらは、十六日間のドイツ領滞在をのぞいて、敵の眼と耳をおそれながら苦しい航海をつづけた。が、シンガポールに帰着することによって、その大航海が終了し、重大な使命も果せたと思っていた。

艦長以下乗組員たちの顔からは、緊張の色が跡形もなく消えていた。かれらは、欧州派遣の第一便としての任務を果した輝かしい存在でもあった。

内地帰還を急ぐため、その日の午後四時出港と定められた。定刻になると、艦長以下上陸していた乗組員が艦に集った。

艦長は、全員に対してその労をねぎらう訓示をおこなった。乗組員たちの顔には、一週間後に内地の土をふむことのできる喜びの表情があふれていた。

午後四時〇九分、伊号第三十潜水艦は抜錨し、ゆっくりと艦首を南支那海方面への水路に向けた。十分後には、「第一戦速*」の指令が発せられ、艦は水路に向けて進みはじめた。乗組員は配置につき、先任将校西内大尉は、塗料のはげかけた艦橋の日の丸を塗り直すことを兵に命じた。それは、内地帰航を急ぐ明るさにみちた出港であった。

しかし、その出港は、水路通過の常識から大きくはずれたものであった。南支那海方面にむかう水路にも、イギリス海軍の設置した機雷群がそのまま残され、わずかに第十特別根拠地隊の手によって機雷を除去された安全水路があるのみであった。

第一南遣艦隊　「南遣艦隊」は旧日本海軍の部隊の一つ。仏印（「フランス領インドシナ」の略で、現在のベトナム、カンボジア、ラオスの三国をいう）駐留を目的として編制された。
半舷上陸　艦船の乗組員を半分に分け、一方を当直とし、他方を上陸（休日外出）させることをいう。
第一戦速　「戦速」は「戦闘速度」の略。旧日本海軍では、一八～三〇ノットまでを五段階に分けていた。

その安全水路は、伊号第三十潜水艦の抜錨した商港から約三〇メートルの幅で一直線に進み、その後、左方へ直角に曲って南支那海方面にむかっている。その水路確認のために、所々に標識ブイがおかれていた。

しかし、艦長も航海長も、それについての指示を根拠地隊から受けることを怠っていた。慎重で老練なかれらが、それを忘失したのは、長い航海での心身の過労と使命を達成した喜びが緊張感を失わせていたからにちがいなかった。

伊号第三十潜水艦の出港を眼にしていた者は少かったが、商港近くの港務部*の見張り員は、その動きを凝視していた。かれは、同艦が安全水路を無視して、妙な方向に進んでゆくのをいぶかしんだ。ためらいもなく進む艦の動きに、新たな安全水路が設けられたのかと思った。

時刻は、艦の入港時とは逆に干潮時にあたっていた。機雷の群れは、海面近くにゆらいでいた。伊号第三十潜水艦が「第一戦速」の指令のもとに水路への航進を開始してからわずか三分後、突然、すさまじい炸裂音とともに艦の前部に大きな水柱がふき上った。艦が機雷に接触し、前部が粉砕されたのだ。

艦はたちまち前方へ傾き、出港直後でハッチがすべて開いていたので、海水は奔流のように艦内へ流れこんだ。艦は、艦首を突きこむようにして、またたく間に海面下へ没していった。

その光景を目撃していた港務部見張り員から、事故発生が第一南遣艦隊、第十特別根拠地隊両司令部に急報された。司令部内は、色を失った。部員たちは、狼狽しながらも乗組員救助のため商港から多くの小艇を沈没海面に急行するよう指示した。その附近の海には鱶《ふか》が多く、救助は急を要した。

艦の死者は十三名で、遠藤艦長をはじめ他の者たちは小艇に救出されたが、かれらは虚脱状態で海岸に膝を屈していた。苦しみに堪えながら大航海を経て使命達成も間近いと喜んでいたかれらは、たちまち悲嘆の淵に突き落されたのだ。

伊号第三十潜水艦の沈没事故は、シンガポール根拠地隊から軍令部に緊急電で報告された。その電文を受けとった潜水艦担当部員井浦祥二郎中佐の顔から、血の色がひいた。かれは、ただちに軍令部総長にその悲報をつたえた。

伊号第三十潜水艦の沈没事故は、日本海軍を失望させた。四カ月を要してドイツにおもむき帰途についた同艦が、日本内地への到着を目前に、シンガポール港内で機雷にふれて爆沈するなどということは、予想もしていないことであった。

人的被害は比較的少かったが、ドイツから譲渡された電波探信儀（レーダー）その他機密兵器類が設計図とともに海中に没してしまったことは、戦術上の重大な損失であった。

伊号第三十潜水艦のドイツ派遣を企画し実行を指揮していた軍令部は、深い憂色につつまれた。同艦が沈没した根本的な原因は、シンガポール商港への寄港であった。軍令部では、同艦にペナンから内地の呉軍港に直航する指示をあたえていたのに、海軍省兵備局は、それを無視してドイツから搭載してきたエニグマ暗号機をシンガポールでおろすよう指令した。伊号第三十潜水艦長遠藤中佐は、その兵備局の命令にしたがって予定を変更し、シンガポールに寄港して沈没の災厄にさらされたのだ。

港務部　軍港要港に設置され、港の警備、艦船の繫留、出入渠、救難、防火、検疫などを任務とした。

軍令部では、独断的に命令を発した兵備局に対して厳重な抗議を発したが、同艦が沈没してしまった事実の前には、その抗議もむなしいものであった。軍令部としては、早急にその収拾策にとり組まねばならず、まず、伊号第三十潜水艦の沈没事故を極秘扱いとすることに決定した。すでに同艦がドイツとの連絡に成功したことは、大本営発表として華々しく公表されている。その潜水艦が爆沈してしまったことが洩れれば、日本国内の戦意をおとろえさせると同時に、敵国側を狂喜させることにもなる。

軍令部は、厳重な緘口令《かんこうれい》をしいた上で、沈没艦の処置について検討した。最も望ましいのは、同艦を浮揚させて修理をほどこし内地に回航することだが、とりあえず、ドイツから運んできた艦内の機密兵器類と関係図書をできるだけ多く揚収することが先決だ、ということに意見が一致した。

幸い、シンガポールには、第一南遣艦隊に所属する第百一海軍工作部が常駐していた。

同工作部は、セレター軍港を本部とし、イギリス海軍が破壊して残していった海軍工廠《こうしょう》を復旧して主工場としていた。また、ケッペル商港にあった二個所の公営造船所を三菱神戸造船所に経営を委託し、セレター本部の分工場を三菱昭南造船所として艦船の修理をおこなわせていた。セレター本部の造船所には大型ドックも備えられ、佐世保海軍工廠員約三百名が現地人工員一万名を指導して作業に従事していた。

工作部長は、佐世保海軍工廠造機部長から転任した赤坂功少将で、造船課には、課長玉崎坦造船中佐のもとに福井静夫、北村源三両造船大尉ら海軍技術関係の俊才が配置され、三菱昭南造船所には、氏家所長のもとに工務部長清水秀夫以下三菱重工神戸造船所の所員が現地人工員約二千名とともに勤務していた。

　玉崎中佐は、潜水艦に関する技術的知識が豊富で、殊に沈船引揚げについては海軍屈指の権威と称され、多くの難作業を指揮した経歴をもっていた。昭和十四年二月には、呉工廠造船部設計主任牧野茂とともに伊号第六十三潜水艦の揚収作業に関係して、それを成功に導いたが、その沈没位置は、実に水深九三メートルという深海であり、潜水作業の世界最深記録であった。

　その他、かれの手がけた作業は枚挙にいとまないが、前年の昭和十六年十月には、壱岐《いき》水道の水深六五メートルの海底に沈没した伊号第六十一潜水艦の引揚げ作業にも成功していた。その折には、北村源三造船大尉も玉崎の部下として作業に従事した。つまり、シンガポールには、沈船引揚げの秀れた知識と経験をもつ玉崎、北村両技術士官が配属されていたのだ。

　軍令部は、ただちに海軍艦政本部と連絡をとり、事故発生の報告を受けてから一時間ほど後には、早くも第一南遣艦隊司令長官に対し、

「可能ナ限リ艦内搭載物ノ揚収ニ万全ノ御配慮アリタシ」

と、打電した。

　第一南遣艦隊司令部は、第十海軍特別根拠地隊司令部に命じ、第百一海軍工作部と緊急合同会議を開くよう指示した。それによって、根拠地隊司令部では、先任参謀*山崎貞直大佐以下参謀が会議室に集合し、機関参謀蓮沼進機関大尉が第百一海軍工作部事務室に電話連絡をとって

三菱昭南造船所　「昭南」は太平洋戦争中、旧日本軍が占領中のシンガポールにつけた名称。
先任参謀　「先任」は、先にその任務・地位についている意。「参謀」は旧日本陸海軍で、高級指揮官の職務を補佐し、作戦・用兵などの計画に参与した将校。

部員の出席を求めた。

招きに応じて会議室に入ってきたのは福井静夫造船大尉で、伊号第三十潜水艦の沈没事故を知って顔色を変えた。かれは、大本営発表によって日本の潜水艦がドイツに派遣されていたことは知っていたが、同艦がシンガポールに寄港したことには気づいていなかった。

室内には沈痛な空気がよどんでいたが、福井は部屋の一隅に見知らぬ海軍中佐が椅子に坐っているのを眼にした。顔は青ざめていたが、その眼には鋭い光がやどっていて、長い間、実戦に従事している士官であることが推察できた。それは、沈没事故の責任者である伊号第三十潜水艦長遠藤忍中佐であった。

山崎先任参謀が、福井造船大尉に軍令部からの命令をつたえ、一刻も早く艦内搭載物の揚収作業に着手するように言った。

一瞬、福井の顔に当惑の表情が浮んだ。かれは、潜水艦建造工事に従事したことはあるが、沈船の引揚げ作業に関係したことはない。引揚げ作業の中心人物である玉崎造船中佐は、ビルマのラングーンにある分工場に視察のため出張していたし、北村造船大尉も商港近くの昭南造船所に行っている。

イギリス海軍の破壊した大型乾ドックの復旧作業に、連日、深夜まで走りまわっていた福井は、激しい疲労にもおそわれていて、突然の先任参謀の命令に頭も混乱した。

かれは、萎縮した思いで参謀たちの視線にさらされながらも、揚収作業は、玉崎造船中佐の存在なしには不可能であると思った。そして、会議室から第百一海軍工作部総務課長赤羽龍熊機関中佐に電話して会議に出席をこい、さらに、赤坂部長から玉崎造船中佐に対して、至急、帰還を命ずる電報を打電して欲しいと、依頼した。

また、揚収作業を進めるためには、内地の海軍工廠から専門の潜水員を招くことが必要だと判断し、第一南遣艦隊司令長官名で艦政本部に対し、

「伊三十潜触雷沈没ノ件ニ関シ、至急潜水員ヲ派遣サレタシ」

という暗号電報の発信を要請した。作業指揮をとるべき玉崎が出張中なので、それらの処置をとっただけで会議は終了した。

その間、遠藤中佐は黙然と椅子に坐りつづけ、会議が終了後、宿舎にもどって行った。

部屋に残っていた蓮沼機関参謀は、

「艦長を十分に監視しなくてはならぬ」

と、悲痛な表情でつぶやいた。

艦を沈没させてしまった遠藤中佐は、艦長としての責任を負って、自殺することが十分に予想される。蓮沼は、艦長の自殺を予防するために身辺監視を厳にする必要を感じていたのだ。

その夜、福井が会議室から工作部事務室にもどってソファにもたれていると、電話がかかってきた。受話器をとると、意外にも、受話器の中から玉崎中佐の声が流れ出てきた。

福井が訝《いぶか》しんでその所在を問うと、玉崎は、その夜、偶然にも飛行機でシンガポールに帰省していて、カラン飛行場で事故発生を知り、沈没現場近くの商港に急行した。そして、北村造船大尉とも連絡をとって、すでに生存者から沈没時の状況聴取をおこなっているという。

福井は安堵し、玉崎の帰着を第十特別根拠地隊司令部に報告した。

翌朝、伊号第三十潜水艦の事故収拾会議が再開され、具体的な意見の交換が活潑におこなわ

れた。

会議の焦点は、伊号第三十潜水艦を完全に浮揚させるか否か、ということにしぼられた。浮揚説を強硬に主張したのは、シンガポールに派遣されていた海軍第十一特別工作部員で、第一南遣艦隊参謀長浜田浄少将、赤坂第百一工作部長、北村造船大尉らがそれを支持した。殊に第十一特別工作部員は、一週間で浮上できるという意見すら述べた。

これに対して玉崎中佐は、艦の完全浮揚も技術的に決して不可能ではないが、シンガポールの潜水員は経験も乏しく作業の責任を負わせることは難しい。それに、艦船の修理その他で工作部の作業能力は限界を越えている実情なので、浮揚作業に労力をさくことはできない、と主張した。

意見は完全に対立したが、とりあえず軍令部の指令にもとづいて、艦内搭載物の揚収作業を開始することに決定し、会議は閉じられた。

伊号第三十潜水艦の艦内搭載物揚収の準備作業は、沈没日の翌十四日午後から開始された。総指揮者には玉崎造船中佐があたり、北村造船大尉が、その補佐役に任命された。

前日の沈没直後、遠藤艦長の依頼によって、作業艇からドラム缶が投入されていたため沈没位置は確認されていた。その個所の水深は三七メートルで、海底は淡青色の粘土質であると推定された。

作業準備は進められたが、優秀な潜水員が皆無であったため、本格的な作業を実施することはできなかった。

艦政本部からは、呉、横須賀両海軍工廠所属の経験豊かな六名の潜水員が、工手今村重兵衛を指揮者に空路シンガポールへ出発した、という暗号電文が入電してきていた。が、九州、台湾、中国、仏印と中継地をへて飛来する輸送機の到着は、通常、四日間以上を要するので、すぐには作業を開始することができなかった。

その間、伊号第三十潜水艦の生存者の処置が、第十特別根拠地隊によって進められていた。まず、沈没事故を秘匿するため、乗員の自由外出を禁じた上で、その所属を徹底的に解体させた。乗員には新しい所属をつたえてシンガポールから四散させ、艦長以下士官のみを、沈没事故原因糺明《きゅうめい》の必要からシンガポールに留めさせた。

また、幸い死をまぬがれた海軍技手鈴木親太は、副官土屋要少佐から内地への帰還を指示された。鈴木技手は、電波探信儀の構造と操作方法について、ドイツの電測学校で実習を受けた貴重な人物であり、艦政本部は、第十特別根拠地隊司令官奥信一中将に至急送りもどして欲しい、と依頼してきていた。

鈴木は、土屋副官の特別な配慮で輸送機に乗せられ、東京へ送られた。

玉崎造船中佐は、今村工手ら六名の潜水員の来着を待ちながらも、第十一特別工作部の軍属*である日本サルベージ会社の古参の潜水夫を海底にもぐらせてみよう、と思い立った。その附近は、イギリス海軍の残していった機雷がひしめく未掃海海域で、海底にもぐることは多くの危険が予想された。が、玉崎は、潜水作業船を沈没海面に据えて、潜水夫をもぐらせ

軍属　軍人以外で、軍に所属する者。文官や技師などをいう。

た。そして、海底に沈座している伊号第三十潜水艦の艦橋位置を確認しようと企てた。

玉崎たちの凝視する中で、潜水夫は海面下に没していった。が、意外なことに、潜水夫からすぐに艦橋の天蓋《てんがい》にとどいたという合図が送られてきた。作業船の上にいた玉崎は、北村造船大尉と顔を見合わせた。

水深三七メートルの海底に沈む伊号第三十潜水艦の艦橋は、少くとも海面から二〇メートル下方にある。その部分に到着するには、余りにも早い。

玉崎中佐は、不審に思いながらも、作業員に潜水夫を引揚げるよう命じた。

やがて、海面に潜水夫が浮上してきて、船上に引揚げられた。

「とどいたのか」

玉崎は、潜水帽から顔を出した潜水夫に声をかけた。

潜水夫は、うなずいた。かれは、潜水艦の構造も知らぬ民間会社の潜水夫で、艦橋に到着したかどうかは疑わしかった。

玉崎は、潜水夫に到達した個所の形態を克明に質問したが、そのうちに、かれの顔から血の色がひいた。

「足のとどいた個所には、角《つの》のようなものが生えていなかったか」

玉崎がたずねると、

「たしかにそのようなものが突き出ていました」

と、潜水夫は答えた。

「それは、機雷だ。お前はその機雷の上にのったのだ」

玉崎の言葉に、潜水夫の顔は蒼白になった。

潜水服の靴の裏は鉛製で、機雷の触角に衝撃をあたえれば、たちまち大爆発を起す。かれは、その上におりて、潜水艦の艦橋にたどりついたと錯覚していたのだ。

潜水夫は、あらためて恐怖におそわれたように、おびえきった眼を海面に向けた。機雷が起爆すれば、かれの肉体も潜水作業船も四散したはずだった。

しかし、玉崎は再び潜水夫をもぐらせてみようと決意した。今村工手らに本格的な作業をすすめさせるためには、その到着前に艦橋位置程度を確認しておきたかったのだ。

かれは、潜水夫に、

「もう一度やり直せ。機雷を避けてもぐれ」

と、命じた。

しかし、潜水夫は、口をかたく閉じたまま海面に眼を向けている。玉崎は、苛立った。沈没した艦内には、ドイツから運んできた電波探信儀等の機密兵器が格納されている。機雷原での潜水作業は危険だが、その揚収は、日本海軍にとって絶対に必要な作業なのだ。

「恐しくなったのか」

玉崎が厳しい声をかけると、潜水夫は、ひきつれた顔を玉崎に向け、唇をふるわせながらわめきはじめた。機雷原での潜水作業は無謀であり、民間会社の潜水夫として海軍の命令に従う義務はない、と荒い言葉を投げつけてきた。

玉崎中佐は、潜水夫の激しい反撥に口をつぐんだ。たしかに、潜水夫の言葉は理にかなっている。潜水艦の構造も知らぬかれに、そのような作業をさせることは無理な要求にちがいなかった。

玉崎は、率直に詫びると、もう一度もぐってくれと懇願した。

潜水夫は、玉崎の態度の変化に気分を直したらしく、再び潜水帽をかぶり、作業船からおりると、海面下に身を沈めて行った。

玉崎たちは機雷の爆発をおそれたが、潜水夫は、無事に艦橋の天蓋に達してワイヤーをとりつけ、その部分の位置をしめす浮標を海面に浮び上らせることに成功した。

十月十八日夜、シンガポールに輸送機が到着し、機上から今村工手ら六名の海軍工廠潜水員が降り立った。その連絡を受けた福井造船大尉は、

「すぐ現場へ行け」

と、命じ、今村らは飛行場から昭南造船所に直行した。

かれらは、伊号第三十潜水艦が沈没した日、キスカ島の沈船引揚げ作業を終えて横須賀海軍工廠にもどってきていたが、翌日、休養をとる間もなくシンガポールへの出張を命じられたのだ。

かれらは、作業の内容を知らされていなかったが、羽田を出発してから途中の中継地で飛行機を乗り継ぐ度に、かれらは途惑いを感じていた。中継地では、高級士官たちが飛行機への便乗を求めて犇《ひしめ》いていたが、今村たちは優先的に機内へ導かれる。今村たちは、そのような扱いから極めて重要な任務につかされるにちがいないと察していた。

かれらが到着したことは玉崎造船中佐を喜ばせたが、かれらを飛行場から現場へ直行させた福井造船大尉の処置に立腹した。かれは、福井に電話をかけると、

「なんというむごいことをするのだ。潜水員の仕事がどのようなものかわからぬのか。かれらは、長旅で疲れきっている。十分に休養をとらなければ、能率はあがらぬ。キスカから帰って休む間もなく翌日やってきたのだ。潜水員を可哀想だと思わぬのか」

と、激しく叱責した。多くの沈船引揚げ作業を指揮してきたかれは、海底で作業をする潜水員の気持を十分に理解していたのだ。

玉崎の配慮で翌日休養をとった今村工手らは、十月二十日から現場の作業にとりくんだ。今村は、横須賀海軍工廠に所属している日本海軍屈指の優秀な潜水員で、部下を指揮して機雷のひしめく海中への潜水作業を開始した。最初に手をつけたのは、艦内の遺体収容と艦の損傷状況の調査だった。

遺体はつぎつぎにあげられたが、南国の陽光は強く、急速に腐敗が進む。北村造船大尉に依頼してかなりの量の香水を買い求め、遺体にふりかけて火葬所に運び荼毘《だび》に付した。

触雷した中心個所は、左舷前部の魚雷発射管室の後端で、錨鎖庫《びょうさこ》から二条のチェーンが垂れさがっていた。

潜水員は、三七メートルの海底で平均三十分ほど作業をして海面に上ってくる。艦内にあった時計の針は、四時二十五分五十二秒で停止していた。

艦長遠藤中佐は、艦内に搭載した機密兵器とその設計図等の格納個所を説明し、それにもとづいて、玉崎中佐は潜水員にその揚収を命じた。潜水員たちは、機雷の群れを巧みに避けて艦内にもぐりこみ、指示されたものを引揚げることにつとめた。

揚収作業は、順調に進んだ。ドイツから運んできた物品は、半月ほどの間に大半が引揚げられ、昭南造船所とセレターの工作部本部の造兵課に集められた。

艦政本部からは頻繁に指令電報が打電されてきて、玉崎中佐は、揚収物を塩ぬきして乾燥し、飛行機で内地へぞくぞくと発送した。が、最も期待していた電波探信儀は触雷時の激しい衝撃で破壊され、関係者を失望させた。が、他の機密兵器類と電波探信儀の設計図は、内地へ送りとどけることができた。

また、艦長室の引出しに、ドイツから運んできた百万円相当の工業用ダイヤモンドが納められていることが判明し、その引揚げも依頼された。しかし、艦内に潜水員をもぐらせてみたが、浮游物が多く、その所在がつかめない。

玉崎は当惑したが、たまたま昭南造船所のドックに伊号第三十潜水艦の同型艦が入渠《にゅうきょ》していたので、その艦を利用して、潜水作業訓練をすることを思いついた。

かれは、横須賀海軍工廠から派遣されていた若い潜水員をドックに伴ない、潜水服を着させて同型艦のハッチから内部に潜入させた。沈没した艦の内部は、むろん濃い闇がひろがっているので、潜水員には眼を閉じさせて艦長室へ進むことをくり返させた。

その反復訓練によって、潜水員は眼を閉じたまま正確に艦長室へ入ることができるようになり、ただちに沈没した伊号第三十潜水艦へ応用することになった。

玉崎の処置は功を奏し、潜水員は、開いていたハッチから艦内に入ると、艦長室にたどりついた。そして、机の引出しを探り当てて袋に入っていたダイヤモンドを手に上ってきた。

その作業を最後に、艦内搭載物の揚収作業は終了した。

艦の処置について、第一南遣艦隊司令長官大川内伝七中将出席のもとに合同会議が開催され、浜田参謀長と第十一特別工作部員が、艦を浮揚して修理をほどこし、戦列に参加させることを強く主張した。

これに対して、玉崎造船中佐は、人員、資材の不足をあげ、時機をまって浮揚すべきだと反論し、結局、大川内司令長官の裁断で玉崎の意見が採用され、浮揚作業は後日実施されることに決定した。

遠藤艦長以下士官の責任糺明については、査問委員会がひらかれた。艦の沈没は、艦長ら士官の過失にもとづくものであることはあきらかであったが、兵備局からの指示その他に判断を混乱させるものがあったことが考慮され、結局、軍令部からの指示もあって不問に付された。

その後、遠藤は伊号第四十三潜水艦長となったが、同艦は昭和十九年二月十三日サイパンを出撃後、敵と交戦中との電文を最後に消息を断ち、同年四月八日、遠藤以下全乗組員は内南洋方面で戦死と認定された。

六

潜水艦による日独両国間の連絡路の開通は、伊号第三十潜水艦の沈没によって挫折した。その悲報はドイツ側にもつたえられ、ドイツ軍統帥部、駐独日本大使館員、日本陸海軍武官らを失望させた。

しかし、同艦が沈没する三カ月半前に、日本とヨーロッパの間に意外な連絡路がひらかれて

入渠　船がドックに入ること。

いた。それは空路によるもので、イタリア機がヨーロッパから長駆中国北部の日本軍占領地の飛行場へ無着陸飛行に成功していた。

その飛行計画は、イタリア軍首脳部の発案になるもので、イタリア駐在日本大使館付陸軍武官清水盛明少将に提示された。

日本への飛行目的は、日伊親善という名目であったが、その根底には、イタリア側の焦慮が秘められていた。イタリアは、日独伊三国同盟を結びながら、ドイツに数歩劣った立場に立たされていた。ドイツの華々しい作戦展開に比較して、イタリアは作戦に失敗することが多く、常にドイツの指導を仰がねばならぬ状態にあった。

独伊側と日本の間の空路連絡計画は早くから検討されていたが、ドイツ側には、長距離飛行を成功させる自信が薄く、実現の可能性は乏しかった。日本側で雇用していたカウフマンというドイツ人諜報員からは、ドイツ空軍が六名乗りの飛行機を日本へ出発させる準備を進めているなどという情報が、日本の参謀本部に流れてはきていたが、その真偽は不明であった。

そうした中で、イタリア軍首脳部は、自国の名誉挽回策の一方法として、日本へ長距離機を飛ばすことを企てた。当時、イタリア空軍は、世界屈指の長距離飛行に堪える秀れた機種を保有していた。それは、サボイア・マルケッティSM—82と称された長距離機を中心にしていた。

それ以前の世界各国の長距離機としては、日本の東京帝国大学附属航空研究所で設計製作された航研機が、周回による世界航続距離記録を樹立して注目されていた。

その飛行は、昭和十三年五月十三日におこなわれ、木更津、太田、平塚、木更津を結ぶ三角コースを二十九周し、六十二時間二十二分四十九秒後に着陸した。距離は一一、六五一・〇一一キロで、世界最長飛行記録を樹立し、日本の航空技術の高度な水準を世界航空関係者にしめした。搭乗者は、陸軍の藤田雄蔵、高橋福次郎両操縦士、関根近吉機関士の三名であった。

しかし、翌昭和十四年七月三十日、航研機の世界記録は、イタリアのサボイア・マルケッティSM―82型機によって破られた。搭乗者は、アンジェロ・トンディ、ロベルト・ダカッソ、フレッチョ・ビゴノリの三名で、飛翔距離は一二、九三五キロであった。

イタリア軍首脳部は、ドイツの占領下にあるクリミア半島から離陸させて直線コースを飛行させれば、日本軍占領下の中国北部に無着陸で到達できる自信をいだいていた。そして、飛行計画の準備をすすめ、機種をSM―82型機からサボイア・マルケッティSM―75型機の改造型に変更した。性能が、SM―82に準ずる優秀性をもっていると確認されたのだ。

飛行コースは、ソ連領南部上空を通過することに定められ、着陸地点は中国北部の包頭《パオトウ》飛行場と予定された。

実施計画の内容を示された清水盛明大使館付陸軍武官は、ただちに東京の参謀本部宛にイタリア側の意向を打電した。

機密電報を受けとった参謀本部は、陸軍省と連絡をとり、イタリア側の飛行計画を検討した。ドイツ、イタリアとの連絡は潜水艦による以外にないと諦めていた参謀本部は、イタリア機の飛来によって、空からの連絡路が開かれる可能性のあることを喜んだ。が、重大な難点は、飛行コースにあった。

日本はソ連と中立条約を結び、相互に不可侵の立場を明示していた。ソ連と戦火を交えているドイツは、同盟国である日本に対してソ連と戦端をひらくことを強硬に求めていたが、対米戦と対中国戦に総力をあげている日本には、新たに対ソ戦を開始する余力はなかった。日本軍首脳部は、対米戦を勝利にみちびくために、可能なかぎりソ連との中立条約をかたく守ってゆかねばならぬ、と判断していた。それには、ソ連側を刺戟するような行為は絶対に避ける必要があった。

そうした日本側の立場から考えると、日本に飛来するイタリア機がソ連領内を通過することは、ソ連の反撥をひき起すおそれがある。参謀本部は苦慮し、首相兼陸軍大臣東条英機陸軍大将の裁決を仰いだ。

東条陸相は、イタリア側の提示した飛行コースを即座に否決した。ソ連領空を侵犯するような計画は、絶対に避けるべきだ、と激しい口調で述べた。

ソ連領上空通過を避けるコースとしては、クリミア半島を離陸後、ペルシャ湾に出てインド洋を横断するコースしかない。参謀本部は、イタリア駐在陸軍武官清水少将に、インド洋コースをとるようイタリア側につたえることを指令した。

清水は、ただちにその旨をイタリア側につたえたが、イタリア軍首脳部は難色をしめした。まず、距離的にソ連領上空を通過すれば七千キロ強だが、インド洋コースは一万二千キロを飛翔しなければならない。さらに、インド洋は気流の変化が激しく、気象条件としても危険が大きい。

清水は、イタリア側の主張は当然なので、参謀本部に翻意する余地はないか、と電報でただした。が、参謀本部からの回答は、あくまでもソ連領上空通過を回避すべし、という内容だった。

その後、数回にわたって清水と参謀本部間で電報が交換され、結局、イタリア側は日本側の指示を諒承した。

日伊両国の打合わせもすみ、イタリア側は、長距離飛行の本格的な実施準備に入った。搭乗者に機長ほか操縦士二名、機関士一名、通信士一名計五名を選抜し、ロードス島の航空基地にサボイア・マルケッティSM―75型機を待機させた。

同機は、ロードス島を発進後、ドイツ占領下のクリミア半島飛行場に着陸、入念な整備を受け燃料を満載した。

昭和十七年七月一日午前六時五十分（日本時間）、SM―75の機首と両翼に据えられた三基のプロペラが回転し、同機は滑走路を走り出すと、その巨大な機体を浮き上らせた。機は、爆音をとどろかせると東の空に消えていった。

しかし、SM―75は、日本側の強く要望していたインド洋横断コースをとらず、ソ連領南部に機首を向けていた。イタリア側は、清水武官を通じて日本側に、中国北部の包頭飛行場に着陸予定だとつたえてきた。

参謀本部は、狼狽した。あきらかにイタリア側の違反行為だったが、すでにイタリア機は出発した後なので、コースを変更させる方法もなく、ひたすら同機がソ連側に発見されぬことをねがうのみだった。そして、元国際連盟陸軍代表随員であった西原一策中将を、イタリア機出迎えのため包頭に急行させた。

イタリア機は、無線発信を禁じられていたので、順調に飛行しているかどうかは不明であったが、翌七月二日午前四時すぎに、包頭飛行場西方に姿をあらわし、旋回後、同二十分に着陸した。地上に降り立った五名の搭乗員は、満面に笑みを浮べながら西原中将の出迎えを受けた。

戦争勃発以来、完全に閉ざされていた日本と独伊両国間の連絡は、イタリア機の飛来によって初めてひらかれたのだ。

イタリア機は、その日、同飛行場で整備を受け、搭乗員は休息をとった。そして、翌朝、燃料補給後、離陸し、機首を日本本土へ向けた。機は、朝鮮半島を経由して洋上を横断し、同日夕刻、東京郊外の福生《ふっさ》飛行場に着陸した。

しかし、参謀本部の表情は複雑だった。イタリア機の飛来は喜ぶべきことだったが、日本側からの申し出を無視してソ連領上空を通過してきたことは、許しがたい行為だった。もしもソ連側にその事実が発覚すれば、日ソ関係は険悪化し、重大な国際問題に発展するおそれがある。

参謀本部は、とりあえずイタリア機の飛来を秘匿するため、新聞報道等はもちろん、部内でもそのことについては厳重な緘口令をしいた。そして、イタリア機も福生飛行場の片隅にかくし、搭乗員たちを宿舎に軟禁同様の状態に置いた。

しかし、イタリア機の飛来は、参謀本部内に一つの波紋となってひろがっていった。

日本は、開戦以来、ドイツ、イタリアと軍事同盟を結びながら、その連絡は、独伊両国に駐在する日本大使館との電報にたよるのみであった。それに比して連合国軍側の諸国は、六月十二日にソ連外相モロトフがアメリカに飛ぶなど首脳者の交流がさかんで、共同作戦の意見交換も活潑におこなわれていた。

参謀本部内には、日独伊三国間の連携を強化するため、有力な要人をドイツ、イタリアに派遣し、今後の作戦を有利にすすめねばならぬという意見がたかまっていた。そうした空気の中でイタリア機が飛来したのだが、まず、田中新一中将を長とする第一部から、七月六日に、三国間の戦争協力会議を開くべしという意見が参謀総長杉山元大将に提出された。田中部長は、イタリア機が祖国にもどる便で、特派使節を送る方法を思いついたのだ。

翌七月七日、同部第二課（作戦課）高級課員辻政信中佐が、第十五課（戦争指導課）の課長甲谷悦雄中佐に、

「イタリア機には、おれが乗る。ヨーロッパへ行って、ドイツ、イタリアと戦争協力について十分な連絡をとる」

と、熱心にイタリア機に乗ることを希望した。

甲谷課長からの報告を受けた田中部長は、辻中佐の派遣を諒承し、イタリア機を利用した連絡特使の派遣を東条陸相に献言した。その結果、東条も、ソ連領内上空を回避することを条件に、その案に同意した。

田中部長は、ただちに特使派遣の準備にとりかかり、第一次特使として辻中佐をヨーロッパへ派遣する案を立てた。そして、イタリア機が今後も飛来することを想定し、第二次特使に、近衛師団長*武藤章中将を、甲谷第十五課長又は同課次席種村佐孝中佐随行のもとに送りこむことを立案し、七月十日、参謀総長杉山元大将を訪れて計画案を説明し、賛意を得た。が、杉山は、辻中佐の独断的な性格に危惧をいだいて、同中佐のドイツ、イタリア側との交渉はすべて参謀本部の訓令に従うことを条件にした。また、杉山は、田中に対して、

近衛師団長　「近衛」は近き衛《まもり》、すなわち皇居近辺の警固の意。「師団」は旧日本陸軍の編制単位の一つ。独立して作戦行動のとれる最小の戦略単位。

「使節を派遣するのはよいが、イタリアの飛行機にたよらねばならぬというのは、日本の体面上好ましくない。潜水艦かそれとも艦隊を派遣して送ってはどうか」

と、述べた。

田中は、とりあえず第一回の特使派遣はイタリア機を利用するべきだと主張し、福生飛行場の近くに起居しているイタリア機の機長に、辻中佐の同乗を依頼した。

しかし、意外にも機長は、田中部長の申し出を拒否した。イタリア機は、長距離飛行に堪えるために最小必要限度のものしか搭載していない。辻中佐を便乗させることは、それだけ重量が増して飛行の危険が増すというのだ。東条陸相、杉山参謀総長の諒承を得ながら、田中の起案による辻中佐の特使派遣計画は、イタリア機の機長の一言でもろくも崩れた。

イタリア機の機長は、重量問題以外に、日本軍人を乗せることによって飛行コースの干渉をされたくないようだった。それにかれは、日本側の受入れ態度に強い不満をいだいていた。ヨーロッパからはるばる日本にやってきたかれらは、当然、英雄視され大歓迎を受けると予想していた。が、福生飛行場に着陸して以来、あたかも罪人のように宿舎からの外出も禁じられている。かれらには、危険をおかしてまでも日本側の申し入れを受諾する気持はなかった。

かれらは、長い軟禁生活で一様に不機嫌で、二週間の滞日後、七月十六日にＳＭ—75に乗りこむと、福生飛行場を飛び立った。そして、翌日、包頭にたどりつくと、燃料を満載し、帰路についた。

同機は、往路と同じコースをたどってクリミア半島のドイツ空軍基地に到着、さらに六時間後にはローマのギドニア飛行場に帰着した。

飛行場には、ムッソリーニ首相をはじめ軍首脳者と日本大使、陸海軍武官が出迎え、ムッソリーニがその労を厚くねぎらった。

イタリア機が無事にローマにもどったことを知った参謀本部は、イタリア機のソ連領上空通過が公表されることをおそれ、大使館付武官清水少将を通じてイタリア側に報道禁止を要請した。

イタリア側は、清水の申し出を受諾したが、数日後の新聞には、イタリア機の訪日記事が大々的に報じられた。むろん、飛行コースはぼかされてはいたが、ローマ、東京間の長距離飛行に成功した搭乗員に讃辞を送り、イタリア機の高性能をたたえていた。そして、この飛行成功によって、イタリアと日本との連携が一層強化された、と結んでいた。

清水武官は、ただちにイタリア軍首脳部に厳重な抗議を申し入れた。が、イタリア側は、公表をした事実はなく新聞記者のスクープによるものらしい、と回答してきた。が、その新聞報道は、イタリア側が戦意昂揚をはかるため、ひそかに軍首脳部から報道関係者に流された疑いが濃かった。

イタリア側は、この訪日飛行の成功に自信を得たらしく、毎月一回の割で定期飛行をおこなう意志のあることを清水武官につたえた。清水武官は、八月八日、参謀本部に伊電第七五八号として、日伊連絡機に関するイタリア側の要望事項を打電してきた。その内容は、左のようなものであった。
一、飛行コースは、黒海、カスピ海、甘粛省《かんしゅく》、ゴビを通過して包頭着とす。
二、但し、包頭飛行場は滑走路の長さが十分ではなく、その上、海抜一、一〇〇メートルの高地に設けられているため、全備重量二一トンのSM—75型機の離陸は、すこぶる困難であった。イタリア側としては、平坦地で、しかも滑走路の長い飛行場を希望している。

この電報を受けた参謀本部は、イタリア側が依然としてソ連上空を通過する飛行計画を変える意志のないことを知り、イタリア機の飛来に対して冷淡な態度をとった。そして、重ねてイタリア側に飛行コースの変更を厳重に申し入れたため、イタリア側も、訪日飛行計画に対する熱意を失った。

このような応酬によって、イタリア機の訪日計画は崩壊し、その後、イタリア機の飛来は絶えた。

しかし、日独伊三国間で戦争協力会議を開催しようという気運は、参謀本部を中心に急速にたかまっていた。そして、七月十六日には陸軍側から海軍側に特使派遣計画のあることをつたえ、海軍側も異常なほどの熱意をしめした。

海軍側は、元首相米内《よない》光政大将を主席とする特使派遣案を提議し、渡欧手段としては、四、三〇〇〇浬（約八、〇〇〇キロ）の航続力をもつ二式大型飛行艇＊を使用し、八月下旬を目標に実行準備をととのえる用意がある、と回答してきた。

また、参謀本部第十五課長甲谷悦雄中佐は、首相兼陸相東条英機大将を訪独させる案を立て、次席課員種村佐孝中佐を首相秘書官赤松貞雄大佐のもとにおもむかせて意見具申をさせた。が、東条は、日本の戦争指導がおろそかになることを理由に、その申し出に同意せず、その後、島田海相、杉山参謀総長、永野軍令部総長のドイツ訪問案が提出されたが、それらもすべて却下された。

しかし、戦局の推移は激しく、日本と独伊両国間の連絡の必要性は増す一方だった。まず、日本の場合、ミッドウェイ海戦の惨敗につづいて八月七日には、アメリカ軍が突然ガダルカナル島に奇襲上陸を敢行してきた。アメリカ軍の総反攻が開始されたのである。大本営陸軍部にとって、その上陸作戦は予想もしていない戦局の変化であった。陸軍部は、開戦以来、戦況が有利に展開していたので、アメリカ軍の反攻時期は、早くとも来年の中期以後と考えていた。

大本営は、ガダルカナル島の死守を命じたが、アメリカ軍の兵力は強大で、日本軍が圧迫を受けている状況から、戦局が一転して日本側が守勢に立たねばならぬことを予測した。

米英両国の反攻に総力をあげて対抗しなければならなくなった日本陸軍にとって、最も脅威を感じていたのは、背後にひかえるソ連の存在だった。独ソ戦はドイツに有利に展開してはいたが、その優勢な戦況がいつまでつづくかわからない。この際、もしもドイツとソ連間に平和がもたらされれば、必然的に日ソ間に友好関係が生じ、ソ連からの脅威もうすらぐ。そうした判断から日本陸軍部内には、特使を派遣して、ドイツに対しソ連との和平をすすめる必要があるという意見がたかまった。

しかし、九月二十八日の大島駐独大使からの電報は、日本陸軍部の希望とは全く相反したものであった。大島大使はリッベントロップ外相と会談したが、リッベントロップは、日本に対

二式大型飛行艇　旧日本海軍の四発（左右の主翼に二基ずつ計四基のエンジンを搭載）飛行艇。当時、世界最高の性能を誇った傑作機とされる。

しソ連への宣戦布告を強硬に要請したという。つまり、ドイツは、ソ連との和平をのぞむ意志はなく、逆に日本の対ソ参戦をもとめたのだ。

大本営は、対ソ戦の意志がないことをドイツ側につたえるよう大島大使に訓令を発すると同時に、独伊両国との意見調整のためにも連絡使派遣問題を実行すべきだと判断した。そして、十月三日にひらかれた大本営・政府連絡会議に、「遣独伊連絡使派遣ニ関スル件」という議題が提出され、満場一致で可決された。

その折に、陸軍省軍務局長佐藤賢了少将は、

「派遣の方法としては、現在のところイタリア機によることを最上の策と考えている。イタリア機には、一、二名同乗できると推定されるので、一機招くよう交渉したいと思う」

と述べた。

しかし、その後、イタリア側は飛行計画を完全に中止し、ドイツ側も大島大使を通じて長距離飛行機を出発させる意志のないことをつたえてきたので、連絡使の派遣問題は保留されることになった。

空路による日独伊三国の連絡方法を断念した大本営は、あらためて潜水艦による連絡以外に方法がないことを再確認した。それだけに、伊号第三十潜水艦のシンガポール港内での触雷沈没事故は、大きな衝撃をあたえた。その年の初期までは、ドイツの特設巡洋艦が大胆にも敵の制海圏下にある海洋を突破して東洋にたどりついていたが、戦局の激化によってそれも完全に断たれていた。日独伊三国間の連絡は、ただ、電文の交換のみになってしまっていた。

ドイツ側は、伊号第三十潜水艦の沈没事故に失望したが、南方方面の物資を入手するため、日本側に潜水艦を再び派遣して欲しいとしばしば要求してきていた。が、ガダルカナル島をめぐる戦闘が悪化していたので、日本海軍は、一隻の潜水艦もさくことはできない状態だった。

そうした実情を知ったドイツ海軍は、昭和十八年春、突然、思いがけぬ申し出をしてきた。それは、ドイツ海軍最新鋭の一千トン級潜水艦二隻を無償で日本海軍に譲渡するから、日本潜水艦を派遣して欲しいという。ドイツは、枯渇した南方資源を入手する代償として、Uボート二隻を提供しようとしたのである。

日本海軍は、このドイツ海軍の好意的な申し出に強い関心をいだいた。ドイツ潜水艦の性能は高く、それを二隻入手できることは、戦力的にも研究資料としても価値は高い。

軍令部は、再び日本潜水艦をドイツへ派遣させる決意をかため、伊号第三十潜水艦の訪独を指導した潜水艦担当部員井浦祥二郎中佐にその実施計画を一任した。

日本潜水艦第二便の訪独準備は、井浦の手で急速にすすめられていった。

七

軍令部は、艦政本部と緊密な連絡をとりながら派遣艦の選定に入っていたが、その頃、陸軍部内でも潜水艦使用による極秘計画が着実に進められていた。それは、インドからドイツに亡命してインド独立のため対英戦を激しい口調で唱えていたチャンドラ・ボースを、日本へ招く計画であった。

インドのベンガル州で生れたチャンドラ・ボースは、カルカッタのプレジデント大学に入学後、インド独立運動に身を投じた人物だった。かれは、すぐれた頭脳と実行力をもって積極的に運動を推進し、インドを植民地として支配していたイギリスの官憲にしばしば逮捕され、その度にかれの独立に対する熱意はたかまっていった。

やがて、かれは、インド国民会議派議長に就任し、全インド独立運動の最高指導者になった。かれの政治目標はインドの完全独立で、それを実現させるためには、支配国イギリスに対して武力行使をも辞すべきではないと唱え、武力を否定する無抵抗主義者のマハトマ・ガンジーと対立し、同志ネールとも袂《たもと》をわかつようになった。その対立は日増しに激しくなり、会議派内部の批判もたかまって、遂には議長の職を辞さねばならなくなった。

しかし、野に下ったチャンドラ・ボースは、熱狂的にかれを支持する多くの民衆の期待をになって、一層積極的な大衆運動を展開した。

そうしたかれを、イギリス官憲は治安を乱す危険人物として敵視し、欧州大戦勃発後の昭和十五年七月二十日に逮捕、投獄した。その頃、すでにかれは、欧州大戦がドイツの勝利に終ると予想し、近い将来、全インド民衆がイギリスに対して銃を手に戦う日のやってくることを確信していた。

官憲の取調べも終り、かれの裁判は、昭和十六年一月二十六日に開かれることに決定した。かれは、仮釈放され裁判を待つ身になったが、苛酷な判決によって独立運動の自由をうばわれることを恐れ、一月十七日未明、大胆な国外逃亡をはかった。

その日、かれは、回教僧に変装し、監視の眼を巧みに避けて自宅を脱け出すと、用意させておいた車に乗って市外にのがれ、さらに、列車でインド北部をヒマラヤ山脈の裾に沿って横断。

遠くヒンズークシ山脈を望むペシャワルに潜行した。同地方の常用語であるパターン語を話せぬかれは、聾啞者《ろうあ》を装い、同志から同志にひきつがれて、或る時は自動車を使い、或る時は山中を歩いて西方にあるアフガニスタンのカブールにたどりつき、同志の準備しておいてくれた隠れ家に身をひそめた。

かれの逃亡を知ったイギリス官憲は、インド全域に捜索網をはりめぐらし、殊に国境線近くには厳重な警戒態勢をしいた。

かれは、その隠れ家に一カ月以上もひそんでいたが、その間にイタリア公使館との連絡に成功し、その助力をこうた。かれに同情したイタリア公使は、ドイツ公使と協力して、ソ連領を経由しドイツへ亡命させる計画を立てた。

独ソ開戦の三カ月前であったので、ソ連側の入国許可証も入手でき、ボースは、イタリア公使館員の手で仕立てられた自動車に乗ってカブールを出発し、国境線へたどりついた。そして、ソ連領土内に入ると列車でモスクワにおもむき、そこから空路を利用してようやくベルリンに到着することができた。

ボースは、奇蹟的とも思える亡命に成功したのだが、それを迎え入れたドイツ軍統帥部の態度は冷淡だった。インドは、敵国イギリスの属領であり、そこから突然のようにやってきたかれの真意がつかめなかったのだ。

しかし、やがて、かれがインド独立運動の著名な闘士であり、イギリスに対して武力抵抗を強く主張している人物だということを知るようになって、ドイツ側の態度は一変した。ドイツ軍統帥部は、ボースの力によって、イギリス軍の中にまじるインド人将兵にわずかながらでも動揺をあたえることができるかも知れない、と期待した。

ドイツ軍統帥部は、まず、かれに「自由インド」という月刊誌の発行を許可し、さらにベルリン放送局内の放送施設を提供して自由インド放送所も創設させた。

ボースは、それらの宣伝機関を活用して、連日のようにラジオ放送でインド民衆に蜂起を呼びかけ、「自由インド」をヨーロッパ在住のインド人に配布することにつとめた。

さらに、かれは、そのような宣伝戦を展開すると同時に、直接武力闘争の組織をつくることにも努力し、アフリカ戦線で捕虜になったイギリス軍のインド人将兵約三千名を説得して、自由インド軍団を編成することにも成功した。

このようなチャンドラ・ボースの活潑な動きは、大島駐独大使から日本陸・海軍省にも報告されていたが、昭和十六年秋、参謀本部付としてドイツに駐在していた山本敏陸軍大佐のもとに、参謀本部から、

「スバス・チャンドラ・ボースノ人物ニツイテ報告セラレタシ」

という暗号電文が入電した。

山本は、参謀本部の指令の真意をつかむことができなかったが、大島駐独大使からドイツ外相リッベントロップに交渉してもらい、大島とともにチャンドラ・ボースと会う機会を得た。その折の山本と大島が感じたチャンドラ・ボースに対する印象はきわめて好ましく、山本は、その旨を参謀本部に報告した。

参謀本部がチャンドラ・ボースに注目するようになったのは、対米・英・蘭戦を目前に、イギリスの植民地であるビルマ、マレー、インドの独立運動を支援して、イギリスのアジアにお

ける地位を内部から崩壊させようという計画にもとづくものであった。

インドの反英独立運動を推進させる工作任務は、参謀本部員藤原岩市少佐にあたえられていて、かれは、九月十八日に参謀総長杉山元大将に招かれると、

「貴官ハ、田村（浩大佐）バンコック駐在武官ノ下デ、主トシテ馬来《マライ》（マレー）方面ノ工作特ニ反英印度独立連盟及ビ馬来人、中国人トソノ運動ノ支援ニ関シ、同大佐ヲ補佐スベシ」

という命令書を授与された。

藤原は、東京を出発すると、山下という偽名を使ってバンコクに潜入し、田村武官と連絡をとってインド工作を開始した。かれの部下もそれぞれ商社員等を装い、偽名を使って藤原の命ずるままに活潑に行動した。その工作機関は、F機関と秘称された。

やがて藤原は、インド独立運動家のプリタム・シン、アマール・シンらとの接触に成功し、東南アジア一帯に散る反英独立運動家の統合に着手した。

参謀本部は、インド独立運動の組織を統率する指導者に有能な人物を配すべきだと考え、慎重にその人選について検討し、日本に亡命中のインド独立連盟日本支部会長の任にあるビハリ・ボースが適任者だという結論を得た。ビハリ・ボースは、東京新宿のレストラン中村屋の経営者である相馬愛蔵の娘とし子と結婚し、日本に帰化していた反英独立運動家であった。

また、この人選に関して参謀本部は、ドイツに亡命している前国民会議派議長チャンドラ・ボースの存在にも注目していた。チャンドラ・ボースは、その前歴から考えてもビハリ・ボースよりもはるかに著名な運動家で、参謀本部は、将来指導者として迎え入れるのに適しているかどうかを探るために、山本敏大佐にその人物査定を依頼したのだ。

やがて、日本は米、英、蘭三国に宣戦を布告、太平洋戦争が勃発した。

日本軍は、マレー半島上陸に成功後、急速に占領地を拡大し、藤原少佐のひきいるＦ機関も独立運動家プリタム・シンらとともに軍と同行した。そして、日本軍にとらえられた英軍捕虜中のインド人将兵に対して、祖国独立のため銃をとるべきだと熱心に説いた。

藤原少佐とプリタム・シンの説得は、かれらに強い感動をあたえ、反英闘争を目的とするインド国民軍が創設された。兵力は約三千五百名で、モハン・シン大尉を長に武装させたインド兵は、祖国解放の熱情に燃えていた。

しかし、国民軍隊長モハン・シン大尉をはじめ独立運動を推し進めている指導者たちは、例外なく無名に近い革命家で、参謀本部内には、かれらが、将来拡大すると予想される独立運動組織の指導者として十分な能力をもっているかどうか、危ぶむ声もたかまっていた。

日本に帰化しているビハリ・ボースも、インド国民になじみは薄く、革命家にとって必要な激しい気性にも乏しい。それに比して、ドイツに亡命し執拗に反英独立運動をつづけているチャンドラ・ボースは、その華々しい前歴からみても指導者として最も適した人物であると判断された。

また、Ｆ機関からの報告によると、国民軍隊長モハン・シン大尉らも、ガンジーと比肩する反英独立運動家チャンドラ・ボースを指導者に仰ぎたいと熱望しているということがつたえられ、参謀本部内には、至急、チャンドラ・ボースを日本に招くべきだという声が支配的になった。

日本軍がマレー半島を制圧したことは、ドイツに亡命していたチャンドラ・ボースを狂喜させると同時に、激しい焦躁感もあたえていた。

日本軍は、やがてビルマに進攻し、インドへも軍を進めるだろう。それを遠くヨーロッパの地から手をこまねいていて傍観しなければならぬことは、かれにとって堪えがたいことであった。かれは、ラジオ放送で反英闘争を叫びつづけていることにむなしさを感じ、インド独立のために日本軍とともに武器をとって祖国に入ることを強く願うようになった。

その後、インド問題は急速に進捗《しんちょく》して、チャンドラ・ボースの焦慮を一層深め、また、かれの存在を際立たせることにもなった。

昭和十七年二月十五日マレー半島の要衝シンガポールが日本軍によって完全占領された翌日、東条首相は、貴衆両院本会議でインド人によるインド独立を極力支援する旨の演説を行った。そして、その後、折にふれてインド民衆の蹶起《けっき》をうながし、さらに、日本陸軍もビルマに進攻してインドの国境を目ざし、海軍もインド洋上に出撃して陸海ともにインドを牽制する態勢をとった。

このような状況に刺戟されて、東南アジア一帯の反英インド独立運動は本格化し、同年二月十七日にはインド人独立運動家たちによってビハリ・ボースがインド国民大東亜代表に選出され、東京赤坂の山王ホテルで「インド同胞に告ぐ!」という宣言文を発表した。これに呼応して、ドイツにいるチャンドラ・ボースも、同月二十二日、日本と協力してインド独立の実現に努力する、と声明した。

また、インド国内での独立運動も激化し、六月には反英暴動が発生し、八月九日には独立を叫ぶガンジー、ネール等国民会議派の首脳者二十名が、イギリス官憲によって逮捕された。

そうした情勢を注視していたチャンドラ・ボースは、しばしば日本大使館に対して日本へおもむきたいという希望を訴えた。その熱情に山本大佐も動かされて、参謀本部にかれの希望を実現させて欲しい、と要請した。

しかし、参謀本部は、山本の意見をそのまま認めることはしなかった。アジアに於けるインド独立運動の最高指導者はビハリ・ボースで、もしもドイツからチャンドラ・ボースを招いた場合、二名のボースによって折角組織された独立運動の機関が二派に分裂されることが予想されたのだ。

参謀本部は、種々検討の末、第二部長有末精三少将をビハリ・ボースに会わせ、その点についてかれの意向を率直にたださせた。

ビハリ・ボースは、有末の言葉をきくと、

「チャンドラ・ボース氏は、偉大な独立運動家だ。かれが来日してくれることは、私のみならず独立運動家すべての熱望するところだ。もしも、かれの来日が実現すれば、私は喜んで最高指導者の任をかれに譲り、かれのもとで働きたい」

と、答えた。

有末は、その答えを杉山参謀総長につたえ、参謀本部は、ただちにチャンドラ・ボースを招くことに決定し、その旨を山本大佐に打電した。

しかし、山本が、大島大使を通じてドイツ外務省に、チャンドラ・ボースを日本へ招きたいという意向をつたえると、外務省は、インド問題について貴重な意見を述べてくれているかれを手放すことに難色をしめした。大島と山本は困惑し、チャンドラ・ボースは失望した。が、大島のすすめでチャンドラ・ボースが直接ヒトラー総統に会って希望を訴えると、ヒトラーは即座に同意し、これによってドイツ側の反対の声は消えた。

かれを日本へ送る方針は決定したが、その輸送方法が、最大の難問であった。

まず、空路による方法が考えられ、ドイツ側も積極的な協力態度をしめして、長距離機を出発させる意志のあることをつたえてきた。そして、日本への飛行計画がドイツ空軍によって練られたが、飛行コースの点で支障が起った。

五カ月前の昭和十七年七月、イタリアの長距離機サボイア・マルケッティSM―75型機は、ドイツ占領下のクリミア半島飛行場を発進し、直線コースをとって中国北部の包頭《パオトウ》飛行場への無着陸飛行に成功した。が、同機が往復とも日本側の意向を無視してソ連上空を通過したことは、ソ連に刺戟をあたえることを恐れていた日本側を顰蹙《ひんしゅく》させた。

そうした事情を十分に知っていたドイツ空軍首脳部は、イタリア機と同じ飛行コースをとることを避け、その代案として、北極海上空を経由してベーリング海にぬけ、カムチャツカ半島東方をかすめて千島列島の日本軍飛行基地に着陸する北方コース案を提示してきた。

在独日本武官は、ただちにドイツ空軍の飛行計画を本国につたえたが、東条首相は、その案の実行に不同意だった。ドイツ空軍のしめした北方コース案は、ベーリング海峡通過の折にソ連領土上空をわずかながらでも侵犯するおそれがあり、その行為がソ連側に知れれば、日ソ関係に重大影響をおよぼすことになりかねない、と危惧されたのだ。

日本側としては、あくまでもインド洋上を横断する飛行計画が好ましいと主張したが、インド洋コースは北方コースに比較して距離がはるかに長く、ドイツ側にも、その飛行に堪える機はなかった。

ドイツ空軍は、譲歩案として、千島列島に到着後、長距離機を日本側に譲渡してもよいと述べた。つまり、日本側の不安をやわらげるため片道のみの飛行計画を立案したのだ。が、この提案も日本側から拒絶され、空路によるチャンドラ・ボースの輸送計画は実現不可能になった。

残された方法は、潜水艦による輸送のみであった。

しかし、ドイツ海軍には、喜望峰を迂回してアジアに到達できる大航続力をもつ潜水艦をさく余裕はなく、日本海軍も、太平洋上の戦闘の激化で大型潜水艦を派遣する余力はなかった。チャンドラ・ボースは失望し、ドイツ駐在海軍武官横井忠雄少将（大佐より昇進）もドイツ海軍省とその打開策に努力した。

その結果、一つの案が生れた。ドイツ海軍は、チャンドラ・ボースをドイツ潜水艦に乗せて喜望峰を迂回し、それに応じて日本海軍も、大型潜水艦をインド洋上に出発させる。そして、定められた位置で、チャンドラ・ボースをドイツ潜水艦から日本潜水艦に移乗させる。つまり、日独両海軍にとって労少い方法でチャンドラ・ボースを輸送しようというのだ。

その案は、ドイツ海軍の同意を得て、横井海軍武官と軍令部間で具体的な対策が暗号電文によって打合わされ、実行計画が決定した。

まず、ドイツ海軍は、潜水艦にチャンドラ・ボースと秘書ハッサンを乗せて旧フランス領ブレスト港を出港。大西洋を南下してアフリカ大陸南端の喜望峰を迂回し、インド洋に入る。また、その頃、日本潜水艦も、マレー半島の前線基地ペナンを出港して、ドイツ潜水艦出迎えのためインド洋上にむかう。

会合場所は、マダガスカル島南南東四〇〇浬の洋上で、日時は昭和十八年四月二十六日午前八時〇〇分と予定された。

連合国側としては、反英放送を執拗につづけるチャンドラ・ボースがドイツをはなれて日本へむかう情報を入手すれば、当然、かれを捕えるために積極的な行動を起すことはあきらかだった。そうしたことを考慮に入れて、その輸送計画は極秘にされた。そして、日独両潜水艦もその行動を秘匿する必要から航行中の無電発信は一切禁じられ、会合位置に達した時、双方確認のためただ一回無電の発信を許された。

さらに、日独両海軍では、チャンドラ・ボースの輸送便を利用して、人員と物資の交換をおこなうことも企てた。

人員としては、日本側から江見哲四郎海軍中佐、友永英夫技術少佐を、日本潜水艦からUボートに移乗させてドイツへ送りこむことになった。

江見は、日本海軍の潜水艦戦術の権威で多くの作戦に参画し、その戦術に対する意見は高く評価されていた。元来、日本潜水艦は艦隊随伴の戦闘が多かったのだが、日本海軍は通商破壊戦を主としているドイツ潜水艦の戦闘方法についても関心を寄せ、江見をドイツに派遣して戦術の研究に従事させせようとしたのだ。

また、友永は、東京帝国大学船舶工学科から委託学生として海軍に入った天才的な潜水艦担当の技術士官で、その独創的な頭脳からは多くの世界的なすぐれた装置が生み出されていた。その一つに潜水艦の自動懸吊《けんちょう》装置の考案があった。

それまでは潜水艦が水中で一定深度を維持するためには、航走していなければ不可能であった。が、友永の案出した自動懸吊装置をとりつければ水中航走の必要はなく、完全に停止したまま一定深度を保つことができる。つまり、自動懸吊装置を設置すれば、海上の敵艦にスクリュー音を察知されずに静止していることができる。

この装置は、世界潜水艦技術史上画期的なもので、この装置の考案によってかれは、技術士官最高の栄誉である海軍技術有功章を授与された。

また、かれは、重油漏洩防止装置も生み出した。それは、潜航時に重油がもれる潜水艦の欠陥を一挙に解決する機能をもつもので、その装置によって重油の損失と敵からの発見を防ぐことが可能になり、再び技術有功章が贈られた。

かれの存在は、日本海軍技術陣の至宝とも言うべきもので、かれをドイツへ派遣しようとしたのは、その両装置をドイツ側に伝達するとともに、昭和十四年からドイツに駐在してドイツ潜水艦技術を調査・研究している根木雄一郎技術中佐（少佐より昇進）と交代させることが目的だった。

物資交換については、日本側から自動懸吊装置、重油漏洩防止装置と真珠湾攻撃で使用した特殊潜航艇の各設計図、日本海軍独自の無航跡魚雷*実物一本と、ドイツその他ヨーロッパに駐在している日本大公使館等の活動費として、かなりの量の金塊をUボートに移乗させることになった。そして、ドイツ側からは、小型潜水艦の設計図、対戦車砲の特殊弾等が日本側に譲渡されることに決定した。

打合わせはすべて終了し、ベルリンにいたチャンドラ・ボースとその秘書ハッサンは、ドイツ海軍の車でひそかに旧フランス領ブレスト軍港にむかった。そして、同軍港近くの宿舎に身をひそめ、Uボートへの便乗を待った。

ドイツに駐在していた首席補佐官溪口泰麿中佐は、ドイツ海軍と連絡をとってチャンドラ・ボースの行動を秘匿することに努力していたが、その有力な手段として、ボースのおこなっていた反英放送を利用することを思いついた。

チャンドラ・ボースは、連日のようにベルリン放送局から反英闘争を激しい口調で説いていたが、その放送も、かれがドイツから日本へ向けて出発したと同時に中止される。当然、イギリス側は、かれの離独を察知するはずで、洋上に厳重な阻止網をはりめぐらすにちがいなかった。その予想される事態を避けるためには、チャンドラ・ボースが、ドイツをはなれた後も、ラジオ放送をつづけているように装わなければならない。そのため、溪口は、ボースの演説を数十種類録音機に吹きこませ、ボースが無事日本側に引渡されるまで連日演説を放送させるように仕組んだ。ボースがインド人秘書ハッサンとともにベルリンをはなれた後も、ボースの反英闘争をよびかける放送は、ベルリン放送局から流されていた。

二月下旬の夜、チャンドラ・ボースと秘書ハッサンは、車で宿舎を出て、ブレスト軍港内に着いた。ドイツ士官にブンカーの内部へ導かれ、待機していたドイツ潜水艦U180号に乗った。

同艦は、ただちにブンカーの外へ曳《ひ》き出され、スクリューの回転を開始した。

夜空は暗雲がたちこめ、海上には白波が立っている。同艦は、港口へ進み出ると黒々とした海水の中に深く身を没し、ビスケー湾に舳《へさき》を向けて進んでいった。

無航跡魚雷　ここは、酸素魚雷のことをいう。燃料の酸化剤として、通常の圧縮空気の代わりに酸素を用いた魚雷で、排出される炭酸ガスが海水によく溶けるため、ほぼ無航跡で進むことができた。世界で唯一、旧日本海軍のみが実用化に成功した。

ドイツ潜水艦のブレスト出港は、横井海軍武官から機密電で軍令部へ打電された。

チャンドラ・ボースをのせたU180号がインド洋上の会合点に達するのは二カ月後だが、大本営海軍部は、ただちに同艦と会合する準備に着手した。第六艦隊所属の伊型潜水艦を派遣艦とすることに決定し、艦隊司令長官小松輝久中将にその旨をつたえた。

小松司令長官は、幕僚に命じて派遣艦の選定をおこなわせ、結局、ペナンを基地にインド洋上で作戦をつづけている第八潜水戦隊第十四潜水隊の司令潜水艦である伊号第二十九潜水艦を派遣することに決定した。

第十四潜水隊は、伊号第二十七、第二十九、第三十七の三隻で編成され、潜水隊司令寺岡正雄大佐が、伊号第二十九潜水艦に乗って隊の指揮に任じていた。

第八潜水戦隊司令官石崎昇少将から命を受けた寺岡司令は、ペナン基地隊の協力を得て準備に着手したが、機密度の高い行動なので、伊号第二十九潜水艦長伊豆寿一中佐以外にはその内容をつたえなかった。

東京からは、ひそかに機密兵器の設計図と金塊が厳重に警護されて送られてきて、さらに、ドイツ潜水艦の乗員に贈られる馬鈴薯、コーヒー等やボース、ハッサンのためにインド料理に使われる食物がペナン基地に集められた。

その間、大本営海軍部は、U180号が無事に航行しているかどうか注目していたが、危険を告げる時のみに使われる無電の発信もなく、予定通り航行中と想像された。

ペナン基地には、ドイツへ赴任する江見哲四郎海軍中佐と友永英夫技術少佐も私服で到着し、基地内で待機していた。

寺岡司令は、艦が途中で故障をおこし定められた日時にU180号と会合できぬことをおそれ、予定を繰上げて出港することを決意した。江見中佐、友永技術少佐を乗艦させ、交換物品も収載して、四月五日、ペナン基地を出港した。

行動目的は、インド洋上での作戦行動とされただけで、乗組員にも内容はつかめなかったが、かれらは、その出港が特殊な任務をもつものらしいと察していた。砲術長磯島太郎少尉もその一人で、かれは、出港前に艦へ異様なものが積みこまれたことに疑惑をいだいていた。内容は不明だったが、厳重に梱包されたいくつかの荷が艦内へ運びこまれ、殊にその中にかなりの量の金塊がふくまれていることをいぶかしんだ。その金塊は士官室に納められていたが、それらが、インド洋上での作戦行動に必要なものとは思えなかった。

やがて、マラッカ海峡をぬけてインド洋上に入った頃、磯島ら士官たちは、初めて伊豆艦長から行動目的を知らされ、疑惑も氷解した。その内容は、各士官から徐々に一般乗組員の間にもつたわっていった。

伊号第二十九潜水艦は、インド洋を南下した。途中敵側の船舶に遭えば艦の行動が露顕するおそれがあるので、一般航路を遠く避け、夜明けと薄暮の定時に天測をつづけながら会合位置にむかって進みつづけた。

第六艦隊　旧日本海軍の部隊の一つ。昭和一五年（一九四〇）一一月、それまで各艦隊に分散配置されていた潜水戦隊を統合して編制された。

幸い途中艦船の姿を見ることもなく、予定通りの速度で艦は西進し、マダガスカル島東方に針路を定めた。

艦は、順調に航行をつづけていたが、果して定められた日時に予定した洋上で会合できるか否か、という不安がたかまった。伊号第二十九潜水艦もU180号も、敵の哨戒網にふれることを避けて陸地から遠くはなれて航行しなければならず、艦の航行位置は、星と太陽による天測によって測定されるだけで、それがわずかな誤差でも生じれば、広大な洋上で出会うことはできない。

伊号第二十九潜水艦は、水上を航行しているので定時に天測はつづけられるが、U180号の場合は、イギリス海軍の対潜密度がきわめて濃い海域を突破してくるので昼間潜航を余儀なくされ、天測も十分にできない事情にある。

また、会合日時についても、伊号第二十九潜水艦は比較的容易に厳守できるが、二カ月を要してマダガスカル島南南東沖にむかって進んでくるU180号は、敵の攻撃その他によって遅延することも当然予測された。しかも、日独両潜水艦とも無電の交信を一切禁じられていたので、打合わせ通り会合に成功できるか否か、その可能性はきわめて薄いと言ってもよかった。

潜水隊司令寺岡大佐、艦長伊豆中佐の顔には、不安そうな表情が日増しに濃くなっていった。

伊号第二十九潜水艦は、マダガスカル島東方洋上をさらに南下、徐々に会合地点に近づいていった。

時計の針が、四月二十六日午前零時をまわり、同艦は、会合時刻より一時間前の午前七時に会合位置に到達した。会合時刻は日本時間であったので、まだ、夜は明けきらず洋上は薄暗かった。

艦は、南北に往復運動をはじめ、航行に必要な部署につく者以外は、すべて甲板上に出て水平線を凝視していた。天候は良好だったが、喜望峰沖合一帯にひろがる荒天海域に近いため波浪はきわめて高かった。

往復運動を開始してから三十分ほどした頃、突然、見張り員から、

「潜水艦見ユ」

の報告があった。

ようやく夜が明け放たれて、朝の陽光が鋭く海上を明るませている。その水平線の一郭に、薄墨色の点状の艦影が湧いていた。

敵潜水艦かも知れぬと予想され、司令以下乗組員の顔には緊迫した表情があふれた。が、双眼鏡をのぞいていた司令の口から、

「独潜だ」

という声がもれた。寺岡司令は、出港前U180号の艦型を十分に研究していたのだ。

甲板上に、感動の声があがった。ドイツ潜水艦は、敵の哨戒圏をくぐりぬけ、約二カ月を要して定められた位置に姿をあらわした。U180号と伊号第二十九潜水艦は、それぞれ陸地から遠くはなれた海洋を太陽と星をたよりに天測をくり返しながら、予定時刻に予定された位置で互いの艦影を認めている。広漠とした海洋の一点で両艦が会合に成功したことは、奇蹟的とも思える現象だった。

伊号第二十九潜水艦は、艦首をめぐらしてU180号の方向に進み、両艦の距離は接近した。灰色の塗装をほどこしたUボートの艦影が徐々に大きくなり、甲板上の乗員の姿もみえてきた。

やがて、Uボートと伊号第二十九潜水艦は、互いに右舷方向に相手艦をみる位置に停止した。両艦の甲板上では、乗組員たちが帽子をふり手をふっている。信号兵は、無電にたよらず手旗で信号を交した。

寺岡司令は、ただちに人員、物資の交換作業をおこなおうとしたが、波浪が高く、しかも、三角波が立っていて両艦は激しく動揺している。洋上にゴムボートを出せば、たちまち転覆の危険にさらされることはあきらかだった。

寺岡は、伊豆艦長と相談して、喜望峰沖合の荒天海域からなるべくはなれた位置までUボートを誘導し、交換作業をおこなうべきだと判断した。そして、信号兵に手旗でUボートにその旨をつたえさせ、艦首をめぐらすと、北東方向に引き返しはじめた。

Uボートも、それにつれて伊号第二十九潜水艦の速度にあわせて追尾してくる。波濤は依然として高く、舷の低いUボートは、白い波頭をうけるたびに飛沫におおわれていた。

両艦は一定の距離をたもって進みつづけたが、正午頃、Uボートの動きが鈍くなり、甲板上に数人の士官らしい乗組員が寄りかたまって、こちらに顔を向けているのが認められた。

その異様な気配に、寺岡司令と伊豆艦長らは協議した結果、Uボート側が、伊号第二十九潜水艦の北東へ移動しつづける行動の意味を理解しかねているにちがいないと察した。

寺岡は、伊豆艦長に命じて伊号第二十九潜水艦の航進をやめさせ、Uボートもそれに従って停止した。

伊豆は、信号兵に命じて、再び手旗で北東へ移動し交換作業をおこないたいという趣旨の信号を送らせた。それに対して、Uボート側でも手旗がひるがえったが、その答えは要領を得なかった。万国船舶信号で手旗をふっているのだが、こちら側の意志が、十分に相手側につたわっていないことが判明した。

両艦は、波にもまれながら停止したままになった。

寺岡司令をはじめ艦の士官たちは、困惑して互いの顔を見つめ合った。折角、両艦が会合に成功したが、意志の疎通を欠いているため交換作業が不可能になるのではないかと憂慮された。

そのうちに、Uボートの甲板上で衣服をぬぐ一人の水兵の姿がみえ、舷側に歩み寄ると、海面に身を躍らせた。

寺岡たちは、その水兵の姿を見つめた。

激浪の中に水兵の体が没したかと思うと、次には高くせり上った波の頂きに姿をあらわす。波にのまれるのではないかと危惧されたが、ドイツ水兵は、かなり水泳に練達しているらしく次第に近づいて舷側附近に達した。

浮輪のつけられたロープが投げられ、若い水兵が甲板上にひき上げられた。それは、ドイツ信号兵で、信号方法の打合わせにやってきたのだ。

すぐにドイツ語に通じている加能照民軍医大尉が、ドイツ信号兵の応対にあたった。が、信号兵は地方出身者で言葉の訛《なま》りが強く、会話が通じない。加能は、やむなく筆談をまじえてようやく日本側の意図を信号兵に納得させることができた。

信号兵は、体にしばりつけてきた手旗でUボートに信号を送り、Uボートからも「諒解ス」という答えがもどってきた。それによって、伊号第二十九潜水艦は航進を開始し、Uボートもそれに従った。

その日は暮れ、翌日の朝を迎えた。が、依然として洋上は荒れていて、やむなく両艦は並航して北東にむかい進みつづけた。

夜に入ってから波のうねりは衰えはじめ、空には、冴えた星がひろがった。ドイツ信号兵は、そのまま艦内にとどまって、加能軍医官と短い会話を交したりライスカレーをうまそうに食べたりしていた。

夜が、白々と明けた。空は、雲一つない晴天だった。

波は幾分静まっていて、寺岡司令は交換作業の強行を決意し、ドイツ信号兵は、その旨を手旗でUボートにつたえた。

両艦は、数十メートルの距離に接近して停止した。

まず、伊号第二十九潜水艦から*舫銃《もやいじゅう》の発射音が起り、結びつけられたロープが弧をえがいて空中に飛び、Uボートを越えて海面に落下した。すぐにUボート側では、それを収納し、ロープが両艦の間に張られた。

ついで、伊号第二十九潜水艦からゴムボートがおろされたが、波にボートが激しく上下して人員・物品の交換作業が危ぶまれたので、試みに水兵だけを乗せてUボートに送ってみることになった。

ゴムボートに三名の水兵が乗り、ロープをたぐって海面に進み出たが、ボートが二十メートルほど進んだ頃、甲板上にいた者たちの口から甲高い叫びがあがった。

青い海面下に、灰色の物体がかなりの速さで動き、ゴムボートの近くをかすめて過ぎる。その物体が姿を消すと、他の方向から灰色の色彩がボートに突き進むのがみえた。それは、四メートル近くもあると思われる鱶《ふか》で、人の匂いをかぎつけたのか、ゴムボートの近くを泳ぎまわっている。

乗組員は、すぐに小銃をとり出し魚影にむかって発砲した。水中の鱶を射殺することは不可能だったが、威嚇の効果はあったらしく、鱶は身をめぐらすとボートから離れていった。

ゴムボートは、波にもてあそばれながらも無事に往復できたので、まず、物品の交換作業が開始された。機密兵器類の設計図を詰めた箱が送られると、U180号から対戦車砲の特殊弾が運ばれてきた。

金塊が送られ、設計図も運ばれてくる。ゴムボートは往復運動をつづけ、その間にも、執拗に接近する鱶に小銃弾が連続的に発射されていた。

午後に入って、人員の交換作業がおこなわれることになった。

江見哲四郎海軍中佐と友永英夫技術少佐が、司令や艦長と挨拶を交し、ゴムボートに乗った。二人はしきりに手をふり、やがて、U180号甲板上にあがるのが見えた。

その直後、U180号の甲板に、背の高い男とやや丈の低い男の姿があらわれた。双眼鏡をのぞいてみると、背の高い男は写真通りのチャンドラ・ボースで、他の一人は、髭を生やした秘書ハッサンであることが判明した。

寺岡たちが凝視していると、チャンドラ・ボースとハッサンは、ゴムボートに乗りU180号の舷側をはなれた。ゴムボートは、激しく波に揺れながらロープづたいに洋上を進んでくる。伊

舫銃　船をつなぎとめるためのロープをつけた弾頭を発射する装置。

号第二十九潜水艦の乗組員たちは、ゴムボートの転覆をおそれると同時に艤にそなえて小銃をかまえていた。

ゴムボートが徐々に近づいてきて、ようやく舷側に到着した。チャンドラ・ボースと秘書ハッサンは、波しぶきを全身に浴びていたが、笑顔をみせて甲板に上り、寺岡司令らと握手を交した。かれらは、二カ月にわたる潜水艦内の閉塞された生活にかなり肉体的な影響を受けたらしく、顔色は冴えず、眼窩《がんか》は深く落ちくぼんでいた。

最後の作業は、酸素魚雷をU180号に送る作業だった。が、魚雷が大きく重いのでボートで運ぶことはできず、ロープに固着してU180号に曳き入れられた。

伊号第二十九潜水艦には、U180号乗員に贈る馬鈴薯が積みこまれていたが、ドイツ側は、十分食糧をもっているといって辞退してきた。

空は、茜色に染まった。

艦長伊豆寿一中佐は、U180号潜水艦乗員に、

「兄等ノ親愛ナル潜水艦乗組員ヨリ——

我々ハ、世界新秩序ノ建設ニ対シ、兄等ノ努力ヲ希望シ、サラニ、別レニ臨ミ安全ナル航海ト多幸ヲ祈ル」

と、挨拶を送った。これに対して、U180号艦長から伊豆艦長に向けて、

「日独両潜水艦ノ協力ニヨリ、インド独立運動ノ志士ヲ本国ニ送還シ、コレニヨリ、インド国民ガ英国ノ不法ナル支配ヨリ脱センコトヲ切ニ祈ル
U180号艦長ムーゼンベルク海軍少佐」

と、返礼してきた。

至難とも思われたチャンドラ・ボースの受け渡しと、江見海軍中佐、友永技術少佐の移乗とともに機密兵器類その他の交換も終了し、別れの刻《とき》がやってきた。

両艦は、静かに南と北へ動きはじめ、甲板上では、乗員が帽子をふり、手をふっている。艦の距離は次第にひらいて、やがて、U180号の艦影は南方の水平線下に没していった。

チャンドラ・ボースと秘書ハッサンは、食欲もなくベッドに寝てばかりいたが、数日後には元気を恢復し、甲板上を歩きまわるようになった。

帰路も洋上に船影をみず順調な航海がつづけられ、艦は、ペナン基地へむかった。が、第八潜水戦隊司令官石崎昇少将から、帰着予定港のペナンへは入港せず、スマトラ島北端沖のサバン島にむかうよう無電が入った。

チャンドラ・ボースの到着は極秘扱いとされ、ペナンではその秘密が洩れるおそれがあると判断されたのだ。

その指令によって、伊号第二十九潜水艦は予定を変更して、五月六日朝、サバン島に入港した。

桟橋には、ドイツ駐在から帰日していた山本敏陸軍大佐が、ひそかに出迎えていた。背広に着かえて陸岸を見つめていたチャンドラ・ボースは、ドイツからアジアへおもむくことに尽力してくれた山本の姿を眼にして感激し、桟橋に駈け降りると、山本の体を抱きしめ、

「わたしは、この喜びを天地、神に感謝する」

と、眼をうるませて言った。

伊号第二十九潜水艦は、U180号から譲渡された機密兵器類と設計図を陸揚げし、その任務を

すべて終了した。

同艦は、静かにサバン島を出港していった。

チャンドラ・ボースと秘書ハッサンは、それから五日間サバン島内の宿舎に身をひそめて日を過した。かれらの存在は、依然として極秘にされ、宿舎は工作機関員によって厳重に警護されていた。

チャンドラ・ボースがサバン島についてから五日後の五月十一日早朝、同島の海軍飛行場に一機の輸送機が着陸、ボースとハッサンを山本敏陸軍大佐らとともに乗せると、ひそかに滑走路を離陸した。機は、途中ペナン、サイゴン、マニラ、台北をそれぞれ経由して日本本土上空に達したが、悪天候に災いされて、いったん浜松飛行場に着陸、翌十六日、立川飛行場に到着した。ボースは、ハッサンとともに出迎えの車に乗って東京へむかい、帝国ホテルに投宿したが、宿泊人名簿には松田という偽名を記載するなど、その存在をさとられぬための慎重な配慮がはらわれた。

その後、かれは、海軍大臣嶋田繁太郎大将、外務大臣東郷茂徳、参謀総長杉山元陸軍大将、軍令部総長永野修身海軍大将らと会い、さらに東条英機総理大臣とも会見して、反英インド独立運動の推進方法について活潑な意見の交換をおこなった。その打合わせの結果、運動を大々的に推し進めることになり、六月十九日、帝国ホテルで初の記者会見を開いたが、ドイツにいると思われていたかれが忽然《こつぜん》と日本に現われたことは、内外に大きな驚きをあたえた。

かれは、その席で、インド独立のため「剣には剣をもって戦う」という激烈な反英闘争の決意を述べ、翌々日の夜には、東京の日本放送協会のラジオ放送で、祖国インドに向けて全民衆が蹶起《けっき》し武力抗争を積極的に展開するよう呼びかけた。そして、二十三日には、日比谷公会堂で場外にまであふれる聴衆を前に大講演会をひらき、その後、一般人の前から消えたが、二十七日にはビハリ・ボースと連れ立って、突然、シンガポールに姿を現わした。

かれの出現は、在留インド人を感動させ、七月四日にひらかれたインド独立連盟大会では二万名近い大観衆が集り、かれの演説の一句一句に熱狂的な歓声をあげた。その大会でかれは、ビハリ・ボースに代って独立連盟会長の座につくことを宣言し、自由インド仮政府樹立の提案をおこない、満場一致で大会の承認を得た。

チャンドラ・ボースは、それにもとづいて準備を進め、十月二十一日に仮政府を樹立し、自らはその首班兼インド国民軍の総司令官に推され、また、ビハリ・ボースも政府最高顧問に就任した。

その後、チャンドラ・ボースは、日本軍の占領しているアンダマン諸島、ニコバル諸島を仮政府の属領にしたいという希望を述べて日本政府の同意を得、約三万に達するインド国民軍をひきいて反英武力抗争に着手した。

しかし、チャンドラ・ボースが日本に到着した頃、日本とドイツの戦局は徐々に悪化しはじめていた。

昭和十八年二月二日、スターリングラードをめぐってソ連軍と苦闘をつづけていたドイツ軍は、同戦線から総退却し、また、二月九日には、日本軍も半年間にわたって防戦につとめていたガダルカナル島から撤退し、連合国軍の総反攻が開始されていた。

そうした情勢下で、大本営陸軍部は、ドイツの戦力をさぐることによって今後の日独協同作戦の進展に資したいという希望を抱き、大本営・政府連絡会議でドイツ、イタリアへの特使派遣を決議していた。そして、ガダルカナル島から日本軍が撤退して十日ほどたった二月二十日の大本営・政府連絡会議の席上、独伊への連絡使を早急に出発させることを決定し、連絡使への訓令も発令された。

連絡使の長には参謀本部第二部長岡本清福少将が任ぜられ、陸軍側から同第十五課長甲谷悦雄中佐、海軍側から軍令部第一部甲部員小野田捨次郎大佐、外務省から書記官与謝野秀がそれぞれ選ばれ、三月初旬に出発することになった。

ヨーロッパへおもむく手段としては飛行機による方法が考えられ、北方コースをたどってベーリング海附近を夜間に通過する案も立てられたが、それも、日ソ中立条約への影響を懸念する東条首相の反対で否決された。また、潜水艦に便乗してドイツへ到達する方法も検討されたが、その案も不採用になった。潜水艦を使用してドイツへおもむくまでには、少くとも三カ月近い長い日数を要する。戦局が目まぐるしく変転していることを考えれば、三カ月の間に事情は一変しているし、連絡使に与えられる訓令も、全く無意味なものに化すことが十分に予想された。

残された方法は、陸路による以外になかった。コースとしては、中立条約を結んでいるソ連領を通過し、中近東を経て、ドイツにおもむくルートのみで、約一カ月後にはベルリンに到着することができると推定された。が、難問は、ドイツと戦争状態にあるソ連領内の通過であったが、それを強行するために、ソ連領内への入国許可証にはドイツ行きを伏せ、四名とも旅行目的の偽装をはかることが必要だった。

まず、岡本陸軍少将はスイス駐在日本公使館付陸軍武官、甲谷陸軍中佐はブルガリアの日本公使館付陸軍武官、小野田海軍大佐はフランスの大使館付海軍武官、与謝野はスイスの公使館一等書記官にそれぞれ赴任することとして、ソ連大使館に査証の給付を申請、ようやく入国許可を得た。

たまたま中近東諸国におもむく外務省関係の一団がいたので、独伊派遣連絡使は、かれらと合流して三月一日に東京を出発した。

一行は、朝鮮、満州を経由し、三月十日、満州里からソ連領内に入った。

シベリア鉄道の長い旅がはじまった。ソ連側は、外交官査証をもつ一行に車輛一つを提供してくれたが、常に私服が車輛内に入りこんで監視の眼をそそいでいる。連絡使たちは、重要書類を身につけて絶えず注意を怠らなかった。

シベリア鉄道からトルクシブ鉄道に乗りかえた一行は、アルマアタ、タシケントを経て、カスピ海を船で渡りバクーについた。そして、列車で西へむかい、トルコ領内に入った。さらに、かれらは、軽便鉄道でトルコの首都アンカラに到着、ブルガリア、ルーマニアを経て、ようやくドイツ領内にたどりついた。ベルリンに到着したのは四月十三日で、東京を出発してから四十三日目であった。

岡本少将は、リッベントロップ外相と会って訓令の趣旨をつたえ、甲谷中佐、小野田大佐は、ドイツ、イタリアの戦力調査にとりかかった。殊に甲谷中佐は、ソ連と対峙する東部戦線やイギリス本土に面した海岸線のドイツ軍要塞地帯を視察するとともに、独伊両国の軍需工業力について調査した。

その結果、かれは、独伊両国の戦力はかなり低下していて、勝利はきわめて至難だと判断した。そして、その旨を大使館から参謀本部に暗号電文によって報告しようとしたが、重大な内容であるため、秘密保持の点で不安を感じた。大使館から発信された報告文は外務省で受信されるが、外務省側は、むろん極秘扱いとはしても、*コンニャク版で各関係方面に配付するのを恒例としている。当然、甲谷中佐の報告は、各方面に激しい衝撃をあたえるはずで、国内の戦意に好ましくない影響をおよぼすことが予想された。

そのため、甲谷中佐は、参謀本部の担当者が読めば真意を確実に察知できるようにすべきだ、と考え、表現方法に苦心して、かなり長文の報告書をまとめ上げて打電した。それは、もしもドイツ空軍が完全に制空権を確保することができれば勝利を望むことも可能だと言ったように、不可能としか思えぬ仮定を立てて、暗にドイツの敗勢をほのめかした。

しかし、甲谷中佐の意図は十分につたわらず、日本側は独伊両国の戦力を冷静に判断することができなかった。

八

チャンドラ・ボースの来日や独伊派遣連絡使の訪独がおこなわれている間、ドイツへの潜水艦第二便派遣準備は、着実にすすめられていた。

その計画は、ドイツ総統ヒトラーの要望に端を発したもので、ドイツ側は、インド洋上で通商破壊戦を日本海軍がおこなうことを条件に、それに適したUボート二隻の無償提供を提示した。一隻はドイツ海軍の手で日本に送るが、他の一隻は、日本海軍で回航して欲しいという。その日本海軍の回航員をドイツに送りこむためには、日本の大型潜水艦に回航員を便乗させて送らねばならなかった。

その計画準備は、第一便の伊号第三十潜水艦の遣独指導にあたった軍令部潜水艦担当部員井浦祥二郎海軍中佐を中心に進められた。

井浦は、まず、派遣艦の選択について艦内に余裕のある広さをもつ潜水艦を物色した。譲渡されるUボートは、いずれも基準排水量八七六トンで、乗員は六十名近くが必要とされる。通常の状態でも、乗組員百名の乗る艦内生活はきわめて狭苦しいのに、その上、さらに六十名近い回航員を便乗させるには、なるべく艦内にゆとりのある潜水艦が望ましかった。

その要求をみたす艦としては、旗艦施設*のある潜水艦が最適で、基準排水量二、四三四トンの伊九型の伊号第九、第十潜水艦が候補艦として望ましいと判定された。が、伊号第九潜水艦は作戦行動中であったので、内地に帰投していた伊号第十潜水艦に内定した。

しかし、同艦は、一年半前の昭和十六年十月に川崎造船所で竣工し就役した新造艦で、水上速力二三・五ノット、魚雷発射管六基、一四センチ砲搭載のすぐれた性能をもつ潜水艦であった。ドイツへ派遣される潜水艦は、当然、危険にさらされるはずで、もしも、同艦を失えば日

コンニャク版　印刷法の一つ。また、それで刷ったもの。寒天やゼラチンに水、グリセリンを加えて作ったものに染料で書いた原稿を転写して原版を作り、その上に紙を当てて印刷する。

旗艦施設のある潜水艦　「旗艦」は艦隊の司令官・司令長官が乗船する軍艦。ここでは、司令部要員の居住設備が整っている潜水艦、の意。

本潜水艦の戦力の重大な損失になる。

井浦は、そうした事態を招くことを恐れ、同じような旗艦施設をもつ伊号第八潜水艦に注目した。

同艦は巡潜三型に属し、昭和十三年十二月竣工という艦齢四年余の大型艦で、伊号第十潜水艦より戦力的にも劣っていた。

幸い、伊号第八潜水艦は、ガダルカナル島撤退作戦の任務を終え、呉海軍工廠で次の作戦行動参加にそなえて整備のため入港していた。

艦長は、潜水学校教官の前歴もある古参の海軍中佐内野信二で、五月一日付をもって大佐に昇進が予測され、再び学校教官になるか、潜水隊司令に赴任するかいずれかに内定していた。

井浦は、艦長が変更になることも十分に予想し、同艦の派遣準備に着手した。そして、かれ自身は、派遣艦の行動についての連絡指導を担当し、派遣に必要な技術的指示は艦政本部潜水艦部員後藤汎大佐に一任することを決定、上司の許可を得た。

後藤大佐は、井浦の依頼を受けて、すぐに東京を出発し、呉海軍工廠内に繋留されていた伊号第八潜水艦におもむいた。そして、艦長内野中佐に会ったが、後藤は、艦長が変更することもあり得ると予測して、遣独計画は口にせず、

「或る計画案があるのだが、伊八潜の最大航続距離は何浬まで可能か。また、艦内を改造すればどの程度の人員を収容できるか調査して、潜水艦部に至急、報告して欲しい」

と、内野に依頼した。

ただちに内野は、航海長吉田太郎大尉に航続距離の調査を命じ、先任将校上拾石《かみじっこく》康雄大尉に

工廠潜水艦部の意見をきいて検討するよう指示した。

その結果、航続距離は、経済速力（約一一ノット）で一四、〇〇〇浬が可能であり、また、内部を改造すれば五十余名が艦内に収容できることが判明し、その旨を後藤大佐につたえた。

その報告を受けた軍令部では、伊号第八潜水艦をドイツに派遣することを決定し、井浦潜水艦担当部員から初めて内野艦長に行動目的がしめされた。

第一線艦長から退くことが内定していた内野艦長は、伊号第八潜水艦に課せられた重大任務を耳にすると、自分の手でその責務を果したいと強くねがった。そして、親友の海軍省人事局一課付の長沢浩大佐に連絡をとり、

「身体頑健にして潜水艦長として十分勤務に堪え得る確信があるから、留任して、ドイツ行きの任務に就けるように考慮して欲しい」

と、懇請した。

内野中佐の強い希望に動かされた人事局では、軍令部と協議した結果、むしろ、老練な内野中佐を艦長として派遣する方が好ましいという結論を得、その旨を内野につたえた。

内野は歓喜し、出発準備に着手した。

まず、回航員を収容する余地を作るための作業が、艦政本部、呉工廠潜水艦部の協力ではじめられた。回航員の居住設備としては、魚雷発射管室があてられることになった。

発射管室は上部と下部に設けられていて、それぞれ四門二基の発射管が設置され、魚雷搭載数は計二十本であった。この二室に居住に適した余地をつくるため、六門の発射管に魚雷を詰め、それ以外の予備魚雷はすべて陸揚げした。さらに、上部発射管室の予備魚雷格納所と下部

発射管室を改造して、居住設備を新設した。

その作業を進めている間にも、四月二十七日、軍令部第二部員井浦中佐と海軍省軍務局一課員泉雅爾中佐から具体的な行動計画が提示され、五月三日、内野艦長は、通信長桑島斉三大尉と前後して打合わせのため上京した。

一般行動計画としては、概略、左のことがしめされた。
一、伊号第八潜水艦は、五月下旬内地を発し、八月下旬、ドイツ軍港ロリアン着。三、四週間、同軍港に碇泊後帰路につき、十二月初旬、内地着の予定。
二、往路途中で燃料を補給する必要があり、潜水母艦*「日枝丸」からの補給も考えられるが、敵に発見される危険もあるので伊号第十潜水艦を随行させ、インド洋上で補給する。潜水艦から潜水艦への燃料洋上補給は前例がないので、十分な研究を要する。
三、第一便伊号第三十潜水艦の訪独時よりも敵の対潜哨戒密度ははるかに濃厚になっているので、電波探知機は、たとえ出発を延期しても、必ず装備する。
その他、詳細な説明がおこなわれたが、桑島通信長には、アフリカ大陸南端の喜望峰通過までの送信を東京からシンガポールの第十通信隊経由でおこない、喜望峰通過後は、ドイツ海軍本部電信所の無電にしたがうことなどが指示された。

呉工廠にもどった内野艦長は、軍令部、海軍省の指令にしたがって艦の出発準備をすすめた。出港を延期してまで搭載することを命じられた電波探知機については、艦政本部と呉工廠潜水艦部が製作にあたった。その装置は、電波探信儀（レーダー）とは異なって、敵側の電波探信儀の発する電波をとらえて敵の存在を知る傍受専門の探知機であった。

日本海軍の電波探信儀の研究は、昭和十六年にドイツ、イタリアに派遣された軍事視察団の団員伊藤庸二技術中佐がドイツ方式をつたえたことによって、急速に組織化された。また、陸軍でも、ロンドン駐在の造兵監督官浜崎諒技術大佐が、世界最高の技術水準をもつイギリスの電波探信儀の内容の一端を日本に報告し、その研究も本格化した。そして、昭和十六年九月には飛行機見張り用の第十一号電波探信儀が完成し、その第一号機は、千葉県勝浦の灯台附近に設置された。

その後、海軍電波兵器研究陣は、日本放送協会技術研究所、日本無線株式会社、日本電気株式会社の技師たちと波長のきわめて短い電波探信儀の研究に没頭し、ようやく開戦直前に完成をみた。そして、昭和十七年六月ミッドウェイ海戦に出撃する戦艦「伊勢」「日向《ひゅうが》」の両艦に、初めて二十一号、二十二号の電波探信儀が装備された。

しかし、戦局が有利に展開していたことと光学兵器に対する信頼感から、用兵者側は、電波探信儀への熱意が薄く、技術陣の苦悩は大きかった。そのような停滞の中で、イギリス、アメリカの電波探信儀の研究は急速に進歩していて、技術陣の必死の努力にもかかわらず、その兵器化の状況にはかなりの差があった。

伊号第八潜水艦に搭載予定の電波探知機についても、電波探信儀の研究にともなって、その存在は注目されるようになっていた。昭和十七年六月には、戦艦「伊勢」に装備した電波探信儀の電波を戦艦「山城」がとらえ、電波探知機が、防禦の意味からきわめて有効なものである

潜水母艦　軍艦の一つ。潜水艦に対して、燃料や物資などの補給にあたる。

ということが実証された。しかし、日本海軍は、伝統的に攻撃用兵器に強い関心をもつが防禦用兵器には不熱心で、また、電波探信儀の研究者たちも、副産物的な電波探知機の研究には積極的な努力をはらう者が少かった。

そうした背景の中で、艦政本部員と呉工廠電気部の技師たちは、苦心の末、ようやく電波探知機を完成し、伊号第八潜水艦に装備することができた。それは、大型扇風機状の二枚の翼が受信空中線となっているもので、艦橋上の架台にとりつけられ、司令塔内からハンドルで回転し操作させる仕組みになっていた。そして、電信兵に短時日で操作をおぼえさせ、広島湾上で呉の高台にある灰ケ峰電信所から電波を放って、探知訓練をおこなった。

最後に残された問題は、潜水艦からの洋上補給方法の研究であった。

内野艦長は、第八潜水戦隊参謀福島少佐と打合わせをし、伊予灘で伊号第十潜水艦と補給訓練を実施することに決定した。そして、佐世保にいた伊号第十潜水艦長殿塚謹三中佐と連絡をとり、呉を出港、両艦は、伊予灘で相会した。

補給方法としては、両艦が平行に接舷して実施することも考えられたが、潜水艦の舷側にあるメインタンクの強度が弱く、波のうねりの高いインド洋上では、タンクが激突して破損するおそれもあるので、その方法は不可能と断定された。そして、従来、海軍でおこなってきた方式通り、伊号第十潜水艦と伊号第八潜水艦を縦にならばせ、伊号第十潜水艦の後甲板から伊号第八潜水艦の前甲板に送油管を引込む方法が試みられた。

しかし、伊号第十潜水艦の後甲板は低く、波に洗われて作業ができない。伊予灘よりもはるかに波の荒いインド洋上では、むろん、作業は不可能であることが予想され、その方法も断念せざるを得なかった。

内野、殿塚両艦長は、新たな難問に突きあたって困惑した。もしもインド洋上で補給を受けることができなければ、伊号第八潜水艦は、ドイツ到着前に燃料がつきて大西洋上で立往生しなければならなくなる。

内野は、士官たちと協議した結果、波に洗われることの少い両艦の前甲板を使って作業をすることに決定した。

ただちに艦は移動して、両艦は、艦首を向け合う形をとった。そして、前甲板から前甲板に送油管を送ってみると、波にさまたげられることもなく作業実施が可能であると推定できた。

その試みによって洋上補給に自信をもった両艦は、実験を終えて呉軍港に入港した。

出発準備はすべてととのい、Uボートを回航する乗組員約六十名が到着した。譲渡されるUボートの艦長予定者は、海軍大学を繰上げ卒業して赴任してきた乗田貞敏少佐で、先任将校久保田芳光大尉以下いずれも厳選された優秀な者ばかりであった。

また、軍令部の指示によって、西原市郎中佐、小林一郎軍医少佐、軍令部第七課嘱託山中静三、軍令部付海軍属（書記）大西寛喜、小田米吉、中野繁の計六名が便乗することになっていた。

西原中佐は、艦政本部第五部に属するエンジン関係の専門家で、軍令部の命令でドイツ派遣が決定していた。その派遣目的は、魚雷艇の技術導入であった。

四カ月前、日本軍が撤退したガダルカナル島の攻防戦で、日本潜水艦は、夜間をえらんで陸軍部隊に弾薬・食糧等の補給をおこなっていたが、アメリカ軍の魚雷艇の襲撃にさらされ損害は甚大だった。その実情を知った山本連合艦隊司令長官は、魚雷艇の存在に注目、軍令部にその建造を依頼した。軍令部でもただちにその検討をおこなったが、量産はおぼつかなく、アメリカの魚雷艇と匹敵するものを多量に生み出す手がかりはなかった。

たまたまドイツ海軍が、魚雷艇を駆使して北海、地中海で連合国海軍に華々しい戦果をあげていることを知った軍令部は、ドイツ駐在武官にその性能等について報告するよう命じた。その結果、ドイツ海軍の魚雷艇は、排水量四五トンと九八トンの二種で、重量の軽い三、〇〇〇馬力のエンジンを装備していることが判明した。軍令部は、魚雷艇の船体は日本で造るが、エンジンについてはドイツ海軍の協力を得る方が好ましいと判断し、海軍工廠、三菱重工業のエンジン関係の技師八名を送る前提として、西原中佐を先に派遣することに決定したのだ。

また、小林軍医少佐は、東京帝国大学医学部卒の外科医で、ひろくドイツの軍事医学の情報を蒐集《しゅうしゅう》するとともに、ドイツ駐在の大使館員、軍人、軍属の治療に従う任務を課せられた。山中は、東京外国語学校卒後、横浜高等商業専門学校で教鞭をとって海軍文官となったドイツ語の専門家で、スウェーデン公使館付として赴任することを命じられていた。

大西、小田、中野は、海軍省大臣官房電信課から軍令部付となった暗号員で、大西がスペイン、小田がイタリア、中野がポルトガルのそれぞれ日本大公使官付海軍武官の事務所に着任して、暗号の作成、翻訳、解読の作業に従事することになっていた。

通常、潜水艦は出撃する折に六十日分の食糧を積みこむが、それらが通路をはじめ艦内いたる所にあふれて、若い兵は起居する場所もなく、食糧の包みの上でごろ寝しなければならぬほどであった。そうした狭い艦内に、たとえ居住設備を新設したとはいえ、五十余名の回航員、便乗者が加わり、それに必要な食糧その他必需品も積みこまれたので、伊号第八潜水艦は、人と物が隙間なく詰めこまれた容器と化した。

九

昭和十八年六月一日、ドイツ派遣の第二便伊号第八潜水艦は、見送る者もなくひそかに呉軍港を出港した。

潜水母艦「日枝丸」と伊号第十潜水艦も同航し、便乗者六名は、「日枝丸」に乗っていた。伊号第八潜水艦は、僚艦とともに豊後《ぶんご》水道をへて南下した。

内野艦長は、出港前、ドイツ派遣の第一便伊号第三十潜水艦の艦長であった遠藤忍中佐が、たまたま鎮守府付*として呉に在任していたので、遠藤から航路途中の状況について詳細な注意を受けた。

しかし、遠藤がドイツへおもむいた一年前とは、世界情勢は大きく変化していた。

アメリカの太平洋戦域における総反攻は本格化して、日本陸海軍は、その圧迫にあえぎながら戦線の確保に全力を傾けていた。が、その努力も功を奏せず、四月十八日には連合艦隊司令長官山本五十六《いそろく》大将が敵機の迎撃を受けて戦死し、五月二十九日には北方拠点であったアッツ島も米軍の攻撃を受けて、守備隊の玉砕がつたえられていた。

また、ヨーロッパ戦線でも、連合国軍の反攻は激化し、北アフリカではドイツ、イタリア軍

鎮守府付　「鎮守府」は旧日本海軍で、所管海軍区の警備や所属部隊の監督などを行なった機関。横須賀・呉・佐世保・舞鶴の各軍港に置かれた。

が敗北を喫して降伏していた。当然、ドイツにおもむく途中の制海・空権はイギリス軍の手中にあって、それを突破してドイツに達することは、至難な行為であった。

同艦は、途中、潜航訓練を重ねながら進んだが、訓練中、メインタンクの破損という不慮の事故にあって、やむなくペナンへの直航予定を変更してシンガポールに入港し、修理を受けた。その間、「日枝丸」と伊号第十潜水艦はペナンに直航し、また、伊号第八潜水艦に同乗していた回航員約五十名は、列車でペナンに先行した。

六月二十二日、修理を終えた伊号第八潜水艦は、同港を出港し、翌々日、最終出発港のペナンに到着した。

同港では、狭い艦内に大量のキニーネ*、錫《すず》、生ゴムが積載された。それは、南方資源の枯渇したドイツ側からの強い要望にもとづくものであった。

また、少しでも人員を減らすため不要になった飛行機要員をおろすことになり、和泉*飛行兵曹長以下五名が退艦した。

艦内の改造、予備魚雷の陸揚げ、洋上補給訓練、回航員の乗艦等、乗組員を不審がらせる動きが相ついだが、内野艦長は、機密保持の配慮から、出撃目的は「重要任務ニツクタメ」としか口にしていなかった。が、六月二十七日午後六時三十分、乗員を桟橋に集合させると、初めてドイツへおもむくことを発表した。乗員の喜びは大きく、かれらの眼は一様に明るく輝いていた。

訓示を終えた内野艦長は、午後七時〇〇分出港を命じ、伊号第八潜水艦は伊号第十潜水艦につづいて桟橋を静かにはなれた。桟橋上には、ペナン根拠地隊司令官平岡粂一中将、潜水戦隊母艦「日枝丸」艦長松崎直大佐らが見送り、いつまでも帽を振りつづけていた。

伊号第八潜水艦は、港外に出ると、燃料補給艦の伊号第十潜水艦に続航してマラッカ海峡をぬけインド洋に入った。そして、速力一二ノットから一六ノットで南下した。

艦は順調に進んで、ペナン出港後、四日目の六月三十日午前四時には、東経九〇度四〇分の位置で赤道を通過、針路を南西に向け、燃料補給のできる静かな海面を求めて航行をつづけた。

七月四日早朝、伊号第十潜水艦に乗っていた第八潜水戦隊司令官石崎昇少将から、補給作業を実施する意志があるかを問う信号が送られてきた。波高は三メートルから四メートルで、伊予灘とは比較にならぬ悪条件だったが、内野艦長は、機関長田淵了少佐と相談した結果、他に平穏な海面があるとは思えず、作業を強行することに決定した。

ただちに両艦は、艦首を接近させて導索を渡し、送油管が伊号第十潜水艦から伊号第八潜水艦に引きこまれ、送油が開始された。艦は大きく揺れていたが、補給作業は円滑に進められ、四時間を費して一一五トンの油が送られ、伊号第八潜水艦の燃料タンクは満載になった。位置は、南緯四度五三分、東経八七度二〇分であった。

その後、両艦は、さらに五日間南下をつづけ、マダガスカル島東方の南緯二三度二五分、東経七五度一五分の海上で再び停止、八〇トンの送油をおこない、伊号第八潜水艦は満載状態になった。

これによって、二回にわたる燃料補給は無事終了し、いよいよ伊号第八潜水艦は単独でドイ

キニーネ　キナノキの樹皮から精製されるアルカロイド。マラリア治療の特効薬として知られる。

飛行兵曹長　「兵曹長」は旧日本海軍の准士官（士官の下、下士官の上に位置する官で、士官待遇を受けた）。

ツヘむかうことになった。

伊号第十潜水艦から、

「予《あらかじ》メ成功ヲ祈ル」

という手旗信号が送られ、伊号第八潜水艦も、

「誓ッテ成功ヲ期ス」

と、それに応えた。

両艦は南と北へ動き出し、甲板上で帽が振られた。その距離は次第にはなれ、やがて、伊号第十潜水艦の艦影は遠く北方の水平線に没していった。

艦は、ひそかにアフリカ大陸南端の喜望峰南方海域に航進を開始したが、艦内に思わぬ病人が発生していた。

ペナン出航時には、むろん、体の故障を訴える者はいなかったが、インド洋上に出てから回航員の一人である田島二三男*上等水兵が連日四〇度を越える高熱を発するようになり、他にも肝炎を発病した水兵がいた。軍医長小谷順弥大尉は、柳生*一等衛生兵曹とともにこれらの治療にあたったが、殊に田島上水の病状が思わしくないので、Uボートの軍医長予定者として便乗していた清水正貴軍医少佐とドイツ駐在を命じられて赴任途中の小林一郎軍医少佐の協力を仰いだ。

三名の軍医官は、高熱がつづく症状からみて腸チフスの疑いがあると診断し、回航員の新設居住区である下部魚雷発射管室で治療にあたった。もしも腸チフスであれば、チフス菌はたちまち艦内にひろがり、ドイツ行きも断念しなければならなくなる。しかも、艦内には定員を六

〇パーセントも越えた人間が詰めこまれているので、田島上水を隔離することもできない状態だった。

しかし、血液検査の結果、田島上水の病名は悪性の熱帯性熱マラリアであることがあきらかになり、必死の治療がつづけられた。が、症状は好転せず、脳症を起して昏睡状態のまま七月七日、遂に死亡した。

その夜は、立錐の余地もない下部発射管室でしめやかに通夜が営まれ、翌日、遺体をおさめた棺の下部に一五センチ練習用砲弾が入れられ、甲板上に運び上げられた。

甲板上には、内野艦長以下乗組員が整列し、*弔銃発射とともに「命をすてて」の葬送ラッパが吹かれ、軍艦旗におおわれた棺は、水しぶきをあげて海面下に沈んでいった。


艦は、ケープタウンにあるイギリス航空基地の哨戒圏を避けて、喜望峰沖三〇〇浬以上の海面を迂回したが、前年、ドイツに派遣された第一便の伊号第三十潜水艦と同じように、世界屈指の荒天海域であるローリングフォーティーズに突入した。

海上は、七月十一日に時化《しけ》を迎えてから、風波は次第に激化し、燃料満載状態のため*乾舷《かんげん》が低くなっている艦は、波にはげしくもまれるようになった。それに、艦は艦齢も古く、居住設

上等水兵　旧日本海軍の階級の一つ。水兵長の下、一等水兵の上に位置する。上水。
一等衛生兵曹　「一等兵曹」は旧日本海軍の階級の一つ。上等兵曹の下、二等兵曹の上に位置する下士官。
弔銃　軍人などの死をとむらうため、小銃で一斉に空砲を撃つこと。
乾舷　船の中央部で、水面から上甲板上部までの垂直距離をいう。

備の新設による無理がたたって故障個所が続出し、七月十四日には、左舷の上部構造側板が二メートルにわたって裂け、流失してしまった。そのため、押しよせる波浪が、直接、飛行機格納筒に激突するようになった。

乗員たちは、顔色を失った。もしも格納筒の昇降装置や取付けが激浪で破損すれば、上部構造物をはじめメインタンクの頂板や内殻にも損傷を生じ、重油の漏洩もうながして、ドイツ行きも断念しなければならなくなる。

内野艦長は、ただちに艦を反転させ、破損した左舷を風下にして波を避け、艦内にあるすべてのロープとワイヤーで応急修理をおこなわせた。その海域は冬季を迎えていて寒気がきびしく、甲板上は絶えず波に洗われているので、作業は困難をきわめたが、辛うじて修理を終らせることができた。

内野艦長は、故障続発を恐れて、波の静まるのを待つため二度にわたって潜航した。が、天候は益々悪化するばかりで、ローリングフォーティーズの突破は不可能になった。

当惑した内野は、イギリス空軍の哨戒圏内にある海面を航行することもやむを得ないと判断し、艦の針路を喜望峰方向に変針させ、荒天海域からの脱出を試みた。

進むにつれて、天候は徐々に恢復し、七月二十一日にはようやくローリングフォーティーズから離脱、幸い哨戒機の機影もみなかったので、故障の修理作業をおこなった。

艦は、喜望峰沖を通過し大西洋上に入った。そして、ひそかに北上を開始すると、二日後にはドイツ海軍通信所からの第一電が受信できた。それは、ドイツ駐在海軍武官横井忠雄少将からの電文で、航路途上にはりめぐらされた敵側の哨戒状況についての情報と、ドイツ潜水艦が伊号第八潜水艦出迎えのため出港準備を急いでいることをつたえていた。

内野艦長以下乗組員たちは、その報に喜び、任務達成の確信をいだいた。

その後、横井武官からの打電はつづいたが、それらは、すべて航路上の危険を報せる情報のみで艦内の緊迫感は一層たかまった。

七月二十七日正午、艦は、セントヘレナ島西方約四〇〇浬に到達、北上をつづけたが、翌々日には海軍武官から、到着港がロリアンからブレストに変更になったとの報告を受けた。また、出迎えのため出発予定のドイツ潜水艦とは、アゾレス諸島西方の北緯三九度〇〇分、西経三三度三〇分の位置で会合し、最新式の電波探知機を受けとるように、とも指示された。これらは、むろん、伊号第八潜水艦を危険から守るための処置であった。

また、その電文には、適当な機会をみてドイツ潜水艦との会合地点に到達する予定日時を教えて欲しい、ともつけ加えられていた。

それまで伊号第八潜水艦は、行動を敵側にさとられぬため一切の無電発信をおこなわなかったが、独艦と会合するには予定日時をしめさねばならない。そのため、内野艦長は、吉田航海長と協議して会合位置までの時間を計算し、桑島通信長に命じ、

「八月十一日一八〇〇（午後六時）アゾレス西方会合点着。二十日ブレスト着ノ予定」

という短文の電文を発信させた。その暗号は、呉出港前に軍令部からあたえられたトーゴーと秘称されている特殊暗号であった。

しかし、この発信はイギリス軍側に捕捉されたらしく、七月三十一日に艦尾方向に敵飛行機の接近してくるのを発見、急速潜航した。

幸いにも艦は敵機の攻撃を受けずにすんだが、敵側の警戒がきわめて厳重であることが立証され、無電発信には慎重な態度をとる必要があると痛感された。

八月一日夜半、西経二三度四〇分の位置で赤道を通過した。内地出港後、満二カ月を経過したわけだが、その間に、喜望峰沖合で冬期を迎えた艦は、再び酷熱の熱帯圏に入った。

艦上は、強い陽光にさらされて熱しきっていたが、潮風を受けるので堪えることはできた。それに比して、艦内は悲惨な様相をしめしていた。数名の見張り員が交代で甲板上に出る以外は、大半の者が、艦内にとじこめられたまま陽光にも外気にもふれることはできない。激しい暑熱に加えて湿度は百パーセントに近く、全身、汗と脂にまみれている。それに、定員をはるかに越えた乗艦者で、艦内は立錐の余地もなく、かれらは、濁りきった空気の中で身じろぎもせず喘いでいた。

艦に貯えられている真水の使用は、極度に制限されていた。水浴はもちろん洗面も許されず、僅《わず》かに少量の飲用水があたえられるのみで、着換えられた衣服は、そのまま衣服箱に投げこまれるだけであった。百六十名に達する乗艦者の体からは、異様な臭気が発散し、顔も体も厚い垢《あか》におおわれていた。

外界から遮断された艦内で時刻を知る唯一の手がかりは、食事であった。副食物はほとんど缶詰が利用され、野菜も乾燥されたものが使われていたが、ビタミン不足をおぎなうため、食卓上におかれたエビオスを食事の度に口の中へ投げこんでいた。

乗艦者たちは、時間の経過するのを唯一の楽しみにしていた。ドイツ潜水艦と会合するのは十日後であり、さらに十日経過すれば、ドイツ占領地域のブレスト軍港に到達する。入港すれば、甲板上に出て外気を思う存分吸えるし、自由に手足をのばしてベッドに横たわり大地を歩きまわることもできる。かれらは、艦内に閉じこめられた生活から脱出できるまでの日数を切ない思いで数えていた。

内野艦長以下士官たちも同じ思いであったが、八月四日駐独武官から発信されてきた電文は、かれらに失望感をあたえた。

それは、「機密第八〇九番電」として、

一、貴艦ニ装備スベキ電波探知機ノ完成遅ルルニ付、アゾレス西方会合点着ハ、早クトモ八月十八日ニ変更セラレタリ

二、新会合期日ヲ通知スルマデ、北緯二〇度、西経三五度ヲ中心トスル三〇〇浬圏内ニテ機宜待機セラレ度《たし》

三、右海面ハ従来ノ経験ニヨレバ危険少キ海面ナルモ、(敵)母艦機ニ対シテハ常時警戒ヲ厳ニスル要アリ

四、会合日時ハ、予定ツキ次第通知ス。行動遅延ノタメ補給ノ必要アラバ、ソノ旨通知アリ度

と、打電してきたのだ。

この指示は、伊号第八潜水艦にとって無情な予定変更であった。八月十一日と予定されていた会合期日が一週間も延期されることは、一日も早く解放感を得たいとねがっていたかれらの期待を裏切るものであり、同時に、限られた燃料、食糧、真水の絶えることも憂慮された。

内野は、ただちに士官たちを集めると、その電文をしめして、航行に必要な物資の保有量を調査させた。その結果、燃料、真水については極度の節約をすれば心配はないが、食糧、殊に

副食物に不足をきたすことがあきらかになった。駐独武官の電報は、

「早クトモ八月十八日ニ変更」

と打電してきているが、それは、一週間以上の遅延を意味するもので、もしも、さらに期日が延びれば、伊号第八潜水艦は重大な危機にさらされる。

内野艦長は、無電発信の危険なことを十分承知した上で、
一、伊八潜、八月八日現在量
　糧食……九月五日マデ
　燃料……一二ノット二十昼夜分程度
二、差当リ補給ノ必要ナキモ、ナルベク本月中ニ入港デキル様取計《とりはから》ワレ度
と、悲壮な内容の電文を発信した。そして、艦は、速度を落して会合予定位置に北上をつづけた。

その間、内野は駐独武官からの返電を待っていたが、八月十三日につづいて翌十四日に、ドイツ潜水艦との会合方法がつたえられた。

それによると、八月十八日の会合日は、十九日又は二十日に延期となり、ドイツ潜水艦は、すでにドイツ軍港を出発して会合点にむかって航進中だという。また、会合方法としては、互いに発見できない場合、電波を発して位置を確認し合うことも指示されていた。さらに、会合位置のアゾレス諸島西方海域には、「敵護送船団ガ航行スルコトアリ。敵機ノ出没頻繁トナレリ。対空警戒ニ関シテハ、常時厳重ニセラルル要アリ。太陽ヲ背ニシテ来襲スル敵機多シ」という警告もつけ加えられていた。

内野艦長は、その電文によって愁眉《しゅうび》をひらいたが、敵に発見される公算が益々増大していることも知った。

翌日、機密第八七一番電によって、会合期日が、正式に八月二十日ドイツ時間一二〇〇（正午）と決定した旨がつたえられたが、会合位置はわずかながら変更された。そのような度重なる指示を受けた内野艦長は、駐独武官がドイツ海軍の協力を仰いで綿密な受入れ態勢をととのえていることを察知した。

艦は、周囲に厳重な警戒をはらいながら、会合位置にむかって進んだ。艦上では、天測を繰返して正確な位置を計測することにつとめ、会合予定日の前日の夕刻につづいて夜間も、星をたよりに位置測定がおこなわれた。

八月二十日の夜明けを迎えた。

あいにく視界は悪く、海上は荒れていたが、ドイツ時間の一二〇〇以前に、艦は指定された会合位置に到達した。内野艦長以下乗組員たちは、四方の海上に双眼鏡を向けつづけたが、艦影らしきものは発見できない。潜水艦の上甲板は低く艦橋も小さいので、視認距離は数浬にすぎず、その上、雲霧も流れているので、日独両潜水艦の位置測定にかすかな誤差があれば、艦影を発見できぬおそれがあった。

伊号第八潜水艦は、海面を移動して海上を探ったが、ドイツ潜水艦の艦影を見出すことはできなかった。

内野艦長は、駐独武官の指示した会合要領にもとづいて、四〇七キロサイクルの電波をキャッチすることにつとめたが、そのうちに発信された電波が感応できた。が、それはきわめて微弱なもので、方位を測定することはできず、思いきってこちらから電波を発してみた。すると、それに対して、またも微弱な電波の感応を得たが、それきり発信は絶えた。

しかし、ドイツ潜水艦が伊号第八潜水艦の位置を探ることにつとめていることが推察できたので、内野艦長は、ドイツ潜水艦を探し当てるまで移動すべきではないと判断した。そして、艦を停止させ見張りを厳にして洋上を凝視していると、午後三時十分、一六〇度方向の水平線上に微細な黒点が湧くのを認めた。

ドイツ潜水艦か、それとも敵艦艇か、内野は判断しかねた。独潜との間に無電の発信をおこなったことは、敵側にも傍受され、攻撃にさらされることも意味している。

内野は、ただちに敵の来襲にそなえて総員に急速潜航配置につけと命じ、黒点を凝視した。緊迫した空気の中で、点状のものは次第に近づき、艦型もおぼろげながらレンズの中に浮び上ってきた。

「独潜！」

艦橋から見張り員のうわずった叫び声が上った。それは、あきらかに天蓋《てんがい》のない艦型をしたドイツのUボートであった。

双眼鏡には、ドイツ潜水艦のかかげるドイツ国旗もとらえられた。その国旗の掲揚は、洋上で会合するドイツ潜水艦を敵潜水艦と誤認しないようあらかじめとられていた処置であった。

伊号第八潜水艦も軍艦旗をあげ、国際信号法による発光信号を送った。

艦上には、喜びの声がみちていた。ペナン出港以来、五十五日目に計画通りドイツ潜水艦と会合することができたのだ。

ドイツ潜水艦は次第に近づくと、伊号第八潜水艦の左方を通過し、反転して右舷方向約五〇メートルの位置に停止した。ドイツ潜水艦の甲板上では、乗組員がしきりに手をふっていた。

海上は時化ていて、波のうねりは高い。

内野艦長は、ただちに舫銃《もやいじゅう》の発射を命じた。洋上に鈍い発射音がひびいて、ロープが生き物のように弧をえがいてドイツ潜水艦にむかって飛び、やがて、両艦の間にロープが張り渡された。

七百トンクラスのドイツ潜水艦の乾舷は低く、甲板上を激浪が洗っているため、伊号第八潜水艦からゴムボートがロープに結びつけられて送られた。ボートは激浪にもまれて、容易にはドイツ潜水艦の舷側に達しない。そのうちに、ドイツ潜水艦から一人の乗組員が海中に飛びこみ、ゴムボートを舷側に導くのが見えた。そして、一人の士官らしい乗組員がボートに乗り、伊号第八潜水艦に近づいてきた。それは、連絡将校のヤーン少尉であった。

ヤーン少尉は、艦橋に立つ内野艦長に挙手の礼をとり、士官たちと握手を交した。

幸い、伊号第八潜水艦にはドイツ語に堪能な軍令部付嘱託山中静三が便乗していたので、内野艦長は、山中の通訳でヤーン少尉と打合わせをおこなった。ヤーン少尉の話によると、ドイツ潜水艦はU161号で、予定通り最新式の電波探知機を搭載してきていることが判明した。

しかし、洋上は波浪が高く、精密な電波探知機をボートではこびこむことは困難で、天候の恢復を待つことに決定した。そして、明日午前十一時に同位置で再会し、電波探知機の移乗作業をおこなうことになった。

ヤーン少尉は、その旨をU161号に手旗信号で送り、両艦は、敵の来襲をおそれて海中に身を没した。

日没後、両艦は浮上したが、現地時間の午後十時三十分頃、海上に船の灯火と思われる白灯三個を認め、急いで避退した。近くにあるアゾレス諸島にはイギリス空軍基地があって、発見されれば攻撃にさらされるおそれがあった。

夜が、明けた。

伊号第八潜水艦は、再び潜航し、定められた午前十一時〇〇分に前日の会合位置海面に浮上した。同時に、U161号も海上に姿をあらわして接近してきた。

幸い、波浪はしずまっていたので、電波探知機の移乗作業が開始された。

伊号第八潜水艦から再び舫銃が発射され、ゴムボートがU161号に送られた。ゴムボートは、両艦の間を何度も往復し、二時間後には、ドイツ最新式の電波探知機と、探知機の取扱いに習熟した下士官、兵二名の移乗も終った。

内野艦長は、ドイツ国内でコーヒーが不足していることを耳にしていたので、コーヒーの一斗缶をU161号に送りとどけた。この寄贈はドイツ潜水艦側を大いに喜ばせ、先任将校が艦長の礼状を手に挨拶に来た。

作業はすべて終了し、両艦の甲板上では、別れの帽子がふられた。U161号は、単独で大西洋上での通商破壊戦にむかうのだ。

やがて、ドイツ潜水艦の艦影が水平線下に没すると、伊号第八潜水艦は北上を開始し、艦内で電波探知機の取付けがはじめられた。

内野艦長をはじめ士官たちは、山中嘱託の通訳によってヤーン少尉の説明をききながら取付け作業を見守っていたが、内野たちの顔には、一様に驚きの色がうかんでいた。

ドイツ海軍の運びこんできた電波探知機の受信空中線は、鉛筆ほどの太さしかない二本の真《しん》鍮《ちゅう》製の棒で、潜望鏡支基の上部にとりつけられたが、呉海軍工廠で装備した電波探知機の空中線にくらべるとはるかに構造は簡単で、大きさも数十分の一しかない。さらに、日本製の空中線の操作は艦内にもうけられたハンドルで回転させるのだが、ドイツ製の空中線は、艦内の受信装置に接続され、操作もきわめて容易であった。

そのような単純な装置で効果はあるのかと疑われたが、その後捕捉した電波は、日本製の電波探知機とは比較にならぬほどの鮮明な像を浮び上らせた。

内野艦長は、あらためてこの部門の日本の技術水準が大きく立遅れていることを痛感し、日本海軍の名誉をそこなうことを恐れ、呉海軍工廠製の電波探知機を解体させて艦内の奥深くかくした。

艦にとりつけられた電波探知機は、移乗してきたドイツ海軍の下士官と兵によって操作され、電波をとらえた折の感度によって、敵側のレーダーの発した電波かドイツ側の発した電波かを識別する。もしも敵側の接近を感知した折には、急速潜航しなければならぬが、ドイツ海軍下士官と兵の傍に勤務する日本側の電信兵は、むろんドイツ語を知らない。

当然、緊急時に、両者の間で混乱の起ることが予想された。

そのため、山中静三は、あらゆる場合の探知度に応じて伊号第八潜水艦のとるべき処置をドイツ電信兵に列記させた。そして、山中はそれに日本語訳を併記し、ドイツ電信兵がその対照表の一部を指させば、日本側電信兵は、ただちに艦内にむかって報告できるようにした。

その日、ドイツ海軍本部電信所から、敵側の哨戒行動が活潑なので昼間潜航して進むように、という厳重な注意が無電によって寄せられた。

また、伊号第八潜水艦は、ヨーロッパ大陸のスペイン領沿岸からオルテガル岬沖合を通過してビスケー湾を北上、最終到着港の旧フランス領ブレスト軍港にむかうよう指示してきた。さらに、ビスケー湾には、伊号第八潜水艦を迎え入れるため駆逐艦四隻を待機させ、飛行機も八機出動させるともつけ加えられていた。

ドイツ海軍は、在独日本海軍武官と協力して、可能なかぎりの周到な受入れ態勢をととのえていたのだ。

電波探知機の装備を終えた翌八月二十二日、早くも探知機に緑色の像がうかび、それ以後、しばしば電波が感知された。その海域一帯は、イギリス哨戒機と艦艇にみちていて、その度に伊号第八潜水艦は急速潜航して海中に身を没した。

艦は、アゾレス諸島西方を北上後、直角に東方へ進路を変え、いよいよヨーロッパ大陸のスペイン領西岸にむかって航進を開始した。

艦が進むにつれて、電波探知機には、ひんぱんにイギリス空軍機のレーダーの発する電波が探知され、艦は急速潜航をくり返した。そして、八月二十六日、スペイン領西岸のビーゴにむかって接近していったが、その日、在独日本海軍武官から不吉な無電が入電した。

それは、駐独日本大使館機密第九二五番電として、ドイツ海軍作戦部からの情報をつたえたもので、

一、ビスケー湾外洋上ヲ哨戒中ナリシ敵ハ、最近スペイン沿岸ノ哨戒ヲ開始セリ。兵力ハ巡

洋艦一隻、駆逐艦五隻ニシテ、フィニステレ岬ヨリオルテガル岬間ヲ昼間ハ海岸ヨリ一〇浬乃至二〇浬ヲ、夜間ハサラニ沿岸ニ接近シテ哨戒シアルモノト推定セラル

という内容であった。

フィニステレ岬からオルテガル岬間といえば、伊号第八潜水艦の航行予定路で、そこに有力な艦艇が哨戒にあたっているというのだ。

ドイツ海軍も、この点について対策を練っているらしく、その機密電には、

二、ドイツ空軍ハ、之《これ》ニ対シ有効ナル攻撃ヲ加ウルベク計画中ナルモ、警戒ヲ厳ニサレタシ

と、つけ加えられていた。

ドイツ海軍は、伊号第八潜水艦のオルテガル岬沖合突破を援護するため、通過時刻にイギリス海軍の哨戒部隊を攻撃する計画をたてているが、それが、果して成功するかどうかは予測できなかった。

緊迫した空気が、艦内にみちた。艦は、八月二十七日夜明け前にスペイン領のビーゴ附近に到着するはずで、艦が陸地を望見できる位置に接近するのは、ペナン出港以来六十二日目であった。

しかし、前日の八月二十六日は、電波探知機に敵飛行機の接近が絶えず感知されて、潜航を余儀なくされたため進度がおくれ、夜明け前に灯台の灯らしい光をかすかに認めただけで、水中航走に移った。

艦は、スペイン領沿岸沖を北に進み、潜望鏡をあげ、水平線に陸岸を見出して位置確認をした後、再び海中深く身を没した。

その附近は、中立国船舶の航路にあたっている上にトロール漁船の往来がしきりなので、水中聴音器には、しばしばスクリューの音がとらえられた。その度に、艦は遠く身を避けたが、特にトロール船の曳く漁網にからみつかれることが危惧された。

その日、電波探知機に強い感度があらわれ、艦は、深度八五メートルまで潜航し、水中航走をつづけ、二時間後に浮上した。が、またも電波が探知され、再び急速潜航し、八五メートルの深海に身をひそめた。

重苦しい時間が流れ、艦は水中航走をつづけていたが、突然、巨大なハンマーを叩きつけられたような爆雷の炸裂音が起った。睡眠をとっていた者たちは跳ね起き、乗組員たちの顔からは血の色がうせた。

爆雷の炸裂音は連続的に艦をふるわせ、それは七回におよんだ。敵に発見され爆雷攻撃を浴びていることは疑う余地がなく、艦の沈没も予想された。

ヤーン少尉が、ただちに司令塔に招かれ、山中嘱託の通訳で艦長と協議したが、ヤーン少尉は、敵の爆雷攻撃ではないらしいと述べた。同少尉の説明によると、イギリス空軍は筏《いかだ》の様なものに時限爆雷をつけて海中に投下し、炸裂させる。それは、ドイツ潜水艦の乗組員を威嚇する心理作戦を目的にしたものだという。

艦長以下乗組員は安堵し、事実、ヤーン少尉の説明を裏づけるように、その後、爆雷の炸裂音も絶えた。

艦は、潜航したまま航走をつづけ、数隻のイギリス哨戒艦の待機しているというフィニステレ岬に徐々に近づき、日没時には、同岬の南西約六浬の位置に達した。そして、日が没してから一時間後に、ひそかに浮上した。

艦橋に上った内野艦長は、漆黒の海面におびただしい光をみて愕然とした。艦の周囲の海面にも、甲板上にも、無数の光の粒が散っている。あたかも艦が、光の海を進んでいるようにみえた。

光は、夜光虫の群れの発する燐光であった。海面も甲板も青白い光におおわれ、幻想的な世界の中の光景のように思えた。

艦は、光につつまれながら航進を開始したが、艦尾から泡立つ海水に夜光虫が刺戟されるらしく、航路が青白くかがやいて、一万メートルも光の尾が曳かれている。陸岸からはわずか一〇キロメートルほどの距離なので、内野は、陸上から航跡を発見されはしないかとおびえた。また、陸上には灯台が多く、強い光芒が、夜の海面を一定の間隔をおいてないでくる。その度に艦は光を浴び、内野は、身のすくむような不安を感じていた。

午前二時三十分、陸岸との間の海面に一条の白い航跡を発見し、ヤーン少尉が、敵か味方かを判別するため双眼鏡に眼を押しあてた。ほの白い航跡は、伊号第八潜水艦の場合と同じように夜光虫の群れの発する光の筋で、その艦影からロリアン軍港に帰投する途中のドイツ潜水艦と推定された。

内野艦長は、安堵したが、ドイツ潜水艦が伊号第八潜水艦を敵艦と誤解して攻撃してくることも予想され、不祥事の起ることを避けるため急速潜航を命じた。そして、三十分後に浮上してみると、今度は逆の左舷方向に、夜光虫の航跡をひきながら並行して走っている艦影を認めた。

艦長は、ヤーン少尉と双眼鏡で艦影を凝視し、それが三十分前に眼にした艦と同型のドイツ潜水艦ではあるが、別の艦であることを確認した。

内野艦長は、誤認されることを恐れ、またも潜航を命じた。

その直後、ドイツ駐在の日本海軍武官横井忠雄少将から機密電が入電してきた。それによると、伊号第八潜水艦の進路にあたるスペイン領オルテガル岬沖合には、イギリス海軍駆逐艦十一隻が哨戒行動中だという。伊号第八潜水艦にその危険海域を突破させるため、ドイツ空軍は、イギリス哨戒部隊に攻撃をしかける予定だとつたえてきた。

内野艦長は、オルテガル岬沖合がブレスト軍港到着までの最大の難関だということをさとった。ペナンを出港して以来、六十日以上が経過しているが、その大航海を成功させることができるか否かは、その危険海域の通過にかかっている。

かれは、決断すべき時がやってきたと思った。艦内の換気のためには夜間に浮上することが望ましいが、このまま水上航走して進むことは、危険が大きい。それを避けるためには、オルテガル岬沖合を完全に通過するまで、潜航して進むことが賢明な方法だと判断した。

かれは、艦内に指令を発し、艦は海中に身をひそめたまま航進をつづけた。

時間がたつにつれて、艦内の空気はにごりはじめた。

せまい艦内には、定員以外にドイツから譲渡される予定のUボートを日本に回航する乗組員と便乗者約六十名近くがつめこまれている。さらに、それに必要な食糧その他も積載されていて、艦内の空間は乏しく、空気の汚濁は早かった。

潜航後十時間がすぎた頃、酸素の量は少くなり、逆に炭酸ガスの量が急激に増してきた。艦内の者たちは、体を横たえたり膝をかかえたりして、呼吸する空気の量を少くすることにつとめた。百六十名に近い乗組員、回航員、便乗者たちは、酸素を吸い、炭酸ガスを吐き出すことをくり返している。呼吸は苦しくなり、言葉を発する者もいなくなった。

かれらの唯一の期待は、時間が経過すれば、いつかは必ず艦が浮上し外気が流れこんでくるということだけであった。かれらは、喘ぎながら時計の針の動きを見つめていた。すでに、時間は潜航後十七時間を越えていたが、艦は、浮上する気配もみせない。

老練な艦長である内野大佐（航海中に中佐より昇進）も、これほど長時間、艦を潜航させた経験はなかった。おそらく、その潜航時間は、日本潜水艦史上最長の部類に入るものにちがいなかった。

炭酸ガスのみちた艦内で、乗組員たちは激しい頭痛におそわれた。それは、頭蓋骨のきしむような痛みで、かれらは頭を手でかたくつかんでいた。

さらに、咽喉の痛みをうったえる者も増した。肺臓はしきりに酸素を吸いこもうとしているが、その量は急速に減ってきている。嘔吐感がつき上げて、胸をかきむしる者も多くなった。

艦長は、艦内の空気が最悪の状態になったと判断し、呼吸困難を緩和させるため、艦内に酸素の放出を命じた。その処置によって酸素の量はふえたが、炭酸ガスは減少することなく、さらに増してゆくばかりで、乗組員たちの苦痛は一層はげしくなっていった。

その間、伊号第八潜水艦は、最大の危険海域であるオルテガル岬沖合の深海を通過し、針路を北東にさだめてビスケー湾内に潜入していた。

内野艦長は、イギリス海軍の哨戒線を確実に突破したことをみとめ、八月二十九日午後十時、

「浮上」

という命令をくだした。潜航以来、実に十八時間三十九分が経過していた。

艦内に、歓びの声がみち、乗組員たちは、苦痛に顔をゆがめながら一様に天井を見上げていた。

やがて、艦は、暗夜の海上にひそかに浮上した。と同時に、潮の匂いにみちた外気が、艦内に流れこんできた。それは、ソーダ水を口中にふくむような爽快さで、艦内の者たちは、胸をはり鼻孔をひろげて夜気を思う存分すいこんだ。

その直後、夜の海上に灯火の動くのを発見したが、それは中型の商船で、さらに漁船のともす数個の灯も見出した。

艦は、厳重警戒のもとに水上航走をつづけて北東にむかって進んでいったが、浮上してから一時間後に、ドイツ駐在日本海軍武官からの機密電が入電した。それによると、ドイツ空軍は、伊号第八潜水艦が深く海中に身をひそめてオルテガル岬沖合の海域の突破をはかっていた頃、計画通り大挙出動してイギリス哨戒部隊に攻撃を加えたという。それについて、電文には、

「航空攻撃ノ成果次ノ通リ
フェロール島西方四〇浬ニオイテ軽巡一、駆逐艦四隻アリ。内駆逐艦一隻撃沈、軽巡一隻ニ損傷ヲ与エタリ」

と、つたえてきた。

内野艦長は、ドイツ空軍と在独海軍武官の周到な配慮に感謝した。

さらに、その機密第九五三番電では、伊号第八潜水艦を出迎える予定の駆逐艦を、対空兵装

の点ですぐれた最新式水雷艇*三または四隻に変更し、もしも敵艦艇が出現した折には駆逐艦を出撃できるよう待機させている、という説明も加えられていた。また、ドイツ駐在の日本海軍代表委員阿部勝雄海軍中将（少将より昇進）と海軍武官横井忠雄少将が、伊号第八潜水艦出迎えのため、八月二十八日ベルリンを出発、同艦の到着港であるブレスト軍港にむかったこともあきらかにされていた。

内野艦長は、その電文によって、ドイツへの航海が成功に近づいたことを感じた。

八月三十日の朝を迎えた。空には雲片もなく、海面は朝の陽光に明るみはじめていた。

天測の結果を綜合すると、ドイツ海軍水雷艇との会合点に近づいたと判断されたが、不意に、見張り員から「艦影発見」の報告があった。

内野がヤーン少尉と双眼鏡をのぞくと、明けはじめた水平線上の右舷二〇度附近に黒点を発見し、ついで左舷方向に一個、さらに、少しおくれて右舷四〇度附近にも黒点を見出した。

内野は、総員急速潜航配置につくことを命じて、双眼鏡に眼を押しあてていると、黒点は次第に近づき、艦影もはっきりとみえてきた。

ヤーン少尉は、その艦型からドイツ海軍の最新式水雷艇三隻にまちがいないことを内野に報告した。

水雷艇は、左右から高速度で伊号第八潜水艦の周囲に集ってきた。艇上には、ドイツ国旗が潮風をうけてはためいている。

---

*水雷艇　魚雷を装備した小型の高速艇。

司令の搭乗する水雷艇が接近してきて、メガホンでなにか呼びかけてきた。ヤーン少尉もメガホンでそれに応じたが、司令は、伊号第八潜水艦に水雷艇隊の後にしたがって進むことを指示してきた。

諒解の旨をつたえると、三隻の水雷艇は高速度で散開し、一隻は前方に、他の二隻は両側に配置して、伊号第八潜水艦をかこむように北進を開始した。さらに、北方の空から爆音が近づいてきてドイツ空軍の直衛戦闘機*も飛来し、空と海との護衛隊形がととのえられた。

内野艦長は、深い安堵を感じた。ペナン基地を出港してから六十数日間、水上航走と潜航をくり返しながら一万八千浬の海洋を突破してきた。それは、絶えず敵の攻撃におびえながら浮上・潜航をくり返した隠密行動だったが、ようやくドイツ海軍の庇護のもとに身を入れることができたのだ。

かれは、ペナンを出港してから、艦長室で休息をとることもなく司令塔で指揮をつづけてきた。夜も靴をはき双眼鏡を首にかけたまま、司令塔のソファに寝ころがって仮眠をとる。下着は汗と脂にまみれ、入浴もしたことのない体からは、激しい異臭がにおい出ていた。

かれは、艦長としてドイツ軍港へ入港する折に、わずかながらでも見だしなみを整えたいと思って、下着をとりかえるため疲れきった足どりで艦長室におりていった。ベッドに腰をおろすと、靴をぬぎ靴下をぬいだ。その靴下の底に、白い粉のようなものがたまっているのを眼にとめたかれは、いぶかしそうに指先でつまんでみた。それは、ひどく乾いた粉で、靴下を逆にすると床の上に砂のように落ちた。

かれは、釈然としない表情で下着をぬいだ。その瞬間、かれの体から白い埃《ほこり》のようなものが舞い上った。その異様な現象に、かれは、立ちすくんだ。ぬぎ捨てた下着の裏地に眼をすえてみると、そこにも多量の白い粉が附着している。体を掌《てのひら》でこすると、皮膚の表面からも、白い粉が湧いた。

ようやくかれは、その粉が垢だということに気づいた。艦内では、水の使用が極度に制限され、入浴はもちろん洗面もほとんど許されない。垢が全身をおおっていて、それが体温で乾燥し、白い粉状のものと化していたのだ。

長い間、潜水艦乗組をつづけてきたかれも、そのような経験は初めてで、あらためてドイツに到達するまでの航海が苦難にみちたものであることを感じた。

艦は、水雷艇隊の誘導で航進をつづけ、翌八月三十一日早朝、旧フランス領軍港ブレストの港外にたどりついた。伊号第八潜水艦は、ついに六十六日目に目的の地に到着したのだ。

ブレスト軍港は、イギリス本土に近いだけに、戦場の緊迫した気配がみちていた。敵の魚雷攻撃をふせぐための防塞気球が到るところにあげられ、上空には、警戒中のドイツ機の姿もみえる。

港外には、多数の艦艇が伊号第八潜水艦を待ち受けていた。その艦艇は、イギリス空軍が港口に投下した磁気機雷*の機雷原を突破する船で、伊号第八潜水艦の触雷をふせぐために派遣されていた。

直衛戦闘機　母艦や基地上空を守る戦闘機。
磁気機雷　近くを通る艦船の磁気に感応して爆発する機雷。「機雷」は「機械水雷」の略。

やがて、数隻の機雷原突破船が前方にならび、さらに、後方にも数隻の艦艇が配置され、艦艇の群れは静かに動き出して港口にむかった。それは、巨大な魚にも似た伊号第八潜水艦を中心に進む魚の群れのようにもみえた。

港口を無事通過した伊号第八潜水艦に、一隻の小艦艇が近づいてきた。そこには、潜水艦戦術研究のためドイツに派遣されていた江見哲四郎海軍中佐と、大使館付武官補佐官藤村義朗海軍少佐が乗っていて、水先案内のドイツ潜水艦長一名とともに移乗してきた。

内野は、江見中佐と藤村少佐から祝いの言葉を受けたが、殊に江見中佐とは親しい間柄であったので、かたく手をにぎり合った。

艦は、曳船によってブンカーにむかった。

甲板上には、士官以下乗員が第一種軍装に着かえて整列していた。それは、舷側に美しい線をえがいていたが、乗組員たちの顔色は、死者のように生色が失われていた。航海中、艦橋や甲板上に出て外気を吸い陽光を浴びることができたのは、ごく限られた一部の者だけで、大半の者たちは六十五日間、艦内にとじこめられたままだった。それに、運動することもできず、変化のない食物と少量の飲料水で日をすごしてきたかれらは、肉体的に激しい衰弱をしめしていた。中には、カルシウム不足で歯列の欠けた者もあったが、かれらが整然と不動の姿勢をくずさなかったのは、日本海軍の矜持《きょうじ》をそこないたくなかったからであった。

ブンカーの屋上には、多数の市民がひしめいて手をふっている。そして、伊号第八潜水艦がブンカー入口に近づくと、ドイツ海軍儀仗隊《ぎじょうたい》が、日本国歌についでドイツ国歌を演奏した。

甲板上に整列する乗組員たちの眼には、光るものが湧いた。かれらは、苦痛にみちた航海を終え、ヨーロッパ大陸の地に到達した喜びに胸を熱くしていた。

艦が、ブンカー内の桟橋に横づけになると、西部管区海軍長官クランケ大将と幕僚たちが、日本海軍代表委員阿部勝雄中将、海軍武官横井忠雄少将らとともに乗ってきて、内野艦長をはじめ先任将校上拾石康雄大尉、航海長吉田太郎大尉、砲術長大竹寿一少尉、機関長田淵了少佐、機関長付梁場源栄少尉らにつぎつぎと握手した。同大将は、内野艦長に導かれて、整列した乗組員たちを閲兵した。

その後、内野艦長と乗組員たちは、数名の者を艦にのこして歓迎会に出席した。その席で、クランケ海軍大将が祝辞を述べ、内野艦長が答辞を述べて祝宴に入った。

伊号第八潜水艦の乗組員たちは、頭髪も伸びたままで顔色も青ざめている。かれらは、長い間洗髪もしないので、頭の激しいかゆみに堪えきれず、時々、頭に爪を突き立てていた。

十

伊号第八潜水艦のドイツに派遣された目的は、潜水艦二隻を日本に無償で寄贈するというドイツ側の提案から発したもので、ドイツ海軍は、二隻のUボートのうち一隻をドイツ側で日本に回航するが、他の一隻は日本海軍の手で回航して欲しいという条件をつけている。

寄贈されたドイツ潜水艦は、U511号とU1224号の二艦で、日本側回航員の乗る艦はU1224号であった。

すでに、U511号は、ドイツ海軍の手でドイツを出発し、六十九日間の航海をへて、七月十六日に無事日本軍占領地域のペナン基地に到着していた。

同艦には、ドイツその他に滞在していた日本側関係者の間で便乗を希望する者が多かったが、Uボートの艦内はせまく、結局、ドイツ駐在の海軍代表委員野村直邦中将だけが便乗することに内定した。

野村中将は、昭和十五年十二月、軍務局長であった阿部勝雄少将（当時）とともに日独伊三国同盟の軍事委員としてドイツに派遣された。

その後、二カ年半にわたってかれは、ドイツ側との軍事的折衝をくり返し、日独海軍の協同作戦計画の実現につとめてきた。が、戦局の緊迫化にともなって、日本海軍首脳部との連絡も意のままにはならず、苦悩する日がつづいた。

やがて、昭和十八年四月上旬、岡本清福陸軍少将を団長とした遣独連絡使がソ連領からバルカン方面をへてベルリンに到着し、野村は初めて、昭和十五年末に日本をはなれて以来の国内情勢や戦局の推移を詳細に知ることができた。さらに、遣独連絡使一行のドイツ入国を計画した大本営陸・海軍部の焦慮も、理解できた。

そのうち、四月二十九日、外務大臣からドイツに駐在する大島大使あてに重大な電報が入った。その要旨は、ドイツの対ソ戦に関する危惧を表明したもので、むしろドイツはソ連と和解し、日本とともに対米英戦に総力をあげるべきだという判断をドイツ側につたえて欲しい、と要望してきた。

野村も、対ソ戦がドイツの戦力を甚しく消耗させていることを憂え、もしも米英両国が大攻勢に出てくれれば、東西両方面から挟撃される結果になって、ドイツの敗北は確実になると判断していた。

しかし、すでにドイツ統帥部は、総力を対ソ戦に投入してソ連を壊滅させる方針を決定し、日本側の希望を受けいれる余地はなかった。

そうした事情を知っていた野村は、効果はないと察しながらもドイツ統帥部に、日ソ中立条約をむすんでいる日本の斡旋《あっせん》によってドイツ・ソ連の両国間に和平交渉の道をひらきたい、という申し入れをした。が、ドイツ統帥部は、予想通り日本側の好意を謝しながらも拒絶してきた。

その年の三月三日、野村は、東京から「潜水艦ニ便乗シ帰国セヨ」という電報を受けとっていた。便乗する艦は、ドイツ側から寄贈される二隻の潜水艦のうちのＵ511号で、出発は五月十日と定められた。

Ｕ511号がドイツを出発して日本軍占領地のペナンに到着するまでは、二カ月以上を要する。それは、敵哨戒圏を突破する危険にみちた航海であるし、五十八歳の野村海軍中将にとって、不自由な艦内生活は肉体的に大きな苦痛をあたえるにちがいなかった。それに、野村は心臓病で、二カ月余を無事にすごせるかどうか甚だ心許なかった。

海軍武官横井少将は、野村の身を案じて、軍事医学の研究のためドイツに駐在していた杉田保軍医少佐に同行することを命じた。

帰国準備があわただしくはじまり、出発の一週間前には、ヒトラー総統主催の歓送会に招かれた。野村に対するドイツ側の扱いは丁重で、ドイツ統帥部のあるベルヒテスガーデンまで特別列車が仕立てられ、会場ではヒトラー総統とリッベントロップ外相が応対し、総統からかれに鉄十字勲章が贈られた。

また、歓送会の数日後には、参謀総長カイテル元帥から、日本海軍の強く要望していた魚雷艇用のダイムラーベンツの三、〇〇〇馬力内火発動機を、U511号に積載して持ち帰ってもよいという申し出もあった。

そうした中で、野村海軍中将は、阿部勝雄中将に海軍代表委員の任を託し、杉田軍医少佐とひそかに列車でベルリンをはなれ、旧フランス領のロリアン軍港にむかった。見送ったのは、フランス駐在大使館付武官細谷資芳海軍大佐、ドイツ駐在大使館付武官補佐官藤村義朗海軍少佐、大使館書記舟木善郎の三名であった。

一行がロリアンに到着したのは、五月十日の朝であった。市街は度重なる空襲で破壊され、人通りも絶えていた。

ブンカー内には、すでにU511号が待機していた。艦長は、実戦経験の豊かな二十六歳のシュネーヴィント中尉で、乗員も選びぬかれた優秀な者ばかりであった。

午後一時、野村中将と杉田軍医少佐が乗艦したU511号は、ブンカーの桟橋をはなれた。と同時に、軍楽隊の奏する日本国歌とドイツ国歌がブンカー内に鳴りひびいた。

桟橋では帽子がふられ、野村と杉田も手をふった。

U511号は、ブンカーの外に出ると、早くも潜航テストをし、浮上の後、港口にむかい、磁気機雷のひしめく港口をぬけると外洋に出た。上空で警戒にあたっていた戦闘機も去り、U511号は日本への大航海にむかった。

その頃、ドイツ駐在の日本大使館では、東京の外務省との間で特殊な連絡方法をこころみていた。U511号の出発は、ドイツ駐在の海軍代表委員野村直邦中将が帰国の途についたことを意味している。野村は、日本にとってヨーロッパ情報の知識を得る貴重な存在だった。

しかし、厳重な敵の哨戒圏を突破して、U511号が無事日本占領地域に到達できるかどうかは予断を許さなかった。そのため、外務省では大本営の依頼を受けて、ベルリンの日本大使館とU511号の行動について緊密な連絡をとる必要があった。

在独日本大使館では、大島浩大使をはじめ、館員たちが日独両国間の意思の調整に努力していた。大島は、昭和十三年十月陸軍中将で予備役*に編入されたが、ドイツ駐在大使館付武官の任にあったこともあり、ドイツ通の第一人者としてドイツ大使に赴任していたのである。

日独両国間にはわずかに潜水艦の往来等があったが、急激に変化する情勢のもとで情報その他の交換は、無線電信による暗号電報にたよる以外になかった。日本大使館では、連日のように東京の外務省との間で電文の交換をおこなっていた。

しかし、そのうちに、大使館と外務省との間で交される無電連絡に新たな障害が起りはじめていた。大使館からは、乱数表等を使用してドイツ通信所を通じ暗号電文を発信していたが、時折り暗号の配列が乱れて、受信する外務省側を当惑させることが起るようになっていた。その原因はドイツ通信所にあって、戦局の悪化にともなう人手不足で暗号の配列をまちがえて発信してしまうのである。

大使館では困惑し、ドイツ通信所に再三注意をしたが、その過失は完全にはあらたまりそうにもなかった。

予備役 旧日本陸海軍の常備兵役の一つで、現役を終えた軍人が一定期間服した兵役。非常時に召集された。

外務省もこの問題について打開策を検討していたが、ドイツ駐在の軍事代表委員野村直邦海軍中将がU511号に便乗して帰国することが決定した頃、大使館に外務省から暗号電報が入電した。

それは、新たな情報交換方法を指示したもので、電報を利用せず、週二回国際電話で連絡するという異例の方法であった。

ヨーロッパと日本との間の国際電話は、デンマークがヨーロッパ各国からの資本を集めて創設した電話局の中継によっておこなわれていて、その局は、ドイツ軍占領地におかれていた。

むろん国際電話は連合国側の情報機関員によって盗聴され、その会話がすべて克明に記録されていることは疑う余地がなく、漏洩をおそれる情報交換としては、問題外の方法であった。

しかし、外務省では、盗聴されても理解できぬ言葉で会話することを思いついた。それは、標準語に最も遠い鹿児島弁を使用することであった。

この方法を提案したのは、外務省調査局の事務調査局の事務官樺山資英であった。かれは、過去に鹿児島県出身者同士で電話による情報交換がおこなわれた事実があることを知っていた。それは、昭和十四年に日本とイギリス両国間でひらかれた天津会議の時であった。

その年の四月九日夜、日本の要求にもとづいて王克敏を中心に組織された中華民国臨時政府の任命した海関*の新監督程錫庚《ていしゃくこう》が、天津*のイギリス租界内で抗日分子に暗殺される事件がおこった。すでに日本軍は、中国大陸に広く占領地域を拡大していたが、天津のイギリス租界は、抗日分子の後方攪乱と治安破壊の根拠地に化していた。

日本軍は、ただちにイギリスに対して犯人の引渡しを要求したが、それが拒否されたため、六月十四日早朝からイギリス租界外周の出入口で検問・検索を開始した。

この処置はイギリス側を硬化させ、七月十五日から有田外相とクレーギー英国大使との東京会談に移されて一応の解決をみたが、それまで天津で折衝がおこなわれていた間、鹿児島弁による電話連絡が交されていたのだ。

租界問題については、外務省側の天津領事館と天津駐屯の憲兵隊が主としてその衝にあたっていたが、領事の田中彦蔵は、交渉経過を報告するため東京にもどっていた。

かれは、天津のその後の情報を得るため外務省から天津の憲兵隊に連絡をとっていたが、盗聴されても安全であるように鹿児島弁で電話することを思いついた。かれは、鹿児島県姶良《あいら》郡加治木村の生れで、憲兵隊長の太田少佐も鹿児島市出身であることを知っていた。そして、太田憲兵少佐にその旨をつたえ、簡単な情報聴取をおこなったのである。

樺山事務官は、田中領事と太田憲兵隊長の情報交換方法を、ドイツ駐在の日本大使館と外務省の間の連絡に応用すべきだと思い、上司に進言した。

外務省では、前例もあることなので機密度の高いものを除外した一般情報の交換に、その方法を使うことを許可した。

幸い、ドイツ駐在の日本大使館には、鹿児島出身の曾木隆輝という館員が赴任していた。かれは、田中天津領事と同じ姶良郡加治木村の生れで、昭和四年東京帝国大学法学部を卒業後、

海関　開港場に設けられた税関。

イギリス租界　「租界」は外国人が、その居留地の警察・行政権を掌握した地域。

外務省情報部に嘱託として入った。ドイツ語に長じていることから昭和十四年十一月に入独し、大使館員としてドイツ国内の情報蒐集にあたっていた。

外務省は、曾木を大使館の電話連絡員と定め、省内の鹿児島県出身者を物色した。

この案を立てた樺山資英は、鹿児島市長になったこともある海軍少将樺山可也を父にもつ鹿児島県出身者であった。が、小学校在学中に東京へ家族とともに転居したので、純粋な鹿児島弁を話すことは不得手であった。

結局、樺山の推薦で外務省調査局に勤務中の牧秀司が連絡員に指名された。牧は、鹿児島県日置郡吉利《よしとし》村の生れで、アメリカの南カリフォルニア大学を卒業して、帰国後、外務省に入った事務官であった。

準備はすべて整い、曾木と牧との間で一般情報の交換がおこなわれることになった。殊にドイツ駐在の軍事代表委員野村直邦海軍中将がドイツを出発する寸前であったので、それに関する連絡に使用されることに決定した。

外務省では、国際電話を使用するにあたって、盗聴するにちがいない連合国側の情報部を混乱させるため、慎重を期して二人の連絡員に偽名をつけた。その偽名は、曾木と牧のそれぞれの生地の村名を利用し、カジキ（加治木）、ヨシトシ（吉利）という姓にしたのだ。

そのような連絡方法について外務省からの指令を受けた大島大使は、曾木隆輝を招くと、カジキという偽名で外務省側のヨシトシという人物と電話で話し合うよう命じた。むろん会話は純粋な鹿児島弁を使い、しかも、連合国側に盗聴されても理解できぬように出来るだけ早口で話し合うように注意した。

曾木は、郷里の鹿児島弁を耳にできることになつかしさを感じたが、その反面、自分に課せられた任務の重大さに身のすくむのをおぼえた。

かれは、大学に入学してから休暇に帰省して鹿児島弁を使うことはあっても、東京での生活が長く日常会話は標準語を使っていた。さらに、ドイツへ赴任してからすでに三年六カ月を経過し、その間、鹿児島弁を耳にしたこともない。果して自分が確実に鹿児島弁を早口でしゃべれるかどうか、不安だった。

第一回の国際電話は、野村海軍中将がU511号に乗って帰国する一週間前に大使館へかかってきた。緊張した館員の見守る中で、曾木は受話器を手にした。

雑音がひどく、その底から、

「カジキサー、カジキサー（カジキさん、カジキさん）」

という男の声が、きこえてきた。

曾木の頭に、暗所でレシーバーを耳にあてている連合国側の情報機関員の姿が、一瞬うかび上った。自分たちの会話が、すべてそれらの機関員によって盗聴されていると思うと、胸の動悸がたかまった。

「ヨシトシサー？（ヨシトシさんか？）」

曾木は、相手を確認した。

相手の声は澄んでいて甲高いが、声はかすかで、蚊の羽音のようにききとりにくい。それも、驚くほどの早口なので、理解することはむずかしかった。が、それでも耳を受話器に押しつけていると、相手の言葉の意味がようやく判明した。

「カジキサー　カジキサー。ノムラノオヤジャ　ハヨ　タタセニャイカンガナー　モ　タッタケナー（カジキさん、カジキさん。ノムラの親爺は、早く発たせなくてはいけないが、もう発ちましたか）」

ノムラの親爺とは、野村海軍中将のことをさしていることはあきらかで、その帰国をうながしていることが理解できた。

曾木は、すぐに答えようとしたが、一瞬、ノムラという言葉をヨシトシという人物が口にしていることに狼狽した。

ドイツに駐在している軍事代表委員野村海軍中将の存在は、連合国側にも熟知されている。鹿児島弁は盗聴されても意味をつかまれないだろうが、ノムラという言葉を多用すれば、その国際電話の内容が野村中将に関連のあることだ、と気づかれてしまうにちがいない。

曾木は、野村中将を「ヨシトシの親爺」と呼ぶ方が安全だと思った。野村も鹿児島県日置郡吉利村の生れで、その村名を使うことは自然だった。

曾木は、自分が加治木村生れでカジキという偽名をあたえられていることから察して、外務省側の電話連絡員であるヨシトシと名乗る男も日置郡吉利村の出身者にちがいない、と想像していた。

もしもその推測が的中していたら、ヨシトシと名乗る人物は、野村中将が同じ村の出身者であることを当然知っているはずで、「ヨシトシの親爺」と言えば、すぐに野村と察しがつくにちがいないと思ったのだ。

曾木は、声をはりあげると、

「ヨシトシサー　ヨシトシサー。ヨシトシノオヤジャ　モ　イッキタツモス（ヨシトシさん、ヨシトシさん。ヨシトシの親爺はもうすぐ発ちます）」

と、早口で答えた。

相手は、曾木の配慮に気づいたらしく諒解した旨を口にすると、匆々《そうそう》に電話をきった。曾木の推察通り、ヨシトシの名をあたえられていた牧秀司は、野村中将と同じ村の出身者であるだけでなく、野村に保証人になってもらって外務省に入った男でもあった。そのため、「ヨシトシの親爺」という曾木の言葉を、すぐ野村の名と結びつけたのだ。

五月十日、野村中将が杉田保軍医少佐とともにU511号潜水艦に便乗してロリアン軍港をはなれてから四日後、再び外務省から大使館に国際電話がかかってきた。

待機していた曾木が電話に出ると、

「カジキサー。ヨシトシノオヤジャ　モ　モグイヤッタドカイ（カジキさん、ヨシトシの親爺は、もう潜って行かれましたか）」

相手は、驚くほどの早口で言った。

モグルという言葉は、潜水艦に乗っていったことを意味していることはあきらかで、曾木は、

「モ、モグリヤッタ」

と、答えた。

かれは、外務省側の苛立ちを察して出発日時も教えたかったが、たとえ鹿児島弁でも数字はごまかすことはできないので、そのまま電話をきった。その後、週二回、曾木と牧の間で会話

が交されたが、一カ月後に国際電話の中継局である電話局が連合国側の爆撃によって破壊され、電話による連絡は完全に断たれた。

この鹿児島弁による国際電話は、日本側が予想した通り、アメリカ陸軍の情報機関員によって盗聴され、一問一答がすべて録音されていた。

電話は、日本の外務省からドイツの大使館にかけられたものであることはわかっていたが、電話線を流れる言葉を理解することはできなかった。アメリカ陸軍情報部では、外務省と大使館の間で特殊な言葉を使って秘密事項を連絡し合ったことに気づいたが、それが、どのような意味をもつものなのか解明することはできなかった。

情報部では、日本語以外の他国語にちがいないと推定し、アジアの各国人にきかせてみたが、かれらは、例外なく頭をふった。そのため、その異様な会話を収録した録音盤は、機密度の高い内容をふくむ重要資料として、アメリカ本国に送られた。

アメリカ陸軍情報部には、伊丹明というアメリカ国籍をもつ日本人青年が勤務していた。かれの両親はアメリカに帰化した日本人で、父はサンフランシスコで牧師をしていた。出身地は鹿児島県姶良郡加治木村で、一家そろって渡米していたのである。

伊丹明は、サンフランシスコで生れたが、日本人としての教育を受けるため日本に来て、父の故郷の加治木村に住む叔母の家に寄食し、中学に通った。その頃、加治木村には精神教育を主とした学塾があって、明も、その塾に入った。塾では、国粋主義的な思想教育を塾生にほどこし、尽忠報国こそ日本人の生きる道だと教えていた。

明は、それに深い影響をうけ、同じような思想教育をおこなっている大東文化学院に進学した。

かれは、熱心に勉学していたが、アメリカにいる両親への思慕がつのり渡米することをねがうようになった。が、アメリカへ渡る旅費が、かれにはなかった。船の三等船客の運賃は百五十円ほどで、思いあぐねたかれは、同じ加治木村の出身者である曾木隆輝を訪れた。曾木は、すでに東京帝国大学を卒業後外務省に入っていて、後輩のために力を貸したいと思ったが、百五十円はかれにとっても大金で、その金額を捻出することは不可能だった。

曾木は、ふと、鹿児島県出身の代議士である中村嘉寿のことを思い起した。中村は、「海外の日本社」という組織を設立していて、日本人の優秀な子弟を海外に研修旅行させ、その見聞をひろめさせることにつとめていた。

曾木は、中村代議士のもとにおもむくと事情を説明して、明をアメリカへ連れていってやって欲しい、と懇願した。

中村は、曾木の申し出を諒承して、渡航に関する一切の便宜をはかってくれることを約し、曾木も明に旅費の一部をあたえた。

明は、曾木と中村の温情に感謝して、アメリカへ去っていった。

渡米した明は、サンフランシスコの邦字新聞社に記者の職を得、両親の家から通勤した。かれは、記者としての才能を発揮し、精力的に取材をしては正確な記事を書いた。

やがて、多才なかれは、父をモデルにした恋愛小説をその新聞に連載するようになった。かれにしてみれば、父に対する人間的な親しみから筆をとったのだが、聖職にあった父には、大きな打撃であった。小説の中には、異性との交際になやむ一人の男の情欲にひたる姿がえがかれていて、父は、牧師の職にあるだけに、それが一般の人の眼にふれることは堪えがたかった。父は、明に小説の執筆を中止するよう命じ、それを拒否する明との間で激しい諍《いさか》いが起った。結局、明は父に勘当され、家を出てワシントンにおもむいた。

その夜、アメリカ国籍をもつ明のもとに徴兵令状がつたえられ、かれは、アメリカ陸軍に入隊した。

陸軍では、かれが日本の学校教育を受けた文才もある人物であることを知って、情報部に配属した。そして、かれに日本内地で発行される新聞、雑誌、公刊物の整理、翻訳の仕事をあたえた。

かれは、忠実に執務し、その存在はたちまち注目されるようになったが、或る日、かれのもとに日本外務省とドイツ駐在日本大使館との間で交された電話の会話を収録した録音盤が持ちこまれた。その言葉は決して日本語と思えなかったが、かれにきかせればなにかの手がかりを得るかも知れないと思えた。それに、ヨーロッパ戦線ではアメリカ陸軍も、独伊軍に理解されぬようにインディアンの部族の言葉を連絡用に使用していて、録音盤におさめられた意味不明の言葉も、なにかそれに類したものではないかと推測されていた。

録音盤から、二人の男の会話が流れ出てきた。それは雑音まじりの声で早口だったが、かれは、すぐにそれが郷里の言葉であることに気づいた。

かれが鹿児島弁だと答えると、情報部の将校は眼をかがやかせ、その意味を問うた。かれは、克明に英語に翻訳し、十回近く交された電話の内容をすべて解明した。しかも、かれは、ドイツの日本大使館側の連絡員の声が、同じ村の出身者で渡米した折に世話になった曾木隆輝のものであることも報告した。電話で交された会話の内容が、かれを中心にして検討された。その結果、野村海軍中将が潜水艦によってドイツを出発したことがあきらかになった。

しかし、国際電話で情報交換がおこなわれてから二カ月が経過していたので、野村が無事日本国内にもどっているにちがいないと推定された。

明は、その後も情報部関係の仕事をつづけていたが、終戦後、日本へもどると極東軍事裁判で日本側の通訳になった。かれは、戦勝国が戦敗国の主要人物を戦争犯罪人としてさばくことに強い反感をいだいていた。平和のためにという極東軍事裁判の名目が、実際は単なる報復行為にすぎないと憤っていた。

かれは、日本に進駐してきていたアメリカ軍の将校と口論したりしていたが、極東軍事裁判が終了すると、奔放な生活を送るようになった。かれは、加治木村の学塾と大東文化学院で国粋主義的な思想教育を受けたが、渡米後、かれのとった行為は、祖国に対する背信であったといってよかった。恩義を受けた同村の先輩である曾木隆輝の電話の内容も解明してしまったし、日本に関する情報もアメリカ陸軍に提供した。

純粋なかれは、戦後の日本のすさまじい荒廃と、戦争犯罪人として絞首刑の判決を言い渡した極東軍事裁判の経過に直接ふれただけに、自分の戦時中にとった行為に対して激しく苦悩するようになっていた。

かれは、或る夜、横浜でタクシーを走らせている途中、ピストルを手にすると銃口を頭部にあてて引金をひいた。弾丸は、正確に耳の付け根から射込まれて、運転手があわてて車をとめた時にはすでに死亡していた。

十一

野村直邦海軍中将と杉田保軍医少佐の便乗したU511号は、ロリアン軍港を出港と同時に潜航した。

艦長シュネーヴィント中尉は、二十六歳の若さであったが実戦歴は豊かで、艦長としての大胆さと沈着さをそなえていた。

ビスケー湾に入ったU511号は、夜間に浮上して航走したが、絶えず電波探知機に敵哨戒機や艦艇のレーダーから発せられる電波が感知され、しばしば潜航した。

敵機から投じられた爆雷や時限爆雷が炸裂するたびに、艦はきしみ、電灯は消えた。野村たちは、艦内にとじこもったまま、しばしば襲ってくる爆雷の炸裂する衝撃に身をすくめていた。時には、爆雷集中投下を浴びて、野村も杉田も死を覚悟した。

しかし、十日後にはビスケー湾を横断してアゾレス諸島沖合に到達することができた。艦内には、野村ら以外に五名のドイツ人が便乗していた。それは、ドイツから日本に寄贈されるU511号の同型艦を日本で大量生産する折の指導に任ずる技術者たちであった。造船設計特に船殻の専門家であるデシマーク社技師ミュラー、艤装・補機の同社技師ヘーバーライン、電気熔接関係を担当するドイツ海軍工廠のシュミット博士らで、各種の図面も携行していた。

また、杉田保軍医少佐は、海軍省から黄熱病の病原体を持ち帰るように指示されていたので、ヒップケ軍医大将に頼んで、ハンブルクの熱帯病研究所から譲り受けた病源菌を冷凍器に入れて持ちこんでいた。この黄熱病の病源菌は、将来、日本がアフリカ大陸で作戦を展開することを仮想し、予防対策を確立しようとしているものらしかった。そして、杉田は、持ち帰った病源菌が伝染病研究所の川喜田愛郎教授に託されることも耳にしていた。

U511号は、無事、アゾレス諸島沖を通過して大西洋を南下したが、敵機のレーダーの発する電波がひんぱんに感知され、その度に海中深くもぐった。むろん無電発信は一切禁じられ、もしも現在位置などを知らせるため打電すれば、たちまち連合国側に傍受されて激しい攻撃をこうむることは確実だった。

艦はひっそりと南下をつづけたが、途中、北上する敵の大船団を発見した。が、U511号の航海の目的は、同艦を日本に送りとどけることにあるので、艦は急速潜航をした後、避退した。

その頃、艦内ラジオにベルリン放送がきこえていたが、山本五十六連合艦隊司令長官の戦死のニュースも流れてきた。また、地中海チュニス戦線の悪化についでイタリアのシチリア島方面に連合軍が進出したこともつたえられ、艦内には重苦しい空気がよどんだ。

艦が南下するにしたがって艦内温度も上昇し、野村も杉田もパンツ一枚の裸身ですごすようになった。かれらは士官室に起居していたが、その生活は堪えがたい苦痛をあたえた。彎曲した壁には二段ベッドがとりつけられていたが、空間は少く、体をほとんど水平にしなければベッドにもぐりこめない。殊に上段のベッドに寝る杉田は、身を横たえることに苦心した。水は飲料以外に洗面する程度しかなく、食事も缶詰で、艦内での喫煙は一切禁じられている。

しかし、そうしたことよりもせまい士官室で時をすごさねばならぬ生活に、野村も杉田も辟

艤装　船体の完成後、航海に必要な各種の装備を船に施すこと。

易した。かれらは、無聊《ぶりょう》をいやすためパンツ一枚の姿でしばしばチェスをやった。それ以外には寝ることと食事をとることだけで、ただ時刻の経過を願うのみであった。

最大の楽しみは、艦長の許可を得て甲板にあがることであった。かれらは、ハッチから出ると、煙草をくゆらし潮の匂いにみちた空気を吸い陽光を浴びたが、それもわずか十分間ほどにかぎられていた。艦長以下乗組員たちは礼儀正しく、艦内生活は厳正だった。

ロリアン軍港を出発してから二週間後、艦は停止した。洋上にはドイツ海軍の補給潜水艦が姿をあらわし、燃料と食糧を補給してくれた。空は晴れ、海上はおだやかであった。

艦は赤道を通過、南半球に入った。それから四日後の六月一日、艦内のラジオはアッツ島玉砕のニュースを流し、野村と杉田は眉をしかめた。かれらは、祖国に危機がせまっていることを感じていた。

ロリアン軍港を出発してから一カ月が経過し、U511号はアフリカ大陸の南端に接近した。その附近の海上は、イギリス空軍機が広範囲に哨戒しているので、艦は喜望峰を大迂回することになった。

シュネーヴィント艦長は、危険を回避するため予定以上に艦を南下させ、信天翁《あほうどり》の群れ飛ぶ海面まで進み、それから東へ転針してマダガスカル東方沖合に向った。

艦がインド洋に入ると、艦内の緊張もうすらいだ。一応、安全海域にたどりつくことができたと判断されたのだ。

六月二十五日、遠く水平線上に船影を発見、艦は接近した。それは、喜望峰方面にむかうイギリス国籍の輸送船であった。

艦長は、攻撃を命令し、魚雷の航跡が走って船腹に吸いこまれていった。水柱が上り、炸裂音がとどろくと、輸送船はもろくも轟沈した。

沈没した海面には救命ボートが浮び、輸送船の乗員が乗っていた。艦長は、ボートに艦を近づけ、訊問した。その結果、輸送船は軍需物資を送りとどけてイギリス本国へ帰港途中の空船であることが判明し、かれらは、食糧、帆具も持っているのでボートでマダガスカル島へおもむくと答えた。シュネーヴィント中尉は、そのままかれらを放置して、再び艦首を北東方向にむけ航走した。インド洋上は、たまたまモンスーンの荒れる時期で、波がはげしく、強い風が吹きまくっていた。

U511号潜水艦は、波に翻弄され、速度はいちじるしく低下した。野村たちもベッドから投げ出されるほどの荒天がつづいたが、一週間後には、ようやく暴風雨圏を脱け出すことができた。心臓病をわずらっていた野村には杉田が診療にあたっていたが、異常はなく元気だった。野村は、せまい士官室で帰国後海軍省に意見具申をするための書類に一心に筆をうごかしていた。

かれらは、無事、祖国へもどれる予感を強くいだくようになっていた。波も静かになったので、艦は時速一〇浬平均の速度で進みはじめていた。甲板へ出ることを許されることも多くなって、かれらは眩ゆい日光を全身に浴びた。

しかし、シュネーヴィント艦長は、敵の通商路を攪乱することを思い立ったらしく、敵の輸送船を撃沈するため洋上をさぐって艦を進めた。時には、反転することもあって、杉田は、早く日本軍占領地のペナンに進んでくれればよいと思ったりした。

七月十日夕刻、

「敵艦発見」

の声が、艦内にひびいた。

艦内に緊張した空気が流れ、その中をシュネーヴィント艦長の命令が次々につたわってくる。野村と杉田の居室に乗組員がやってきて、艦橋に来て欲しいという艦長の言葉をつたえた。二人が艦橋にのぼって行くと、艦長が事情を要領良く説明してくれた。発見した船舶は無灯火で、ジグザグ運動をつづけている。日本の商船がこの海域を航行しているという情報はないし、その警戒航行から察して連合国側の輸送船であることは疑いの余地がない。

現在、U511号潜水艦は同船を尾行しているが、夜間攻撃で撃沈するから見ていて欲しいと言った。艦は、船を追いつづけ、やがてその側方に進出し、約一、〇〇〇メートルの距離に接近した。

「発射」

という命令と同時に、二条の魚雷の航跡が暗い海上に走り出た。

野村と杉田は、航跡の消えていった方向を見つめていたが、突然、火山が大噴火を起したように太い火柱が眼前一杯にひろがるのを見た。そして、数秒後には鼓膜もやぶれるような轟音があたりの空気を引き裂いた。それは余りにも凄じい大火柱であり、大爆発音であった。艦橋にいた者たちは、体を屈し顔を伏せた。その直後、飛散したものが海面にしぶきをあげて落下し、U511号潜水艦上にもふってきた。轟沈というよりは、船が完全に飛散したとしか思えなかった。

U511号潜水艦は、戦果を確認するためそのまま洋上にとどまった。

夜が明け、海上をみると、あたりには波のゆるやかなうねりがあるだけで、なにも眼にすることはできなかった。おそらく、その輸送船は兵器、弾火薬を満載していたにちがいなく、魚雷命中と同時に大爆発を起して乗員とともに船体が四散したことはあきらかだった。

さすがのシュネーヴィント艦長も、完全に消滅した商船に驚いたらしく、

「Atomisiert（原子に化した）」

と、つぶやいていた。

その後、艦はインド洋を東へ進みつづけた。天候は良好で、東京のラジオ放送もきこえるようになった。

艦内には、無事に任務を達成できる安堵がみち、乗組員たちの顔は明るんでいた。

七月十五日、U511号潜水艦はペナンに近づき、敷設艦*「初鷹」の出迎えを受けた。

野村と杉田は、土井申二艦長のはからいで同艦に移り、二カ月ぶりに入浴し、日本食を口にすることができた。そして、艦内で一泊後、再びU511号潜水艦にもどり、その日の昼にペナン桟橋に到着した。……ロリアン軍港を出発してから六十九日目であった。

早速、ペナン根拠地隊から東京とベルリンに電報を打ち、ベルリンの日本大使館から「安着ヲ祝ス」というドイツ海軍の返電がつたえられてきた。野村と杉田は、ペナン根拠地隊司令官平岡粂一中将らの歓迎を受け、三日間滞在した。やがて、海軍省から迎えの飛行機がやってきて、野村と杉田は、U511号潜水艦に乗ってきたドイツ人技師らとともにペナンをはなれ、七月

敷設艦　軍艦の一つ。機雷を海中に敷設することを任務とする。

二十四日東京に帰りついた。

野村海軍中将は、三カ月後に呉鎮守府司令長官に任命されたが、その間、あわただしい日をすごした。かれは、ヨーロッパ情勢とそれが日本におよぼす影響について海軍省に報告するとともに、陸軍省をはじめ各省、貴衆両院などで講演し、皇居にも参内《さんだい》して報告した。

かれは、戦術の変化について、殊に電波兵器の改善と潜水艦の量産をはかるべきだと強調した。

U511号はペナンで整備を受けたが、故障個所は皆無で、日本内地に向うことになった。乗員は艦長以下士官四、准士官三*、下士官十四、兵二十五の計四十六名で、全員健康状態は良好であった。

同艦の性能調査と回航指示のために、ペナン基地で奥田増蔵海軍大佐、田岡清海軍少佐、上杉貞夫、村治健一、本多義邦各海軍大尉が同乗した。そして、七月二十四日午後四時、ペナンを出港した。

同艦は、マラッカ海峡を通過後、南支那海を北上したが、七月二十九日思いもかけぬ危機に見舞われた。その日の午後四時五十分、航路上に、護衛艦とともに南下中の五隻の輸送船が姿を現わした。それは、三日前の七月二十六日、陸軍将兵を乗せて台湾の高雄を出港し昭南（シンガポール）にむけて航行中の輸送船団であった。

船団側では、突然出現したU511号の奇怪な姿に緊張した。艦型からみても日本潜水艦とはあきらかにちがうし、殊に船体の色が、日本潜水艦の黒色とは対照的な白色に近い灰色である。当然、船団側は敵潜水艦と断定した。

Ｕ511号に便乗していた奥田大佐は、誤解される確率が高いと予測し、定められた味方識別表示をすると同時に、発光信号、手旗信号で、日本に譲渡されたドイツ潜水艦であることをつたえた。また、軍艦旗をとり出してそれを必死になって振った。

しかし、雷撃をおそれた船団側の恐怖はたかまり、船団中の「御室山丸」（一万トン級油槽船・三井船舶所属）が、突然、船上にそなえつけられた砲で攻撃した。発射弾は三発で、奥田大佐は、手旗信号で砲撃中止を厳命した。

その奥田の強い指示で砲声は絶え、船団を護衛していた海防艦*「択捉《えとろふ》」が接近してきて、執拗な訊問をはじめた。それに対して、奥田は詳細な説明をおこない、ようやく船団側の誤解をとくことができた。

その後、Ｕ511号は、厳重な警戒をつづけながら北上、八月五日には豊後水道に達し、呉鎮守府から*嚮導艦《きょうどうかん》として派遣されていた敷設艇「怒和島」（七〇〇トン）と午前八時に会合した。それは、Ｕ511号が、味方の飛行機に誤って攻撃されぬための処置であった。

その会合後間もなく、航路前方約五、〇〇〇メートルに、アメリカ潜水艦発見の報が哨戒機から報じられ、「怒和島」は米潜に攻撃をおこなった。Ｕ511号は、急いで退避し、単艦で深海に身をひそめた。

一応、危険も去ったので、「怒和島」と佐伯防備隊の小型駆潜艇に先導され、屋代島の安下《あげ》

准士官　旧日本陸海軍の階級の一つ。士官の下、下士官の上に位置する官で、士官待遇を受けた。
海防艦　沿岸の防備を主な任務とする小型艦艇。
嚮導艦　軍艦の一つ。艦隊行動の基準となったり、他の艦船を案内したりする。

ノ庄《しょう》に仮泊。翌八月六日には、その地で外舷の塗料を塗りかえたり艦内の整備をおこなったりした。

翌早朝、U511号は、同地を出港、午前九時三十分、呉軍港に入り、三十分後に呉工廠潜水艦桟橋に横づけになった。艦長シュネーヴィント大尉（航海中に中尉より昇進）は、同艦を日本に回航する任務を果すことに成功したのだ。

呉軍港には、鎮守府司令長官南雲《なぐも》忠一中将以下多数の将兵が出迎え、また、シュネーヴィント艦長は上京して、海軍大臣、軍令部総長以下日本海軍首脳者の歓待をうけ、功労章を授与された。

同艦の乗員は、その後、インド洋方面のドイツ潜水艦部隊の補充要員にあてられ、シュネーヴィント大尉も潜水艦長に任命されたが、米軍の沖縄上陸が開始された頃、ジャワ海で全員戦死した。

U511号潜水艦は、「さつき一号」と仮称されていたが、呉に到着後、ドイツ乗員の操艦によって操縦法がつたえられ、日本の乗員に引きつがれた。そして、九月十六日、譲渡式がおこなわれ、呂号第五百潜水艦と命名された。*

呂号第五百潜水艦は、福田烈技術中将を主任に、同艦に便乗してきたシュミット博士、ミュラー、ヘーバーライン両技師や日本海軍の潜水艦の技術者によって徹底的に検討された。

ドイツがU511号潜水艦を日本側に譲渡した目的は、同型艦を大量生産して欲しいという要望から発したものだが、現実問題としてその実行は不可能であった。同型艦を大量生産するためには、それに要する金属材料が不足していたし、工作機械も不備であった。また、魚雷、発射管、主機械等も日本海軍の採用しているものとは寸法もちがっていて、そのまま採用することはできなかった。

さらに、この艦の水中速力が低いことも難点で、U511号の同型艦を大量生産する計画は中止され、研究対象として調査されるにとどまった。しかし、同艦の電気熔接技術方式は日本海軍のそれを上廻っていて、電気熔接の専門家であるシュミット博士の指導で貴重な資料を得た。その熔接建造方式は、水中高速潜水艦伊号第二百一潜水艦型に採用され、また、波号第二百一潜水艦型にも応用された。*

十二

U511号潜水艦が呉軍港に到着した頃、日本からドイツに派遣された伊号第八潜水艦は、まだドイツに達していなかった。つまり、両艦は途中ですれちがったことになるわけで、伊号第八潜水艦は、U511型が呉に到着してから二十日ほど後の八月三十一日にドイツにたどりついた。

伊号第八潜水艦長内野信二大佐は、ドイツ駐在の海軍武官から、U511号潜水艦が野村中将らを便乗させて無事日本に到着したことを知らされた。かれは、日本海軍の名誉のためにも日本へ必ず帰着したいと願った。

また、ドイツ潜水艦を日本へ回航する任務をもつ回航員たちも同じ思いで、それぞれ休養を

呂号第五百潜水艦　旧日本海軍では、排水量が大きい順に潜水艦をイ、ロ、ハ（伊、呂、波）で分類した。「呂号潜水艦」は、基準排水量が五〇〇トン以上一〇〇〇トン未満のものをいう。二等潜水艦。

波号第二百一潜水艦　「波号潜水艦」は、基準排水量が五〇〇トン未満のものをいう。三等潜水艦。

とる間もなくあわただしい動きをしめしていた。

伊号第八潜水艦は、旧フランス領軍港ブレストのブンカー内で故障個所の修理を受けていた。ドイツのUボートにくらべてはるかに大きい伊号第八潜水艦は、ドイツ海軍関係者に奇異な感じをあたえたらしく、UボートではなくUクロイツァー（潜水巡洋艦）だと言っていた。ドイツ海軍の宣伝班も、戦意を鼓舞するため新聞やニュース映画で、

「日本潜水巡洋艦（U-Kreuzer）大西洋に出撃す」

と、報道していた。

伊号第八潜水艦は、ドイツから譲渡されるUボートを日本へ回航する回航員を運ぶ訪独目的を果し、ドイツの最新式兵器を出来るだけ多くつみこんで帰国することになった。主な搭載物は、ダイムラーベンツ社製の魚雷艇用内火発動機、電波探信儀（レーダー）、電波探知機、二〇ミリ四連装機銃などで、殊に電波探知機と四連装機銃は艦に装備して持ち帰ることになった。

内野艦長は、艦を整備している間に、電波兵器と四連装機銃の操作を乗員に習得させようと思った。まず、電波探信儀と電波探知機の講習を受けさせるために、通信長桑島斉三大尉、林*上等兵曹、谷口一等兵曹ほか通信兵一名を、ベルギーのオステッドにある電波兵器学校に派遣した。

引率者は、松井登兵機関中佐と江見哲四郎中佐で、ドイツ語の通訳をするかたわら桑島大尉らの兵器操作の習得をたすけた。

また、四連装機銃の訓練については、砲術長大竹寿一中尉（少尉より昇進）を指揮者に砲術科員が三班にわかれて、旧フランス領のミミツァンにある対空機銃学校におもむいた。通訳は、

日本から伊号第八潜水艦に便乗してきた軍令部嘱託山中静三で、各班が講習と実射訓練を受けた。かれらは、飛行機の曳く吹流しに実弾を発射したり、山中の通訳で講義を熱心にノートしたりした。校内には、スウィッチを押すと縦横にゆれる艦橋を模した構造物が設けられていて、その上に装着された四連装機銃で実射訓練をおこなったりした。

その間、内野艦長はデーニッツ海軍長官の招待を受け、他の乗員たちはパリを見物するなどして休養をとった。

しかし、かれらがドイツに滞在中、ヨーロッパの戦局には大きな変化が起っていた。それは、イタリア戦線の悪化につぐ、イタリアの無条件降伏であった。

伊号第八潜水艦がドイツに到着してから三日後の九月三日、シチリア島を完全に手中におさめた連合国軍は、イタリア本土南端のレッジオに上陸した。そして、ドイツ、イタリア軍の抵抗を排除して北進した。

ムッソリーニの後を受けて首相に就任したバドリオ元帥は、徹底抗戦をとなえていたが、同月八日、日本とドイツの諒解を得ることもなく、突然、連合国側に対して無条件降伏をつたえ、午後七時にはラジオを通じて国内にその旨を布告した。

これによって日独伊軍事同盟の一角が崩れたわけだが、あらかじめそのことを予期していた日独両国は、ただちに共同声明を発して戦争遂行の意志を表明した。

ドイツは、イタリアの降伏後、機敏にイタリア軍の武装解除をおこなうと同時にローマを占

上等兵曹　旧日本海軍の階級の一つ。兵曹長の下、一等兵曹の上に位置する下士官。

領して中・北部のイタリアを確保し、十二日にはマルタ島にむかって脱出中のイタリア艦隊を空襲し、三五、〇〇〇トンの主力戦艦「ローマ」を撃沈した。

さらに、その日、ドイツ軍は、監禁されていた元統帥ムッソリーニを救出するという奇蹟的な作戦に成功していた。

ヒトラー総統は、ムッソリーニが失脚した直後から、その救出準備をひそかにすすめていた。その作戦は「樫作戦」、ムッソリーニは「貴重品」と秘称され、その監禁地の内偵がつづけられていた。

八月一日、ドイツ海軍は、ムッソリーニがヴェントテーネ島に監禁されているのを確認したが、八月半ばには密偵によってマッダレーナ島に移されていることを探知した。

ヒトラー総統は、駆逐艦と落下傘部隊で同島を襲撃する作戦を立てたが、その実行寸前に、ムッソリーニはグラン・サッソー・デ・イタリアに移されたことが判明した。その地は、標高二、九一四メートルのケーブルでしか登れぬアブルッツィ・アペニン山脈の最高峰にあって、監禁地としては恰好な場所であった。

ドイツ側では、山頂の空中偵察をおこなった結果、グライダー部隊を着陸させる計画を立て、実行に移した。

作戦は、ドイツ親衛隊員によっておこなわれ、グライダー部隊がムッソリーニの監禁されているホテルの近くに着陸し、かれをグライダー内に導き入れた。さらに、小型の特殊連絡機に移乗させ、同日夕刻にはウィーンに運んだ。

この報は、イタリア降伏の報に衝撃を受けていたドイツ国内を沸き立たせた。ヒトラーは、ムッソリーニを首班とするファシスト共和政府の内閣組織を発表した。

そうした中で、伊号第八潜水艦の帰国準備は、着実にすすめられていた。

主食には、ドイツ海軍の手で取り寄せられた南フランスとイタリア産の米が積みこまれ、副食物には肉と魚の缶詰が搭載された。

また、倉庫に山積みされた兵器、機械類を出来るだけ持ち帰るため、発射管六門と格納筒二組に装塡されていた八本の魚雷のうち四本を陸揚げして、代りに荷物を詰めこんだ。さらに、砲弾も五十発を残して他は陸揚げし、その他、飛行機格納筒をはじめ艦内の空間すべてに隙間なく積みこんだ。

同艦には、多くの日本人、ドイツ人が便乗することになった。ドイツ駐在大使館付海軍武官横井忠雄少将、フランス駐在大使館付海軍武官細谷資芳大佐、造兵監督官築田収大佐、南了主計中佐、伏下哲夫主計中佐、軍令部嘱託吉利貞（予備役海軍中佐）、同中島元弥、技師阿部末吉、会計書記原馨、書記坂本利雄、計日本人十名、日本駐在ドイツ大使館付陸軍武官として赴任するラインホールド陸軍少佐、ドイツ海軍技師ステッケル、アトラス社技師シフナー、ゲーマ社技師ブリンカーのドイツ人四名、総計十四名であった。

伊号第八潜水艦は、故障個所の修理と電波探知機、四連装機銃の取付けも終えたので、ブンカーからブレスト湾内に出て単独訓練をつづけ、十月五日にブレスト軍港を出発して帰国の途につくことになった。

横井武官の帰国後、後任の武官が着任するまで、武官首席補佐官の渓口泰麿海軍中佐がその任を代行することになった。横井らは、最小限の手廻り品のみを手にしてブレスト軍港に集った。

渓口中佐は、ドイツ海軍と協議し、伊号第八潜水艦の出港を極秘のうちにおこなうことを決定した。

同艦がブレスト軍港に在泊していることは、ドイツ国内のみならずイギリス側にも熟知されていた。イギリス海・空軍は、当然、帰途につく伊号第八潜水艦を撃沈しようと意図していることはあきらかだった。イギリス側としてみれば、同艦を撃沈することは、国内の戦意をふるい立たせる恰好の宣伝であった。

ブレスト軍港の海軍工廠には、徴用*されたフランス人、イタリア人工員が多数はたらいていて、かれらから、イギリス側に伊号第八潜水艦に関する情報がもれていることは十分に想像され、その出発もイギリス側に察知されるにちがいなかった。

渓口は、同艦の日本への出発を秘匿するため、単独訓練の出港であるように装うべきだと思った。ドイツ海軍では、潜水艦の出撃時に必ず軍楽隊がマーチを演奏し、にぎやかに見送るのを常としていた。当然、伊号第八潜水艦の日本への出発時にも、同じような歓送を受けるはずだったが、イギリス側の情報組織の眼をくらますために、それらの行事はすべて廃止した。

また、訓練の場合には、機械その他の整備をおこなう必要から工廠の工員を乗艦させていたが、出発時にもかれらを乗せることになった。

内野艦長は、出発にあたり、ドイツ海軍とドイツ第一潜水隊に対して在独中の配慮に対する感謝をしめすメッセージを送り、ブンカー内から艦を湾内に進めた。日時は、十月五日午後三時三十分であった。

艦は、工廠の曳船にひかれて湾口にむかってゆく。曳船の船橋*には、ドイツ、フランスの日本人駐在員数名が身を寄せ合うように立って見送っている。かれらは、帰国する便もなく、戦火の迫る異国の地にとどまることを余儀なくされているのだ。

港口に近くなった頃、曳船がはなされたが、その時、かれらの間から軍艦マーチの歌声が起った。かれらは、帽子や手をふって声をはり上げて歌っている。

内野艦長は、かれらを凝視した。日本とドイツの連絡路は断たれ、わずかに潜水艦のみが潜航・浮上をくり返して一八、〇〇〇浬の海上を細々と往来するにとどまっている。しかも、その往来は、戦局の悪化によって減少することが十分に予想される。船橋で軍艦マーチを歌っている日本人たちは、ほとんど帰国できるあてもないのだ。

艦と曳船の距離は、徐々にひらいてゆく。

内野は、艦橋に立って遠ざかってゆく曳船を見つめていた。

港外には、ドイツ海軍の護衛艦数隻が待機していた。すでに夕闇は濃く、伊号第八潜水艦は、護衛艦に守られてビスケー湾を南下した。翌早朝、護衛艦の監視の中で深々度試験潜航をおこない、船体各部の機能を点検し、いずれも異常のないことを確認して浮上した。

護衛艦は帰途につき、伊号第八潜水艦は、単独で航進を開始した。と同時に、艦は潜航し、スペイン沿岸に針路を定めた。

徴用　戦時などに国家が国民を強制的に動員し、兵役以外の一定の業務に従事させること。
船橋　船の上甲板の高所にあり、航海中、船長が操船・通信などの指揮を執る場所。ブリッジ。

コースは往路と同じで、ビスケー湾を横断、スペインのオルテガル岬沖合を通過することになっていた。

出発前、内野艦長は、武官代理渓口中佐との間で一つのとりきめを結んでいた。帰国途上で艦から無電を発信することは、連合国側にその位置を教えることになるので極力避けねばならなかったが、艦が無事に航行していることを報告する必要があった。そのため内野艦長は、一定の位置にアルファベット順に連絡点を設定し、その位置に達した時、簡単な符号を発信することを約した。例えば、A点はビスケー湾脱出位置、B点はアゾレス諸島附近、C点は大西洋に入った位置等、数カ所に発信点を定めた。

艦は、潜航のままビスケー湾を横断し、出港後三日目の十月八日の夜明け前に、オルテガル岬沖を無事通過した。

その位置はA点であったが、慎重な内野艦長は、無事通過をしめす無電を発信しなかった。出港前の約束に違反したわけだが、貴重な人命と兵器・機械類を日本に運ぶ任務を課せられた内野は、危険と思われる行為を一切避けるべきだと思ったのだ。

ビスケー湾を突破した艦は、ひそかに潜航しながらアゾレス諸島にむかって進んだ。

その日、艦内に思わぬ病人が発生した。それは中道機関兵曹で、盲腸炎の症状があらわれた。軍医長小谷順弥大尉は、中道機関兵曹の患部を冷却させたが、容態は悪化する一方だった。艦内には、盲腸炎手術用の器具一組がそなえられていたが、手術室の設備などはない。

小谷は手術を決意し、士官食堂に中道を運び入れた。浮上していると艦の動揺がはげしく手術にも支障があるので、艦長に艦の潜航を要望した。

艦は、水中深くもぐり、停止した。

小谷は、柳生一等衛生兵曹に命じて中道機関兵曹を食堂のテーブルに横たえさせ、炊飯釜に熱湯をたぎらせて手術器具を煮沸消毒した。そして、テーブルの周囲に天井からカーテンを吊り下げ、局所麻酔を注射したのみでメスを突き立てた。

中道は歯を食いしばって激痛に堪え、盲腸手術は無事終了した。

艦は、再び航走を開始し、スペイン沿岸を南下してアゾレス諸島に進んだ。中道の経過は良好で、艦はほとんど潜航したまま進み、十月十四日にはアゾレス諸島の南東海面に近づいた。その日、艦内のラジオから米英軍がアゾレス諸島に上陸したというニュースが流れてきた。

翌日、海軍武官代理渓口中佐からの無電が受信された。それによると、アゾレス諸島にイギリス空軍が基地を設置し多数の飛行機も送りこまれているので、特に警戒を厳にするよう指示してきた。また、その電文の最後に、

「B点通過ノ御通報ヲ得タシ」

と、つけ加えられていた。

A点通過時に発信をおこなわなかったため、渓口中佐をはじめ日本大使館やドイツ海軍を不安におとし入れていることが、その電文によって推察できた。しかし、内野艦長は、折返し無電を発することもせず潜航のまま南下をつづけた。

艦には、ドイツ海軍の最新式の電波探知機が装備されていたが、ビスケー湾を脱出後は意識してその使用を中止していた。探知機の主要な真空管は予備が一本あるだけで、それを常時使

用すれば航海途中で消耗してしまう。内野艦長は、帰国後もその探知機を操作できるようにするため使用許可をあたえなかったのだ。

翌々日、内野艦長は、アゾレス諸島の哨戒圏外に離脱できたことを確認した。そして、B点にも達したので電文を発信する準備をはじめさせたが、その日、第三番目の電報が受信された。

「宛伊八潜艦長

発在独武官

一、二項……（省略）

三、十月十六日午後一時マデニハ貴艦ノ発信ヲ受信シオラザルモ、無事航海シアルモノト判断シアリ。念ノタメ」

内野艦長は、その電文によって、渓口中佐らが消息を断った伊号第八潜水艦の安否を気づかっているのを知った。

内野艦長は、通信長桑島斉三大尉に命じて、

「宛在独武官

発伊八潜艦長

一、七〇〇〇二番電及ビ七〇〇〇三番電了解

二、十月十七日B点通過。乗員・便乗者トモニ元気旺盛ナリ。在独中ノ御厚誼ヲ深謝ス」

という無電を発した。

その電文は、渓口中佐をはじめ日本大使館、ドイツ海軍を安堵させた。ブレスト出港以来、沈黙を守りつづけていた伊号第八潜水艦からの初の無電が受信され、最大の危険海域を突破し

たことが確認できたのだ。

それまでは、二十時間近く潜航して夜間に四、五時間水上航走することをつづけてきた伊号第八潜水艦は、翌々日の十月十九日から昼間も水上航走するようになった。

艦内には、内野艦長の上級者である横井忠雄海軍少将が便乗していたが、横井は、

「おれは、ただの飯を食う荷物だと思ってくれ。艦の行動は、もちろん君の思う通りにすべきだし、行動については一切口をきかぬ」

と、内野に言って、指揮系統の混乱をさけた。

かれら便乗者は士官室に詰めこまれていたが、乗員殊に下士官・兵たちは、横井少将ら高級軍人の存在を強く意識していた。それに気づいた内野艦長は横井少将の諒解を得て、便乗者たちに昼と夜の生活を逆にしてもらうことを求めた。つまり、乗員が勤務している昼間は便乗者たちの就寝時で、夜間に起床し食事をとったり雑談してもらうようにし、一般乗員と接触させぬようにしたのだ。

また、便乗していたドイツ陸軍少佐と三名の技術者についても、特別の配慮ははらわなかった。かれらの嗜好に合う食物を作ってやりたかったが、狭くて暑苦しい烹炊室《ほうすいしつ》で主計兵が二種類の料理をすることは困難であった。

かれらは、与えられる日本食に不満をもらしてはいなかったが、十日もたつとさすがに洋食を欲するようになった。かれらに同情した内野艦長は、先任将校上拾石康雄大尉と相談し、夜食用に積みこんでいた白パンと黒パンをかれらにあたえた。そして、乗員の夜食には他の食物を代用させた。

ドイツ人たちは、チェスなどで無聊をまぎらしていたが、艦内生活は堪えがたい苦痛をあたえているようだった。殊に長身のラインホールド陸軍少佐は、潜水艦の短い固定寝台で足を伸ばすこともできず、立膝をした恰好で睡眠をとっていた。

十月二十一日、渓口武官代理から第四番電が入電し、十一月一日付進級予定者の内報をつたえてきた。それによると、便乗者の南了主計中佐の大佐進級が報じられていた。

十月二十六日、艦は西経二三度五六分の位置で赤道を通過し、南下した。

内野艦長は、約束通り渓口中佐宛に、

「一、四番電受領

二、D点通過、異常ナシ」

と、打電した。

艦は、片舷機一一ノットの経済速度で南進した。天候は良好であったが、敵艦艇と飛行機の来襲にそなえて厳重な警戒をつづけていた。

翌十月二十七日午後、艦橋の見張り員が、比較的近い距離に単葉の水上偵察機二機を発見した。ただちに内野艦長は、

「潜航急げ」

と命令し、艦は、海中深く身を没し、避退した。

幸いにして攻撃を受けなかったが、敵機に発見されたことは確実で、水上偵察機は近くにいる敵の空母から発進したものにちがいないと推定された。

艦は、日没後まで潜航をつづけ、夜になって浮上すると、水上偵察機に発見された場所から

はなれるため針路を西に向けた。そして、夜間に前日の航路から六〇浬も西に移動した。海図によると、アセンション島の西方約六〇〇浬の位置であった。

十月二十八日の夜が、ほのぼのと明けはじめた。

内野艦長は、敵の攻撃を予測して艦橋にあがった。そして、見張り員に対し、

「敵飛行機の来襲は十分考えられる。夜明け前にアセンション島のイギリス航空基地を離陸すれば、敵機は、約一時間後に本艦上空に飛来する。特に対空見張りを厳にせよ」

と、命じた。

艦内に緊迫した空気が流れたが、依然として電波探知機は、真空管の消耗をおそれて使用しなかった。

内野は、司令塔にもどって休息をとった。前日の午後、水上偵察機の報告によって、イギリス海・空軍が海上一帯に捜索態勢をしいていることが予測された。

かれが司令塔にもどってから三十分ほどした頃、突然、

「飛行機ッ、潜航急げ」

という叫び声がし、艦橋にいた見張り員が艦内に飛びこんできた。

ブザーが鳴り、ハッチが閉められ、乗員は、急速潜航を機敏におこなった。

艦は、艦首をさげて海中に降下し、深度計の針は三二メートルをさした。

その瞬間、鼓膜の破れるような爆雷の炸裂する大轟音が二度連続しておこり、艦は、圧潰するかと思われるほど激しく震動した。電灯は随所で消え、その中で甲高い号令が走った。

艦は、そのまま降下して深さ八〇メートルまで達した。艦内には、激しい衝撃によって塵埃《じんあい》が舞い上り電灯も煙った。乗員たちの顔は、青ざめていた。

不意に、

「電池室浸水」

という報告が、司令塔につたえられた。ついに艦は破壊され、海水が浸入してきたのだ。

内野艦長は、ただちに応急処置を命じたが、電池室にあふれ出たのは海水ではなく、破損した電池から洩れた電解液であることが判明した。

乗員たちの顔に安堵の色がうかんだが、電池室の損傷は激しく、また、縦舵舵角指示器、潜舵・操舵制限装置、航走電動機の管制盤等が故障していた。

内野は、それらの応急修理を命ずると同時に、上甲板と艦橋の損傷程度を一刻も早く確認したかった。もしも、それらが大損害を受けているとすれば、アフリカ大陸南端の喜望峰沖にひろがる荒天海域——ローリングフォーティーズを突破することは不可能になる。

艦橋と上甲板の応急修理をするためには浮上しなければならないが、頭上には、敵機が艦影をもとめて旋回しているはずで、日没を待つ以外に方法はなかった。

艦は、海中をゆるい速度で移動し、日没を待った。それは、重苦しく、そして長い時間だった。

やがて、夜がやってきた。

内野は、浮上を命じ、すぐ艦橋から上甲板に走り出た。幸い、予想していたよりも損傷は少かったが、水防の舵角指示器が破損して使用不能となっており、艦橋の窓ガラスもほとんど割れてしまっていた。しかし、破損した舵角指示器は、司令塔内のものを代りに使用すれば航行に支障のないことも確認できた。

内野は、前々日に無電を発したことが敵に発見された原因であると直感した。一応の沈没はまぬがれたが、夜明けとともに再び敵機の来襲が反復されるにちがいないと推定した。

艦の東方にはアセンション島があり、さらに、艦の進む南の方向にはセントヘレナ島がある。その両島には、イギリス空軍基地が設けられていて、哨戒機が発進している。

伊号第八潜水艦を確認し攻撃したイギリス空軍は、同艦の進路に航空機を配置して捜索につとめるにちがいなかった。当然、かれらは、伊号第八潜水艦が全速力で危険海域を突破すると予測し、艦の速力を計算して位置を推定し、その海域に重点的な哨戒網をはることはあきらかだった。

豊富な戦歴をもつ内野艦長は、イギリス空軍の逆をついてやろう、と思った。

アセンション、セントヘレナ両島の航空基地を中心としたイギリス空軍の飛行哨戒圏を突破するには、数日間を必要とする。その間、水上を全速力で進めば、イギリス空軍は、連日のように攻撃をくり返し、艦を爆雷攻撃で撃沈するだろう。

それを回避する方法は、イギリス空軍の意表をついて、速力を極度に遅くすることが得策だと思った。イギリス空軍は、艦の速力を基礎に推定される海面を必死に探り、艦を発見できなければ、すでに艦が異様な高速力で哨戒圏外に逃れ出たと思うにちがいなかった。

内野艦長は、水中航走を命じた。むろん、潜航のまま航走すれば、その速力は水上航走よりもはるかにおそい。

艦は数ノットの速度でのろのろと進み、二日間の水中航走で、艦の進度は予定よりいちじるしくおくれた。

この奇策は功を奏したらしく、水上航走に移ってから一度も機影を認めなかった。

しかし、便乗していたドイツ陸軍武官ラインホールド少佐は、艦が電波探知機を使用していないことに不服で、通信長桑島斉三大尉に激しく抗議した。たしかに、電波探知機を作動させれば、遠距離を飛行中の敵機のレーダーが発する電波をとらえ、早目に潜航避退ができるが、艦は見張り員の視認のみによって対空監視につとめている。その点を武官は非難したのだが、艦長は、最大の危険海域であるビスケー湾を突破した折以外の電波探知機の使用を禁じていた。

桑島通信長からラインホールド少佐の抗議を耳にした内野艦長は、即座にそれを黙殺した。かれにしても使用したいのは当然であったが、全戦局に重大な影響をおよぼすその電波兵器を、使用可能の完全な形で日本に持ち帰りたかったのだ。

艦は南下し、十一月三日には南緯二四度四五分、西経一二度二三分に達した。その日は明治節[*]にあたっていたので、艦内で簡単な遥拝式をおこない、先任将校上拾石大尉の心づかいでささやかな祝杯をあげた。

翌日、ドイツ駐在の海軍武官代理渓口中佐に、無事航行中の旨をしらせる無電を発信した。艦は、アフリカ大陸の最南端に接近し、往路と同じように喜望峰沖を遠く迂回することになった。

十一月八日の朝を迎えた。ブレスト軍港を出港してから三十五日目であった。

朝から空には密雲がたちこめ、時折りスコール状の雨が通りすぎた。視界は悪く、海上は荒れていた。

艦は、喜望峰の西方約三〇〇浬の位置を南東にむかって水上航走していた。前方には、往路で苦しんだローリングフォーティーズがひかえている。艦は、その暴風圏に徐々に接近していた。

日没が近づいた頃、突然、艦橋の見張り員が一隻の船舶を発見したと報告した。

内野艦長が一二センチ望遠鏡をのぞいてみると、左舷四五度の方向にすれちがうように航行する大型客船の船影がうかび上った。

艦内は、沸き立った。六月二十七日にペナンを出港以来四カ月半、隠密行動をとりつづけていた艦は、雷撃をする機会もなく過ぎた。乗組員たちは無聊をかこっていただけに、その大型客船を攻撃したがった。

下士官たちは、内野に、

「艦長、攻撃して下さい」

と、鋭い眼を光らせて懇願する。

内野艦長は、思案した。艦の任務はドイツへの往復で、攻撃は原則として禁じられている。それは、敵側に探知されることを避けるための処置だが、危険海域を突破し敵の攻撃を受けるおそれも薄らいでいる。それに、大西洋を去る寸前でもあり、客船を一隻撃沈しても、その後

明治節　明治天皇の誕生日にあたる祝祭日。昭和二年（一九二七）、国家の祝日として制定された。

の行動に支障があるとは思えなかった。

「よし、攻撃する」

内野は、決断をくだした。その言葉に、乗組員たちの眼は輝いた。太陽は水平線に落ちかかっていて、空は明るい。

内野は、ひとまず西の方向に進んで船の視界外にはなれ、日没をまって接近し、魚雷攻撃をおこなおうと思った。

やがて日が没し、艦は全速力で客船の追跡にかかった。そして、最も優秀な見張り員を一二センチ望遠鏡につけて、その動きを監視させた。艦は、客船に接近してゆく。海上には夜の闇が落ちていた。

望遠鏡をのぞいていた見張り員が、

「艦長、商船が舷側の灯をつけました」

と、報告した。

内野は、艦をさらに進めたが、再び見張り員が、

「艦長、舷側の灯は十字形です」

と言った。

内野は、双眼鏡に眼をあてて海上を凝視した。漆黒の海上に、灯がみえる。それは、見張り員の報告通り鮮やかな十字をえがいていた。

舷側に十字形の電灯をともして航行している船といえば、病院船か交戦国同士で承認した非戦闘員のみの乗る船舶にかぎられている。もしも、それを撃沈すれば、国際信義に反する行為

として非難される。

かれは、即座に攻撃中止を決意した。が、乗組員の中には、敵船が十字の電灯をともして偽装している可能性もあるとして、攻撃させて欲しいと懇願する者もいた。

しかし、内野艦長は、艦を反転させると、針路を再び南東に向けた。

二日後に、艦は、ローリングフォーティーズの暴風雨圏に突入した。

内野は、往路の苦い経験を生かして、あらかじめ上甲板などの移動物を出来るだけ艦内に入れ、移動不可能のものを厳重に固縛させていた。

その日、ドイツ海軍武官代理渓口中佐からの電報が入電した。それによると、柳船と称されているドイツ海軍の商船武装の特設巡洋艦三隻が、日本軍の占領している南方地域からヨーロッパにもどるためインド洋上を航行中だという。

その第一船は約六、〇〇〇トンで、十一月十三日頃南緯五五度、東経二〇度の位置を通過の予定で、その後、三日または四日の間隔で第二船（約六、〇〇〇トン）、第三船（約三、〇〇〇トン）が続航することになっている。それら三隻の船は、いずれも二本マストのうち一本を短くしてあって、連合国側の商船のように装っているので攻撃しないよう注意して欲しいという。

内野は、ドイツの特設巡洋艦が日本占領地の南方地域からクローム、マニラ麻、コプラ、ゴム等をドイツに運んでいたことは知っていた。しかし、戦局の悪化につれてドイツに辿りつく船は少く、大半が途中で撃沈され、その往来も絶えていると思っていた。

しかし、電報によると三隻の柳船がドイツに向って航行中だという。それらは、おそらく南方地域に残っていた最後のドイツ船のすべてで、死を覚悟してドイツにむかっているのだと思った。

内野は、それら三隻の特設巡洋艦の前途を思い、悲壮な感慨にうたれた。しかし、その電文の二項に眼を据えた時、かれは愕然とした。そこには、

「日英居留民交換船（船名解読できず。スウェーデン船）ハ、目下ケープタウン方面ヲ航行中ノハズナリ」

と、つたえていた。

かれは、二日前の日没後に望見した十字形の灯を思い出していた。電報の内容と考え合わせてみると、攻撃しようとした大型客船は民間人の交換船であったことは確実で、攻撃を中止したことを幸運だったと思った。

艦は、激浪の中を進んだ。往路では真冬の寒気に苦しんだが、復路は夏の季節で波高もやや低かった。それに風が追風であったので、少々破損した個所もあったが、無事にローリングフオーティーズを突破することができた。

艦は、大西洋からインド洋に入った。

内野艦長は、ドイツ駐在武官代理宛に、

「一、貴機密第七番電受領
二、十二月二日ペナン着ノ予定。乗員・便乗者トモニ健在。ドイツ通信系ヲ去ルニ当リ、在泊中ノ御厚誼ヲ重ネテ深謝ス。ドイツ海軍ニモ伝エラレタシ」
と、打電した。

ドイツ側との交信は不能になり、ペナンの第十通信隊との交信がそれに代った。内野艦長は、

第十通信隊宛に、

「オオムネ次ノ予定ヲモッテペナンニ帰投ス。

十一月十四日　南緯三九度三〇分、東経三四度
十一月二十一日　南緯二八度、東経九五度
十二月一日　北緯六度三〇分、東経九五度
十二月二日　ペナン着」

と、帰投予定を報告した。

インド洋は、比較的おだやかで速力も十分出せると思っていたが、予想に反して風が強く、艦は進まない。そのため燃料消費が大きく、無事にペナンに到着できるかどうか覚束《おぼつか》なくなった。ただ敵の攻撃をうけるおそれもうすらいだことが、気分的な救いになっていた。

しかし、十一月十八日にペナンに基地をおく第八潜水戦隊司令官石崎昇少将からの電文によって、燃料問題が大きな重圧となってのしかかってきた。伊号第八潜水艦は、ペナンに帰投した後、マラッカ海峡をへてシンガポールに寄港し、日本内地におもむく予定を立てていた。が、その電文では、

「マラッカ海峡ニ敵潜水艦潜入ノ敵情等ニカンガミ、伊八潜ハペナン寄港ヲ取止メ昭南（シンガポール）ニ直航セヨ」

と、指令してきたのだ。

内野艦長は、やむなく、スマトラ島とジャワ島の間にあるスンダ海峡を通過してシンガポールにむかうと返信したが、そのコースをとることは、残された航程の増加を意味していた。

かれは、突然、ペナン帰着の予定を変更した司令部の意向をいぶかしみ、燃料の不足を憂慮した。そして、ジャワ島の西端にあるバタヴィア（ジャカルタ）で、燃料一〇〇トンを補給したいと打電した。

艦は、経済速力で東進をつづけた。その間、第八潜水戦隊司令部からは、航路の状況等について詳細な情報が発信されてきていたが、燃料補給についての回答はなかった。

十一月二十七日、ようやくジャカルタの海軍武官から、同地で燃料補給の準備をととのえたという連絡があった。が、内野は残った燃料でシンガポールに到着することは可能であることを知り、その申し出を謝し、辞退した。

十一月二十九日、艦は、スマトラ島西方約五〇〇浬に達した。その位置は、日本海軍航空部隊の哨戒圏に近いので、内野艦長は前甲板に味方識別の表示をした。

その直後、突然、飛行機を発見した。内野艦長は、愕然とした。それは潜航する間もないほどの至近距離で、攻撃を受ければたちまち撃沈されることは確実だった。

しかし、その機の翼には日の丸がえがかれていて、頭上を通過すると去って行った。

内野は、艦が味方の哨戒圏内に入ったことを知って、見張りの重点を対空から敵潜水艦に対する監視に切りかえた。艦は、さらに東へ進み、十二月二日の夜明け頃スンダ海峡に近づいた。前方にプリンセス島がみえ、ついで、クラバタール島の島影がうかび上ってきた。旧フランス領のブレスト軍港を出てから五十八日ぶりに眼にする陸影で、内野の胸に熱いものがみちた。

内野艦長は、スンダ海峡に艦が入ると同時に、敵潜水艦の雷撃を回避するため、*之字《のじ》運動を命じた。かれは、最後の任務達成の瞬間まで慎重に行動したかったのだ。

当然、かれの頭には、前年の十月十三日、無事にドイツからもどった伊号第三十潜水艦が、内地帰着のためシンガポールを出港した直後、港内で機雷にふれ爆沈してしまったことが焼きついてはなれなかった。ドイツ派遣の潜水艦第一便は、惜しくも任務達成寸前に沈没してしまったのだが、かれは、第二便の潜水艦長として無事に艦を内地に到達させたかった。

スンダ海峡を通過後、内野艦長は、乗員の休息法を緩和した。それまでは、ブレスト軍港出港後、乗員百二十五名中艦橋見張り員以外は艦内にとじこめたままであったが、准士官以上は艦橋に、下士官兵は交代で四番昇降口に近い上甲板に出ることを許可した。便乗していた者たちは、嬉しそうに陽光を浴びながら上甲板を歩いていた。

シンガポールは、眼前に迫った。

十二月五日、艦は、夜明けとともにシンガポールの水道に入った。途中、巡洋艦「香椎」とすれちがった。その折、「香椎」の鳥越参謀長から、

「無事入港ヲ祝ス」

という信号を受けた。

乗員の顔には、喜びの色があふれた。艦は、水道を静かに進み、午前十一時十五分セレター軍港の岸壁に横づけになった。

内野艦長は、上陸すると南西方面艦隊特別根拠地隊各司令部を訪問したが、司令部内に潜水艦関係の幕僚がいないためか、かれを迎えた司令部の者たちの態度は冷たかった。かれは、会

之字運動　潜水艦からの攻撃を避けるために、「之」の字を描くようにわざと針路を曲げて航行することをいう。

議が終るまで長時間待たされ、ようやく出てきた司令長官も参謀長も、廊下に立つかれに短い言葉をかけただけで歩み去った。かれは、乗員とともに苦痛にみちた航海を果した行為が報われないことに憤然とした。

内野は、その後、ペナンに飛行機でおもむいて第八潜水戦隊司令官石崎昇少将に任務報告をおこなった。その間、ドイツ駐在日本大使館付武官横井忠雄少将ら艦に便乗していた者たちは退艦し、空路で東京へむかった。

伊号第八潜水艦は、十二月十日、シンガポールを出港し内地にむかった。途中、対潜警戒につとめながら十二月二十一日早朝、豊後水道に入り、同日午後、呉軍港に帰着した。六月一日に呉を出港して以来、実に二百四日が経過していた。伊号第八潜水艦は、遂に日本とドイツ間の往復に成功したのだ。

当時の呉鎮守府長官は、U511号（秘称さつき一号）に便乗してドイツから帰国していた野村直邦中将で、その苦痛を知っているだけに乗員たちを温かく迎え入れてくれた。准士官以上の者たちを夕食に招待し、その席上、内野艦長に、

「往復ともよう無事に帰ってきた。おれは片道だったが、それでも大変な苦労だった。よう帰ってきた、よう帰ってきた」

と、深くその労をねぎらった。

内野は、十二月二十三日、列車に乗って上京し、二十五日には軍令部で軍令部総長以下に、また翌日には海軍省で海軍大臣、各部長、担当局員に経過報告をおこなった。

かれは、重大任務を果すことができたのだが、かれの顔には、喜びの表情はみられなかった。

それは、シンガポール入港時に、第三便としてドイツにおもむく予定の伊号第三十四潜水艦の沈没事故が起っていたことをきかされていたからであった。

十三

伊号第八潜水艦がインド洋上をペナンにむかっていた折、内野艦長は、潜水戦隊司令官石崎昇少将から、「マラッカ海峡ニ敵潜水艦潜入ノ敵情等ニカンガミ、伊八潜ハペナン寄港ヲ取止メ昭南（シンガポール）ニ直航セヨ」という指令を受け当惑したが、「マラッカ海峡ニ敵潜水艦潜入ノ敵情等ニカンガミ……」という電文が、どのような具体的な意味をもつものかは推測できなかった。そして、釈然としない思いでシンガポールに艦を入港させたのだが、その電文が、伊号第三十四潜水艦の沈没と密接な関係をもつものだということを知らされた。

伊号第三十四潜水艦は、昭和十七年八月三十一日に佐世保海軍工廠で竣工した基準排水量二、一九八トンの航続力の大きい艦であった。

同艦は、キスカ島への軍需物資輸送についで同島の撤退作戦に従事し、昭和十八年六月九日には同島へ兵器弾薬九トン、糧食五トンを輸送すると同時に、海軍将兵九名、軍属七十一名を収容して内地に帰投し、神戸で修理を受けた。そして、呉軍港に入港し、次の作戦行動に移る準備をととのえていた。

軍令部では、同艦と伊号第二十九潜水艦の二隻をドイツへ派遣する計画を立て、伊号第三十四潜水艦を第三便として先発させることを決定していた。同艦の派遣目的は、小島秀雄少将以下海軍関係者の輸送と機密兵器、物資の交換であった。

ドイツに駐在していた海軍武官横井忠雄少将は、すでに伊号第八潜水艦に便乗してドイツをはなれ、日本にむかっている。その間、首席補佐官渓口泰麿中佐が武官代理をつとめていたが、野村直邦海軍中将の推挙で、小島少将が、ドイツ駐在日本大使館付海軍武官として派遣されることになったのだ。

小島は、戦前にドイツにおもむいた経験を買われて、軍令部ヨーロッパ課長の任にもあった日本海軍有数のドイツ通で、日独協同作戦を推進する上で最適の人物であった。

また、同艦には、スペイン駐在武官に赴任予定の無着仙明海軍中佐、潜水艦担当の有馬正雄技術少佐、高速魚雷艇の技術導入を目的に派遣される三菱機器株式会社の藁谷武、蒲生郷信の両技師が、艦政本部嘱託として便乗することになっていた。

伊号第三十四潜水艦の艦長は入江達中佐で、海軍部内の信望もあつい名艦長であった。入江は軍令部と詳細な打合わせを重ね、同艦は、食糧と夏服、冬服等を積み、昭和十八年九月十三日、呉軍港を出港した。艦長は、機密保持のため、乗員にインド洋方面の作戦任務につくとつたえただけだった。

同艦は、十月二十日、シンガポールに入港し、ドイツから要求されていた物資の積込みをおこなった。まず、錫の延棒が艦の竜骨部分にバラスト代りに詰めこまれ、上甲板の下部には生ゴムを積みこんだ。また、麻袋に詰めたタングステン鉱を前・後部兵員室に、木箱に入れた阿片を飛行機格納庫に積み入れた。

その間に、小島秀雄海軍少将ら五名の便乗者は、飛行機でシンガポールに到着し、小島は、港内に在泊中の伊号第三十四潜水艦におもむいて入江艦長と詳細な打合わせをおこなった。

入江は、艦にかなりの重量をもつ物資を搭載したので、艦の釣合いの調節をはかる必要がある、と言った。そして、便乗者中の有馬正雄技術少佐に指示を仰ぎたい、と申し出た。

有馬は、昭和八年、東京帝国大学工学部船舶工学科卒業後造船中尉に任官した士官で、呉工廠造船部部員を経て艦政本部に所属していた。

かれは、潜水艦担当の秀れた士官で、昭和十七年九月二十六日にトラックで不慮の事故のため沈没した伊号第三十三潜水艦の浮揚作業にも従事した。そうした経歴から、ドイツの潜水艦造船技術を調査する目的でドイツ派遣を命じられたのだ。

小島少将らは、シンガポールから陸路ペナンに先行して伊号第三十四潜水艦に乗艦し、ただちにドイツへむかうことが決定していたが、入江艦長の要請によって、有馬少佐のみが陸路をたどらず艦に乗ってペナンに同行することになった。

便乗者たちの手荷物が艦に積みこまれ、小島少将らは、ペナンにむかって出発した。

諸物資の積込み作業は順調に進み、十一月十一日朝、艦はシンガポールを出港した。すでに乗組員たちは、艦に積まれた荷によってドイツへむかうことに気づいていた。

天候は良好で、艦は、試験潜航をくり返しながらマラッカ海峡にむかった。有馬技術少佐は、試験潜航の度に、艦の釣合いを調節するため艦長に適切な助言をあたえていた。

その日は暮れ、十二日を迎えた。海上は穏やかで、艦は、マラッカ海峡を北進した。途中、一隻の日本潜水艦と行き交ったが、不穏な情報はつたえられなかった。

乗組員たちの表情は、明るく輝いていた。かれらは、第二便艦伊号第八潜水艦がドイツ訪問の旅を終えてインド洋上を帰投中であることを知っていた。かれらは、自分たちも任務達成に成功する期待に胸をおどらせていた。

艦は、凪いだマラッカ海峡をペナンにむかって平均一四ノットの速度で進んだ。

上等兵曹三宅一正は、翌十一月十三日早朝、航海長から水深の測定を命じられた。水深は、三五メートルであった。

ペナンは近く、艦は、ムカ岬の沖合を進んでいた。

午前七時に当直を交代した三宅は、食事を終え、前部兵員室で髭を剃っていた。ペナン入港も間近いので、かれは、身だしなみを整えておきたかったのだ。

艦は、平均速度で進んでいたが、その進路に思いがけぬ危険が迫っていた。イギリス潜水艦「Taurus」が、ひそかに潜望鏡を海面から突き出して、伊号第三十四潜水艦の接近を待ちかまえていたのだ。

「Taurus」は、標識番号P339でT型に属し、昭和十七年末にビッカース造船所で竣工した一千トン級の潜水艦であった。艦長は、M・R・G・ウイングフィールド少佐で、伊号第三十四潜水艦が射程距離に入ったことを確認し、魚雷斉射を命じた。

魚雷は、白い航跡をひいて海面を走り、その一つが、伊号第三十四潜水艦の右舷司令塔下方に命中した。時刻は、午前七時三十分であった。

三宅上曹は、突然起った激しい衝撃に、剃刀を手にしたまま椅子とともに倒れた。鼓膜をしびれさせるような炸裂音に、艦が雷撃を受けたことを直感した。

たちまち艦は沈下し、下方のハッチから浸入した海水が、兵員室にも激流となってふき上げてきた。三宅たちは、力をふりしぼってハッチを閉めようとしたが、水圧が激しく閉まらない。そのうちに、艦は、さらに降下して海底に達したらしく激しくはずんだ。と同時に、艦内の灯が点滅をくり返して消えた。

水の冷たさがたちまち膝にまで達したが、海水は、闇の中で妖しく光っていた。夜光虫の群れで、光の粒がひしめきながら流れこんでくる。海水の奔入につれて気圧は急激にたかまり、体がかたく枷《かせ》をはめられたように苦しく、耳に錐《きり》をもみこまれるような激しい痛覚が起った。

前部や下部の区画では、流入した海水が充満したらしく、

「テンノウヘイカ　バンザイ」

という最期の叫び声がきこえてくる。それもやむと、艦内に流れこむ海水の音だけになった。兵員室の水はさらに増して、腰から胸へ光った海水がせり上ってくる。三宅は、死を覚悟した。妻や子のことが思われた。かれは、兵員室の固定寝台の最上段に這い上ると、深い諦念を感じて身を横たえた。

その時、傍のモンキーラッタル（急傾斜梯子《はしご》）の上方にあるハッチを開けて、乗組員たちが脱出を試みているらしく、

「一、二、三」

と、ハッチを押し開けようとしている掛声がきこえてきた。

かれらは大きな声をあげているにちがいないのだが、気圧で鼓膜が強く圧迫されているため、遠い声のようにしかきこえない。

三宅は、同僚たちの努力が徒労に終ることを知っていた。かれが雷撃を受ける直前に測定し

た水深は三五メートルで、当然、水圧は激しく、人力でハッチが押し開かれるはずはなかった。

しかし、しばらくすると、

「あいたあ――」

という声が、かすかにきこえた。

三宅上曹は、半信半疑で身を起すと、傍のラッタルの手すりをつかんで上方を見上げてみた。たしかに、ハッチは奇蹟的に開いているが、意外にも海水は、鏡面のように動かず内部に流れこんではこない。艦内の気圧が異常なほどたかまっているので、水が落下してこないのだ。

その直後、室内に物理的な作用がはたらいた。海水がハッチから流れこむと同時に、兵員室の空気が追い出されて、突然、上昇しはじめたのだ。それにつれて、乗員の体は、空気に吸いこまれるように、三五メートルの深海から巨大な気泡とともに海面へと浮き上っていった。

その間の記憶は、三宅にもない。ただ、自分の体が吸い上げられたと同時に回転し、発狂しそうな苦痛が体を襲い、気がついた時は、自分の体が腰の部分まで海面に躍り出ていた。

かれは、再び意識を失った。が、かすかに眼をひらくと、海面に二十名近い男たちの頭が浮んでいるのが見えた。附近には、艦から流れ出た重油が一面にひろがり、だれの顔も黒く染まっていて見分けがつかない。

かれらは、声を掛け合って集った。艦は陸岸沿いに進んでいた折に被雷したので、遠く陸地が見え、かれらは、一団となって陸影にむかって泳ぎはじめた。……沈没位置は、ペナン島ムカ岬の二四〇度、西北一〇浬の距離であった。

伊号第三十四潜水艦を撃沈した「Taurus」の艦長M・R・G・ウイングフィールド少佐は、

伊号第三十四潜水艦に日本の駆潜艇一隻が同行しているのを知っていた。そして、雷撃後、駆潜艇が「Taurus」に接近してきたのを確認したので、ただちに急速潜航を命じた。が、その処置は冷静さを欠いていて、艦は、浅い海底に激突し、舳が粘土の中に突っこんでしまった。

自由を失った同艦は、離脱を試みたが効果はなく、そのうちに駆潜艇からの爆雷投下が開始された。ウイングフィールド艦長は、艦が爆砕されることを覚悟したが、奇蹟的に、近くで爆発した爆雷の衝撃で、泥の中に突っこんでいた艦首がはなれた。

艦内に喜びの声が満ちたが、ウイングフィールド艦長は、水深の浅い海域で逃れることは不可能だとさとり、海上にある日本駆潜艇と交戦しようと決意した。

かれは、潜望鏡深度まで浮上を命じ、レンズの中をのぞきこんだ。そして、駆潜艇の接近するのを待って、突然、浮上すると砲門をひらいた。

両艦の間で激しい砲火が交されたが、ペナン方向から日本の飛行機が接近してくるのを認めたので、艦は、再び急速潜航して海中に身を没した。

その後、しばらくして浮上してみると、駆潜艇が火災を発しているのを確認し、急いでその海域を離脱した。

（このウイングフィールド艦長の報告は、イギリス海軍公刊戦史に収められているが、それによると、十一月十一日シンガポールを出港しインド洋封鎖線突破を企図した伊号第三十四潜水艦を、同月十三日にペナン港外で撃沈、と明記されている。撃沈日も位置も完全に一致し、他の日本潜水艦がその日に攻撃された事実もないので、伊号第三十四潜水艦を撃沈したのは、「Taurus」であることにまちがいない。

ただし、その際、駆潜艇と砲戦を交えたというウイングフィールド艦長の報告は、生存者の証言と一致しない。伊号第三十四潜水艦から脱出し海面に浮上した東正次郎上等衛生兵曹、三宅一正上等兵曹の記憶によると、日本駆潜艇とイギリス潜水艦との間で交された砲撃音を全く耳にしていない。東の回想によると、敵潜水艦の銃撃を恐れたが、その艦影もみえず、あたりは静かだったという。

日本駆潜艇と「Taurus」の砲戦は、イギリス海軍潜水艦史編纂官の P. K. Kenp 少佐著「H. M. Submarine」にウイングフィールド少佐報告として記載されているが、この砲戦記録は、当時、第二十号駆潜艇機関長であった大隅良通氏の証言によって、一日誤差のあることがあきらかになった。伊号第三十四潜水艦の撃沈された状況は正確だが、同艦に駆潜艇の護衛はなく、砲戦がおこなわれたのは、翌十四日であった。

当時、第二十号駆潜艇の機関長であった大隅氏の保存している戦闘詳報によると、伊号第三十四潜水艦の沈没を知ったペナンの第九根拠地隊司令部は、敵潜水艦を発見し徹底的な攻撃を加えるよう各艦艇に指令した。

その命令にもとづいて第二十号駆潜艇も、対潜哨戒に出動したが、翌十一月十四日午前六時五分、ジャラック島五六度一〇浬の位置で、右三〇度五、〇〇〇メートルに浮上している敵潜水艦を発見、追撃した。潜水艦は逃走して急速潜航したので、爆雷攻撃をおこなった。

その後、午前八時五十四分、一、三〇〇メートルへだたった海面に突然、敵潜水艦が浮上。第二十号駆潜艇は、砲撃を加えて司令塔に一弾を命中させたが、敵の砲弾が第二十号駆潜艇の艦橋に命中した。この被弾によって艇長小林直一大尉が戦死、航海士渡辺正少尉が、重傷を押して指揮をとったが、船体各部に十数発の敵弾を受け、兵科の准士官以上が全員戦死した。

それによって、機関長大隅良通中尉が指揮をとり、砲撃を中止して再び潜没した敵潜水艦に爆雷攻撃をおこなった。

この砲戦によって、小林艇長以下海軍少尉渡辺正、兵曹長白井金蔵、一等兵曹有地庄次郎、藤原繁光、児玉学、草田正、藤本三次、一等機関兵曹谷口丑雄、二等兵曹神谷芳樹、安東精一、二等主計兵曹木南精一、水兵長望月蘭一、尾上栄雄、渡辺実、上等水兵中村富長、荻原啓吾、上等主計兵中村福蔵、一等*水兵清水守が戦死、重傷を負った二等兵曹茅野一孝も死亡した。また艇の損傷もいちじるしく、一時は全員退去の動きもあったが沈没せず、味方水上偵察機が飛来し、その誘導によって特設捕獲網艇*「長江丸」に収容されたのである。)

東たちは、陸影にむかって泳ぎつづけた。重油におおわれた海面をはなれると、脱出した者たちの顔が海水で洗われ、だれであるかがあきらかになってきた。艦長入江達中佐以下士官たちの顔は見えず、ただ一人石垣壮治少尉がいるのみだった。

東上等衛生兵曹は、その中に一人の乗員の顔を見出し、啞然とした。それは角文夫一等兵曹で、軍医長小林道夫中尉の治療を受け東も看護をしていた患者だった。角は、シンガポール出港後、日に二十回以上も下痢症状を起していて、小林軍医長は疑似赤痢という診断を下していた。

もしも、角をそのまま艦に乗せてドイツへの航海に出れば、艦内に赤痢患者が多発するおそれがある。小林軍医長は、一応、ペナンに入港後、慎重に検便してその結果にもとづいて退艦

一等水兵 旧日本海軍の階級の一つ。上等水兵の下、二等水兵の上に位置する。一水。
特設捕獲網艇 「捕獲網艇」は港湾の防潜網の敷設、監視および対潜掃討を行うことを任務とした。

させるかどうかを決定しようとしていた。

角は、体力が消耗しているはずなのだが必死になって泳いでいる。東は、その精神力に驚いたが、角の体力がいつかは尽きてしまうにちがいないと思った。

日が頭上にのぼり、熱い陽光が顔に照りつけた。かれらは、一団となって泳いでいたが、そのうちに疲労が激しくなってきて、離ればなれになりはじめた。その度に、「オーイ、オーイ」と声をかけ合って寄り集る。かれらは、自分だけが取り残されることをおそれて、意識的に環の中央に入ろうとつとめていた。

数時間が経過したが、陸地は近づかない。その附近は潮流が激しく、休息すると体が沖方向に押し流され、沈没位置附近をいたずらに泳いでいるにすぎなかった。

日が傾きはじめ、空に華やかな夕焼けの色がひろがった。かれらの動きは鈍く、日没と同時に死にさらされることは確定的になった。

乗組員たちの眼は時々かすんだが、その度に、皮膚に痛覚が起って意識をとりもどすのが常だった。それは、海面に浮游する芥に附着したヤシ蟹《がに》が皮膚を刺す痛みで、蟹は小型だったが数が多く、乗組員たちの体は絶え間なく蟹に刺されつづけていた。

絶望的な空気が、かれらの間にひろがった。かれらは、陸影にむかって手足を動かしつづけるだけだった。

ふと、一艘のジャンク*が海面に浮んでいるのに、かれらは気づいた。三宅上等兵曹は、赤川一勇機関兵曹長に、

「あのジャンクに行ってみましょうか」

と、喘ぎながら言った。

赤川は、

「助けてくれるかな」

と、不安そうに答えた。現地人の中には、日本軍に悪意をいだいている者が多い。赤川は、ジャンクに近づいたために殺されてしまうかも知れないと思った。

しかし、死は眼前に迫っているし、一つの賭をしてみることになった。そして、三宅上等兵曹と花田一男一等兵曹の二人がジャンクにむかって泳ぎ出した。が、花田の疲労は激しく、三宅からかなりおくれた。

三宅は、

「オーイ」

と、声をあげてジャンクに近づいて行った。舟の上には、四人の中国人漁師が乗っていて、こちらに顔を向けている。

三宅がジャンクに接近した時、突然、中国人の一人が、竹竿を手に立ち上るとふりかぶった。三宅は、顔色を変えた。赤川の危惧した通り中国人は、自分を殺そうとしている。かれは、泳いで来るのではなかったと後悔し、引き返そうとした。

その時、中国人の手にした竹竿が海面にさしのべられた。三宅は、中国人が自分を救助しようとしていることに気づいた。三宅が竿の先端にしがみつくと、体が舟べりに引き寄せられた。

ジャンク　中国の沿岸や河川で用いられる木造帆船の総称。

そして、ジャンクの上に上げられた瞬間、かれは意識を失っていた。

どれほど時間が経過したか、かれにはわからなかった。気がついてみると、かれは、舟底に横たえられ、全裸の下腹部に中国人のはくパンツがはかされていた。

身を起してみると、花田一等兵曹も身を横たえている。中国人たちは、竿を次々と海面にさしのべて乗組員たちを救助している。小さなジャンクに引き上げられたのは十三名で、その中には擬似赤痢の診断を受けていた角文夫一等兵曹の姿もあった。

海面に、夕闇がひろがりはじめていた。中国人漁師は、この海域に鱶《ふか》が多くそれに襲われなかったことを不思議がりながら、ジャンクを操って他の生存者たちの姿を求めて海面を探しまわってくれた。が、夕闇はさらに濃くなって、あたりにはなにも見えなくなった。

しかし、闇の中からは、遠く「オーイ、オーイ」という人声もきこえ、また、機関科の者なのか笛をふき鳴らしている音もかすかに耳にできた。救助された者たちは、悲痛な思いで海上を見まわしていたが、捜索は全く不可能な状態になり、やむなくジャンクは陸地にむかった。

中国人たちは重湯《おもゆ》を作り、しばらくしてから粥《かゆ》もすすめてくれた。三宅らは、ようやく元気を恢復した。

ジャンクが小さな漁村につき、中国人たちは、石垣らを現地人の警官派出所に連れて行ってくれた。警官が、すぐにペナン基地の日本海軍部隊に電話連絡し、基地からは、折返しバスを派遣するとつたえてきた。が、バスは途中で顚倒事故を起し、代りに一台の乗用車が到着した。車には煙草（チェリー）、衣服、靴、帽子などが積まれていて、生存者たちに配布され、上級の者四名が車に乗ってペナンへ先行することになった。車に乗ったのは、石垣壮治少尉、赤川一勇機関兵曹長、三宅一正上等兵曹、駒田三郎上等機関兵曹であった。

車は疾駆して、一時間後にはペナンの潜水戦隊司令部に到着した。

かれら四名が一室に入ると、参謀たちは沈鬱な表情をして坐っていて、沈没時の状況について質問した。

四名の生存者たちは、艦から脱出できた理由を、ハッチが衝撃で自然に開いたためだと陳述した。艦が沈没した折には、浮揚作業がおこなわれることもあるので、沈没直後にハッチを開くことは原則的に禁じられている。そのため、ハッチを内部から押し開けたことは口にしなかったのだが、浮揚作業のおこなわれるような状況にはないし、もしもハッチを押し開くことをしなかったら、十三名の者たちは全員死亡したことはあきらかであった。

陳述を終えた石垣らが潜水艦隊基地にもどると、廊下に、救助された者たちが魚の死骸のように横たわっていた。救助されたのは、石垣少尉ら四名以外に東正次郎上等衛生兵曹、津田厚、井上博、角文夫、花田一男各一等兵曹、山口一等機関兵曹、三上上等水兵他二名であった。

かれらは、その夜、激しい疲労で熟睡したが、翌日、さらに一名の生存者が救出され、ペナン基地に収容されていることを知った。

乗員たちは、確認のため治療室におもむいたが、ベッドに横たわっている者の顔には見覚えがなかった。顔は煤《すす》けたように黒く、頰はこけていて眼だけが鋭く光っている。

氏名をただしてみると、片山上等機関兵だというが、別人としか思えない。ようやく乗員たちは、片山の顔が想像を絶した体力の消耗でいちじるしく変貌してしまっていることに気づいた。

東上等衛生兵曹の驚きは、大きかった。かれは、片山がシンガポールで脚気を発病しペナン基地で退艦させる予定の重症患者であることを知っていた。その片山がどのようにして救出されたのか、想像することさえできなかった。

片山の言によると、かれは泳ぎ疲れて一人きりになった時、流れてきた木片に辛うじてすがりついた。そして、夜の闇の海上を陸岸に向けて泳いでいたが、海水の冷たさと疲労で失神した。意識をとりもどしたのは夜明けで、近くに島がみえた。かれは、死力をつくしてようやく岸に這い上ることができたという。

東は、その後、疑似赤痢患者の角一曹と脚気の片山上機の看護に当ったが、幸いにも、二人の症状は恢復した。

その日から一週間にわたって船と飛行機によって海上捜索がつづけられた結果、七個の遺体が収容された。それらは、棺に納められ焼骨のため日本人墓地に運ばれたが、遺体は南国の暑熱につつまれてすっかり腐敗し、棺の内部からはガスの噴出音がしきりに起っていた。

戦死者は、艦長入江達中佐、機関長岡本貞一少佐、鯉淵不二夫大尉、中村豊、園部義人両中尉、小林道夫軍医中尉、萬膳弘道、奥田進、川口利一各少尉の士官九名、下士官四十一名、兵三十四名計八十四名で、艦に便乗していた有馬正雄技術少佐も戦死したのである。

十四

伊号第三十四潜水艦の沈没は、関係者に大きな衝撃をあたえた。

第八潜水戦隊司令官石崎昇少将は、インド洋上をペナンにむかって帰投中の伊号第八潜水艦が、マラッカ海峡で難を受けることをおそれ、

「マラッカ海峡ニ敵潜水艦潜入ノ敵情等ニカンガミ、伊八潜ハペナン寄港ヲ取止メ昭南（シンガポール）ニ直航セヨ」

と、打電し、航路の変更を指令したのだ。

伊号第三十四潜水艦に便乗予定の小島少将たちは、突然の悲報に驚きながらも今後の対策について協議した。とりあえず小島少将と無着中佐が東京に引返し、軍令部と打合わせた結果、第四便としてドイツへ出発予定の伊号第二十九潜水艦に便乗してドイツへおもむくことに決定、藁谷、蒲生両技師の出発は延期になった。

すでに伊号第二十九潜水艦は、呉を出港後、十一月十四日にはシンガポールに到着し、ドイツへむかう準備を進めていた。艦長は、木梨鷹一中佐であった。

木梨中佐は、日本海軍屈指の潜水艦長として著名な人物であった。かれは、艦長としての操艦技術に秀れ、性格も冷静で、しかも大胆であった。

呂号第五十九潜水艦長に命じられて以来、呂三十四潜、伊六十二潜、伊十九潜の艦長を歴任し、昭和十八年十月十日付で伊号第二十九潜水艦長に任命されていたのである。

かれは、多くの敵船を撃沈・大破してきたが、殊に伊十九潜艦長時代にアメリカ空母「ワスプ」をふくむ機動部隊攻撃に輝かしい戦果をあげ、潜水艦戦史にかれの名をとどめさせることになった。

昭和十七年九月、伊号第十九潜水艦は、僚艦とともにアメリカ機動部隊を求めてソロモン諸島附近に出撃し、九月十五日、一五キロへだたった海上にアメリカ機動部隊を発見した。それは、空母「ワスプ」を中心とした巡洋艦四隻、駆逐艦六隻の一群と、空母「ホーネット」を護衛する戦艦「ノースカロライナ」をはじめとした巡洋艦三隻、駆逐艦七隻によって構成されていた。

木梨艦長は、機動部隊の動きを入念に観察し、午前十一時四十四分、方位角右五〇度、距離九〇〇メートルの好位置から空母「ワスプ」に六基の発射管に装塡されていた全魚雷を発射させた。魚雷は無航跡の酸素魚雷で、「ワスプ」の見張り員の発見はおくれ、急いで転舵をはかったが、魚雷二本が左舷前部に、一本が艦橋前方二〇メートル附近に命中し、たちまち大火災が起った。

木梨は、ただちに急速潜航を命じ避退した。そして、その夜、浮上したが艦影を視認できず、

「ワスプ型空母に六射線発射、命中音四を聴いたが、効果の確認はできなかった」

と、打電報告した。

が、附近にいた伊号第十五潜水艦は、

「一八〇〇（午後六時）空母の沈没を見届けた」

と、報告した。

事実、空母「ワスプ」の損傷は甚大で、午後六時、エスピリサント北西二五〇浬の位置で沈没したのである。

しかし、木梨も全く気づいてはいなかったが、その魚雷発射は、意外な戦果をもたらしていた。「ワスプ」に命中した三本以外の魚雷のうち一本は、「ワスプ」の護衛に任じていた駆逐艦「ランズダウン」の艦底を通りすぎて、空母「ホーネット」を中心とした一群にむかって走り、戦艦「ノースカロライナ」の左舷前部に命中し、艦は傾斜した。また、他の一本は、駆逐艦

「オブライエン」の艦首に命中、炸裂した。つまり、六本発射した魚雷のうち、三本が空母「ワスプ」に、他の二本が戦艦「ノースカロライナ」と駆逐艦「オブライエン」にそれぞれ命中するという前例のない高い命中率をしめしたのだ。これは偶然ともいえる現象だが、木梨艦長の魚雷発射位置に対する絶妙な判断が生んだ結果であった。

その後、戦艦「ノースカロライナ」は戦列をはなれて修理のためハワイに回航し、また、駆逐艦「オブライエン」も応急修理を受けた後、アメリカ本国へ回航されたが、損傷度が甚大であったため途中で沈没した。

このような戦歴をもつ木梨中佐は、ドイツへ派遣される潜水艦の艦長として最適の人物と目されていたのである。

木梨は、シンガポールで、艦にドイツへ譲渡するキニーネ、生ゴム、錫、タングステン鉱等の積込み作業を急いでいた。

その作業が終りに近づいた十二月五日、遠くドイツから帰ってきた伊号第八潜水艦がシンガポールに入港してきた。木梨は、軍令部からの司令にもとづいて、伊号第八潜水艦が搭載してきたドイツ海軍の最新式電波探知機を譲り受けて装備し、通信科員にその操作の習得にあたらせた。

また、小島少将も無着中佐とともに、十二月八日、飛行機でシンガポールに到着し、伊号第八潜水艦に便乗してきた前ドイツ駐在大使館付武官横井忠雄少将とも会って引継ぎをおこなった。

伊号第二十九潜水艦には、小島、無着以外に多くの者が、便乗することに決定していた。それは、武官付補佐官扇一登中佐、池田晴男主計中佐のほか造兵監督官として小島正己中佐、*砲《ほう》熕《こう》関係中山義則中佐、火薬関係皆川清、水雷関係今里和夫の各技術中佐、砲熕関係玉井廉人、航空機体関係梅崎鼎、同永盛義夫、無線電波探信儀関係田丸直吉、航空兵器関係川北健三各技術少佐の秀れた各部門の技術関係者、さらに通訳として鮫島龍男*海軍大学校教授と海軍書記村上忠孝、佐藤海軍筆生も同行し、総計十六名であった。

同艦は、初め、シンガポールを出港して、ペナンに寄港後、ドイツにむかう予定になっていた。が、前便の伊号第三十四潜水艦が、シンガポールとペナン間のマラッカ海峡で撃沈されたので、ペナン寄港を中止し、シンガポールからスマトラ島とジャワ島のスンダ海峡を通過しインド洋にむかうことになった。

便乗者たちは、全員、シンガポールに集結し、燃料、食糧等も満載された。

十二月十六日、艦は、便乗者を乗せてシンガポールを出港した。艦には、木梨艦長以下先任将校岡田文夫大尉、航海長大谷英夫大尉、機関長田口博大尉、砲術長水門稔中尉、軍医長大川彰軍医中尉、掌水雷長山下恒雄、機械長松森仙之助両少尉の八士官と九十九名の下士官兵が乗組んでいた。

艦は、南下をつづけて夜間にスンダ海峡を全速力で突破し、インド洋上を西進していった。

十五

日本とドイツ間の連絡は、潜水艦によるだけになっていた。ドイツから譲渡されたU511号の片道航行についで伊号第八潜水艦の往復航行は成功したが、伊号第三十潜水艦、伊号第三十四潜水艦の両艦は、触雷と雷撃によってそれぞれ沈没してしまった。

潜水艦による連絡も大きな危険をはらんでいたのだが、それにたよる以外に方法は全くなかった。

その年の初めまでは、商船を武装したドイツの特設巡洋艦が大胆にも極東に回航してきて、南方資源を積載しドイツへ輸送していたが、それも戦局の悪化に伴なって完全に断たれていた。また、イタリアの長距離機サボイア・マルケッティＳＭ—75型機が、中国大陸の包頭《パオトウ》を中継地として日本の福生《ふっさ》飛行場への飛来に成功したが、ソ連領上空を侵犯するコースをとったため空路による連絡も中止させられていた。

そうした情勢の中で、伊号第二十九潜水艦はドイツに出発して行ったのだが、その年の春、東支那海上空を奇妙な形態をした双発機が南方へ飛行する姿がみられた。淡水魚のような瀟洒《しょうしゃ》な流線型をした飛行機で、翼と胴体に日の丸が描かれていたが、日本の機種にみられぬ新型機であった。

日本の輸送機は、通常、東京を飛び立つと、九州の福岡、台湾の台北、南支那*の海南島の各飛行場等を経由してシンガポールに到着するが、その双発機は、東京近郊の福生飛行場を離陸すると、途中、無着陸で一気にシンガポールまで飛行した。

この双発機は、陸軍航空本部所属の特殊飛行機で、ドイツへの無着陸飛行を意図する新型長

砲煩　大砲、火砲の意。
海軍大学校　旧日本海軍で、海軍士官に高等学術を授けた最高教育機関。
南支那　「支那」は、当時の中国に対する呼称。

距離機であった。
日本の長距離飛行は、世界的な実績をもっていた。
昭和十二年には、陸軍の司令部偵察機「キ—15」(制式名九七式*)の試作第二号機であった「神風」が、朝日新聞航空部によって東京とロンドン間一五、三五七キロを各地に着陸をくり返しながら飛行した。その所要時間は九十四時間十七分五十六秒で、国際都市間連絡飛行の新記録であった。また、十四年の八月には、東京日日新聞社が海軍の九六式陸上攻撃機を借り受けて「ニッポン号」と命名、世界一周飛行を試みた。同機は、各国の飛行場を経由して五二、八六〇キロを翔破した。
しかし、「神風」は、途中で離着陸をくり返して飛行したもので、無着陸飛行の輝かしい業績は昭和十三年五月に周回飛行をおこなった「航空研究所長距離機(航研機)」によって果された。
その長距離機は、和田小六教授を所長とする東京帝国大学航空研究所の所員によって設計され、東京瓦斯《ガス》電気工業会社が製作にあたった。
航空研究所の設計陣は、まず機体関係として飛行機部主任小川太一郎助教授の指揮のもとに、
翼型……………深津了蔵、谷一郎両助教授
プロペラ………河田三治助教授
翼………………山本峰雄助教授
胴体……………小川太一郎助教授
脚………………木村秀政助教授、広津万里嘱託

性能試験・飛行計画……木村秀政助教授
が、それぞれ各部門を担当した。
また、発動機については、発動機部主任田中敬吉教授の統率のもとに、
発動機実務………高月龍男助教授
発動機の力学……中西不二夫教授
企画全体及び空冷弁………富塚清教授
冷却……西脇仁一嘱託
が、研究設計にあたり、その他、計器に佐々木達治郎教授、燃料関係を永井雄三郎教授、山崎毅六嘱託が担当した。つまり、航空研究所の総力をあげて設計した研究機であった。
航研機は、藤田雄蔵大尉、高橋福次郎准尉、関根近吉機関士の三名によって、木更津、太田、平塚の三点を結ぶ周回コースを三日間にわたって飛びつづけた。その飛行距離は一一、六五一・〇一一キロに達し、周回飛行距離としての世界新記録を樹立した。
しかし、この記録は、翌十四年七月にイタリアの長距離機サボイア・マルケッティＳＭ―82型機によって破られた。
「航研機」の世界記録樹立は、日本国内を沸き立たせた。そうした空気の中で、昭和十四年秋、朝日新聞社内では紀元二千六百年*を記念する飛行事業が計画された。それは、「航研機」の設計

制式名　軍隊において公式に採用を認定され与えられた名称。
紀元二千六百年　『日本書紀』に記された神武天皇即位の年を元年とする紀元（皇紀）二六〇〇年、の意。昭和一五年（一九四〇）。全国的な奉祝行事が行われた。

製作技術を生かした新式の長距離機による、東京・ニューヨーク間の無着陸飛行計画であった。

この破天荒な計画は、編集局長美土路昌一によって採用され、村山長挙会長の承認を得た。美土路は、計画の実施を社の航空部にゆだね、航空部長河内一彦を中心に検討を重ね、陸軍側の指示を仰ぐことになった。

昭和十五年一月、河内は、航空部次長中野勝義とともに陸軍航空本部総務部第二課を訪れた。第二課は、航空思想の普及、新聞社航空部をふくむ民間航空の育成指導等の第二線航空の充実を担当していて、課長には川島虎之輔大佐が就任していた。

河内部長と中野は、紀元二千六百年記念事業として東京・ニューヨーク間の無着陸飛行を計画していることを告げ、新長距離機を陸軍で完成し、朝日新聞社に提供して欲しい、と懇願した。

川島課長は、口をつぐんだ。日本陸軍の仮想敵国はソ連で、将来、対ソ戦が起った場合も国境を中心とした航空戦がおこなわれるだけで、長距離機を保有する直接の必要はない。そうした理由から、それまで軍需審議会の席上でも、長距離機を製作することは研究議題にあがったことがなかった。

それに、中国大陸での戦闘は激化していて、有力な民間飛行機製作会社である三菱名古屋航空機、中島飛行機等では、陸軍の要求にもとづく試作機の設計、製作に追われていて、新型機をつくる余裕はない。そうした状況の中で、一新聞社のために陸軍が戦争に無関係な長距離機を完成し、貸与することは不可能だった。

また、金銭的な問題も、大きな難問であった。新しい長距離機を完成させるためには少くとも二、三機の試作機をつくり、しかも、さまざまなテストを繰返さなければならない。それらに要する費用は、かなりの額にのぼるはずであった。

川島大佐は、それらの事情を説明して、陸軍からは金銭を支出することはできない、と答えた。河内と中野は、軍に遠慮せず強硬な要求をすることで著名な人物で、川島大佐の説明に納得したが、

「費用はすべて朝日新聞社で支出し、陸軍には一切負担はかけぬから協力して欲しい」

と、重ねて依頼した。

川島大佐は、

「自分の一存では答えられないが、出来るだけ希望にそえるよう働きかけてみたい」

と、回答した。

河内と中野は帰っていったが、川島大佐は困惑した。金銭的な問題は負担がないとしても、戦争に無関係な飛行機の製作に陸軍が協力する必要はない。もしも、その案を軍需審議会に提出すれば、一笑に付されると言うよりは、怒声を浴びせかけられるにきまっていた。

かれは、河内との約束もあるので思案の末、航空兵器の研究と生産補給を担当している陸軍航空技術研究所長安田武雄中将に相談した。

安田は柔軟な考え方をする人物で、川島の危惧に反して、その提案を受け入れた。

安田は、

「現在のところ、陸軍にはそのような長距離機試作の研究方針はないが、将来、対ソ戦が起った場合、シベリアの軍事的要衝を戦略爆撃しなければならぬこともあるだろう。その折には、長距離機が必要になるし、陸軍の研究課題としても協力してやろうじゃないか」

と、積極的な姿勢をしめした。
川島大佐は、安田所長の言に力を得て、早速、具体的な協力態勢をととのえることに着手した。そして、設計は、「航研機」を生んだ東京帝国大学航空研究所に担当させて、陸軍航空本部が支援することになり、朝日新聞社にその旨をつたえた。

第一回の合同会議は、昭和十五年二月八日に帝国ホテルで開催された。

出席者は、朝日新聞社側から村山長挙会長、美土路昌一編集局長、河内航空部長、中野次長、斎藤寅郎社会部航空担当記者、「神風」の操縦士として著名な航空部員飯沼正明らで、東京帝国大学航空研究所側からは、和田小六所長をはじめ中西不二夫、石田四郎両教授、小川太一郎、山本峰雄、谷一郎、深津了蔵、高月龍男各助教授が出席した。

また、陸軍側からは、航空技術研究所長安田武雄中将、航空本部総務部長鈴木率道中将、航空技術研究所第一部長岡田重一郎少将、航空技術研究所第一部飛行機課長駒村利三、航空本部総務部第二課長川島虎之輔、航空技術研究所総務部総務課長緒方辰義の各大佐が出席し、駒村大佐の司会によって議事が進行した。

まず、村山会長が、朝日新聞社側の要望として、

一、亜*成層圏飛行が可能であること。

二、東京・ニューヨーク間の無着陸飛行を可能とするために、一万五千キロメートル以上の航続距離を有し、航研機の速度が平均時速一八〇キロメートルと低く、実用的ではないので、高度一万メートルで平均時速三五〇キロメートルを必要とする。

三、乗員は五名とすること。

とつたえた。

しかし、和田東大航空研究所長は、設計を航研側が全面的に担当するということに難色をしめした。「航研機」を設計した折に、東大航空研究所は、実用機として適さぬ低速の記録機を製作することは無意味だという批判を浴びせかけられたが、和田は、そのことにこだわっていたのだ。それに対して、朝日新聞社側との間で活潑な論議が交されたが、結局、航空研究所は長距離機を製作する飛行機会社の諮問機関として、技術協力することで同意した。

それによって、東京帝国大学航空研究所内に長距離機技術諮問委員会が設置され、委員長に和田所長が就任し、各教授、助教授が委員となり、実務担当者として、機体の主要設計者に木村秀政助教授、発動機設計者に高月龍男助教授が任命された。

その決定にもとづいて、朝日新聞社は、二月十一日の紀元節[*]に東京・ニューヨーク間無着陸飛行を紀元二千六百年記念事業として実施すると発表した。製作にあたる会社は、陸軍側の斡《あっ》旋《せん》で技術的余地の幾分残されていた立川飛行機株式会社が選ばれ、発動機は、中島飛行機株式会社製のものを使用することに決定した。

東大航空研究所では、早くも三月に基礎設計を開始した。そして、五月一日に研究所内でひらかれた発動機関係の合同会議で、新型長距離機の名称をA―26とすることに決定した。提案者は中島飛行機株式会社第二技術部長の加藤健次で、朝日新聞社のアルファベットの頭文字A

亜成層圏飛行　成層圏に近い高空（高度一万メートル前後）における飛行をいう。
二月十一日の紀元節　神武天皇即位の日を紀元の始まりとした祝日。明治五年（一八七二）に制定され、当初は一月二九日と定められたが、翌年一〇月、二月一一日に変更された。

と紀元二千六百年の二六を組合わせたものであった。

長距離機Ａ―26の基本設計は、東京帝国大学航空研究所内の技術諮問委員会によって着実に進められた。主務者の木村秀政助教授は、委員の意見を参考にし、陸軍航空技術研究所第一部飛行機課にもしばしばおもむいて、課長駒村利三大佐の協力を仰いだ。

翼形については、航空研究所員の深津了蔵助教授の設計した層流翼*が採用され、エンジンは双発と決定した。発動機は、高月龍男助教授が陸軍航空技術研究所第一部発動機課長絵野沢静二大佐の助言を得て、中島飛行機製のハ―105を選んだ。また、プロペラは、その部門の権威である河田三治教授の意見もあって、直径三・八メートルの三枚羽プロペラを採用した。

胴体は、亜成層圏飛行に便利なように、小川太一郎助教授、小林喜通技師の主張で酸素気密構造にする計画であったが、技術的に不安があるという理由から、実行するには至らなかった。

それらの基本的な検討は、その年の秋までつづけられ、設計図が立川飛行機株式会社に流された。立川飛行機では、それらの設計図の具体化につとめたが、機体の細部設計図製作を指揮したのは技術課長遠藤良吉で、小口宗三郎技師、中川守之技師らが直接の作業指導に従事した。遠藤らは、情熱を傾けて作業をつづけ、延二万一千六百名の工員が細部設計の製図に参加した。

また、その細部設計に応じて、外山保技師を中心に部品製作もすすめられ、新型長距離機の完成をめざして積極的な努力がつづけられていた。

やがて、各種の実験が開始されたが、翌昭和十六年夏、不慮の人身事故が起った。その日、東大航空研究所内では、性能試験室で発動機の試験がおこなわれ、運転室で三五〇馬力の送風機が全回転をし、六名の者が発動機の回転数の測定等に従事していた。そのうちに、送風機のバランスが悪かったため、突然、凄じい音響をあげて数十枚の羽が解体した。羽は厚さ一二ミリの鉄板で、一瞬の間に運転室内に飛び散った。

発動機設計の実務担当者であった高月助教授が、ただちに送風機を急停止させたが、発動機の前にいた朝日新聞社航空部員恒松寿が、後頭部を送風機の羽で砕かれ即死していた。恒松は、前日に航空機関士の免状を取得したばかりの若い部員で、他の部員とともに東大航空研究所に手伝いにきていて難にあったのである。

そのようなA—26の諸試験がおこなわれているのと併行して、亜成層圏飛行に対する研究も進められていた。

亜成層圏飛行は、当然搭乗員たちにかなりの肉体的影響をあたえるが、それを医学的に解決するため、朝日新聞社航空部では、その研究を東京慈恵会医科大学生理学教室に依頼した。

慈恵医大は、スポーツ医学分野で他の追随を許さぬ顕著な研究業績をあげていた。先鞭をつけたのは生理学教授浦本政三郎で、登山者の高山における人体的影響の研究から、必然的に航空医学の分野にその研究は踏み入っていた。

同大学には学生航空部も設置されていて、昭和八年には朝日新聞社のK・D・C・Ⅱ型機を

層流翼　翼の最も厚い部分を従来の位置より後退させ、前縁を尖らせることで空気抵抗を格段に小さくした形。相対的に翼が厚くなるため、翼内に大量の燃料を搭載することができる。

使用して、学生航空連盟教官桜沢仁一と学生の菊地猛夫が、被実験者として高度千、二千、三千の位置でそれぞれ呼吸実験をおこなったのを初め、教授らも飛行機に乗って、各種実験を積極的にくり返していた。その中心になっていたのは生理学教室で、生化学の立場から永山武美教授も独自な研究を推し進めていた。

それまで、亜成層圏飛行の人体に及ぼす影響についての研究は未開拓で、朝日新聞社は、同医科大学の研究に期待したのだ。

同医大では、生理学教室助教授杉本良一を中心に、講師名取礼二、同大村正らが異常なほどの熱意をはらって研究実験を開始した。

また、それと併行して、液体酸素の容器についても、朝日新聞社は各方面に研究を依頼していた。

高々度における酸素量の減少については、液体酸素の使用によって補わなければならないが、高空での気圧の低下は、液体酸素の沸点をさげてしまう。それを防止するためには、新たな液体酸素発生器の開発が必要で、航空部員小俣寿雄が連絡者となって、東京近郊の三鷹にある逓《てい》信《しん》省中央航空研究所で発生器の改造を進めてもらったが、その成果は芳しいものではなかった。

しかし、その後、小俣は清水組の清水研究所長岡田次郎が、従来のガラス製とは異なった金属製の液体酸素発生器の試作に着手していることを知って、岡田に亜成層圏飛行に十分堪え得る発生器の製造を依頼した。

さらに、酸素マスクについては、その分野の最高権威者である陸軍航空技術本部の吉村公三技術大尉が取組み、慈恵医大研究陣の協力のもとに、A型、B型、A改良型、B改良型の四種のマスクを試作した。その結果、A改良型では一万メートルの高度での低圧に十分堪え、さらにB改良型では、少しの不安もないことが判明した。

殊にその研究で、象の鼻のような蛇腹の管のついた酸素マスクが好ましいこともあきらかになった。それまでの通念では、純粋な酸素をそのまま吸入する方が適しているとされ、直接、酸素を吸うマスクを作って実験してみたが、純酸素は、逆に呼吸中枢を麻痺させることが実証された。その点、蛇腹管のついた改良型マスクでは、呼気の炭酸ガス約五パーセントが管に残留して、長時間使用しても、人体に少しの影響もあたえないことが確認された。

これらの研究結果がまとまったので、実験が、逓信省中央航空研究所の低圧・低温実験室で、朝日新聞社航空部の小俣と佐々木安美を被実験者としておこなわれた。

成果は極めて良好で、高度六千、八千、一万メートルの三回の実験も、被実験者に人体的影響は見出せなかった。

朝日新聞社航空部では、さらにそれを実際に確認するため、「神風」と同型の「朝風」を使用して実用テストを試みた。操縦士は小俣寿雄、機関士は塚越賢爾で、高度計の針が九、七〇〇メートルをしめすまで上昇した。この上昇距離は、温度、気圧によって高度補正されて一一、〇〇〇メートルの高度まで上昇したことが確認され、日本高度記録として、小俣、塚越は日本飛行協会から表彰された。むろん液体酸素の呼吸実験も好調で、朝日新聞社航空部では、A―26による亜成層圏飛行に確信をいだくことができた。

その頃、A―26の設計・製作は進んでいたが、太平洋戦争の勃発によって、その作業は急に停滞していた。立川飛行機の受註量が激増し、一民間会社の要請による飛行機の作業にとりくんでいる余裕がなくなったのだ。

やがて、作業は完全に中断され、試作途中の機体が工場の一隅に放置されるようになり、朝日新聞社の航空部員も、召集を受けたり嘱託として兵員の空輸などに従事していた。

昭和十七年の春を迎えた頃、陸軍航空本部内にA―26の処置について新たな論議が交されるようになった。開戦以来、陸軍航空本部は新しい軍用機の開発や、戦訓にもとづく機の改修業務に忙殺されていた。そのような状況下で、一新聞社の要請によるA―26の試作に協力することは不可能で、それに、費用は朝日新聞社が全額負担することになっていたが、実際には陸軍側が豊富な研究費を東大航空研究所に支出し、立川飛行機の試作に関する費用も支払っていた。陸軍側としては、軍用機以外の不要不急の飛行機を試作することは不適当だし、そのために金銭を費すことも許されなかった。

そのような理由から、むしろA―26を陸軍機として採用すべきだ、という意見が支配的になり、朝日新聞社にもその旨をつたえて、A―26を正式に陸軍機キ七七として試作を進めさせることに決定した。

その指令によって、機体に再び工員がむらがり、東大航空研究所員の動きも活潑になった。陸軍航空本部では、試作機完成期日を大幅に短縮することを厳命し、技師・工員は、残業に残業を重ねて作業を推進することに努力した。

キ七七第一号機が完成したのは、昭和十七年九月であった。東大航空研究所の機体主務設計者木村秀政や立川飛行機の技師たちは、試作工場に置かれた長距離機を感慨深げにながめていた。その後、各種の試験をくりかえし、初の試験飛行が十一月十八日に立川飛行場でおこなわれることになった。

その日は雲片もない快晴で、肌寒い空気の中に秩父連山の山容が鮮やかに浮び上り、その中をキ七七第一号機が格納庫から曳き出された。滑走路に動いてゆくキ七七第一号機は、初冬の陽光に機体を眩ゆく光らせ瀟洒な美しい姿態をみせて動いてゆく。場内には、陸軍航空本部飛行実験部長今川一策大佐をはじめ、東大航空研究所員や立川飛行機の外山保、棚田真幸技師や工員多数が試作機の姿を見守っていた。

やがて、「試験飛行開始」の指示があって、キ七七第一号機が、滑走路を走りはじめた。テストパイロットは立川飛行機の釜田善次郎と朝日新聞社航空部員長友重光で、約四〇〇メートル滑走後、機は地上をはなれた。工員たちは歓声をあげ、技師たちは、眼をうるませて飛翔する試作機を見上げていた。

機は、テスト飛行を終って滑走路に着陸した。機内から降り立った釜田、長友両操縦士は、安定性、操縦性ともに良好で癖のない良機だと感想を述べ、木村助教授らを喜ばせた。

それ以後、朝日新聞社航空部員塚越賢爾機関士も参加して、性能試験飛行が反復され、昭和十八年初めからいよいよ実用試験飛行に入った。

一月には、まず、福生飛行場から福岡までの往復飛行が試みられ、さらに二月には、十時間飛行がおこなわれた。この間、各種の欠陥が発見されたが、殊に機体から燃料洩れが甚しく、立川飛行機ではその改修につとめた。キ七七は、主翼をはじめ全身がガソリンタンクとでも言うようにガソリンが詰めこまれることになっていたが、リベットの打込み部分からの燃料洩れがいちじるしかったのだ。

すでに第二号機も、立川飛行機試作工場で製作がすすめられていたので、第一号機の欠陥部分を改修した方法が積極的に第二号機へ適用されていた。

その頃、陸軍航空本部内では、キ七七の実用目的についての検討が進められていた。キ七七は、陸軍機として採用することに決定しているが、大航続力をもつだけが特徴の同機を、むろん、爆撃機に使用することなどできるはずもない。それは、将来、試作される軍用長距離機の参考に供する程度の意義しかなく、あくまで特殊の研究機にすぎなかった。が、前線指揮から再び航空本部にもどり総務部総務課長の任にあった川島虎之輔大佐を中心に、キ七七の特異な大航続力を有効に活用する方法が模索されていた。

昭和十八年が明けて間もなく、川島は、突然、東条英機首相兼陸相から招かれた。かれが、いぶかしみながら東条のもとにおもむくと、東条は、キ七七についてその試作状況と性能などについて質問した。

川島は、第一号機の実用試験飛行の結果と第二号機が完成寸前であることを報告した。

東条は、うなずいてきいていたが、不意に、

「そのキ七七で、ドイツに無着陸飛行はできぬか」

と、問うた。そして、前年の七月にイタリアのサボイア・マルケッティSM―75型機が中国大陸の包頭を経由して福生飛行場に飛来したが、日本機でドイツとの空路による連絡路の開発をはかりたいのだ、と言った。

川島は、計算上からみてドイツまでの無着陸飛行は十分可能である、と答えた。

東条陸相は、その答えに満足し、出来るだけ早く準備をととのえてキ七七のドイツ派遣計画

に着手することを命じ、さらに、
一、この飛行計画は、極秘として機密保持に万全の努力をはらうこと。
二、日本に飛来したイタリア長距離機はソ連上空を通路するコースをとったが、ソ連との国際問題は微妙なので、絶対にソ連領の上空を飛ばぬこと。
三、万が一、飛行が不成功に終って不時着などの事故が起った場合には国際問題となるので、飛行は民間機によるものとして計画すること。
の三点を注意した。

川島大佐は諒承して、航空本部にもどり総務部長に報告し、民間機として計画せよという指示について検討した。民間航空会社としては、昭和十四年八月に創設された大日本航空株式会社があったが、川島は、朝日新聞社航空部に、一応、話だけはしなければならぬと思った。キ七七は、A—26として朝日新聞社が企画したもので、同社航空部には秀れた操縦士、機関士たちが多く、大日本航空株式会社に遜色のない能力をもっている。

川島は、朝日新聞社に電話をかけて航空本部長に昇進していた河内一彦を招き、

「これから話すことは極秘事項だが……」

と、前置きして、キ七七のドイツ派遣計画を口にし、

「今までのいきさつ上、まず、君の社に話をするのが筋道だと思って依頼するのだが、やってみる意志があるか」

と、問うた。

敵の制空圏下を突破して遠くドイツへおもむくという危険度の高い飛行計画に、豪放な性格

の河内も、顔をこわばらせてしばらく黙っていたが、

「自分の一存ではきめ兼ねますので、一度、帰社してからお答えします」

と、即答を避けて川島大佐のもとを辞した。

河内は、村山会長らと相談し、その日のうちに川島大佐のもとにやってくると、

「ぜひ、私のところでやらせて欲しい」

と、答えた。朝日新聞社としては、同社で企画した長距離機を他社にゆだねる気にはなれなかった。すでに宣伝事業としての意義は全く失われていたが、ドイツまでの無着陸飛行を社の航空部員の手で果したかったのだ。

陸軍航空本部では、関係方面の諒解を得て、キ七七のドイツ派遣計画の実施を正式に朝日新聞社航空部にゆだねることに決定した。

しかし、民間機とは言っても、飛行途中で不慮の事態が発生することも予想されるので、陸軍側から飛行指揮をとる者を同乗させることになった。そして、航空本部内で慎重に人選がおこなわれた結果、航空の権威者でありドイツに駐在した前歴もある*白城子陸軍飛行学校教官中村昌三中佐を機長として同行させることに決定した。

朝日新聞社航空部内でも、航空本部長河内一彦の意見を参考に、新野百三郎部長の指名で操縦士に長友重光、川崎一、機関士に塚越賢爾、永田紀芳、通信士に川島元彦が選出された。

中村中佐は、ただちに長友らとともにドイツまでの飛行コースの研究にとりくんだ。

コースとしては、イタリア長距離機が日本に飛来した北方コースと、インド洋を経由する南方コースが考えられたが、東条陸相の最も危惧するソ連領上空を飛行せぬためには、インド洋

を通過してドイツへおもむく南方コース以外に方法はなかった。

中村たちは、南方コースについて入念に検討を重ねたが、北方コースに比して、かなり不利な条件の多いことがあきらかになった。

まず、距離的に南方コースの方が長い距離を飛ばねばならぬし、さらにインド洋上の敵艦船の往来も激増しているので、発見される確率もはるかに大きい。それに比して、北方コースは中立国上空を飛翔しつづけ、しかも、飛行条件も安定していた。

中村は、川島大佐に飛行コースの研究結果を報告し、その計画を成功させるためには北方コースを選ぶべきだと進言し、そのコースの採用を許可して欲しい、と要望した。そのため、川島も再三東条陸相に中村らの言葉をつたえたが、日ソ間の国際関係の悪化を憂える陸相以下軍首脳部は、北方コースの飛行を許可しなかった。

その結果、やむなく飛行コースは南方コースに決定し、中村は、長友らとあらためて入念な検討を重ねた。まず、出発地としてシンガポールのテンガ飛行場を定め、インド洋上を西進してセイロン島沖約二〇〇〇キロメートルの地点を迂回後、西北方に進み、紅海を経てトルコ南方の地中海上にあるロードス島に着陸する。その後、同島飛行場で燃料を補給して、ベルリンにおもむくことになった。

この飛行計画は、亜成層圏の飛行を必要とするので「セ号飛行」と秘称され、極秘扱いにされた。

白城子陸軍飛行学校　「白城子」は、中国の吉林省の白城の旧称。

飛行コースの選定も終ったので、「セ号飛行」計画にもとづき、東京近郊の福生飛行場からシンガポールのテンガ飛行場まで無着陸の試験飛行をおこなうことになった。直線距離五、三三〇キロを、平均時速三〇〇キロ弱で飛行する計画が立てられた。

機長は長友重光で、満載状態にはせず、全重量は一三・二トンと予定された。

この試験飛行は、機密保持の必要から、朝日新聞社航空部員によっておこなわれる前線の陸海軍将兵慰問飛行という名目が立てられ、朝日新聞社の代表者として河内航空本部長が、また、設計陣の代表者として東大航空研究所の木村助教授が同乗することになった。機内には房総半島産の鯛や静岡県産の石垣苺をはじめ各地の産物と、蕾《つぼみ》のついた山桜の枝が大量に積みこまれた。

キ七七第一号機は、昭和十八年四月二十日午後三時三十分、初の渡洋試験飛行に出発した。機は、福生飛行場を離陸すると南進し、十九時間十三分を費して無事にシンガポールのテンガ飛行場に着陸した。

テンガ飛行場には、朝日新聞社昭南（シンガポール）支局員にまじって元同社社会部次長であった陸軍主計中尉進藤次郎も出迎えていた。そして、機上から降りてくる長友機長らと握手を交したが、機内から新鮮な鯛や名産品が運び出されてきたことに、飛行場は沸き立った。殊に山桜は、出迎えの者たちを喜ばせたが、半気密の機内から突然、暑い飛行場に出されたので、蕾が瞬間的に一斉に開花した。進藤らは感激して、桜を名産品とともに南方軍総司令部をはじめ海軍関係に手分けして配った。

キ七七第一号機は整備された後、四月二十五日午前十時五十分、テンガ飛行場を離陸して帰路につき、飛行時間を十八時間十六分に短縮して立川飛行場に着陸した。

木村秀政助教授は、高月龍男助教授らとともに、機関士塚越賢爾の飛行中に計測した数値を検討した。その結果、八・〇五トンの燃料を搭載し全備重量一六・三五トンで出発すれば、一万五千キロメートルの飛行は確実と判定した。

シンガポールからベルリンまでは一万二千キロメートルの航程なので、木村の報告は、陸軍航空本部を満足させた。

しかし、陸軍側は、キ七七の馬力が小さく、果して満載状態で離陸することができるかどうか一抹の不安をいだいていた。それに対して、木村は、シンガポールまでの試験飛行の結果から考えて、満載状態でも一、二〇〇メートル程度の滑走距離で容易に離陸することができるはずだ、と反論した。

そうした陸軍側の不安を解消するため、五月三十日に岐阜県各務原《かかみがはら》飛行場で満載状態での離陸テストがおこなわれることになった。その前夜、木村助教授らは犬山に宿をとり、翌朝、飛行場へおもむいた。そのテスト飛行は極秘のうちにおこなわれることになっていて、飛行場には、関係者以外の立入りが厳禁された。

第一号機には、所用の燃料以外にガソリンの代りとして水が多量に積みこまれ、一五・五トンの積載状態にした。そして、機を滑走路に引き出したが、風向が北に変ったため一時中止し、反対側に移動した。その移動中、尾輪のタイヤが重量に堪えきれずパンクする事故が起って、テスト開始時刻は大幅におくれた。

やがて、尾輪の交換も終り、機は、ようやく滑走に入った。風速は約二メートルの向い風で、

一、二八七メートルの滑走後、期待通り地上をはなれた。滑走距離が、予想より約一〇〇メートル長かったのは、長友機長が慎重に機首をおさえたためで、陸軍側の不安もその離陸テストによって解消した。

しかし、依然として、キ七七第一号機の燃料もれの欠点は残されていた。そのため、第一号機の使用は断念し、欠陥の補正されていた第二号機を遣独機として使用することに決定した。そして、二号機で試験飛行をくり返したが、結果は満足すべきもので、飛行計画は急速に整えられていった。

準備が完全に整ったので、同機に便乗する者の人選にとりかかった。潜水艦では機密兵器と人員の輸送がおこなわれているが、キ七七は重量物を搭載することは不可能で、専ら少数の人員輸送のみにかぎられるべきであった。潜水艦がドイツまで到達するのに約三カ月を必要とするのに、五十時間程度で到達できるキ七七は要人の輸送に最適だった。

陸軍部内では、ドイツとの意志疎通をはかるために、政府の最高首脳部の者をキ七七によってドイツに送りこむ意向をいだいていた。が、初飛行であるのでまず陸軍の者が便乗し、空路の開発が成功した後に政府の要人を送ることに決定した。そして、参謀本部欧米課長の西義章大佐と参謀香取孝輔中佐が遣独使として同乗することになった。

また、同機の飛行方法については、安全を期するための慎重な配慮がはらわれた。キ七七は、満載状態で飛行するので重量が大であり、途中までは高々度飛行は不可能で、インド洋上を航行中の敵側艦船に発見されるおそれがあった。その上、速度は低速で、しかも、前方しか見ることが出来ぬ設計になっているので、もしも戦闘機の追撃を受ければ、たちまち捕捉されてしまう。しかも、燃料が機体内に充満しているため、銃撃を受ければ、瞬間的に火につつまれてしまうことはあきらかだった。

そうした危険を防止する唯一の方法は、敵側に発見されぬよう細心の注意をはらう以外になかった。そのため、ドイツ側の航空基地に到達するまで、緊急事態の発生時以外は、機上からの無線発信を一切禁止した。また、不幸にも途中、敵地に不時着した折には、機密保持のため全員に自決用の青酸カリを携帯させることに決定した。


昭和十八年六月三十日午後、キ七七第二号機は、福生飛行場の格納庫から引き出された。梅雨は明けていたが、空には雲がたれこめ蒸し暑かった。

前日、ひそかに集っていた搭乗者が、機内につぎつぎと入っていった。機長中村昌三中佐、首席操縦士長友重光、副操縦士川崎一、機関士塚越賢爾、永田紀芳、通信士川島元彦に便乗者として西義章大佐、香取孝輔中佐が搭乗した。見送る者は少数で、その中には、設計者木村助教授の小柄な姿もあった。

やがて、双発のプロペラが回転し、滑走路に出た機は、エンジン音をとどろかせて走りはじめ、機首をもたげると曇り空に消えていった。

同機の出発三日前に、朝日新聞社航空部長新野百三郎は、小俣寿雄の操縦する同社のMC―20型輸送機でシンガポールのテンガ飛行場に先行し、翌七月一日に飛来したキ七七の到着を出迎えた。機上から降り立った長友らの顔には、自信に満ちた表情が浮び、新野らと和《なご》やかに談笑した。

同機は整備を受けて、七月六日朝テンガ飛行場からドイツへの無着陸飛行に出発することになった。同機は格納庫内に納められ、搭乗員たちは、一切外出を禁じられて、飛行場近くの宿舎でひっそりと時を過した。

その間、キ七七第二号機の整備は終り、亜成層圏飛行に必要な液体酸素、酸素マスクの点検も完了し、七月六日を迎えた。すでに、機内にはガソリンの搭載も終り、出発時刻が迫った。

機は、むろん満載状態で離陸が最も重大な問題だったが、飛行場の風向が離陸に適さず、風向の変化するのを待った。各務原飛行場での満載状態におけるテスト飛行では、一、二八七メートル滑走後に、ようやく離陸することができたことから考えて、滑走路の短いテンガ飛行場では、最高の条件下で離陸しなければ失敗する危険が大きかった。

長友操縦士らは、陸軍気象班に連絡をとって風向状態の恢復時をただしたが、気象班の観測では、翌日まで風向の変化はないという返事であった。

新野部長をまじえて操縦士たちはその対策を協議したが、風向状態の悪いテンガ飛行場での離陸は不可能と断定された。が、ドイツにも飛行計画が連絡済みで、いたずらに出発日を遅延させることもできず、結局同飛行場からの出発を断念して、近くのカラン飛行場を使用することに決定した。ただし、カラン飛行場は、丘陵等の遮蔽《しゃへい》物のあるテンガ飛行場と異なって一般現地民の眼にふれ易いので、出発時の警戒を厳にするよう陸軍側に要望した。

その決定によって、キ七七第二号機に搭載されていた燃料の大半が除去され、同機は、夕刻にテンガ飛行場を離陸してカラン飛行場に着陸、同機の出発は明七月七日早朝と定められた。

燃料の搭載を短時間で終らせることは至難だったが、それについては南方軍総司令部直轄の南方航空輸送部マレー支部（支部長森蓄樹）が全面的に協力することになった。同支部の高級部員豊島晃は、カラン飛行場での給油、乗降者取扱い、気象班、通信所の業務等をすべて統率し、キ七七の飛行目的も知っていた。かれは、キ七七に対する燃料搭載作業の指揮を整備課長高津洽三郎に委任した。

高津は、係員を総動員して徹夜で作業をおこない、無事に予定通りの燃料の搭載を終った。キ七七関係者は高津らに、同機が満載状態のテスト飛行をおこないながら日本内地に引返すのだと告げたが、高津はキ七七の飛行目的を知っているようであった。

キ七七の飛来とドイツへの出発は極秘のうちに進められていたが、南方軍総司令部報道部員進藤次郎主計中尉は、その飛行計画に気づいていた。かれは、現地発行の新聞の指導・検閲をおこなうかたわら、中野学校*出身の山口源等中尉を班長とする傍受班にも属していた。

かれは、その日、報道部長室に呼ばれ、部長中島鋭三中佐から、

「明早朝、特殊機がドイツにむかってカラン飛行場から飛び立つが、軍の機密に属するので飛行目的は言えない。同機が、万が一インド洋上で敵側の攻撃を受けるようなことがあれば、当然、敵側はラジオ放送をおこなうだろう。そのような事態の起ることのないよう祈るが、傍受班としても十分傍受態勢をととのえるよう命じる」

と、告げられた。

進藤は諒承して、その旨を山口班長につたえ、班員にも粗漏のないよう指示した。傍受班に

中野学校　陸軍中野学校。旧日本陸軍の、軍事諜報員を養成した学校。

は日本人軍属十五名が昼夜交代で勤務し、その他、中国人、インド人、マレー人等、女性をふくめた六十名近いものが傍受に専念していた。

かれは、報道部の部屋にもどったが、中島報道部長の口にした特殊機という言葉に関心をいだいた。三カ月前、かれは陸海軍慰問のために飛来したキ七七の姿を思い浮べ、その特殊機とはキ七七で、操縦士らは朝日新聞社航空部員ではないかと思った。それは、元新聞記者としての直感で、かれは確認のため朝日新聞社昭南支局におもむいたが、支局では航空部員も顔を見せず飛行計画も知らぬという。ただ飛行関係の発着に詳しい連絡員の八木春達のみが、さすがにキ七七の飛来をうすうす察知していた。

進藤の確信は、深まった。一般的に、もしも社の航空部員がシンガポールにやってくれば、報道部員の進藤のもとに旅行券の給付を求めにやってくる。その旅行券は、飛行機等の乗物をはじめホテル代も無料という特典をもつもので、その券の給付は、絶対に必要なものだった。が、券の給付にも顔を出さぬことは、航空部員たちが重大な機密任務を課せられている証拠で、かれらがキ七七に搭乗してドイツにおもむくことは確定的だと思った。

進藤は、元新聞記者として、キ七七のドイツへの飛行目的を探り出したいという野心に駈られた。と同時に、ドイツへ無着陸飛行を試みる航空部員を社の同僚として見送りたい、とも思った。

かれは、中島報道部長の洩らした「明早朝」という言葉を念頭に、翌朝、暗いうちに起床し、青い尉官の旗をつけた車に乗ってカラン飛行場に急いだ。そして、まだ夜も明けきらぬうちに飛行場事務所に到着した。

かれが事務所に入ると、たちまち第三航空軍参謀に阻止された。かれは、報道部員としてキ七七の出発を見送りたいと言ったが、軍の機密に属する飛行計画なので極く限られた者以外の出入りは厳禁されている、と頑なに拒否された。進藤は、それに屈することなく、第三航空軍司令官の小幡英良中将が縁戚者であることを告げ、押問答の末、ようやく特別許可を得た。

かれは、その場でしばらく待たされ、やがて、十数名の高級幕僚たちと飛行場の片隅に置かれたキ七七の近くに行った。

そのうちに、別の建物から飛行服を着た長友首席操縦士たちが姿を現わし、ゆっくりとした足どりで近づいてきた。西大佐、中村、香取両中佐は、機が民間機を装っているので軍服は着用せず、いずれも私服を身につけていた。

進藤が、長友らに近寄って握手したが、かれらは、おだやかな笑みを浮べているだけで一言も言葉を発しない。進藤が、親しい塚越機関士の手を握って、

「成功を祈るぞ」

と言っても、塚越は、ただうなずいただけであった。

進藤は、幕僚たちの後にさがって、改めてキ七七の姿を見つめた。かれの眼に、驚きの色が浮んだ。飛行機の主翼は、通常、幾分上方にむかって伸びているのに、キ七七の主翼は、逆に下方へ垂れ下っている。かれは、航空機に関する知識は乏しかったが、それが主翼に満ちた燃

青い尉官の旗をつけた車　旧日本陸海軍では、乗っている士官の階級に応じて、尉官は青、佐官は赤、将官は黄色の小旗を車などに掲げた。

料の重さによる現象だということに気づいた。

静かな見送り風景だった。長友らは、明るい表情をしていたが、終始無言で、やがて手をあげると機内に入って行った。

プロペラが回転し、機は、滑走路の東端で反転した。エンジン音が周囲に轟き、機は滑走に移った。が、満載状態の機の動きは重たげで、いつまで経っても離陸しない。進藤は、不安になった。前方には海があって、機が、そのまま海中に突っ込んでしまうのではないかと危惧された。

他の者たちの表情もこわばっていて、機の動きを凝視していたが、機は機首をもたげ、滑走路がきれる寸前に車輪が辛うじて浮き上った。

見送る者たちから安堵の声が洩れたが、機は、燃料の重量に堪えきれぬように、上昇することはせず海面すれすれに遠ざかってゆく。そして、徐々に海面からはなれながら、やがて、白々明けの西の空に没して行った。

離陸日時は、昭和十八年七月七日午前八時十分（日本時間）であった。


キ七七第二号機の出発と同時に、シンガポールの陸軍通信隊では、二個の受信機をキ七七の専属受信機として機上発信をとらえることに専念した。むろん、発信を厳禁されている機が無線を発することは、緊急事態の発生を意味するものであった。

キ七七を見送った朝日新聞社航空部長新野百三郎は、小俣、島崎両部員とともに、その飛行経過を気遣って通信隊におもむき受信機を見守っていた。が、正午近くになっても機上からの発信は受信されず、機が無事にインド洋上を西進中と推測された。

新野の不安は薄れ、ただちに小俣の操縦するMC―20型輸送機でテンガ飛行場を出発、サイゴン、広東、台北、上海経由で日本へむかった。

その日、シンガポールの通信隊はキ七七の機上発信をとらえることもなく、翌日も同様だった。

陸軍航空本部では、キ七七がインド洋上を翔破、紅海上空を経てロードス島にむかっていると推定し、ドイツ側にも受入れ態勢を整えて欲しい、と打電した。そして、キ七七のドイツ占領地区到着の報を待った。

その頃、ドイツ駐在日本大使館では、キ七七の飛来を注視していた。欧州戦線の戦局は日増しに深刻化していて、大島大使も大使館付陸軍武官小松光彦少将も、大本営陸軍部にその詳細な状況報告をおこないたいと焦っていた。潜水艦便は細々とつづけられていたが、帰国までに多くの日数を要し、急激な情勢変化に追いつくことはできない。それに比して、五十時間ほどで日本占領地に到達できるキ七七の往来は、理想的な連絡便であった。

大本営陸軍部からは、ドイツに派遣されていた特使甲谷悦雄陸軍中佐とスペイン駐在日本公使館付武官補佐官長谷部清陸軍中佐に、キ七七に便乗して帰国せよという命令が発せられていた。殊に甲谷中佐の帰国報告は、大本営にドイツの将来を分析する重大な資料をあたえてくれるものと期待されていた。その他、甲谷とともに海軍側特使としてドイツに駐在していた小野田捨次郎海軍大佐、木原友二陸軍技術中佐等もキ七七の便乗が内定し、同機の到着が待たれていた。

しかし、シンガポール出発後、第三日目に入っても同機のドイツ占領地域到着の報告はなかった。

東京の陸軍航空本部の不安は、時間の経過とともに次第に濃くなった。同機がシンガポールのカラン飛行場を離陸してから、通信隊の受信機は、同機から発せられる無線電信を全く受信していない。それは、無線封止をしている同機が無事に飛行していることをしめしていた。

また、シンガポールの傍受班も、敵側のラジオ放送を傍受することにつとめ、その内容を南方軍総司令部に報告していた。もしもキ七七が敵側の攻撃によって撃墜または不時着すれば、戦果の一つとして敵側のラジオ放送局から流されるはずだったが、その傍受内容にも、それらしいものは皆無だった。

そうしたことから、遺独飛行の成功が予測されていたが、同機の最大飛行時間を越えても到着の報告がないことを知った航空本部は、キ七七に最悪の事態が発生した、と推測した。そして、報告もないままにその日も暮れ、航空本部は、キ七七の飛行計画が不成功に終ったことを確認した。

計画推進の実務担当者であった同本部総務部総務課長川島虎之輔大佐は、キ七七がいずれかの地に不時着しているのではないかという希望を捨てきれず、参謀本部に依頼してドイツ側に捜索依頼の電報を打ってもらった。また、飛行コースに沿った中立国の外交機関を通じて、同機に関する情報探索を求めたが、どこからもキ七七についての報告はなかった。

その後も、シンガポールの特情班に命じて情報蒐集につとめさせたが、なんの収穫もなく、陸軍航空本部は、キ七七が墜落したと断定した。

その原因については、さまざまな意見が交された。キ七七が緊急事態発生の発信をおこなわなかったことから考えて、その事故は、発信の余裕もない瞬間的なものであると想像された。

そのような推定のもとに、或る者は、気象状況による事故説をとった。同機がシンガポールを離陸した日は天候が良好であったが、気象班の観測では、インド洋上に軽微な不連続線が停滞していたことが判明していた。洋上の気象は変化が激しく積乱雲が発達し、キ七七は、その雲中に突っこんだのではないか。そして、乱気流にもまれ、満載状態の同機が、一瞬の間に空中分解したのではないかと推測した。

また、通信隊側で機上発信した電波をとらえることに失敗したという説を述べる者もあったし、エンジン故障による突然の墜落ではないか、という意見を口にする者もいた。

そうした中で、川島総務課長は、キ七七がインド洋上で敵戦闘機の攻撃を受けて撃墜された公算が大だと考え、航空本部長安田武雄中将に報告した。その後、昭和二十年五月四日、寺本熊市陸軍航空本部長名で搭乗員全員の戦死が確定し、その理由として、左のような書類が付された。

西大佐以下戦死認定理由書

一、生死不明トナリタル日時場所
　1　日時　昭和十八年七月七日
　2　場所　印度洋上
二、生死不明トナリタル前後ノ状況
　某重大任務ヲ帯ビ当部所属特殊飛行機（キ七七）ニ搭乗　昭和十八年七月七日八時十分

昭南（「カラン」）飛行場ヲ離陸シ印度南側ヲ経テ印度西側洋上ニ向ヘリ　当日天候良好ニシテ気象上何等ノ不安ナク機関及通信機亦《また》快調ニシテ任務達成ヲ期待シアリシモ　最大航続時間ヲ経過スルモ消息不明トナレリ　即チ敵情等ヨリ判断シ途中敵機ノ攻撃ヲ受ケ壮烈ナル戦死ヲ遂ゲタルモノト判定ス

三、採リタル捜索手段

1　昭南（現地軍）ニ於テハ飛行機出発後受信機二機ヲ以テ機上通信ヲ連続傍受セルモ　何等通信ナク飛行機ノ安否気遣ハルルニ至ルヤ七月十日迄対空送信ヲ続行シ連絡ニ努メタルモ全ク応答ナク　尚特殊情報班ヲ指導シ情報蒐集ニ務メタルモ情報遂ニ入手シ得ズ

2　中央ニ於テモ各種通信機関ヲ利用シ友邦諸国在勤ノ帝国武官ニ指令シテ情報蒐集ニ務メタルモ何等情報ヲ得ズ　未ダニ消息不明ナリ

四、戦死認定ノ理由

1　本飛行成功ノ鍮《かぎ》ハ企図ノ秘匿ニ在リトシ該目的達成ノ為飛行機ヨリノ送信ハ非常ノ場合ノ外極力之ヲ避クル如ク予メ関係方面ト協定シアリタリ

右協定ニ基キ万一ノ場合ニ備ヘ昭南及関係方面ニ於テ数個ノ通信機ヲ以テ傍受ニ努メタルモ遂ニ一回ノ入電無シ　是レ気象ノ障碍《しょうがい》又ハ器材ノ故障等ニ基キ敵地或ハ海上ニ不時着陸（水）セルガ如キ状況生起セザリシ証拠ニシテ　全ク無電発信ノ余裕無カリシコトヲ立証スルモノナリ

2　使用機「キ七七」ハ特殊研究機トシテ設計製作セラレタルモノニシテ　視界極メテ狭

ク敵機発見上甚ダ不利ナルノミナラズ防禦能力皆無ナル器材上ノ弱点ヲ有ス

3　飛行経路ハ敵ノ勢力圏タル海上ニシテ　電波兵器ノ発達セル今日敵ニ捕捉セラルル公算極メテ大ナルニ加フルニ折悪シクモ「ボース」氏ノ渡日公表　潜水艦ニ依ル日独連絡ニ関スル英紙論評等アリテ米英側ノ警戒頓《とみ》ニ厳重ナリタル上　更ニ後日ノ調査ニ依レバ七月六日以降印度洋航海中ト推定セラルル商船数一週間延《のべ》約三十隻ニシテ　之ガ警戒ヲモ加味シ「セイロン」島方面ニ一日平均十六機ノ敵機出現シ　訓練及哨戒ニ努メアリシモノノ如ク本状況ニ於テ敵ニ捕捉セラルルハ寧《むし》ロ必至トセザルベカラズ

4　以上ノ諸点ヨリ判断スルニ本機ハ敵ノ電波兵器或ハ哨戒機ニ発見セラレ敵機ノ攻撃ヲ受クルニ至リシモ　器材ノ特性上其ノ攻撃ヲ察知シ得ズ或ハ察知セルモ回避又ハ離脱ノ余裕ナク敵ノ一連射ヲ浴ビ　全機火達磨《ひだるま》トナリテ壮烈ナル戦死ヲ遂ゲタルモノト判断スルヲ至当トシ　既ニ一ケ年余ヲ経過シタル今日何等ノ消息ナシ依テ茲《ここ》ニ戦死シタルコトヲ認定ス

このように陸軍航空本部は敵機の攻撃によると判定したが、戦後の連合国側の戦闘記録にも、キ七七らしき飛行機についての記載は全くなく、その消息を断った理由は不明である。

キ七七第二号機の遺独飛行計画は失敗したが、陸軍航空本部は参謀本部の要請を受けて、キ七七第一号機によって再びドイツへの飛行を計画した。

その準備は、第二号機の行方不明が確認された直後からはじまり、搭乗員は、第二号機と同じように朝日新聞社航空部員によることが決定した。そして、第二号機のシンガポール出発を見送ってＭＣ—20型輸送機で羽田に帰省した小俣は、空港で同社の河内航空本部長から第二号機の消息が絶えたことを告げられると同時に、第一号機の機長としてドイツへおもむく任務を命じられた。

　小俣は、その指令にしたがって、翌日には早くも他の搭乗予定者とともに立川飛行場におもむき、機体の改修・整備と航路の選定に着手し、二カ月後には完全に準備を整えて出発命令を待ったが、参謀本部からの発令はなかった。陸軍部内では、第二号機の飛行計画の失敗によって、さらに戦況が悪化した情勢のもとでは成功する確率がきわめて低いと判断し、空路によるドイツとの連絡路開発を断念していたのだ。

　小俣らも、ようやくドイツへの飛行計画が中止されたことを知ったが、東大航空研究所と朝日新聞社航空部は、第一号機が放置されたままになっているのを惜しみ、世界記録に挑む長距離飛行を企画した。そして、陸軍航空本部に許可願いを出した結果、その要望が容《い》れられ、飛行審査部長今川一策大佐を試験委員長に、同部員内藤美雄少佐を指揮官として満州で記録飛行がおこなわれることになった。

　昭和十九年六月二十五日、キ七七第一号機は、九七式*重爆撃機とともに福生飛行場を出発、伊丹飛行場に着陸した。

　キ七七第一号機には、機長小俣寿雄、副操縦士田中久義、機関士島崎清、森松秀雄、計測員坂本定治、通信士羽広石雄と陸軍航空本部員唐崎中尉、立川飛行機技師棚田真幸が同乗し、そのまま無着陸で新京*飛行場にむかった。それを追うように、九七式重爆撃機も、東儀正博の操縦によって京城*、奉天*を経由、新京におもむいたが、同機には、陸軍航空本部内藤少佐、五明技手ほか一名、東大航空研究所木村、高月両助教授、朝日新聞社からは河内一彦、富山韶蔵、斎藤寅郎ら多数の関係者が同乗し、今川一策大佐も別便で参加した。

新京で整備を受けたキ七七第一号機は、関係者の見守る中で七月二日午前九時四十七分、同飛行場を離陸した。そして、新京、ハルビン、白城子の三点を結ぶ三角コースを飛翔しつづけ、翌々日の午後七時〇〇分、地上からの指示で新京飛行場に着陸した。飛行距離は一六、二三五キロメートルで、イタリアのサボイア・マルケッティＳＭ―82型機の持つ世界記録一二、九三五キロメートルを大幅に破ったが、戦時であったため非公認記録にとどまった。この記録は、戦後も破られることなく、昭和四十四年にアメリカのボーイングＢ52Ｈの作った一八、二四五キロの飛行記録によって更新された。

その後、キ七七第一号機は福生飛行場に放置されていたが、空襲が激化したので昭和二十年春に山梨県の玉幡飛行場に疎開し、終戦を迎えた。

進駐してきた米軍は、同機を押収し参考機として本国への移送を企て、米空軍の標識をつけ横須賀追浜《おっぱま》飛行場に送ることになった。そして、立川飛行機の操縦士釜田善次郎、機関士棚田真幸に、脚の油圧関係の調整のため内野技師を同乗させて出発させた。が、米軍側は、釜田らが同機に乗って逃亡するか又は破壊することを恐れ、前日までプロペラをはずし、出発日の昭

九七式重爆撃機　「重爆撃機」は搭載する爆弾の量が大きく、航続距離も長い大型の爆撃機。
新京飛行場　「新京」は中国の吉林省の省都長春の、満州国時代の呼称。
京城　大韓民国の首都ソウルの日本統治時代の呼称。
奉天　中国の遼寧省の省都瀋陽の旧称。

和二十年十一月二十八日に装着するという配慮をはらい、しかも、離陸後もグラマン戦闘機によって監視させ、その日に追浜飛行場に誘導した。

さらに、キ七七第一号機は、アメリカ空母に積載されて横須賀を離れアメリカ本土へむかったが、途中南方洋上で激しい台風に遭遇し、甲板上にあった他の飛行機とともに海中へ投棄され、世界非公認記録を樹立した同機も海底に消えたのである。

十六

陸軍長距離機キ七七の訪独飛行の失敗によって、ドイツとの連絡路は、潜水艦による以外にないことが再確認された。が、潜水艦は大航海を経なければならず、敵側のレーダーの進歩によって、そのドイツ行は多くの危険をはらんでいた。

しかし、日本海軍は、ドイツとの機密兵器技術の交流と、それにともなう技術者をはじめ日独協同作戦を推進するための重要人物の輸送をはかる必要から、第四便として伊号第二十九潜水艦をドイツへ向け出発させた。同艦は、昭和十八年十二月十六日シンガポールのセレター軍港を出港、スンダ海峡を通過しインド洋上に出たが、戦局の悪化はいちじるしく、伊号第二十九潜水艦の成功を危ぶむ者は多かった。殊にイタリアの降伏につづいてドイツ軍の敗勢は日増しに濃く、それにともなって連合国軍側は制海・空権をほとんど手中におさめ、ドイツ艦船の撃沈が相ついでいた。そうした中に日本潜水艦が往復四カ月も要する航程をへて突入してゆくことは、無謀とも言える行為であった。

しかし、日本海軍は、戦局の劣勢を挽回するためにもドイツとの連携を強化する必要を感じ、敢えて伊号第二十九潜水艦を出発させたのだ。

同艦は、一般航路を遠く避け、ひそかにインド洋上を西進していった。

海上に船影はなく、空に機影も湧かず、艦は、無線封止のまま航進をつづけた。

木梨艦長は、あらかじめ軍令部からインド洋上で燃料補給を受けるよう指示されていた。常識的には、アフリカ大陸の最南端喜望峰を迂回し大西洋に進出してから燃料を補充すべきであったが、大西洋はイギリス海・空軍の哨戒密度が濃いので、出発匆々《そうそう》であったが、危険度の比較的少いインド洋上で燃料を受け入れる計画が立てられていた。

シンガポール出港後八日目の十二月二十三日未明、艦は、インド洋中央部に達した。インド洋方面で行動中のUボートへ燃料補給をおこなっていたドイツ油槽船との会合予定位置であった。

夜が白々明けはじめた頃、水平線上に船影が湧き、次第に接近してきた。木梨は、乗員を戦闘配置につけて船型を見つめていたが、それは、軍令部から指示されていた船型と一致していて、ドイツ油槽船であることが確認された。

油槽船からも味方識別の手旗信号が送られてきて、やがて、伊号第二十九潜水艦の艦首近くに船尾を近づけ停止した。油槽船からロープが発射され、それを手繰ると、五〇メートルほどのホースが送られてきて潜水艦の重油タンクに引きこまれた。

無線発信は敵側に位置を察知されるおそれがあるので、連絡は手旗信号でおこなわれたが、しばらくすると、油槽船の甲板上に大きな黒板が引き出された。黒板に文字を書いて連絡したいとつたえてきたので、潜水艦の司令塔にも黒板が立てられた。幸い、便乗者中にドイツ語を教えていた海軍大学校教授鮫島龍男がいたので、鮫島が油槽船の黒板に記される白墨の文章をすぐに木梨艦長につたえ、それに対する回答を黒板に書いて油槽船にしめした。

連絡は無言のうちにおこなわれたが、その間、見張り員は空と海の監視をつづけていた。敵機が不意に襲ってくる可能性は大であったので、作業をする者だけが甲板上に出ていて、いつでも急速潜航できる態勢をとっていた。

二時間ほどで燃料補給が終了すると、油槽船から三名の水兵を乗せたボートがおろされ接近してきて、一メートル以上もある新鮮な魚六尾と玉葱、菜などを艦に渡すと、引返して行った。

潜水艦と油槽船の甲板上にそれぞれ乗組員が整列し、鮫島が黒板に、

「Bon Voyage（航海の安全を祈る）」

と書くと、油槽船の黒板にも、

「Auf Wiedersehen（再会を約して）」

という文字が記された。

艦と油槽船は次第にはなれ、甲板上では、乗員たちの帽子がしきりにふられた。やがて、油槽船は東方の水平線に小さくなっていった。

艦は、西進してマダガスカル島南方に針路を定めた。木梨は、艦の空間をひろげるため食糧缶詰の空缶を海上に捨てさせたが、敵に浮游する空缶を拾得されて行動をさとられることをおそれ、缶は一個残らず穴をあけてつぶし、錘《おもり》をつけて沈めさせた。

昭和十九年一月一日、伊号第二十九潜水艦は、南緯二五度、東経七〇度に達した。気温は上昇していて、熱気のこもる艦内で一同雑煮を祝った。

翌々日の夕刻、見張り員が北方に船影を発見し、艦は潜航して潜望鏡で監視した。船は二本

マストで、丁度艦と逆航するようにかなり早い速度で東進している。敵側の輸送船であることはあきらかだったが、木梨艦長は、小島少将と協議の末、攻撃することを断念した。隠密行動なので、敵船を攻撃することは避けねばならなかった。

その後、二度にわたって敵船の通過を認めたが、艦長はその度に潜航を命じて避退した。

艦は、マダガスカル島南方洋上を通過し、喜望峰六〇〇浬南方を遠く迂回した。風波ははげしく、艦は激浪に翻弄されたが、十日後にようやく大西洋に進出することができた。

危険海域が迫ったので、昼は潜航し、夜間は電池充電の必要から水上を航走した。そして、一月二十七日には、第一の難関であるセントヘレナ島附近を通過した。

その間、ドイツ駐在日本大使館付武官補佐官渓口泰麿中佐を通じて、ドイツ海軍からの無電が次々に発信されてきた。艦は、ドイツ潜水艦と航海途中で会い、最新式の電波探知機を譲りうけ装備しなければならない。電波兵器は急速に進歩していて、前便の伊号第八潜水艦からあたえられたドイツの電波探知機は早くも型式が古くなっていて、最大の危険海域であるビスケー湾を無事に通過するには不十分であった。

その会合位置については、ドイツ海軍から連絡が寄せられ、前便まで会合点に使われていたポルトガル領アゾレス諸島附近は避けることになった。それは、ポルトガル政府が同諸島にイギリス空軍基地の設置を認めたので、会合点は、イギリス空軍基地の哨戒圏外にあるアゾレス諸島南方六〇〇浬の洋上が指示された。

また、会合方法としては、二月十三日午前八時〇〇分（ドイツ時間）を会合日時とすることを決定したが、もしも敵機等の来襲によって会合が不可能になった場合は、その翌十四日同時刻に変更し、その日も危険が認められた折には、さらに十五日に延期することになった。

艦は、潜航と水上航走をくり返しながらアゾレス諸島洋上を進み、予定時刻に会合点に接近した。が、見張り員が、突然、北方洋上に大型空母と護衛艦艇を発見したため、木梨艦長は、ただちに急速潜航を命じ、同海域から避退した。

その後、暗号係がドイツ海軍からの暗号電文を誤訳し、位置の経度に差のあることがあきらかになったので、艦は一〇浬ほど東に移動し、夜の海上で停止した。

夜が明け、時計の針が午前八時をしめした頃、近くの海面から不意に一隻の潜水艦が浮上してきた。木梨艦長は、ドイツ潜水艦だと推定したが、万が一を思って潜航を命じると、相手の潜水艦もすぐに水中に身を没した。

木梨は、潜望鏡で相手の艦の動きをうかがっていたが、正確な会合位置で姿を現わした潜水艦をまちがいなくドイツ海軍所属のものと断定し、思いきって艦を浮上させた。それを相手艦も見守っていたらしく、海水を泡立たせながら水面に浮び出た。

木梨は、総員戦闘配置につけたまま、暗号電報で指定されていた味方識別信号を打つことを命じた。伊号第二十九潜水艦の司令塔から信号拳銃が発射され、澄みきった朝空に彩られた火閃が弧状の線をえがいて飛んだ。

その直後、相手艦からも同じ色の信号弾が発射され、互いに日・独潜水艦であることが確認された。と同時に、両艦の艦橋後部にそれぞれ軍艦旗がかかげられた。

木梨艦長は、電波探知機の譲渡を受けるためゴムボートをおろし、ドイツ潜水艦に送るように指示した。が、ボートが潜水艦にむかっている間に敵機等の来襲があれば、両艦は潜航しボートのみが海上に残される。当然、ボート上の乗員は、射殺されるか捕われの身となることが確実だった。

人選がおこなわれた結果、独身の恩田耕輔上等兵曹がその任にあたることになり、自決用の拳銃と実弾が手渡された。

甲板上にゴムボートが引き出され、フイゴを足でふんで空気の注入をはじめた。ボートとは言っても、船底は網がはられていて下半身が海水につかる簡単なものだった。

甲板上でフイゴを勢いよくふみつづけていると、ドイツ潜水艦側から、ゴムボートを送るという信号が送られてきた。恩田上等兵曹らがドイツ潜水艦を見守っていると、ゴムボートに空気ボンベがつなげられた瞬間、空気が勢いよく注ぎこまれたらしく、ボートがたちまちふくらんだ。しかも、その尾部にはエンジンまでとりつけられ、三名の乗員を乗せると波をけたてて進んできた。

恩田らは、ドイツ海軍のゴムボートの性能に驚嘆し、日本海軍の恥辱になることを恐れて、匆々にゴムボートを艦内にかくした。

ボートには、イエニッケという若い中尉と二名の下士官が、最新式電波探知機を携えて乗っていた。

ボートが艦に引き上げられると、任務を終えたドイツ潜水艦は南方に去って行った。

艦内では、ただちに電波探知機の据えつけがはじめられ、イエニッケ中尉が、鮫島の通訳でドイツ海軍からの連絡事項を木梨艦長につたえた。艦は、アゾレス諸島を大きく迂回し、ヨーロッパ大陸に針路を向けた。

艦は、夜二時間水上を走るだけで、それ以外は海底深く身を没して進んだ。むろん速度はおそく、水上航走をすれば六日間で目的地ロリアンに着く距離を、一カ月近くもかかる計算であった。

ヨーロッパ大陸が近づくにつれて、遠く近く爆雷の炸裂する音がしばしばきこえるようになり、スペイン沿岸に接近すると、炸裂音は一層増した。

三月十日にビスケー湾でドイツ機と小型駆逐艦が出迎えるという無電連絡があり、伊号第二十九潜水艦は、スペイン領北西端のフィニステレ岬沖に近づいた。会合点到達は一週間後に迫り、艦はほとんど潜航したまま東進をつづけた。

その夜、同艦は、電池充電と艦内の汚濁した空気を交換のため浮上した。淡い月が、中天にかかっていた。

イエニッケ中尉の話によると、ドイツ潜水艦は、敵機の急襲を受けた場合、機銃で一連射してから急速潜航する戦法をとっているという。木梨艦長は、同中尉の意見にしたがって、射手の神尾上等兵曹を艦橋上の二五ミリ連装機銃に配置した。

水上航走を開始して三十分ほど経過した頃、突然、海上がまばゆく明るむと、光が海面を走り、艦の後部を照らしてかすめ過ぎた。一瞬雲間からのぞいた月の光かと思ったが、頭上には飛行機の爆音が轟いていた。

イギリス空軍機が、*探照灯をつけて夜の海面に光芒を放っている。

イエニッケ中尉が、

「もぐれ、もぐれ」

と、叫んだ。

木梨艦長はただちに、

「両舷停止、潜航急げ、ヒコーキ」

と命じ、艦は急速潜航した。そして、海底に沈座したまま身をひそめていたが、爆雷攻撃の開始される気配はなかった。

その理由は不明だったが、敵機に発見されたことは確実だった。艦は、そのまま海底で停止していた。

そのうちに、神尾上等兵曹の姿が見えないことに同室の者が気づいた。機銃にこめられた銃弾は、潜航すれば海水につかって使用不能になるので、神尾が銃弾を交換するため弾庫に行っているにちがいないと推定され、機銃員が弾庫におもむいたが、弾庫には鍵がかかっていて神尾が出入りした気配はなかった。

機銃員は、神尾の姿がみえないことを艦長に報告した。艦長は、神尾の所在をたしかめる方法として、艦内に「総員戦闘配置につけ」と命じた。もしも神尾が艦内のどこかにいれば、配置位置に必ずもどってくるはずだった。が、いつまでたっても神尾は、かれの配置位置に姿をみせなかった。

艦長は、事情を理解した。神尾は、二五ミリ連装機銃にとりついていたが、艦が急速に潜航したため艦内に走りこむ余裕がなく、海上にただ一人残されたにちがいなかった。

探照灯　アーク灯などの強い光源と反射鏡によって、遠方まで照射できるようにした灯。サーチライト。

上空には、敵機が旋回しているが大きかったが、艦長は、意を決して浮上を命じた。そして、潜望鏡で上空をさぐり、探照灯の光芒も消えていることを確認して浮上した。艦は移動し、乗員たちは、周囲の海面をさぐることにつとめたが、海上に人影を発見することはできなかった。おそらく神尾は、潜航する艦の激しい渦にまきこまれて溺死したと推定された。

乗組員たちは、悲痛な表情で夜の海上を見つめていた。

伊号第二十九潜水艦を発見したイギリス空軍機は、ただちに基地に報告し、それによってイギリス側はドイツ海軍基地までの航路上に濃密な哨戒網をはりめぐらすことは確実だった。

木梨艦長は、艦を潜航させてフィニステレ岬沖合を通過した。そして、翌日の日没後に浮上し、空気を採り入れ電池の充電をはかったが、またも探照灯を備えつけた敵機に照射された。

艦長は、急速潜航を命じ、数時間後に艦を浮上させた。が、電波探知機には敵機の接近が感知されたので、再び潜航を命じ約二時間後に浮上させたが、至近距離に敵機を感知した。艦は、海中に身を没した。浮上すれば敵機の攻撃を受けることはあきらかで、艦が安息を得るのは海中のみであった。

潜航時間が、二十時間を越えた。艦内の酸素が急激に減少し、激しい苦痛が艦内の者たちを襲った。かれらは、頭痛に顔をゆがませ、呼吸量を少くするため身を横たえたり膝を抱いてうずくまっていた。長時間にわたる水中航走で、貯えられていた電池が不足してきて、艦内の電灯は常夜灯以外すべて消され、炊飯も中止された。

電池を充電するためには浮上して水上航走をおこなわなければならないが、それは敵機の攻撃を受けることに結びつく。木梨艦長の顔には、苦悩の色が濃かった。

電池の量が、遂に最悪の状態におちこんだ。それが尽きれば、艦の水中航走は不可能になる。木梨は、決断を下して「浮上」を命じた。艦は、闇夜の海面に浮び出た。新鮮な潮の匂いにみちた空気が艦内に流れこみ、乗員たちは鼻腔をひろげて酸素を吸った。

危惧していた通り電波探知機には、敵機のレーダーから発する電波がしきりに感知される。が、木梨は水上航走を強行した。

艦は、約一時間、之字運動をおこないながら海上を走ったが、電波探知機に敵機の接近が感得されたので、潜航した。その水上航走によって艦内の空気も清浄になり、電池も潜航に支障のない程度に充電された。さらに、数時間後、浮上して一時間ほど水上を走り、充電も十分におこなうことができ、水中航走をつづけて会合点にむかった。

艦は、ビスケー湾に潜入し、会合点に達すると、そのまま海底に身をひそめた。会合点の位置は、航海長大谷英夫大尉が星による天測にもとづいて想定したものだったが、三月十日朝、浮上してみると、頭上に五機の飛行機の姿をとらえることができた。

イエニッケ中尉は、ドイツ空軍のＪＵ88型重戦闘機であることを確認し、双方から信号拳銃で信号弾が発射された。また、前方から四隻のドイツ小型駆逐艦が白波を立てて疾走してくるのもみえた。伊号第二十九潜水艦は、危険海域を突破してドイツ海空軍の護衛下に入ることができた。

接近してきた駆逐艦が、伊号第二十九潜水艦と並行すると、細い容器を甲板上に投げこんだ。その容器には、

「水上航走のまま全速力でロリアン軍港にむかうべし。尚、敵襲があった場合も、指令なきか

ぎり潜航せず水上航走を続けよ」

という趣旨の指令書がおさめられていた。

伊号第二十九潜水艦は、全速力で走りはじめた。上空には五機の戦闘機が旋回し、前後左右に四隻の駆逐艦が疾走している。それは、強力な護衛陣であった。

電波探知機には敵機のレーダーの発する電波が絶えずとらえられていたが、その日の午後五時、十数機のイギリス空軍機が襲ってきた。しかし、駆逐艦からは「潜航せよ」という指示は発せられず、ドイツ戦闘機はイギリス空軍機編隊を迎え撃った。

たちまち上空で激烈な空中戦が展開され、敵機の投下した爆弾がドイツ駆逐艦の艦尾近くに落下した。が、全艦に被害はなく、之字運動をつづけながら疾走をつづけた。

やがて、敵機群は、暮色の濃い西方の空に消えていったが、その戦闘でドイツの指揮官機が銃撃を浴びて撃墜され、指揮官も戦死した。

その夜は無事に過ぎたが、夜明けと同時に、再び敵機の来襲があった。ドイツ戦闘機群は、その中に突っ込み、駆逐艦も対空砲火を浴びせかけ、約三十分後に敵機を追い払うことに成功した。

伊号第二十九潜水艦は、ベル島西方をかすめ過ぎ、ロリアン港外に到着した。そこには、ベルリンに置かれた日本海軍事務所嘱託酒井直衛*が掃海艇に乗って出迎えていた。艦は、掃海艇の誘導で入港し、ブンカーに身を入れた。日時は、昭和十九年三月十一日午前七時過ぎで、シンガポールを出港後、八十六日間が経過していた。

ブンカーには、ロリアン軍港司令長官以下高級士官が出迎え、日本大使館からは海軍武官補佐官渓口泰麿中佐らが姿を見せていた。伊号第二十九潜水艦は、ドイツに到達することに成功したのである。

十七

伊号第二十九潜水艦は、「松」と秘称され、ドイツ側でもキーファー（Kiefer）と呼んでいた。そして、帰途多くの便乗者と機密兵器関係の機器と図面を、日本に運ぶ予定が立てられていた。伊号第二十九潜水艦は、約一カ月後の四月中旬にロリアン軍港を出発する予定になっていたが、同艦に先立って、「U1224号」が日本にむかって出発することになっていた。それは、ヒトラー総統がインド洋上で通商破壊戦をおこなうことを条件に、日本海軍に無償で譲渡した二隻の潜水艦（Uボート）のうちの一隻で、「さつき二号」と秘称され、伊号第八潜水艦で送られた日本海軍将兵の手によって回航準備がつづけられていた。

回航員は、艦長乗田貞敏少佐以下清水正貴軍医少佐、久保田芳光、須永孝、前田直利各大尉、藤田金平、藤枝義行両中尉、清水安五郎、渡辺茂、大沢幹太郎、黒沢清定、高橋富雄の各兵曹長をはじめ約六十名であった。

かれらは、乗田艦長の指揮のもとにU1224号の操艦訓練をつづけ、バルト海南西部海面にもしばしば出て急速潜航訓練等につとめていた。かれらは、選りすぐられた者ばかりで編成されていたので、訓練の成果は著しかった。ドイツ海軍側でも、乗田艦長以下乗員の素質に感嘆し、

掃海艇　敷設された機雷を取り除き、航路の安全確保を任務とした小型艦艇。

厳正な軍規に眼をみはっていた。

かれらは、自由にU1224号を操り、兵器、機械等の操作にも十分に習熟したので、いよいよ日本にむかって艦を回航させることになった。

同艦には、ドイツ駐在の海軍の逸材が便乗して帰国することになっていた。それは、潜水艦戦術の権威である江見哲四郎大佐（中佐より昇進）、機関科の山田精一大佐（中佐より昇進）、造船部門の根木雄一郎技術大佐（中佐より昇進）、航空機体関係の吉川春夫技術中佐（少佐より昇進）の四名であった。かれらは、それぞれ機密兵器の設計図等を所持していたが、吉川技術中佐はドイツ空軍の誇る噴射推進式飛行機（ターボジェット機）の設計資料をたずさえていた。

プロペラを必要としない噴射推進式飛行機の開発は、世界航空界の夢で、第二次大戦勃発後、各国の航空技術陣はひそかにその研究実験に没頭していた。

日本でもこの分野に活潑な動きがみられたが、その先鞭をつけたのは、海軍航空技術廠発動機部第一工場主任種子島時休中佐であった。

かれは、将来の軍用機が噴射推進式飛行機を主体とするものになるという確信をいだいて上司に熱心に進言し、昭和十七年にジェットエンジンを主な研究対象とした発動機部第二科の創設に成功した。

しかし、その部門での研究資料は乏しく、どの部門から着手してよいか手がかりもつかめなかった。その間、第二科員加藤茂夫技術中尉は積極的にこの研究にとりくみ、日本で初のターボジェットTR―10型の設計を完成した。しかし、その発動機も試験運転中、破壊事故が続出し、その研究を疑問視する声も高まった。

そのうちに、世界各国の噴射推進式飛行機研究の情報が流れはじめたので、昭和十八年に航空技術廠長和田操中将は、噴射推進式飛行機「橘花《きっか》」の完成を厳命した。そして、永野治技術少佐を中心に理研*の仁科芳雄博士をはじめ大学教授、発動機会社技師らが動員され、技術委員会が発足した。

委員たちは、各種の研究実験を積み重ね、一応の成果を得たが、そのジェットエンジンでは時速五〇〇キロ程度しか出ぬことが判明し、その他にも欠陥が認められて、研究は一頓挫した状態になった。

その頃、ドイツの噴射推進式飛行機研究がかなりの高水準に達しているという情報がつたわってきたので、和田廠長は、軍令部を通じて在独日本大使館付海軍武官に資料譲渡を依頼した。ただちに武官が、ドイツ航空省ミルヒ長官にMe163型、Me262型両噴射推進式戦闘機に関する資料の譲渡をもとめ、承諾を得た。ただし、両機種とも試作の段階であったので、エンジンと機体の設計説明書のみにとどまり、実物については見学を許し十分に説明するという回答を得た。その担当は、吉川春夫技術中佐と巖谷英一海軍技術中佐（少佐より昇進）であった。

巖谷は伊号第二十九潜水艦で、吉川はU1224号でそれぞれ噴射推進式飛行機の資料を日本に持ち帰ることになっていたので、全力を傾けてその知識を得ることにつとめ、潜水艦は撃沈される可能性も大きいので、巖谷と吉川が全く同一の資料を携行することになった。

また、便乗者の根木雄一郎技術大佐の帰国も、重要な意味をもっていた。

理研　「理化学研究所」の略称。大正六年（一九一七）に財団法人として設立された総合科学研究所。

かれは、日本海軍の誇る潜水艦設計者の一人で、開戦時に片山有樹、中村小四郎造船大佐につぐ潜水艦設計の権威と称され、友永英夫、有馬正雄造船少佐、寺田明、緒明亮乍造船大尉らとともに、日本潜水艦設計の進歩に多くの業績をあげていた。

根木は、昭和十四年春に渡欧してドイツ潜水艦の研究報告に従事していたが、開戦後、日本海軍部内にかれの秀れた才能を渇望する声がたかまり、帰国命令が出た。その要望は強く、根木の後任者として、危険を覚悟で潜水艦設計の逸材である友永を渡独させたほどであった。

かれは、五年間にわたるドイツでの滞在期間中に、ドイツ潜水艦の設計技術を完全に身につけていた。そして、帰国後、それらの資料を駆使して、独創的な潜水艦設計を精力的にすすめることが期待されていたのだ。

江見ら便乗者が、三月二十八日にベルリンを出発してキールに到着すると、U1224号は出港準備を完全に整えて、潜水艦桟橋で待機していた。

二月十五日、U1224号の日本海軍への譲渡式が、キール軍港の桟橋と艦上でおこなわれた。日本側からは軍事委員阿部勝雄中将と駐独日本大使館付武官首席補佐官渓口泰麿中佐が出席して、阿部が同艦を受領し、渓口中佐が、海軍大臣代理としてU1224号を呂号第五百一潜水艦と命名し式を終えた。そして、三月三十日、日没を待って呂号第五百一潜水艦は、日の丸を艦橋側面に印して出港していった。

渓口は、乗田艦長と詳細な打合わせをおこなっていた。イギリス海空軍の哨戒密度はきわめて濃くなっているので、慎重な配慮が必要だった。かれは、乗田に迂回コースをたどるようにすすめ、航路を、スカゲラク海峡通過後、北海の東を通り、イギリス本土とアイスランドの間をぬけてアゾレス諸島を遠く迂回、大西洋を南下することに定めた。また、喜望峰沖をまわってインド洋のマダガスカル島東方洋上に達した折、待機する日本側から燃料補給を受けることも決定した。

むろん、無電発信については、緊急時以外には一切封止するように、と渓口は指示した。

呂号第五百一潜水艦からは、出港後、無電発信は皆無だった。それは、同艦が無事に日本へ回航していることをしめしていた。

一カ月が、過ぎた。

渓口中佐は武官代理の任を解かれ、伊号第二十九潜水艦で赴任した小島秀雄少将を武官に迎えて、日独間の事務折衝に従事していた。

小島や渓口らは、呂号第五百一潜水艦の航海に不安をいだいていた。各種の指令電報は、ドイツ海軍通信所を経て洋上に発信されている。むろん、呂号第五百一潜水艦はそれを受信しても、連合国軍側に位置を探知されることをおそれて、返信してこない。それは、予定通りの行動だったが、同艦が不意の攻撃を受けて撃沈されていることも予想された。

日数計算から推定すると、呂号第五百一潜水艦が無事航行中ならば、大西洋をアフリカ大陸沿いに南下しているはずだった。その方面の英・米海空軍の戦力は増強されていて、活潑な哨戒行動がおこなわれているという情報がしきりだった。

小島らは落着かない日々を過していたが、五月初旬の或る日、突然、呂号第五百一潜水艦からの暗号電報が入電した。その電文は、

「ワレ、二日間ニワタリ猛烈ナル制圧ヲ受ケタルモ、無事」

という内容だった。呂号第五百一潜水艦は敵の哨戒網にふれ、攻撃を受けたのだ。

「無事」という表現は避退に成功したことをしめしているが、その存在を知った敵側は、再発見につとめ撃沈の機をねらうにちがいなかった。

小島らの不安は増し、その後の無電発信に注意していたが、呂号第五百一潜水艦からの発信はなかった。

さらに一カ月近くが、過ぎた。当然、同艦は、喜望峰沖を迂回してインド洋上に入り、燃料を補給する地点に到達しているはずであった。

しかし、軍令部からの暗号電報によると、同艦は、燃料補給予定位置に姿をみせないという。敵から避退するために航進がおくれているとも推定されたが、いつまでたっても呂号第五百一潜水艦の姿は給油地点に現われないという。

ペナンの潜水艦基地でも、「応答せよ」という無電を発しているが、それに応ずる電波はなく、同艦の沈没は確実、とつたえてきた。

その後、ドイツ側でも調査につとめたが、呂号第五百一潜水艦の存在をしめす情報は、皆無だった。

呂号第五百一潜水艦がドイツ軍港キールを出港してから、四カ月余が過ぎた。その間情報蒐集がつづけられたが、海軍省では、同艦が連合国軍側の攻撃によって撃沈されたと断定した。そして、八月二十六日付で乗田艦長以下全乗員と、江見哲四郎大佐、山田精一大佐、根木雄一郎技術大佐、吉川春夫技術中佐の戦死公報を発した。それには、「インド洋上ニテ戦死」という文字が記されていた。

呂号第五百一潜水艦は、海軍省の指摘通り連合国軍側の攻撃を受けて沈没したことはたしかだったが、その沈没位置は、インド洋ではなく大西洋だった。

アメリカ海軍の戦闘記録には、あきらかに呂号第五百一潜水艦の撃沈状況が明記されている。その戦闘部隊は、護衛空母「ボーグ（Bogue）」を旗艦としたタスク22.2部隊であった。

「ボーグ」は、昭和十七年九月二十六日に竣工した七、八〇〇トンの空母で、護衛駆逐艦五隻を従えて昭和十九年五月五日アメリカのハンプトンローズを出港、大西洋上の対潜掃蕩作戦に出撃した。その作戦をうながしたのは、大西洋のアフリカ西海岸方面に、ドイツまたは日本の潜水艦が数隻行動中という情報を得ていたからだった。

護衛空母「ボーグ」が作戦予定地にむかっている間に、同方面に作戦中の駆逐艦「バックレー」がドイツ潜水艦U66号を撃沈したという報告があって、司令部のおかれた「ボーグ」は同位置附近に急航した。

五月十三日に、同海域に到着した部隊は、最新式ソナーを駆使して潜水艦の発見につとめた。空母からは対潜哨戒機が発進し、護衛駆逐艦も四方に散って洋上を行動した。

護衛駆逐艦「ロビンソン（Francis N. Robinson）」は、アフリカ大陸西海岸のベルデ岬北西海面を行動中、日没近い午後七時（アメリカ時間）にソナー員が、

「八二五ヤード*前方に、目標探知」

八二五ヤード　約七五〇メートル。「ヤード」はヤード・ポンド法の長さの単位。一ヤードは約九一・四センチメートル。

と、緊急報告をした。

艦長ヨハンセン（J. E. Johansen）予備大尉は、全速力で接近を指令、約十分後に目標海面に到達した。

同艦には、俗称ヘジホグ（山あらし）と呼ばれる対潜前投兵器が搭載されていた。ヘジホグは、イギリス海軍で発明された秘密兵器で、艦の前部から百数十メートル前方に投射される。ヘジホグの中には二十四発の対潜弾が詰められていて、発射されると目標海面に円形状に散開しながら落下する。それが海中に沈み、一個が潜水艦にふれて炸裂すると、近くに沈下してきた他の対潜弾も誘爆する。

ヘジホグが海面に着弾と同時に、ヨハンセン艦長は、両舷に据えつけられた投射器で二度にわたって磁気信管をつけた爆雷（マーク8型）の一斉投射を命じた。そして、反応をうかがっていると、ヘジホグ発射後七秒たって、二個の対潜弾の炸裂音をきいた。

それによって、海中に潜水艦のひそんでいることが確実になったが、つづいて三個の爆雷が爆発し、海面が激しく盛り上った。

「ロビンソン」の乗員は、潜水艦に大損傷をあたえたことを知って、歓声をあげた。そして、ソナーで海中の気配をうかがっていると、爆雷が炸裂してから二、三分後、異様な音響をとらえることができた。それは、なにかが瞬間的につぶされる鈍い音であった。

その海域の水深は、四、〇〇〇メートル近い。海中にひそんでいた潜水艦は、対潜弾と爆雷によって致命的な損傷を受け、深く海中に沈んでいったにちがいない。

潜水艦が沈下してゆけば、水圧は、それにつれて増大してゆく。艦が水圧に耐える深度は二五〇メートル程度で、それ以上沈んでゆけば、船体は水圧によって破壊される。

「ロビンソン」のソナーがとらえたのは、艦が圧壊した音であった。

その日時にドイツ海軍の潜水艦が撃沈された事実はないので、深海で圧壊した潜水艦が呂号第五百一潜水艦であることは、疑いの余地がない。

沈没位置は、北緯一八度〇八分、西経三三度一三分であった。

乗員と便乗者全員は、艦とともに深海の海底に沈んだが、同時に、噴射推進式飛行機の資料と根木技術大佐の携行した厖大なドイツ潜水艦建造研究書類も失われたのだ。

十八

艦の整備がドイツ海軍工廠員の手でおこなわれている間、伊号第二十九潜水艦の乗組員たちは、交代でベルリンを訪問したりして休養をとっていた。

同艦には、多数の者たちが便乗して日本に帰ることになっていた。すでに出発した呂号第五百一潜水艦は、基準排水量七五〇トン級の小型潜水艦なので便乗者は四名にすぎなかったが、基準排水量二、一九八トンの伊号第二十九潜水艦には、多数の者が便乗を予定されていた。

便乗者は、ドイツ駐在の小野田捨次郎、松井登兵両海軍大佐、安住栄七主計大佐、巖谷英一技術中佐、野間口光雄技術少佐、丹野舜三郎技手、酒井佐敏嘱託、坂戸智海大正大学教授、イタリア駐在の南信一技術大佐、吉田又彦、花岡実業、柴弘人各陸軍中佐、中谷満夫、卯西外次両技師、計十四名。それに、Johannes Barth, Dr. Oscar Benl, Klaus Schufner, Horst Hammitzsch の四名の日本駐在ドイツ大使館付武官補佐官や技師も加わり、総計十八名という多くの者が、伊号第二十九潜水艦で日本へむかうことになった。

この一行中の小野田捨次郎海軍大佐は、前年春に大本営・政府連絡会議の決定で遣独使節団の海軍代表委員としてドイツに派遣され、日独共同作戦の連絡任務についていた。かれは、任務も終ったので、長距離機キ七七に同乗して帰国する予定になっていたが、同機が飛来しなかったので、伊号第二十九潜水艦に便乗することになったのである。

また、松井登兵海軍大佐は、ドイツの電波兵器の調査に専念し、その分野での指導的立場にあった。かれの豊富な知識は、日本海軍の電波兵器研究に多くの資料を提供することは確実で、かれにも伊号第二十九潜水艦に便乗して帰国するよう指令が出されていた。

かれは、出発直前にドイツ海軍の電子関係の責任者であったミューラー大佐から、試作品として二十基しか保有されていなかった波長一・二センチ～一二センチの最新式電波探知機の譲渡を受けることに成功し、伊号第二十九潜水艦に装備した。

また、巖谷英一技術中佐は、航空技術士官として四年前にドイツに派遣されて以来、軍用機の研究に没頭していた。かれは、ドイツの開発した噴射推進式飛行機に注目し、吉川春夫技術中佐とともに、その資料蒐集と知識の吸収につとめていた。吉川が、噴射推進式飛行機Me163型、Me262型戦闘機と機体の設計説明書を手に呂号第五百一潜水艦に乗って日本にむかった後、かれも、同種の資料をたずさえて伊号第二十九潜水艦に便乗し帰国することになっていた。

便乗者の中には民間人もまじっていたが、かれらは、それぞれ重要な帰国任務をもっていた。

酒井佐敏もその一人で、かれは、昭和十一年十一月に大阪の住友合資会社商工課員としてドイツに社命で派遣された。そして、イギリスを除く全ヨーロッパの工業技術の調査に従事し、殊にドイツの最新工業技術の導入につとめていた。

その後、第二次大戦の勃発で、かれは、家族を帰国させ単身ベルリンに残っていたが、会社との連絡も断たれたのでベルリンの海軍武官室嘱託になり、主として製鋼関係の技術調査にあたっていた。

さらに、かれは、吉川春夫、庄司元三両技術中佐とともにイタリアのミラノ市にあるイソタ・フラスキーニ社におもむいた。当時、日本海軍の魚雷艇は、時速五〇キロ弱という劣速で、イソタ・フラスキーニ社製の八〇キロの高速を誇る魚雷艇の技術導入を企てたのだ。

酒井は、主として一基あたり三、四百馬力の大型ガソリンエンジンのクランクシャフトの製造技術の習得につとめ、吉川、庄司両技術中佐とともに設計図その他をトラックに満載し、イタリア降伏後の混乱の中をベルリンに輸送した。

それから一カ月後、かれは、伊号第二十九潜水艦で着任した海軍武官小島秀雄少将に招かれた。小島は、

「私の乗ってきた伊二十九潜で、魚雷艇の資料をたずさえて、至急、帰国して欲しい。ただし、君は民間人だから無理にとは言わぬが、住友合資会社でも帰国を望んでいるという連絡が来ている。ぜひ帰るように」

と、言った。

酒井は諒承したが、潜水艦に便乗することは死の危険にさらされることにも通じるので、封筒に遺書と毛髪を入れて小島武官に託した。また、途中、捕虜になることも予想されたので、自決用の拳銃一梃を交付してもらった。

このように便乗者たちは、それぞれ重要な任務を課せられた者ばかりであったが、艦が撃沈された折に、設計図等が連合国側の手に落ちぬよう錘をつけて海底に沈ませる工夫もしていた。

四月十三日、便乗者は、ベルリンに集結した。

すでに、ドイツ軍はソ連戦線から敗退し、イタリア戦線でも米・英両国軍の強烈な圧迫にあえいでいた。また、首都ベルリンも、イギリス空軍の執拗な爆撃で完全に潰滅し、瓦礫のひろがる廃墟に化していた。残留者も帰国予定者も、ドイツの敗北が時間的な問題であることを十分に察知していた。

その日の夕方、便乗者たちは、車で宿舎からアンハルター駅にむかい、特別仕立ての寝台車に乗って、翌々日の朝、ロリアンに到着した。そして、宿舎で伊号第二十九潜水艦艦長木梨鷹一中佐と引き合わされ、乗艦についての詳細な注意を受けた。

木梨の胸には、二等鉄十字章が光っていた。それは、空母ワスプ撃沈の勲功に対してヒトラーから贈られたものであった。

昭和十九年四月十六日午後八時四十五分、伊号第二十九潜水艦は、ロリアン軍港のブンカー内から湾内に曳き出された。ブンカーの内部では軍艦マーチが奏せられ、残留者やドイツ海軍将兵が、帽子や手をふってその出発を見送った。

艦は、掃海艇七隻の護衛のもとに機雷原を通過し、港外に出た。掃海艇旗艦から訣別の発火信号が送られ、伊号第二十九潜水艦もそれに対して感謝の信号をつたえ、ただちに潜航した。

同艦は、十八名の重要人物と機密兵器の資料を満載して日本への帰途についたのだ。

その夜は無事にすんだが、翌四月十七日には、早くも爆雷の炸裂音におびやかされた。それは、イギリス空軍機から投下される航空爆雷で、日没まで数回は震動した。が、それらはいずれも遠距離で炸裂したもので、被害はなかった。

ビスケー湾は最大の危険海域なので、二十時間以上も潜航することをくり返し、空気は汚濁して炭酸ガスが激増した。便乗者たちは頭痛と嘔吐に苦しみ、身を横たえていた。

艦は、夜間に浮上して充電航走するが、電波探知機にしばしば敵機が感知され急速潜航する。平均速度はわずかに二ノットで、艦は水中を緩い速度で進んだが、その間に爆雷が近距離に投下され、艦内の灯火は明滅した。

ロリアンを出港してから八日目の四月二十三日、ようやく艦は、イギリス半島西北端を通過して大西洋に出たが、その日、頭上を連合国軍の大船団が通過するスクリュー音を聴音機でとらえた。むろん、木梨艦長は、艦を停止させてその通過を待った。

艦は、昼間、水中航走をつづけ、便乗者たちは艦長の指示にしたがって、ほとんど体を動かすこともしなかった。それは、炭酸ガスの排出量を少くするための処置だったが、頭脳を使うことも、炭酸ガスを多く吐き出すことになるので好ましくないとされ、かれらは、読書もせず放心したように寝ころがっているだけだった。

便乗者は、一種の荷物に等しい存在だった。かれらは、乗組員の負担にならぬようにひっそりと時を過した。食事も初めは二食であったが、空気の汚濁で食欲も失せ、いつの間にか一食になっていた。また、排泄物を便所から舷外に送り出す手動ポンプの操作も厄介で、便所は汚物があふれることも多く、かれらは、例外なく便秘を起していた。

四月二十四日、往路で敵機に探照灯の照射を浴びて神尾上等兵曹を失った位置に達した。木梨艦長は、神尾の霊を慰めるため艦尾の一室に祭壇を飾り、便乗者の坂戸智海大正大学教授に回向《えこう》を依頼した。

しかし、酸素不足のため坂戸の読経もあえぎがちで、かれは、肩を激しく波打たせていた。

その夜も、充電のため浮上する度に、敵機又は敵艦のレーダーが発する電波が電波探知機に感知され、また、近くで吊光弾*が舞い上るなど絶えず危険にさらされた。

アゾレス諸島附近では、再び敵大船団の通過するおびただしいスクリュー音が水中聴音機でとらえられ、艦は、海底深くもぐって停止した。

その後も爆雷攻撃にしばしば遭遇したが、危険も徐々に去って、昼間も短時間水上航走できるようになった。

ロリアンを出港してから一カ月後の五月十六日、ドイツ駐在日本大使館付海軍武官から、

「サツキ二号（呂号第五百一潜水艦の秘匿名）ヨリ当方宛ノ無電ニヨレバ、同艦ハ敵ノ猛烈ナル制圧ヲ受ケタル由、厳重警戒ヲ望ム」

という暗号電報が入った。

木梨艦長は、乗員にその電報内容をつたえて、一層警戒を厳にするよう命じた。

十日前には、艦内ラジオにベルリン放送がとらえられ、連合艦隊司令長官古賀峯一大将の戦死を知り、また、その日にはイタリア戦線でドイツ軍の敗北がつたえられて、艦内には沈痛な空気がひろがった。

赤道が近づくにつれて、艦内の暑熱と湿気は日増しにたかまり、蒸風呂に入っているような

状態になった。

六月二日、赤道を通過しアセンション島沖に針路を定めた。暑熱は一層激しく、艦内の者たちは肩を喘がせ汗を流していた。

六月七日、艦は、南緯一〇度四二分、西経二四度三〇分の位置まで南下した。その日、艦内ラジオは、ヨーロッパ戦線に大変化が起ったことを告げていた。

前日の朝、米英連合軍の千隻におよぶ船舶が、航空機、艦艇群の援護のもとにフランス北部のノルマンディーに殺到し、多数の上陸用舟艇を放って大規模な上陸作戦を開始した。

ドイツ軍は、連合国軍の上陸作戦にそなえて大軍を配置していたが、連合国軍は最新装備の大兵力をこの地に集中し、約一万一千機にもおよぶ航空機を動員して完全に制空権を確保、艦艇群も猛烈な艦砲射撃を浴びせかけて、大部隊の揚陸を支援した。また、落下傘部隊と空挺師団もドイツ軍の後方に降下し、連合国軍は、その地に堅固な*橋頭堡《きょうとうほ》を確保したという。

ラジオから流れ出るアナウンサーの声はうわずっていて、ドイツが重大な危機にさらされていることをつたえていた。艦内の便乗者たちは、沈鬱な表情でドイツの敗北が迫っていることをさとり、ヨーロッパに残留している同僚たちの身を案じた。

翌々日、木梨艦長は、ロリアン出港後初めてドイツ駐在の小島海軍武官宛に、「無事航行中」である旨の暗号電文を打電した。当然、その無電は、アセンション、セントヘレナ両島におか

吊光弾　目標を照射するために投下、または打ち上げられる弾丸。照明弾。
橋頭堡　上陸作戦の際、上陸地点に確保し、その後の作戦の足場とする陣地。

れたイギリス空軍基地で傍受され、イギリス機が、無電発信位置に殺到してくることが予想された。

そのため、木梨は、艦を転針させて高速でその位置からはなれ、航路を大きく迂回し、浮上・潜航をくり返しながら、喜望峰沖にむかって進んだ。

翌々日の六月十一日、艦の受信機は、附近を航行中の日本潜水艦からドイツ駐在海軍武官宛に発する暗号電報を傍受した。その潜水艦は、伊号第五十二潜水艦で「樅《もみ》」と秘称されていた。同艦の艦長は宇野亀雄中佐で、伊号第二十九潜水艦がロリアンを出発してから一週間後の四月二十三日にシンガポールを出港、ドイツにむかっていた第五便の遣独潜水艦であった。

同艦の無電発信位置は近く、伊号第二十九潜水艦とすれちがう形をとっている。すでにフランスのノルマンディーに連合国軍の大上陸作戦が開始されているヨーロッパにむかう伊号第五十二潜水艦の前途には、大きな危険が待ちかまえていることは確実だった。

木梨艦長は、宇野艦長とも親しい間柄であったので、艦の安全を祈るように瞑目《めいもく》した。

また、米軍のサイパン島上陸もラジオ放送で聴取され、戦局の緊迫化が、艦内の者たちの表情をこわばらせていた。

セントヘレナ島沖を通過後、夜明けと夕刻に一時間ずつ水上航走をおこない、便乗者も、一名ずつ交代で艦橋上に出ることを許された。それまで艦内にとじこめられていたかれらは、二カ月ぶりに眼にする陽光を浴び新鮮な空気を吸った。

六月十七日午後、伊号第二十九潜水艦は、喜望峰の西方約六〇〇浬の位置に達し、南東に針路を向けた。その海域は荒天状態がつづいていて、艦は、激浪にもまれ激しく動揺した。

暑熱はうすらぎ、逆に寒気が襲ってきた。

六月二十一日午前九時、喜望峰の真南にあたる沖合を迂回し、インド洋に入った。艦内にはりつめていた緊迫感もやわらぎ、艦長からも、シンガポール到着が七月十四日の予定であると発表された。

しかし、木梨艦長の顔には暗い表情がかげっていた。艦内に重病人が横臥していたからであった。

病者は高尾春一上等兵曹で、ロリアン出港後、黄疸《おうだん》が日増しに悪化し、危険な状態にあった。木梨は、往路で神尾上等兵曹を失い、復路でまたも犠牲者を出すことに堪えられなかった。

木梨は、しばしば高尾上等兵曹を見舞い、

「シンガポールに着けば、病院で治療を受けることができる。それまで頑張るのだ」

と、はげましていた。艦内には、治療に必要な器具も薬品も一応備えつけられてはいたが、それはむろん不十分なもので、高尾の容体が危ぶまれた。

軍医長大川彰軍医中尉は、中田正二等衛生兵曹とともに高尾の治療に専念した。

高尾は、体格がよく頑健だったが、むくみが激しく顔は青黄色く変化していた。かれは、熱心に看護する大川と中田にしきりに礼を言っていた。

六月二十九日の朝、高尾の容体が急変した。呼吸が荒く、意識が混濁しはじめた。

大川軍医長が駈けつけ、診断した結果、気管が圧迫されて呼吸困難におちいっていることが判明した。大川は、気管を切開すべきだと考え、手術の準備をはじめ、魚雷発射管室の台の上に高尾上等兵曹の体を横たえた。

海上は荒れていて艦の動揺がはげしく手術には適さないので、艦長に潜航を依頼した。木梨は、ただちに「潜航」を命じ、艦は海中深く身を沈めた。艦の動揺は消え、艦長、先任将校らの見守る中で手術が開始された。

大川軍医長の手にしたメスが高尾の咽喉骨の近くを切開すると、血と唾液状のものがあたりに散った。工作兵の作った銅パイプを挿入して縫合したが、高尾の呼吸は荒くなるばかりで、脈搏も弱くなった。

同僚たちは、

「高尾上等兵曹、あと二週間でシンガポールにつく。頑張って生きろ、生きろ」

と、口々に声をかけた。

しかし、高尾の意識は恢復せず、一時間後には呼吸も停止し、脈搏も絶えた。かれを見守る者たちの眼に涙が光り、艦内にかれの死がつたえられた。

高尾の体は拭い清められ、真新しいケンバスの袋におさめられて軍艦旗でおおわれた。遺体が発射管室に設けられた祭壇に安置され、その夜は、坂戸教授の読経でおごそかに通夜がおこなわれた。

翌日は、快晴で海上もおだやかだった。高尾の遺体が、同僚の手で丁重に艦上に運び上げられた。艦上には、木梨艦長以下約十名が整列し、高尾の遺体に眼を注いでいた。

ケンバスに錘がつけられ、舷側に運ばれた。

「気ヲツケ」のラッパが鳴り、木梨らは挙手した。

軍艦旗につつまれた遺体が、同僚たちの手で海面に水しぶきをあげて落された。

海水は澄みきっていて、軍艦旗につつまれた遺体の沈下してゆくのが鮮明に見え、それもやがて紺青の色の中にとけこんでいった。

艦は、高尾の死を悼《いた》んで遺体投下位置をゆっくりと一周し、針路を北東に向けた。

艦は、順調にインド洋を横切りスマトラ島に近づいた。七月五日、士官と便乗者に初めて体を洗う湯が石油缶一杯ずつ与えられた。かれらは、ロリアン出港後、一度も顔を洗う水も提供されていなかったのだ。

しかし、体に湯をかけると全身を厚くおおう垢がふやけて果しなく湧き、石油缶一杯の湯では到底それを落すことができず、逆に体は、よじれた垢におおわれた。

七月十二日、艦はスンダ海峡入口に到達し、出迎えの駆潜艇の嚮導を受けて海峡に入った。頭上には一式陸上攻撃機も飛来し、艦は、それらに護衛されてシンガポールにむかった。

翌々日の午後零時五十五分、艦は、シンガポール軍港に投錨した。ロリアンを出港以来、八十九日間を要して一五、一〇〇浬の洋上を突破することに成功したのだ。

艦長木梨鷹一中佐は、第十特別根拠地隊司令部へ挨拶におもむいた。かれの顔には、大任を果した歓喜の色があふれていた。

しかし、シンガポールの空気は、戦局が極度に悪化していることをしめしていた。

シンガポールに帰港した翌々日には、サイパン島の玉砕がつたえられ、マリアナ沖海戦で日本は事実上制海権を失っていた。シンガポール軍港には、わずかに重巡一隻が姿をみせているだけで、前年の十二月十六日にシンガポールを出港してから七カ月の間に、情勢は大きく変化していた。

伊号第二十九潜水艦の便乗者は、全員、退艦した。最も機密度の高い設計図等もおろされ、他の資料、器材等は艦に載せて内地に送りとどけることになった。

便乗者たちは、それらの設計図等を携行して七月十八日、飛行機で東京へむかった。

伊号第二十九潜水艦は、大航海の間に起った故障個所の整備につとめた。その間、第十特別根拠地隊司令部からの依頼で、水雷学校、砲術学校への入学予定者や、内地に転属命令の出ている下士官兵約十名が便乗して内地へ帰ることになった。ドイツへ派遣された潜水艦のうち、呉に帰港できたのは第二便の伊号第八潜水艦のみで、伊号第二十九潜水艦もそれにつぐ成果をおさめることが期待された。

艦の整備もすべて完了した七月二十二日朝、便乗する下士官兵が乗艦してきた。

午前八時、伊号第二十九潜水艦は、軍艦旗をかかげてシンガポールを出港、針路を北東に定めた。海上はしけていたが、艦は水上を航走してボルネオ海を進みアナンバス諸島附近を通過し、ナンシャー群島方面にむかった。その島影を左舷方向に見て北々東に航進をつづけ、ルソン島西方洋上に達した。

七月二十五日の朝を迎えた。

波浪のうねりは依然として高く、艦は増速して航走をつづけていたが、午前八時三十分頃、突然、見張り員から、

「敵潜発見」

の緊急報告があった。

木梨艦長は、艦に積載されている機密兵器の資料を呉に送りとどける任務を課せられていたので、

「両舷停止、潜航急げ」

と、命じた。

艦は、交戦を避けて急速潜航し、あわただしくその海域から離脱した。そして、約三時間潜航をつづけた後に浮上したが、海面に異常はなく、木梨は、

「ワレ敵ノ浮上潜水艦ヲ認メタリ」

と、打電報告した。

艦内には、呉帰投後の休暇などの話題もひろがり、空気は華やいでいた。ドイツへの大航海を果した乗員たちは、内地帰投を目前に喜びにひたっていた。

その夜、ルソン島西北端沖合を通過、翌朝、バリンタン海峡入口に達した。台湾は近く、艦内の空気は一層明るんだ。

その日、艦はバリンタン海峡を東方に進んだ。

午後四時、恩田耕輔上等兵曹は、山田孝治一等兵曹とともに見張りを交代した。恩田は左舷、山田は右舷見張り員となって艦橋に立った。前任の見張り員からは、

「間もなく水道を出るが、それからは之字運動を開始する予定」

という申し継ぎがあった。艦は水道を出る直前で、之字運動をおこなっていなかった。

恩田は海面を監視していたが、午後四時十五分頃、右舷見張り員の山田一曹が不意に、

「魚雷！」

と、甲高い叫び声をあげた。恩田は、その声に右舷を見ると、青澄んだ海面を四本の魚雷の航跡が白い筋をひいて直進してくるのが見えた。しかも、その雷跡は艦の近くに迫っている。

艦橋に立っていた航海長大谷英夫大尉が、

「両舷前進全速、オモカジ一杯*」

と、叫んだ。

が、その直後、轟音とともに艦は激しく震動し、水柱が高々と立ちのぼった。魚雷命中個所は艦の前部で、たちまち、破壊された部分から海水が流入した。

艦は、第一戦速で航進中であったので、海底にむかって突進するように沈下してゆき、スクリューは回転しつづけていた。その沈没は、瞬時のことであった。

その海域に待ち受けていたのは、三隻のアメリカ潜水艦であった。

攻撃行動を起したのは、「Sawfish (SS 276)」(基準排水量一、五五〇トン)と「Tilefish (SS 307)」で、「Sawfish」の艦長A. B. Banister少佐は魚雷四本の発射を命じ、その中の三本が、伊号第二十九潜水艦に命中するのを認めた。「Tilefish」は、襲撃運動を起しはじめていて、また他の「Rock (SS 274)」は、魚雷命中の水柱が舞い上るのを確認した。

ドイツへの往復に成功した伊号第二十九潜水艦は、内地帰投を目前に三隻のアメリカ潜水艦の待伏せを受けて轟沈してしまった。

恩田上等兵曹は、魚雷命中の衝撃を受けて艦橋の望遠鏡にしがみついた。が、艦がたちまち前方へのめりこむように沈んでゆくので、かれの体も海中にまきこまれた。

体が、渦にのまれて激しく回転する。伊号第二十九潜水艦の二九を乗員たちは不朽《ふきゅう》ともじっ

て艦に深い信頼感を寄せていたが、かれは海中で、

「不朽艦もだめだったのか、情ないなあ」

と、つぶやいた。

かれは、死ぬと思った。体が海中深く沈んで息が苦しく、意識がかすんできた。が、そのうちに体の回転がやむと、上方が明るくみえてきた。

かれは、不思議に思って必死に水をかくと、頭が海面から突き出た。助かったとかれは思ったが、海面には重油があふれていて、それが眼に入りよく見えない。

かれは、あてもなく泳ぎ出した。海上に敵潜水艦の姿はなかったが、潜航しているらしくジーゼルエンジンの音が身近にきこえた。

「オーイ、オーイ」

と、人を呼ぶ声がした。かれがその声の方向に泳いでゆくと、波のうねりの中に航海長大谷英夫大尉と掌水雷長山下恒雄少尉が泳いでいるのを眼にした。

三人は、一個所に集った。

「恩田、やられたなあ」

大谷が嘆いた。

「残念ですな、航海長」

山下が、大谷に言った。かれらの顔も肩も手も、重油で黒く光っていた。

オモカジ　面舵。船首を右へ向けること。また、その際の舵の取り方。

かれらは、口々に「オーイ、オーイ」と声をかけて海面をさぐったが、生存者の姿はない。恩田は、あらためて被害の甚大さに慄然《りつぜん》とした。

名艦長と言われた木梨鷹一中佐、先任将校岡田文夫大尉、機関長田口博大尉、砲術長水門稔中尉、軍医長大川彰中尉、機械長松森仙之助少尉をはじめ、百四名の乗員と約十名の便乗者が艦とともに海中に没してしまったのだ。

「われわれ三人だけが生残ったのか」

大谷大尉は、海上を未練げに見まわしながら呟いた。

「あの島まで泳いでゆこう。司令部に沈没状況を報告しなければならない」

大谷大尉は言うと、遠い島影にむかって泳ぎはじめた。

大谷は、海軍兵学校出身者でむろん泳ぎが巧みで、また、山下少尉も呉鎮守府の競泳大会の選手であった。その二人にくらべると恩田は泳ぎが下手で、自然にかれらからおくれがちであった。

恩田は疲労して、

「航海長、先へ行って下さい」

と、あえぎながら頼んだが、大谷は、

「なにを言うか。元気を出せ」

と、励まし、身を寄せてくる。山下少尉も立泳ぎをして、恩田のくるのを待っていた。

日が傾き、海上に、風が激しく吹きつけ、白波が立ちはじめた。そのうちに夕闇がひろがって、波の谷間に入ると大谷らの姿を見ることができなくなった。

恩田は、疲労とたたかいながら泳いでいたが不安になって、

「オーイ、オーイ」

と、声をあげてみた。

しかし、それに対する応答はなく、かれは、大谷らとはぐれてしまったことに気づいた。

かれの体に、重苦しい疲労が湧いた。手足の感覚は失われ、体が沈む。余りの苦しさに、自ら死を選ぼうと身を沈めてみたが、息苦しさに堪えきれず、もがいて浮き上る。

そのうちに、幻影がかれを襲いはじめた。白い船が進んでくる。かれは、声をあげて船を追うが、船にはなかなか近づけない。霞んだ意識の中で、かれは泳ぎつづけた。

夜が明けた頃、眼前にせまい砂浜を見た。かれは、岸に這い上るとそのまま意識を失った。気づいてみると、砂浜に突っ伏し、下半身が波に洗われている。顔に重油がこびりついて、火傷《やけど》を負ったように激しく痛んだ。

かれは、砂浜を這って、岩のくぼみにたまった雨水で眼を洗い、咽喉をうるおした。水を飲んだことで幾分元気をとりもどし、砂浜を歩きまわった。かれは、泳ぎの上手な大谷大尉と山下少尉が先に島へ泳ぎついているにちがいないと思い、断崖をよじのぼり、小さな島を見まわしてみたが、人影を見出すことはできなかった。

午前十時頃、日の丸をつけた四発の飛行艇が爆音をあげて飛来するのが見えた。かれは、手をふり声をあげたが、飛行艇はそのまま去った。

かれは、岩陰にもぐりこんで休息をとった。食欲はなく体の感覚も麻痺し、いつの間にか仮睡していた。

午後三時頃、再び爆音がしたので砂浜に這い出し、波打ちぎわに寄せられていた竹にシャツを結びつけて振ってみた。が、一式陸上攻撃機は、気づかぬように飛び去っていった。

日没が、やってきた。かれは、崖に生えた草をむしって岩陰に集め、その上に身を横たえた。沖からは海鳴りがきこえ、断崖に波のくだける音が夜気をふるわせている。かれは眼を閉じたが、夢が果しなくかれを訪れた。

「班長」

という声がする。茨木重信上水*が、カルピスを飲め、とコップを差し出している。かれがコップに口をつけようとすると、眠りからさめた。

再びうとうとすると、鈴木恒治水兵長が、

「班長、これを食べて下さい」

と、握り飯をさし出す。それも、夢であった。

寝苦しい夜が、明けた。空腹感と咽喉の渇きに、頭が狂いそうだった。

かれは、二キロほどはなれた場所に椰子《やし》の繁る島が浮んでいるのに気づいた。この無人島では餓死するにちがいないし、あの島には大谷大尉と山下少尉がいるかも知れないと思った。

かれは、波打ちぎわに寄せられた孟宗竹をかかえると島にむかって泳ぎ出した。そして、島に近づいた頃、二人の男が犬を連れて海岸を歩いているのが眼に映じた。

かれは、大谷大尉と山下少尉のように思えて、

「オーイ」

と、かすれた声をあげた。

男が歩みをとめ、こちらを見た。恩田は、竹をはなすとその方向に泳いだ。

一人の男が、珊瑚礁をふんで近づいてくると、笑いながら手をさしのべた。それは、十五、六歳のフィリピンの少年で、かれを珊瑚礁の上に引き上げてくれた。

海岸に立っていたのは少年の父親で、手にしていた椰子の実の水を飲むようにさし出し、バナナも手渡してくれた。椰子の実の液はうまかったが、バナナはなぜか食べる気になれなかった。

恩田上等兵曹は、

「近くに日本海軍の部隊はいないか」

と、手ぶりで問うた。

男は、その意味がつかめたらしく、先に立って歩き出し、小さな丘陵を越えると、数戸の家がある部落に導いた。

男の家族は、芋をさし出し、風呂も沸してくれた。

男は、部落長のもとに案内すると言って恩田を船に乗せると、沖合に漕ぎ出した。そこには数十隻の漁船が漁の最中で、五十四、五歳の男が指揮をとっていた。それが部落長らしく、男の説明にうなずくと、船で二百戸ぐらいの家がある部落に恩田を連れて行った。そして、かれの家で恩田に休息をとらせた後、漁船で海軍の哨戒艇に連れて行ってくれた。

その後、恩田上等兵曹は、治療を受けてから台湾の高雄におもむき、商船で佐世保に運ばれ、列車で呉鎮守府に移された。

上水　「上等水兵」の略。旧日本海軍の階級の一つ。水兵長の下、一等水兵の上に位置する。

かれは、第六艦隊司令部で厳しい訊問を受け、伊号第二十九潜水艦の沈没について口外することをかたく禁じられた。

その後、大谷大尉、山下少尉の捜索がおこなわれたが、生存は確認できず、遺体も発見することができなかった。

結局、同艦の生存者は恩田耕輔上等兵曹ただ一人で、他は全員が戦死したのである。

伊号第二十九潜水艦は七月三十日呉入港予定であったが、艦影を見ることはできず、第六艦隊司令部では軍令部にも報告、その消息を探っていた。遭難の第一報が入ったのは八月六日で、高雄警備府参謀長から、

「同艦ハ七月二十六日一六一五、北緯二〇度一〇分、東経一二一度五五分ニ於テ敵潜水艦ノ雷撃二本（米潜艦長ノ報告ハ三本）ヲ受ケテ沈没セリ。当時艦橋ニ在リシ同艦乗組海軍上等兵曹恩田耕輔（呉*志水一七四七九）ハ七月二十八日一二〇〇サブタン島ニ泳ギツキ、バスコ防備隊ニ報告セラルヲ以テ、第八鶴丸ハ直チニ出動遭難地点ヲ隈ナク掃蕩捜索セルモ手掛カリナシ……」

という通報を受けた。

その結果、九月三十日、第六艦隊司令長官三輪茂義中将は、恩田耕輔上等兵曹を除く全員を戦死と認定した。

また、抜群の戦歴をもつ木梨鷹一中佐は、異例の二階級特進によって海軍少将に任ぜられ、その戦死は連合艦隊司令長官から全軍に布告された。

聯合艦隊布告

伊号第二十九潜水艦長
海軍中佐　木梨鷹一
昭和十六年十二月八日開戦以来伊号第六十二潜水艦長として、英領ボルネオ攻略作戦及びジャバ海、印度洋方面交通破壊戦に従事し、次で昭和十七年八月以降伊号第十九潜水艦長として南太平洋方面作戦に従事す。此の間ソロモン諸島及び其の南東海域に於ける作戦において航空母艦ワスプを撃沈したるほか大型船七隻を撃沈するとともに、要地偵察、哨戒監視、作戦輸送、敵水上機基地の砲撃等に於て多大の戦果を収めたり。昭和十八年九月伊号第二十九潜水艦長に補せられ、特別任務を帯びて欧洲に行動し、其の帰途敵の攻撃を受け壮烈なる戦死を遂げたり。
其の戦闘に臨むや沈着大胆、積極的にして武人の範とするに足るべく其武功抜群なり。
依て茲《ここ》に其殊勲を認め全軍に布告す
昭和二十年四月二十五日
聯合艦隊司令長官
豊田副武

同艦は、多くの人命とともに海底に没し、積載されていた機密兵器の関係図書も失われたが、便乗者によって機密度の高い資料は東京に送りとどけられた。その中には、巌谷英一技術中佐

呉志水一七四七九　旧日本海軍の兵籍番号で、「呉志水」は、呉鎮守府所属、志願兵、水兵、の意。

の携行した噴射推進式飛行機Me262、Me163型戦闘機の設計関係資料も含まれていた。

その後、この資料をもとに、防空戦闘機「秋水」と特殊攻撃機「橘花《きっか》」が試作され、特攻機「桜花」も製作された。

しかし、「秋水」も「橘花」も試験飛行でともに大破し、「桜花」のみが、わずかに実戦に使用されたにとどまったのである。

十九

昭和十九年六月六日、ノルマンディー海岸の上陸に成功した英米連合軍は、たちまち橋頭堡を確保し、圧倒的に優勢な空軍力を駆使して占領地の拡大につとめていた。

これに対して、ドイツ軍は、兵力の集結につとめ、精鋭を誇る機甲師団を投入して反撃を開始した。それは、かなりの効果をしめして、連合国軍は、六月中旬をすぎても強固なドイツ軍陣地を突破することができなかった。

しかし、東部戦線の戦況は、ドイツ軍にとって不利なものになっていた。六月二十日、それまで膠着《こうちゃく》状態を保っていた東部戦線で、ソ連軍は、大規模な夏季攻勢に着手した。そして、数日後には、ドイツ最強の中央軍団を四散させ、七月四日にはポーランド東部国境を越えて東プロイセンになだれこんだ。

また、それと呼応するように、ノルマンディー上陸の英米連合軍の動きも活溌化した。つまり、ドイツ軍は、イタリア戦線をふくむ三方面から激しい重圧を受けることになったのだ。

そうした重大化した時期に、伊号第五十二潜水艦が、大航海をへてドイツに近づいてきていた。

同艦のドイツ派遣については、前便伊号第二十九潜水艦が日本からドイツに出発した頃、すでに決定していた。

その潜水艦は、前年の昭和十八年十二月八日に呉海軍工廠で竣工したばかりの新造艦であった。艦の性能としては、特に航続力が大であったので、ドイツへ派遣するのに適していた。艦長宇野亀雄中佐は、開戦以来、伊号第七十五潜水艦長として多くの戦果をあげ、その豊かな戦歴を買われて海軍潜水学校教官に任ぜられ、さらに、伊号第五十二潜水艦の艦長に着任したのである。

同艦のドイツ派遣については、海軍部内でも、その成功を危ぶむ声が高かった。ヨーロッパ戦線の戦況は日増しに悪化していて、ドイツに到着するまでの海域は、英米連合軍によって制圧され、危険度は急激に増してきていた。

また、ドイツ駐在海軍武官小島秀雄少将も、同艦の出発を再考すべきではないかという意見具申を、暗号電報によって海軍省に発していた。小島は、伊号第二十九潜水艦で無事ロリアンに到着したが、航海中しばしば爆雷攻撃にさらされて、その航海が容易でないことを知っていたのだ。

しかし、日本海軍は、そうした危険を予測しながらも、伊号第五十二潜水艦をドイツに派遣しなければならなかった。

太平洋方面の米軍の総反攻は激化の一途をたどっていて、日本陸海軍は、必死の抵抗を試みながらも後退を余儀なくされていた。それは、米軍の豊富な物量攻勢に圧倒された結果であったが、同時に、米軍の新兵器の駆使に大きな痛手をこうむっていたからでもあった。

殊に日米両軍のレーダー技術の差は大きく、日本海軍は、その電波兵器の脅威にさらされていた。日本の技術者たちも全力を傾けて研究実験につとめていたが、その部門の後進性を恢復することは絶望的であった。

日本海軍の唯一の期待は、ドイツの電波兵器技術の導入であった。そのため、日本から潜水艦をドイツに派遣して電波探知機を譲り受け、レーダー関係の設計図等を日本に運びこむことにつとめていた。が、日本とドイツを往復する間に電波兵器は進歩していて、ようやく入手した電波兵器も、すでに旧式の兵器にすぎなくなっていた。このような事情から日本海軍としては、潜水艦を頻繁に派遣して、レーダーをはじめドイツの機密兵器技術を導入しなければならぬ立場に追いこまれていた。

結局、軍令部は、危険を十分予想しながらも、伊号第五十二潜水艦を出発させなければならなかった。

同艦は、呉工廠で艤装《ぎそう》を終えた後、瀬戸内海で訓練を反復し、ドイツへ出発する準備をととのえ、まず、呉軍港で金の延棒二トンを艦内に積みこんだ。それは、機密兵器の入手に要する費用とヨーロッパ駐在員の一般活動費にあてられるものであった。

三月末日、艦は、ひそかに呉軍港を出港し、途中、訓練をつづけながら南下してシンガポールに入港した。乗員は、宇野艦長以下水雷長箱山徳太郎、航海長荒井政俊両大尉、機関長松浦慎一少佐、通信長松薗正信、機関長付田井亥一郎両中尉ら約百名であった。

また、同艦には、多くの技術者が便乗することになっていた。それらの大半は民間会社の一流技術者たちで、ドイツの機密兵器技術の習得と日本への導入をはかるため派遣されたものであった。

便乗者の水野一郎は日本光学工業の所属で対空射撃用高射装置を、富士電機の岡田誠一は対空機銃射撃装置を、東京計器の荻野市太郎は対空射撃用安定装置のジャイロ関係を、愛知時計電機の請井保治は射撃盤関係をそれぞれ担当し、永尾政宣技師とともに艦政本部嘱託に任ぜられていた。

また、藁谷武、蒲生郷信は三菱機器の技師で、艦政本部の依頼を受けて魚雷艇の技術導入を目的としていた。藁谷、蒲生両技師は、前々便の伊号第三十四潜水艦で小島秀雄少将らとドイツへおもむく予定であったが、同艦の沈没によって出発がおくれていたのである。

その他、軍令部嘱託森脇富爾夫、海軍技師前田敏と、暗号員の須永忠正、横山良一、熊本政敏、清田吉太郎、奥竹秀孝が海軍書記として九四式暗号機を携帯し便乗していた。

シンガポールでは、ドイツ海軍に贈る錫、タングステン、生ゴム等の南方資源が積みこまれ、燃料を満載して四月二十三日に同港を出発した。

艦は、スンダ海峡を経てインド洋に入り、厳重な無線封止をおこないながら喜望峰沖合を大迂回し、大西洋に入った。その頃、英米連合軍は、ノルマンディー上陸作戦の準備を着々と進めていた。


ドイツ駐在の日本大使館付海軍武官室には、緊迫した空気がみちていた。

三月三十日に、ドイツから譲渡された呂号第五百一潜水艦（U1224号）がキール軍港を出発して日本へむかったのにつづいて、四月十六日には、伊号第二十九潜水艦がロリアンから帰国の途についた。

武官室では、これら二艦の航進に不安をいだいていたが、さらに、日本の軍令部から伊号第五十二潜水艦が四月二十三日にシンガポールを出港したという暗号電報が入った。つまり、三隻の潜水艦が、日本とドイツ間を往来することになったのだ。

海軍武官室には、武官小島秀雄少将のもとに首席補佐官渓口泰麿中佐、補佐官豊田隈雄中佐（航空関係）、同藤村義朗中佐が配置され、小島らは、三隻の潜水艦の動きを追っていた。

そうした中で、まず、呂号第五百一潜水艦が消息を断ち、その後、諸情報を分析した結果、撃沈されたことが確実になった。武官室では、東洋へむかった伊号第二十九潜水艦の航行を注目していたが、同艦が大西洋を突破、喜望峰をまわって七月十四日に無事シンガポールに入港したことを知った。

小島らは安堵し、専らドイツへむかって進んでくる伊号第五十二潜水艦の動きを追った。同艦からは、喜望峰沖を迂回して大西洋に入った折に、

「無事航行中」

の無電が打電されてきていた。しかし、同艦がアフリカ大陸西方の大西洋上を北上中に、ヨーロッパ戦線は、その様相を一変していた。

英米連合軍はドイツ軍を圧倒して、六月六日には制海・空権を掌握した後にノルマンディー海岸に上陸作戦を敢行し、その一角を占領した。

伊号第五十二潜水艦の到着予定地は旧フランス領のロリアンで、八月一日に入港予定であった。が、ロリアンは、連合国軍の上陸したノルマンディー海岸から近く、到着予定日まで同軍

港をドイツ軍が確保できるか否か危ぶまれていた。つまり、伊号第五十二潜水艦は、大航海をへてヨーロッパに近づいてきているが、入港できる港を得る期待は薄くなっていたのだ。

首席補佐官渓口泰麿大佐（五月一日付中佐より昇進）は、同艦をドイツ占領下の軍港に収容するため全力を傾けていた。

かれは、ドイツ海軍と連絡をとって、ドイツ潜水艦をアゾレス諸島北方約六〇〇浬の洋上に派遣してもらった。そして、伊号第五十二潜水艦に、独潜との会合位置と日時を特殊な暗号電文でつたえた。

会合日は、六月二十三日で、その日に伊号第五十二潜水艦から、

「ワレ独潜トノ会合ニ成功ス」

という無電を受けた。

武官室の空気は、明るんだ。ドイツ潜水艦から連絡士官が移乗したはずだし、伊号第五十二潜水艦が、ドイツ海軍士官の指示を受けてロリアン軍港にむかうことを期待した。

しかし、同艦の進む海域には、連合国軍のおびただしい航空機、艦艇が往き交い、たとえ海中深く潜航しても、鋭敏な連合国軍側のソナーに探知され爆雷攻撃を受けることが予想された。

渓口大佐は、小島武官の命を受けてドイツ海軍側と折衝をくり返し、初めの予定通り、伊号第五十二潜水艦をロリアンに入港させることを決定し、第二の会合点をロリアン沖と定めた。

同港の港外には、水深一〇〇メートル以下の海域にイギリス側の敷設した機雷がひしめいていた。もしも、その海域を潜航したまま入港すれば、たちまち機雷にかかってしまう。そうした事態を避けるため、水深一〇〇メートル以上の沖合で浮上し、頭上に直衛戦闘機を配し、進路方

向に機雷突破船を進ませて、一気に水上航走のままロリアン軍港に入りこむ方策がたてられた。

渓口は、伊号第五十二潜水艦に対して、ロリアン沖の会合位置をX点として指示し、X点到着二十四時間前に諒解の旨の発信をおこなうよう無電でつたえた。

その間、伊号第五十二潜水艦からはなんの発信もなかった。それは、連合国軍側に無電の電波を傍受されて位置をさとられることをおそれたための処置で、同艦が、ひそかに無線封止のままロリアン沖の会合点にむかっていると推定された。

小島海軍武官は、到着予定日が近づいたので、出迎えの者をロリアン軍港に派遣するよう指示した。また、同艦に便乗している民間会社の技師たちの受け入れには、ベルリンに駐在していた三井物産社員小寺五郎、三菱商事社員可児《かに》孝夫、富士電機社員神谷巷の三名があたり、宿舎の準備もすすめられた。

七月二十一日早朝、伊号第五十二潜水艦を出迎える者たちが、ベルリンのアンハルター駅に集合した。一行は、補佐官藤村義朗中佐を長に、在独二十五年の海軍嘱託酒井直衛が連絡事務所長として同山本芳男嘱託とともに派遣され、ドイツ側からは、海軍省副官フォン・クロージック少佐と日本語に堪能なコッホ少尉が加わった。また、伊号第五十二潜水艦に積載予定の機密兵器の図書や部品等も携行するので、ドイツに監督官として駐在していた造船の友永英夫、航空機の永盛義夫、電波兵器の田丸直吉各技術少佐が同行していた。

かれらの出発は、多くの危険を覚悟しなければならなかった。ノルマンディーに上陸した連合国軍は、日増しに兵力の増強につとめていて、ドイツ機甲軍団の守護する戦線を一気に突破して急進撃する態勢をかためていた。その最前線に近いロリアン軍港におもむくことは、敵中に入りこむことにも等しかった。

小島武官は、戦況が悪化したらただちに引返すよう指示し、かれらも、ひそかに遺書をしたためて各々の宿舎を出発した。

やがて、パリ行きの列車がフォームに入ってきて、全員が客車に入ったが、かれらの顔には、一様に不審そうな表情がうかんでいた。

ベルリンの市内の空気が、異様なのだ。かれらは車で駅に来たが、その途中、ドイツの戦車がキャタピラの音をとどろかせて走り廻り、武装した兵が随所に立哨している。戦局は悪化しているが、戦線は遠く、ベルリンが危機に瀕しているとは思えなかった。そうしたかれらの表情に気づいたのか、フォン・クロージック少佐が、

「実は……」

と言って、意外な事件が発生したことを口にした。

前日の七月二十日、ヒトラー総統は、軍首脳者と会議室で作戦会議をひらいていたが、午後零時四十二分、突然、机の下におかれた書類鞄の中の時限爆弾が炸裂した。たちまち室内は破壊され、煙と炎がひろがった。その爆発によって四名が死亡、室内にいたものは全員、重軽傷を負った。

ヒトラー総統も傷を負ったが、奇蹟的にも死をまぬがれ、衣服は裂け、顔は煤《すす》におおわれ、肩を支えられて運び出された。

この爆発事故は、ヒトラー総統の失脚をねがうフォン・ヴィッツレーベン元帥を首謀者とする叛乱将校の企てたもので、その日のうちに陰謀は露顕し、鎮圧されたという。

藤村らは暗澹とした思いで、その暗殺事件をきいていた。ドイツ軍の劣勢がつたえられる中で、軍の内部にも破綻が生じていることを知った。

列車は発車し、一行は、その日のうちにパリにあるフランス駐在の日本海軍事務所に入り、ドイツ軍からの伊号第五十二潜水艦に関する情報を待った。

ベルリンの海軍武官室でも、同艦の消息に神経を集中させていたが、危険を告げる緊急信も発せられてこなかったので、同艦が、ロリアン沖にむかって航行中であると推測し、パリに滞在している藤村中佐らに、ロリアンへの出発を命じた。

かれらのために、トラック、バス各一台がドイツ海軍の手によって準備された。トラックには、ベルリンから携行した機密図書等が積みこまれ、一行はバスに乗った。前後に武装兵の乗るサイドカー四台が配置され、バスとトラックの屋根にも数名ずつの兵が機関銃を据えつけて監視にあたった。

車の列が、パリを出発した。道路は悪く、最前線におもむくドイツ軍増援部隊に道をふさがれて、思うように進むことができない。が、正午すぎにはパリの一五〇キロ西方に達することができた。

その頃から、予期していた通り連合国軍の飛行機の襲来を受けるようになった。

機影が空の一角に湧くと、バスの屋根にのぼっているドイツ兵が、

「敵機」

と叫ぶと同時に、軍靴でバスの屋根を荒々しくたたく。

車の列は、道路からそれて樹林の中に勢いよく突っこみ、バスの中の者もドイツ兵も飛び降

りて物陰に走りこむ。

飛行機の急降下音につづいて、地上掃射の鋭い銃撃音が至近距離を走る。藤村たちは、顔を土のくぼみに突き入れ、頭をかかえていた。

昼間の走行は危険なので、専ら夜間に灯火を減じて走った。そして、ルマン、レンヌを経て七月三十一日の夜に、ロリアンへ到着した。

その頃、ベルリンの武官室では、伊号第五十二潜水艦からの電報を受信していた。それは、

「X点到着二十四時間前」

を告げたもので、八月一日に予定通りロリアン軍港に入港するとつたえてきた。

しかし、その暗号電文は、暗号表を照合して解読してみたが、文字の配列に乱れが激しかった。直接受信するのはノルトダイヒの海軍無線電信所なのだが、その受信が正確さを欠いたための混乱かとも思われた。

いずれにしても、伊号第五十二潜水艦の来着が確実になったので、渓口首席補佐官は、ドイツ海軍省に受入れ態勢をととのえて欲しい、と要請した。

また、ロリアン軍港に派遣されていた藤村補佐官一行も、潜水艦の入港が八月一日早朝とつたえられてきたので、午前四時にバスで宿舎を出発し桟橋におもむいた。

かれらは、潜水艦基地隊の連絡を待ちながら港口方面に眼を向けていた。が、予定時刻をはるかに過ぎても艦影はあらわれず、基地隊からの来航報告もなかった。

かれらは不安になったが、戦況が重大化しているので入港に支障が起ったと判断し、一旦宿舎にもどった。そして、おそい朝食をとっていると、基地隊から緊急連絡が入った。

それは、ノルマンディーに上陸した連合国軍の機甲兵団が、不意に大攻撃を開始し、ドイツ軍の第一線陣地を突破したという。しかも、戦車隊を先頭にした連合国軍の進撃は急で、すさまじい速度で南下している。当然、ロリアン軍港とパリ間は分断されて、ロリアン一帯が孤立するというのだ。

その報はロリアンの町々にもつたわったらしく、平静を保っていたロリアン軍港は、たちまち大混乱におちいった。

軍港内の動きはあわただしく、ブンカー内に繫留されていたドイツ潜水艦も次々に出港してゆく。それは、大半がノルウェー海岸方面に難を避けるためのものらしかった。

基地隊司令官からは、一刻も早くルマンを経由してパリに引返すよう指示があって、一行は、再びバスに乗ってロリアンを出発した。

バスは、全速力で東に向って疾走し、その夜、ルマンについた。そこで一泊したが、翌朝、ルマンのドイツ潜水隊司令部に勤務している婦人タイピスト、書記らに、引揚げ命令が出た。連合国軍の戦車部隊が、ルマン北方の郊外に接近してきたというのだ。

藤村たちにも司令部からルマンを脱出するよう指示がつたえられ、一行は再びバスに乗ってルマンを出発した。そして、その日の夜、パリに着いたが、パリにとどまる必要もないので、夜行列車に乗ってベルリンにむかった。

ベルリンに到着したかれらの姿は、無残だった。衣服も顔も土にまみれ、眼だけが異様に光っていて、ロリアン脱出が容易ならないものであったことをしめしていた。

かれらが脱出行をつづけている間、ベルリンにいた渓口首席補佐官は、最後の努力をかたむけていた。

「X点到着二十四時間前」の電文を受けた渓口は、ドイツ海軍にその収容を要請し、航空担当の豊田補佐官も、ドイツ空軍と連絡をとった。その結果、ロリアン沖の会合位置に護衛艦四隻が出動し、直衛戦闘機数機が放たれた。しかし、定刻を過ぎても会合位置に伊号第五十二潜水艦は浮上せず、戦闘機が附近一帯の海上をさぐったが、艦を発見することはできなかった。

小島武官らは、狼狽した。伊号第五十二潜水艦は、四月二十三日にシンガポールを出港して以来、三カ月以上を要してドイツ占領地近くに到達した。しかも、二十四時間前に連絡もあって、無事にロリアンへ入港することが期待されていたのに、会合位置にあらわれぬことは、そのわずかな時間に撃沈されたのではないかと危惧された。

しかし、渓口首席補佐官は諦めることをせず、文字の配列に乱れのあった暗号電文から察して会合日を一日まちがえたのかも知れぬと思った。そして、ドイツ海・空軍と連絡をとって、翌日同時刻に戦闘機と艦艇を出動させてもらったが、その日もロリアン沖に伊号第五十二潜水艦の姿を発見することができなかった。

小島武官を中心に渓口、豊田両補佐官は、伊号第五十二潜水艦が無事であるという想定のもとに、その対策について協議し、さまざまな推測を試みた。

まず、同艦では、艦内ラジオで連合国軍がノルマンディー上陸作戦に成功したことを知ったはずであった。その戦況に注意しながらスペイン沿岸を通ってビスケー湾に入り、ロリアン軍港沖の会合予定位置に進んでいたが、そのうちに、連合国軍が大攻撃を開始し機甲兵団が急進撃をはじめたことも知ったにちがいなかった。

おそらく、艦内で宇野亀雄艦長は、士官を集め、同乗しているドイツ海軍の連絡将校とも協議して情勢判断をしたと想像された。その結果、かれらは、各種の情報を分析して、ロリアン軍港も敵手に落ちていると判断したのかも知れない。艦は、長い航海を経てドイツ占領地に近づいたが、入港すべき地を失ったと考えたのだろう。

「おそらく宇野艦長は、会合位置で昼間の会合時刻に浮上することは危険と思って避けたのではないでしょうか。ロリアン沖で海中に身をひそませていると思われますが……」

と、渓口は言った。

小島武官は、渓口の推測に同調した。と言うよりは、そのように判断することが唯一の救いであった。

しかし、もしも渓口の推測が的中していたとしても、伊号第五十二潜水艦の保有燃料は底をついているはずで、近々のうちにその航行機能は停止してしまう。同艦を救うには、まず燃料補給が必要だった。

また、ロリアン軍港が連合国軍に占領されるのは時間の問題だと考えられたので、同艦をドイツ占領地のノルウェーの港に入港させるべきだと意見が一致した。

このような結論を得て、渓口大佐は、伊号第五十二潜水艦に対し、

「貴艦ハ、敵ノノルマンディー上陸トソノ後ノ状況ヲ考慮シ、ロリアン入港ヲ断念シタト判断ス。新タニX地点ヲ指示ス。ソノ地点ニ於テ独潜ヨリ燃料ノ補給ヲ受ケ、ノルウェー海岸ニ赴カレタシ」

という趣旨の暗号電文を発した。

補給位置は、ノルウェーに近い北海をえらびたかったが、その海域は、水深が浅く機雷が敷設されていて危険なので、イギリスの西方海面に定め、ドイツ潜水艦を派遣して洋上補給させることになった。

ドイツ海軍は、重大な戦局を迎えていたので戦力をさくことは苦痛であったが、渓口の要請に応じて、潜水艦を補給位置に派遣した。そして、独潜が同位置に到達したが、洋上に伊号第五十二潜水艦は浮上せず、翌日まで待ったが遂に発見することはできなかった。

二十

伊号第五十二潜水艦の沈没は、確定的になった。その後、同艦に関する情報は完全に絶え、同艦についての記録も、

「四月二十三日シンガポール発、六月二十三日独潜ト会合、ドイツ連絡将校ヲ乗セテ行動。八月一日以後連絡ナク、ビスケー湾方面ニテ沈没?」

という文字が残されているだけである。

ドイツ駐在の日本大使館付海軍武官室は、憂色につつまれた。苦しみにみちた航海をへてようやくヨーロッパに到達した同艦の乗組員と便乗者が、戦況の悪化によってロリアン軍港入港直前に艦とともに死亡したことは哀れであった。

さらに八月中旬に入ると、武官室に新たな悲報が海軍省からつたえられた。無事シンガポールに帰着した伊号第二十九潜水艦が、呉に帰投中、七月二十六日敵潜水艦の雷撃によって沈没したという。

小島武官らの顔は、悲痛な表情でゆがんだ。ドイツから譲渡された呂号第五百一潜水艦についで、伊号第二十九潜水艦、伊号第五十二潜水艦の三隻が、すべて沈没してしまったのだ。

日本海軍は、第一便の伊号第三十潜水艦をドイツに派遣して以来、伊号第八、伊号第三十四、伊号第二十九、伊号第五十二の五潜水艦を遣独艦としてドイツにおもむかせたが、わずかに伊号第八潜水艦一隻のみが無事に内地へ帰投できただけであった。また、ドイツから無償で提供されたU511号とU1224号も、呂号第五百、呂号第五百一潜水艦と命名されて日本へ回航されたが、日本に到達できたのは呂号第五百潜水艦のみであった。

また、これらの遣独艦と譲渡艦の往来とは別に、海軍武官府は、ドイツ海軍の協力を得て四隻のイタリア潜水艦を日本に出発させていた。それらの艦には、権藤正威大佐、木原友二技術大佐をはじめ陸軍将校が便乗していた。が、シンガポールに到着したのは、佐竹金次技術中佐とドイツのテレフンケン会社技師ハインリッヒ・フォーデルスの便乗した「Luigi Torelli 号」一隻のみで、他の三隻はすべて撃沈されていた。

「Luigi Torelli 号」は、昭和十八年六月十六日午前十時、フランスのボルドー市潜水艦基地を僚艦「Barbarigo 号」とともに出港した。乗員はイタリア海軍の将兵約三十名で、ウルツブルク射撃用レーダー製造図面とその国産化に必要な重要電気部分一式、レーダー試験用測定機等を二隻に分載していた。

両艦は、スペイン沿岸を西進したが、出発して五日後の六月二十一日に、早くもイギリス艦艇と飛行機による爆雷の攻撃を受けた。しかも、その爆雷攻撃は三日間にわたって執拗に反復され、「Barbarigo 号」はイギリス機によって撃沈された。「Luigi Torelli 号」も損傷を受けたが、海中深く潜航して攻撃を回避し、大西洋に出ることができた。

しかし、七月七日には敵機に発見され、三日後に再び多数の艦艇による爆雷攻撃を受け、翌々日にはアセンション島沖でアメリカ海軍艦艇三隻に襲われ、爆雷攻撃を浴びせかけられた。同艦は、その度に海中深く身をひそめて、辛うじて脱出に成功した。

七月二十五日、イタリアのムッソリーニの失脚とバドリオ政権の成立が艦内ラジオによって聴取され、乗員たちの顔には複雑な表情が浮んでいた。

七月三十一日は荒天だったが、突然、ドイツ潜水艦が現われた。イタリア降伏も迫っていたので、「Luigi Torelli 号」を拿捕《だほ》する目的で派遣された艦であった。独潜は、「Luigi Torelli 号」と雁行《がんこう》して進み、気象恢復後、燃料をイタリア潜水艦に補給した。その位置は、喜望峰西方沖合であった。

艦は、ドイツ潜水艦とともにインド洋上に進み、八月二十六日にスマトラ島サバンに到着、八月三十日にシンガポールに入港した。

佐竹技術中佐とフォーデルス技師は、九月十日、DC3輸送機で出発したが、悪天候でサイゴン空港に不時着、他機で海南島、香港、台北を経由して福岡にたどりつき、九月十三日に特急富士で東京についた。

ハインリッヒ・フォーデルスは、日本陸軍の招請したレーダー専門の秀れた技師であったので、陸軍多摩技術研究所畑尾正央大佐、兵器行政本部吉永義尊中佐が出迎え、また、海軍側からも電波兵器担当の伊藤庸二技術大佐らも姿を見せた。

フォーデルス技師は、帝国ホテルに偽名で投宿し、三鷹の日本無線株式会社内に設けられた多摩技術研究所分室で、レーダー製造技術の指導にあたった。が、レーダーの電気部分とレーダー試験用測定機が「Barbarigo号」とともに失われたので、その成果は芳しいものではなかった。

また、伊号第二十九潜水艦が日本へ出発した後、日本の技術者二名を便乗させたドイツ潜水艦が日本にむかって出港した。その便乗者は、海軍技師大和忠雄と三菱商事のドイツ出張員中井敏雄であった。

大和は、神戸高等工業学校電気科を卒業後、海軍技手になり、昭和十五年末にドイツへ出張を命じられ、無線レーダーの研究調査に従事していた。また、中井は、東京帝国大学で理化学を専攻し、ドイツに派遣された後、海軍嘱託となり、大和とともにレーダーに必要な電動機の技術修得につとめていた。

たまたまドイツ潜水艦が日本に回航することを知った日本海軍武官府は、艦政本部からの命令によって、大和と中井に多くの資料を携行させて便乗させたのである。

しかし、同潜水艦は、出港後英仏海峡でエンジン故障を起し、潜航不可能になった。対潜哨戒が大規模におこなわれているその海域で浮上することは、死を意味していた。

乗員は、故障修理につとめていたが、たちまち来襲したイギリス機の攻撃を受け、艦は爆沈し、大和と中井も他の乗員とともに戦死した。

このように日本陸海軍は、ドイツの機密兵器の技術導入を企てて潜水艦を往来させたが、それらの艦が相ついで撃沈されたため、期待通りの結果を得ることはできなかったのだ。

第一便の伊号第三十潜水艦以来、日本海軍とドイツ海軍の連絡を担当してきた首席補佐官渓口大佐は、伊号第五十二潜水艦の沈没によって、将来、戦局がいちじるしく好転しないかぎり潜水艦による日独間の連絡は全く不可能と断定した。また、ドイツ駐在日本大使館を中心にしたヨーロッパ駐在の日本人たちの間にも、終末感が濃くただよい、日本への唯一の連絡方法であった潜水艦便の杜絶によって、かれらは、ドイツ軍占領地内に孤立したことをはっきりとさとった。

そのような重苦しい空気の中で、ドイツ駐在大使館に一つの悲報がつたえられた。それは、イタリア駐在大使館付海軍武官であった光延東洋大佐の死であった。

光延大佐は、昭和十五年三月、家族とともに日本を出発してイタリアに赴任した。そして、武官として日本とイタリア間の連絡につとめていたが、スイスに転勤命令が出て、昭和十九年六月五日付で山仲伝吾中佐と武官を交代していた。

すでにイタリアは降伏していて、かれは、大使館員とともに北イタリアのドイツ国境に近いメラノに移動していた。

六月七日、光延大佐は、ドイツ軍司令部に、スイスへ転勤挨拶と後任の山仲中佐の武官就任報告のため、山仲と連れ立ってメラノを出発した。運転手は武官事務所で雇っているイタリア人で、身の安全を守るため機関銃二梃を車に積みこんだ。

途中の道路は、ドイツ軍の武器弾薬輸送路である鉄道に沿っていたので、連合国軍側の空襲で寸断され、通行は困難だった。が、正午前には、ドイツ軍司令部に到着して司令官とも会い、午食の饗応を受けた。

用件もすんだので帰途につくことになったが、往路を引返さずに、アベトーネ峠を越えて帰ることになった。

やがて、車は山岳地帯に入った。景色は美しく、快適な車の旅であった。

午後一時半すぎに、車は峠に近づいた。あたりに人家はなく、戦争のおこなわれているのを忘れさせるような静けさがひろがっていた。

山仲中佐は運転手と話をしていたが、ふと、前方の路上に異様なものが点々ところがっているのに眼をとめた。それは栗のいがのようにみえたが、山仲は、米軍機が通行車のタイヤをパンクさせるために撒布した鉄製の障碍具であることに気づいた。

山仲は、運転手に急停車を命じ、運転手と車の外に出た。そして、二人で路を進み障碍具をとり除いていると、突然、

「手をあげろ」

という鋭いイタリア語がきこえた。

山仲が眼を向けると、路の傍にひろがる雑木林の中に十名ほどの男が立っているのを認めた。かれらは、一様にアメリカ製のカービン*銃を手にしていて、十数メートルの距離から銃口をこちらに向けている。

運転手が両手をあげると、

「これは日本人だ。射たないでくれ、助けてくれ」

と、ふるえ声で叫んだ。

山仲は、かれらがイタリアのパルチザンであることを直感した。イタリア降伏後、ドイツ軍がイタリアを占領していたが、民衆の間に地下組織が結成され、連合国軍に協力してドイツ軍の後方攪乱に従事しているという情報がしきりにつたえられていた。かれらにとって、当然、

日本は敵国であり襲撃の対象になる。

山仲は、危険を察知し、機関銃をとるため車に走った。その瞬間、激しい発砲音が一斉に起り、その一弾がかれの腕を傷つけた。かれは、車のかげにころがりこみ、車内をうかがうと、座席に坐っていた光延大佐が額を射ぬかれ、いびきをかいているような高い寝息をもらしていた。

銃声がやむと、

「もう一人残っているぞ」

という指揮者らしい男の叫び声がし、かれらが銃をかまえながら路上を近づいてくるのが見えたので、山仲は、このままでは射殺されると思い、崖から飛び降りた。

かれは、崖下で額を強打し気絶したが、意識をとりもどすと、身をひそませながら林の中を逃げた。山の頂上にドイツの警備隊が駐屯していることを知っていたので、救出をこおうとしたのだ。

警備隊の駐屯地まで八キロほどの距離に来た時、小さな農家を眼にした。かれは、注意深くその家を観察し、老婆が一人しかいないことを確認し、農家に入ると水を飲ませてもらい、

「警備隊まで案内して欲しい」

と、頼んだ。

しかし、老婆は顔色を変えて、

「そんなことをしたら、ゲリラに殺される」

カービン銃　銃身の短い小銃。主としてアメリカ陸軍が使用した。

と、頭をふった。

やむなく、山仲は、老婆の教えてくれた小路を辿ったが、老婆がゲリラに通報することも十分予想されるので、路から林の中に入って逆戻りし、身を伏せた。かれは、そのまま夜のくるのを待とうとした。

やがて、日没近く激しい射撃音が起って、ドイツ軍の警備兵の一隊が進んできた。

山仲は、

「日本人だ。ここにいる」

と、叫んだ。

かれが警備隊におもむくと、そこには光延大佐の遺体が横たえられていた。遭難現場を通りかかったドイツ軍の車が、軍艦旗をつけて停止している車の中に、射殺された軍装の日本人士官を発見したのだ。

光延大佐の遺体はメラノに送られ、遺族の手に渡された。夫人は、三人の幼い子供を抱えていたが、夫の葬儀には毅然として弔問者に対していた。火葬場がなく焼骨はできなかったが、ミラノのユダヤ人専門の火葬場に運んで荼毘《だび》に付した。

また、運転手はゲリラに拉致されたが、一カ月後に釈放されて帰ってきた。山仲は、その日に運転手を解雇した。

光延大佐の死は、ヨーロッパ駐在の日本人たちに衝撃をあたえた。ドイツ軍占領地も、決して安全な場所ではないことを知ったのだ。

その後、連合国軍は、四方から進攻をつづけていて、ドイツ本国に殺到する気配をしめしていた。東部戦線では、ソ連軍がドイツ軍陣地を次々に突破し、また、西部戦線でもパットン戦車隊がフランス領内に急進撃をつづけていた。そして、八月二十三日にはセーヌ河畔に達し、翌々日にはパリを手中におさめた。

この方面にあったドイツ軍は総退却を開始し、モントゴメリー元帥によってひきいられたイギリス軍も、すさまじい速度でベルギー領内に入り、ブリュッセルについでアントワープを占領した。この結果、ドイツ軍は、西部戦線で五十万の兵力と多数の兵器を失った。

ドイツ軍の戦力は急速に衰えたが、ヒトラー総統と軍首脳者たちは、徹底抗戦を叫んで戦意の鼓舞につとめていた。十五歳以上の少年と六十歳以下の男子の召集を発令し、約五十万におよぶ兵力を最前線に投入した。

その頃、東京の海軍省から海軍武官小島秀雄少将のもとに、ドイツ駐在監督官友永英夫技術中佐（少佐より昇進）とイタリア駐在監督官庄司元三技術中佐を至急帰国させよという指令がひんぱんに寄せられていた。

友永技術中佐は、潜水艦の自動懸吊装置、重油漏洩防止装置等の発明によって、技術士官最高の栄誉である海軍技術有功章を二度も授与された潜水艦担当の技術士官で、前年の四月に江見哲四郎海軍大佐とともに伊号第二十九潜水艦（艦長伊豆寿一中佐）に乗ってインド洋上におもむいた。そして、ドイツから航行してきた潜水艦U180号とマダガスカル東南方で会合し、U180号に乗っていたインド独立運動の指導者チャンドラ・ボース、秘書ハッサンと交代にU180号に移乗して、ドイツへ赴任したのである。

友永がドイツに派遣されたのは、自動懸吊装置と重油漏洩防止装置をドイツ海軍につたえると同時に、ドイツ潜水艦の建造技術を研究報告するためであった。ドイツにおもむいた友永は、ドイツ海軍にそれらの装置をつたえたが、その独創的な装置は、ドイツ海軍技術関係者を驚嘆させた。殊に潜水艦の弱点を一挙に解決する自動懸吊装置は、かれらを狂喜させ、早速、ドイツ潜水艦に採用された。友永の名は、ドイツ海軍部内でも著名になり、潜水艦技術者の天才と称されていた。

その頃、日本海軍は、水中高速潜水艦の設計建造に専念していた。従来の潜水艦は、水中での速力が低く、その劣速によって撃沈されることが多かったが、この常識を破って水中航走の速度を高めるものとして設計されたのである。

この建造にあたっては、ドイツ潜水艦の造艦技術である全熔接、ブロック方式を採用し、呉工廠でぞくぞくと建造していた。この水中高速潜水艦は世界初の新型艦で、それが戦場に投入されれば驚異的な戦果をあげることが期待されていた。

その頃、ドイツ海軍も水中高速潜水艦を建造していたが、奇しくも内容が酷似していた。そのため日本海軍は、友永技術中佐にドイツの水中高速潜水艦の設計図を携えて帰国させ、その資料を参考にしたかったのだ。

庄司元三技術中佐は、航空機体担当の士官であった。かれは、昭和十四年に監督官としてイタリアへ派遣され、イタリア航空技術の研究につとめていた。かれは、イタリアのカプロニ・カムピーニ航空会社の開発したジェットエンジン飛行機に注目し、その資料の蒐集に全力を傾けていた。

かれは、設計図も入手できたので、伊号第二十九潜水艦で帰国することになっていたが、便

乗者一行がベルリンを出発する前日、小島海軍武官を訪れて、

「次の潜水艦便で帰国したい」

と、便乗延期を申し出た。かれは、カプロニ社のターボジェット機の技術習得が十分とは言えないので、完全に研究を終えてから帰国したいという。

小島武官は、諒承して帰国予定を取消し、海軍省へも連絡した。

日本海軍にとって、ジェット機の技術導入は重要な課題であった。そのため、呂号第五百一と伊号第二十九両潜水艦に吉川春夫、巌谷英一両技術中佐を便乗させその設計図を携行して帰国するよう命じたが、呂号第五百一潜水艦は撃沈され、わずかに巌谷技術中佐が資料を手に東京へたどりついたにすぎなかった。しかも、巌谷の携行してきた資料もドイツのMe262型、Me163型両戦闘機の機関と機体の設計説明書のみで、しかも他の多くの資料が内地に帰投中の伊号第二十九潜水艦の沈没によって失われてしまっていた。

そのような状況の中で日本海軍は、庄司技術中佐がジェット機関係の資料蒐集につとめていることを知り、友永技術中佐とともに一刻も早く帰国させるよう指令を発したのだ。

帰国方法としては、日本潜水艦を派遣することは不可能で、ドイツ潜水艦または拿捕したイタリア潜水艦に便乗させる以外になかった。しかし、小島海軍武官は、海軍省に対して、帰国させることは困難であると打電した。小島は、相つぐ潜水艦の沈没によって、両技術中佐を潜水艦で送ることは死を意味すると判断していた。

しかし、海軍省からは執拗に帰国命令がつたえられてきていた。すでに、太平洋方面の戦局は、悪化の一途をたどっていた。七月十六日にはサイパン島守備隊が全滅し、アメリカ長距離

爆撃機が日本本土を空襲することが確定的になっていた。また、九月にはビルマ、雲南国境方面の日本軍の全滅についで、グアム、テニアン両島も、アメリカ軍の手中に落ちていた。日本海軍は、戦局を挽回するため激しい苛立ちを感じていた。

八月に入って開始された英米連合軍の大攻勢は、ドイツ軍の堅固な陣地を次々に壊滅させ、戦車隊は快進撃をつづけていた。その月の中旬頃から、その進度はさらに増して、連合国軍はフランスの中央部深く進出することに成功した。

これに対して、ドイツ軍は各地で必死の抵抗を試みたが、八月二十五日にはパリを放棄し、その後も進撃をつづける連合国軍に圧迫されて、ドイツ国境方面に後退を余儀なくされた。

アメリカ軍は、背後からドイツ軍の攻撃を受けることを恐れて、八月十五日、地中海に面した南フランスのプロバンス地方にあるカンヌ附近からツーロン軍港附近にわたって、突然、空挺師団を降下させ、ついで、大規模な上陸作戦をおこなった。その地域を守っていたドイツ第十九軍は、全力を傾けて迎撃し激戦を展開したが、アメリカ軍の攻撃は激しく、九月三日にはリヨンを失い、大損害を受けて敗走した。

フランス領内のドイツ軍は、退却につぐ退却を重ね、多くの将兵が連合国軍の俘虜になった。また、東部戦線のソ連軍も、ルーマニアについでブルガリアを占領、ハンガリーに宣戦を布告して、同国への進撃態勢をかためていた。

ドイツの敗北は、ほぼ確定的になった。ベルリンはすでに連合国軍側の度重なる空襲で廃墟と化し、食糧をはじめ生活必需品の不足は、深刻なものになっていた。

その頃、日本海軍省からは、相変らず潜水艦担当の友永英夫技術中佐と航空機体担当の庄司元三技術中佐の帰国をうながす指令が発せられてきていた。が、日本潜水艦の来航は完全に杜絶し、ドイツ潜水艦による送還も、ドイツが英米ソ三国軍の猛攻撃に敗退をつづけている時だけに、ドイツ海軍にそのようなゆとりはないはずだった。

九月初旬のある日、ウルリッヒ・ケスラー空軍大将が、海軍武官小島秀雄少将のもとに訪れてきた。ケスラー空軍大将は、海軍協力部隊の空軍司令官で、四十四歳で大将に任ぜられたドイツ将官中最も若い大将であった。かれは、戦前に夫人と日本を訪れたこともあって、小島武官とは親しい間柄だった。

ケスラー大将は、フランス戦線からもどってきたばかりで、戦局が極めて憂慮すべき段階におちいっている、と表情を曇らせ、急に小島の顔を凝視すると、

「打明けたいことがあるが、絶対に口外しないでいただきたい。実は、ヒトラー総統暗殺事件に関連することだが、私も、あの計画に賛同していたのです。首謀者側から計画書に署名して欲しいと言われ、一時はその気にもなったが、思いとどまりました。そのため、現在も処刑されることなく無事でいるのですが、ゲシュタポ（秘密警察）は薄々察している気配がある」

と、不安そうに眼をしばたたいた。

小島少将は、その告白に驚き、ケスラー空軍大将がなぜ自分のもとにやってきたのかをいぶかしんだ。

ケスラーは、大きな体を乗り出して、光った眼を小島に向け、

「貴官もすでにお察しのことと思うが、ドイツの敗北は迫っている。それに比べて日本は、ア

メリカ軍の猛攻にも屈せず善戦をつづけている。どうだろうか、私を日本へ行かせていただけないか。このままドイツにいると、ゲシュタポの追及を受けて死刑に処せられることは確実だと思う。もしも日本へ行くことができたら、ドイツ空軍の戦術をつたえ、日本航空部隊に協力する。さらに、私はジェットエンジン、V1[*]、V2[*]、高射砲関係の優秀な技術者を同行させることもできる。ぜひ貴官から空相ゲーリング元帥に、私を日本へ赴任させるように運動していただきたい」

と、真剣な表情で言った。そして、日本へ赴任する方法としては長距離機を使用すべきだと述べ、北極圏廻りのコースを熟知している飛行士も参加させることができる、とつけ加えた。

小島少将は、思いがけぬケスラー大将の申し出に愕然とし、重大なことなので考えさせて欲しい、と答えた。

ケスラー大将を送り出すと、小島は、大使館付陸軍武官小松光彦少将のもとにおもむいて、ケスラーの言葉をつたえた。

当時、日本に駐在していたドイツ大使館付空軍武官は、グロナウ空軍少将であった。かれは、空軍中佐で日本に赴任した武官であったが、民間航空出身者で航空戦術にはほとんど知識がなく、日本陸海軍としては心許ない存在だった。そうした折に、豊かな戦歴と最新の航空戦術を身につけた現役の空軍司令官であるケスラー大将が、グロナウ少将の後任者として空軍武官に赴任するということは、日本陸海軍にとって歓迎すべきことであるにちがいなかった。

小松陸軍武官は、即座にその申し出を受けるべきだと主張し、小島も同意見であったので、それぞれ陸・海軍省に電報を発した。これに対して、東京から折返し返電があって、実現に努力せよという指令がつたえられてきた。

小島海軍武官は、小松陸軍武官とともにゲーリング空相の副官に電話で会見申し込みをし、ベルリンから約六〇キロはなれた空相の別荘カリンハレに車を走らせた。小島も小松も、ゲーリングが第一線空軍司令官であるケスラー大将を手放すことはあるまい、と予想していた。英米ソの大軍がドイツ領内に迫っている時に、要職にあるケスラー大将を日本に空軍武官として派遣させることは、常識的に考えて、ほとんど不可能であるはずであった。

一室に通された小島と小松が待っていると、ゲーリング空相が姿を現わし、愛想よく握手を求めた。

小島と小松は、すぐに用件を口にし、

「日本の空軍武官であるグロナウ空軍少将は、任期も長く、ドイツ航空戦術の知識に乏しいうらみがある。もしも許されるなら、武官を交代していただきたいと思っていたところ、ケスラー空軍大将から赴任してもよい、という内諾を得ました。その話を祖国につたえましたところ、陸海軍は大歓迎するという連絡を受けたのですが、ぜひケスラー大将をグロナウ少将の後任者として空軍武官に発令していただけぬか」

と、懇願した。

ゲーリングは、黙って思案しているようだったが、

V1　第二次世界大戦中にドイツ軍が開発したミサイル。
V2　第二次世界大戦中にドイツ軍が開発した弾道ロケット。

「よろしい。日本陸海軍がそれほど強く要望しているなら、ケスラーを空軍武官として日本へ赴任させましょう」

と、答えた。そして、副官に命じて、ケスラー空軍大将の司令官解任と日本駐在ドイツ大使館付空軍武官に発令する手続きをとるように命じた。

小島と小松は、思いがけぬゲーリング空相の好意を謝して、別荘を辞した。

小島は、ベルリンにもどると、すぐにゲーリング空相が承諾した旨をケスラー空軍大将に連絡した。ケスラーは喜び、長距離機で赴任する準備にとりかかった。

小島は、ハインケルとも親交があつかったので、使用機の機種についてハインケル社にたずねると、日本までの飛行に堪え得る航続距離の大きい長距離爆撃機を二機提供してもよい、と回答してきた。小島と小松は、ケスラー空軍大将の同席を求めて飛行計画について協議し、ケスラーが初めから主張していた通り北極圏廻りの飛行コースを採択した。

出発地はノルウェーとし、北極圏を飛行してシベリアの端をわずかながらも横断し、樺太を目ざす。もしも燃料が残っていた折には、北海道に着陸する案が立てられた。

小松、小島両武官は、それぞれ陸・海軍省にその計画案を打電して許可を求めた。これに対して、海軍省からは折返し計画案通りに実行せよという返電が来たが、陸軍省は、絶対にそのようなことをしてはならぬという強い反対の意をしめしてきた。

日本陸海軍は、太平洋方面のアメリカ軍の激烈な総反攻に喘ぎ、満州警備の任にあたる関東軍の主力を太平洋方面に転出させ、精鋭を誇っていた関東軍は極度に弱体化していた。そのような状況のもとで、もしもソ連軍が参戦し攻撃を開始すれば、たちまち国境は突破されて短期間に満州を失い、日本本土も侵攻の脅威にさらされる。

陸軍省は、日本へむかうドイツの長距離爆撃機がソ連領のシベリアをわずかであっても通過することは危険だと判断した。もしも爆撃機が発見されれば、ソ連は、領土上空を侵犯したとして、対日参戦の重要な口実にするおそれが多分にある。

また、陸軍省は、その飛行計画をドイツ軍最高首脳部の仕組んだ巧妙な謀略ではないか、とも臆測していた。

ドイツ軍は、西方から英米連合軍の攻撃を受けていると同時に、東方からのソ連軍の重圧にも苦しんでいる。ドイツは、早くから日本に対してソ連に宣戦布告をするよう求めているが、日本は日ソ中立条約を理由に、その強い要請を拒否している。ドイツとしては、日ソ間に戦争が起り、ソ連の兵力が幾分でも対日戦に向けられることを望んでいる。その希望を実現させるために、ドイツ軍首脳部が、ケスラー空軍大将を便乗させた長距離爆撃機を利用して、日ソ間に戦争状態をかもし出そうとしているのではないか、という疑惑をいだいた。

つまり、長距離爆撃機を故意にシベリアに不時着させ、ソ連軍の拿捕するままにまかせる。飛行目的はケスラー空軍大将の日本への赴任なので、当然、ソ連は領空侵犯行為として日本に厳重な抗議をつきつけ、それが対日宣戦布告に発展する可能性もある。ケスラー空軍大将が日本へ行きたいと申し出たことは不自然だし、さらに、ゲーリング空相が簡単に許可したことも奇怪である、と思われた。

陸軍省の強い疑惑に対して反論できる確証はなく、結局、小島、小松両武官は、長距離爆撃機による方法を断念した。

ケスラー空軍大将の失望は大きかったが、かれは、日本へ赴任する意志を捨てなかった。そのことは、「飛行計画が決してドイツ軍首脳部の策した謀略ではなかったことをしめしたもので、日本陸軍省の危惧は根拠のないものであった。

残る方法は、ドイツ潜水艦を使用することのみであった。

小島海軍武官は、渓口首席補佐官に命じてドイツ海軍に潜水艦の提供を求めさせた。これに対してドイツ海軍は、すぐに出発させることは不可能だが、十二月初旬には実現させるよう努力したい、と回答してきた。小島は、当惑した。戦況は日増しに悪化していて、ドイツ軍が十二月初旬まで英米連合軍とソ連軍の攻撃に堪えられるかどうか危ぶまれた。ドイツ軍は総退却をつづけていて、その降伏は近いと推測していた。

たしかにドイツ軍は、客観的に見て崩壊寸前にあると思われていた。九月二日、連合国軍最高司令部は、

「ドイツ軍ハ、既ニ四散状態ニアル。武器、弾薬ヲ失イ、士気モ衰エタ敗残兵ノ集団ニ過ギナイ」

と、本国に打電している。そして、連合国軍側は、降伏後のドイツの処理についての検討を本格的に進めていて、小島武官の判断も自然であった。

しかし、その月の中旬、予想に反して戦局にいちじるしい変化が起った。それは連合国軍側にとって奇蹟とも思えたが、少くとも強気なヒトラー総統にとっては当然の現象であった。

ドイツは、依然として多くの戦力を残していた。国民総動員令の布告によって召集された兵は老人、少年、退役軍人であったが、その戦意は極めて高く、退院直後の負傷兵もすすんで銃

をとって最前線におもむいていた。しかも、連合国軍側の執拗な爆撃にもかかわらず、地下工場での兵器生産量は向上していて、月に平均四千機に近い飛行機が生産され、ジェット機の量産にすら成功していた。

九月に入って間もなく、アメリカ軍部隊は、ドイツ・ベルギー国境のアーヘン附近などでドイツ国境に達した。が、兵力は分散し、補給路が長く伸びていたので、ルントシュテット元帥のひきいるドイツ西部軍の猛反撃を受けて、完全に進撃を阻止され退却した。

連合国軍にとって、それはノルマンディー上陸以来初めての敗北で、戦局を打開するためドイツ軍占領地のオランダ領アルンヘム等に空挺師団を降下させ、ジークフリート線を迂回してムーズ河とライン河の下流の強行突破を策した。

九月十七日、イギリス本土を発した千六十八機の輸送機と四百七十八機のグライダーがオランダ領上空に飛来した。そして、無数の兵と武器弾薬をパラシュートで降下させ、司令官は奇襲成功をイギリス本土に打電した。

しかし、ドイツ機甲師団は、米英連合空挺軍に猛攻撃を浴びせかけ、十日後には致命的打撃をあたえた。殊にイギリス空挺師団はドイツ軍に包囲され、一万九十五人中二千三百九十八名が脱出しただけで潰滅したのである。

この圧倒的な勝利は、ドイツ全土にラジオ放送され、国民は熱狂した。すでに九月八日には、ドイツの開発した新兵器V２号ロケット弾が初めて英本土に打ちこまれ、それは日を追うて激化していた。その破壊範囲はV１号よりもさらにひろく、イギリス本土は、その猛威にさらされるようになっていた。

小島海軍武官は、奇蹟的なドイツ軍の勝利によって、ドイツ降伏の日が少くとも半年ぐらいは延引されたと判断した。その推測を裏づけるように、その後、ドイツ軍は、攻撃を反復する連合国軍に大損害をあたえて撃破し、全軍の士気は大いにふるい立った。

雪がやってきて、連合国軍の動きは一層鈍くなり、凍傷者も続出した。

その頃、小島武官は、海軍省から帰国をうながされていた友永英夫、庄司元三両技術中佐をケスラー大将の乗るドイツ潜水艦に便乗させようと思った。潜水艦は、ケスラー大将を乗せるだけに行動も慎重であるだろうし、乗組員も附近の危険な海域を熟知しているはずで、安全度は高いと思ったのだ。

かれは、ノイブランデンブルクにあるケスラー空軍大将の家におもむいて、友永と庄司の同行を依頼し、海軍省に対して両技術中佐を潜水艦便で帰国させるとつたえた。

十二月に入り、ベルリンは雪におおわれた。

ドイツ海軍は、十二月初旬に潜水艦を出発させると約束していたが、それについての連絡はなく、その年も暮れて昭和二十年を迎えた。

その頃、ドイツ軍は、ヒトラー総統の命令で前線一帯にわたって大攻撃を開始した。それは、ヒトラー総統の最大の賭と称された総攻撃で、ドイツ軍は、米軍の四個師団を潰滅させた後、進撃をつづけてバストーニュを包囲した。各地で死闘が反復され、それは一カ月間つづけられたが、物量を駆使したアメリカ軍の反撃も激しく、ドイツ軍は、バストーニュ包囲作戦に失敗して、一月十六日に攻撃開始日の地点まで撤退を余儀なくされた。

この攻撃によって、ドイツ軍の死傷、行方不明者は約十二万に達し、アメリカ軍も約八万の損害を受けた。

　また、それまで膠着状態にあった東部戦線で、ソ連軍は、一月十二日に大攻撃を開始した。それは、ソ連軍にとって開戦以来最大の規模をもった作戦行動で、ポーランドと東プロイセンだけでも百八十個師団の大軍が投入され、しかも、それらは重装備をほどこした機甲師団であった。

　たちまち、ドイツ軍の前線は随所で寸断され、ソ連軍は、わずか半月後の一月二十七日にオーデル川を渡り、ドイツ国境に到達した。そこからベルリンまでは、わずかに一〇〇マイル*ほどの距離しかなかった。

　小島武官は、ドイツの敗北が迫ったことを感じ、渓口首席補佐官に命じてドイツ海軍省に潜水艦を早く出発させて欲しい、と何度も督促させた。が、ドイツ海軍省の答えは曖昧で、要領を得なかった。

　小島は苛立ち、ドイツ海軍には潜水艦提供の意志がないのではないか、と疑った。

　ようやくドイツ海軍省から潜水艦を出発させるという連絡があったのは、三月に入ってからであった。小島は、ただちにケスラー空軍大将に連絡をとり、友永、庄司両技術中佐にも帰国準備を整えるように指令を発した。

　友永英夫技術中佐はベルリンにいたが、庄司元三技術中佐はイタリア降伏後、中立国であるスウェーデンの日本海軍武官府付として首都ストックホルムに駐在していた。

一〇〇マイル　約一六〇キロメートル。「マイル」は、ヤード・ポンド法の距離の単位。

庄司は、すでに旅の仕度をすべて整えていた。一月三十一日夜には家族あての遺書もしたためたし、ジェット機関係の設計図も完全に梱包を終えていた。

連絡を受けた庄司は、親しい衣奈多喜男の下宿を訪れて、別れの挨拶をした。衣奈は、前田義徳の後をうけて朝日新聞社ローマ支局長になった特派員で、庄司と前後してイタリアを去りストックホルムに来ていたのだ。

衣奈は、庄司をオクセンというレストランに誘って酒を飲んだが、庄司の言葉からすでに死を覚悟していることが察せられた。

庄司は、飛行機の故障で一日出発をおくらせた後、空路ベルリンにおもむいた。

潜水艦の出発地はドイツ海軍最大の軍港キールで、友永、庄司両技術中佐は、三月十四日にひそかにベルリンを離れてキールにむかった。

駅まで送りに行ったのは、両技術中佐と親交の篤い永盛義夫技術中佐、樽谷由吉技術大尉(中尉より昇進)の二人であった。

庄司は、前日の夜、池田晴男主計大佐に遺書を託し、友永も、日本を出発する折に友人の艦政本部第四部の遠山光一技術少佐(当時)に遺書を残していたので心残りはないようにみえた。

かれらは、ルミナール(睡眠薬)をポケットに納めていて、永盛と樽谷に、

「いざという時には、やるよ」

と、笑っていた。

日本におもむくため出港準備を急いでいた潜水艦は、U234号であった。同艦には、艦長ヨハン・ハインリッヒ・フェラー海軍大尉以下五十九名が乗組んでいたが、艦の整備がはかどらず、

すぐに出港する気配はなかった。

そのため、友永と庄司は、一時、ベルリンに引返してから再びキールにおもむいた。出港は、三月二十四日の夕方であった。その日は、朝から雲が低くたれこめていたが、出港時には雨も落ちはじめていた。

U234号は、ブンカーから曳き出され港口を出ると、すぐに潜航した。艦内には、ジェットエンジンの設計図など日本に提供される機密兵器関係の資料が搭載されていた。

艦は、キール湾を出ると北上し、大ベルト海峡を経てカテガット海峡を進んだ。そして、スウェーデン西岸沿いに潜航したまま航進し、ノルウェーのオスロ湾内にあるドイツ海軍基地ホルテンに入港した。

艦には、ドイツ海軍の開発採用したシュノーケルという排気・通風装置がそなえつけられていた。その装置は、長い吸排気筒を水面上に出して、潜航中も艦内に外気を入れることができる仕組みになっている。つまり、それは、長時間潜航を可能とする画期的な新装置で、航行の安全のためにそなえつけられたものであると同時に、その装置を日本に譲渡する目的ももっていた。

艦は、ホルテンでシュノーケルの使用訓練を反復したが、四月一日に潜航訓練中、他のドイツ潜水艦と接触事故を起してしまった。幸い沈没はまぬがれたが、燃料タンクに穴があき、出発は不可能になった。

U234号は、やむなく修理のため、スカゲラク海峡に面したノルウェー南端のクリスチャンサンに寄港した。クリスチャンサンには二つの造船所があって、同艦は故障個所の修理を受けた。

その間に、ケスラー空軍大将以下十三名の技術士官や技師たちが、クリスチャンサンに集ってきた。便乗者は、友永、庄司を加えて十五名になった。

二週間後に修理も終え、四月十五日に出港準備が整った。

その日も雨天で、艦は、夜の闇に身をひそませるようにして出港した。クリスチャンサンは海岸から一〇メートルも進むとすぐに一〇〇メートル近い水深になるので、艦は、出港と同時に深度八〇メートルまで潜航した。

日本へおもむくコースとしては、北海を横断しイギリス・フランス間のドーバー海峡を経て大西洋に出るのが最短距離であったが、連合国軍側に制海・空権を完全ににぎられたその海域に進入することは、死を意味していた。

そのため艦は、ひたすら北上してイギリスのはるか東方海域を進み、西に針路を変えてアイスランド方面にむかった後、南下を開始する。つまり、ヨーロッパ大陸とカナダの中間部を南進して、アフリカ大陸の最南端喜望峰を迂回し、日本へむかうという大迂回コースをとることが決定していたのである。

U234号は、その計画にしたがって北へ進みはじめた。艦内温度は徐々に低下して、零度近くをしめすようになった。海上には流氷が浮び、その下を艦は潜航状態のまま北上をつづけていた。

友永と庄司にあたえられた部屋には、二段ベッドが二組設けられていた。当直は十二時間交代であったので、その居住区に計八名が起居していた。

友永も庄司もドイツ語は巧みで、殊に友永は、冗談まで口にして同室の者を笑わせていた。

かれらは、他の乗組員や便乗者とともに艦内勤務についていて、友永は海水から飲料水を得る装置係に、また庄司は同室のフォン・ザンドラルト陸軍大佐と水中聴音器係として、それぞれ当直についていた。ザンドラルト陸軍大佐は、一万メートル以上の飛行機を撃墜できる高射砲の自動照準装置の権威であった。

艦は、しばしば爆雷音におびやかされた。急速潜航して、耐圧深度を越えた二六〇メートルの海中まで沈下したこともあった。が、艦は損傷を受けることもなく、フェール諸島北方沖を迂回して南に変針した。

その間、U234号は、シュノーケルによって十五日間潜航をつづけたが、艦内空気の汚濁が甚しく窒息の危険が増大したので浮上した。その後、再び潜航して、喜望峰にむかって航行をつづけた。

最大の危険海域は、去った。乗組員たちの表情は明るく、艦内に重苦しくよどんでいた不安も薄らいだ。が、艦は、敵側に所在を探知されることを恐れて、夜間も潜航をつづけていた。

クリスチャンサンを出港してから、二十日間が過ぎた。日本への距離の約五分の一を航行できたのだ。

五月七日、艦はカナダのニューファウンドランド島東方九〇〇キロの洋上に達したが、その日の夕刻、緊急指令が入電した。それは平文の電文で、電信長のエルナー・バッハマン兵曹長が、電報用紙を手にしてフェラー艦長のもとに急いだ。その電文は、海軍総司令官デーニッツ元帥の発した指令で、

「ドイツ全艦艇ニ告グ。祖国ハ無条件降伏セリ。各艦ハソレゾレ最寄ノ連合国ニ降伏セヨ。尚、艦、武器等ノ破壊投棄ヲ禁ジ、連合国側ニ有形ノママ引渡スベシ」

と、記されていた。

艦長は、その旨をケスラー空軍大将に報告し、全乗組員、便乗者にもつたえた。祖国の降伏はある程度予測していたが、現実にそれを耳にした乗組員たちの顔には、悲痛な表情がうかんでいた。

艦は航行をつづけていたが、口をきく者はいなかった。かれらは、眼に涙をにじませ、放心したように立ちつくしていた。

デーニッツ元帥の命令なので、艦長は、降伏を決意した。すでに連合国軍側の戦闘分担地域は、イギリス海軍からアメリカ海軍の担当海域に入っていたし、敵視していたイギリスよりもアメリカ側に捕えられる方が幾分気楽であった。そのため、アメリカ海軍に降伏する準備をととのえた。

やがて、乗組員たちは、今後の対策について活潑に意見を交し合うようになった。燃料も食糧も十分に残されているので、南太平洋の島にでも行って暮したいとか、南米に上陸して一生を過したいという者もいた。かれらは、長い間、潜水艦乗組員として戦闘に明け暮れた苦しい歳月を、そんな形でいやしたかったのだ。

艦長は、ただちに士官を召集し、ケスラー空軍大将の同席も求めて協議した。

ケスラーは、降伏に際して友永と庄司両技術中佐を最善の方法で扱ってやるべきだ、と主張した。ドイツが降伏した現在、ドイツは連合国軍の指揮下に入り、日本は敵国になっている。が、ケスラーは、今まで共に戦ってきた日本人に対する情義として、両技術中佐を中立国に上陸させるよう努めなければならぬと強調した。

ケスラーの強い要望に、艦長は同意した。そして、友永と庄司を中立国のアルゼンチンに上陸させることになり、艦を南米に向けて進ませることに決定した。

艦は、南米に針路を定めた。

友永、庄司両技術中佐は、ドイツ降伏を知ると、顔をこわばらせ口をつぐんだ。明るい眼をして乗組員や便乗者と会話を交していた両技術中佐は、沈鬱な表情で思案しているようであった。

艦は航進をつづけていたが、艦内の空気は徐々に険悪化してきた。殊に士官たちは、艦の行動に反感をいだきはじめていた。戦争は、すでに祖国の敗北という形で終了している。デーニッツ元帥は降伏せよと指令を発してきているのに、艦長は、ケスラー空軍大将の意見に屈して艦を南米に向けて進ませている。それは、デーニッツ元帥の命令に反する行為で、連合国軍側の攻撃を受ける危険がある。

かれらの間には、二人の日本人技術士官のためにそのような行動をとる必要はあるまい、という意見がたかまった。艦長に強く不満を訴える士官も多く、再び会議がひらかれた。

席上、士官たちは、激しい口調で即時降伏すべきだと主張した。ケスラー空軍大将は、それに対して反論したが、やがて、口をつぐんでしまった。最上級者ではあるが、戦争が終った現在、かれは単なる便乗者の一人にすぎず、艦の行動は艦長と士官たちの手にゆだねられるべきであった。

艦長は、ケスラー大将の指示に不服であったので、士官たちの意見に同調し、即時降伏することを決定した。そして、士官たちと、二人の日本人技術士官を艦内でどのように扱うべきか意見を交し合った。当然、二人の技術士官はドイツ人を敵国人と考えているはずだし、艦側としても、かれらを俘虜として扱わねばならない。

友永と庄司が艦内で敵対行為に出るおそれは、十分にあると考えられた。殊に友永は、潜水艦設計の権威で艦の構造を熟知している。もしも友永が艦の破壊を意図すれば、容易に目的を果すことができるはずであった。

艦長は、乗組員、便乗者の生命を守るために友永と庄司を監禁することを命じた。それはただちに実行に移され、友永と庄司は起居していた部屋に閉じこめられ、実弾を装塡したピストルを持った若い士官が監視にあたった。

友永と庄司は、そうしたことを予測していたのか、反抗する気配も見せず、ベッドに坐って口をつぐみつづけていた。

手洗いに行く時も、他の士官がピストルをつきつけてついてきた。ドイツ士官たちの眼には、親愛感にみちた色は消え、友永と庄司を敵視する険しい光が浮んでいた。

友永と庄司は、夜も眠れぬらしく身を動かしていた。見張りの士官は、徹夜で友永たちにピストルの銃口を向けつづけていた。

部屋は狭くドアは閉めきったままなので、空気の汚濁はひどかった。酸素不足が眠気をさそって、監視にあたっていた中尉が眠ってしまった。その姿を交代のためやってきた士官が発見し、艦長に報告した。

艦長は、当惑した。監視が困難な仕事であることに気づいたのだ。

艦長は士官たちと、友永たちの処置について話し合った。友永たちは、かれらにとってすでに荷厄介な存在になっていた。

友永たちと同室であったフォン・ザンドラルト陸軍大佐が、一つの提案を口にした。かれは、友永、庄司と親しかったので、かれらに艦を破壊するような行動をとらぬよう説得したい、と言った。

艦長は、他に適当な方法もないのでその意見を採用した。

ザンドラルト陸軍大佐は、すぐに友永たちの監禁されている部屋におもむき、かれらと向い合った。

「君たちの辛い立場に、深く同情している。私は、艦長の代理として君たちと話し合うためにやってきたのだが、率直に答えてもらいたい。君たちは、艦を破壊する意志をもっているのか」

大佐は、質問した。

「その意志はある」

友永が、きっぱりとした口調で答えた。

大佐は、熱心に翻意するよう説得した。ドイツは無条件降伏し、U234号の乗組員にも便乗者にも苦しい俘虜生活が待っている。ただ一つの救いは死の危険が去ったことで、ケスラー空軍大将も艦長も、乗組員たちの生命を無事に維持してやりたいと願っている。

「かれらには、祖国に妻や子も待っている。そうしたかれらのことも考えて、艦を沈めるような行動をとることはしないで欲しい」

大佐は、懇願するように言った。

友永は、庄司と無言できいていたが、

「よくわかった。艦の迷惑になることは一切やらぬことを誓いましょう。今後、艦はわれわれになにも懸念する必要はない」

と、流暢なドイツ語で答えた。

大佐は安堵し、その旨を艦長たちにつたえた。かれらは、友永たちが日本人としてその誓いを破ることはないことを知っていたので、ただちに監視を解くことに決定した。

艦は、西にむかって航進していた。その方向には、アメリカ合衆国があった。

艦長は、降伏する旨の無電を発し、艦名と乗組員、便乗人員数を詳細につたえ、日本人技術士官二名も同乗していることを打電した。

その無電は、アメリカ海軍にとらえられ、ポーツマス軍港附近で海上護衛にあたっていた護衛駆逐艦「サットン」ほか一隻に捕獲命令が発せられた。

友永、庄司両技術中佐は、部屋から自由に出ることを許された。かれらがまずおこなったことは、携行していた機密図書の処分であった。

友永は、ドイツ高速潜水艦の設計図を所持し、庄司はジェット機関係の資料を艦に積みこんでいた。殊にジェット機関係の資料は、庄司が前便の伊号第二十九潜水艦での帰国を延期してまで蒐集につとめたものであった。

かれらは、設計図と機密図書を部屋から運び出すと、鉛の錘《おもり》をつけて海中に投棄した。かれらは、それらが海中に沈んでゆくのを虚脱した眼で見つめていたが、再び部屋にもどると、ドアを閉めた。

日が、没した。かれらは、いつものように同じベッドで寝た。艦は、西進をつづけていた。

五月十二日早朝、同室のフォン・ザンドラルト陸軍大佐は、不吉な予感におそわれて友永と庄司のベッドに近づいた。かれらは、抱き合って横になっていたが、その顔に血の色は失せていた。手をにぎってみると、冷たかった。
かれは、部屋を走り出ると、艦長に報告した。艦長をはじめケスラー空軍大将や士官が、部屋に集ってきた。軍医が診断し、友永と庄司がすでに死亡していることを告げた。
所持品を調べた結果、ルミナールを服用したことが判明した。おそらく、服毒後、互いに体を抱き合って横になったものと推定された。
傍に友永の書いたドイツ語の遺書が置かれていた。その文字は美しく、文章は簡潔だった。
「艦長ヨハン・ハインリッヒ・フェラー海軍大尉殿
　われらの遺骸を、水葬にせられたし
　われらの所持品は、乗組員に分配せられたし
　われらの死を、速かに祖国日本へ通報せられたし
　貴官の友情に感謝し、御一同の幸運を祈る」
日付は五月十一日になっていて、前日に書かれたものであることをしめしていた。
友永英夫技術中佐は三十六歳、二人の女子の父であり、庄司元三技術中佐は四十二歳、二人の男子の父であった。
かれらの自殺は、艦内の者たちに厳粛な驚きをあたえた。
或る者は、二人がなぜ死を選んだのかいぶかしんだ。友永も庄司も海軍軍人ではあるが、東京帝国大学出身の技術者で、俘虜になっても恥辱になるとは思えない。自殺の動機が理解できなかった。
しかし、或る者は、その死を日本の技術士官らしい行為として受けとめた。友永も庄司も、

虜囚の辱《はずか》しめを受けるよりも死を選ぶべきだと決意したのだろうが、それは日本の武士道精神によるものだ、と賞讃した。

二人の遺体は、部屋から甲板上に運び上げられた。遺書にある通り、水葬の準備にとりかかった。

遺体はケンバスに包まれ、その上からドイツ軍艦旗がかぶせられた。甲板上にはケスラー空軍大将をはじめ艦長、士官らが整列した。

空は、晴れていた。

遺体が、波浪のうねる海面に一体ずつ水しぶきをあげて落された。ケスラーたちは、挙手して遺体の沈んでゆくのを見つめていた。

三日後の五月十五日、西方洋上に一隻の艦影が現われた。それは、アメリカ海軍の護衛駆逐艦「サットン」で、僚艦とともに出発したが、僚艦が故障を起して引返したため、単艦でやってきたのである。

「サットン」が近づき、停止した。U234号の乗員の半数が、ケスラー空軍大将、艦長とともに「サットン」に移乗を命じられ、その人員数の「サットン」乗組員が、連絡将校とともにU234号に乗り移ってきた。

艦内の武器弾薬は処分され、乗員名簿が没収された。その中には友永と庄司の名も記され、フェラー艦長は、二人が自殺したことを告げた。

U234号は、「サットン」とともに雁行して進み、ポーツマス軍港に入港した。

友永英夫、庄司元三両技術中佐の戦死公報は、それから一年以上たった終戦後の昭和二十一年七月初旬に留守宅へ郵送された。そこには、「大西洋方面ニテ戦死」と書かれ、つづいて遺骨が届けられた。

しかし、白木の箱の中には、ただ英霊と書かれた紙片が入っていただけであった。

二十一

三月二十四日に友永英夫、庄司元三両技術中佐がU234号に便乗してキール軍港から出発したことは、駐独日本大使館付海軍武官小島秀雄少将には報告されなかった。

ドイツ降伏が間近いと察していた小島は、友永らが一日も早く出発することをねがって、しばしばドイツ海軍省に潜水艦がキールから出発したか否かをたずねた。が、海軍省の答えは曖昧だった。艦艇の出港は機密保持の上で極秘にされていて、キール軍港からも連絡がないという。

小島は、そうした事情は理解できたが、その後も連絡がないので、両技術中佐の行動を気づかっていた。しかし、ケスラー空軍大将も便乗しているので、おそらく予測通り出港したにちがいない、と思っていた。

三月に入ると、ドイツの崩壊は決定的になった。

すでにルール地方は爆撃によって徹底的に破壊され、石炭の供給源は失われていた。また、ルーマニア、ハンガリーの油田地帯の失陥によって石油不足も深刻になり、戦車、飛行機は動けず、千機におよぶジェット戦闘機もその戦闘力を発揮することもなく、いたずらに飛行場に放置されて爆撃を浴び、粉砕されていた。

米英軍は二月末にライン河に達し、三月七日午後にはアメリカ第九装甲師団の戦車隊が、コブレンツ北方二五マイルの地点でライン河を渡河した。西ドイツ最大の自然の防衛線が突破されたのである。

それをきっかけに、米英軍は随所でドイツ領内になだれこみ、反撃を試みるドイツ軍を排除して急進撃をつづけた。四月上旬にはドイツ西部を完全に手中にし、全戦線にわたってベルリンに迫った。

そうした緊迫した戦況は日本大使館にもつたえられ、シャルロッテンブルクに疎開していた海軍武官府も、重苦しい空気に包まれていた。武官たちは、やがてベルリンが陥落し、自分たちにも死が訪れることを覚悟していた。

かれらは、ドイツの戦局を見守ると同時に、祖国日本の悪化した戦況を憂慮していた。東京をはじめ大都市へのＢ29爆撃機による空襲は本格化して、それは日を追って激しさを加えている。太平洋方面の米軍の攻勢は速度をはやめ、二月には硫黄島に上陸し、三月十七日には、同島の日本軍守備隊を全滅させた。四月一日には、沖縄本島への上陸が開始され、日本本土への攻撃拠点とする目的が露骨になった。また、同月五日にソ連は日ソ中立条約期限の不延長を通告し、日本は、背後からの脅威にもさらされるに至った。

その頃、ドイツ駐在の海軍嘱託酒井直衛は、池田晴男海軍主計大佐の協力を得てガソリンや保存食糧等の入手につとめていた。それは、かれらのみのひそかに進めていた物資の調達であった。

前年の七月下旬、ヒトラー暗殺事件が起って間もなく、酒井は、スイスに疎開させていた家族のもとにおもむいたが、三日ほどで匆々にベルリンへもどってくると、深夜、池田大佐のもとに訪れてきた。そして、ドイツ降伏が必至だというスイス国内の情報をつたえ、降伏時にベルリン脱出の準備を整えておくべきだ、と進言した。

池田は、軍人として脱出計画を準備することに反対だったが、いたずらに死を選ぶべきではなく、再起する機会を待つべきだという酒井の熱心な言葉に動かされて、協力することを約した。

酒井は、ドイツに二十五年間も滞在していた人物で、ドイツの軍人、官僚、民間人に多くの知己をもっていたため、脱出方法をととのえるのは容易だった。

しかし、かれは、根本的な点で大きな不安を抱いていた。日本大使館には、大島大使をはじめ陸海軍武官、補佐官、監督官ら多数の軍人が配属されている。かれらは、日本の軍人としてベルリン陥落前に脱出するとは到底思えなかった。必ずかれらは、ドイツ軍とともに米英ソの大軍に銃をとって応戦するにちがいなかった。

酒井は、一民間人として、かれらに死をまぬがれさせたいと思った。そして、ひそかに適当な方法をさぐっていたが、ベルリン陥落が迫った折に、ドイツ軍首脳部から日本大使館に対して退避命令を出してもらうのが、最も効果的な方法だということに気づいた。

かれは、親交のある海軍省副官フォン・クロージック海軍少佐の家を訪れた。

酒井は、一人の日本人としてお話ししたいのだがと前置きして、もしもベルリンが陥落するような場合、日本の軍人は決して自ら脱出するようなことはない、と言った。おそらくかれらは、銃をとって戦死するか、または、俘虜になることを恥じて自決する可能性があると説明した。

「そこでお願いしたいのだが、不幸にも将来、ベルリンが危険にさらされるようになった場合には、ドイツ軍側から日本大使館に対して全員退避命令を出して欲しい。かれらは、軍人としての強い矜持《きょうじ》をもっている。かれらを死から救うため、ぜひ、ドイツ側の協力を得たい」

と、酒井は懇願した。

酒井の言葉に熱心に耳をかたむけていたクロージック少佐は、感動したようにうなずき、

「承知しました。そのような場合には、必ずあなたの希望通り、退避命令を出すよう軍首脳部に確約させる」

と、答えた。

酒井はクロージック少佐の家を辞すと、その日から本格的に脱出準備をすすめ、池田主計大佐の協力を得て脱出に必要な自動車を購入し、ガソリン、保存食糧の確保につとめた。

四月十日、米英連合軍は、ベルリン西方約一七〇キロのブラウンシュワイクに迫り、東方のソ連軍が進撃を開始すれば、ドイツは南北に両断される形勢になった。

その翌日、ヒトラー総統から日本大使館の大島大使宛に一通の要請書がとどけられた。そこには、

「もしもベルリンが敵手に落ちたとしても、わがドイツ軍は南ドイツとオーストリアの山岳地帯で最後まで徹底抗戦をつづけ、勝機をつかむ決意である。日本大使館側は、至急、その地域に先発して待っていて欲しい」

と、記されていた。

大島大使は、その指示にしたがって、ただちに移動準備を命じた。

かれらの中には、すでにベルリンを離れている者もいた。

火熕《かこう》兵器専門の皆川清海軍技術中佐もその一人で、かれは、スイスへ入国することを命じられて、三月二十六日に下里一男技師、神谷巷嘱託とともに、ベルリンのアンハルター駅を列車で出発していた。かれの受けた命令は、スイスとの国境にあるドイツ領コンスタンツにあるシュミット教授研究所におもむき、ロケット弾Ｖ１に装着されている電池のパテントを取得することと、その製造法の習得であった。

その折、皆川技術中佐は、イタリアでパルチザンに暗殺された元イタリア駐在武官光延東洋海軍少将（大佐より昇進）の未亡人と三人の遺児を伴なっていた。一行は、スイス入国を目ざして、四月一日にコンスタンツに到着していた。

また、航空関係者は、ドイツ空軍とともに四月三日ベルリンをはなれて、オーストリアにおもむいていた。航空担当補佐官豊田隈雄大佐を長に川北智三技術少佐、奥津彰理事官の三名で、自動車を疾走させ南下し、ザルツブルク近郊のワラーゼーに入った。

その地には、ソ連軍に占領された枢軸国のハンガリー、ルーマニア等の空軍武官たちが、ドイツ空軍の指示にしたがって集結していた。

ベルリンにいた者たちは、あわただしく脱出行動を開始した。

まず、四月十三日には、扇一登海軍大佐一行が、午後二時に乗用車でベルリンをはなれた。同行者は、永盛義夫技術中佐、樽谷由吉技術大尉、和久田嘱託であった。

車は、東西両戦線が互いに迫るわずかな中間地帯を、上空からの銃爆撃にさらされながら突っ走り、その日の夕方には、バルト海に面するドイツ北岸のワルネミュンデにたどりついた。その地で永盛技術中佐、樽谷技術大尉が下車し、扇大佐と和久田嘱託はデンマーク領内に入り、翌日、コペンハーゲンに到着した。

扇は、すでに三月一日、スウェーデン駐在日本公使館付海軍武官に発令されていたが、連合国側の反撥をおそれたスウェーデン政府からの入国査証が下附されていなかった。そのため、扇は、スウェーデンと狭い海峡一つをへだてたデンマークのコペンハーゲンで、査証のおりるのを待つことになった。

また、航空機機体を担当する永盛技術中佐と樽谷技術大尉は、扇と別れ、ワルネミュンデ南方約一〇キロの地点にあるロストックへ急いだ。その地には、ハインケル社の工場があって、永盛は、その工場でジェット戦闘機He162の技術資料を入手し、日本へ通報する任務を課せられていた。

四月十四日には、第三陣、第四陣がベルリン脱出をはかった。

第三陣は、大島大使以下外務省関係者と陸海軍武官たちであった。行く先は、ヒトラー総統の指示にしたがって南方のオーストリアに定められていた。

人員は多く、大使館側は自動車四台に大島大使以下が、陸軍側は自動車七台に陸軍武官小松光彦少将以下が、また海軍側は一台の自動車に海軍武官小島秀雄少将、臨時補佐官中山義則大佐、熊谷暗号員が乗り、早朝にベルリンを出発し、オーストリアのバートガシュタインに急いだ。

また、第四陣として小島正己大佐を長とする一行が、車でベルリンを出発した。同行者は池田晴男主計大佐、伊木常世技術大佐、田丸直吉技術中佐、海軍嘱託酒井直衛、同山本芳男の計六名で、ドイツ空軍少佐の先導でバルト海に面したワルネミュンデにむかった。

この一行は、ハインケル社からジェット機関係の資料を得て待機していた永盛技術中佐、樽谷技術大尉と合流した。そして、その後、四月末まで同地にとどまっていたが、ソ連軍が接近してきたためスウェーデンへの脱出をはかった。

かれらは、五月一日未明、日本海軍が購入してあった魚雷艇に乗り、その日の夕方、軍艦旗をひるがえしてスウェーデン南端のイースタードに入港した。むろん、それは査証なしの入国で、かれらはスウェーデン海軍に抑留された。

四月十四日には、首席補佐官渓口泰麿大佐一行が、ドイツ海軍基地のある北方の海岸線にむかって出発する予定になっていた。渓口は、実務担当者として最後までドイツ海軍と連絡をつづける責任を負わされていた。

しかし、渓口組のベルリン脱出は、突然、中止された。その理由は、前日に東京の軍令部から軍事委員阿部勝雄中将あてに緊急指令が打電されてきたためであった。その電文は、

「ドイツ潜水艦を出来るだけ多く日本に回航するようドイツ海軍に要求し、その実現に努力せよ」

という内容で、渓口は、その折衝のためベルリンにとどまらねばならなくなった。

日本海軍は、ドイツの降伏が迫ったことを知り、多くの兵器が連合国軍側に引渡されるのを恐れ、それらが敵手に落ちるのを防いで、その戦力を太平洋方面の戦場で駆使したいと願っていた。日本に運びこむことが可能な兵器は、潜水艦のみで、ドイツに残存している約百二十隻に達する潜水艦群を東洋へ回航することに成功すれば、日本海軍はきわめて有利になる。それ

は、身勝手な要望ではあったが、艦艇消耗の激しい日本海軍の焦慮から発したものであった。

阿部中将は、軍事委員の補佐官をも兼務している大使館付首席補佐官渓口大佐に、軍令部からの指令をつたえた。ドイツ海軍との実務的な連絡を担当していた渓口に、交渉の一切を委任したかったのだ。

しかし、軍令部の指令を実現させることは難事業であった。最後の死闘をつづけているドイツ海軍に、戦闘の主力である潜水艦群を日本に回航させるよう要望することは、激しい憤りを買うおそれが多分にあった。そのため、渓口は、阿部中将にもベルリンにとどまってもらい交渉にあたるよう懇請し、阿部もその意見にしたがった。

渓口は、その日、ただちにドイツ海軍総司令官デーニッツ元帥に会見申し入れをおこない、大島大使一行が出発した翌十五日、阿部中将とともにコラレにある総司令部に車を走らせた。

総司令官室には、デーニッツ元帥、軍令部総長マイセル大将、ワグナー少将が待っていた。

阿部が、すぐに軍令部の要請をつたえ、ドイツ海軍の同意を求めた。

デーニッツをはじめ海軍首脳者は、思いがけぬ申し入れに口をつぐんだ。かれらの顔には、ドイツ降伏を確実なものとして潜水艦を求める日本海軍の要求に、不快さをかくしきれぬ表情があらわれていた。

やがて、デーニッツが、燃料の不足している現状を詳細に説明した。そして、回航に必要な燃料の確保は到底不可能だ、と拒絶の意をしめした。

阿部も渓口も、当然のことだと諒解し、十分ほど雑談した後、総司令部を辞した。

しかし、軍令部の指令を忠実に果すため、阿部たちは再び折衝する機会をねらい、翌十六日

にドイツ海軍側から午食に招かれた時、海軍省副官フォン・クロージック少佐に、

「潜水艦回航問題について、国防軍総参謀長カイテル元帥に会見する機会を至急作って欲しい」

と依頼し、また、カイテル元帥の下で海軍代表の任にあるビュルクナー中将が同席していたので、同中将にも協力を求めた。

ビュルクナー中将とクロージック少佐は承諾し、翌日、阿部と渓口は、ベルリン郊外のダーレムにいたカイテル元帥と会うことができた。しかし、カイテルは即答を避けた。

その日の午後、阿部のもとにリッベントロップ外相から電話連絡があった。外相は、

「潜水艦回航問題は外交に関係することでもあるので、おいでいただきたい」

と、言った。

阿部と渓口が外相のもとにおもむくと、リッベントロップは、その鋭い眼を光らせながら、

「貴国の軍令部がそのような要望をしてきたのは、ドイツ降伏が近づいていると思っているからにちがいない。しかし、われわれは断じて敗れない。敵に多量の血を流させてやる。東京からの要望についてはいては考えさせていただきたい」

と、冷たい口調で答えた。

その回答で、阿部たちは実現不可能と思ったが、翌々日、再びリッベントロップ外相から会見申し込みがあった。その席には、参事官河原畯一郎とビュルクナー海軍中将も同席した。外相は、

「原則として、戦況が好転すれば潜水艦を回航させる。が、思わしくない折にも考慮はする。

具体的なことについては、デーニッツ元帥と相談して欲しい」

と、好意的な意見を述べた。

渓口首席補佐官は、長い滞独生活でヒトラー総統の一言ですべてが決定することを知っていた。もしも総統が同意すれば、軍令部の要求が実現すると思った。そのため、渓口は、ヒトラーと直接会って折衝すべきだと思い、

「総統に会わせて欲しい」

と、申し出た。

外相は、うなずくと、

「極力、努力してみましょう」

と、答えた。

すでに四日前の四月十五日から、ソ連軍の砲声がベルリンにもつたわってきていた。オーデル河を渡河したソ連軍が、一斉に砲撃を開始したのだ。

ソ連軍は、二百五十万の兵と四万一千六百門の大砲を集結し、八千四百機におよぶ航空機を動員して大攻勢に移っていた。そのような戦況の中で、西方から進撃をつづけてきた米英連合軍は、進撃を停止して陣地をかため、ソ連軍の攻撃を注視していた。

ベルリン前面の守備にあたるドイツ軍兵力は約五十万で、ソ連軍に対してはるかに劣勢だった。が、ドイツ軍将兵は陣地にしがみついて、ソ連軍の猛攻に堪えていた。

四月二十日は、ヒトラー総統の誕生日であった。

その日の午前十一時三十分、阿部と渓口は、海軍総司令官デーニッツ元帥から潜水艦回航問

題に関する最終的な回答を得た。それは、燃料が枯渇しているので要望には応じられない、という内容だった。

総司令部は、コラレからダーレムに移っていて移動のため書類等が梱包され、あわただしい空気に満ちていた。砲声は、朝から殷々《いんいん》ととどろいて、破壊されずに残った僅かな建物の窓ガラスを震わせていた。

阿部と渓口は、地下に構築されていたヒトラー総統の官邸におもむき、総統の誕生を祝する記帳をおこなった。

かれらが、官邸を辞そうとすると、海軍の官房長官が近づいてきた。かれの顔には微笑が浮んでいたが、その眼は険しく光っていた。

「実は、ソ連軍の攻撃が激化し、ベルリンは包囲されかけています。総統は、自ら指揮してベルリンを死守するかたい決意をいだいておりますが、貴官たちは、一刻も早くベルリンをはなれてハンブルクに行っていただきたい。わが海軍の総司令部も、その方面に移動しておりますので……。尚、案内にはクロージック少佐をあてますから、至急、準備をして下さい」

と、言った。

「承知しました。なるべく早く出発します。貴官らの御幸運を祈ります」

渓口は握手し、阿部とともに武官室に引返した。

すでに暗号無線機は破壊してあったので、渓口は大使館に行き、デーニッツ元帥の潜水艦回航問題に対する正式回答内容とベルリンから脱出する旨を打電してもらった。大使館には、河原参事官と外交官補新関欽哉の二人がとどまっていた。

フォン・クロージック海軍少佐が車でやってきて、あわただしく脱出準備がととのえられた。各人の携帯物はトランク一個のみで、ピストルが配付された。阿部中将ら軍人は軍服を身につけ、渓口は軍艦旗を手にしていた。

河原参事官と新関外交官補は、そのままベルリンに踏みとどまることになった。かれらは、実務担当の日本大使館員として、最後までドイツ側との連絡にあたるかたい決意をいだいていた。

午後五時、三台の乗用車がクロージック少佐の車を先頭に出発した。二台目の車は首席補佐官渓口大佐が、最後尾の車はドイツ人運転手キューネマンがそれぞれハンドルをにぎり、軍事委員阿部中将、元海軍大学校教授鮫島龍男、暗号員吉野久作が分乗した。

砲声はしきりで、地上から舞い上る黒煙が上空をおおっている。ベルリンはソ連軍に包囲されていたが、北西の一角のみが開いていて、車はその方面に疾走した。

日が没し、夜空には曳光弾が大流星群のように乱れ飛び、その中を絶え間なく敵機が爆弾投下をつづけていた。それは、地上そのものが大噴火を起しているように光と轟音に満ちていた。路傍には、ドイツ軍のトラックが燃え、戦車が擱坐《かくざ》*している。砲弾は随所に炸裂して、火閃が周囲に果しなくひらめいていた。

一行は、奇蹟的にもその地帯を通過し、翌二十一日夜にはハンブルクへたどりついた。その途中、渓口大佐運転の車が路上のドイツ軍トラックに追突し、渓口は肋骨骨折の傷を負った。

ハンブルクには、先発していた黒田捨蔵技術大佐、今里和夫技術中佐、小林一郎軍医中佐、理事官舟木善郎、村上忠教、荻尾重樹が待っていて阿部たちと合流したが、その地にもソ連軍が迫ってきていたので、一行は、翌朝ハンブルクを出発、その夜十時にデンマークとの国境にあるフレンスブルクにたどりついた。その地の海軍兵学校には、ドイツ海軍総司令部が移ってきていた。

その日、ソ連軍は、ベルリン郊外に達していた。ドイツ軍は、異常なほどの戦意をしめし激しい抵抗を試みたが、戦闘は次第にベルリン市内の市街戦に移行していった。

四月二十七日、総攻撃を開始したソ連軍は、アンハルター駅についでゲシュタポ本部を占領、総統官邸に三〇〇メートルの地点まで迫った。

フレンスブルクに退避していた阿部中将は、翌二十八日、鮫島元海軍大学校教授、舟木、村上両理事官を伴なってデンマークのコペンハーゲンにむかった。

五月一日、フレンスブルクに残留していた渓口は、ラジオ放送で、ヒトラー総統の死と後継者にデーニッツ元帥が就任したことを知った。ヒトラーの死は戦死と表現されていたが、実際は自殺であった。かれは、総統官邸の自室で拳銃自殺を遂げ、愛人エバ・ブラウンも服毒した。時刻は、四月三十日午後三時三十分であった。

五月三日、渓口は、デーニッツ新総統の命令で海軍総司令官に任命されたばかりのフリーデブルク海軍大将が、イギリス軍総司令官モントゴメリーと降伏折衝に入っていることをラジオ放送できいた。

その夜、フォン・クロージック少佐から、明早朝、コペンハーゲンに行くよう指示された。

渓口は、フレンスブルクにとどまっていた黒田技術大佐、今里技術中佐、小林軍医中佐、荻尾

擱坐　戦車などが破壊されて動けなくなること。

理事官、吉野暗号員と、翌五月四日午前四時に二台の車で出発した。途中、ドイツ兵の検問をしばしば受けたが、ドイツ将校から明朝八時にドイツが降伏することを耳にし、コペンハーゲンに急いだ。

コペンハーゲンに入ったのは夜で、町は騒然としていた。渓口がホテル・パラストの玄関で車をおりると、デンマーク人が集ってきて、拳銃と車を強奪した。

ホテル・パラストには、先発していた扇大佐、和久田嘱託と阿部中将一行が渓口たちを待っていた。

コペンハーゲンの市民は、ドイツが明朝八時に全面降伏しイギリス軍が進駐してくることを知り、ドイツ人経営の商店を襲って掠奪をはじめていた。市内にはピストルの銃声がしきりで、ホテル外でも甲高い歓声があがっていた。

阿部中将は、渓口、扇両大佐と脱出方法について協議した。デンマークにとどまっていれば、敵国人として捕えられ、イギリス軍に引渡される。殺害される可能性も十分にあり、一刻も早く中立国のスウェーデンに入国する必要があった。幸いにも扇大佐は、四月十四日にコペンハーゲンについて以来、脱出方法について研究し、その準備を進めていた。かれはドイツ海軍と交渉し、掃海艇に乗ってスウェーデンへ入国する手筈を整えていた。

コペンハーゲンには丸尾外務書記生が残留していたので、丸尾も加えて全員脱出することに決定した。

かれらは、翌日夜明け前に、確保しておいた二台の車を往復させて、港へむかった。そして、ひそかに掃海艇第八百一号に乗りこむと、ドイツ降伏時である午前八時までにスウェーデンの領海三マイル以内に入ることを目ざして、掃海艇を疾走させた。

脱出行は成功し、午前八時には対岸のマルメ港口に達することができた。

かれらは、船で臨検に来たスウェーデン官憲に抑留された。が、スウェーデン政府の扱いは丁重で、ヘッテルン湖畔にあるエンチェピングに移された。その後、小島正己大佐一行も合流した。

生活は不自由はなかったが、やがて、かれらはその年の八月十五日に日本の無条件降伏を知り、翌昭和二十一年一月二十日夜、アメリカ軍の指示でエンチェピングを出発してデンマークに入り、戦火に荒廃したドイツ、フランスを通過し、同月二十九日夕方、イタリアのナポリに護送された。そして、ヨーロッパ各地から集ってきた在留邦人約三百名とともに、スペイン船「プルスウルトラ号」に乗船、マニラで「筑紫丸」に移乗、三月二十四日浦賀港に着き、厳重な取調べを受けた後に二十八日に祖国の土をふんだ。

また、昭和二十年四月十四日にベルリンから脱出した大島大使一行は、翌々日にオーストリアの山中にある温泉町バートガシュタインに到着した。そこにはドイツ外務省の出張所があって、日本大使館もその地に移った。

かれらは、同地でドイツ降伏を知ったが、それから間もなく、小島海軍武官は、イギリスのBBC放送で、

「アメリカ海軍は、日本に向け航行中のUボートを拿捕したが、同艦にはケスラー空軍大将が便乗していた。尚、便乗者中日本海軍技術士官トモナガ、ショージ中佐は、艦内でハラキリをしていた」

というニュースを聴取した。

小島は愕然とし、便乗を指示したことが、かれらの死をうながしたことに責任を感じた。かれは、すぐに大島大使に二人の死をつたえた。

大島は驚き、

「そうか、技術士官でもそんなことをしたのか。東大出の技術士官も、軍隊に入るとそのような行為をとるのか」

と、感慨深げに眼をしばたたいていた。

その後、バートガシュタインにも米軍が進駐し、かれらは、七月一日に車でザルツブルクに護送され、二機の輸送機でフランスのイギリス海峡に面したルアーブルに送られた。そして、陸軍輸送船「ウエストポイント」で大西洋を渡り、ニューヨークにむかった。

船中では、大使、武官、将官は士官室に、佐官級以下の軍人、大使館員、嘱託は兵員室に監禁された。輸送船には、ヨーロッパ戦線から帰還するアメリカ軍将兵が乗っていて、兵員室に収容された者たちは、米兵に所持品をうばわれたり小突かれたりした。

一行は、ニューヨークに上陸後、マウントバーデン近くのキャンプに収容された。

小島武官は、その収容所内で偶然にもケスラー空軍大将に会った。ケスラーは、友永、庄司両技術中佐の自殺までの経過を述べ、

「かれらが、死の覚悟をしていたことに気づかなかった責任を感じている」

と、涙を流した。

かれら一行が日本へたどりついたのは、昭和二十年十二月二日であった。

二十二

ドイツ降伏時に、東洋地域には、六隻のドイツ潜水艦がいた。それらは、ドイツから東洋に派遣され、通商破壊戦をおこなうと同時に、南方資源の輸送に従事していた。そして、任務も終えて帰国しようとしたが、途中で燃料補給を受けることができず、日本海軍の南方基地に引返してきていた。

U181号、U862号はシンガポールに、U219号、U195号はジャカルタとスラバヤに、またUIT24号は三菱神戸造船所、UIT25号は神戸川崎造船所で整備中であった。

これらの艦は、ドイツ降伏と同時に日本海軍によって拿捕され、七月十五日、U181号を伊号第五百一潜水艦、U862号を伊号第五百二潜水艦、UIT24号を伊号第五百三潜水艦、UIT25号を伊号第五百四潜水艦、U219号を伊号第五百五潜水艦、U195号を伊号第五百六潜水艦とそれぞれ命名した。そして、U181号艦長フライヴァルト海軍大佐をはじめ、各艦の乗組員全員が抑留された。

このうち、UIT24号とUIT25号は、イタリア降伏時にドイツ海軍が拿捕したイタリア潜水艦で、その原名は「コマンダンテ・カッペリーニ号」と「ルイギ・トレリ号」であった。

殊に「ルイギ・トレリ (Luigi Torelli) 号」は、ドイツから権藤正威陸軍大佐をはじめ武官付補佐官、技術士官、技師らを乗せて帰国させたイタリア潜水艦四隻のうちの一隻で、同艦のみが佐竹金次技術中佐、ドイツ人技師フォーデルスを便乗させて無事日本へたどりつくことができたのだ。UITのITはイタリアの冒頭の二文字で、ドイツについで日本に再び拿捕されたのである。

ドイツ降伏後、日本は孤立した。全世界を敵国として戦いを進めねばならぬ立場に立たされた。

六月二十二日には、沖縄の戦闘が終了し、日本の一角が、米軍の手に落ちた。

日本の崩壊は、急速にその進度を増した。七月中旬、日本政府は、中立条約締結国のソ連に和平の斡旋を申し入れたが、ソ連はこれを拒否。七月二十六日には、アメリカ、イギリス、中国の三カ国によって、日本に対する無条件降伏要求を意味するポツダム宣言が発表された。

日本の国力は、すでに限界に達していた。特攻機は、相ついでアメリカ艦船に突入していたが、実戦機はわずかで、改修練習機まで動員して艦船に直接体当りする特別攻撃を反復していた。しかし、それらは、有力なアメリカの迎撃機群にとらえられ、途中で大半が撃墜されていた。

軍需生産力も、相つぐ空襲によって工場は破壊され、その機能はいちじるしく低下していた。各都市は、地方の小都市にいたるまで焼夷弾を主としたアメリカ爆撃機の無差別爆撃で焦土と化し、庶民の日常生活は完全に破壊されていた。が、陸海軍は、徹底抗戦をとなえ、やがて開始されるにちがいないアメリカ軍の日本への上陸作戦にそなえて作戦準備を急いでいた。

航空部隊は、練習機、偵察機、爆撃機をはじめ、すべての機種を特別攻撃用に整備し、その他、桜花、神竜、剣等の特攻専用機も駆使して全機特攻をくわだてていた。

また、海上部隊も、わずかに残された駆逐艦、潜水艦を中心に、海竜、蛟竜、回天、震洋の特別攻撃用舟艇を待機させ、上陸してくるアメリカ軍の艦船への突入を決意していた。当然、それらの作戦は、本土を決戦場とする前提の上に立ったものであった。

しかし、八月六日、広島への原子爆弾の投下によって、情勢に大きな変化が起った。アメリカ大統領トルーマンは、
「六日広島に投下した原子爆弾は、戦争に革命をあたえるものである。日本が降伏に応じないかぎり、さらに他の場所にも投下する」
と、ラジオ放送で警告し、ついで三日後の八月九日、長崎に原子爆弾を投下した。
また、前日の八月八日には、ソ連が中立条約を破棄して日本に宣戦を布告、ソ連軍は、ソ満国境を突破して満州へなだれこんだ。
日本のとるべき道は、無条件降伏以外になかった。同月十四日、日本政府は、ポツダム宣言を正式に受諾、翌日正午、天皇の終戦を告げる詔書がラジオで全国に放送され、戦争は敗戦という形で終了した。
残された艦艇は数少く、潜水艦も、建造中止のまま放置されたものや行動不能におちいっていた艦もふくめて、わずかに六十九隻にすぎなかった。
これらの潜水艦の大半は、それぞれアメリカ海軍に没収された後、海に沈没させられた。
昭和二十年十一月
下関にて米軍により処分されたもの……、
波二百九
昭和二十一年四月一日
五島列島沖にて米軍より爆破処分を受けたもの……、
伊三十六、四十七、五十三、五十七、五十八、百五十六、百五十七、百五十八、百五十九、

百六十二、三百六十六、三百六十七、四百二、呂五十、波百三、百五、百六、百七、百八、百九、百十一、二百一、二百二、二百八
昭和二十一年四月五日
佐世保高後崎西方一浬附近にて爆破処分を受けたもの……、
伊二百二、呂三十一、波二百七、二百十、二百十五、二百十六、二百十七、二百十九、二百二十八
昭和二十一年四月三十日
舞鶴湾外にて処分されたもの……、
伊百二十一、呂六十八、五百
昭和二十一年四月十六日～五月六日
米軍により紀伊水道にて処分されたもの……、
三菱神戸造船所、川崎重工艦船工場（神戸）、同泉州工場で艤装中の波二百一型（波二百六、二百十一、二百十二、二百十三、二百十四、二百二十一）と波百十、百十二
昭和二十一年中期
呉方面にて米軍により処分されたもの……、
伊百五十四、百九十五、呂五十七、五十九、六十二、六十三
その他、伊百五十三潜は昭和二十三年初めに解体処分。波二百四潜は昭和二十年十月末に宮崎県大堂津の沖合三キロの地点で坐礁のまま米軍に引渡され、波二百十八潜、二百二十九潜、二百三十潜は終戦直後の台風で擱坐していたので放棄されていたが、その後、いずれも佐世保

で解体された。

ドイツから拿捕した伊五百一潜（U181号）、伊五百二潜（U862号）はシンガポールでイギリス海軍に、伊五百五潜（U219号）、伊五百六潜（U195号）はスラバヤで連合国軍に、また、伊五百三潜（UIT24号）、伊五百四潜（UIT25号）は神戸で米軍に引渡された後、昭和二十一年四月十五日、十六日の両日に紀伊水道で海没処分に付せられた。

アメリカ海軍は、これらの潜水艦を処分したが、伊二百一潜型は、同型に属する三隻の潜水艦すべてを海没処分することはしなかった。

同型の潜水艦は画期的な性能をもち、戦後、主要国の潜水艦の原型となった新鋭艦であった。それまで、潜水艦の速度は水中で劣速であったが、その常識を破って、水中航走が水上航走を上回る水中高速潜水艦であった。

日本海軍は、昭和十八年に同型艦の構想を打ち立てた後、潜水艦建造技術を傾注し、昭和二十年二月に伊号第二百一潜水艦を竣工させ、ついで二百二潜、二百三潜の計三艦を完成、性能の実験と操艦の訓練中であった。

アメリカ海軍は、実戦に参加寸前の同型艦の性能に驚嘆し、伊二百二潜を処分したが、伊二百一潜（艦長坂本金美少佐）、二百三潜（艦長上杉一秋少佐）を重要参考艦としてアメリカへ回航させることになった。そして、坂本、上杉両少佐に指導を依頼、アメリカ海軍回航員に操艦訓練をおこなわせ、翌昭和二十一年春、アメリカに回航していった。

また、アメリカ海軍は、日本海軍が潜水艦の概念を破る特殊な大型潜水艦を保有していることに、大きな驚きをおぼえていた。

それは、基準排水量三、五三〇トンの伊四百潜型で、航続距離が、一四ノット平均で四二、〇〇〇浬にもおよぶ性能をもっていた。これは、作戦行動をつづけながら全世界の最も遠い地を往復できる、驚異的な大航続力であった。

しかも、艦上の耐圧構造の格納筒には陸上攻撃機三機を搭載することが可能で、太平洋を横断しアメリカ本国を空襲する目的を課せられていた。

第一号艦伊号第四百潜水艦は昭和十九年十二月末に竣工、ついで終戦までに、四百一潜、四百二潜が完成していた。

米軍は、この特殊な大型潜水艦のうち伊四百二潜を五島列島沖で海没処分にしたが、伊号第四百、四百一潜水艦の二隻は、重要参考艦としてアメリカへ回航した。

ヒトラー総統の命令でドイツから譲渡された呂号第五百潜水艦（U511号）は、終戦時に舞鶴軍港に在泊していた。

同艦は、野村直邦海軍中将、杉田保軍医少佐を便乗させ、艦長シュネーヴィント海軍大尉によって日本への回航に成功した艦で、その後、日本潜水艦として行動していた。

終戦時の艦長は山本康久大尉で、瀬戸内海沿岸にあったが、ソ連参戦の気配が濃く樺太沖にむかうよう指令され、八月十二日に舞鶴に入港していた。そして、弾薬、燃料、食糧の積込みをおこない、伊百二十一潜、呂六十八潜とともに出撃準備を進めていた。

八月十五日、終戦を知ったが、各艦の乗組員は、それに反撥し、同月十八日早朝、樺太方面にむかって独断で出撃した。これを知った第六艦隊司令部では、無電で帰港をうながすとともに、参謀が飛行機で追い、上空を旋回して慰撫につとめた。

その結果、三隻の潜水艦は、司令部の指示にしたがって、夕方、帰港した。

やがて、米・英海軍士官が接収にやってきて、翌昭和二十一年四月三十日に、呂号第五百潜水艦は、伊百二十一潜、呂六十八潜とともに船で舞鶴湾外に曳航され、海没処分に付せられた。

尚、呉にいた伊三百六十三潜は、米軍命令で佐世保に回航途中、宮崎沖一〇浬の位置で日本海軍の浮游機雷にふれて沈没。木原栄少佐以下が殉職し、藤田万五郎一等兵曹のみが海岸に泳ぎついて救出された。日時は、昭和二十年十月二十九日午後零時四十五分から同一時の間であった。

二十三

終戦時に、最も遠く日本からはなれた位置にあったのは、伊号第四百、第四百一、第十四潜水艦の三隻であった。

伊号第四百一潜水艦は、第一号艦の伊四百潜が呉工廠で竣工したのにつづいて、昭和二十年一月八日に佐世保工廠で完成し、伊四百潜とともに第一潜水隊を編成していた。潜水隊司令には、開戦時、軍令部の潜水艦主務部員としてハワイ作戦に特殊潜航艇を参加させた後、潜水戦隊先任参謀、伊号第八潜水艦艦長を歴任した有泉龍之助大佐が着任していた。艦には、シュノーケルが技術陣の努力で完成し装備され、長時間潜航のまま艦の誇る大航続力を発揮して遠くアメリカ大陸を往復することが可能になっていた。

搭載機は、米本土爆撃を目的に伊四百潜型の設計建造とともに計画が進められていた攻撃機晴嵐三機が配置された。同機は、一、四〇〇馬力発動機装備の双浮舟型水上機で、時速二〇〇浬の速度で八〇〇浬の航続力を有していた。攻撃時には高性能を発揮するため浮舟を放棄することもでき、魚雷または八〇〇キロ爆弾を搭載し、急降下爆撃が可能で、搭乗員も船田正少佐以下が配属されていた。

また、伊十三、十四両潜水艦も晴嵐二機を搭載でき、第一潜水隊に配属されていた。つまり、四隻の潜水艦に、計十機の攻撃機が搭載されていた。

各艦は、猛訓練を反復し、乗組員の練度は急速に増した。その訓練は、アメリカ本土のニューヨークまたはワシントンを奇襲攻撃するためのものであった。

四月中旬、突然、軍令部から第一潜水隊司令に特別命令が発せられた。それは、伊四百一潜をドイツに派遣する命令だった。

ドイツの降伏は時間の問題で、軍令部は、ドイツ駐在の海軍武官府に指示して、Uボートを日本へ回航するようドイツ海軍総司令官デーニッツ元帥と交渉させていた。ドイツ潜水艦の隻数は約百二十隻で、交渉が成立した折には伊四百一潜をヨーロッパに派遣して、ドイツ潜水艦群を誘導させようというのだ。

その命令は、同艦艦長南部伸清少佐につたえられ、艦内には、一万枚を越えるインド洋、大西洋方面と北海からノルウェー沿岸附近にわたる海図が積みこまれた。そして、航海長坂東宗雄大尉が航路の研究に没頭したが、日本海軍とドイツ海軍との間で進められた交渉は不成功に終り、同艦に課せられたドイツ派遣命令は撤回された。

その後、伊四百、四百一潜は、パナマ運河方面に出撃が内定した。ドイツの降伏によって、当然、大西洋方面のアメリカ艦艇が太平洋方面に回航されるはずで、それを阻止するため、艦艇の通過路であるパナマ運河を奇襲攻撃し、破壊しようと企てたのだ。

しかし、戦局は窮迫していて、眼前に迫る敵兵力に打撃をあたえるのが先決だという意見が大勢を占め、アメリカ機動部隊の集結している南洋群島のウルシー環礁を奇襲することに決定した。その作戦には、伊十三、十四潜の二艦も偵察行動をとって協力することになった。

伊四百一潜は、伊四百潜とともに舞鶴軍港を出港、大湊に入港した。この航海中、敵の眼を攪乱するため、搭載してある晴嵐の日の丸を消して、アメリカ空軍の標式である星印に塗りかえた。

偵察任務を課せられた伊十三、十四潜は、偵察機彩雲を搭載して先発した。が、青森県大湊を出港後、伊十三潜は敵機動部隊の攻撃を受けて撃沈された。

七月二十四日午後二時、伊四百潜は大湊軍港を出港、二時間後に伊四百一潜も出撃した。両艦は、八月十二日ポナペ島南方で合流し、八月二十五日未明を期してウルシー環礁のアメリカ機動部隊に奇襲攻撃を加えることに決定していた。伊四百一潜は、水上航走、潜航をくり返してアメリカ海軍の眼をかすめながら東進をつづけ、八月十二日には、伊四百潜との会合予定位置に到達した。赤道までわずか六〇〇キロの地点であった。

しかし、僚艦伊四百潜を発見できず、その位置で待機した。

八月十五日の朝を迎えた。

南部艦長は、姿を見せぬ僚艦の安否を気づかっていたが、通信長片山伍一大尉が、あわただしく艦長室に入ってくると、紙片を差出した。それは、アメリカ海軍の暗号電報を傍受・解読したもので、日本が無条件降伏したことをつたえていた。

艦長は、その電文をアメリカ海軍の宣伝工作として信用せず、片山通信長に口外することを禁じたが、間もなく海軍省から、

「太平洋上ニ在ルワガ艦船ハ、一切ノ敵対行動ヲ停止スベシ」

という平文の電報を電信員西村正雄上等兵曹が受信した。その日、天皇の終戦の詔勅が発表されたこともつたえられ、二百二名の乗組員と晴嵐搭乗員は、祖国の敗戦を知った。

艦内には、悲痛な空気が満ちた。顔色を失ったかれらは、口もかたくつぐんで眼をそらし合っていた。

やがて、かれらは、口々に意見を述べはじめた。艦をウルシー環礁に突入させ、最後の決戦を挑んで自爆すべきだという者もあれば、全員が自決し、艦を自沈させるべきだと主張する者もいた。

艦に坐乗*していた第一潜水隊司令有泉龍之助大佐は、艦橋で哨戒指揮にあたっていた航海長坂東宗雄大尉をのぞく艦長以下准士官以上全員を士官室に集合させ、今後の処置について、

「全員自決するのが、われわれ日本海軍軍人のとるべき態度だと確信しているが、異論はないか」

と、問うた。

艦長以下士官たちは、有泉司令の言葉に同調し、解散した。

坂東航海長は、通信長片山伍一大尉から全員自決に決定した話を耳にし、自室にもどった。

室内では、飛行長浅村敦大尉が軍刀を磨いて自決の準備をはじめていた。

坂東は、有泉司令の指示は当然だと思った。軍人として虜囚の辱しめを受けるよりは死を選ぶべきだという考え方を、かれ自身も持っていた。が、無条件降伏は天皇の命令であり、それに反することは天皇にそむくことを意味する。

かれは、有泉司令に翻意するよう進言したいと思った。卑劣な男として罵られ、斬殺されても司令を説得しようと決意した。

かれは、司令室におもむき、率直に反対意見を述べ、天皇の命令に従うのが軍人としての義務だ、と直言した。

坂東は、司令が激怒すると予想していたが、有泉大佐は、素直にその言葉に耳を傾け、再び協議することに同意した。坂東は、ただちに南部艦長に報告、士官室に准士官以上の者が召集された。

その席上、全員自決することは中止され、艦を内地に向けることに決定した。

南部艦長は、拿捕される可能性もあると判断し、搭載していた晴嵐三機の処分を命じた。甲板上に翼、脚を折り畳んだ晴嵐が一機ずつ運び上げられて、射出機から一機ずつ射出され、晴嵐は夜の海に没していった。

南部は、艦を岩手県の三陸海岸か青森県の海岸に着けて全員を上陸させようと思い、ひそかに北上して行ったが、金華山灯台東方二〇〇浬の位置で、見張り員がアメリカ潜水艦を発見した。

坐乗　旧日本海軍で、司令官などが軍艦や飛行機に乗り込んで指揮を執ること。

南部艦長は、全速力で避退することを命じたが、片舷エンジンが故障して米潜の接近を許した。

艦は、停船命令を受けて停止した。米潜は、「セガンド（SS 398）号」で、

「降伏セヨ」

という万国船舶信号による旗旒《＊きりゅう》信号をあげた。

南部艦長は、

「ワガ艦ハ、天皇ノ命令デ行動中デアリ、要求ニハ応ジラレヌ」

と、回答した。

それに対して、「セガンド号」から、

「士官一名来レ」

と、告げてきた。南部は、

「ワレニボートナシ」

と拒絶すると、

「ボートヲ送ル、士官一名来レ」

と信号があって、ボートを海面におろすのが見えた。

艦橋には有泉司令、南部艦長、先任将校伊藤年典大尉、坂東航海長、片山通信長がいたが、
有泉は、坂東に、

「御苦労だが、敵潜へ行ってくれ。おれ達も死を覚悟している。最後の御奉公だと思って敵潜に行って欲しい」

と、要望した。

坂東は承諾すると、数名の武装兵が乗ったボートに移り、「セガンド号」におもむいた。

艦長ジョン・E・バルソン大尉は、坂東に、

「降伏せよ」

と言った。

坂東は、

「日本の海軍軍人は、天皇陛下の命令なくしては絶対に降伏せぬ。もしも貴官がわれわれに降伏を強要するなら、全乗組員が自決する」

と、答えた。

バルソン艦長は、意外な回答に驚き、

「ハラキリ、No good」

と、頭を振り、降伏は天皇の命令であり、自殺することは好ましくないと説得した。

坂東は、自分たちの意志を通してくれれば自決せぬ、と答えた。

バルソン艦長は安堵し、艦をグアム島のアメリカ海軍基地に回航したいと言った。坂東は、艦を内地で引渡すべきだと考え、燃料不足を理由に拒絶した。

困惑したバルソン艦長は、旗艦の指令を受けるため無電連絡をとった。

その時、伊四百一潜から坂東に手旗信号が送られてきた。手旗をふっているのは、信号長斉

旗旒信号　国際信号旗を組み合せてマストに掲揚して行う信号。

藤七郎上等兵曹であった。

その信号は、

「ワガ艦ヲ、タダチニ撃沈セヨト伝エラレタシ」

という内容だった。

交渉の長びいていることに苛立った艦では、米潜の雷砲撃によって全員艦と運命を共にしようとしているのだ。

坂東は、

「交渉中ニツキ、暫ク待テ」

と、回答した。

やがて、アメリカ海軍潜水戦隊旗艦からの返事が来て、伊四百一潜は、「セガンド号」の監視のもとに横須賀へ回航と決定した。そして、士官ほか数名を伊四百一潜に乗り込ますことになったが、坂東はそれも拒否し、数名の下士官を乗りこませることに同意した。

坂東は、「セガンド号」の下士官とともに帰艦した。下士官たちは身の危険を感じているらしく艦内へは入らず、甲板上に坐ってコーヒーやビールを飲んでいた。

艦は横須賀にむかって進み、その夜、房総半島南方沖に達した。

夜明けには、まだ時間があった。乗組員たちは、夜の明けるのを恐れていた。米潜からの命令で、午前五時を期して軍艦旗をおろし、代りに星条旗をかかげるように指示されていたからであった。

午前四時二十分頃、仮睡していた南部艦長は、突然、隣接した司令室で鈍い銃声が起ると同時に硝煙の匂いをかぎとってはね起きた。

南部は、部屋を飛び出すと、司令室へ走りこんだ。

いつの間にか、司令室は整然と片付けられ、室内に血がおびただしく飛び散っていた。

有泉大佐は、軍刀をつかんで椅子に坐っていた。左手につかんだ拳銃の銃口が口にくわえられ、口と鼻から噴き出した血が第三種軍装*の胸に流れ落ちていた。机の上には、有泉の指揮したハワイ作戦で戦死した九軍神の写真が飾られていた。

駈けつけた軍医長が、即死を確認した。弾丸は、後頭部に抜けて後方の壁にあたっていた。

遺書は、連合艦隊、艦長、家族あての三通が机の上に置かれ、連合艦隊宛の遺書には、

「小生は、将来の日本の再建と発展を太平洋の海底から見守っている。われわれが最も誇りとする軍艦旗とともに、小生は太平洋の底深く身を沈めることを光栄とする。午前五時に星条旗の掲揚を指示されたが、それを見るに忍びない」

といった趣旨のことが書かれていた。また、艦長宛のものには、約二百名の乗員を無事にそれぞれの故郷へ送りとどけることに努力し、決して軽率な行動をとってはならぬと記されていた。

南部艦長は、遺体の処置について思案した。もしも、米潜側に引渡せば、遺体が粗略に扱われるおそれもある。それよりも、自分たちの手で遺体を海軍軍人らしく水葬すべきであると考えた。

第三種軍装　旧日本海軍の軍人が着用した、背広型開襟式の褐青色の制服。

かれは、他の者と有泉司令の遺体を軍刀とともに毛布でくるみ、軍艦旗に包んだ。後部甲板にはアメリカの監視兵がいるので、かれらに気づかれぬように、前部の二番ハッチから遺体を上甲板に運び上げ、錘をつけて海面に滑り落した。

その日、伊四百一潜は、アメリカ国旗をつけ東京湾口に近づいた。相模湾にはアメリカの艦船が犇《ひしめ》くように碇泊しているのが望まれ、艦は横須賀に入港、米潜水母艦「プロテウス」に横付けした。

すでに第一潜水隊の伊四百潜は、八月二十九日夕刻、東京の北東約五〇〇浬の洋上で米駆逐艦「ブルー」に捕捉され、また、伊号第十四潜水艦も、八月二十七日、米機によって発見された後、駆逐艦「マーレイ」に停船を命じられ、それぞれ横須賀に収容されていた。

伊四百一潜を最後に、太平洋上から、日本艦艇は完全に姿を消した。南部艦長は、乗組員に最後の艦内清掃を命じた。埃《ほこり》一つない姿で、米海軍に引渡したかったのだ。

港内には、戦艦中ただ一隻残されていた「長門」が、星条旗をかかげてひっそりと在泊していた。

伊十四、四百、四百一潜の三潜水艦は、重要参考艦としてアメリカに回航された。そして、各種の研究・実験を経た後、翌昭和二十一年五月二十八日に伊十四潜が、五月三十一日に伊四百一潜が、六月四日に伊四百潜が、それぞれハワイ諸島沖で爆破され、海中深く沈められた。

日本潜水艦の中で、わずかに船体が残されたのは、佐世保港で桟橋代用となった呂号第六十七潜水艦一隻のみであった。

あとがき

昭和十七年秋、新聞に大本営発表として一隻の日本潜水艦が訪独したという記事が掲載されていた。戦局も苛烈になった頃で、遥かへだたったドイツにどのようにして赴くことができたのか、中学生であった私には夢物語のようにも感じられた。

私は、数年前から記事の裏面にひそむ史実を調査することを思い立ち、その潜水艦の行動を追ってみたが、同艦は華々しい発表を裏切るように帰国寸前に爆沈していた。そして、その調査を進めるうちに、同じような目的をもった多くの潜水艦が、日本とドイツの間を、あたかも深海魚のように海中を往き来していたことを知った。それは戦史の表面にあらわれることもない、暗黒の海に身をひそませた行動で、しかも、その大半が海底に没した悲劇であることも知った。

沈黙の世界の出来事であるためか、正式な記録はない。わずかに、遣独第二便の伊号第八潜水艦の行動日誌を艦長であった内野信二氏が保存しているのみで、他は関係者の記した断片的なものしか残されていない。

そのため、私は、遣独潜水艦往来に関係した生存者の証言を得ることを強いられたが、関係者の協力は予期以上で、積極的に調査資料を提供してくれた人も数知れない。

殊に福井静夫、坂本金美、泉雅爾、小島秀雄、渓口泰麿、中山義則、松井登兵、佐野純雄、津田圭一郎氏等多くの方々の熱意ある助言を忘れることができない。また一年三カ月にわたる執筆期間中、文藝春秋編集部の杉村友一、田中健五、笹本弘一、鈴木重遠の各氏の励ましを受け、出版にあたっては大河原英與、北岡陽子両氏の御力添えを得た。尚、友永英夫、庄司元三両技術中佐の行動については、関係者の証言以外にドイツで取材にあたった日本放送協会の山崎俊一氏に負うところが大きい。

この作品は、これらの方々の協力なしには成立しなかった。厚く御礼申し上げる。

〈主要参考文献〉

井浦祥二郎著『潜水艦隊』／巌谷英一ほか著『機密兵器の全貌』／野村直邦著『潜艦U・511号の運命』／外務省編『スバス・チャンドラ・ボース日本へ』／ジョイス・レプラ著・堀江芳孝訳『チャンドラ・ボースと日本』／藤原岩市著『F機関』／富塚清著『エンジン閑話』／木村秀政著『A26』／伊号四〇一潜会発行『伊号四〇一潜史』

読者からの手紙（抄）

私が小説を書くようになったのは二十四歳の春からで、大学生であった。その後、同人雑誌に小説を書きつづけ、三十一歳の折に「鉄橋」という小説が芥川賞候補作品になり、つづいて三つの作品が同賞候補作となったが、いずれも受賞とは縁がなかった。

私は、もっぱらフィクションの小説を書いていたが、三十九歳の夏に戦争の史実にもとづく「戦艦武蔵」という長篇小説を書き、「新潮」に掲載された。フィクションのみを書いていた私が、そのような記録小説とも言うべき小説を書いたのは、十八歳の夏に終結した戦争を自分なりに見つめ直したいという強い衝動があったからである。

私は、その小説を書いて以来、戦争に関与した人たちの証言をもとに戦史小説を書きつづけたが、八年後に書くことをやめた。理由については今までに書いたことがあるが、その八年間で証言者の死が加速度的にはやまり、正しい史実を得るのが不可能になったのを知ったからである。

その時からすでに二十四年が経過しているが、ふと、あることに気づいた。

それらの戦史小説を発表する度に、その史実に関与した多くの方から手紙をいただいたが、「背後にそのような事実があったのを初めて知った」といった類いのものに限られていた。つまり、新しい史実をしめす手紙は皆無と言ってよかったのだ。

それは、証言者が数珠の珠のようにつらなっていたからで、一つの出来事に関与した人に会って証言を得ると、

「その件は、××君が担当していましたからきいて下さい」

と言って、××氏の住所を教えてくれる。

私は××氏に会い、さらに他の人を紹介してもらう、ということが繰返され、それによってその出来事の全容を知ることができたのである。

それでも、読者からの手紙で、ああそうだったのか、と考え、小説を訂正したことが何度もあったが、それは人名、地名のちがい程度で、新しい史実を知ることはなかった。

ところが、数日前、分厚い封筒の手紙が送られてきて、私がつかむことのできなかった事柄が書かれているのを知り、驚いた。それは、私が戦史小説の最後に書いた「深海の使者」という小説に関する事柄であった。


大東亜戦争と称された日米両海軍が海戦をくりひろげた戦争中に、日本海軍の大型潜水艦五隻が、つぎつぎに同盟国ドイツにむかった。アメリカ、イギリスが制海権、制空権を確実に支配していたので、海中を進む潜水艦が連絡艦にえらばれたのである。

潜水艦の使命は、両国の新兵器その他の交流であったが、途中で飛行機に襲われるなどして、五隻中四隻が沈没している。

私は、この史実を多くの関係者の証言と記録をもとに二十六年前、「文藝春秋」に「深海の

使者」と題して小説を連載した。それは単行本として出版され、文庫にもなっている。

三年ほど前であろうか、日本人通訳をともなった外国人が拙宅を訪れてきた。

ドイツの敗北直前、ドイツに接近した伊号第五十二潜水艦が消息を絶ったが、外国人の用件は、その潜水艦についてであった。

かれは、調査の結果、その潜水艦の沈没位置を確認できたとして、

「金塊を積んでいたという話はきいていませんか」

と、言った。かれは、それを引揚げたいという。

私は、「深海の使者」で「呉軍港で金の延棒二トンを艦内に積みこんだ。」と書いたが、それをだれからきいたか忘れてしまった、と答えた。

「そうですか」

と言って外国人は帰っていったが、私は不快であった。海底に沈んだ艦には、百名余の乗組員の遺骨があり、いわばそれは海の墓所でもある。その外国人にとって遺骨などは眼中になく、金塊のみをねらっている。それは、墓をあばいて金目のものをあさるのに似た行為である。

その日、私は一日中、気分が重かった。

外国人の調査は進んでいるらしく、その艦の正しい沈没位置も判明したことを耳にした。

分厚い封筒の手紙を送って下さったのは、杉山嘉一氏という繊維関係の会社を経営している方であった。三十数年前、私が兄の経営している繊維会社に勤めていた頃、一度お目にかかったことがある。氏の手紙には、「深海の使者」を読んだとあった。

手紙に添えて、十四枚にわたる回想記のコピーが大ぶりの封筒に入っていた。

その回想記を読んだ私は、驚いた。伊号第五十二潜水艦に積みこまれた金塊のことが書かれているのである。

杉山氏は、昭和十四年に京都帝国大学経済学部を卒業して海軍に入り、昭和十九年に主計大尉として大阪海軍経理部に所属していた。

三月九日、経理部長の吉川漁夫《いさお》少将から部長室にくるよう呼出しを受けた。

海軍中尉時代の杉山嘉一氏

氏が二階の部長室におもむくと、いつもとちがってきびしい表情をした吉川が立ち、

「軍極秘の任務だ。司令部からの指令である」

と前置きして、日本銀行大阪支店に預託されている金塊百四十六個（約二、〇〇〇キロ）を、呉軍港に碇泊中の伊号第五十二潜水艦に運ぶよう命じた。司令部から屈強な五名の護衛兵が、輸送に従事するという。

重大な任務であるのを感じた杉山氏は、日本通運株式会社から経理部に派遣されていた嘱託職員に、トラックの用意と大阪駅北側の操車場に貨車一輛を至急手配するよう命じた。

夕刻、氏は、司令部から来た五名の護衛兵とともにトラックで日本銀行大阪支店に行き、地下金庫に入った。

その金庫内での作業について、氏はこのように記している。

「流石《さすが》、日銀といわれるだけあって、金庫は大きく数百平方米もあり、室内は煌煌と真昼の様に明るい。

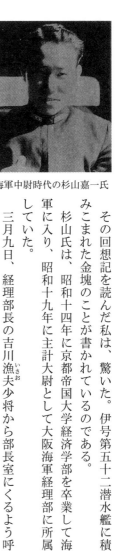

金庫内での作業は、一個が約一四キロの金塊一四六個を、三個宛頑丈な四九個の木箱に木綿と共に詰め込むのである。広い金庫内に一列に並べられた木箱の前に、まばゆいばかりの金塊が三個宛置かれている。

直立する作業員に『ヨシ!』と号令し、(作業員たちは)手早く木蓋を長い釘で打付け、更にピッチで封緘する。

四九箱を一箱宛検収しながら作業を繰返す。作業する人もそれを見守る人も皆緊張して声なく、静寂の中でただ金槌の音だけが広い金庫で反響していた」

すでに日は没していて、それらの箱をトラックで操車場に運んだ。

目的の貨車が見当らず、ようやく探し出した杉山大尉は、木箱を貨車に積込ませた。

これにつづいて杉山氏は、

「翌早朝、車輛は呉軍港の側線に引入れられ、無事桟橋着。直ちに待ち構えていた潜水艦長(宇野亀雄中佐)に報告し、木箱四九個を艦内に次々と搬入した」

と、記している。

「深海の使者」の執筆にあたって、私は関係者百九十二名に会い、証言を得たり日記を筆写させていただいたりした。この人数は私が八年間いくつかの戦史小説を書いた中で、最も多い証言者であった。百九十二名と知っているのは、その時にいただいた名刺の数からわかるのである。

しかし、私は、それらの人たちの口から金塊についてきいたことがなかった。それだけに、私は、杉山氏よりの手紙に驚いたのである。

私はまちがいなくそれについてどなたかにきいたのだが、記憶は薄れてしまっている。私が調査中に杉山氏と会うことができたなら、それを具体的に書いたはずで、私はその旨を杉山氏への礼状に記した。

さらに氏は、日銀の大阪支店に当時の記録が残っているのを確認し、それをＮＨＫ奈良支局員がカメラにおさめたとも記していた。

金塊引揚げを企てた外国人のねらいは正しく、杉山氏の回想記はそれを裏づけることになった。

私としては複雑な気持で、引揚げが成功した折、その大量の金塊がどのようになるのか気がかりだが、そのようなことはどうでもよい。

二、〇〇〇キロに及ぶ金塊が、伊号第五十二潜水艦に積み込まれたという史実を後世に残せればよいのである。

総員起シ

私が、一隻の潜水艦に強い関心をいだいたのは、六葉の写真を眼にしてからだった。秋風の立ちはじめた頃、知人のN氏が、珍しい遺体写真があるが見る気はないか、と、私に言った。

遺体という言葉が、私の心をとらえた。遺体は、なにも語らない。それは、死の領域の深い安息の中で静止した物体にすぎない。それに課せられた変化といえば、硬直し弛緩《しかん》してからはじまる腐敗。肉体は液化し気化して、土中や空気中に融けこみ、その生きていた証跡のように骨格だけが残される。が、それもやがては朽ちて、土に同化してゆく。

しかし、N氏の口にした遺体は、それらの自然作用を拒否したものだという。遺体は、生きたままさながらの姿で、印画紙に焼きつけられているという。

その日、N氏はテーブルに写真をならべると、ドアの外に去った。勤務時間中の氏は、自分のデスクにもどっていったのだ。

ビル内にあるその部屋の窓ガラスには、西日がまばゆくあふれていた。

私は、ただ一人その写真に向い合った。四つ切り大の黒白写真の中には、半裸の男たちが蚕《かいこ》棚《だな》状の寝台に仰向いたり突っ伏したりしている。横たわった男たちばかりだが、その姿勢は、少しずつ異なっていた。

私は、一葉ずつ写真を見ていった。両足をひらき仰向いている男。母の胸にいだかれた嬰児のように、顔を横にして寝ている男の姿。かれの頭部の上方にある棚には、赤十字の標識のついた医療箱がおかれている。

写真の中の世界は、時間の流れが、或る瞬間から完全に停止していることをしめしていた。男たちは、熟睡しているようにみえるが、その姿には、深い静寂がにじみ出ている。印画紙に映し出されたかれらの姿には、生きている者が発散する生気といったものが失われていた。かれらは、死の訪れとともにはじまる腐蝕作用にはおかされていないが、死者であることに変りはないのだ。

N氏から得た予備知識で、私は、男たちの横たわる空間が、一隻の潜水艦の前部兵員室であることを知っていた。また、それらの男たちが、死を迎えてから九年目に、そのような姿のまで発見されたことも教えられていた。

私は、さらに、一枚の写真に視線をすえた。

その写真の中に、私は、他の男たちとは異なった姿勢をしている一人の男を見た。かれは、背筋をのばして正しい姿勢で立っていた。ズボンがはずされて、下半身が露出し、その太腿の付け根から突出しているものがみえた。隆々と勃起した陰茎だった。若い男性の激しい生命力がそこに凝結しているような、逞《たくま》しく力感にあふれた陰茎だった。

私には、かれがなぜ直立不動の姿勢をとっているのかわからなかった。が、最後の写真を眼にした時、その理由は、すぐにあきらかになった。天井からぶらさがった鉄の鎖が眼に入った。鎖は、かれの首を吊し上げ、その顔を幾分仰向かせていた。

かれは、鎖を首に巻いて縊死《いし》している。鎖は、九年間、かれの首をとらえてはなさなかったのだ。骨格の大きな、しかも均整のとれた体をした男だった。かれは、首を鎖に吊し上げられたまま、九年間、直立不動の姿勢をとりつづけていたのだ。

写真から眼をはなした私は、窓ガラスに西日が消え、濃い夕闇がひろがりはじめていることに気づいた。

私は、再び、写真に眼を落した。

薄暗い印画紙の中に、直立した男の臀部《でんぶ》がほの白く浮び上っていた。

「伊号第三十三潜水艦」*は、昭和十七年六月十日、神戸三菱造船所で竣工された一等潜水艦であった。

基準排水量二、一九八トン、全長一〇八・七メートル、速力二三・六ノット*（水中速力八ノット）、備砲一四センチ砲一門、五三センチ魚雷発射管六門、魚雷数十七、偵察機一機搭載可

伊号第三十三潜水艦　旧日本海軍では、排水量が大きい順に潜水艦をイ、ロ、ハ（伊、呂、波）で分類した。「伊号潜水艦」は、基準排水量が一〇〇〇トン以上のものをいう。一等潜水艦。

二三・六ノット　時速約四四キロメートル。「ノット」は船舶の速度の単位。一ノットは一時間に一海里（一八五二メートル）進む速度。

能の伊十五型にぞくす。

完成後、*第六艦隊第一潜水戦隊に編入され、約二カ月間単独訓練をおこなった後、八月十五日、司令潜水艦として呉を出港、ソロモン諸島方面の作戦に従事した。

その後、整備、補給のため九月十六日、太平洋上最大の日本海軍基地であるトラック島泊地に入港した。そして、六番発射管維持針装置の故障個所等の検査・修理をうけるため、*特設工作艦「浦上丸」の右舷側に横づけになった。

同月二十六日午前八時四十五分頃、「浦上丸」から海軍技手福井鷹次が、工員二名とともに乗艦し、故障修理をはじめようとした。

しかし、長いうねりの波があったので、*掌水雷長竹林弥三松特務少尉は、故障修理を容易にするため、注水して艦尾をさげ、艦首を約三〇センチ上げさせるべきだと考えた。そして、水雷長木村正男大尉にその旨をつたえ、諒解を得たので、後部メインタンクに注水をおこなった。

しかし、艦尾の沈下によって、後部の繋留索が切断した。その上、工作部側と艦側の連絡が不十分で、後甲板にあるハッチが開いたままになっていたので、そこから海水が浸入して急激に艦尾の沈下が増した。そのため、午前九時二十一分頃、艦尾が沈下しはじめ、仰角約三〇度の傾斜で約二分後に艦影は海面下に没した。

潜水隊司令貴島盛次大佐、艦長小川綱嘉中佐は、工作艦「浦上丸」に行って橋本啓介造船大尉らと工事打合わせをしていたので難をまぬがれたが、航海長阿部中尉以下三十三名が殉職した。沈没位置附近は水深三六メートルで、海底は珊瑚礁であった。

この不慮の沈没事故によって、潜水隊司令貴島大佐は、指導よろしきを得ずという理由で三日間の謹慎処分に付せられた。

海軍省は、「伊号第三十三潜水艦」の引揚げ命令を発し、連合艦隊司令長官山本五十六海軍大将を通じて、トラックにあった第四艦隊にその作業指揮をゆだねた。

救難指揮官にはトラック島泊地におかれていた第四港務部*部長中村大佐が任ぜられた。実行計画と作業主務者として艦政本部*から有馬正雄造船少佐が、また日本潜水艦設計の権威である片山有樹造船大佐が視察と指導のため、空路トラックへ急いだ。

さらに横須賀海軍工廠《こうしょう》*造船部の井上淳一造船大尉、清水竜男造船中尉も、呉、佐世保、横須賀各工廠の潜水員約十名を集め、救難器材をととのえて特設運送船「菊川丸」（三、八〇〇トン）に乗船、十月十二日には早くもトラック島に到着した。

作業は長期にわたることが予想され、小川艦長の強い要望もあって、まず、潜水夫による遺

第六艦隊　旧日本海軍の部隊の一つ。昭和一五年（一九四〇）一一月、それまで各艦隊に分散配置されていた潜水戦隊を統合して編制された。
特設工作艦　旧日本海軍では、海軍兵力の不足を補うため、民間所有の商船などに兵装・艤装を施し、艦艇兵力の補助として用いた。これを「特設艦船」という。「工作艦」は各種の工作機械を装備し、艦船の補修・整備などを行う特務艦艇。
掌水雷長　「掌長」は、旧日本海軍で、水雷科などの科長の実務的な補佐を任務とし、兵から叩き上げで准士官（士官の下、下士官の上に位置する官）や特務士官に昇進した兵曹長や特務中少尉が就いた。
港務部　軍港要港に設置され、港の警備、艦船の繋留、出入渠、救難、防火、検疫などを任務とした。
艦政本部　海軍艦政本部。旧日本海軍の海軍艦船・兵器の計画・建造・修理などを任務とした機関。
海軍工廠　「工廠」は旧日本陸海軍に所属し、兵器・弾薬などの軍需品の製造・修理を行なった工場。

体収揚がおこなわれた。

掌水雷長竹林弥三松特務少尉の遺体は、艦橋*のハッチから半身以上も外部に乗り出した姿で発見された。かれは、脱出可能の位置に身を置いていたが、沈没の責任を感じて最後までふみとどまっていた、と推定された。

遺体収揚も一応終了したので、十二月十九日午前四時二十分から艦の浮揚作業が開始された。その日の午後三時頃、潜水艦は、忽然と艦首部を海面に突き出したが、二十秒後には再び海中に没し、作業は不成功に終った。

この間、潜水夫の中に潜水病にかかる者が続出したので、新たに横須賀海軍工廠から四名の潜水夫を補充させた。

第二回目の浮揚作業は、翌昭和十八年一月二十九日午前零時から開始された。

作業は順調に進み、午後零時十五分には艦の前部が海面に姿をあらわした。それにつづいて午後五時〇〇分、後部も浮上、全艦の完全浮揚に成功した。

「伊号第三十三潜水艦」は、作業母船の特設運送船「三江丸」、「日豊丸」に繋留し、艦内に残された遺体の収容にあたった。艦内には土砂がつまり、その上に南海特有のおびただしい魚が、鱗《うろこ》を光らせてはねていた。

作業員は艦内を清掃、消毒することにつとめ、二月中旬、その作業も終了した。

その後、「伊号第三十三潜水艦」は、トラックから呉海軍工廠に曳航《えいこう》され、約一年二カ月間工廠内で徹底的な修理工事を受け、昭和十九年五月末日、工事も完了して工廠側から連合艦隊に引渡された。

しかし、「伊号第三十三潜水艦」は、それからわずか半月後にまたも事故を起して沈没したのである。

その事故の正式記録はなく、ただ事故の概略として、左のような文字が残されているだけである。

一、事故発生年月日、場所

昭和十九年六月十三日

伊予灘由利島附近

二、事故の概要

本艦ハ、昭和十七年九月二十六日トラックニ於ケル沈没後引揚ゲラレ呉ニ回航、大修理ノ後完工ヲ見、第十一潜水戦隊編入前ノ単独訓練ノ目的ヲ以テ伊予灘ニ出航セリ。

而ルニ昭和十九年六月十三日〇八四〇、急速潜航ノ際右舷機械室給気筒ヨリ浸水セシタメ沈没セリ。司令塔内ニイタル者ノウチ十名ガ艦橋ハッチヨリ脱出セシガ、救助セラレタル者僅カニ二名、艦長以下乗組員一〇二名殉職。

私の眼にした写真の遺体は、百二名の殉職者中にふくまれたものであったのだ。

一

照明器具も斬新な、室内装飾に工夫のほどこされたレストランだった。

艦橋　ここでは、潜水艦の上甲板に高く設けられた構築物のことをいう。

ホテルの内部にあるので、外人客の出入りも多く、中央の円型のカウンターには若い男女が身を寄せ合って坐っている。広い室内には、高級プレイヤーから流れ出ているらしい音楽が流れ、時折りシェーカーをふる音もきこえてくる。

私は、一人の男と向い合って坐っていた。四十代の半ばを越した年齢とは思えぬほど、その容貌は若々しく、上質な背広に身をつつんでいる。出された名刺には、商社の幹部社員の肩書きが刷りこまれていた。

その口からもれる言葉には強い大阪訛りのアクセントがあったが、話し方には、物静かな落着きがあった。

かれは、「救助セラレタル者僅カニ二名」中の一名である小西愛明氏で、それは氏が二十二歳の初夏に経験した事故であった。

小西氏は、昭和十五年十二月一日*海軍兵学校に入学、十八年九月に同校を卒業した。

その後、*一等巡洋艦「八雲」（生徒練習艦）に乗って二カ月間の航海訓練をへて*戦艦「日向」乗組みとなり、十九年三月、少尉に任官した。

かれは、潜水艦乗組みを希望し、同年五月二十日、「伊号第三十三潜水艦」への転属命令をうけた。

かれは「日向」を退艦、呉海軍工廠水雷部前の桟橋に繋留されている同潜水艦におもむいた。

かれにあたえられた職務は、砲術長兼通信長として一四センチ砲一門、二五ミリ連装機銃一梃の指揮官であると同時に、*電探、方位盤の指揮をもふくむ多忙なものだった。

「伊号第三十三潜水艦」は修理工事も完了直前で、艦長和田睦雄海軍少佐以下全乗組員百四名が集結を終っていた。

和田艦長は、長い間、*呂号潜水艦長の任にあった経験豊かな人物で、乗組員の信望は厚かった。

小西少尉は、新鋭潜水艦に転属になったことと、すぐれた艦長のもとで任務につくことに大きな喜びを感じていた。

最後の*艤《ぎ》装《そう》工事も順調に進んで*公試も終り、五月三十一日「伊号第三十三潜水艦」は第六艦隊第十一潜水戦隊編入が決定した。そして、六月一日から二週間にわたって訓練のため呉工廠をはなれた。

訓練海面は伊予灘で、その日から、実戦に即した猛訓練が開始された。

訓練の主体は、急速潜航であった。

海軍兵学校　旧日本海軍の兵科将校を養成した学校。
一等巡洋艦　大型の巡洋艦（軍艦の一つ。戦艦と駆逐艦の中間に位置する）。基準排水量一万トン以下、主砲の口径六・一インチ（一五・五センチメートル）から八インチ（二〇・三センチメートル）のものをいう。重巡洋艦。
戦艦　軍艦の一つ。強大な砲力と堅牢な防御力を備え、艦隊の主力となる。
電探　「電波探知機」の略。
呂号潜水艦長　「呂号潜水艦」は旧日本海軍で、基準排水量が五〇〇トン以上一〇〇〇トン未満のものをいう。二等潜水艦。
艤装工事　「艤装」は船体の完成後、航海に必要な各種の装備を船に施すこと。
公試　船舶建造の最終段階で行う性能試験のことをいう。

「伊号第三十三潜水艦」は高速で洋上を疾走、当直の哨戒員*は艦橋に出て哨戒にあたる。敵発見を想定して哨戒長が、

「両舷停止、潜航急げ」

と、命令する。

哨戒員は、ラッタル*をつたって艦内にとびこみ、ハッチをしめる。メインタンクの空気は排出され、海水が注水されて艦は艦首をさげて沈降し、海面から一八メートルまで潜航する。その海中は、潜望鏡の先端が海面から突き出る位置で、潜水艦は敵状をうかがうことができるのだ。

潜水艦にとって、敵発見時から海面下一八メートルの位置にまで潜航する時間の長短は、その死命を左右する最も重要な課題だった。

敵機は、潜水艦を発見すれば海面の魚類をねらう海鳥のように高速度で飛来し、爆弾を投下する。また、駆逐艦*も高速を利して接近し、爆雷*を投下する。

それらの攻撃を避けるためには、哨戒員が、一秒でも早く艦内にとびこんでハッチをしめ、艦の沈降処理をおこなわなければならない。

哨戒員は、三直*に分けられ、訓練が競われた。

「潜航急げ」

の合図とともに艦橋にいる者たちは、死物狂いになってラッタルをすべり降りる。

潜航終了まで一分二十秒で終了するようになったが、艦長は、その成績に満足しない。潜航訓練を終るたびに艦長からきびしい訓示があって、さらに、潜航時間の短縮が強く求められた。

連日のように、訓練はくり返された。哨戒員の動作は日を追うて速さを増し、ラッタルを垂直

に下りる。上からそのまま落下する者も多く、足を捻挫したり膝を強打する事故者が続出した。しかし、訓練は強行され、伊予灘に到着してから十日目頃には、潜航終了までわずか四十五秒という短時間で急速潜航がおこなわれるまでになった。

和田艦長は、短期間に乗組員の練度が急速に向上したことに満足しているようだった。そして、機嫌よさそうに乗組員にねぎらいの言葉をかけたりしていた。

六月十二日午後、「伊号第三十三潜水艦」は、愛媛県松山市に近い郡中港に入港、投錨した。訓練は、翌日の午前中で終了し、午後には潜水母艦*「長鯨」に乗っている第十一潜水戦隊司令官の査閲を受けることになっていた。それは、同時に第十一潜水戦隊への正式編入と戦列に参加することを意味していた。

その日の夕食には酒肴《しゅこう》が出されることになり、岡田賢一一等兵曹*が主計科下士官*とともに魚

哨戒員　「哨戒」は敵の攻撃を警戒して見張りをすること。

ラッタル　はしご。

駆逐艦　海軍艦艇の一つ。魚雷を主要兵器として搭載する、比較的小型の高速艦。

爆雷　潜水艦攻撃用の爆弾。水中に投下して設定した深さに達すると爆発する。

三直　一日を八時間ごとに区切り、三交替で二四時間任務につくこと。

潜水母艦　軍艦の一つ。ここでは、潜水戦隊の旗艦（指揮官が乗っている船）で、潜水艦部隊の指揮と補給にあたる。

一等兵曹　旧日本海軍の階級の一つ。上等兵曹の下、二等兵曹の上に位置する下士官。昭和一七年（一九四二）一一月の階級改正で、それまでの二等兵曹を改称してこう呼んだ。一曹。

下士官　軍人の階級の一つ。兵（軍人の最下級）の上に位置する官。旧日本陸軍では曹長・軍曹・伍長、旧日本海軍では一等兵曹・二等兵曹・三等兵曹（昭和一七年一一月以降は上等兵曹・一等兵曹・二等兵曹）などをいう。

の買出しに出掛けた。食糧は不足していたが、百四尾の鯛を買い求めることができ、にぎやかな酒宴がはじまった。艦内には歌声が起り、笑い声も満ちた。

小西少尉は、甲板上に出た。

夜空には星が散り、銀河も白々と流れている。かれは、甲板にあぐらをかいて坐った。敵の総反攻は、急速に激化している。太平洋上の島々では日本軍守備隊の玉砕が相つぎ、敵機動部隊の動きも活潑化している。そのような敵の戦力に対抗するものとして、潜水戦隊の存在は重要な意義をもっているはずだった。

かれは、少年時代から生物の生態をしらべることに興味をもっていた。

地球上には、さまざまな生き物がそれぞれの智恵をはたらかせて生きつづけている。蜘蛛《くも》は尾部から糸を放って網をはり、昆虫がかかると、脚で昆虫を水車のように回転させて繭玉《まゆだま》のようにしてしまう。カメレオンは周囲の色に体色を変化させ、蟻地獄は擂鉢《すりばち》状の穴を作ってその底に鋭い刃をもつハサミをひそませ、蟻のすべりこむのを待っている。

小西少年は、人間以外の多くの生物が独自の生き方をしていることに強い興味をいだいた。殊に、かれの心をとらえたのは、海中に棲息する生物だった。それは、大阪という都会に生れ育ったかれの、海に対する憧憬からだったかも知れない。

かれは、魚類が海中の深度に応じて棲息していることを知った。海面に近い部分に棲む魚たちもあれば、深海を生活圏とする魚類もいる。闇に近い深海で光をかかげる魚たち。そのうちに、かれは、深海魚が海面に釣り上げられると水圧の消失によって体を破裂させることも知った。この現象は、かれに海というものの不可思議さを感じさせた。魚類が、それぞれの水圧に適した体の構造をもち、その水圧の中で生きていることに気づいたのだ。

小西少年が潜水艦に魅せられたのも、海に棲息する魚類への関心から発したものだった。潜水艦は、水圧の変化にも堪えて、海面からはるか下方の深海にまで自由に行動できる。魚類すら果し得ない耐圧性をもつ船を人類が作り上げていることに、小西少年は感動した。

潜水艦に対する関心は増し、やがて、日本の潜水艦が外国のそれより一段とすぐれた性能をもっていることも知るようになった。かれは、中学校四年生の折に海軍兵学校を受験し入学を許可されたが、その時から、すでに潜水艦乗組みを強く希望していた。

甲板にあぐらをかいて坐った小西少尉は、少年時代からの憧れが現実のものとなったという実感にひたった。しかも、乗組むことのできた潜水艦は優秀新鋭艦で、速力を例にとっても世界の潜水艦の大半が水上速力一八ノット程度であるのに二四ノット近い最大速度をもっている。しかも、艦長以下乗組員たちは高度な素質をもった者たちばかりで、小西少尉は、この艦に乗って戦場におもむくことのできることを幸運だと思った。

夜の海を渡ってくる風は、酔いに熱した体に快かった。かれは、艦内から起る「轟沈」の歌を耳にしながら、星空を見上げていた。

翌六月十三日、「総員起シ」の号令で午前六時起床。空は晴れ、海上は穏やかだった。最後の訓練日なので、乗組員たちの眼には、明るい輝きがやどっていた。

午前七時〇〇分、「伊号第三十三潜水艦」は錨を揚げ、艦尾両舷にあるスクリューが海水を泡立てて回転した。

艦は、ゆるやかに郡中港をはなれた。

港口を出ると、陽光にかがやく瀬戸内海がひろがった。由利島、青島、大水無瀬島《おおみなせ》、小水無瀬島などが、遠く近く点々と浮んでいる。視界は珍しいほどひらけていて、それらの島々をおおう緑が鮮やかだった。

艦は、伊予灘を西方に針路をとった。右手に由利島、左手に青島が近づいてきた。その両島間の海域が、訓練海面に当てられていた。郡中港を出港してから四十分ほどたった頃、艦は予定位置に到着した。

午前七時四十五分、試験潜航をすることになった。

海域の水深は、約六〇メートル。ハッチがしめられ、空気の取入口である給気筒、ディーゼルの排気筒も、すべて閉鎖された。司令塔内に、赤色の標示灯がともった。それは、給気筒、排気筒が完全に閉鎖したことを告げるものだった。

さらに、艦内の気圧がたかめられた。もしも、閉鎖が完全でなければ、空気がもれて気圧がさがる。が、気圧の低下もなかったので、弁のすべてが完全に閉鎖されていることが再確認された。艦長は、

「ベント弁開け」

の命令を下した。

潜水艦の両側には、艦をいだくようにメインタンクがある。その最上端にあるベント弁がひらくと、タンク内の空気が音を立てて排出され、代りに海水が注ぎこまれてくる。

艦は、艦首をさげて潜航していった。艦の深度は増して、三〇メートル近くに達した。

艦長は、魚雷戦訓練を命じた。水雷科員は、水雷長平沢豊治大尉の指揮で魚雷発射訓練をお

こなった。また、爆雷防禦訓練も実施された。艦は、爆雷攻撃を受けた折には最大深度一〇〇メートルまで潜航する。そのような場合を想定して、防水扉の閉鎖などが試みられた。

訓練も終ったので、潜航してから十分後には深度一八メートルまで浮上、潜望鏡をあげて海面をさぐった。敵機または敵艦が接近中であることを仮想し、形式通り警戒訓練をおこなった。

「メインタンク、ブロー」

の号令が発せられた。

二五〇キロの高圧空気気蓄器の弁がひらかれ、高圧空気がタンク内に注入され、海水は外へ排出された。

艦は、浮上した。艦橋のハッチがひらかれた。第一回の試験潜航は、終了した。

艦は、ゆるやかに進んだ。舳に割れる海水は、白く輝いていた。

時計が、午前八時をさした。艦長は、急速潜航訓練に入ることを乗組員に告げた。

その日の乗組員は第一直哨戒員で、水雷長の平沢大尉が、哨戒長となって指揮することになった。同大尉指揮の第一直哨戒員の艦内突入訓練は最も機敏で、見張員たちの顔にも自信の色が濃くうかんでいた。見張員たちは、平沢大尉とともに艦橋に上っていった。

午前八時〇五分、艦橋の真下にある司令塔にいた小西少尉は、

「両舷停止、潜航急げ」

という平沢大尉の甲高《かん》い声を、上方にきいた。

と同時に、総員配置につけのベルが艦内に鳴りひびいた。急速潜航訓練が開始されたのだ。

見張員たちは、ラッタルをつたって滑り降りてゆく。信号長横井徳義一等兵曹が、素早くハ

ッチをしめた。

「ハッチよろし」

横井が、平沢大尉に報告した。

海面下一八メートルの海中に潜航を果すまで、四十五秒しかない。

平沢大尉は、

「ベント弁開け」

と、命令をした。

メインタンク弁がひらいたらしく、空気が排出される音が起った。艦は、艦首をやや下げて潜航してゆく。小西少尉は、深度計をみつめた。針が、ゆっくりと右廻りに動き一〇メートルに達した。

その時、不意に、艦の傾斜に異常が発生した。艦は、二度から三度の角度で艦首をさげて海底方向に潜航していたが、意外にも、艦傾斜がやむと逆に艦尾がさがって沈降してゆく。つまり、艦首を突き立てるような形になり、しかも、その角度は三〇度近くになった。

乗組員の顔色は、変った。かれらは、激しい傾斜に、計器類にしがみついて倒れるのを防いだ。

またたく間に深度計の針は、一八メートルの数字をさした。小西少尉は、海図台をつかみながら、頭の中に砂礫が詰めこまれているような重苦しさを感じた。

針が二〇メートルをさした時、司令塔内の伝声管から、

「浸水、機械室浸水」

という絶叫に似た声がふき出た。

小西少尉は、砂礫が頭の中から音を立てて流れ出すと、代りに、全身の血液が脳の内部に逆流するのを意識した。

司令塔内に、緊迫した空気がみなぎった。事故が発生したのだ。かれの頭に、トラック島で沈没事故を起した艦の前歴がかすめすぎた。沈没は、乗組員の死を意味する。その危機を救うのは、艦長の豊かな経験以外にないはずだった。

小西少尉は、和田艦長の顔から血の色が失われているのをみた。かれは、恐怖におそわれた。

「機械室浸水、機械室浸水」

再び、伝声管から叫び声がふき出た。それは、三上政男機兵長*の声にちがいなかった。

さらに、それにつづいて、

「給気筒より浸水」

「浸水、浸水」

と、狼狽した声が流れ出てくる。二週間足らずの訓練しか積まぬ乗組員たちは、不意の浸水事故に気も顚倒《てんとう》しているようだった。給水筒の頭部にある弁が閉まっていなかったのか。そこから浸入した海水が、機械室に流れこんでいるのか。

艦長が、口をひらいた。その声には、意外なほどの平静さがもどっていた。

「ベント弁閉め」

機兵長　「機関兵長」の略。旧日本海軍の階級の一つ。機関科の兵の最上位。

「ネガティブ、ブロー」*

「メインタンク、ブロー」

「両舷停止」

艦長は、艦を浮上させるため、機敏に命令を発している。かれは、出来得るかぎりの処置をとっているのだ。

しかし、艦の沈降は、やまない。小西少尉は、司令塔の下部にひらいた穴から、下方に眼を向けた。司令塔の下には発令所があり、横に機械室がある。その機械室から発令所に海水が流れこむのがみえ、その中から、乗組員の叫び声がきこえていた。

不意に、艦内の電灯が消えた。浸水によって電気がショートしたらしく、それによって排水ポンプの作動は停止した。艦は、最悪の事態におちこんだのだ。

司令塔の内部は、闇になった。蛍光塗料をぬった深度計などの計器類が、青白い光をほのかに放っているだけだった。

司令塔内の者たちの眼は、深度計の文字盤にそそがれている。針が右へまわってゆく。四〇メートルの目盛りを越えた。そのあたりから艦の傾斜が徐々にゆるやかになり、計器等につかまらなくても立っていられるようになった。そして、針が五〇メートルをさした頃には、艦は水平になった。

しかし、深度計の針は、なおも右へまわりつづけている。小西少尉は、自分の体が果しなく地球の中心にむかって沈下してゆくような恐れを感じた。司令塔内には、伝声管から空気の噴出する騒音が流れ出ている。すでに、伝声管は機能を失っていた。

しばらくすると、軽い衝撃が艦底から起って艦は左右にゆれたが、それも鎮まった。深度計の針は六〇メートルをさして、そのまま動かなくなっていた。艦は、海底に達したのだ。

その時、司令塔に二人の主計兵が駈け上ってきた。小西少尉たちは、主計兵に眼を向けた。配置のないかれらは、艦内の最上部にある司令塔に身を避けてきたらしい。二人の顔は、計器類の発する蛍光塗料に青白く浮び上っている。かれらは、早くも死の危険を察知しているようだった。主計兵が上ってきたことで、司令塔内の沈鬱な空気は、さらにたかまった。

そのうちに、艦がわずかに動いたように思えた。艦首方向が、かすかに持ち上がるようだった。小西少尉は、錯覚かと思い、深度計に眼を向けると、青白く光った針が左へ少しずつ逆もどりしはじめている。

「浮くぞ」

薄暗がりの中で、低い声がした。

小西少尉は、体が熱くなるのを感じた。メインタンクの中の海水が、高圧空気に押し出されはじめたのだろうか。かれは「メインタンク、ブロー」と命じた艦長の処置が、やはり適切だったのだと思った。

司令塔内に安堵《あんど》の息がもれ、針が左へまわるにしたがって、大きな喜びに変っていた。針は、着実に動いている。五〇メートルをすぎ、四〇メートルの文字標識も過ぎた。艦は、艦首を突き立てるように浮上しているらしく、再び、物につかまらなければ立てなくなった。

ネガティブ　ここでは、ネガティブタンクの意。メインタンクの補助として使う浮力微調整用の小型タンク。

「浮いている。もう少しだ」

和田艦長の明るい声がし、

「高圧空気は、どの程度残っているか」

と、航海長幸前音彦大尉にたずねた。

幸前航海長は、すぐに下方の発令所に通じる伝声管に口をあて、

「高圧空気の残量を報告せよ」

と命じた。が、伝声管からは気流が噴出していて、何度叫び直しても声が通じない。

司令塔内にいた岡田賢一一曹が、艦長の命令をつたえるためラッタルをつたって、発令所におりていった。そして、再び司令塔内に上ってくると、

「高圧空気の残量は三〇キロであります」

と、艦長に報告した。

その頃から、司令塔内の気圧が高まり、鼓膜が痛みはじめた。

艦は、艦首を上にして上昇をつづけている。しかし、深度計の針の動きは徐々にゆるやかになり、二〇メートルを越えた位置で静止してしまった。艦の仰角をしらべると三〇度で、一〇八・七メートルの「伊号第三十三潜水艦」は、水深六〇メートルの海底に艦尾をつけて、艦首を海面近くまで浮き上らせていると推定された。

司令塔内に、再び、沈黙がひろがった。小西少尉は、艦の浮上する望みが断たれたことを知った。

艦長の声が、薄暗がりの中でひびいた。艦長は、伝声管のコックと、下部の発令所との間に

ひらいたハッチの閉鎖を命じた。すでに発令所には、海水が流れこんでいる。その中で、舵手は水の中に半身をつけながら舵輪をにぎり、士官も兵も持場をはなれない。やがて、かれらの体は、浸水してくる海水に没するだろう。

発令所に通じるハッチを閉鎖したことは、司令塔の下部にひろがる艦内の発令所、前・後部兵員室、発射管室、士官室、機械室すべてとの遮断を意味していた。それは、それらの部屋にいる乗組員に死を強いる行為であったが、ハッチを閉鎖しなければ、司令塔にも海水が奔流のように流れ込んでくることはあきらかだった。

小西少尉は、伝声管とハッチの閉鎖によって、艦が最後の時を迎えたことを感じた。

昼間潜望鏡は電動式で、電流がきれてしまっているため動かず、幸前航海長が手動式の夜間潜望鏡を最大限に上げて鏡をのぞいた。もしかすると、潜望鏡の先端が海面から突き出るかも知れない。艦長は、

「どうだ」

と、幸前航海長に声をかけた。

潜望鏡にとりついていた幸前が眼をはなし、

「まだ海面に出ていません。幾分海水が明るんでいるようにも思えますが……」

と、失望したような声をあげた。

司令塔内の静寂は、さらに深まった。

気圧は極度に上昇し、小西少尉は耳をおそう激痛に堪えられなくなった。眼球が今にも飛び出してしまうような予感におそわれ、体が周囲から強くしめつけられているような息苦しさを

おぼえた。闇に眼がなれてきて、計器類の放つ蛍光が、司令塔内を淡く明るませているのを感じた。

艦長が、小さい椅子に崩れるように坐った。

浸水がつづいているのか、下方で水の音がかすかにきこえてくるだけで、なにも物音はしない。小西少尉は、鼓膜の痛みに顔をしかめながら、司令塔内に視線を走らせた。自分をふくめて十七名が、口をとざし、身じろぎもしない。かれは、死が近づいているのを感じた。下方の艦内では、浸入した海水ですでに溺死している者がいるのかも知れない、と思った。

死の訪れが意外にも呆気ないことに、かれは驚いた。急速潜航してから現在まで、まだ十分間ほどしか経過していない。そのような短時間に、乗組員が死亡し、自分たちも死を迎え入れようとしていることが信じられなかった。

かれは、鼓膜を襲う激痛に恐怖を感じた。死の瞬間までには、まだ時間がかかりそうだった。その間、鼓膜の痛みは果しなく増して、錐《きり》をもみ込まれるような苦痛になるにちがいない。かれは、悲惨な光景を想像して身をふるわせた。これ以上、鼓膜の痛みが激化すれば、自分をふくめた司令塔内の者たちは、錯乱状態におちいるかも知れない。

かれは、外国の潜水艦の沈没事故の話を思い起した。沈没後、引揚げられた艦内では、乗組員たちが発狂したらしく、ナイフや器具を手に傷つけ合った光景が残されていたという。かれは、冷静に死を迎えたいと思った。が、鼓膜をおそう痛みに意識も乱れて、計器類に頭をたたきつけて死をはかるかも知れないと思った。

かれの胸に、悔恨《かいこん》が重苦しく湧いた。少年時代からあこがれていた海軍兵学校に入学し、少尉にも任官した。そして、希望通り潜水艦に乗組み、最後の訓練日を迎えた。かれの思いえがいていた光景は、敵艦船に魚雷を発射し、撃沈させることであった。一軍人として、戦場で戦死することは本望だとも思っていた。そうしたかれにとって、戦場におもむくこともなく、事故によって死にさらされることは堪えがたかった。

艦長は、椅子に腕を組んで坐り、眼を閉じていた。その姿には、すべての策がつきた失望がにじみ出ていた。

小西少尉は、前夜見上げた星の光を思い浮べた。一時間ほど前、郡中港を出港してからながめた瀬戸内海の美しい風光も頭によみがえった。

二〇メートルほど上方には、初夏の陽光が注ぎ、海面には漁船がうかんでいる。島の緑は濃く、四国の山並も、その輪郭を鮮やかに浮び上らせているだろう。人間というものが、ひどく無力なものに感じられた。瀬戸内海のまばゆい風光は、わずか二〇メートル上方にひらけている。そこには、潮の匂いをふくんだ空気があり、光がある。

百四名の乗組員は、「伊号第三十三潜水艦」を誇りに思ってきたが、今になっては、ただ人間たちを閉じこめる頑丈な容器と化してしまっている。そして、その鉄の構造物は、乗組員たちに一人の例外もなく死を課そうとしている。

深い沈黙がひろがり、人々は、石に化したように動かない。

突然、静まり返った司令塔に金属音がひびいた。それは、下方の発令所からハンマーでハッチを叩く音だった。気圧が上昇して苦しいのか、ハンマーの音は、ハッチを開けてくれと懇願している。発令所には、浸入した海水が異常なたかまりをみせているはずだった。かれらは、上方にある司令塔へ上ろうともがいている。

充満した海水の中で、ハンマーをふるう乗組員の姿が想像された。そこには、水雷長の平沢大尉以下十数名の舵手や空気手がいるはずだった。かれらは、上方から閉ざされたハッチを開けてくれ、と必死にハッチを叩いている。

艦長は、無言のまま坐っている。司令塔にいる者たちも、ハッチから眼をそらせて立ちつくしていた。ハッチの音はつづいている。小西少尉は、自分の体に、その音が重々しくひびいてくるのを感じた。潜水艦に浸水が起れば、防水扉もハッチも閉ざされる。それは、無情の処置であったが、艦を救い一部の乗組員を救うためにはやむを得ぬ処置であった。

ハンマーをとる者が交代したのか、いったんとぎれた金属をたたきつける音が、新たに起った。それは、死の世界からつたわってくる音のように感じられた。

再びハンマーの音がとだえ、新しい音がしてきたが、その音はひどく弱々しかった。司令塔内の者たちは、顔を伏せてきいている。やがてその音は、突然のようにきこえなくなり、それきり絶えた。

小西少尉は、発令所に海水が充満し、乗組員に死が訪れたことを知った。やがては自分たちも、同じような運命にさらされるのだ、と思った。

かれは、潜望鏡の筒から海水がにじみ出ているのに気づいた。それは、次第に激しさを増し、床にもたまりだして、足先から水の冷たさが徐々に這《は》い上ってきた。

艦長が、顔をあげ、

「ハッチをあけるか」

と、航海長に言った。司令塔の上部には、艦橋へ通じるハッチがある。そこをあけて、艦外へ脱出しようというのだ。

航海長幸前大尉は、無言のまま頭を横にふった。

「開けぬのか」

艦長がただすと、航海長は、うなずいた。

小西少尉は、幸前航海長が、艦長の提言に同調しようとしない理由を容易に理解できた。それは、艦長が、死を決意して乗組員を救おうとしていることに気づいたからにちがいなかった。日本の潜水艦乗りには、常に生死を共にしようという伝統的な考え方がある。航海長は、艦長一人を司令塔に残して脱出したくはないのだろう。また、艦が海底に着底してから再び浮上したように、なにか奇蹟的なことが起るかも知れぬという期待をいだいているようにも思えた。

小西少尉は、一層、死が身近にせまっているのを感じた。鼓膜の痛みがさらにつのり、頭蓋骨が枷《かせ》をはめられたようにしめつけられてくる。このままでは、頭骨も顔の骨も音を立ててくだけるように思えた。司令塔内には、潜望鏡筒から噴出する海水の音だけが無気味にきこえているだけだった。

艦長が、再び口をひらいた。それは、強い命令口調だった。

「ハッチを開ける。艦外へ脱出できれば、一人か二人は助かるかも知れぬ。死ぬつもりで出ろ。もしも助かったら、戦隊司令部に事故の報告をするように……」

艦長の断定的な言葉に、航海長は反対しなかった。「事故を報告せよ」という言葉は、艦長が艦内にとどまることを意味している。

航海長は、

「耳に注意しろ。鼓膜が破れるかも知れぬ。苦しかったら、水を飲むのだ」

と、静かな口調で司令塔内の者に言った。

機敏に脱出するには、混乱を避けねばならなかった。そのため、脱出の順序が定められた。小西少尉は、五番目だった。

かれは、艦長に敬礼した。艦長は、椅子に坐ったまま無言でうなずいた。

ハッチをひらくと、小西少尉たちは、司令塔内の高い気圧をふくんだ空気とともに海中に出る。しかし、司令塔内の空気が海中に放たれて気圧がさがれば、海水は、すさまじい勢いで塔内に流れこんでくる。一人残った艦長は、海水にたたきつけられて即死するだろう。その瞬間は、せまっている。小西少尉は、間もなく死亡するにちがいない艦長が、椅子に坐って一人一人の敬礼にうなずいていることに、不思議な感動をおぼえた。

司令塔内の気圧は、異常な高さにまで達している。それは、ハッチをあけても、艦外の海水の流入を押しとどめる力を秘めているはずであった。

「ハッチを開けよ」

艦長が、平静な声で命じた。

初めに艦外に出る信号長横井徳義一曹が、ハッチのハンドルに手をかけた。が、ハンドルは回転せず、他の者も力をかした。

「一、二、三」

という掛け声とともに、ハッチがひらいた。

小西は、ハッチの口を見つめた。司令塔内の気圧が高いため、水は流れこんでこない。巨大なレンズのように青黒い海水が停止していて、そこから海水が降り落ちていた。ハッチをあけた横井一曹の体が、水のレンズの中に吸われていった。つづいて、一人、二人とハッチの口から消えてゆく。

小西少尉の番がきた。海水の落下は、空気の放出とともに激しくなって、滝のように落ちはじめている。かれは、深く息を吸いこむと、上昇する空気に乗ってハッチの外に出た。

その直後、かれは頭部に激痛を感じた。ハッチの上方にある艦橋の天蓋に頭をぶつけたのだ。小西は、横に泳いで、ようやく天蓋の下から脱け出た。海水には、かすかな明るみがさしていた。かれは、手足を動かし、もがいた。息苦しさが、体の筋肉を麻痺させた。早く海面に顔を突き出したかった。

長い時間のように感じられた。海面に達するまでに絶命するかも知れぬ、と思った。海水の明るさが、徐々に増してきた。かれは、必死に手足をばたつかせた。海水が、鼻の奥にまで食い入った。息苦しさの限界は越えた。かれは、水をのんだ。胸が、今にも破裂しそうだった。海の水が、白っぽくなった。かれの体は、海面から躍り上った。生きた、とかれは、まばゆい陽光を浴びながら胸の中で叫んだ。空気がふれてくる。あたりは明るい。かれは、自分の手足が自由に動くのをたしかめた。

かれの胸に、海軍士官としての意識が強烈に湧いてきた。艦長は、「助かった者は事故を報告せよ」と、言った。艦長は、自分たちの艦外脱出によって流れ込んできた海水で殉職しただろうが、艦内には、防水扉をとざして浸水をふせいでいる区画もあるにちがいなかった。その部分には、乗組員が、高まる気圧にたえながら救出を待っているはずで、幸いにも艦外脱出に成功した自分に課せられた任務は、一刻も早く母艦「長鯨」に事故発生を報告することだと思った。かれは、海面を見まわした。司令塔内からは、艦長以外の十六名の者が脱出をはかったはずだった。

点々と、人間の頭がうかんでいる。

小西少尉は、その方向に泳ぎ、他の者も集ってきた。幸前航海長もいる。集った者は八名で、十六名中半分が海面への浮上に成功したことがわかった。

かれらは、黙って泳ぎ出した。北の方向に由利島、南方に青島がみえる。どちらの島へも距離は同じ程度に思えたが、小西少尉は、由利島にむかって泳ぎ出した。かれは、泳ぎに自信があった。兵学校では、朝八時から夕方まで十時間近く泳ぎつづける者が半数以上はいた。かれもその一人で、二〇キロ以上泳いだことも数知れなかった。

ふと、首の重さを感じたかれは、首に双眼鏡をかけたままであることに気づいた。かれは、それをはずして海中に捨てた。

由利島までは一〇キロ程度に思えた。が、潮流がはげしいので島に泳ぎつくにはかなりの体力を費すかも知れない。過信は禁物だ、と、かれは思った。体を軽くするため靴、帽子、上衣をぬぎ、ちぢみのシャツと越中ふんどしのみになって泳いだ。

海水は、幾分、冷たい。かれは、自分のまわりを見まわした。いつの間にか二名の者が泳いでいるだけで、他の幸前航海長ら五名は、青島にむかったようだった。

近くに泳いでいるのは、岡田賢一、鬼頭忠雄の両一等兵曹であった。岡田一曹は、元気よく泳いでいるが、鬼頭一曹の動きは緩慢で、岡田一曹がしきりに声をかけて励ましている。島は近くにみえるが、一時間以上泳いでも近くなったようには思えない。潮の流れに押し流されているのかも知れなかった。

かれの眼に、機帆船*が走ってくるのがみえた。

かれは、立泳ぎをしながら手をふり、

「オーイ」

と、叫んだ。

岡田一曹も、しきりに手をふった。が、機帆船は、エンジンの音で声もきこえぬのか、そのまま遠ざかっていった。

かれは、岡田一曹とともに鬼頭一曹をかこむようにして泳ぎつづけた。疲労が、次第に湧いてきた。手足を動かしてはいたが、思考力は失われ、意識がかすむことも多くなった。島がかなり近くにせまってきた。四時間ほど泳いだように思えた。

その時、再び漁船が近くを通るのがみえた。かれは、岡田一曹と手をふり、声をあげた。漁船の上にいた二人の男が、こちらに顔を向け、指さしているのがみえた。漁船が、舳を回して近づいてきた。

小西少尉は、立泳ぎをしながら、船の近づくのを待った。岡田一曹の顔にも、深い安堵の色

機帆船　発動機を備えた小型の帆船。

がうかび上っている。かれは、岡田一曹と二人で鬼頭一曹を船べりに誘導した。

小西少尉たちは、船べりをつかんだ。が、その直後、鬼頭一曹は手をはなすと、そのまま海中に沈んでいった。

「助けてやってくれ」

小西少尉と岡田一曹がかすれた声で言うと、漁師が二名つづいて海中にとびこんだ。そして、水中に深くもぐると、鬼頭一曹の体を後ろ抱きにして浮んできた。

小西少尉は、岡田一曹と船に引揚げられた。かれらの膝頭はなえきっていて、腰を上げることもできなかった。

鬼頭一曹が、船底に横たえられた。顔に血の色はなく、口が薄くひらいている。岡田一曹が声をかけたが、反応はない。

漁師が、鬼頭一曹の体をうつ伏せにして臀部をしらべている。

「だめだ、肛門が大きくひらいている」

漁師は、頭をふった。

小西は、放心したように、その声をきいた。かれは、一刻も早く事故発生を呉《＊くれ》鎮守府につたえねばならぬ、としきりに思っていた。鬼頭一曹の死に対する悲しみは、ほとんど湧いてはこなかった。

小西少尉は、船の重だった者を呼んだ。海中にいた時とは異なった激しい寒気に、かれは体をふるわせた。

「この船はどこへ行く」

かれは、こわばった唇をひらいてたずねた。

「漁を終えて西条（愛媛県）に帰るところです」

男は、答えた。

小西は、一瞬逡巡した。「伊号第三十三潜水艦」の沈没事故を一般人に告げてよいのか、かれには判断がつきかねた。

しかし、潜水艦の救難は、一刻の猶予も許されない。艦内に生存者の残っている可能性は高いし、その乗組員たちのためにも急いで呉鎮守府に連絡をとらねばならなかった。西条までは、高縄半島の大角鼻をまわってゆかねばならず、かなりの時間を要する。それより最も近い位置にある三津浜に舟をつけてもらいたかった。

かれは、男に思いきって潜水艦の沈没したことを打明け、急いで三津浜にむかうよう依頼した。男は顔色を変え、すぐに舳を三津浜に向け船の速力をあげた。

漁師たちは、上衣をぬぐと小西少尉と岡田一曹に着せかけ、船底の板をあけた。中には、鱗を光らせた鯛がひしめき合ってはねていた。漁師は、鯛を一尾とり出すと、出刃包丁で無造作にたたき切り、七輪にのせた大きな鍋の中に投げこんだ。そして、しばらくすると、大きな椀に吸物を入れて食べるようにすすめてくれた。

小西少尉は、なにも口に入れたくなかったが、親切にすすめられたので吸ってみると、驚くほ

呉鎮守府　「鎮守府」は旧日本海軍で、所管海軍区の警備や所属部隊の監督などを行なった機関。呉のほか、佐世保・横須賀・舞鶴の各軍港に置かれた。

どうまかった。漁師たちは、小西少尉と岡田一曹が一心に汁を吸うのを、黙ってながめていた。

舟が、三津浜についた。小西少尉が、波止場の近くの人家に入って松山海軍航空隊に電話をかけると、すぐに車で迎えに行くという返事があった。

小西少尉は、岡田一曹と波止場につながれている漁船にもどった。鬼頭一曹の遺体は、明るい陽光を浴びて仰向きに横たわっている。ようやく艦内を脱出し四時間も泳いだのに死亡した鬼頭一曹に、初めて深い悲しみが湧いた。

やがて、航空隊の車が二台つらなってやってきた。

隊の者が白い大きな布をもって船に入ると、鬼頭一曹の遺体を丁重に包み、岸に上った。小西少尉は、岡田一曹と足をふらつかせながら歩き、鬼頭一曹の遺体が後の車に乗るのを見定めてから車の中に身を入れた。

自動車は、海岸沿いの道を走り、航空隊の隊門の中にすべりこんだ。

小西少尉は、電話で呉鎮守府に「伊号第三十三潜水艦」の遭難事故を報告、第六艦隊、第十一潜水戦隊へも連絡してくれるよう依頼した。……時刻は、午後一時を過ぎていた。

小西少尉と岡田一曹は、航空隊軍医長の診断を受けた。潜水病にかかっているのではないかと危惧されたが、症状はあらわれていなかった。ただ、二人とも、同じように頭部に打撲の痕があった。それは、司令塔のハッチから脱出した直後、艦橋の天蓋に頭をぶつけたためであった。また小西少尉は左耳、岡田一曹は右耳の鼓膜が裂け、艦内の気圧が異常な高さであったことをしめしていた。

かれらは、新たな衣服の支給をうけ、松山航空隊所属の内火艇*で、長浜沖に碇泊《ていはく》していた第十一潜水戦隊旗艦の潜水母艦「長鯨」に送ってもらった。

戦隊司令部には、悲痛な空気がみちていた。小西少尉の緊急連絡で、松山航空隊から救難機が飛び立ったが、「伊号第三十三潜水艦」の沈没位置は確認できないという。

小西少尉は、航海長幸前音彦大尉らの救出報告がまだ入っていないことを司令部員から知らされた。幸前大尉は四名の部下とともに青島にむかって泳いでいったはずだった。

小西少尉は、呉鎮守府の命令で港務部と工廠が救難作業準備を開始していることを知っていた。が、艦内に生存しているかも知れぬ乗組員のことを思うと、堪えきれぬ苛立ちを感じた。それに、幸前大尉らの消息も不明なことが、一層、かれの気分を重くした。

海上が、夕焼けの色に染まった。その頃、松山海軍航空隊の捜索機が海面を流れる重油を発見したという報告が入ったが、幸前大尉らの生存を確認する連絡はなかった。小西少尉は、その夜おそくまで寝つかれなかった。

翌早朝、依然として幸前大尉らの救出されたという連絡はなく、その生存は絶望的になった。

「伊号第三十三潜水艦」の捜索と救難作業は、夜明けと同時に開始された。呉海軍工廠からは、潜水艦関係の技術者、艦引揚げの救難隊員らが作業艇に乗って急行、「長鯨」も沈没推定海面へと急いだ。「長鯨」が青島と由利島の丁度中間地点に達すると、工廠の船をふくめた二十隻近くの船があたり一帯を掃海しているのがみえた。上空には松山航空隊の捜索機がとび、必死になって「伊号第三十三潜水艦」の沈没位置をさぐっていた。しかし、「伊号第三十三潜水艦」

内火艇　機動艇の一つ。内燃機関で動く小型艇。

の沈没海面は発見できず、午後に入った。

そのうちに、ようやく捜索機が、海面に少量ずつ油の湧出しているのを確認、機上から発煙筒を投下してその位置をしらせた。工廠の作業船がその海面に集り、掃海が開始された。海底をさぐっていた鉤《かぎ》が異物にかかって、ロープが強く張られた。

鉤がからまったのは「伊号第三十三潜水艦」の船体と推定されたので、ただちに工廠船渠《せんきょ》＊工場の潜水夫が水中に入った。二時間近くたってあがってきた潜水夫は、海底に「伊号第三十三潜水艦」が着底していることを報告した。

小西少尉は、岡田一曹と海面を見つめた。艦が沈んでから、三十時間が経過している。艦内の気圧はさらにたかまって、人間の生存を許すことはできなくなっているかも知れぬが、二日か三日たってから生存者が救出された例もある。鼓膜は破れ絶命している者がいるだろうが、三十時間という時間的経過は、まだ十分に艦内の者を救出できる可能性を秘めていた。

ハンマーをたずさえた潜水夫が、つづいて水中にもぐっていった。かれらは、艦外からハンマーで叩いて内部の反応をうかがうのだ。

小西少尉は、双眼鏡で「長鯨」の甲板上から海面に潜水夫のもらす気泡の湧くのを見守っていた。上空で旋回していた捜索機は、任務も終えたので東方へ去っていった。

しばらくして、潜水夫が、人間を抱いて上ってきた。生存者か、と思われたが、幾分膨張した遺体で、つづいてまた一体の死体が、海面に姿をあらわした。それは、艦橋の部分にひっかかっていたもので、司令塔から脱出した折、天蓋に頭部を強打して意識を失い水死したものと推定された。

その日、日没まで潜水夫は交互にもぐって、ハンマーで叩いてまわった。しかし、艦内からの反応は全くなく、深い静寂がひろがっているだけだという。

夜になって作業は中止され、「長鯨」の第十一潜水戦隊司令部に呉工廠関係者も集合し、打合わせ会がひらかれた。その席で、「伊号第三十三潜水艦」内には生存者が皆無であるという結論が下された。また司令塔から脱出して青島方向へむかった幸前大尉ら五名も、死亡したものと断定された。沈没地点から青島までの海面は潮流がはげしく、島に到達するまでに力つきて溺死したものと想像された。

同席していた小西少尉は、あらためて事故の大きさに慄然とした。百四名の乗組員のうち救出されたのは自分と岡田賢一一曹のみで、鬼頭一曹をふくめた三個の遺体が収容されただけになる。かれは、自分が生き残ったことになんとなく後ろめたいものを感じた。

席上、「伊号第三十三潜水艦」の引揚げ作業についての意見が交された。

呉海軍工廠船渠工場に属する潜水室員は、高度な潜水技術をもち、船具工場の技術者と協力して、過去に無数の至難と思える沈船の引揚げ作業をおこなってきた。

主なものとしては、大正十二年、淡路島附近で公試中沈没した「第七十潜水艦」を、水深五五メートルの海底から引揚げることに成功したのをはじめ、昭和九年、水雷艇*「友鶴」の艦内生存者の救出にも従事。また昭和十四年二月には「伊号第六十三潜水艦」の収揚をもおこなった。こ

船渠　船の建造・修理などを行うための設備。ドック。
水雷艇　魚雷を装備した小型の高速艇。

の艦の沈没位置は実に水深九三メートルという深海で、潜水作業の世界最深記録であった。その他数限りない大小艦船の引揚げに成功した実績があり、潜水員責任者福永金治郎に協力して、船具工場技手又場常夫が天才的ともいえる創意をはたらかせて現場作業を成功に導いていた。

「伊号第三十三潜水艦」の沈没海底は水深約六〇メートルの位置にあり、工廠の救難隊にとっては過去の実績から考えてもその引揚げは可能だった。しかし、呉海軍工廠関係者は、作業を実行に移すことに不熱心だった。すでに戦局は日増しに急迫していて、敵機の空襲も激化している。工廠には、「伊号第三十三潜水艦」の引揚げ作業をおこなう余力は失われていた。

ただ、今後、他の潜水艦に同様の事故が発生することを防ぐためにも、沈没事故の確認をおこなう必要があった。その原因を追究する上で、小西少尉、岡田一曹の証言が重視された。

かれらは二人とも、艦が急速潜航をおこなった直後、

「機械室浸水！」

という伝令の声が伝声管から流れ出たことを、証言した。

容易に想像されるのは、機械室の上方にある給気筒の弁がひらいていたため海水が流入したのではないか、と疑われた。が、各弁の完全閉鎖は、赤い標示灯の点灯で自動的に確認される。哨戒長は、その点灯を目認した直後、「潜航急げ」の号令をかけたはずで、他のなんらかの理由で機械室に浸水したのではないかという意見も出された。

結局、翌日は、潜水夫を使って給気筒の弁を調査することになった。

その日、漁船に引揚げられる寸前に死亡した鬼頭忠雄一曹の遺体が、松山航空隊で荼毘《だび》に付せられ、遺骨が「長鯨」に送りとどけられてきた。「長鯨」では、一番船倉甲板に祭壇を設け

て安置した。

救出されてから、岡田一曹の態度は異常だった。司令部員の事故に関する質問には答えるが、他の者から声をかけられても口をきかない。かれは、沈鬱な眼で海ばかりながめていた。小西少尉には、かれの気持を察することができた。岡田一曹は、水雷学校、潜水学校の出身者で、五年間も潜水艦に乗りつづけている下士官だった。履歴をみると、「伊号第五十三」「伊号第五十七」の各潜水艦乗組みとなり、開戦時にはイギリス東洋艦隊旗艦「プリンス・オブ・ウェールズ」と戦艦「レパルス」の追尾作戦にも従事、ミッドウェイ、アリューシャン作戦にも参加している。潜水艦乗りには、乗組員全員がともに死をうけいれるという信条がある。沈着に死を迎えることを本望とし、そのように岡田一曹も部下を教育してきたはずであった。

そうしたかれにとって、艦外に脱出し生き残ったことは、部下に対する背信行為だと思っているにちがいなかった。

その夜、小西少尉は、鬼頭一曹の遺骨の前で合掌した。息をあえがせて泳いでいた鬼頭一曹の白けた顔や、ふやけたように大きくひらいていた肛門がしきりによみがえった。

岡田一曹は、悄然と頭を垂れている。小西少尉は、岡田一曹が自ら死をうけ入れようとしているのではないか、という不安さえおぼえた。

その夜、岡田一曹は鬼頭一曹の死を悲しんで、祭壇の前に寝た。

翌早朝から、事故原因の究明作業が開始された。

潜水夫が数名、艦橋の後部にある給気筒を調査するため潜水していった。その結果、思いもかけない事実が判明した。浮上してきた潜水夫は、黒ずんだ短い丸太を手にしていた。それは、直径五センチ、長さ一五センチほどの円材だった。潜水夫の話によると、給気筒の頭部弁から気泡が湧いているので調べてみると、弁の間に円材がはさまっていたという。つまり、その円材のために弁が完全に閉鎖されず、急速潜航と同時に、その間隙《かんげき》から海水が浸入したことがあきらかになった。

そのことから、一つの疑惑が生れた。頭部弁が閉鎖されていなければ、赤い標示灯は点灯しない。哨戒長が急速潜航を急ぐあまり、点灯を確認せず潜航を命じたのか。それとも、想像を越えた他の理由によるものなのか。その点についてはあきらかにされなかったが、事故原因は明確にされた。

円材の出所が、追及された。その結果、「伊号第三十三潜水艦」が呉工廠で入渠修理中に給気筒内に落ちこんだものであることが判明した。つまり工廠員が、修理完了後の清掃を怠ったため、円材を発見することができなかったのである。

究明作業は、円材の発見によって終了、沈没位置をしめす簡単な赤い浮標が残されただけになった。

小西少尉と岡田一曹は、その後、残務整理のため「長鯨」にとどまったが、由利島の越智松三郎という漁師が出漁中、「伊号第三十三潜水艦」の沈没事故を目撃したという話もつたえきいた。

越智は、午前八時ごろ由利島と青島の中間海面で潜水艦が訓練しているのを、漁船の上からながめていた。

午前八時ごろ、潜水艦から空気の噴出する音が起った。それは、メインタンクの空気を排出し海水を導入する音で、何度も潜水艦の潜航を見たことのある越智は、潜航を開始する、と思った。艦は、艦首をさげて潜航し、やがて、海水を白く泡立たせながら海中に没していった。かれは、また漁をはじめたが、三、四分してから、ふと異様な気配を感じて顔をあげた。潜水艦の前部が海面上にあらわれていて、十分間ほど静止していた。それから、徐々に沈下すると再び海中に没していった。

越智は、いつもとは異なった光景なので、その日、漁を終えて由利島にもどると、同島におかれた海軍の見張所に届け出たという。

このことから考えると、「伊号第三十三潜水艦」は、一度海底まで沈んだ後に、艦首を上にして浮上し、再び沈降して海底深く没していったのだ。

艦から脱出した幸前大尉らの遺体捜索は、その後もつづけられた。漂流しているか、それとも島か陸地に打ち上げられているだろうと想像されたが、その後、どこからも発見の報告はなかった。外洋へ流出したのか、それとも海底深く沈んでしまったのか、五名の乗組員の姿は消え、遺品らしきものも発見されなかった。

二

昭和二十八年二月、「伊号第三十三潜水艦」沈没位置附近の海面に一隻の小型船が浮んでいた。

乗っているのは、呉市にある北星船舶工業株式会社の経営者又場常夫であった。

又場は、少年時代に呉海軍工廠に入廠し、沈船の引揚げを数多くおこなってきた技術者だった。

最初に沈船引揚げ作業に従事したのは、大正十二年に淡路島附近で沈没した「第七十潜水艦」で、かれは、十九歳という若さだった。かれは、その折に引揚げ作業の技術を山県という技師からたたきこまれ、豊後水道で九三メートルの深海に沈んだ「伊号第六十三潜水艦」をはじめ、主要な引揚げ作業に工廠の船具工場技手として積極的にとりくんできた。

戦争終結と同時に、かれは職を失ったが、年来の技術を生かしてサルベージ会社を興した。戦後、かれの手がけた引揚げ艦船の数はおびただしく、昭和二十三年に呉港三ツ子島で空母*「天城」（二二、〇〇〇トン）を手初めに、巡洋艦*「利根」（一一、九〇〇トン）、「大淀」（八、一六四トン）、潜水艦「伊号第百七十九」「呂号第二十三」*「伊号第三百五十二」「伊号第六十二」、また㋴艇と称された陸軍の潜水輸送船「第二十六号」「第二十四号」の浮揚のほかに戦艦「伊勢」（三五、八〇〇トン）「日向」（三六、〇〇〇トン）の排水作業もおこなった。

そうした浮揚をつづけながらも、かれは、しきりに「伊号第三十三潜水艦」のことを思い起すようになっていた。

かれは、トラック島泊地での「伊号第三十三潜水艦」の引揚げ作業には直接関係しなかったが、呉に曳航されて後の修理には従事した。偶然にも、トラックで沈没した折に生き残った同艦乗組みの一下士官が、又場の直属の部下の娘婿であったことから、艤装員たちとの接触も多かった。その下士官は、

「又場さん、今度また沈んだら引揚げて下さいね」

と、冗談まじりに言ったりしていた。

やがて、「伊号第三十三潜水艦」は、修理工事と公試も終えて、訓練のため出動してゆき、二週間後に由利島と青島の中間海域で沈没事故を起した。

かれは、工廠救難隊員の一人としてすぐに現場に急行した。その折に、生存者はわずかに二名で、かれの部下の娘婿である下士官の遭難も知った。

戦局は極度に悪化し工廠の余力も失われていたため、引揚げ作業はおこなえなかったが、それが、かれの悔いとして残っていた。沈没位置も想定がつくし、かれは、自分の手で「伊号第三十三潜水艦」を海面に浮上させたかった。

スクラップは高い価格で売買されていたので、戦時中沈没した艦船を引揚げてスクラップ化すれば、作業に要する費用を差引いても、かなりの利益をあげることができた。そのため、サルベージ会社は、競い合うように瀬戸内海に沈む艦船の引揚げ作業を活潑におこなっていたが、「伊号第三十三潜水艦」には手を出そうとはしなかった。理由は、艦の沈没している海底が水深六〇メートルという深さで、その上、附近は潮流がはげしく、作業を成功させる自信がもてなかったからである。

又場は、戦時中、呉工廠技手として深海での沈船引揚げ作業をおこなった経験から、同艦の浮揚作業も決して不可能ではないと思った。それに、「伊号第三十三潜水艦」に関する資料も

空母　「航空母艦」の略。軍艦の一つ。航空機を積み、これを発着させるための飛行甲板や格納庫を備える。
巡洋艦　軍艦の一つ。戦艦と駆逐艦の中間に位置する。
呂号第二十三　旧日本海軍では、基準排水量が大きい順に潜水艦をイ、ロ、ハ（伊、呂、波）で分類した。「呂号潜水艦」は、基準排水量が五〇〇トン以上一〇〇〇トン未満のものをいう。二等潜水艦。

豊富に持っていたので、引揚げを決意し、沈没艦船を国有財産として保管している大蔵省から払下げてもらうため、中国地方財務局に許可申請を提出した。が、書類の提出に手間どっている間に、他のスクラップ業者に許可がおりてしまった。

又場は、諦めることが出来ず、この業者に権利の譲渡を交渉し、約三百五十万円で引揚げ許可権を手中にした。

かれは、引揚げ準備に着手すると同時に、「伊号第三十三潜水艦」の沈没位置を確認するため船を出した。

沈没直後にとりつけた浮標は、むろん、海面からは消えていた。かれは、当時の記憶をたよりに、三本の錘《おもり》をつけたロープを垂らして船を走らせた。海図をみると、たしかにその附近なのだが掃海の反応はなく、四日間船を走らせたが、沈没位置を確認できなかった。

又場は、暮れてゆく瀬戸内海の海面をながめた。沈没直後、現場におもむいた時には、海面に重油が湧出していた。さらに、潜水夫は海中にもぐって船体を確認、遺体を二体引揚げ、ハンマーで艦内の反応をうかがった。そうしたことから考えても、必ず「伊号第三十三潜水艦」はこの海のどこかに身をひそませている。九年間の歳月は、船体を錆びつかせ、貝類や海草におおわれているだろう。そして、それは、巨大な鉄製の棺のように多くの遺骨をおさめているのだ。

かれは、遠ざかる海面を見つめながら、沈没位置の確認方法について思案した。

その夜、宿にもどったかれは、ふと、漁師たちに話をきいてみようかと思った。「伊号第三十三潜水艦」が沈んでいると推定される海域は、さかんにハエ縄漁やタコ漁がおこなわれている。かれらは、船上から釣糸をつけたロープやタコ壺をつけたロープを深く垂らして、海底から獲物を得ている。そうした生活をつづけているかれらは、海中の事情もよく知っているはずだった。

かれは、漁師の意見をきくことに定めて、翌日、由利島におもむくと、ハエ縄漁やタコ漁をしている漁師たちの間を歩きまわった。

かれが海図をひろげて推定される個所を指し示すと、一人の老いた漁師が、たしかにその附近にはなにかあると言う。漁師は、「邪魔物」という表現を使ったが、或る個所にロープをおろすと、必ずなにかに引っかかって釣糸やロープが切れてしまう。そのため、その部分を避けて漁をするようにしているのだという。

又場は、その漁師に案内してくれるよう依頼し、漁師をのせて沈没推定海面に船を走らせた。

現場附近に到着すると、漁師は、しきりに近くの青島と由利島の島影を見つめ、さらに、松山市方向の海岸をうかがった。かれは、山容や岬の形を望見して漁場の位置を知るのだ。船は、かれの細かい指示によって移動していった。

やがて、かれは船をとめるように言った。

「このあたりだ、邪魔物があるのは……」

漁師は、船べりに立つと腕を大きく動かして円をえがいた。

又場は、錘のついたロープを海中に投じさせ、漁師のさし示した海面をゆっくりと船を進ませた。

五〇〇メートルほど行ってから舳をかえし、航路をずらして引きかえした。そんなことを何度かくり返しているうちに、ロープの先端につけた錘にたしかな反応があった。

又場の顔に、喜びの色がうかんだ。かれは、その附近を中心になおも船を動かしてみると、錘が硬いものに何度も当る。かれは、長年の経験で、自分の乗る船の真下に「伊号第三十三潜水艦」が沈没していると断定した。

又場は、漁師に謝礼を手渡し、急いで呉市にもどると、本格的な浮揚準備に着手した。

現場で慎重に水深を計測してみると、「伊号第三十三潜水艦」の沈没している海底は、海面から六一メートルであることがあきらかになった。

数多くの沈没艦船を引揚げてきたかれにとっても、六一メートルという水深は大きな脅威であった。日本の沈船引揚げ技術は世界最高の水準をもち、昭和十四年に沈没した「伊号第六十三潜水艦」の引揚げ成功は、九三メートルという海底からの引揚げで、潜水作業の世界最深記録になっている。「伊号第三十三潜水艦」の沈没位置の六一メートルという水深は、「伊号第六十三潜水艦」、「伊号第六十一潜水艦」の六五メートルにつぐもので、それが成功すれば、世界第三位の記録となるものであった。

かれは、まず、同艦の引揚げ方法について考えた。沈船の引揚げは、水中で解体する方法とそのままの姿で浮上させる方法がある。解体させた方が容易だが、艦内には魚雷十七個をはじめ砲弾も搭載されていて、作業中に爆発のおそれがある。それに、艦内の遺骨、遺品を収容するためには、解体せずに浮揚させることが望ましかった。

かれは、「伊号第三十三潜水艦」の非解体浮揚を決意した。

潜水班長としては、空母「阿蘇」をはじめ多くの沈船引揚作業に従事した山本嘉次郎をえらび、経験豊かな潜水夫、作業員三十七名をそろえ、クレーン船をふくめた三隻の作業船に器材を積載した。また、艦を浮揚させるタンクを二十個用意した。それは、直径四メートル長さ一〇メートルの巨大なタンクで、内部に空気を入れ沈んでいる艦の船体を吊り上げる機能をもっていた。

四月九日早朝、かれは、隊員とともに三隻の船に乗って呉を出港、沈没個所に近い青島に到着、その地に現場事務所を設置した。

翌十日、作業隊は、サルベージ船に乗って沈没海面におもむき、その日から潜水夫による調査がはじまった。

六一メートルの深海なので、潜水には大きな危険がともなう。水圧が高まるため、潜水夫が潜水病におかされ死亡することも多い。海底までは約二分間でおりられるが、深海なので五分間以上はとどまることができない。それに、浮上するときも直接海面まで上ってくると、人体が水圧の急激な変化に順応できず、死にさらされる可能性が高かった。そのため、海底からはなれた潜水夫は、水深三〇メートルの位置にまで上ってくると、そこで三十分間停止して水圧になじむようにする。そして、水深一五メートルの位置で三十分、七・五メートルの位置で三十分、つまり、途中で計一時間三十分休息した後、ようやく海面に浮び上ってくるのである。

又場は、七名の潜水夫を交互にもぐらせて、艦の位置を確認することにつとめた。その結果、艦首、艦尾と中央の艦橋位置がはっきりとし、そこに、浮標をつけたロープをとりつけた。海面に、三個の浮標がうかび上った。それは、「伊号第三十三潜水艦」の一〇八・七メートルの全長をそのまましめしたものであった。

潜水夫の報告によると、海底附近は、時速三・五ノットのはげしい潮流があり、体が押し流される。また、船体が泥に埋もれているので、諸部分をしらべることがむずかしく、さらに、浮游している埃《ほこり》状の土が多く、海中灯の光も短い距離しか照らし出さないという。作業は、あらためて困難なものとなることが予想された。

又場は、「伊号第三十三潜水艦」の模型を前に、技術陣に説明をおこなった。

かれは、同艦の重量を入念に計算した結果、艦の重心点が、艦橋のすぐ後にあることをつかんだ。つまり、その重心点を吊り上げるようにすれば、排水量二、一九八トンの「伊号第三十三潜水艦」は、水平の状態で浮上することになる。模型には、十八個の浮揚タンクをつけたロープが、重心点を中心にして艦首、艦尾附近と艦橋の近くに結びつけられていた。しかも、そのタンクの位置は、水面下一〇メートルと二〇メートルの位置に分けて設置されていた。

かれの浮揚方法は、この十八個の一〇〇トンタンクに空気を注入して「伊号第三十三潜水艦」を海底からはなそうというのだ。もしも、そのタンクが艦を吊り上げ、水面下一〇メートルの位置におかれたタンクの群れが海面におどり上れば、艦は、海底をはなれて一〇メートル浮き上ったことになる。もしも、それが成功すれば、作業は半ば以上成功したと言っていい。

吊り上げた艦にはワイヤーをとりつけて、曳き船を使って曳航する。移動させる場所は、水深五〇メートルの海底である。さらに、その位置で再び浮揚タンクをとりつけて吊り上げ、段階式に浅瀬へ浅瀬へと移動させてゆく。しかも、その海底は、潮流もゆるやかな作業に便利な位置でなければならなかった。

又場は、地図をさししめして、

「最後には、この位置に持ってゆく。水深は約一〇メートルで、潮流もほとんどゼロに近い」

と、技術陣に言った。それは、沈没海面から一七キロほど東北方の距離にある松山市に近い興居島《ごごしま》の島かげだった。

技術者たちは、うなずいた。しかし、かれらは、六一メートルの深海でおこなわれる浮揚タンクとりつけ作業の困難さに、表情をこわばらせていた。

又場は、青島の基地から現場に通っていたが、本社との連絡が不便なので、松山市に近い三津浜に現場事務所を移した。

浮揚タンクが現場にはこばれ、取りつけ作業が開始された。船体にとりつけられる八インチワイヤーが、海中に投じられる。潜水夫は、ワイヤーの固縛《こばく》作業をはじめた。

しかし、海底におり立った潜水夫の作業時間は、わずか五分しかない。しかも、浮上してくるまでに海中で一時間三十分も休息をとらねばならない。又場は、完全浮揚まで四カ月間を必要とするだろう、と予想した。

かれは、平然と指揮をとっていたが、激しい不安も感じていた。ベテランの潜水夫たちばかりだとはいえ、六一メートルの深海作業をした者は、一人もいない。その上、潮流がはげしく、海の荒れる場所でもあった。かれは、常に晴雨計*を手にして、気象状況に注意をはらっていた。

四月下旬から五月に入ると、例年のように天候が不安定になった。雨の日も多く、海上が波立つようになった。そうした中で、潜水夫は、根気よくワイヤーの船体とりつけ作業をすすめていった。

晴雨計　気象観測用の気圧計。

又場の顔は、潮風にさらされ、陽光を浴びて黒くなった。

かれは、時折り、艦内の遺体を思った。当時の資料をしらべてみると、百四名の乗組員のうち二名救出、三名の遺体収容、さらに、艦外脱出後行方不明になった五名の者をのぞくと、九十四名の遺体が残されているはずだった。それらの遺体は、戦時中、事故艦を引揚げて収容すれば殉職扱い、艦から収容しなければ戦死扱いにされた。それは、海軍軍人の死体が水葬されたことでもあきらかなように、海を墓所とする考え方から発したものなのだろう。

戦後、沈没した艦の引揚げについて、旧海軍軍人の中には、むしろ、死者はそのまま海中にとどめておくべきだ、と主張する者がいることを耳にした。事実、又場が艦船の引揚げをはじめる度に、会社へ不必要なことはするな、と電話をかけてくる者がいた。終戦後八年経過して、年々、そのような電話は少くなっているが、それでも、決して皆無になったわけではない。

旧海軍の一員であった又場は、そうした考え方がわからぬわけでもなかったが、かれは、そうした電話がある度に、

「戦争も終りましたし、遺族の方のことも考えますと……」

と言って、弁明するのを常とした。

かれは、戦後、数多くの艦船を引揚げるたびに、どこからともなく集ってくる遺族の姿をみた。かれらは、まだ船体が浮上しないのに、海面に花束を投げ、合掌し、船体の一部が海面から姿をあらわすと、号泣する。

又場の会社には、「伊号第三十三潜水艦」引揚げのニュースをどこでとらえたのか、報道関係からの問合わせ電話がかかるようになっていた。やがて記者たちは作業現場にやってきて、

取材をはじめるだろうし、報道でもされれば、遺族たちが姿をあらわすにちがいなかった。

作業は、遅々として進まない。ワイヤーのとりつけ作業は困難をきわめ、浮上してきた潜水夫の顔には一様に濃い疲労の色がうかんでいて、放心したように坐りこんでいた。六一メートルの深海での作業は、かれらに想像以上の苦痛をあたえていた。

五月中旬に入って、ようやくワイヤーのとりつけ作業が終了し、巨大な一〇〇トンタンク十八個が海面に集められた。それらのタンクに適量の水が注入されると、タンクは一個ずつ海中に没していった。

まず水面下二〇メートルまで沈下したタンクに、ワイヤーとりつけ作業が開始された。潜水夫が、つぎつぎと海面下にもぐってゆく。

又場は、声をからして、

「ワイヤーとタンクをしっかりつなぎとめろ」

と、潜水夫たちに指示していた。

水面下二〇メートルのタンクとりつけ作業を終えた後、水面下一〇メートルに沈下しているタンクを、ワイヤーに結びつけた。

その作業を終えたのは、五月十九日の日没近くだった。

翌日は、船体にとりつけられたワイヤーと、浮揚タンクの点検がおこなわれ、すべて異常のないことが確認された。六一メートルの海底に鎮座した「伊号第三十三潜水艦」には、十八個の一〇〇トンタンクをつけたワイヤーがとりつけられたのだ。

五月二十一日の朝を迎えた。

又場をはじめ作業船上にある者たちの顔には、緊張した表情がうかんでいた。

又場の計算では、十八個の一〇〇トンタンクに空気を注入すれば、排水量二、一九八トンの「伊号第三十三潜水艦」の船体は、海底をはなれて一〇メートル浮き上るはずだった。が、艦の重量が九年間海底におかれていた関係から、なんらかの理由で増加しているかも知れないし、艦内に大量の泥がつまっていて、そのためワイヤーが、その重量にたえきれず切断してしまうかも知れない。また、潮流の激しい個所であるので、浮上した船体が流れにあおられて、ワイヤーに異常な、圧力をあたえることも予想された。

かれは、一刻も早く水深六一メートルの位置から艦を移動させたかった。そのためには、まず一〇メートル浮揚作業を成功させねばならなかった。

吊り上げ作業時刻は、干潮時と定められた。

調査の結果、現場附近の海面の満潮干潮の水位の差は、約四メートルであった。

四メートルという水位の差は、作業にとって重大な意味をもっていた。艦の位置は、それだけ水面に近づくことになり、もし一〇メートル浮揚させれば、満潮時の水位から一四メートル吊り上げたことになる。

又場は、干潮時刻にそなえて第一回浮揚作業の開始を命じた。

まず、水面下二〇メートルの海中にある一〇〇トンタンクに、高圧空気を注入しはじめた。タンク内に空気が入ると、内部にある海水は空気に押されて排水口から排出され、弁が閉じられる。

水面下二〇メートルのタンクに空気が充満するのには一時間三十分を要し、水面下一〇メートルのタンクには四十五分間かかる。その所要時間の差は、むろん、それぞれの位置の水圧の差によるものであった。

潮が干《ひ》きはじめ、又場は、タンク内への空気注入の完了を見守った。

タンクへの空気注入が終りに近づいた頃、水面下一〇メートルに設置されたタンクが、徐々に海面にむかって近づきはじめているのが認められた。

又場の胸に、熱いものがつき上げてきた。九年前に沈没した「伊号第三十三潜水艦」が、浮揚タンクの群れに吊り上げられて海底をはなれようとしている。かれは、作業員と作業船の上から海面をみつめた。海面の数個所に、水の乱れがみえ、それが徐々に激しく拡大してゆく。

浮いてくれ、浮いてくれと、かれは胸の中で叫びつづけた。水面下一〇メートルの浮揚タンクが海面に姿をあらわせば、艦は海底から一〇メートル上昇したことになる。作業員たちは口をつぐみ、身じろぎもせず海面にひろがる渦《うず》に視線をそそいでいた。

しばらくして、突然青い海水の中から巨大な浮揚タンクが、すさまじい水しぶきを上げて海面におどり上った。たちまち、あたりに激しい水煙があがり、海面は白く波立った。

「やった、やった」

作業員が叫んだ。

傍にいた潜水夫が、両手をあげ、

「バンザイ」

と叫ぶと、船にいた者たちも、かすれた声で何度もバンザイを叫びつづけた。

タンクの浮揚によって波が起り、船は大きく動揺した。海面に浮び上ったタンクの数は四個で、それは艦首附近にとりつけられたものだった。そして、艦橋附近のタンクにつづいて、艦尾附近のタンクも、海面に水しぶきをはねあげて姿をあらわした。

又場は、艦が一〇メートル浮上したことを知った。

かれは、涙ぐんでいる作業員に、次の作業にとりかかるように命じた。タンクにつないだ空気を注入するホースは、すでに不要になっている。それを撤去して、満潮時までに艦を浅い場所に移動させなければならない。

小船に作業員が乗りこんで浮揚タンクに近づいてホースをはずすと、クレーン船の大鳥丸に取込んだ。

さらに、艦首にとりつけた太いワイヤーが大鳥丸に結びつけられ、大鳥丸の前方に待機している新宝丸にワイヤーが連結された。

又場は、準備が完了すると、

「曳航作業開始」

と、命じた。

各船にエンジンの音が起って、船尾のスクリューが海水を激しく泡立たせて回転しはじめた。幸いにも海面は凪《な》いでいて、淡い島影が遠く近くかすんでみえる。各船は、エンジンを全開して始動し、ワイヤーは強く緊張した。

又場は、ワイヤーの切断を恐れたが、新宝丸も大鳥丸もかすかに動き出している。それは一〇メートル吊り上げられた艦が、海中を巨鯨のように動きはじめたことを意味していた。

作業員たちの顔に、再び緊張の色がみなぎり、生き物のようにふるえているワイヤーを見守っている。浮揚タンクも、海水を分けるように移動してくる。

曳き船は、濛々と煙突から黒煙を吐き、全力をあげて進んでいるが、その動きは艦の重量をもてあましたような遅々としたものだった。船は、興居島方向に舳をむけていた。満潮時までに水深四七メートルの位置に運ばねばならない。

しかし、曳航を開始して間もなく、船はほとんど動かなくなってしまった。激しい潮流にまきこまれて、艦が逆方向に押されはじめていた。又場は、あらためて海中に吊り上げられている艦の重量を意識した。せっかく吊り上げに成功したのに、潮流によって曳航が不可能になれば、ワイヤーが切断される事故が発生するかも知れない。

そのうちに、曳き船が逆行しはじめた。艦が、自ら鎮座した海底方向にもどろうとつとめているようにも思えた。しかし、又場にはとるべき適当な処置はなかった。潮流のおもむくままに、浮流する以外になかった。

そのうちに、曳き船の動きがとまり、つづいて徐々にではあったが前方に進みはじめた。潮の流れに変化が起ったのだ。作業員たちの顔に、安堵の色がうかんだ。

その日の午後、曳き船は、沈没位置から東北方約六キロの海面で動きをとめた。水面から錘をつけたロープを投じて深度をはかると四七メートルで、艦は、その底を海底につけていた。海図をしらべてみると、そこは水深四五メートルで、潮が満ちているため水位が二メートルほど上っていることが確認された。

又場は、第一回目の移動に成功したことを祝って、作業員をねぎらった。

翌日は、全員休息をとって、翌々日の早朝から再び第二回目の移動を目ざして作業が開始された。

水面上に浮び上っている浮揚タンクに水を注入して、水面下二〇メートルまで沈下させる。すでに水面下一〇メートルの位置には、浮揚タンクがそのまま残されていた。タンクの設置は、一週間ほどで終了した。

五月二十九日、浮揚作業をおこなおうとしたが、天候不順のため中止し、二日後の早朝から実施された。

その日も、水面下一〇メートルの位置におかれたタンクを浮上させることに成功、さらに、一〇メートル吊り上げられた。ただちに曳航が開始され、満潮時に興居島方向に近い水深三五メートルの海底に艦を移動させることができた。

しかし、その日の浮揚作業を見守っていた又場は、頭をかしげた。

疑惑は、第一回の浮揚作業の折からかすかに胸にきざしていた。

かれは、綿密な計算のもとに艦橋のすぐ後方に重心点があることを見出し、艦の重量と水圧を計測して、重心点を中心に十八個の浮揚タンクをとりつけた。かれの予想では、艦が水平に吊り上げられ、浮揚タンクもほとんど同時に海面へおどり出るはずだった。しかし、第一回の浮揚時には、まず艦首附近にとりつけられたタンクが浮き上り、つづいて艦橋附近のタンクが浮揚した後、ゆっくりと艦尾附近のタンクが海面に姿をあらわした。さらに第二回目の浮揚時にも、第一回と同じように艦首附近のタンクが最初に浮き上ってきた。水平には浮揚してこないのだ。

かれは、重心点のとらえ方に誤りがあったのか、と、さまざまな要素を考え合わせて計測し直したが、計算に誤りはなかった。

艦首附近のタンクが早目に浮上するということは、艦首部分の浮力が艦尾部より大きいことを意味している。

ようやくかれは、その理由をつかむことができた。艦首部分に浮力があるのは、艦内に水の浸入していない区画があることをしめしている。潜水艦に浸水事故が発生した折には、流入する海水をふせぐため防水扉をしめる。当然、そこには空気が残り、艦に浮力をあたえる。

浸水していない区画があるのだ……と、かれは、胸の中でつぶやいた。

艦首部分の区画とすれば、最前部に魚雷発射管室とそれに附属する前部兵員室がある。かれは、その部分が浸水をまぬがれている、と判断した。

かれは、早速、発射管室、前部兵員室の容量を計算し、その部分に水がみたされた場合には約二五〇〇トンの重量になることをつきとめた。そして、重量計算をやり直し、重心点を八メートル弱、艦尾方向へ移した。

艦の前部に空虚な部分があるということは、かれの気分を明るませた。防水扉がとざされているならば、兵員室と発射管室には乗組員がいたはずである。かれらは、或る時間生存していて悶死《もんし》していっただろうが、その遺体は完全な形で残され、氏名も判明するだろう。遺品も収容できるし、もしかすると、壁には遺書の走り書きも刻まれているかも知れない。それは、悲惨な光景にちがいないが、遺族は遺骨を手に入れることによって慰めとするだろう。

それに、技術的にも、その部分が空虚であることは、かれにとって好ましい条件だった。まず浮力の点で、その部分に空気が残されていることは、浮揚作業をそれだけ容易にする。さらに、魚雷発射管室が浸水を受けていないことは、作業保安の上で喜ぶべきことであった。発射管室には、魚雷が十七本格納されているはずであった。もしも、室内に海水が入っていれば、薬液がながれ魚雷の尾栓を腐蝕させるおそれもある。安全装置のこわれた魚雷は、衝撃を受けて爆発する危険性があるし、そのような事故が起れば、魚雷はつぎつぎに誘爆をおこして、船体とその浮揚作業にしたがう作業員の肉体を飛散させてしまうだろう。

空気が残っていることは、作業の進行と保安の点で歓迎すべきことであった。作業は予定以上に順調に進んで、第三回のタンクとりつけ作業もはじめられた。

しかし、六月四日、台風が来襲し、又場は顔色を変えた。浮標タンクは激浪にあおられ、高々とせりあげられると、次には波の谷間に落ちこんでゆく。ワイヤーがきれればタンクは流れ出し、作業船に激突してくるかも知れなかった。

又場は、激しい風雨の中で、作業員とともにワイヤーの固縛に走りまわった。

幸い、タンク流出事故もなく台風が去ったので、タンクの取りつけ作業が再開された。

梅雨の季節がやってきた。

その頃から、新聞社の記者やカメラマンたちが、三津浜から漁船をチャーターして姿をあらわすようになった。

いつ頃完全に浮揚するのか、という記者たちの質問に、

「七月下旬」

と、又場は答えた。

かれらは、海面にうかぶ浮揚タンクや海中にもぐってゆく潜水夫の姿にカメラを向けたり、

作業員に作業内容をたずねたりしていた。

「浮揚近し　イ号33潜水艦」などという見出しのもとに、大きな記事が掲載されるようになった。そして、呉市の会社にも、遺族らしい人が引揚げ予定日の問合わせに訪れてきたり、電話をかけたりしてくるようになった。

そうした中で、第三回の浮揚作業がおこなわれ、六月十二日には、艦を吊り上げて水深二一メートルの位置にまで移動した。そこは、興居島南端の御手洗海岸から沖合三〇〇メートルの位置であった。

又場は、さらに御手洗海岸の浅瀬への移動をくわだて、一部のタンクは直接船体にしばりつけて、一〇メートルの吊り上げ作業を開始した。空気がタンクに注入されると、タンクが次第に浮上した。

「見えてきたようだ」

若い作業員が、声をあげた。

又場は、海面に眼をこらした。海水の色が、かすかにちがっている。それは、長く大きな船体の輪郭をわずかながらもしめしていた。

曳航が開始され、やがて、海岸の近くで艦は着底し、停止した。水深は、約一〇メートルの位置であった。船体は、水深六一メートルの海底から五回にわたる浮揚作業で、遂に深さ一〇メートルの浅瀬にまでたぐり寄せることに成功し、その場所で完全浮揚をおこなうことになった。

現場には報道関係者がつめかけ、見物人が小舟に乗って集ってきた。かれらは、海中に眼をこらして艦の姿を追っていた。

又場は、完全浮揚をはかるため、船体にタンクを直接とりつけさせたが、作業は困難をきわめた。艦首部分は、空気が入っているため少量のタンクでも浮き上るが、それだけ艦尾方向に多くのタンクをとりつけねばならない。又場は、艦尾部分にすき間なくタンクを連結させて全体の浮力を計算してみたが、それでも、艦首が先にもち上って、艦が水平に浮き上ることは期待できそうにもなかった。

艦首が先に浮上すれば、船体は傾斜し、固着されたタンクもそれにともなって傾く。タンクが傾くと、その弁がひらいて内部の空気が噴出し、代りに水が入って浮力が減少するという現象が起る。当然、艦は、浮力を失って、再び沈下してゆくことが予想された。

しかし、他に適当な方法もないので、予定通り十八個のタンクを使って浮揚させることになった。一〇〇トンタンクに水が注入されて水深一〇メートルの海底に沈められ、それを追うように潜水夫が海中にもぐっていった。

六月二十日、タンクの取りつけ作業は完全に終った。海上にはガスがたちこめ、霧状の小雨が降っていた。

報道関係者の数は急に増して、地元紙をはじめ中央紙の記者たちが、カメラマンをともなってつめかけていた。かれらは、又場や作業員に質問を浴びせると同時に、遺族の姿を探し求めた。

やがて、かれらは、小舟に乗って海面を見つめている初老の男を見つけ出した。それは、機関科の大久保太郎中尉の実兄で、記者の質問に口数も少く答えていた。

翌朝は、雨も上っていた。

午前五時、又場は、作業員を集合させると、浮揚タンク内に空気の注入を命じた。作業船上のエアコンプレッサーの音が、夜明けの空気をふるわせはじめた。空は朝焼けの色に染り、海は凪いでいた。

作業船上には報道陣がひしめき、その周囲には小舟がむらがっている。又場は、潜水班長らと肩をならべて、作業にこまかい指示をあたえていた。

空気注入作業をはじめてから二時間ほどたった頃、濃緑の色をたたえた海面の一部に、かすかな変化が起りはじめた。赤茶けた色が、海中から徐々に湧き出てきた。作業船上からも、周囲にむらがる小舟の上からも、為体《えたい》の知れぬどよめきが起った。

又場のまわりでは、カメラマンのシャッターをきる音が満ちた。かれは、海面下に淡い輪郭をみせはじめた赤茶けた色を見つめた。

「やはり、頭から上ってくるな」

かれは、自分をとりかこむ者たちに言った。艦首方向には、空虚な部分が残されている。そこに充満した空気が、艦首をもたげさせているのだ。

エアコンプレッサーは、はじけるような音を立てて作動しつづけている。暗い海底に沈没してから九年目に、艦は陽光を浴びようとしている。

赤茶けた色はさらに濃さを増し、鋭い流線型をした艦首の形が、濃緑の海水の色の中にはっきりみえてきた。

又場は、何十回となく経験したことだ、と自分に言いきかせた。が、同時に、何度くり返してもその度に初めての経験のように興奮するものだ、とも思った。自分をとりかこむように立っている部下たちの間に、熱っぽい感動がひろがっているのを感じた。かれは、胸の動悸が音高く鳴るのを意識した。

突然、海面の一個所がかすかに割れた。艦首の先端が、海面に突き出たのだ。それは、遠慮がちに海水を押し分けるような静かな動きだった。

呻き声とも歓声ともつかぬ声が、又場の体を押しつつんできた。不意に、かれの咽喉《のど》に激しくつき上げてくるものがあった。かれの眼に、光るものがにじみ出た。遺骨をおさめた巨大な棺が浮上してくる。深海に身を沈ませていた鉄の構造物が、海面に姿をあらわした。それを自分たちの手で果すことができたことに、かれは、技術者としての歓びを感じた。

艦首が、徐々に海水を押しのけて浮上してきた。錆びた鉄だった。緑色や白色のものがついているのは、雑貝の類なのか。

「潜望鏡だ」

という叫び声がした。

艦首から五〇メートルほど後方の海面に、棒状のものが突き出てきていた。その先端が、閃《ひらめ》くように光った。楕円形のレンズの輝きだった。

夜間潜望鏡だ、と、かれは思った。かれは、ふと、或る情景を思い描いた。艦内は沈没とともに電源もきれて、電動式の昼間潜望鏡はその機能を失ったはずだ。艦の最上部にある司令塔では、手動式の夜間潜望鏡をあげて、艦の上方をさぐったのだろう。が、潜望鏡はなにもとらえることができず、空しく海水のみを映し出したにちがいない。

艦首は、浮揚タンク二個を両舷にかかえこむようにして少しずつ浮上し、さらに、その後から二個のタンクが姿をあらわした。

午前八時、艦首部分約四メートルが、二五度の角度で浮上した。

又場は、小舟を出して艦首に近づいた。偵察機を射出するカタパルトの軌条も、露出している。艦首の両脇に突き出ている潜航舵も、海水からはなれている。その穴に動くものがあった。ひしめき合うアナゴの群れだった。

深海に沈没していたためか、海草も貝の附着も少い。

かれは、潜望鏡に舟を近づかせた。表面はクロームの色がそのまま残されていて、腐蝕の跡はない。レンズは輝いていた。そのまわりにはフジツボが附着していて、潜望鏡は、楕円形の鏡面をもった螺鈿《らでん》細工のようにみえた。赤錆びた艦首部分とは異なって、九年間沈没していたものとは思えぬほど、潜望鏡は、妖しいほど美しいものにみえた。

かれの経営する北星船舶にとって、その船体は、スクラップ化して利益を回収しなければならぬ鉄塊であった。が、眼前に一部浮上した「伊号第三十三潜水艦」は、百体近くの遺骨をおさめた棺であった。かれには、まず、それらの遺骨と遺品を艦内から収容し、援護局の手を介して遺族に手渡さなければならぬ義務があった。

海上には、厳粛な空気がひろがっていた。潜水班長が、花束を夜間潜望鏡にくくりつけた。潜望鏡は、花の色彩に装われて、ひときわ美しいものにみえた。

正午近く、愛媛県知事一行がやってきて、艦首部で花束をささげ、又場が祭主となって作業船の上に設けられた仮の祭壇で、簡素な慰霊祭がおこなわれた。僧の読経が海上を流れ、いつの間にか姿をあらわした遺族が、浮上した艦首部に眼を据えながら、肩を波打たせて泣いていた。

慰霊祭が終ると、又場は、作業の再開を命じた。艦橋、艦尾部分にとりつけられた浮揚タンクに空気の注入が開始された。その日、夕刻までに、艦橋につづいて艦尾方向の一部も海面上に浮び出た。

翌日も作業がつづけられ、艦は、艦尾部分を残して海面上にせり上った。

報道関係者は、遺族を探し求めて「伊号第三十三潜水艦」浮揚の感想を得ることにつとめた。その中には、艦長和田睦雄少佐の遺児である和田貴子という十四歳の少女もいた。和田少佐夫人は、少佐が殉職する一年前に病死していたので、少女は、孤児となって母方の伯父の家にひきとられていた。

少女は、記者の質問に、

「両親の面影は、写真にみるだけで、なにもおぼえていません。時々お父さん、お母さんがいたなら、と思います。お父さんの乗っていた潜水艦が浮揚するのは、とても嬉しい」

と、語った。

また少女の伯父は、

「妹（艦長夫人）も早く死んでしまい、貴子がかわいそうです。あの子は、学校の成績もいいし……。睦雄さんが最後にあの潜水艦に乗る時、予感がしたのでしょうか、子供のことはよろしく頼む、としきりに言っていました。今度、ようやく遺骨が帰ってくるのですが、これが生きて帰ってきてくれたのだったら……。いずれにしても、これで霊も浮ばれます」

と、述べたという。

また、その日の新聞には、中国新聞出口記者が、小西愛明少尉とともに救出された岡田賢一一曹を探りあてたという記事ものっていた。

岡田は、意外にも浮揚現場に近い松山市三津浜に住んでいて、盲腸炎のため同市千船町の野元病院に入院加療中であった。ベッドに横たわった岡田の写真が大きく掲載され、沈没事故当時の情況やその原因が紹介されていた。

そうした遺族や生存者の記事もあって、「伊号第三十三潜水艦」の浮揚作業は、一般の人々の関心を大きくひくようになっていた。

又場の計画では、六月二十三日には同艦を完全に浮揚し、艦内の二千トン近い海水を排出して遺体を収容。二十八日頃には「大鳥丸」で呉に曳航し、七月四日頃に、呉市で盛大な慰霊祭をおこなう予定を立てていた。

六月二十三日の朝を迎えた。

その日は、完全浮揚をおこなうというので、報道陣は朝早くからつめかけた。しかし、深夜からの風が強まり、海は荒れはじめた。

艦首方向から艦橋にかけて浮き上っているタンクは、激しい波にもまれて上下し、互いに衝突し合う。作業は中止された。

又場は、顔をしかめた。艦は約二五度傾斜しているので、タンクも傾いている。巧みにその位置を調整して艦にとりつけてあるので、タンクの弁は開かないでいるが、波にあおられれば、弁が開いて空気が排出してしまうおそれがある。かれは、作業船上に立って、沖合から押し寄せてくる白い波頭を見つめていた。

かれの不安は、的中した。辛うじて艦を浮き上らせていたタンクの弁がひらいて空気が噴出、艦が、それに伴なって徐々に沈降しはじめた。そして、午後四時頃には艦橋につづいて潜望鏡、艦首部分も、すべて海面から姿を消してしまった。

又場にとっては或る程度予想していたことではあったが、完全浮揚寸前であっただけに、失望も大きかった。しかし、艦の浮揚が第一回目の作業で浮上するものでないことは、数多くの経験からも知っていた。

「伊号第三十三潜水艦」が昭和十七年九月にトラック島で沈没事故を起し、浮揚作業をおこなった時も、艦首が突然浮上してからまたたく間に再び沈んでいる。その原因は、艦内の空気が艦の浮上によって異常に膨張して艦橋のハッチカバーを吹き飛ばし、そのため、ハッチから海水が流れこんで再び沈没したのだ。

艦の内部には空気が残され、多量の海水も充満している。それらは、浮揚作業による水圧の変化や艦の動きに応じて、膨張したり移動したりする。そのため、十分な計算のもとに浮力をあたえても、予期しない現象が起って、再び沈下してしまうのだ。

又場は、それらのことも考え合わせて、気をとり直した。水深六一メートルの深海から一〇メートルの浅瀬まで手ぐりよせただけでも、作業はすでに成功したも同じで、完全浮揚は最後に残された作業にすぎない。かれは、技術者たちを招集すると、天候の恢復を待ってタンクを調整し、浮揚作業を再開することをつたえた。

翌日は波も静まったので、タンク位置を直して空気を流入、翌六月二十五日には、艦首部分を浮上させることができた。が、タンク故障のため沈下した。

又場は、根気よく作業をつづけさせた。同艦がトラック島で浮揚された時と同じように、艦内に残された空気が浮揚作業を開始するたびに移動して、船体に思わぬ動揺をあたえる。それがタンクの傾斜をうながして、タンク内の空気を放出させてしまう。

六月三十日には、潜望鏡についで司令塔も海面すれすれまで露出するほど浮上したが、艦内の残気の移動が察知できたので、作業を中止。翌七月一日早朝から作業を再開しようとしたが、艦は、またも沈んでしまった。

新聞には「伊号第三十三再び沈む」などという記事が連日のように掲載された。記者たちは、しきりに浮揚作業が困難をきわめている、と書いた。

又場は、艦内残気の流動を少くするためにも、さらに浅瀬へ艦を寄せる方が得策と考え、七月二日には御手洗海岸の浅瀬に船体を曳き寄せた。

暑い日がつづくようになった。鉄船である作業船は照りつける太陽に熱せられ、海面からは、水蒸気のような熱気が立ち昇っていた。

天候は不安定で、翌日には九州に上陸した台風が来襲するかも知れぬ、という予報があった。そのため、又場は浮揚タンクの流出をおそれ、その日におこなわれる予定の浮揚タンクへの空気注入作業を中止させた。そして、その代りに、艦内の諸区画に空気を送りこんで艦自身の浮力をたかめさせる作業をおこなうよう指示した。

その日の夕刻、一人の潜水夫が、魚雷発射管室の艦外脱出区画にもぐった。空気を注入するゴムホースをその部分にとりつけられるかどうかをさぐったのだ。

その区画には多量の泥がつまっていたので、潜水夫は、手で泥の除去につとめたが、そのうちに泥の中に硬いものが埋れているのに気づいた。つかんでみると、それは足の骨らしく、かれは海水でそれを洗って海面に出た。

遺骨が発見されたという報告は、作業船から三津浜の現場事務所につたえられた。潜水夫の話によると、泥の中にはまだ遺骨があるらしいというので、又場は、残っていると推定される遺骨を翌日引揚げることに定めた。そして、三津浜で棺を急造させ、また、「伊号第三十三潜水艦」の生存者元海軍一曹岡田賢一と、木下幸雄水長*の遺族らに連絡をとって、立ち会ってくれるよう依頼した。

翌七月三日午前十時、又場は、岡田らと棺をたずさえて作業船に到着した。そして、棺の中に桔梗《ききょう》、グラジオラス、夏菊などの花を敷きつめた。

初めての遺骨が揚げられるという報に、報道関係者は、作業船上に集ってきた。

又場は、潜水班長山本潜水夫と他の一名に遺骨を引揚げるよう命じた。山本は、潜水服をつけて補助員をともない海中にもぐっていった。

やがて、山本が海中から上ってきた。カメラマンたちのカメラが一斉に向けられた。かれは、黒いものをかかえていた。それは、二個の頭蓋骨だった。

遺族が、顔をおおい泣き声をあげた。岡田が、泣きながらコールタールの塊のような骨を受けとった。眼窩《がんか》が深くくぼみ、一方の頭蓋骨は歯列が失われていた。

頭蓋骨が、足の骨とともに棺の中に納められた。花の上におかれた骨は、一層黒々としたものにみえた。

その夜は予報通り風浪がたかまったので、作業母船一隻を現場に残し、他の作業船は三津浜に避難した。

翌日、波もしずまってきたので、艦内に空気を注入するため、艦の区画の水防工事がはじめられた。そして、翌五日からは後部兵員室のハッチにホースを送りこんだ。

その日、正午すぎから排水ポンプがすさまじい音をとどろかせて始動し、ホースから茶色い水が排出されはじめた。それは、ひどい悪臭にみちた汚水で、作業員や記者たちは鼻をおおって風上に身を避けた。

艦が浮上したり沈んだりして、容易に浮上しないのは内部に仏が残っているからだ、という説が、現場に流れるようになっていた。又場は、そうした空気の中で、あせらずじっくりと作業をすすめるべきだ、と自らに言いきかせていた。

作業員の努力で、艦首部が徐々に姿をあらわし、潜望鏡も海面に突き出てきた。又場は、それに力を得て、艦内排水と浮揚タンクの整備につとめさせた。

七月九日、かれは、今度こそ完全浮揚させようと浮揚タンクを増設し、まず、艦首部の浮上に成功した。問題は、艦尾部を浮揚させることであった。艦首部は比較的容易に浮き上るのだが、艦尾部が重く、いつも船体を海中に引きずりこんでしまう。又場は、艦尾部に浮揚タンクをとりつけてその浮上作業をおし進めようとしたが、日が没したので作業を中止させた。

かれは、舟で三津浜にもどり宿屋に入った。そして、作業班の幹部と、翌日からはじめる艦

水長　「水兵長」の略。旧日本海軍の階級の一つ。水兵科の兵の最上位。

尾部の浮揚作業について、入念な打合わせをおこなった。

その夜、かれは十二時近くに寝についたが、間もなく宿の女中に起された。作業現場から電話がかかっているという。

かれは、不吉な予感におそわれた。ようやく浮上させた艦首部が再び沈下したのか、それとも、だれか負傷でもしたのか。深夜に現場から電話がかかってきたのは、初めてのことだった。

かれは、蚊帳から出ると、急いで帳場に行って受話器をとった。信じがたいことを告げる声が、受話器から流れ出てきた。

「なに、浮いちゃった？」

かれは、思わず甲高い声をあげていた。現場の作業員が夜半になに気なく海面をみると、沈んでいた艦尾部がいつの間にか浮上していて、艦全体が水平に浮び上っているという。

作業責任者の声ははずんでいて、再び艦が沈まぬよう作業員を動員して固定作業をつづけている、と言った。

受話器をおいた又場は、思わず苦笑をもらした。

冷静に考えてみれば、艦が浮上したことには、十分な理由がある。時刻は丁度干潮時にあたっていて、艦尾部にとりつけられた浮揚タンクは、低下した水圧のために水平になって浮力を増し、艦尾部を浮上させたのだろう。それに、艦尾部の区画内に空気も注入していたので、艦尾部そのものにも浮力がついてきていたにちがいなかった。

かれは、蚊帳の中に入ると、手足をひろげて仰向きに寝た。

「暑いな」

かれは、眼を閉じながら機嫌よさそうにつぶやいた。

翌朝早く宿を出た又場は、現場に急いだ。船の上から現場方向を見ると、たしかに作業船の傍に「伊号第三十三潜水艦」が水平に浮んでいる。むろん、完全浮揚しているわけではないが、艦の上部はすべて露出している。

かれは、眼を輝かせた。艦が水平になっているので、とりつけた浮揚タンクも傾くことはなく、今後、沈下することは決してない、と思った。

「おやじ、やったよ」

又場が作業船に上ると、若い作業員が声をかけてきた。現場の空気は、明るくなっていた。

作業は、最後の段階に入った。艦内は水びたしで、それを排水することによって、艦はさらに浮上してゆく。解体ドックに曳航するためには、艦それ自体の浮力を完全に恢復させなければならなかった。

潜水夫は、水防工事のため、水につかった艦内へしばしばもぐっていった。かれの話によると、どの区画も泥でうもれ、その下には遺骨があるらしく、歩くと貝殻のくだけるような音がするという。又場は、遺骨をふみくだくことが遺族の気持を損ないはしないかとおそれたが、作業の進行のためにはやむを得ないとも思った。

また、潜水夫は、又場の推測通り、魚雷発射管室とそれに附属する前部兵員室の第一、第二ハッチが完全に閉鎖されていて、その区画には浸水していないという報告ももたらした。

又場がそのことを報道関係者にもらすと、かれらの間に、大きな反響が起った。その区画内に兵員室があることからも、内部に乗組員がいたことはほぼ確定的である。浸水していなければば、遺骨以外に遺品もそのままの形で残されているはずだった。

　例年にない猛暑がやってきた。

　浮上した艦は、炎熱にあぶり出されたように、さまざまな臭いを発散するようになった。油がとけてにじみ出し、艦内の汚れた水からもしきりにメタンガスが湧き出ている。その中を作業員は、汗と油にまみれて働きつづけていた。

　七月中旬もすぎると、ようやく艦内の水も残り少くなった。

　その頃から、浸水していない魚雷発射管室と前部兵員室に対する報道関係者の関心は、一層たかまり、遺族も、その内部に肉親の遺骨と遺品が残されているのではないか、と期待するようになっていた。かれらは、ハッチがいつひらかれるのか待ちのぞんでいた。

　七月二十一日、艦の完全浮揚作業が開始された。

　報道関係者は、

「ハッチをひらくのは、いつです」

　と、熱っぽい眼をしてきいた。又場は、ためらうことなく、

「明後日」

　と、答えた。

　記者たちの顔は、紅潮した。

　その日の夕刊には、ハッチがひらかれれば遺骨、遺品の収容が期待される、という記事が掲載された。

三

七月二十三日早朝、愛媛県今治《いまばり》市の道を、一人の男が駅の方へ歩いていた。くたびれたアンダーシャツに半ズボンをはき、肩からカメラと布袋をぶらさげている。駅に近づくにつれて、通勤者が路地から湧き出て、路上の人の数は増していった。

男は、今治駅に入ると、松山までの乗車券を買い、予讃線のフォームに立った。

破れかけた麦藁帽の下からのぞくかれの顔は、皮膚がところどころはげて斑《まだら》になっている。顔だけではない。露出した首筋も両腕も腿も、白っぽく皮がむけていた。

かれは、フォームに待ちながら、はがれかけた鼻梁の皮膚をそれが習慣になったような仕種でむいている。通勤者とは思えぬその姿に奇異なものを感じるらしく、遠くからいぶかしそうな視線を向けている者もあった。

かれは、人々の後ろから車内に身をすべりこませた。座席はすべて占められ、通路に立っている者が多い。

かれが通路を進むと、乗客の間にかすかな動揺が起り、かれが立ち止ると、それはさらに激しくなった。男の体から異様な臭気が発散している。腐った油の臭いのようでもあるし、汚水の臭いのようでもある。魚の腐臭にも似ていた。

周囲の乗客たちは、顔をしかめて男の姿に眼をむける。かれらは、そこに二十五、六歳の痩せた体をした男を見、露出した皮膚が斑になっているのに気づく。かれらは、眼を落し口をつぐんだ。

かれらには、カメラを肩からかけた男の正体がわからない。が、そのすさまじい体臭と斑な皮膚に、男がなにか特殊な病気におかされているのではないか、と想像しているようだった。

やがて、男の近くに坐っている男たちが、次の駅に列車が近づくと、降車客をよそおって立ち上り、他の車の方へ移ってゆく。自然とかれのまわりには、いくつかの空席ができた。

男は、乗客たちの態度に気分を損ねた様子もなく、空いた座席に坐ると、窓外に眼を向けながら顔の皮膚を休みなくむいていた。

かれは、自分の体から異臭が発散していることを知っていた。そして、乗客たちがその臭いに堪えきれずはなれてゆくことにも気づいていた。それは、毎日入浴しても消えることのない体にしみついたものであった。

男は、白石鬼太郎という中国新聞の今治支局の新聞記者であった。支局長という肩書はもっていたが、局員はかれ一人で、その地域の取材を担当していた。

二カ月ほど前、松山市の支局長である村井茂から、かれに取材の応援をして欲しいという依頼があった。村井の取材担当区域で、「伊号第三十三」という潜水艦の浮揚作業がおこなわれている。呉の北星船舶というサルベージ会社が、由利島と青島の中間点にある深海に沈んでいた潜水艦を、興居島御手洗海岸の浅瀬に曳航する予定だという。

水深六一メートルの深海からの浮揚作業は、世界的でもきわめて稀なことなので、各新聞社の記者の間で取材競争がはじまっている。残念なことにカメラマンがいないので、応援にきてくれというのだ。

白石は、少年時代からカメラに熱中し、戦後、復員してから本格的にとりくむようになった。

撮影技術も巧みになり、暗室もそなえて現像も焼きつけもこなすようになっていた。さらに、中国新聞に入社してから、カメラ操作は実益をともなうことにもなり、取材と写真撮影を同時に兼ねた。村井がかれに求めたのは、カメラマンとしての能力だった。

白石は、先輩である村井記者の要請なので、本社の諒解も得て、今治市から浮揚作業現場へ通うようになった。

かれは、いつも松山市で村井記者と落ち合い、三津浜からチャーターした漁船に乗って御手洗海岸へとおもむき、現場の撮影に従事した。

「伊号第三十三潜水艦」が、初めて艦首を海面にあらわした時も、フィルムにおさめた。小舟を出して、フジツボにおおわれた潜望鏡のレンズや赤錆びた艦首部も撮影した。かれは、報道陣の一人として、日増しに「伊号第三十三潜水艦」に対する強い関心をいだくようになっていた。

艦は、浮揚したかと思うと、また海中に没した。かれは、その度にレンズをむけたが、ファインダーからのぞく赤茶けた船体は、分厚く、そして粗い体皮をもった巨大な海獣のように思えた。それは、浮上すると頭部をもたげたまま静止しているが、やがて、陽光をきらって身を没してゆくようにもみえた。

黒い頭蓋骨が二個収揚された折も、かれはシャッターを押しつづけた。それが棺の中におさめられた時、かれは、艦が多くの遺体をのみこんでいることを実感として意識した。

かれは、潜水夫に、艦の内部はどんな状態になっているのか、と問うた。

「魚の棲家《すみか》だよ」

と、潜水夫は言った。

物かげを好む魚類にとって、潜水艦の複雑な構造は恰好の棲息場所になっているらしい。

「たくさんの魚が群れているよ。アンコー、メバル、鯛もいる。チヌもよく泳いでいるな。まるで水族館のようだ」

潜水夫は、こともなげに言った。

白石は、或る光景を思いえがいた。艦が沈没してから、魚類は艦内に物珍しげに入ってゆき、やがて、そこは魚の群れる世界と化した。タコが、入り組んだ機械類の間隙に身をひそませる場所を見出し、海栗《うに》や海綿もいつのまにか艦内に忍び入った。深海特有の体色をもった小魚が集団をつくって移動し、先頭の魚が体をひるがえすと、次々に魚たちは銀色の腹部をひらめかせてゆく。横たわった遺体に、小魚が群れている。口吻が突き立てられ、海は薄白くにごる。やがて、艦内には、白々とした骨がひろがるようになった。フジツボや貝類も計器類や壁にはりついて、艦内は、海底の岩やくぼみと同じように海と同化し、白骨も周囲の色と調和してゆく。人の訪れはないが、そこは海の静寂な墓所なのだ。

艦首部分が浮上すると、かれは、その上にも這い上った。鉄は腐蝕されていて、到る所に穴ができている。艦からは、油や薬液が頭上から照りつける強い陽光の熱をうけて、奇妙な臭いをまき散らしていた。

艦は、陽光を浴びたことによって、海の墓所としての安息をかき乱されてしまっているようにも思えた。深い海底の水温の冷たさからひき離され、暑熱が艦をつつんでいる。艦内をのぞくと、果しなくメタンガスが湧いている。それは、艦全体が腐敗しはじめているようにも感じられた。

かれは、根気よく現場に通い、十日ほどした頃から、自分の体に艦から発散される異臭がしみつきはじめていることを知った。それは母が教えてくれたからで、かれは衣服を毎日とりかえるように命じられた。しかし、異臭は体の奥深く食い入ってしまっているらしく、入浴すると湯まで臭う、と言う。そのため、かれは、家族の中で最後に湯に入らねばならなくなった。また、潜水艦は、炎熱に熱しきっていたので、家でつくってもらった弁当は、正午までに腐敗していた。やむなくかれは、味つけパンを持って現場に行った。

今日も暑くなる、と、かれは、列車の中から青く澄んだ朝空を見上げながら思った。かれは、布袋の中に手を入れた。SS*のフィルム三本と、フラッシュガン*十個入りの箱が封をきらずに入れてある。かれは、それらをたしかめると、また眩《まば》ゆい空に眼を向けた。

現場には、他社の者たちよりも早く到着したかった。その日は、かれの待ち兼ねていた日だった。艦の完全浮揚は、終っている。残された作業は、艦首部の浸水していない魚雷発射管室と前部兵員室のハッチをあけることだった。ハッチは第一ハッチ、第二ハッチと二つあるが、どちらをあけるかわからない。その内部には、白骨化した遺体と遺品が水にもおかされずに残されているはずだった。

記者たちの間には、さまざまな臆測が交されていた。閉鎖されたその区画内で、兵員たちは激しい苦悶の末、死をむかえたにちがいない。かれらの間に、なにが起ったか。錯乱状態にお

SS　ネオパンSS。黒白写真用ネガフィルムの商品名。富士フイルム製。
フラッシュガン　写真撮影用フラッシュランプの発光装置。

ちいって想像を絶した光景がくりひろげられている、と予想する若い記者もいたし、遺書をしたため従容《しょうよう》として死をうけいれたにちがいない、という中年の記者もいた。

いずれにしても、その内部には、九年前の区画内でくりひろげられた光景が、そのまま残されているにちがいなかった。

報道陣の取材の焦点は、艦首部の浸水していない区画に集中されていた。それは、「伊号第三十三潜水艦」浮揚作業の結末でもあり頂点でもある、と判断されていた。

列車が、松山駅についた。

かれは、フォームに降りると、伊予鉄の電車に乗った。その車内でも、乗客が顔をしかめてはなれてゆく。かれは、座席に坐って車体の震動に身をゆらせていった。

小さな駅で下車したかれは、三津浜まで歩いた。

艀《はしけ》の発着所に、同じように麦藁帽をかぶった村井記者が待っていた。

「まだ、他社は来ていない」

村井は言うと、腕時計に眼を落した。時計の針は、八時二十分をさしていた。

村井は、すでに五十歳に達していたが、中央紙や地元紙の記者にまじって積極的に記事を本社に送っていた。かれの「伊号第三十三潜水艦」の浮揚に対する関心は強く、記事は他紙のものよりも詳細をきわめていた。村井の顔も、連日陽光にさらされてどす黒く、皮膚も斑になっていた。村井は、海の方をながめている。かれも、その日のくるのを待ちかね、その日の取材をすることに興奮しているようだった。

艀がやってきて、かれらは入江を渡った。そして、いつも送り迎えしてもらう漁船に乗って、三津浜をはなれた。

白石は、眼を細めて空を見上げた。ふと、友人に言われた言葉を思い出して苦笑した。その友人は、かれのことを、よく空を見る男だ、と呆れたように言った。癖になっているのだ、と、かれは思った。かれが空を見上げるのは、晴天の日にかぎられ、それは飛行日和にも通じる。

かれは、戦時中、名古屋の高射砲隊にぞくし、その地区に来襲するアメリカ爆撃機の行動を妨害することにつとめていた。白絹のような飛行機雲を幾筋も曳《ひ》いて、高々度の空を飛んでゆくB29の編隊。それは、晴れた空の眩ゆい凝固物のように輝いていた。高射砲弾は、辛うじて一万メートルほどの上空にしか達しない。高空をゆくB29に命中することは望めないが、それでも砲弾が至近距離に炸裂し、敵機を撃墜させたこともある。

白石は、空を見上げつづけた。その時の習慣で、戦後八年も経過しているのに、好天の日には自然と眼を空に向けてしまうのだ。

かれは、浮揚現場に通うようになってから四回も顔の皮膚がむけたが、それは、しばしば空を見上げるためかも知れない、と思った。戦時中すごした日々の記憶は、今もって自分の内部に根強く残っているらしい。「伊号第三十三潜水艦」の浮揚に、自分でも呆れるような執着心をいだいているのも、そうした過去と無関係ではないにちがいなかった。

四十分ほどして、興居島の御手洗海岸を背景に浮んでいる作業船と、その傍に赤錆びた潜水艦がみえてきて、漁船は作業船に横づけになった。

白石たちは、作業船に上った。

「ハッチはあけたかい？」

白石は、船上にいる作業員に声をかけた。

作業員は、首をふった。

白石と村井が作業船から潜水艦に乗り移って間もなく、漁船がつぎつぎとやってきて、各社の記者がカメラマンとともに作業船に上ってきた。かれらの顔も、一様に緊張でこわばっていた。

白石たちは、潜水艦の上で一時間ほど待った。船体からは熱気が立ち昇っていて、暑熱が体をつつみこんでくる。汗は流れ、アンダーシャツが体にはりついた。白石は、口をつぐんで暑さに堪えていた。

作業員が二人、潜水艦に乗り移ってきた。

「あけるのかい」

記者の一人が声をかけたが、かれらは返事もせず、艦首に近い第一ハッチに近づいていった。白石は、他の記者たちと艦首部の方に近づいた。かれらの間に、緊迫した空気が流れた。白石は、カメラのキャップをはずすと、作業員の動きを見守った。

ハッチは錆びついていて容易には開かないだろうと予測されていたが、二人の作業員が力をこめると、意外にも滑らかに回転しはじめた。白石は、身を乗り出し、カメラを作業員に向けてシャッターをきった。

その時、蒸気のもれるような音が起り、同時にハッチがひらかれた。二人の作業員の口から、短い叫び声がもれた。白石も顔をしかめ、身をひいた。為体の知れぬ強烈な臭気が噴出した。

記者たちは、うろたえたように後へさがった。死臭のようでもあれば、油脂の腐臭のようでもあった。白石は、艦から発散する悪臭とは質の異なった臭いだ、と思った。作業員も、艦首の先端に身をさけて、異臭をふり払うように、しきりに顔をこすっている。第一ハッチの近くには、だれもいなくなった。重苦しい沈黙がひろがった。記者たちの顔はこわばっていた。多くの他殺・自殺死体にふれてきたかれらも、異様な臭気におびえているようにみえた。

白石は、第一ハッチの黒々とひらいた穴を見つめた。臭気が潮風にふかれて薄らいできている。新聞記者としての意識が、かれの胸の中に強烈に湧いてきていた。室内の光景をヘキサノン2.8の自分のカメラのレンズにとらえたかった。

司令塔の近くに、村井が立っていた。

白石は、かれに近づくと、

「中に入って、撮影しましょうか」

と、言った。

村井が、白石の顔を見つめた。かれの眼は、血走っている。

「よせ、危険だ」

村井が、険《けわ》しい表情で首をふった。

村井に反対されたことが、逆に、若い白石の意志を決定させた。なぜかわからぬが、入社してから七年目に、ようやく訪れた機会のように思えた。

「いや、入ってみます。軍隊で死んだと思えばいい。妻子もいないし、チョンガーの身だから」

ヘキサノン2.8　「ヘキサノン」は、小西六写真工業（当時のカメラ、写真フィルムメーカー）製の写真レンズ。「2.8」はレンズの明るさを表す数値。

かれは、自分に言いきかすように言った。遺骨をつめこんだ「伊号第三十三潜水艦」にふれつづけてきたために、かれは、いつの間にか死というものに無感覚になっていたのかも知れなかった。

かれは、カメラと閃光《＊せんこう》電球を入れた袋を手に、第一ハッチの方に歩き出した。

「どこへ行くんだ」

作業員が、いぶかしそうな声をかけてきた。

「中へ入らせてもらいますよ。写真をとるんだ」

かれは、答えた。

「危ないよ。中にはガスが充満しているんだ。コンプレッサーで換気するから、それまで待て」

作業員は、顔色を変えた。

白石は、それには返事をせず、ハッチの傍にカメラと閃光電球のケースを置き、布袋の中からとり出した懐中電灯を手につかんだ。

かれは、マンホールや井戸の底に悪質なガスがたまっていて入った人間を死亡させる事故がしばしば起ることを知っていた。九年間、深海に沈んだまま密閉されていた艦内には、人を死に誘うガスが充満していることも十分予想した。が、かれは単純に、ガスを吸うことさえしなければ死ぬことはあるまい、とも思った。

作業員は、途惑ったように黙っている。

かれは、深く息をすいこむと、ハッチの中に勢いよく身をすべりこませた。ラッタルは、汚れてはいない。内部は、海水にもそこなわれず清潔であった。

床におりた白石は、横に歩いて懐中電灯を闇の空間に向けた。

部屋があった。魚雷発射管室に接した前部兵員室にちがいなかった。

不意に、かれの思考力は失われた。通路の傍に吊りベッドがある。そこにうつ伏せに寝ている男がいる。片腕が、ベッドから垂れていた。懐中電灯の光芒《こうぼう》が、その腕に向けられた。

かれは、かすれた頭の中で、部屋の奥行きをはかっていた。距離は三メートル程度が望ましい。閃光電球の光は、部屋の反射もあるから、絞りは8または11がいい。呼吸が苦しくなった。

かれは、後ずさりするとラッタルを駈け上り、ハッチの外に出た。

かれの指は、荒々しく閃光電球の入ったボール箱を裂いていた。そして、傍におかれたカメラに電球を装着し、絞りを8、距離を三メートルにセットした。さらに、三個の電球を汗に濡れたランニングシャツの中にはさみこんだ。

深く息を吸ったかれは、カメラを首にさげ懐中電灯を手にして、ラッタルをすべりおりた。

床を進むと、立ちどまり、腋の下に懐中電灯をはさんだ。

かれは、カメラを静止させてシャッターボタンを押した。電球の光がひらめき、室内は一瞬明るくなった。と同時に、ファインダーに眼を押しあてていたかれは、思わずカメラを落しかけた。ファインダーの中に、思いがけぬ光景が瞬間的に浮き上り、そして消えた。

かれは、ファインダーの中に、多くの男をみた。かれらは、吊りベッドの上にさまざまな姿勢をして横たわっていた。

閃光電球　写真撮影に用いる特殊電球。フラッシュランプ。

遺体だ、とかれは薄れかけた意識の中でつぶやいた。呼吸が苦しくなってきている。かれは、素早くアンダーシャツの下から電球をつかみ出して、カメラに取りつけると、レンズの角度を変えて再びシャッターボタンを押した。

かれは、ふり向くとラッタルを駈け上った。膝頭から力がぬけているのを感じた。暑さのためだ、とかれは強い陽光にみちた空を見上げた。

その時になって初めてかれは、室内の光景が想像していたものとは全くちがっていたことを意識した。兵員室には、遺骨が散乱しているはずなのに、男たちは熟睡しているようにベッドに横たわっている。一瞬ひらめいた電球の光の中には、皮膚も筋肉もついているらしい男たちの体が浮び上っていた。

しかし、かれには不思議なことに恐怖も驚きも、それほど強烈に湧いてはいなかった。当然のものをただ撮影したにすぎないのだ、と、ぼんやりと思った。

かれの指先は機敏に動いて、電球を装着し、アンダーシャツの中に電球を一個補充した。今度はロングでとろうと、かれは、距離を調整し、懐中電灯をつかむと、またラッタルをおりた。

かれは、カメラをかまえた。眼の前にベッドから垂れた腕がある。撮影するのには邪魔だった。無造作にその腕をはらった。腕が乾いた音を立てて折れた。

かれの口から、鋭い叫び声がふき出た。激しい恐怖が、かれをおそったが、その直後、自分のとった行為が、かれには理解できなかった。かれは、手をのばすと折れ曲った腕をにぎっていた。浴槽で使うヘチマをきつくにぎりしめたような感触だった。

腕をにぎったことが、かれの気分を落着かせた。というよりは、放心状態におちいっていた。

かれは、シャッターボタンを二度おすと、近くに横たわっている男に懐中電灯の光をあてた。男は、生きているようにみえた。皮膚は白く、眼をあけている。ただ大きくひらいた口の中は、朱を流したように鮮やかな赤だった。

男の顔には、激しい苦悶の形相があらわれていた。掌はかたくにぎりしめられ、眼は吊り上っている。白石は、その男の頭髪に不審感をいだいた。旧海軍の水兵はイガグリ頭であるはずなのに、髪が五センチほどの長さに伸びている。顎にも鼻下にも不精髭が散っている。

かれは、男の指をみた。恐怖が体の中をさし貫いた。爪も一センチ近くの長さで突き出ている。男の体に死が訪れても、毛と爪は単独に生きてでもいるように伸びることをやめなかったのか。

白石は、左側のベッドに仰向いている男の頭部に、光をあててみた。その男の頭髪も黒々とのびていて、耳におおいかぶさっていた。鼻の奥に刺すような痛みが激しくなって、涙が流れてきた。かれは、わずかながらも室内の空気を吸っていることに気づいた。

かれは、ラッタルを上ってハッチの外に出た。

まだ閃光電球は、六個残っている。今度は、さらに区画の奥に足をふみ入れて撮影しようと思った。自分の冷静さが不思議だった。思考力は失われているが、手足は自然と動いてくれる。絞りは5.6にセットした。頭をふってみたが、痛くはない。全身が少しだるいようだったが、室内に危険なガスは湧いていないらしい、と思った。

かれは、再びハッチの中にもぐりこみ、兵員室の通路に足をふみ入れた。遺体は苦しみ悶えたためか、例外なく半裸だった。ズボンをぬぎ褌《ふんどし》をつけただけで横たわっている兵もいる。

そのうちにかれは、室内に一種の秩序がたもたれていることに気づいた。通路に横たわっている遺体はなく、かれらは、それが自分のベッドなのか、ベッドに一人ずつ身を横たえている。かれは、ファインダーをのぞき、赤十字のマークのついた医療箱の下に横たわる遺体をうつした。

ファインダーから眼をはなした白石は、懐中電灯を室内に移動させていった。かれの体が、凍りついたように動かなくなった。生き残っている男がいる、と、一瞬、かれは思った。口中の激しい乾きが意識された。

かれは、意を決して足をふみ出し、白い体に近づいていった。男たちはそれぞれのベッドに横たわっているが、ただ一人例外がいた。男が、立っている。白い臀部がみえた。ひきしまった腿から足首にかけて逞しい線がかれている。

生きているのではない、立っている遺体なのだ、と、かれはしきりに自分に言いきかせたが、遺体が立っていることは奇怪だった。立ったまま硬直しているとは思えなかった。

遺体は、縊死体だった。上方から鉄鎖が垂れ、それが男の首に深く食い入っている。下半身は露出し、褌がずれて男根が突出していた。足先は、わずかに爪立っている。口をあけ、眼を開いていた。

かれは、頸部を見上げた。九年間、鎖に吊し上げられつづけたためか、首がのびている。足先が床にふれている理由が、かれにも納得できた。

かれは、カメラを縊死体にむけシャッターをきった。閃光に、男の白い裸身が輝いた。室内の異臭にみちた空気を吸ったからにちがいなかった。よろめくよう頭がかすんできた。

にハッチから出たかれは、残された電球二個を使うためにまた室内に入った。電球を二度ひらめかせてから、かれは、あらためて遺体の群れに懐中電灯をあててみた。

遺体にかすかな変化が起っていた。白い遺体の皮膚に発疹のような赤い点状のものが湧いている。それも、部屋の入口に近い遺体の皮膚にいちじるしかった。

白石は、その現象をすぐに理解できた。ハッチがひらかれて、外気が徐々に流れこんできている。そのため遺体は外気にふれたものから腐敗をはじめているにちがいなかった。

かれは、ハッチの外に出た。仕事を果したという満足感が、体の中にひろがった。かれはかすんだ眼で、身を寄せ合っている記者たちをながめた。かれらは、顔をこわばらせてこちらを凝視している。

顔見知りのカメラマンが、白石に近づいてきて、

「内部はどうだった」

と、せわしない口調でたずねた。

「説明しても仕様がない。写真をとるならおれが案内してやる」

白石は、抑揚のない声で答え、そのカメラマンに、絞り、シャッター速度、距離を指示すると、ハッチの中に身をすべりこませた。

かれは、床を懐中電灯で照らして誘導すると、

「ここでいい。光を室内に向けたらシャッターをきれ、いいな」

と、声をかけた。

「ＯＫ」

というカメラマンの声に、かれは、室内に懐中電灯をむけた。

カメラマンの口から、叫び声がふき出た。そして、カメラを床に落すと、ハッチを駈け上っていった。

「どうしたんだ、とらないのか」

白石がハッチの外に出て言うと、カメラマンは、手を激しくふった。顔面は蒼白だった。

内部に遺体が冷凍されたように白骨化もせず残っているという話は、たちまち記者たちの間にひろがったが、すぐにはだれも入ろうとはしない。

「おれが入る」

村井記者が、鉛筆とメモを手にハッチの中に消えた。そして、やがて出てきたかれは、深呼吸すると、再び艦内へ入っていった。

村井は、艦内で入念な取材をした。かれは、柱時計が六時十五分をさしてとまっているのを確認した。また、左右両舷上部の帽子掛けに整然と帽子がかけられ、そこに記された氏名もメモした。その結果、室内にいた者が、藤本辰男、中村惣助両*上曹、亀尾俊夫、山本正一両一曹、栗光香*二曹、奥原新作、水嶋力雄、新見繁男貴、水野昇、林昌夫、奥鹿夫、松本忠夫、石川武夫の各*一水であることがあきらかになった。

記者たちは、内部に入った作業員に遺体の状況をきいていた。

「そうだね、総員起シの命令でもかければ、飛び起きそうな感じだな。眠っているみたいだよ」

中年の作業員は、つぶやくように答えた。

村井は、すぐに中国新聞本社へ原稿を送り、それは「イ号潜水艦から13遺体」という見出しのもとに掲載された。が、白石の送った写真は生々しい遺体写真であるという理由で、すべて没になった。

その日、又場は、作業現場についてから、カメラマンと新聞記者が内部に入ったことを耳にして顔色を変えた。密閉された艦内には悪性ガスの充満している可能性が高いし、その内部に入ることは死につながるおそれがある。

しかし、内部に入った作業員の報告では、悪性ガスもないらしいというので、又場はハッチの内部にもぐりこんだ。かれは、作業員のかざす懐中電灯で遺体の姿を確認し、すぐに外に出た。

かれは、頭が重く足がだるくなっているのを感じて、作業船にもどると椅子に崩れるように腰を下ろした。そして、作業班長に、

「危険だから絶対に内部へ入らせてはいかん」

と、命じた。

かれは、気分が苦しいので現場をはなれると三津浜の定宿に帰って横になった。

作業現場では、ただちに第一ハッチからゴムホースを入れて換気にかかり、そして、翌日も一日中換気につとめ七月二十五日に本格的な遺体収容に着手した。

山田作業員らが、まず棺をハッチから内部におろし、一体ずつ遺体を抱きかかえて棺に入れ

上曹　「上等兵曹」の略。旧日本海軍の階級の一つ。兵曹長の下、一等兵曹の上に位置する下士官。
二曹　「二等兵曹」の略。旧日本海軍の階級の一つ。最下級の下士官。
一水　「一等水兵」の略。旧日本海軍の階級の一つ。上等水兵の下、二等水兵の上に位置する。

た。遺体の表面は干物のように乾燥していて、抱き上げると肉の細片が剝《は》げ落ちる。若い作業員たちは、恐怖も忘れたように放心した表情で作業をつづけていた。

「死臭はするか」

と、記者たちは声をかけたが、かれらは、

「わからぬ」

と、うつろな眼で答えるだけだった。

艦内で遺体を棺につめると、ロープでせまいハッチから引揚げた。作業員は、しばしば外へ出てきて焼酎を飲み、休息すると、再びハッチの中へ入って行った。

山田作業員は、縊死体の収容を担当した。かれは、大柄な遺体を抱いて持ち上げた。同僚の作業員が、頸部に食いこんだ鎖を外そうとつとめている。

「早くしろ」

仰向いて催促したかれの口中に、かわいた肉片が落ちてきた。

かれは、顔を伏せて持ち上げていたが、鎖がはずれたらしく重量がのしかかってきて、かれは、遺体を抱いたまま壁に体をぶつけた。遺体は、棺に辛うじて納まった。

艦上には、厳粛な空気がひろがっていた。遺体のおさめられた棺の中には花束がつめられた。又場をはじめ作業員たちの眼には、光るものが湧いていた。

前部兵員室に閉じこめられた者たちは、九年ぶりに、生きたままの姿で夏の陽光を浴びている。かれらは、闇の艦内で太陽の光を乞い、空気にふれることをねがったにちがいない。

かれらの苦しみは、想像を絶したものであったはずだ。かれらは、果しなく上昇する気圧と極度な酸素の欠乏に悶えながら死を迎えた。おそらく先任者は、浮上不能の折の最も効果的な方法として、疲労の増加と酸素の消費量を出来るだけ少くするため、ベッドで休息することを命じたのだろう。乗員たちもその命令にしたがって最善の努力をはらい、闇の中を手探りで自分のベッドにたどりつき、そこで絶命したにちがいない。

縊死した水兵は、頑健な体が逆に災いとなって、かれの肉体には、容易に死が訪れなかったのだろう。上官や同僚がすべて死に絶えた後も、かれ一人だけは、生きていた。深海の艦内でただ一人生きつづける孤独感に堪えきれず、自ら鎖を首にまきつけて体を垂れさせたと想像される。その区画の酸素は、すべて男たちによって吸いつくされた。酸素が絶えたことは、区画内の雑菌の活動も停止させ、さらに、水深六一メートルの海底の低い温度が一層その腐敗作用をさまたげたのだろう。

又場は、ふと遺体が全く別の世界から姿を現わしたように思った。男たちが死亡したのは戦時下で、かれらは戦場へおもむくことしか考えていなかったはずだ。しかし、戦争は八年も前に敗戦という形で終結している。ようやく陽光にふれることのできたかれらは、想像もしていなかった時代に遺体をさらし、途惑っているのではないだろうか。

復員局の係官が二人来ていたが、遺体を眼にすると、愕然としたように口をつぐんだ。かれらの顔には血の色が失われ、すぐに棺の傍からはなれた。そして、又場に、

「遺体の写真をとってはいけない。遺族にも見せず、荼毘《だび》に付すように」

と、悲痛な表情で言った。

その頃、艦上にならべられた十三個の遺体には、いちじるしい変化が起っていた。遺体は眩《まば》

ゆい陽光を浴び、艦の鉄から立ちのぼる熱気につつまれていたが、白い皮膚に湧いていた赤い点状のものが拡大しはじめた。その速度はすさまじく、無数の朱色の虫が這い回るように全身にひろがってゆく。たちまち皮膚は赤い斑紋におおわれた。水分が失われているためか粘液はにじみ出ず、逆に、表皮が肉片とともにはがれ落ちてゆく。

又場は、遺体の変化に狼狽した。水死体の腐敗が急激であることは知っていたが、艦上の遺体の変化は質が異なっていた。死臭もそれほど激しくなく、そのまま艦上においておくと、肉がすべて崩落してしまうのではないかと思われた。

かれは、海岸に遺体を運んで荼毘を急がせるため、棺の蓋を閉じさせた。

棺が、次々と小舟にのせられてゆく。作業船の上で体を寄せ合っていた遺族たちの群れから、小舟にむかって花束が投じられた。かれらの中からは、悲痛な泣き声がふき出ていた。

……その後、艦内の排水作業は順調に進められ、遺骨、遺品の収容が相ついだ。

まず、二十六日には、機械室と発令所内から山積した遺骨が引揚げられた。それを分類し整理してみると、二十二人の遺体であることが判明した。が、氏名はわからず、一体ずつ木箱におさめられた。

翌七月二十七日午後五時すぎ、電動機室内におりた金永技手が、手すりに防水ゴムテープでつつまれたものがくくりつけられているのを発見した。早速、作業船内で復員局係官立ち会いのもとにひらいてみると、一通の手帳が出てきた。紙は茶色に変色し字も薄れていたが、それは、同室内にいた大久保太郎中尉と浅野*上機曹の事故報告をかねた遺書であった。

浅学菲才ノ身ニシテ万全ノ処置ヲ取リ得ズ数多ノ部下ヲ殺ス。申シワケナシ。潜水艦界ノコノ上ナキ発展ヲ祈ル。

急速潜航時整備灯ハ、当直将校ヨク監視スルノ要アリ。訓練ハ確実第一、徒ニ潜航秒時ノ短縮ヲアセルベカラズ。艤装関係不良個所多シ。艤装員ト艦員トノ連絡密ナルヲ要ス。

深度五十四度、後部三〇トン応急線ニテ使用スルモ、速ニ電圧下リ不可能……(七字不明)……後部兵員室、発令所伝声管ヨリ漏水ス。

圧力大ニシテ遮防シ得ズ。総員M室ニ向ハン。圧縮ポンプ室又浸水アリ、伝声管徐々ニ浸水増ス。水ヲM室ニ入レテ後部兵員室ニ移ランコトヲ考ヘタレド、後部兵員室圧縮ポンプ室防水扉開カズ。後ナホ死ニ至ル迄相当時間アリ。最後マデ努力センノミ。

浸水後五時間、途中圧縮ポンプニテ気圧低下ヲ試ミタルモ電圧下リテキカズ、五時間後気圧サホド高カラズ。今電池ハ電圧殆ド0、圧縮ポンプ後部三〇トンハ五〇V附近ニテモ運転デキタリ、以後不能。

大東亜戦争勝抜ケ。

吾ガ遺言ハコレノミ

海軍中尉　大久保太郎

この遺言中「急速潜航時整備灯ハ、当直将校ヨク監視スルノ要アリ。……徒ニ潜航秒時ノ短

上機曹　「上等機関兵曹」の略。

縮ヲアセルベカラズ」という記述は、事故原因を暗示しているように思えた。浸水は、給気筒の頭部弁に丸太がはさまっていたことによって起っている。つまり弁が閉鎖されていなかったわけで、すべての弁の閉鎖を告げる整備灯も、点灯しなかったはずである。

少くとも大久保中尉は、当直将校が急速潜航を急ぐあまり、整備灯を確認せず潜航を命じたと判断しているように思えた。また、この事故報告によって、大久保中尉らが、少くとも五時間は生存していたことがあきらかになった。

さらに、上機曹浅野光一のしたためた文字にも、大久保中尉と同じ事故原因の判断がみられる。

昭和十九年六月十三日午前八時四十分急速潜航一直ヨリ始メル。コノ時機関左舷給気筒頭部弁閉鎖確実ナラズ、コレヨリ急速ニ浸水、電動機室ハッチ閉鎖スルモ後部兵員室伝声管ヨリ浸水多シ、アラユル努力ヲスルモ刻々ニ浸水ス。

応急電線ニテ三〇トンヲ起動スルモ浸水量多ク、刻々電動機室浸水増ス。総員電動機室及補*機室ニ集ル。前部ヨリ後部ニ至ル伝声管圧縮前接平パッキン不良ノタメコレヨリ漏水多シ。刻々浸水量ハ増スノミ。我レコノトキ管制盤ニヲル。

全進強速ヨリ電流ハイツパイ出スモ、急速ニ六十四米マデ着底スル。タダ急速潜航ヲ主トナサズ、現在ノ乗員ハソノ経験少キモノ多シ、故ニマヅ確実ヲ第一トシテ区長ハソノ状況ヲヨクミテ整備灯ヲ点ズルモノトスベシ。

訓練ニテ死スルハ誠ニ残念ナリ。シカシ、今ハアラユル努力ヲナシタレドモ刻々浸水スルノミ。最後マデガンバル。
帝国海軍ノ発展ヲ祈ル。我死スルトモ悔ユルコトナシ。最後ノ努力スルモ気圧ハ刻々高クナル。
気ガ遠クナル。午後十三時二十分、艤装不良個所多キタメコレヨリ漏水、如何ニ努力セシモ
ソノ甲斐ナシ。

この手帳の発見によって、事故原因は確定的になった。当直将校の処置のあやまりが、事故につながったのである。

さらに、翌二十八日午後三時、同じく電動機室の排水をおこなった結果、水枕の中から遺書を書きとめてある多くの紙片が発見された。

まずノートを破った紙に、その区画の全員の氏名が書きとめられていた。それは、大久保太郎中尉、桑原昇軍医少尉、田尻福秀機曹長*、山本春三機曹長、岡島勝典上機曹、藤田喜久雄上機曹、浅野光一上機曹、渡辺幸男上機曹、加藤武一上工曹*、平松武雄二衛曹*、橋本秀一一機曹*、山本五次二機曹*、西崎忠夫二機曹、三上繁雄機兵長、杉谷清明機兵長、松村邦彦機兵長、伊藤

補機室　「補機」は、船舶の航行に使用するメインエンジン以外の機関をいう。
機曹長　「機関兵曹長」の略。兵曹長は旧日本海軍の准士官。少尉の下、上等兵曹の上に位置する。
上工曹　「上等工作兵曹」の略。
二衛曹　「二等衛生兵曹」の略。
一機曹　「一等機関兵曹」の略。
二機曹　「二等機関兵曹」の略。

文夫機兵長、鷲塚一夫機兵長、長嶺義安機兵長、岡正春機兵長、布野寅一一機曹、中奥春雄二機曹、羽瀬原信夫一機曹、井上康夫一機曹、井上億一二機曹、中村一松機兵長、平賀次郎二機曹、土取朱一機兵長、奥野肇機兵長、三上正勝機兵長、妹尾市松機兵長の三十一名であった。

この氏名の後に、かれらが艦内でどのように過したかが記述されていた。

一六四五（午後四時四十五分）、大久保分隊士*号令ノ下ニ皇居遥拝、君ガ代、万歳三唱。
一七三〇、大久保中尉以下三十一名元気旺盛、全部遮水ニ従事セリ。
一八〇〇、総員元気ナリ。総テヲツクシ今ハタダ時機ノ至ルヲ待ツノミ。ダレ一人トシテ淋シキ顔ヲスル者ナク、オ互ニ最後ヲ語リ続ケル。

これによると、事故が発生してから十時間後の午後六時には「総員元気」であったことが察せられる。しかも、大久保中尉統率のもとに整然とした秩序が保たれていたことが判明した。水枕の中には、乗組員たちの簡単な遺書が、それぞれ紙片に刻みつけられて納まっていた。

一機曹　布野寅一

僅か三カ月の結婚生活であつたが、自分は非常に幸せであつた。今後のお前の身のふり方はお父さんの言ふ通り、お前の幸福になる道を進んでくれ。ではさやうなら。

布野三千子殿

年老いたる祖母さんやお母様に何一つ孝養ができなかつたのが残念。孝、定、寛、可愛い喜久子よ、よい子になつてくれ。

機兵長　土取朱一

だんだん呼吸が苦しくなつてきた。後は時間の問題。私は笑つて死につく。母さんの御多幸を祈る。

二衛曹　平松武雄

小生在世中は女との関係無之。為念。

一機曹　羽瀬原信夫

午後三時すぎ記す。死に直面して何んと落着いたものだ。冗談も飛ぶ、もう総員起しは永久になくなつたね。

母上よ、悲しんではならぬ。それが心配だ。光さん、がんばつたがだめだつた。

妹よ　つひに会へなくなつたね。清く生きて下さい。

気圧が高くなる。息が苦しい。死とはこんなものか。みなさんさよなら。

上機曹　岡島勝典

分隊士　分隊長を補佐する役。中尉または少尉などが任じられる。

妻に残す。

我々の生活もこれで終つた。お前には誠に申訳がない。この結婚は早過ぎた。お前は自分で思ふことをやつてくれ。


これらの遺書のほかに「妹よ、おれも元気だといひたいが、もう駄目だ」「みんな騒ぐな、往生せい」などというものもあった。

最後にしたためられたものとしては、煙草の空箱に、

「いよいよ苦しい　二十一時十五分」

という走り書きがあった。沈没後十三時間経過しているわけで、苦悶は一層激しく、間もなく全員死亡したにちがいなかった。

又場は、沈没後三十時間目に呉工廠の潜水夫が、艦外からハンマーでたたいたことを思い出した。艦内からはなんの反応もなかったという報告があったが、その頃には、すでに艦内の乗組員は死に絶えていたのだ。

遺書の類いは、復員局の係官によって丁重に保管されることになった。

艦内は入念に探られて遺骨が集められ、それも一段落ついたので、八月七日午後三時から興居島の水尻浜で、北星船舶の手によって慰霊祭がおこなわれた。

愛媛県知事、松山市長をはじめ関係官庁から係官が出席、遺族多数が参列した。が、死亡した乗組員たちの妻の中には再婚した者も多く、その人たちの姿はみられなかった。

遺骨の配分については、復員局係官によって慎重な配慮がはらわれた。前部兵員室で発見さ

れた遺体をのぞいては、大半がだれの遺骨か判別できなかった。そのため氏名のわかったもの以外の遺骨は、一緒に焼いて平等に白木の箱に分配された。

その慰霊祭の終了によって、又場の遺族に対する責任はすべて果され、「伊号第三十三潜水艦」は、会社経営の利益の対象になったのだ。

船体の腐蝕も少く、殊に浸水していなかった魚雷発射管室は貴重で、艦を視察した商社との引取り価格の調整がおこなわれた。

その結果、約三千五百万円で取引きが成立、又場は、艦の解体工事をおこなう広島県因島《いんのしま》市の日立造船ドックまで曳航することになった。かれは、引揚げ作業によって予期通りの利益を手中にすることができたのだ。

翌々日、又場は、「伊号第三十三潜水艦」に「大島丸」からのワイヤーをとりつけた。「大島丸」のエンジンが始動すると、艦は徐々に動き出した。

瀬戸内海は、真夏の陽光を浴びてまばゆく輝いていた。「伊号第三十三潜水艦」は、静かにひかれてゆく。その艦橋から突き出た潜望鏡のレンズが、錆びた船体とは不調和な明るい輝きを放っていた。

その日、艦は因島市につき、日立造船ドックに繋留された。

「伊号第三十三潜水艦」は原型をとどめていたので、造船業界の注目を集めた。韓国海軍から買受け希望があるというニュースなどもあって、浦賀ドック、川崎重工、三菱電機、日立製作所、播磨造船などから商社に注文が殺到した。

殊に、浦賀ドックの希望は強く、同社潜水艦企画室に託して潜水艦研究の資としようとしていた。

しかし、業界には、一社に独占させることは不適当であるという声がたかまり、造船工業会もそれに同調した。そのため、「伊号第三十三潜水艦」は、分断して各社で引きとることに決定した。潜望鏡は日本光学、発令所は川崎造船、什器類は三菱電機、一四センチ主砲は日本製鋼所などが商社と仮契約を結んだ。

これに対して、浦賀ドック潜水艦企画室では、分断される以前に艦の調査を希望した。中でも浸水をまぬがれた魚雷発射管室には、深い関心をいだいていた。企画室には、元海軍技術大佐生野勝郎、同少佐西原虎夫、同吉武明の三名の潜水艦設計の専門家がいた。かれらは、会社の出張で八月十二日、横須賀から日立造船におもむいた。

生野たちは、魚雷発射管室に入って調査することを申し出たが、現場主任は、ガスが内部にたまっているかも知れぬという理由で同意しなかった。

しかし、生野たちは、その区画から遺体搬出作業も積極的におこなわれたことでもあり、危険はないと判断した。そして、午前十時二十分頃、生野が第一ハッチをあけて中へ入っていったが、突然、倒れた。それを眼にした西原がラッタルをつたって降りていったが、西原も倒れ、それを救おうと駈け下りた吉武も、折り重なって昏倒した。いつの間にか炎熱につつまれたその区画内には、濃厚なメタンガスが発生していて、三名の技師の生命を瞬間的に奪ってしまったのである。

収容されたかれらの遺体は、その夜、日立病院から因島市土生町の善行寺に移され、安置された。ハッチは、再びかたく閉鎖された。

生野たちの葬儀がおこなわれてから五日後の八月十八日、「伊号第三十三潜水艦」は、日立造船因島工場ドックに引き入れられ、ドック内の水を排出し、その全容をあらわにした。

本格的な解体作業が、大本組の手によって開始された。

暑熱がやわらいで、秋風が立つようになった。遺体は六十一体発見されていたが、「伊号第三十三潜水艦」は、なおもさまざまな部分に遺骨をひそませていた。

九月上旬には、解体の進んだ艦内から十八体の遺骨が姿をあらわし、多くの遺品も収容された。その後も遺骨は一体、二体とつづいて、十月八日には、氏名不詳の真黒な遺骨五体が後部補機室から出た。さらに、翌々日の十日に一体、十一日午前中に一体、午後になって四体が発見された。

「伊号第三十三潜水艦」は、果しなく遺体を生み出す構築物のように思えたが、その日の五体を最後に、遺骨は絶えた。

艦橋が撤去され、潜望鏡も引きぬかれた。外板《がいはん》がはがされると、「伊号第三十三潜水艦」は巨大な魚の化石のように内殻と肋材だけになった。が、それも次々とりはずされてクレーンで巻き上げられ、やがて、ドック内に艦の姿は消えた。

私は、小西愛明氏とともに死をまぬがれた元海軍一曹岡田賢一氏が名古屋市にいることを知って、氏の家を訪れた。

氏は、空缶業を営んでいた。かなり広い敷地に、作業場と住居が建っている。住居に通じる路には、光った石油缶が山積みされていた。

格子戸をあけると、手伝いの人らしい婦人が、作業場の方へ声をかけた。出てきたのは、働いていたらしいゴムの前掛けにゴム長靴をはいた氏の夫人だった。

私が応接室で待っていると、頭髪の薄い体の大きな人が入ってきた。岡田氏であった。

氏は、丁重な言葉遣いをする温和な感じのする人だった。苦痛にたえながら艦内から脱出し生きぬいた人とは思えなかった。しかし、話をきいているうちに、氏が小西愛明氏と同じように強靱《きょうじん》な神経をもっている人であることがわかってきた。と同時に、氏が今もって生き残ったことを戦友たちに羞じているらしいことにも気づいた。

「伊号第三十三潜水艦」の浮揚作業が開始されるという新聞記事が出たころ、岡田氏は三津浜にいて、早速、呉市の北星船舶を訪れた。そして、浮揚時期をたずねたが、その折も、氏は生存者であることを口にしなかった。遺族の手前もあって、新聞に書き立てられることをおそれたからだったという。

しかし、盲腸で入院中、中国新聞の記者の訪問を受けて、生存者であることがあきらかにされ、退院後、作業現場におもむいた。かれは、艦の完全浮揚まで現地にふみとどまりたかったが、浮揚の見込みがたたず、所用も重なっていたので名古屋に帰った。その間に、艦は浮揚した。前部兵員室から生きたままの姿で十三名の遺体が発見された時も、岡田氏は現場にいない。

「立ち会った方がよかったのか、いなかった方がよかったのか、私にはわかりません。同じ水雷科ですから、一人一人よく知っているのです。その姿を実際に眼にしたら、私もどうしたか」

氏の眼に、光るものが湧いた。

私には、氏の言葉の意味が素直に納得できた。その区画内では、九年前の沈没時から時間が完全に停止していた。深い静寂の中で、遺体は、年齢を重ねることもなく九年間という時間をすごし、その間に生き残った氏は、確実に時間の流れの中に身を置いていた。

もしも、氏が遺体を引揚げた場に居合わせていたとしたら、氏の眼にする遺体は、九年前の戦友の姿なのである。九歳年をとった氏は、時間が激しい勢いで逆行するのを感じたにちがいない。その奇怪な時間の乱れに、氏が堪えきれたかどうか。戦友の死に対する激しい悲嘆もくわわって、氏が錯乱しなかったとは保証できない。

「立ち会わなかった方がよかったのか」という言葉には、氏のそうした恐れがにじみ出ているように思えた。

氏は、新聞記者から兵員室に横たわる戦友の遺体写真を見せてもらった時、涙が出て仕方がなかったという。

「殊にその記者から、総員起シをかけたら全員はね起きそうだ、と現場で言っているということをきいた時は……」

氏は、そこまで言うと、顔を伏せた。

昭和四十一年六月十四日、岡田氏は、小西愛明氏と協力して遺族を招き、興居島御手洗海岸で盛大な慰霊祭をおこない、さらに、沈没海面で花束を投じた。また、「伊号第三十三潜水艦・遭難記録」という手記をガリ版刷りで作成し、遺族たちに配布した。氏は、戦友の霊を慰めるために生きつづけているのだ。

氏の夫人がみせてくれた遺族からの手紙は、おびただしい量だった。氏は、夫人とともに必ず返事を出しているという。

氏が、車で名古屋駅まで送ってくれることになった。作業場では、古い石油缶を苛性ソーダで洗い、新品同様にして売る。暖房のいる季節になっているので、氏は多忙のようだった。

車が走り出してから、私は、一つの質問をすることをためらっていた。それは前部兵員室で縊死したまま立っていた遺体のことであった。

下腹部に突出がみられた理由については、三人の脳の専門医にきいてみたが明確な答は得られなかった。やむなく、法医学者古畑種基氏にきいてみると、縊死した折にはしばしばみられる生理現象だという。が、古畑氏にも、その医学的根拠が判らぬようだった。いずれにしても、その兵の肉体の一部は、硬直したまま九年間という歳月を過したのだ。遺体写真を撮影したカメラマンの白石鬼太郎氏は、その縊死体を「腹部のふくらみを取りのぞいた相撲取りのような偉丈夫」と表現した。

私の胸に、いつの間にか一人の人間像が形づくられていた。眼光炯々《けいけい》とした一人の若い水兵。筋肉質のひきしまった逞しい体軀。かれは、物に動じぬ強靱な神経をもっている。

私は、ハンドルをにぎる岡田氏にその水兵の日常をききたかった。自分の胸にえがく想像をたしかめてみたかった。が、それが遺体であり、しかも下半身を露出したものだけに問うことがためらわれた。

二十分ほどして、車は名古屋駅についた。氏は、新幹線のフォームまで送ると言って車から降りた。

私は、改札口をぬけてから、思いきって、縊死体の人を知っているか、とたずねた。

氏は、少し考えてから、はっきりとした口調で水長の階級にあった或る男の姓を口にした。写真でみたかぎり、その兵以外には考えられぬという。

私は、

「想像ですが、その方は意志の強い人だったのでしょうね」

と、たずねた。

氏は、また少し考えるように頭をかしげてから、

「そういう表現よりも、ひどく朗らかな兵でした。気のいい、いつも微笑しているような大人しい兵でしたよ」

私は、口をつぐんだ。鋭い眼をした水兵の顔は消えて、大きな体をした善良そうな笑みをふくんだ若い男の顔が、浮び上った。

新幹線の列車が、ゆるやかにフォームにすべりこんできた。

私は、礼を言って車内に入った。岡田氏は、フォームに立って見送っている。やがて、列車が動き出すと、頭をさげている岡田氏の体が後方へ消えていった。

私は、シートに腰を下した。

車窓にはネオンの色がひろがり、列車はその中を次第に速度をあげてゆく。私の眼前には、微笑をたたえる水兵の顔がうかびつづけていた。

立っていた人への手紙

私は、貴兄に会ったことはありません。お名前も、貴兄と同じ潜水艦――伊号第三十三潜水艦に乗っておられた岡田賢一一等兵曹からおきき致しましたが、失念しました。と、申すより、むしろ私は記憶にとどめることを避けたいという意識が強く、ノートに書きとめることもしなかったのです。その理由は、貴兄の御氏名を知ることが辛《つら》く、痛々しくもあって、自分の記憶からそぎ落したのです。

このように私は、貴兄のことについてほとんどなにも知りませんが、貴兄の殉職した折の階級が水兵長であり、年齢が二十歳であったことだけは記憶しています。貴兄が死亡したのは昭和十九年六月十三日ですから、当時私は十七歳で、貴兄が私よりわずか三歳年長であったにすぎないことも、貴兄に対して特別な親密感をいだいた理由です。

私の貴兄についての知識は、このように乏しいものですが、私は、写真を通して貴兄をよく知っているのです。その写真は、貴兄の乗組んでおられた伊号第三十三潜水艦が沈没してから九年後の昭和二十八年六月下旬、呉市の北星船舶工業株式会社の経営者又場常夫氏の指揮で同艦が海底から引揚げられた直後、中国新聞社の白石鬼太郎という写真部員が撮影したものです。

白石氏は、奇蹟的に浸水していなかった艦の前部に入り、閃光《せんこう》電球の光を頼りにカメラのシヤッターボタンを押しつづけました。御承知の如く、その部分は、魚雷発射管室と兵員室が一区劃《くかく》になっており、白石氏は、兵員室の蚕棚《かいこだな》状の寝台に横たわる貴兄の戦友たちの遺体をフィルムにおさめたのです。それらの遺体は、区劃内の酸素が貴兄たちによってすべて吸いつくされたため、腐敗菌の活動が停止したことと、水深六十メートルという海底の冷たい温度によって、恰《あたか》も生きたままであるかのような冷凍遺体になっていました。

白石氏は多くの写真を撮影しましたが、六年前の夏、私もそれらの写真を偶然見る機会を得ました。四ツ切り大の黒白写真で、寝台に仰向いたり突っ伏したりしている半裸の水兵たちの姿が映し出されていました。それらは、不思議なほど深い静寂を感じさせる写真で、映像の中の世界がすでに死者たちの占める空間であり、寝台に横たわる人体がかなり以前に死の訪れを受け容れたものであることを察知できました。

水兵たちは、自分の寝台に一人ずつ身を横たえていましたが、一つの寝台だけが無人でした。それは、貴兄の寝台ですが、貴兄は兵員室に接した魚雷発射管室の中央部に立っていました。私は、貴兄が何故立っているのか不思議に思いました。貴兄の下腹部は露出し、陰茎と臀部《でんぶ》がほの白く闇の中に浮び上っていました。貴兄は直立不動の正しい姿勢をとっていました。上官になにかを報告してでもいるように、顔を幾分上向きにしていました。背も高く逞《たくま》しい肉体の持主である貴兄は、両手を両脇にきっちりとつけていました。

写真の上方に眼を据えた私は、天井から垂れ下った鎖が貴兄の首に巻きつけられているのに気づきました。直立していたのは縊死《いし》していたためで、足の裏が床にぴったりとついていたのは、九年の歳月の間に体が伸びてしまったためにちがいありません。

何故、貴兄が縊死したのか。おそらく、同区劃の者たちが酸素欠乏で死亡した後、貴兄のみが生きていたためではないのでしょうか。写真でもあきらかですが、貴兄は逞しい肉体の持主で、それ故に死が容易に訪れず、堪えがたい孤独感におそわれて自ら命を断ったのではないのでしょうか。

私は、貴兄の死亡した日を六月十三日と書き、海軍の記録にもそのようになっていますが、もしかしたら、死亡したのはその日ではなかったのではないでしょうか。浸水した電動機室からは、水枕に入れられた多くの遺書が発見されましたが、その中に煙草の空箱が入っていて、そこには、「いよいよ苦しい　一二十一時十五分」と、書き記されていました。この短い文章が、この区劃に残された乗員の最後にしたためたものです。

沈没は、その日の午前八時四十分でしたから十三時間経過しているわけですが、貴兄の区劃には浸水がなく、生存していた時間も長かったはずです。もしかしたら、貴兄は、事故発生後一両日、または三、四日も生きていたのではないでしょうか。

私は、貴兄の写真を忘れることができません。電車に乗って車内吊りを見上げている時、早朝、ふと目覚めた時、一人で酒を飲んでいる時など、貴兄の写真が眼の前に浮ぶのです。戦争が終ったのは、私が十八歳の夏でしたが、貴兄の写真に戦争のすべてが語られているような気がするのです。私の兄も戦死し、家は夜間空襲で焼けました。焼土の中や河面に多くの死体を見、撃墜されるアメリカ機、日本機を眼にし、それらの搭乗員の死を知りました。が、それらの記憶は年々整理されて、貴兄の立っている姿を映した一葉の写真に戦争そのものが集約されているように思えるのです。

私は、貴兄の墓に香華《こうげ》をお供えしたいと思い立ったことがありました。伊号第三十三潜水艦のわずか二名の生存者の一人である岡田賢一氏は名古屋市におられ、貴兄の郷里がどこであるかを教えてくれました。潜水艦を海底から引揚げた後、艦内にあった遺骨はすべて遺族に渡された由ですから、貴兄の遺骨も遺族の手で郷里の墓所に埋葬されているはずです。

墓参は可能なのですが、私は、断念しました。生死はわかりませんが、もしも貴兄の御両親が御健在であったら、見知らぬ私の不意の訪れをいぶかしみ、墓参の理由を問われることでしょう。私は、貴兄の戦友でもなく、面識もありません。私が知っているのは、写真の映像になっている貴兄の立っている姿だけです。下腹部を露出し、縊死している姿です。

おそらく御両親は、その写真を眼にしたことはないはずです。たとえその写真の存在を知っている人がいても、御両親に見せることはしないでしょう。

私が墓参の理由を説明するとしたら、当然貴兄の写真についてふれざるを得ません。が、私には、それを口にすることなど到底できません。自分の息子が、九年間も半裸で、深海に沈んだ艦内で直立不動の姿勢をとりつづけていたことを知った御両親の、やりきれない悲しみを見るのは忍びませんし、そのような悲嘆をあたえてはならぬとも思うからです。

私は、この島国のどこかにある貴兄の墓に、東京の一隅から合掌いたします。

大東亜戦争は、貴兄が殉職した翌年、日本の無条件降伏によって終り、戦後、三十年が経過しました。私の家の庭には、紅梅が咲き、白梅も二輪花弁をひらいています。今年は梅の蕾《つぼみ》が例年になく多くつき、開花が待たれます。気温はまだ低いのですが、春の気配は濃厚です。

貴兄の御冥福《めいふく》を心からお祈りいたします。

或る夫妻の戦後

戦史小説を初めて書いたのは昭和四十一年で、六年後に『深海の使者』という小説を「文藝春秋」に連載したのを最後に、書くことはしなくなった。理由については、当時、エッセイに書いたことがあるが、端的に言えば、証言者が少くなったことに尽きる。

戦場体験をもたぬ私は、戦史小説を執筆するにあたって、戦争の記録をあさるとともに、関係者の証言を得ることにつとめた。私の場合、証言を柱とし、その正否をたしかめるため記録を参考にして小説を書いていたので、証言者の数が減ったことは致命的であった。

一例をあげると、沈没した或る潜水艦の記録に、「乗組員二名救出セリ」と記され、私は、その旧乗組員を探し出して回想をきいたが、その要旨は左のようなものであった。

「艦ガ沈下シ、部屋ニ私ト他ノ乗組員ガイタ。電燈ガ消エテ闇ニナッタ直後、部屋ニ海水ガ激流ノヨウニ入ッテキタ。私ハ沈ミ、水面ニ浮キ上ッタ。天井ガスグ上ニアッタ。眼ノ前ニ、大キナ電球ノヨウナモノガ光ッテイル。何デアルカワカラナカッタガ、乗組員ノ顔デアルコトニ気ヅイタ。海水ニ夜光虫ガ発生シ、ソレガ乗組員ノ顔ニハリツイテイル。私ノ顔ニモ夜光虫ガツキ、ヒリヒリシテ痛カッタ」

もう一人の救出された乗組員に会って話をきいてみると、やはりその人も、眼の前に球状の光ったものをみたという。「乗組員二名救出セリ」という記録の裏に、このような夜光虫の存在があり、それをきくことによって小説を構成した。

ところが、昭和四十一年に『戦艦武蔵』という戦史小説を初めて書いた折には、関係者が平均十名中、七、八名いたが、『深海の使者』の頃には、三、四名しか回想を得ることができなかった。わずか六年間に、物故した方が多く、証言者が激減したことを知ったのである。

このような理由で戦史小説の執筆をやめて十二年が経過したのだが、証言をして下さった方々の印象は、今でも強く残っている。岡田賢一氏も忘れがたい方である。

氏は、昭和十九年六月、一等兵曹として「伊号第三三潜水艦」に乗組んでいた。同艦は、昭和十七年六月十日、神戸三菱造船所で竣工された一等潜水艦であった。基準排水量二、一九八トン、全長一〇八・七メートル、速力二三・六ノット（水中速力八ノット）、備砲一四サンチ砲一門、五三サンチ魚雷発射管六門、魚雷数一七、偵察機一機搭載可能の伊一五型に属す。

完成後、第六艦隊第一潜水隊に編入、司令潜水艦としてソロモン諸島方面の作戦に従事した。その後、整備、補給のため太平洋最大の基地であったトラック島泊地に入港、故障個所の修理をうけている折、艦と工作艦との連絡不十分のため、後甲板のハッチが開いたまま艦を沈下させたので沈没。航海長以下三十三名が殉職した。

翌十八年一月二十九日、艦は浮揚作業をうけて海上に姿をあらわし、呉《くれ》軍港に曳航され、工《こう》廠《しょう》内で徹底的な修理工事をうけ、昭和十九年五月末日に完了した。

艦は、第六艦隊第十一潜水戦隊への編入が決定し、乗員が乗組み、六月一日から瀬戸内海で猛訓練を開始したが、訓練最終日の十三日午前八時四十分に、伊予灘由利島付近で沈没した。

艦では、敵機来襲などの想定のもとに急速潜航訓練をくり返していたが、給気筒頭部弁に修理工事中に取り残されていた丸太がはさまり、閉らぬのに気づかず急速潜航をおこなったので、その部分から浸水し、沈没したのである。

司令塔にいた者のうち十二名が艦橋ハッチから脱出したが、救助された者はわずかに二名で、艦長和田睦雄少佐以下百二名が死亡した。岡田賢一氏は、奇蹟的に救助された一人なのである。

私は、もう一人の生存者である小西愛明《あいめい》氏を大阪にたずねた。氏の名刺には、一流商社の中堅幹部の肩書が印刷されていた。小西氏は海軍兵学校を卒《お》えて少尉に任官、「伊号第三三潜水艦」に砲術長兼通信長として乗組んでいた。

岡田、小西氏から得た回想によると、艦が沈没した折、両氏は艦長たちとともに司令塔内にいた。艦長は、潜水艦について豊富な知識と経験をもっていて、艦を浮上させるためあらゆる手段を試みたが、効果はなかった。

艦は、いったん水深六十メートルの海底についたが、海底に艦尾をつけたまま艦首が海面近くまで浮き上った。艦は大きく傾斜し、岡田氏たちは物につかまって倒れるのを防いだ。気圧がいちじるしく上昇し、小西氏は左耳、岡田氏は右耳の鼓膜を破られ、むろん呼吸困難も激しさを増した。司令塔と下部を通じるハッチが閉められ、下方からハンマーでハッチを叩く音がしていたが、浸水したらしくそれも絶えた。

艦長は、艦と運命を共にすることを決意、十二名の者に脱出を命じた。

司令塔の上部のハッチがあけられ、十二名の者が高圧の空気と共に次々に出た。が、艦橋の手すりに頭部をぶつけた者もいて、海面におどり出ることのできたのは八名のみであった。北方に由利島、南方に青島が、ほぼ等距離に見えた。

航海長幸前《ゆきまえ》音彦大尉ら五名は、青島方面にむかって泳いでゆき、その後、水死したことは確実だが、潮流に押し流されて外洋に出てしまったのか、遺体は未発見であった。

岡田、小西両氏は、鬼頭忠雄一等兵曹とともに由利島方向に泳いだ。島までは十キロほどの距離であったが、潮の流れの速い海域で、いつまで泳いでも島までの距離がちぢまらない。

一時間余たった頃、機帆船がみえ、

「オーイ」

と叫び、手もふったが、エンジンの音で声がきこえぬらしく去っていった。

鬼頭一曹が疲れはじめて動きが鈍くなり、岡田氏は、かれをはげまして泳いだ。

四時間ほどたった頃、島がかなり近づいてきた。再び漁船が見え、岡田氏が小西氏とともに声をあげ、手をふると、船上の男が気づき、漁船が舳先《へさき》をまわして近づいてきた。

岡田氏と小西氏は泳ぎ寄ると船べりをつかんだが、手をふれかけた鬼頭一曹はそのまま海中に沈んだ。

漁師が二名海中にとびこみ、水中に深くもぐって後抱きにして浮き上ってきた。すぐに船上に引きずりあげたが、反応はなく、臀部をしらべた漁師が、肛門がひらいているのでだめだ、と言い、首をふった。

名古屋市に住む岡田氏を訪れたのは十三年前だが、その折の記憶は鮮明である。町工場の多い一郭で、タクシーを降り、氏の家の前に立った。

氏は、石油缶の再生業を営み、かなり広い敷地に作業場と住居があった。作業場には、光った石油缶が山積みされていた。

私の亡父も工場主で、このような作業場の空気に一種のなつかしさを感じ、気軽に作業場に入ると、奥にある住居の格子戸をあけた。

家事手伝い人らしい婦人が、作業場の方へ声をかけた。出てきたのは、ゴムの前掛け、ゴム長靴をつけ、頭を手拭でおおった氏の夫人だった。

私が応接室で待っていると、体の大きな人が入ってきた。岡田氏だった。

氏は、おだやかな口調で海軍との関係から話しはじめた。水雷学校、潜水学校を出て、潜水艦一筋にすごした下士官であった。「伊号第五三」「伊号第五七」に乗組み、開戦時には、イギリス東洋艦隊旗艦「プリンス・オブ・ウェールズ」、戦艦「レパルス」の追尾作戦に従事、ミッドウェイ、アリューシャン作戦にも参加した。その後、修復成った「伊号第三三潜水艦」に呉で乗組み、訓練中に沈没事故に遭ったのである。

救助されたことに喜びをおぼえるどころか、氏は、精神的な打撃をうけたという。

「部下が死に、私が生きているのが申し訳なく……」

氏は、低い声で言った。

救助された夜、氏は、共に泳いで絶命した鬼頭一曹の遺体をおさめた棺のかたわらに身を置き、朝まで眠らずに過した。

やがて敗戦を迎え、氏は、混乱した社会の中で生活するのにかなりの苦労をかさねた。

昭和二十七年、たまたま「伊号第三三潜水艦」の沈没海域に近い松山市郊外の三津浜に商用で来ていた折、思いがけぬ新聞記事を読んだ。呉市の北星船舶というサルベージ会社が、「伊号第三三潜水艦」の浮揚作業をはじめるという。

氏は、早速呉市におもむいて北星船舶を訪れ、浮揚時期をたずねた。その折も、まだ自分が生存者であることが恥しく、元乗組員であることを口にしなかった。

やがて盲腸炎になり手術のため入院中、どこできいてきたのか、広島の県内紙である中国新聞の記者の訪問をうけ、生存者であることがあきらかにされた。氏は退院後、浮揚作業現場に何度も足をむけたが、作業は難航していて浮揚のメドは立たず、氏もやむを得ぬ用があって名古屋にもどった。その直後に、艦は浮揚した。

艦の前方にある魚雷発射管室と同一区劃内にある兵員室が、未浸水であった。

そのことから異様な情景がその区劃内にみられた。兵員室には十二名の水兵が起居していたが、区劃内の酸素がかれらによって吸いつくされていたため腐敗菌が活動せず、さらに水深六十メートルの水温の低い海底にあったことで、水兵たちの遺体は、あたかも冷凍保存されたように原形を保っていた。

私も、白石鬼太郎《おにたろう》という中国新聞の記者が撮影した遺体の写真を見たが、かれらはあたかも生きているかのように蚕棚《かいこだな》状のベッドに横たわっていた。苦しげに口を開いているが、当時、それを眼にした白石氏や作業員たちの話によると、唇も口中も桃色をしていて、「総員起シ」の号令がかかれば、一斉にはね起きるような予感さえしたという。

この話を名古屋でつたえきいた氏の驚きは大きく、新聞記者から遺体写真を見せられた時には、涙が出て仕方がなかったという。

水兵たちは氏と同じ水雷科に属していたので、氏は、かれらを一人一人熟知していた。写真ではなく、実際に氏が自分の眼でかれらの遺体を見たらどうであったろう。水兵たちの遺体には、九年間という時間の経過はなく、昭和十九年当時のままである。九歳の年齢をかさねた氏が、果して時間のすさまじい逆行を眼にすることに堪えられただろうか。

氏の夫人が、ゴムエプロンをはずし、茶菓を手に部屋に入ってきて、坐った。

艦の浮揚によって遺族がつぎつぎに現場にきて、愛媛県知事、松山市長ら参列のもとに慰霊祭がおこなわれた。

氏の苦しみは、一層増した。生存していることが、遺族に対して償いきれぬ罪悪に感じられた。氏のような立場におかれた場合、遺族たちの前から姿をかくそうとする意識がはたらくのは無理からぬことで、私もその例を数多く知っている。が、氏は、そのような態度をとらず、逆に遺族たちと積極的に接触する方法をとった。強い贖罪《しょくざい》の念によるものだが、氏の姿勢を夫人が全面的に支持したことも大きい。

氏は、まず遺族の住所をしらべ、名簿を作った。ついで、「伊号第三三潜水艦・遭難記録」と題する手記を書いた。自分が救助されるまでの経過、沈没原因、沈没地点略図、艦内図、全乗組員の氏名、階級、戸主、本籍地を記し、それをガリ版刷りにして、手紙とともに遺族あてに送った。

氏のつつましい態度に、遺族の反響は大きく、多くの感謝にみちた手紙が寄せられた。

夫人が、箱におさめられたそれらの手紙を貴重なものを扱うように出してきて、私の前に置いた。おびただしい量で、それは氏と夫人が、それだけ多くの手紙その他を送ったことをしめしている。

昭和四十一年六月十四日は殉難者の二十三回忌にあたり、岡田氏は、もう一人の生存者である小西愛明氏と協力し、興居島御手洗《ごごしまみたらい》海岸で慰霊祭をもよおして、遺族五十名とともに沈没海面に花束を投じた。費用の点について、私が執拗にたずねると、氏は、遺族に交通費を各自負担していただいたが、道後温泉での宿泊費は支払わせてもらったと、口ごもりながら答えた。

それから十年後の三十三回忌にも、約七十名の遺族の参加を得て、再び慰霊祭をもよおした。三千円の会費で道後温泉に泊ってもらい、伊予万歳を招いたりして遺族をなぐさめたという。

氏は温厚な人柄で、丁重な言葉づかいをする。夫人も魅力にみちた方で、朝から日没まで休みなく働いている気配が察しられる。慰霊祭のための費用も、夫人は当然のこととしてうけいれ、現場に行って誠意をこめて遺族たちのお世話をした。このような夫人の理解というよりは励ましによって、氏は、遺族との交流をつづけているのである。

名古屋駅へむかう私を、氏は車で送ってくれた。

その後、氏とは年賀状を交換し、手紙もやりとりしてきたが、数日前、久しぶりに電話をかけてみた。氏のおだやかな声が流れてきた。夫妻とも元気で、私も体に支障もなく仕事をしている、と言った。

「遺族の方たちとのお付き合いは、いかがですか」

私は、たずねた。

「毎年、年賀状をいただき、私の方からも出しております。一時は七十通以上ありましたが、御両親や奥さんが亡くなられる方もいて、今では三十通ほどになりました。息子さんや娘さんからもいただいております」

沈没事故は終戦の前年で、それからすでに四十年が経過している。遺族の中に死亡する方がいるのは当然のことで、遠い過去のことになっている。が、氏と夫人は、三十通に減ったとは言え、遺族との交流をつづけている。

私は、ほのぼのとした気分になって受話器を置いた。

海軍甲事件

おだやかな冬の陽光の中で、私は、私鉄の小駅の前に立っていた。

その日は成人の日で、電車の中にも、降り立った駅のフォームにも晴着を着た娘たちの姿がみえ、改札口をぬけて階段をおりてくる途中でも、華やかな裾をつまんで上ってくる少女らしさの残った娘とすれちがった。

私は、線路と直角に通じている路に視線を向けていた。改札口の傍の売店に置かれた赤電話で訪問予定先に電話をかけると、私が会いたいと願っている人が電話口に出て、

「今すぐ車で行きますから駅の前に待っていて下さい」

と、言った。

傍の踏切りのポールがおりて、急行電車が通過していった。その車窓の中にも、晴着の色がみえた。

やがて、路の前方に白っぽい小型車が姿をあらわした。フロントガラスに陽光が反射し、乗っている人の顔はわからなかったが、私は、その車にかれが乗っているような予感がした。

小型車は近づいてくると、三〇メートルほどへだたった位置でとまった。踏切りの車の通行量を調整するためか、道が一方通行になっていて、車は左へ通じる道をたどらなければならないらしい。小型車の停止した位置は、左へ曲る道との分岐点であった。

ドアがひらいて、一人の男が路上におり立った。

かれは、私の方に顔を向け、左手を振った。右手は、垂れたままであった。

私は、小走りに車に近づくと、姓名を告げた。かれは、

「ヤナギヤです」

と、答え、助手席のドアをあけて乗るようにうながした。

車は、反転し、舗装路を走り出した。

男の右手は義手で、厚いセーターの袖口から先端が環になった金属製の棒が突き出ている。ハンドルに大きな押しボタンにでも似た突起物が固着されていて、かれはそれに義手の環をはめてハンドルをうごかす。車の動きは、安定感にみちていた。

私は、義手の環に、男が戦場で死の危険にさらされながら辛うじて生きぬいた人間であることを感じた。かれは、戦闘機の操縦士であり、歴史の重要な一部分に密接な関係をもっている。戦後三十年をへた現在、すでに歴史の襞《ひだ》の中に深く埋《うも》れかけている戦争の得がたい証言者の一人なのである。

太平洋戦争中、日本海軍の部内で甲事件、乙事件と呼称された事件が起っている。

甲事件とは、昭和十八年四月十八日、ラバウルからブーゲンビル島方面へ前線将兵の労をねぎらうために飛行機で赴いた山本五十六大将ほか幕僚*が、ブイン北方でアメリカ戦闘機の攻撃

をうけて戦死したことをさし、乙事件とは、翌昭和十九年三月三十一日、パラオからダバオへ飛行艇で移動した古賀峯一大将らが悪天候に遭遇、殉職したことを言う。

両事件の共通点は、いくつかある。

その第一は、山本、古賀ともに連合艦隊司令長官で、いずれも死亡していることである。山本が戦死した時も、古賀が殉職した時も、使用された飛行機は二機で、前者は、双発*の一式陸上攻撃機*、後者は四発の二式大型飛行艇で、長官と幕僚*、参謀長*と幕僚がそれぞれ分乗し、目的地へと向っている。

偶然のことではあるが、両事件とも長官機に乗った者たちは全員戦死または行方不明であるのに、参謀長機は、いずれも海上に不時着し、参謀長らは島に泳ぎつき死をまぬがれている。司令長官山本五十六大将、参謀長宇垣纏《まとめ》中将のそれぞれ後任として任についた古賀峯一大将、福留《ふくとめ》繁中将が、同じような難に遭ったのである。

私は、乙事件についてはすでに「海軍乙事件」と題して小説に書いた。その資料調査と関係者の証言を蒐集《しゅうしゅう》整理している間、甲事件のことが念頭からはなれなくなった。

幕僚　軍隊で、指揮官に直属し、その職務の補佐、作戦・用兵などの計画に参与する将校。
双発　エンジンを二基備えている意。
一式陸上攻撃機　旧日本海軍の陸上攻撃機。陸上基地から発進して敵地・敵艦を攻撃するために開発され、終戦まで主力攻撃機として使用された。「一式」の名称は、皇紀二六〇一年（西暦一九四一年）に制式採用されたことによる。旧日本海軍では、皇紀二五八九年以降、皇紀年号が用いられた。
参謀長　「参謀」（旧日本陸海軍で、高級指揮官の職務を補佐し、作戦・用兵などの計画に参与した将校）の統轄者。

テレビの太平洋戦争の記録フィルムには、山本司令長官の乗る一式陸上攻撃機がアメリカ陸軍戦闘機の銃撃をうけて火を吐《は》くいたましい光景が映し出される。その折の事情については、阿川弘之氏が「山本五十六」に書き、また、防衛庁防衛研修所戦史室の編纂《へんさん》官小田切政徳、吉松吉彦両氏が、「大本営海軍部・聯合艦隊〈4〉第三段作戦前期」に叙述している。

私は、このような記述によって甲事件の概要を知っているが、気がかりなことが一つだけあった。

山本長官、宇垣参謀長らを乗せた二機の一式陸上攻撃機には、六機の零式（艦上）戦闘機が護衛についていた。そして、ブインに接近した時、アメリカ陸軍戦闘機一六機の攻撃をうけ、長官機は撃墜され、参謀長機は不時着した。当然、六機の護衛機は、全力をかたむけて空戦をくりひろげたのだろうが、それは徒労に終っている。私は、それら六機の護衛戦闘機に乗っていた者たちの心情を想像し、かれらが戦時をどのように生きたかが知りたかった。その点については、「大本営海軍部・聯合艦隊〈4〉第三段作戦前期」にも記述はなく、ただ直掩戦闘機六機という文字がみられるだけで、指揮者、操縦者の名も記されていない。

……私の傍で車を運転しているヤナギヤ氏は、その折、戦闘機の一機に乗っていた飛行士である。氏が東京におられることを知って、電話でお眼にかかりたいという希望を伝え、氏の承諾を得たのである。

氏は、五十六歳とは思えぬほど若々しい。髪は黒く、豊かで、顔の肌は艶々《つやつや》としている。目鼻立ちのととのった温和な表情をしている。

回想をおききする場所は氏の家で、車は、閑静な住宅街の坂道をのぼっていった。

一

柳谷謙治——

大正八年三月に農家の長男として北海道に生まれ、二歳の折に両親に連れられて樺太《からふと》に渡った。

両親は、開拓農民として間宮海峡に面した泊居《とまりおる》の広大な土地に入植、農耕に従事した。収穫物は、馬鈴薯、玉蜀黍《とうもろこし》、小麦、一般野菜等で、生活に不自由はなかった。

謙治は、泊居の小学校をへて*尋常高等小学校を卒業し、農業の仕事に従事したが、二年後には泊居の王子製紙株式会社の工場に勤めた。

昭和十四年、徴兵検査をうけ、*甲種合格。陸軍に入営する者ばかりであったが、かれのみは*横須賀《よこすか》海兵団に入団を命じられ、列車で樺太南部の大泊《おおどまり》に出て連絡船宗谷丸で北海道の稚内《わっかない》に渡り、列車で函館に赴《おもむ》き、青函連絡船で青森へ、それから東京の親戚宅に落着いた。海兵団に入団したのは、翌昭和十五年一月十日であった。

尋常高等小学校　旧制で、尋常小学校の課程と高等小学校の課程とを併置した学校。ここは、高等小学校の意。尋常小学校の卒業者に対して、さらに高度な初等教育を行なった。修業年限は、明治四〇年（一九〇七）からは二年。義務教育ではない。

甲種合格　旧軍隊の徴兵検査で、第一級の合格順位をいう。

横須賀海兵団　「海兵団」は旧日本海軍で、各鎮守府に置かれた陸上部隊。軍港の防衛や下士官・新兵の教育訓練にあたった。

かれは、航空整備員としてきびしい訓練をうけた後予科練*に入り、翌昭和十六年四月下旬、適性検査の結果、操縦専修を命じられた。そして、練習機による操縦訓練を反復し、戦闘機操縦に専念することを命じられた。

かれは、大分の海軍航空隊で、二等飛行兵*として七カ月間、猛訓練をうけた。乗機は、主として九六式*、九五式戦闘機であった。

その間に、太平洋戦争が勃発し、かれは木更津航空隊に転属になった。同航空隊に赴いて間もない昭和十七年四月十八日、犬吠埼《いぬぼうさき》東方六五〇浬《かいり》*の洋上に接近したアメリカ空母*「ホーネット」から放たれたジミー・ドウリットル中佐指揮のノースアメリカンB25型爆撃機一三機が、超低空で東京に侵入し投弾、別の三機は名古屋、関西方面に向った。

木更津航空隊では戦闘機が迎撃に舞い上ったが、アメリカ機は低空で、しかも単機ずつ行動していたので発見することはできなかった。

かれは、連日戦闘機に乗って実戦さながらの訓練をうけた。所属の飛行隊は、新しく編成された第六航空隊であった。

東京初空襲に衝撃をうけた山本連合艦隊司令長官は、アメリカ空母の接近を防止するためにミッドウエイ島を空襲して同島基地の攻略を企《くわだ》てた。その作戦に第六航空隊も参加、かれも、ミッドウエイ島に上陸する基地員として、五月十九日、「慶洋丸」に乗船、サイパンに向った。が、作戦が惨敗に終ったので、再び「慶洋丸」で横須賀に帰った。

やがて、ラバウル航空基地進出がきまった。まず第一陣として、小福田租大尉指揮の零式戦闘機隊が島づたいに飛ぶことになり、硫黄島、サイパン、トラックをへてラバウルに、ついで宮野善治郎大尉指揮の第二陣約三〇機が空母「瑞鳳《ずいほう》」でトラックに向った。柳谷もその一員で、十月七日トラック泊地に入った「瑞鳳」を発艦し、ラバウル基地に到着した。第六航空隊は、二〇四空*と改称された。

開戦以来、日本海軍の零式戦闘機は、アメリカ陸軍戦闘機をはるかに上廻るすぐれた性能を発揮していた。重装備をほどこしていながら、高速で比類のない大航続力をもち、その上、空戦性能がきわめて優秀で、アメリカ戦闘機のどの機種をもってしても零式戦闘機に対抗できるものはなかった。

ラバウル基地に赴いた柳谷謙治は、零式戦闘機に乗って実戦に従事した。攻撃、空戦、迎撃、中攻隊*や船団の護衛等であわただしく日を過した。

かれが、ラバウル基地に所属して単独で撃墜した敵機は八機、僚機とともに協同撃墜したの

予科練　「海軍飛行予科練習生」の略称。旧日本海軍の飛行機搭乗員養成制度。航空兵力拡充のため、昭和五年（一九三〇）に設けられ、一四歳から一七歳までの志願者から身体・学力・適性の試験によって選抜された。

二等飛行兵　旧日本海軍の階級の一つ。昭和一七年（一九四二）一一月までは、兵の等級は一等から四等の四つに分類されていた。

九六式、九五式戦闘機　「九六式」は九六式艦上戦闘機。旧日本海軍初の、全金属製単葉戦闘機。「九五式戦闘機」は九五式艦上戦闘機。戦闘機としては、最後の複葉機。日中戦争初期に実戦で使用された。

六五〇浬　約一二〇〇キロメートル。「浬」は航海用の距離の単位。海里。一浬は一八五二メートル。

空母　「航空母艦」の略。軍艦の一つ。航空機を積み、これを発着させるための飛行甲板や格納庫を備える。

二〇四空　「第二〇四海軍航空隊」の略称。

中攻隊　「中攻」は、旧日本海軍の「中型陸上攻撃機」の略称。

は一八機と記録されている。

二

ラバウルに赴任してから半年後の昭和十八年四月十七日、柳谷飛行兵長*は、他の隊員とともに、珍しく休息をとっていた。

その頃、戦局は、ようやく悪化のきざしをみせはじめていた。その年の二月上旬、激しい攻防戦の末、日本軍はガダルカナル島から撤退した。同島には、戦死者一万五千名、飢餓等による戦病死者四千五百名の遺体が残され、また同島をめぐる戦闘で、日本側は八九三機の航空機と優秀な搭乗員二、三六二名を失っていた。

ガダルカナル島を奪回したアメリカ軍は、同島を整備して航空基地を完成させ、反攻態勢をととのえてニューギニアのブナの日本軍を全滅させ、ラエ、サラモアに迫っていた。そうした戦況の悪化を憂えた大本営*は、「い」号作戦を発令した。それは、海軍航空兵力を結集した作戦で、ソロモン、ニューギニア方面に対し大空襲をおこなう意図のもとに四月七日から三三九機の海軍機を投入して実施された。

その作戦は、十六日で終了、結果は満足すべきもので、二〇四空の隊員たちは次の作戦命令が出るまで基地で待機していたのである。

トラック島在泊の連合艦隊旗艦*「武蔵《むさし》」に坐乗*していた山本連合艦隊司令長官は、「い」号作戦の直接指揮に任ずるため、幕僚をしたがえてラバウル基地に来ていた。

その日、長官宿舎では、「い」号作戦研究会がひらかれていたが、基地内には作戦の終了したおだやかな空気がひろがっていた。警戒にあたる飛行機以外、飛び立つ機はなかった。

午後三時すぎ、柳谷飛行兵長は、他の者と森崎武中尉のもとに呼ばれ、

「明朝六時、二機の輸送機を直掩《ちょくえん》し、ブインに赴く」

旨《むね》の命令をうけた。

輸送機は一式陸上攻撃機で、一番機には連合艦隊司令長官山本五十六大将、二番機には参謀長宇垣纏中将がそれぞれ幕僚をしたがえて乗りこむという。護衛機は、零式戦闘機六機で、第一小隊一番機は森崎武中尉、二番機辻野上豊光*一等飛行兵曹、三番機杉田庄一飛行兵長、第二小隊一番機は日高義巳*上等飛行兵曹、二番機岡崎靖*二等飛行兵曹、三番機が柳谷飛行兵長と指示された。

柳谷飛行兵長は、山本長官らがブインに赴く目的については知らなかったが、それは、ブーゲンビル島、ショートランド島の前線将兵の労をねぎらうためで、ブーゲンビル島南端のブイ

飛行兵長　旧日本海軍の階級の一つ。飛行兵の最上位。
大本営　明治時代以降、戦時または事変の際に設置された天皇直属の最高統帥機関。
旗艦　艦隊の司令官・司令長官が乗船する軍艦。
坐乗　旧日本海軍で、司令官などが軍艦や飛行機に乗り込んで指揮を執ること。
一等飛行兵曹　旧日本海軍の階級の一つ。一等兵曹は上等兵曹の下、二等兵曹の上に位置する下士官（軍人の最下級である「兵」の上に位置する官）。昭和一七年（一九四二）以降、それまでの二等兵曹を改称してこう呼んだ。
上等飛行兵曹　旧日本海軍の階級の一つ。上等兵曹は兵曹長の下、一等兵曹の上に位置する下士官。
二等飛行兵曹　旧日本海軍の階級の一つ。二等兵曹は最下級の下士官。昭和一七年以降、三等兵曹を改称してこう呼んだ。

ン基地に赴き、さらに南方に浮ぶショートランド島の近くにあるバラレ島基地に着陸する予定が立てられていた。その巡視は日帰りで、翌十九日には、ラバウルからトラック在泊の旗艦「武蔵」に帰着することになっていた。

この前線視察計画は、十三日に決定し、南東方面艦隊、第八艦隊両司令長官連名で左のような機密電として関係各部に打電連絡されていた。

『機密第一三一七五五番電

着信者（略）受報者（略）発信者（略）

聯合艦隊司令長官四月十八日左記ニ依《よ》リ「バラレ」、「ショートランド」、「ブイン」ヲ実視セラル

㈠ 〇六〇〇中攻（戦闘機六機ヲ附ス）ニテ「ラバウル」発　〇八〇〇「バラレ」着、直ニ駆*潜艇（予メ一*根ニテ一隻準備ス）ニテ〇八四〇「ショートランド」着　〇九四五右駆潜艇ニテ「ショートランド」発　一〇三〇「バラレ」着（交通艇トシテ「ショートランド」ニハ大*発「バラレ」ニテハ内*火艇準備ノコト）

一一〇〇中攻ニテ「バラレ」発　一一一〇「ブイン」着　一根司令部ニテ昼食（二十六航空戦隊首席参謀出席）　一四〇〇中攻ニテ「ブイン」発　一五四〇「ラバウル」着

㈡ 実施要領、各部隊ニ於《おい》テ簡潔ニ現状申告ノ後隊員（一根病舎）ヲ視閲（見舞）セラル　但シ各部隊ハ当日ノ作業ヲ続行ス

㈢ 各部隊指揮官、陸戦隊服装略綬トスル外当日ノ服装トス

㈣ 天候不良ノ際ハ一日延期セラル』

柳谷飛行兵長は、他の者たちとともに宿舎に帰った。連合艦隊司令長官と参謀長らの乗る一式陸上攻撃機の護衛を命じられたことを誇らしく思ったが、特に緊張感はなかった。

当時、その方面は、ほぼ完全に日本海軍の制空権下にあり、柳谷たちにとってブーゲンビル島、ショートランド方面へ飛行することはしばしばで、少しの危機感もいだいてはいなかった。

事実、同方面への敵機の飛来は、P38ライトニング[*]による高高度の偵察行動のみで、

四月十一日　飛来機ナシ
　十二日　午前五時〜六時……一機
　　　　　　　七時〜八時……一機
　十三日　午前七時〜八時……一機
　十四日　午前五時〜六時……一機
　十五日　午前七時〜八時……一機
　十六日　午前五時〜六時……一機

駆潜艇　敵の潜水艦の駆逐を任務とする排水量六〇〇トン以下の小型高速艇。
一根　「第一根拠地隊」の略称。「根拠地隊」は旧日本海軍の陸上部隊の一つ。占領地などに置かれた臨時の海軍基地の防衛・管理を任務とした。
大発　大型の発動機がついた舟艇。
内火艇　機動艇の一つ。内燃機関で動く小型艇。
P38ライトニング　アメリカ陸軍の陸上用高速戦闘機。「ライトニング」は愛称で、稲妻の意。

といった飛来状況が記録されていた。

それらの機は、各島々におかれた電波探信儀にとらえられ、日本側に察知されず来襲するおそれはないと判断されていた。

当然、長官一行の輸送機が敵機の攻撃をうける可能性は考えられず、視察行動の立案をした司令部の室井航空乙参謀も護衛機を六機程度で十分と考え、他の現地関係者もその意見に積極的に反対する者はいなかった。つまり、六機の戦闘機の護衛は、長官機、参謀長機に対する儀礼にも似た意味すらあったのである。

しかし、むろん苛烈な戦闘のおこなわれている地域なので、護衛戦闘機には中堅クラスの空戦経験も十分な柳谷たちが*選ばれた。二〇四空では、指揮層の士官の戦死が相つぎ、分隊長宮野善治郎大尉以外の士官は分隊士の森崎武中尉のみで、森崎が護衛戦闘機の指揮をとることになったのである。

翌四月十八日午前五時、柳谷飛行兵長は起床し、護衛の任にあたる五名の隊員とともに朝食をとった。天候は、晴れであった。

柳谷謙治氏の回想――
私タチハ、東飛行場デ森崎中尉カラ訓示ヲ受ケ、零戦ニ乗リマシタ。ラバウルニハ、海岸近クニ東飛行場、高地ニ西飛行場ガアッテ、長官機、参謀長機ハ西飛行場カラ出発スル予定ニナッテイマシタ。

午前六時頃、私タチハ離陸シ、上空デ待ッテオリマスト、西飛行場カラ*一式陸攻二機ガ前後シテ離陸、高度ヲアゲテキマシタ。湾口ノ火山ガ眼下ニ見エ、私タチハ編隊ヲ組ンデ南南東ニ針路ヲ定メマシタ。

一式陸攻ノ高度ハ二、五〇〇、護衛戦闘機ハ敵機ノ来襲ニ備エテ更《さら》ニ五〇〇メートル上空ノ高度三、〇〇〇メートルニ位置ヲトリマシタ。一式陸攻ハ雁行《がんこう》シ、零戦ハ右後方ヲ三機編隊デ進ミマシタ。左右ニ分レテ長官機、参謀長機ヲ直掩シテイッタト公式記録ニアルヨウデスガ、右後方ニ従ッテイッタノデス。

スコールモナク、気流モ安定シテイテ上々ノ飛行日和デシタ。眼下ノ海上ニ、輸送船ガ護衛艦ト共ニ航行シテイルノヲ何度カ見マシタ。

ヤガテ左前方ニ、ブーゲンビル島ガ見エテキマシタ。私タチハ、陸攻ノ後カラ一定ノ距離ヲ保ッテツイテユキマシタ。

ソノウチニ、二機ノ陸攻ハブーゲンビル島ノ陸地ノ上空ニ入リ、私タチモソレニ従イマシタ。前方ニ、ブーゲンビル島南端ノブイン基地ガ見エテキマシタ。緑一色ノジャングルノ中デ、赤土ニオオワレタブインノ飛行場ガ、茶色イマッチ箱ノヨウデシタ。後デ聞イタコトデスガ、ブイン基地デハ、長官一行ガ来ルト言ウノデ、撒水車《さんすいしゃ》デ飛行場ニ水ヲ撒《ま》キ、砂埃《すなぼこり》ガ舞イ上ラヌヨウニシテイタ由デス。ブイン飛行場ハ、砂埃ノ多イ所デシタ。

分隊士　分隊長を補佐する役。中尉または少尉などが任じられる。
一式陸攻　「一式陸上攻撃機」の略。

十分程デ着陸スル位置ニ達シ、高度ヲ下ゲカケタ時デシタ。

ブインノ南方ニアルショートランド島方向ニ、多数ノ機影ガ見エマシタ。高度ハ約一、五〇〇メートルデ、双発双胴ノP38ライトニングノ群レデアルコトガ判リマシタ。機体ノ上部ハ緑色デ、低空ニ位置シテイルタメ、ジャングルノ緑ニ保護色トナリ、私タチノ方ガ機影ノ発見ガオクレタコトハアキラカデシタ。

P38ハ、増槽*タンクヲ投下、急上昇シテ二機ノ一式陸攻ニ対シ攻撃態勢ニ入ッテイマシタ。森崎中尉ノ零戦ガ、バンク*シテ長官機ニ急速接近ヲハジメマシタノデ、私モ他機ト共ニ増速、陸攻機ニ近ヅクP38ノ群ニ突ッ込ンデユキマシタ。スデニ、P38ハ、下方カラ銃撃ヲ開始シテイマシタ。

私タチハ先行スルP38ヲ追イ払イマシタガ、ソノ間ニ他ノP38ガ陸攻機ノ後方カラ銃撃ヲ加エテイマシタ。P38ハ一六機ダッタ由デスガ、カレラハ私タチトノ交戦ヲ極力避ケ、目標ヲ二機ノ陸攻機ニ絞ッテイマシタノデ、六機ノ零戦デハ手ガマワラナカッタノデス。

私ガ、機ノ態勢ヲトトノエテ反転シタ時、陸攻機ノ一機ガ煙ヲ吐キナガラ左ノ陸地方向ニ、他ノ陸攻機ガ右手ノ海上方向ニ降下シテユクノガ見エマシタ。

サラニワタシハ、陸地方向ニ降下シテイッタ一式陸攻ガジャングルニ没シ、ソコカラ僅《わずか》ナ炎ト黒煙ガ昇ルノヲ目撃シマシタ。マタ、右方向ニ降下シテイッタ一式陸攻モ、水シブキヲアゲテ海上ニ不時着スルノヲ見マシタ。

私ハ、大変ナコトニナッタト思イ、ブイン基地ニ急グト、二〇〇メートルノ低空カラ緊急合図ノタメノ射撃ヲシマシタ。ソレニヨッテ、不測ノ事態ガ発生シタコトヲ知ッタラシク、戦闘機ガ二機舞イ上ッテキマシタガ、敵ハ、スデニ高速度デ避退シタ後デシタ。

私ハ、口惜シク、単機デ南東ニ向イマシタ。敵ノ基地ハガダルカナル島デアルコトガハッキリシテイマスノデ、帰投スルＰ38ヲ追ッタノデス。

期待ハ的中シ、コロンバンガラ島附近ヲ高度三、五〇〇デＰ38一機ガユックリト飛ンデイルノヲ発見シマシタ。敵ハ、コチラニ気ヅイテイナイラシク、私ハ、機ヲ急上昇サセテ一、〇〇〇メートル程ノ高度ヲトッテ十分ナ態勢カラ銃撃を加エマシタ。

弾丸ハ命中、Ｐ38ハフキ出ル燃料ヲ白イ尾ノヨウニ引キナガラ海ノ方へ去ッテユキマシタ。

ソノ機ハ、基地マデ帰レズ墜落シタト思イマス。

私ハ機ヲ反転サセテ、ブイン基地ニ着陸シマシタ。岡崎靖二等飛行兵曹機ハ、エンジン故障デ、スグ近クノショートランド島ノ近クノバラレ島飛行場ニ着陸シテイマシタ。

米軍ノ公式記録ニヨリマスト、零戦ヲ二機撃墜シタトシテイルソウデスガ、ソノヨウナ事実ハアリマセン。岡崎機モ、翌日エンジン修理ヲ終エテ、ラバウル基地ニ帰ッテイマス。

海上に不時着した一式陸上攻撃機から、島に泳ぎついて死をまぬがれた参謀長宇垣纏中将は、自著「戦藻録《せんそうろく》」で、およそ左のような回想をしるしている。

「機がブーゲンビル島の西側上空に達して高度をさげた時、不意に山本長官の乗っている一番

双胴　二つの胴体が主翼と尾翼でそれぞれ結合されている意。
増槽タンク　飛行機の増加燃料タンク。
バンク　飛行機の方向を変えるために機体を横に傾けること。

機が急降下し、私の機もそれにならった。

何事か？　と思い、通路にいた機長の谷本一等飛行兵曹に問うと、谷本は、

『なにかの間違いでしょう』

と、答えた。

しかし、すぐに敵機の来襲であることが判明し、機銃音が起った。

機はさらに高度をさげ、急速九十度以上の大回避をおこなった。機長は、上空を見つめていて、敵機が突っこんでくるのを見る度に、主操縦者の肩をたたいて、左右に機を動かすよう指示した。

一番機（山本長官機）は右に、私の機は左に分れ、二回ほど敵機をかわして一番機はどうかと見ると、ジャングルすれすれに黒煙と火を吐いて南の方向に逃げてゆくのがみえた。

私は、通路に立つ室井航空参謀の肩を引き寄せ、

『長官機を見ろ』

と、指示した。

敵機の接近で、機はまた急転し、水平になったので長官機を眼で追うと、すでに機影はなく、ジャングルから黒煙が天に沖《ちゅう》するのを認めただけであった。——（後略）」

柳谷飛行兵長は、零戦から降り立つと、隊員の傍に行った。

ブイン基地には、沈鬱な空気がひろがっていた。

基地の者たちは、最後に着陸してきた柳谷に状況をたずねた。かれは、どのような返事をし

てよいかわからず、曖昧《あいまい》な答えをしているだけであった。

そのうちに、士官がやってくると、

「この事故は、海軍の全作戦にも影響をあたえる重大問題であるから、余計なことはしゃべるな」

と、注意された。

指揮者の森崎武中尉は、基地の幹部に詳細な報告をしているらしく、柳谷たちのもとには姿をみせなかった。

柳谷は、基地の者が、

「飛行場に埃を立てぬよう水もまいて長官をお待ちしていたのに……」

と、低い声で嘆くのを耳にした。

たしかに、いつも砂塵のまき上る飛行場は澄んでいて、それが一層悲哀感を深めていた。飛行場からは、機体捜索のため飛行機が舞い上り、しきりにジャングル方向や海の方向を旋回しているのがみえた。

やがて、森崎中尉が柳谷たちのもとにもどってきた。かれの顔はこわばっていて、

「ラバウル基地へ帰る」

と、力ない声で言った。

かれらは、それぞれ自分の機に近づき、身を入れた。

次々に五機の零式戦闘機が離陸し、ブイン上空で集合した。時刻は、正午丁度であった。機は、北西に針路を定めラバウルに向った。天候は依然として良好で、空の青さがかれらの

眼には痛かった。

ラバウルに帰着したのは、午後一時五〇分であった。

事故の発生はすでにラバウル基地にも伝えられていて、分隊長の宮野善治郎大尉が悲痛な表情で迎え、森崎中尉を伴って指揮所へ入って行った。そこには、司令の杉本丑衛《うしえ》大佐が立っていた。

柳谷飛行兵長は他の三名と整列し、杉本大佐に報告している森崎中尉の姿を見つめていた。報告は長く、柳谷たちは立ちつづけた。

やがて、かれらは指揮所の前に招かれた。指揮所から出てきた杉本司令は、

「此《こ》の度の事故は、まことに痛恨にたえない。これは、全日本海軍にとって重大事件であるとともに日本の将来にも大きな影響をあたえる。全軍の士気にもかかわることであるから、今後、この件について絶対に口外してはならぬ」

と、鋭い眼をして言った。

柳谷たちは、ハイと答えた。

かれらが幕舎に帰ると、隊の者が待ちかまえたように質問を浴びせかけてきた。早朝にブーゲンビル島、ショートランド島方面の視察に出発した長官一行は夕刻にラバウルへ帰着する予定になっているのに、護衛していった戦闘機六機のうち五機のみがもどってきて、長官機、参謀長機が帰還しないことをいぶかしんでいた。

さらにかれらは、護衛機の者たちが、指揮所の近くで長い間立っていて、杉本司令からなにか訓示をうけていたことにも不吉なものを感じたようだった。それに、森崎中尉をはじめ柳谷

飛行兵長たちの青ざめた顔に、不測の事故が発生したのではないかと疑っているようだった。隊の者たちの質問に、柳谷たちは当惑した。杉本司令から決して口外してはならぬと言われていたが、長官機、参謀長機と護衛戦闘機隊の岡崎機が帰還しない理由を問われると、沈黙を守ることもできなかった。

柳谷たちは、

「ちょっとした事故があって、長官機と参謀長機が不時着したが、大したことはなくすんだ」

と、口ごもりながら告げた。

隊の者たちは、口をつぐんだ。十分に整備され熟達した飛行士によって操縦されている長官機と参謀長機が、天候がきわめて良好であるのに共に不時着するような事故を起したとは考えられない。かれらは、長官機、参謀長機が敵機の攻撃をうけたことを察したようであった。通常、不時着事故は乗っていた者の生命を死の危険にさらす。隊の者たちの眼には、山本長官一行の安否を気づかう光が不安そうにうかび出ていた。

柳谷たちは、鬱々とした表情で幕舎の中に身を置いていた。

長官機、参謀長機がP38の攻撃をうけて撃墜され不時着した事故は、ブイン基地からラバウルに打電され、その電報についで森崎中尉の報告もラバウルに残っていた連合艦隊司令部の黒島亀人、渡辺安次両参謀、南東方面艦隊司令長官草鹿《くさか》任一中将らに伝えられた。

草鹿中将は、嶋田繁太郎海軍大臣、永野修身軍令部総長宛《あて》に、左のような機密電報を発した。

『機密第一八一四三〇番電

発　南東方面艦隊長官
甲第一報
　聯合艦隊司令部ノ搭乗セル陸攻二機、直掩戦闘機六機ハ本日〇七四〇頃「ブイン」上空附近ニ於テ敵戦闘機十数機ト遭遇空戦　陸攻一番機〔長官（A）、軍医長（C）、樋端参謀（E）、副官（F）搭乗〕ハ火ヲ吐キツツ「ブイン」西方一一浬密林中ニ浅キ角度ニテ突入、二番機〔参謀長（B）、主計長（D）、気象長（G）、通信参謀（H）、室井参謀（I）搭乗〕ハ「モイガ」ノ南方海上ニ不時着セリ　現在迄ニ判明セル所ニヨレバ（B）（D）（何レモ負傷）ノミ救出セシメ目下捜索救助手配中（本電関係ハ爾後甲情報ト呼称シ職名ハ括弧内羅馬《ローマ》字ニテ表ハスコトトス）』

この暗号電報は、午後五時八分、霞ヶ関の東京海軍通信隊に受信され、海軍省電信課で七時二〇分訳了された。そして、ただちに嶋田海軍大臣、永野軍令部総長につたえられた。

長官、参謀長らの安否が気づかわれたが、第二報が受信され、その中で長官機については、

「捜索機ノ偵察ニヨレバ同機ト認メラレルモノハ機首ヲ『ジャングル』内ニ突込ミ燃残リノ翼端又ハ胴体後半部ヲ認メタルモ人員ヲ認メズト（「ジャングル」ハ深キモノノ如《ごと》シ）」

「一番機ニ対シテハ……捜索救助隊現場ニ急行中ナリ」

という報告がみられ、生存者がいるという確証は見当らなかった。

またその第二報で、海上に不時着した二番機（参謀長機）については、

「二番機搭乗ノ三名ハ間モナク見張所員及大発ニ依リ救助セラレタルモ其《その》他ハ脱出シ得ザリシ

モノノ如シ」

とあって、三名が生存し救助されたことがあきらかにされている。その三名は、宇垣参謀長、北村艦隊主計長、主操縦員林浩二等飛行兵曹で、今中薫通信参謀、室井航空乙参謀、友野気象長と機長谷本一等飛行兵曹らは戦死したのである。

長官機の捜索は、偵察機と陸上部隊の協力で積極的にすすめられていたが、翌二十日、南東方面艦隊司令部に、ブーゲンビル島の守備に任ずる第一特別根拠地隊から、

「A（長官）機生存者ナシ
遺骸収容中」

という機密電が入った。

発見したのは、一番機の墜落を目撃して自発的に捜索をしていた[*]第六師団第二十三聯隊砲中隊の浜砂盈栄歩兵少尉指揮の一隊であった。

かれらは、二十日午前六時に現場着、遺骸一体を収容、午後二時海岸に到着し、午後七時に第一特別根拠地隊司令部に運んだのである。

浜砂少尉の遭難現場附近の状況報告は、第一根拠地隊司令部から南東方面艦隊司令部に提出されているが、山本長官の遺体については、

「軍刀ヲ左手ニテ握リ　右手ヲソレニ副ヘ　機体ト略々《ほぼ》並行ニ頭部ヲ北ニ向ケ　左側ヲ　下ニ

第六師団第二十三聯隊　「師団」は旧日本陸軍の編制単位の一つ。独立して作戦行動のとれる最小の戦略単位。「聯隊」は軍隊の編制単位の一つ。「旅団」と「大隊」の中間に位置する。

シタ姿勢デ居ラレマシタ。

御遺骸ノ下ニハ座席（クッション）ヲ敷キ少シモ焼ケテハ居ラレマセンデシタガ　左胸部ニ敵弾ガ当ツタモノノ様デ血ガ流レテ居リマシタ。

他ノ方ノ遺骸ハ全部腐敗シテ　殆ド全身ニ蛆《うじ》ガ湧イテ居リマシタガ　Ⓐ（山本長官）ノ御遺骸ノミハ僅ニ口ト鼻ノ附近ニ蛆ガ湧イテイル程度デアリマシタ」

と報告され、機体の破壊状況の説明につづいて、遺体の散乱した図がえがかれていた。

ラバウルにも、長官機に搭乗していた山本五十六連合艦隊司令長官をはじめ全員の死亡がつたえられ、それらは中央にも打電された。

前日には、空戦時にエンジン不調でバラレに着陸していた岡崎機もラバウルに帰着していたが、森崎中尉をはじめ六人の飛行士はひっそりと幕舎の中ですごしていた。

かれらは、山本長官らの無事をねがっていたが、それらしい話はつたわってこない。すでに杉本司令は、山本らの死を知っていたのだが、関係者以外厳秘という扱いを守って隊の者にもらすことはしなかったのである。

翌々日の四月二十二日、長官機、参謀長機の護衛をした森崎中尉ら六名は、杉本司令から九六式陸上攻撃機に乗ってトラックに零式戦闘機を受領してこいという命令をうけた。護衛戦闘機に乗っていた六名のみがえらばれたことは、特殊な意味があるように思われた。

柳谷飛行兵長は、自分たちが事故について口外することを恐れた上層部の判断によるものだろう、とひそかに思い、他の者と九六式陸上攻撃機に乗ってトラックへ向った。

柳谷の推測は半ば的中してはいたが、かれらをトラックに送った背景には、事件の漏洩を極度におそれる関係者の周到な配慮があった。

その日の午後ブインからラバウルに飛行機が到着したが、機内には宇垣参謀長らとともに山本司令長官らの遺骨がのせられていた。それらは、ひそかに司令部前の半地下室に安置され、翌日、飛行艇でトラックに運ばれ、同島で在泊中の旗艦「武蔵」の長官室に納められた。

つまり、ラバウルに護衛戦闘機隊の者がいて、ブインから山本長官らの遺骨が送られてきたことを知れば、かれらの受ける精神的衝撃は大きく、自決に類した思いがけぬ行動に出ることも予想された。そして、それが長官の死を広く知らせてしまう結果を招くことにもなるので、事故の噂《うわさ》がひろがっていないトラックに森崎ら六名を一時送ったのである。

山本長官の死は、厳重に秘匿《ひとく》されていたので、トラックでは限られた上層部の者しか知らなかった。遺骨が置かれている「武蔵」ですら、一般乗員には気づかれていなかった。

柳谷飛行兵長は、森崎中尉らとともに受領した零式戦闘機の試験飛行をかさね、整備点検もととのったので、同月二十四日にそれらの機を操縦してラバウル基地にもどった。

柳谷たちに対して、責任問題は起らなかった。

かれらは、護衛していった長官機、参謀長機を敵機の来襲で失ったが、六機の護衛機で十六機の敵機の攻撃をふせぐことは事実上不可能であった。

そうした事情を理解していた上司たちはかれらの責任を問うことはなく、一般の隊員たちも柳谷たちの不運に同情することはあっても非難する者はいなかった。

しかし、柳谷たちは、鬱屈とした気分で日を過していた。かれらは、山本長官たちの生存をねがい、隊員の自分たちに向けられる眼の色をうかがった。そうした苛立《いらだ》ちをまぎらわすのは、出撃であった。

戦闘は、日増しに苛烈さを加え、未帰還機も多くなってきている。護衛の任を果せなかったことを苦慮するよりも、敵機と交戦して撃墜させなければならぬという使命感をもつべきだ、と自らをはげましていた。

六人の者たちの眼には、鋭い光がうかぶようになった。予備学生出身の森崎中尉も容貌がけわしくなり、かれらは、連日のように出撃してゆく。それは、すすんで死を自らに課そうとしている行動のようにすらみえた。

三

その頃、中央では、長官機、参謀長機がＰ38一六機の攻撃をうけたのは、長官一行の行動をアメリカ側がなんらかの方法で察知していたのではあるまいかという深い疑惑をいだいた。

その第一は、今まで一日に一機程度の偵察機しか飛来していなかったブイン附近に、長官機がその附近にさしかかった時、多数のＰ38が襲いかかってきたことは計画的な待ち伏せと考えられた。しかも、低空で接近してきたことは、日本軍の電波探信儀に捕捉されることを避けた奇襲を意図したものとも推測された。

それに対して、敵機群の攻撃は、偶然出会ったにすぎないという意見も強かった。

その理由としては、遭遇した折、敵機編隊は、長官機、参謀長機よりも千メートル、護衛戦闘機より千五百メートルも高度が低く、通常攻撃する場合は、相手機よりも高い位置から仕掛けるのが有利で、そうした原則から考えて、Ｐ38編隊が攻撃を加えるため待っていたとは思えぬという。また、攻撃する場合に太陽を背にして接近することは相手からの発見をおくらせるのに有効だが、P38は、逆方向から進入してきていて、そのことも偶然の遭遇という判断を深めさせた。

アメリカ側に事前に察知された場合、その方法としては暗号電報が解読されたということが考えられた。

山本長官一行がブイン方面を視察することは、関係方面の現地軍に暗号で打電連絡されている。それらは、むろん機密度の高い暗号が使われたが、なんらかの方法でそれが解読されていれば、当然アメリカ側は、その飛行予定コースに有力な戦闘機を放つにちがいなかった。しかも、山本長官は、時間を正確に守る性格であるということが知られていて、奇襲をおこなう側からは、その美点が有利な条件になるはずであった。

中央では、種々検討を重ねた末、機密度の高い暗号を解読されたおそれはないと判断したが、ブイン、ラバウルを中心とした現地軍に対して機密のもれた可能性がなかったか否かを調査するよう指令した。

現地軍では、長官一行の行動をしめした暗号電報が、敵側に解読されたことはあり得ぬという結果を下した。それは、暗号に使う乱数表が四月一日に新しいものに変更されたばかりで、わずか半月ほどでそれを解く方法を敵側が入手したとは考えられないからであった。

予備学生　「海軍予備学生」の略。旧日本海軍の予備士官養成制度の一つ。旧制の大学・高等学校・専門学校在学中の志願者から選別し、一年程度の訓練を経て海軍予備少尉に任官させた。

さらに、南東方面艦隊司令部では、長官機が撃墜された翌日のアメリカのラジオ放送で流されたニュースの内容から考えても、暗号がもれたという疑いはないと判断した。それは、サンフランシスコ放送のニュースで、アメリカ海軍省発表として、

「アメリカ陸軍戦闘機隊ハ、ブイン北部デ日本爆撃機二機、零戦（ゼロファイター）六機ト空戦、爆撃機二機、零戦二機ヲ撃墜セシメタリ。ワガ方ハ、一機ヲ喪失セリ」

という内容であった。

もしも二機の爆撃機（一式陸上攻撃機）が山本長官、宇垣参謀長らの乗ったものであることを知っていたなら、特別ニュースとして発表するはずで、それはアメリカの前線兵士、国民を狂喜させ、戦意をたかめるにちがいなかった。

そうした重大な奇襲を、きわめて簡単に放送したことは、暗号電報が解読された疑いを拭い去るものと考えられた。

現地軍では、長官一行が攻撃されたのは偶然のことであるとしたが、念のため一つの試みを実行してみることになった。

それは、長官機、参謀長機が視察したのと同じ方法で南東方面艦隊司令長官草鹿任一中将が前線視察をおこなうように装った連絡を各方面に発してみようとしたのだ。

計画は司令部で練られ、視察地はガダルカナル島に近い前線基地ニュージョージア島のムンダと定められた。

司令部では、ムンダ基地等に対し、山本長官の視察した時と同じ暗号で、

「南東方面艦隊司令長官ガ、ムンダ基地ヲ視察ス」

という趣旨の偽電を、日時も添えて打電した。

その暗号電報がアメリカ側で解読されれば、アメリカ戦闘機隊は草鹿長官の乗った飛行機を待ち伏せして撃墜することを企てるはずであった。

準備はととのえられ、実行日である四月三十日を迎えた。

草鹿長官が乗っているように装った機には、陸軍から借用していた高速を誇る一〇〇式司令部偵察機がえらばれ、それを護衛する戦闘機は、柳谷飛行兵長の属する二〇四空を主力とした百機近い零式戦闘機であった。

戦闘機の乗員たちは、アメリカ戦闘機が襲ってきたら、全機を撃墜させるという決意で離陸した。

戦闘機群は、司令部偵察機を護衛して南東に進み、ムンダ基地附近に達した。が、敵の機影はみえず、ムンダに近いルッセル島の敵飛行場に赴いた。そこでも高射砲弾が散発的に放たれただけで、敵機の姿を見ることはできなかった。

戦闘機の群れは、司令部偵察機とともにラバウルに引返した。

敵機が姿を現わさなかったことによって、南東方面艦隊司令部は、やはり山本長官がブイン方面を視察する折に関係各地に打電した暗号の電報は解読されなかったという結論に達した。

司令部では、これらの事実を検討し、中央に対して「暗号電報による機密漏洩の如何なる徴

*一〇〇式司令部偵察機　旧日本陸軍において、「一〇〇式」の名称は皇紀二六〇〇年（西暦一九四〇年）に制式採用されたことによる。旧日本海軍の同年制式採用は「零式」と呼ばれる。

候も認められない」という趣旨の報告をおこない、さらに司令部暗号長の「技術的にみて被解読の虞《おそ》れは絶無である」という意見も添えた。

このように、日本海軍は、暗号が解読されたことはないと判断していたが、戦後アメリカ側の関係者の回想によって、暗号の解読による待ち伏せ攻撃であることがあきらかにされている。山本長官のブイン方面視察に関連して発信されたいくつかの連絡電報のうち、どれが解読されたのかはあきらかにされていないが、少なくとも四月十八日午前八時少し前に長官機がブインに接近することを電文解読によって察知し、長官機を襲う計画を立てたのである。

襲撃命令は、四月十七日の午後、ガダルカナル島ヘンダーソン基地のアメリカ航空隊（司令官マーク・ミッチャー少将）に伝えられた。同基地では、指揮者にジョン・ミッチェル少佐を選び、翌十八日、指令通りに同基地を出発した。

P38型戦闘機は、日本側の監視網にかかることを避けるため、低空で目的地に進み、予定時刻にブイン北方に達し、零式戦闘機六機に護衛されて飛んでくる一式陸上攻撃機二機を発見したのである。

アメリカ戦闘機隊員たちは、零式戦闘機との空戦を極力避け、ひたすら山本長官の乗る飛行機の撃墜に総力をあげた。そのため、日本の護衛戦闘機が突き進んでくると、高速を利して退避し、日本の戦闘機がP38を追う間に他の機が長官機と参謀長機を攻撃するという戦法をとり、それが著しい効果をあげたのである。

アメリカ側にとって、予期通りの成功であったが、それが暗号解読によるものであることを日本側にさとられたくはなかった。もしも、そのような作業のおこなわれたことが気づかれてしまえば、日本側は、すぐに暗号を新しいものに変えてしまう。アメリカ側は、日本海軍が同じ暗号を使いつづけることをのぞみ、それによってすべての動きを知ろうとしたのだ。
山本長官機を撃墜したことを知りながら、ラジオ放送のニュースで単に「爆撃機二機撃墜」と発表したのは、日本側に警戒心を起させぬための処置であり、草鹿長官の前線視察に関する行動予定について察知しながら攻撃をおこなわなかったのも、暗号の解読成功を知られたくなかったからであった。
山本長官の遺骨は、トラックを発した「武蔵」によって五月二十一日東京に運ばれた。それまで厳秘にされていた山本の死は、その日午後三時、大本営から左のように発表された。
「大本営発表
聯合艦隊司令長官海軍大将山本五十六ハ本年四月前線ニ於テ全般作戦指導中敵ト交戦　飛行機上ニテ壮烈ナル戦死ヲ遂ゲタリ　後任ニハ海軍大将古賀峯一親補*セラレ　既《すで》ニ聯合艦隊ノ指揮ヲ執《と》リツツアリ」
また、同時に内閣情報局は、
「天皇陛下ニ於カセラレテハ　聯合艦隊司令長官ノ多年ノ偉功ヲ嘉《よみ》セラレ
大勲位功一級ニ叙セラレ
元帥府ニ列セラレ特ニ元帥ノ称号ヲ賜《たま》ヒ正三位ニ叙セラレ
薨去《こうきょ》ニ付特ニ国葬ヲ賜フ旨仰出サル」

親補　旧憲法下で、天皇が自ら官職を命じること。

と、発表した。

それは、ラバウル基地にもつたえられ、隊員は、予想はしていたもののあらためて山本の死に大きな衝撃をうけた。

長官機の護衛にあたった六名の者たちの間に、悲壮な空気がひろがった。かれらには責められる要因は少しもなかったが、連合艦隊司令長官の死が、かれらに大きな重圧としてのしかかった。

かれらは、連日のように出撃に参加した。眼前で長官機の撃墜される光景をみたかれらは敵機と交戦して一機でも多く撃墜し、長官の後を追って死ぬことを願うような空気が濃くひろがっていた。

柳谷は、五月一日付で二等飛行兵曹に進級し、激しい空戦に加わっていた。かれの眼にも切迫した光がやどり、頬はこけた。

四

六名の者たちの戦いは、つづけられた。

六月六日、二〇四空の零式戦闘機三六機は、宮野善治郎大尉指揮のもとにブインに集結した。

その頃、ガダルカナル方面のルッセル島飛行場は日増しに強化され、大きな脅威になっていたので、同飛行場を潰滅《かいめつ》させ、ガダルカナル方面のアメリカ航空戦力に打撃をあたえる作戦がたてられた。その方法としては、零式戦闘機の一部に六〇キロ焼夷弾二基を搭載させ、直掩機とともに飛行場を攻撃することになった。

爆弾を搭載する爆装戦闘機の中には、長官機護衛の任に当った日高義巳上等飛行兵曹、岡崎靖一等飛行兵曹、柳谷二等飛行兵曹もまじっていた。また直掩戦闘機は森崎武中尉が指揮することになった。

ブカ、バラレ両基地から作戦に参加する機もあって、約百機の零式戦闘機がガダルカナル方面に出撃した。

二〇四空の爆装戦闘機一二機は、四機編隊で高度八千メートルを保ち、戦闘機の直掩をうけて攻撃地点に向った。その間、F4F八機と交戦、さらに飛行場上空に待つF4U八機、P38、P39、P40約三〇機と激しい空戦を展開した。

爆装の戦闘機は、飛行場上空に達すると、それぞれ八千メートルの高度から六千メートルに急降下して投弾を開始した。柳谷機も、それに従って焼夷弾を投下、機を引起しにかかった時、後方からグラマンF4F二機が急迫しているのに気づいた。そして、次の瞬間、かれは、操縦桿をにぎる右手の甲に、強打されたようなしびれを感じた。

銃弾がその部分に命中していて、手の甲が操縦桿の頂きと共に四散し、わずかに破れた飛行手袋の中から小指が垂れているだけだった。また、弾丸は右足をも貫いていた。

かれは、左手で操縦桿をにぎり直し、反転した。F4Fは、追ってこなかった。

かれは、機を立て直すとニュージョージア島のムンダ基地に機首を向けた。ムンダまでは三〇分ほどの距離であった。

急に痛みが激しくなり、堪《た》えがたいものになった。血も噴出して、靴の中は血でみちた。出血に意識もかすみ、かれは掛声をあげて自らをはげました。

ようやくムンダ飛行場に近づいたが、右手が使えぬのでフラップも脚も出せない。海方向からエンジンをしぼって降下してみたが着陸に失敗し、二度目に滑走路の端で辛うじて機をとめることができた。

かれは、基地の者に機からひっぱり出され、トラックで陸戦隊の根拠地にはこばれた。そこで軍医の診察をうけたが、軍医は破傷風にかかっているので、すぐに手術をしなければ助からぬと言い、手術の準備をはじめた。

麻酔薬はなく、柳谷二飛曹は口に脱脂綿を詰めこまれ、男たちに手足を抑えられて手術を受けた。かれの右手は、手首の付け根から切り落された。

その後、かれは他の負傷者等とともに舟艇に乗せられて島づたいに北上した。昼間は、敵の飛行機、潜水艦などの攻撃をうけるので島かげにかくれ、夜になって海上を進んだ。

かれは、身動きもできず食物もほとんど口にできなかった。切断部分が化膿して蛆がわき、蠅がしきりにたかったが、それを手ではらう力もなかった。かれがようやくラバウルについたのは一週間後の六月十四日で、ただちに海軍病院に収容された。

かれはその時になって、六月七日のルッセル島攻撃で、長官機の護衛で行動を共にした日高義巳上飛曹、岡崎靖一飛曹が戦死したことを知った。かれらも柳谷と同じように爆弾を搭載していたので自由な行動力を失って敵機の攻撃を受け、被弾、撃墜されたのである。また、同じように爆装機に乗った山根亀治二飛曹も未帰還であった。敵にあたえた損害は一三機撃墜であった。

柳谷が病院に収容された翌々日の六月十六日、かなりの規模の出撃があった。

その日早朝、艦隊司令部は、偵察機の報告によってルンガ沖に強力な航空兵力によって護衛されている敵の輸送船二八隻が在泊していることを知った。司令部では、味方の航空兵力が十分ではないことを知っていたが、敵の行動を封じるために先制攻撃をおこなう必要があると判断し、敵船団と航空兵力の撃滅を企て、出撃を命じたのである。

総兵力は零式戦闘機七〇機、艦爆*二四機で、二〇四空では、宮野大尉を指揮官に二四機の零式戦闘機が参加した。

目的地の上空には、P38、P39、P40、F4F、F4Uなど約百機が待っていて、たちまち激しい空戦が展開された。その間、艦爆は艦船を襲い、大型輸送船四、中型輸送船三、駆逐艦*一に爆弾を命中させた。

空戦の結果は、敵機撃墜三四機で、そのうち二〇四空は一四機（F4F七、P39六、F4U一）を撃墜した。二〇四空の被害は大きく、未帰還機は分隊長宮野善治郎大尉、森崎武中尉、神田佐治二飛曹、田村和二飛曹の四機で、中村佳雄二飛曹が重傷、坂野隆雄二飛曹が軽傷を負った。宮野大尉機は、戦闘を終えて帰途についたが、途中で翼をふって合図をし反転し引返していった。かれは、予備学生出身の森崎中尉を深く信頼し、森崎機の姿が見えないので、それを気づかって引返したらしく、そのまま基地にもどってこなかったのである。

艦爆　「艦上爆撃機」の略。航空母艦から発着できる攻撃機。爆弾を搭載し敵を急降下爆撃することを任務とする。

駆逐艦　海軍艦艇の一つ。魚雷を主要兵器として搭載する、比較的小型の高速艦。

森崎中尉の戦死によって、長官機護衛の戦闘機に乗った六名のうち半数が戦死したのである。また宮野大尉、森崎中尉の戦死によって、二〇四空は指揮官を失った。

柳谷二飛曹は、特設病院船「氷川丸《ひかわ》」でトラックに送られ、さらに病院船「朝日丸」で七月二日に呉についた。

その後かれは霞《かすみ》ヶ浦《うら》病院で治療をうけ、義手をつけて練習航空隊の教官になり、山形県神町《じんまち》で終戦を迎えた。

他の長官機護衛の任にあたった二名の者も、終戦までに戦死している。

辻野上豊光上等飛行兵曹は、七月一日レンドバ島在泊の敵船団攻撃に艦爆の直掩機として参加した。指揮者は渡辺秀夫上飛曹で、敵機撃墜一一機、不確実二機の戦果をあげたが、その戦闘で辻野上上飛曹も未帰還になったのである。

杉田庄一一等飛行兵曹は、二〇四空がラバウルを引揚げた後も生きつづけていた。かれは卓越した戦闘機乗りで、単独撃墜七四機、協同撃墜をふくめると九六機という驚くべき記録を残していた。

かれは、昭和二十年四月には鹿屋《かのや》基地で紫電*に乗っていたが、四月中旬、敵機の来襲で離陸した直後、銃撃をうけて海上に落ちた。瀕死《ひんし》の重傷を負ったかれは、漁船に救けられたが、基地に運ばれる途中絶命した。遺体は焼骨されたが、遺族のもとにおくられた骨箱には骨はなかった。

山本連合艦隊司令長官の乗った一式陸上攻撃機を護衛した六機の戦闘機の操縦者は、柳谷上等飛行兵曹（終戦時）一人をのぞいて全員が戦死したのである。

「終戦後、これほど長くあの時の話をしたのは初めてですよ」

柳谷氏は、飛行記録を克明に記したノートを閉じながら言った。

「長官機を護衛した話は、余りなさらないのですか」

私も、取材ノートを鞄《かばん》におさめながらたずねた。

「昭和四十年頃までは黙っていました。余り名誉なことでもないし、自分からすすんで表面に出るのもいやですから……」

氏は、笑った。

氏の御子息は医科大学に在学していて、その日、成人を迎えたという。

「お祝いをしてやろうと思っているのですが、肝腎の本人が帰ってこないんですから……」

氏は、また笑った。

私は、氏の家を辞した。外まで送りに出た氏は、振返って頭をさげる私に左手をふった。

路上には、暮色が濃くなっていた。

紫電　旧日本海軍の迎撃用戦闘機。

海軍乙事件

一

昭和十八年十二月二十四日夜——

一隻の陸軍輸送船が、門司《もじ》港の岸壁をはなれた。同船には、十二月八日に熊本で仮編成された独立歩兵第百七十三大隊*の大隊長大西精一中佐以下九七八名が乗船していた。

大隊の任地はフィリピンのビサヤ地区にあるセブ島で、同島守備の任務を課せられていたが、乗船したかれらの姿は異様だった。大隊には四個中隊と銃砲隊が所属していたが、砲も機関銃もなく、一挺《ちょう》の小銃すらない。将校は軍刀、下士官*・兵は帯剣*のみで、火器類は全く支給され

独立歩兵第百七十三大隊　「独立大隊」は旧日本陸軍の編制で、独立した活動を行うことができる最小の戦術単位。

下士官　軍人の階級の一つ。兵（軍人の最下級）の上に位置する官。旧日本陸軍では曹長・軍曹・伍長、旧日本海軍では一等兵曹・二等兵曹・三等兵曹（昭和一七年一一月以降は上等兵曹・一等兵曹・二等兵曹）などをいう。

帯剣　腰につける剣。

ていなかった。

兵たちは、大隊が無装備であることをいぶかしみ、中には戦局がいつの間にか想像以上に悪化して兵器をつくる資材もつきてしまい、大隊に支給されぬのかも知れぬという者もいた。

しかし、それは事実と異なっていた。開戦以来、陸軍部隊は南方諸地域に進出していたが、その間に兵器がその方面に大量に集積されていた。そのため内地で武装するよりは南方占領地域に赴《おもむ》いて武装する方が好都合であったのだ。

そうした事情は将校たちの口から兵たちにもつたえられていたが、かれらの不安は消えなかった。船内にはさまざまな噂《うわさ》が流れ、無装備で兵たちを乗船させたのは、輸送船が敵潜水艦に撃沈された折に貴重な兵器類が海に没することを避ける処置なのだという穿《うが》った臆測をする者すらいた。

たしかに、そのような不安を兵たちにあたえる空気は日増しに濃厚になっていた。

昭和十八年に入って以後アメリカ軍の総反攻は本格化し、日米両軍の決戦場であったガダルカナル島での戦闘も日本軍の敗北に終り、それを境に、アメリカ軍は全戦域にわたって日本軍に重圧を加えてきていた。

五月にはアッツ島の日本軍守備隊が、上陸してきた優勢なアメリカ軍の猛攻撃に全滅し、ついで秋から冬にかけて諸島嶼《しょとうしょ》の失陥がつづき、十一月にはタラワ、マキン両島の守備隊が玉砕《ぎょくさい》した。

すでに日本軍の海上兵力も航空兵力も激しい消耗を繰返して弱体化し、物量を誇るアメリカ軍の攻撃にあえいでいた。また敵潜水艦の動きも活発化していて、輸送船その他が雷撃*される率は急激にたかまっていた。その活動範囲は日本近海にも及んでいて、内地の港を出れば、そこはすでに危険海域であった。

そのような敵潜水艦の攻撃にそなえて、船の甲板上には多量の竹製筏《いかだ》がつみ上げられ、潜水艦に対する見張りは強化されていた。

大西大隊は、予備、後備の将兵を寄せ集めて編成された部隊であった。が、大隊長以下将校も下士官・兵も長い間中国大陸での第一線で転戦をつづけた豊かな戦場体験をもつ者ばかりで、新編成の部隊とは言いながら極めて強靭《きょうじん》な戦闘力をもつ大隊であった。

船は、敵潜水艦による夜間雷撃を避けるためすべての灯火を滅して北九州沿岸を西進し、朝を迎えた。兵たちは甲板に出て点呼をし、船は九州の陸影を左方に望みながら進み、日没後に五島列島の福江に入港して碇《いかり》を投じた。すでに同湾には南方地域に向う二隻の輸送船と海防艦が碇泊《ていはく》していた。そして、その地で同船は二隻の輸送船と船団を組み、海防艦護衛のもとに福江を出港した。他の輸送船には、フィリピンのパナイ島におもむく独立歩兵第百七十大隊（大隊長戸塚良一中佐）と、ネグロス島に向う独立歩兵第百七十四大隊（大隊長尾家剣大佐）の将兵が

雷撃　魚雷で敵艦を攻撃すること。
予備　「予備役」の略。旧日本陸海軍の常備兵役の一つで、現役を終えた軍人が一定期間服した兵役。非常時に召集された。
後備　「後備役」の略。旧日本陸海軍で、予備役を終えた者、または現役定限年齢に達した者が服した兵役。ちなみに兵役法では、昭和一六年二月の改正によって後備役は廃止され、予備役に編入された。
海防艦　沿岸の防備を主な任務とする小型艦艇。

乗っていた。

船団は、厳重な対潜警戒をつづけながら東支那《ひがししな》海《かい》を南下、台湾西方を通過して昭和十九年一月一日早朝に台湾南部の高雄に入港した。

その日、同地方面にアメリカ艦載機の来襲があって緊張したが船団は攻撃を受けることなく、翌日同港を出発した。

敵潜水艦の行動海域であるので、船団は*之字運動をつづけた。その激しい動きに船酔いをうったえる者が続出し、食事もとらず船内で寝ころがっている者が多かった。その間、二度にわたって「敵潜！」の警報が発せられ、海防艦は船団の周囲を警戒したが、雷撃はなく、一月六日に無事ルソン島のマニラに入港した。

大西大隊は、同地に上陸して二週間をすごし、兵器類を受領した。しかし、大量に集積されているといわれていた兵器は、各方面からの要求で配布された後で、残された量は少なくなっていた。そのため大隊に支給が予定されていた*迫撃砲を受けることはできず、わずかに銃砲隊に八挺の重機関銃と各中隊に二挺ずつの軽機関銃が配布されただけであった。また全員に渡された小銃も、三個中隊が*三八式歩兵銃、一個中隊がイギリス軍から捕獲した小銃であった。大西大隊長は、馬の受領も欲したが任地のセブ島では山岳戦が主となるという理由で馬の支給はなく、フィリピン人に作らせた多量の*背負《しょ》い子が用意された。

一月十九日、大西大隊は輸送船でマニラ港を出発、同月二十二日夜セブ島のセブ港に到着した。そして、その夜は船内ですごし、翌朝上陸した。

桟橋《さんばし》に上った将兵たちの間から、感嘆の声があがった。

かれらは、長い間中国大陸の戦場を歩きまわる生活をつづけてきたが、そこには果てしなくひろがる大地があるだけで、雑草にも高粱《コーリャン》畠にも乾いた土の匂いが強くしみついていた。そうした風景になじんだかれらの眼に、紺青色《こんじょういろ》の明るい海にかこまれたセブ島の風光は、別天地のようにみずみずしく美しいものに映った。

セブ島は、南北に細長く、フィリピンのルソン島、ミンダナオ島の二つの大きな島の中間にある。島の中心地セブ市は、スペイン領時代からの人口十万の古都で、政治、経済、文化の要地でもあり、市内には瀟洒《しょうしゃ》な洋風の建物がならんでいた。

島は鉱物資源にめぐまれ、石炭、銅が産出し、地表が石灰岩質におおわれているのでセメント工業も発達していた。また密生する椰子《やし》、コプラから油も採取され、肥沃《ひよく》な耕地には米、甘藷《かんしょ》などが豊かに栽培されていた。

セブ島は、フィリピン諸島の中でも最も安定した気候にめぐまれ、人間の生活をおびやかす猛獣、毒蛇、毒虫の類も棲息《せいそく》せず、地上の楽園と称されていた。海岸線は椰子でふちどられ、島の中央部には緑におおわれた標高一、〇一三メートルのマンガホン山がそびえていた。

之字運動　軍艦などが潜水艦からの攻撃を避けるために、「之」の字を描くようにわざと針路を曲げて航行することをいう。

迫撃砲　曲射弾道の火砲。構造が簡単かつ軽量で、砲口から弾丸を装塡し、比較的近距離の陣地を攻撃するのに用いる。

三八式歩兵銃　旧日本陸軍の代表的歩兵用小銃。「三八式」は明治三八年（一九〇五）に制式採用されたことによる。

背負い子　荷物を括りつけて背負う長方形の木の枠。

上陸した大西大隊長は、部下をともなってセブ市におかれた独立混成第三十一旅団司令部に*おもむき、旅団長河野毅少将に着任の報告をした。そして、旅団参謀渡辺英海中佐からセブ島*の状況について詳細な説明を受けた。

セブ島に日本軍が上陸したのは、昭和十七年四月十日で、それ以後坂巻隆次大佐のひきいる大隊が駐屯《ちゅうとん》していたが、坂巻大隊に転属命令が出て大西大隊が後任部隊として着任したのである。

島の治安は、一応維持されていたが、住民であるフィリピン人の感情は複雑だった。

フィリピンは、一五七一年から実に三三〇年間もスペインの統治下にあった。その政治は苛酷で、フィリピン人は七二回にも及ぶ反乱を起し、その都度《つど》武力で鎮圧された。やがて、一八九六年（明治二十九年）にリカルテ、アギナルド両将軍の指揮によって反乱は成功し、スペインとの間に講和条約がむすばれ、マロロス政府が樹立された。その翌々年、アメリカとスペインの間に戦争が勃発し、アメリカ軍がマニラを攻略した。アメリカは、マロロス政府を認めず、そのためフィリピン人はアメリカに戦いを宣したが、たちまちアメリカ軍に屈し、リカルテ将軍は流刑に処せられ、アギナルド将軍は降伏した。その年から、フィリピンは、アメリカの統治下に入ったのである。

その後、フィリピン人のアメリカに対する抵抗はつづけられていたが、アメリカもそうした国民感情を無視することができず、一九四六年（昭和二十一年）には独立を許す予定である旨《むね》を宣言していた。

しかし、一般のフィリピン人、殊《こと》に若い者たちは長い間植民地として政治、経済を掌握《しょうあく》していたアメリカに対して強い反感をいだいていた。そして、アメリカ軍の撤退後進駐してきた日本軍にも強い警戒心を持ちつづけていたが、三カ月前の昭和十八年十月十四日、日本政府の支援でフィリピンが共和国として独立を許されたことをきっかけに、対日感情も幾分好転していた。しかし、実質的には政治、経済が日本軍の支配下におかれていたので、かれらの間には被圧迫民族であるという意識が根強くひそんでいた。

そうした背景の中で、セブ島には日本軍に抵抗するゲリラ部隊が組織されていた。それは、米軍が日本軍に追われて島を去った直後に旧フィリピン軍将兵や島民によって編成されたもので、セブ島の近くの島々にも同様の組織がアメリカ軍将校の指導のもとに設置されていた。

それらビサヤ地区に散在する島々のゲリラ最高指揮官は、ミンダナオ島ゲリラ隊長のウェンデル・ファーチグ陸軍大佐で、パナイ島のペラルタ陸軍大佐、ネグロス島のアブセート陸軍中佐指揮のゲリラ部隊を統率し、セブ島のゲリラもその指揮下においていた。

セブ島のゲリラ部隊指揮官は、ジェームズ・M・クッシング陸軍中佐であった。

かれは、開戦前予備役の陸軍中佐としてセブ島の鉱山に勤務する技師であったが、米軍撤退後、極東アメリカ陸軍総司令官マッカーサー大将の命を受けてセブ島ゲリラ隊指揮官に就任していたのである。かれは、スペイン系のフィリピン女性を妻に一児の父で、ゲリラ隊員の信望をあつめているようだった。

独立混成第三十一旅団　「旅団」は陸軍の編制単位の一つ。「師団」と「連隊」の中間に位置する。旧日本陸軍では、二個あるいは四個の連隊で組織された。

参謀　旧日本陸海軍で、高級指揮官の職務を補佐し、作戦・用兵などの計画に参与した将校。

旅団司令部では、ゲリラを米匪軍《べいひぐん》と呼び、その兵員数の実体はつかんでいなかったが、各種の情報を綜合した結果、千名近い人員によって構成されていると推定していた。火器は自動小銃、小銃、拳銃のみで、その戦力は日本軍をおびやかすほどのものではなかった。

しかし、かれらは、一般人をよそおっているので判別は不可能であり、集団行動をおこす時も山間部や密林の中を潜行し、その捕捉は困難だった。

かれらは、小型の無線機で互いに連絡をとって行動し、殊に、クッシング中佐は、少なくとも一台の最新式大型無線機を駆使して、ミンダナオ島のビサヤ地区ゲリラ最高指揮官ファーチグ大佐と連絡していた。その無線情報によって、クッシング中佐はセブ島内の日本軍の状況を報告し、武器弾薬の補給も仰いでいた。それらの軍需物資は、ひそかに島の南部沿岸に接近するアメリカ潜水艦から受領していると推察されていた。

前任の坂巻大隊は、月に一度定期的にゲリラ討伐をおこなっていたが、その討伐の主目的は、クッシング中佐をはじめゲリラ隊指揮者たちを捕えることと、島外との連絡に使っている大型無線機を捕獲することであった。

新たに赴任した大西大隊長は、坂巻大隊長から申継ぎを受け、ただちに警備態勢についた。

第一中隊（中隊長赤嶺豊中尉）はセブ島南西海岸のドマンホグに、第二中隊（中隊長稲本富夫中尉）は島の中央部東海岸のダナオに、第三中隊（中隊長戸島軍七中尉）は旅団司令部のおかれたセブ市に、第四中隊（中隊長川原一中尉）は、島の中央部西海岸にあるバランバンに配置された。

また大隊本部は、セブ市南方二二キロの海岸線にあるナガ町におかれ、銃砲隊（隊長淵脇政治中尉）が直属していた。

ナガ町には、小野田セメント製造株式会社ナガ工場が操業をつづけていた。その工場はセブ島で産出する石灰岩でセメントを生産するフィリピン最大のセメント工場で、国営にされていたが、米軍撤退後日本側が接収し、陸海軍の委任を受けて小野田セメントがセメント生産に従事していた。そのセメントは、南方占領諸地域に送られ、飛行場の滑走路補修をはじめさまざまな目的に使用されていた。

同工場では、工場長中村謙次郎以下一四名の小野田セメントの派遣社員が、現地人約七〇〇名を指導し、またセメントの販売を引受けていた三井物産社員四名が、セメントの生産工程に必要な石炭を採掘するため、近くの炭鉱で約一五〇名の現地人を雇用していた。つまり大隊本部と銃砲隊は、南方占領地に送り出す貴重なセメントの主要工場である小野田セメント・ナガ工場の警備も担当していたのである。

各中隊が配備について間もない一月二十七日、旅団司令部参謀渡辺英海中佐から、早くも第一回の討伐をおこなうよう指令があった。ボンゴール、ババノ地区に、ゲリラが集結している情報が入ったという。

しかし、大隊長大西精一中佐は討伐を実施するには、もう少し準備期間が必要だと思った。大隊は、ようやく配備を終えたばかりで、戦闘を開始できる状態ではない。第一、大隊には島の詳細な地図も渡されていず、ゲリラの集結している地区に対する知識もない。全く未知の土地でひそかに行動するゲリラの動きをとらえることは、不可能に近かった。

多くの戦闘を指揮してきた大西もその命令に当惑したが、窮状《きゅうじょう》を察した前任者の坂巻大隊長が全面的な協力を申出てくれた。坂巻は、討伐予定地区の地理に精通した者を案内人として大西大隊に派遣し、さらに過去の討伐経験を参考に綿密な討伐計画も立ててくれた。

　また坂巻は、セブ島生れの八名のフィリピン人を大西のもとに送ってきた。かれらは、以前ゲリラ部隊に属していた兵で、日本軍の捕虜になった後、忠誠を誓って積極的に坂巻大隊に協力している者たちであった。

　坂巻の話によると、かれらは十分に信頼のおける男たちで、相つぐ討伐で道案内を確実につとめ有利な討伐戦をつづけることができたという。そして、かれらには給与を支給して優遇し、銃の携行も許しているとつたえた。また、島の地図や討伐予定地域の地理的状況書もそろえて渡してくれた。

　大西中佐は、坂巻の好意を謝して八名のフィリピン人を雇用し、翌二十八日からゲリラ討伐を開始した。

　大西をはじめ各中隊長以下隊員にとって、討伐は手なれた仕事であった。かれらは、中国大陸で広大な地域に分散した中国軍と果てしない戦闘をつづけてきた。それは、大軍と大軍との激突ではなく、情報を入手して行動する小戦闘の連続であった。その戦法は、セブ島でのゲリラ討伐にそのまま通用するものであった。

　大西中佐は、各中隊に指令を発してボンゴール、ババノ地区に軍を進めた。かれらは、野獣のような鋭い嗅覚で周囲に警戒の眼をむけながら密林の中の道や草原をたどった。そして、夜襲をうける危険の少ない地で野営をつづけ、随所でゲリラを捕捉した。その統制のとれた行動はゲリラ側に大きな脅威をあたえ、一週間後に第一回の討伐戦を終了した。

　その間に得た経験は、中国大陸の討伐戦とほとんど同一のものであるということであった。

中国大陸では便衣隊*と称する中国軍将兵の遊撃戦法になやまされたが、セブ島でもゲリラが一般人をよそおって奇襲してくる。

或る地域を進んでいた折、数名のフィリピン人農夫が耕地に鍬《くわ》をふるっていた。それらの農夫は、こちらに好意的な笑顔を向け、大隊の将兵もそれに対して挨拶を返したが、その地点を通過して間もなく、いつの間にかかくしていた銃器を手にしたそれらの農夫が後方から激しい銃撃をくわえてきた。このような攻撃は討伐行の間に数えきれぬほど繰返され、反転して攻撃を開始するとすぐに遁走《とんそう》してしまう。そのようなゲリラの動きは、中国軍の便衣隊の戦法と酷似していた。

ゲリラ討伐には、情報の蒐集《しゅうしゅう》が最も重視されていた。

旅団司令部でも、それを十分に承知していて、主として憲兵隊にその蒐集を依頼していた。セブ憲兵隊は、隊長森本勇中佐以下一三〇名の隊員を擁し、隠密行動をとるゲリラの動きを察知するために探索の網をはりめぐらし、積極的な情報蒐集につとめていた。さらにその工作を徹底化する必要から多くのフィリピン人をひそかに雇い入れて密偵としての教育もおこなっていた。かれらには金品をあたえて、ゲリラの出没する地域に放つ。それは大きな危険をはらむ行為で、密偵であることがゲリラ側に露顕《ろけん》し殺害される者も多かった。

大西大隊では、坂巻大隊から受けついだ旧ゲリラ隊員八名を各中隊に配属させていたが、か

便衣隊　日中戦争当時、中国軍によって組織された特殊部隊。その地方の民間人に偽装し、ゲリラ活動などを行なった。「便衣」は普段着の意。

れらも数名の密偵を傘下において独自の情報蒐集につとめていた。その正確度は、ほぼ三〇パーセント程度で、逆に情報をゲリラ側に売る者もいて、その情報判断は複雑だった。

大西大隊長は、中国戦線の経験から現地人を信頼することが危険であることを知っていた。中国大陸で討伐戦をおこなっていた頃、かれの部隊では中国人の少年を炊事の雑役夫として雇い入れていた。少年は仕事に熱心で、性格も明るく素直であった。澄んだ眼をした純真な少年で、隊内で人気者になり、隊員から可愛がられていた。が、かれは、大隊内に潜入していた有能な中国軍側の諜報員の一人であった。

部隊が出動する時、当然他の部隊との間で伝令の往来がしきりになり、兵に弾薬や食糧も支給される。それらの動きによって少年は、部隊が行動を起すことを知り、巧妙にその行き先まで探り出す。そして、それを中国軍側につたえることを繰返していたため、部隊の行動はあらかじめ中国軍に察知され、思わぬ迎撃を受けることも多かった。

大西は、そうした中国軍の動きから密偵が大隊の行動を中国軍側に通報しているらしいと察したが、やがて中国軍部隊の本部を占領した時、本部内に意外なものが散乱しているのを発見し啞然《あぜん》とした。それは、かなりの量の機密図書類で、大西部隊の全容が精密に記録されていた。それらの図書類には大西大隊の保有する大砲、機関銃等の型式と数量をはじめ*擲弾筒《てきだんとう》の数まで明記されていた。また部隊の編成表には、将校から下士官に至る氏名が一字のあやまりもなく列記され、さらに規模の大きい作戦の後に作成される戦闘詳報の複写まで保管されていた。それらの書類を点検した結果、大西は、初めて少年が中国軍側の密偵であることを知り、根拠地にもどって捕えようとしたが、いち早く身分が発覚したことに気づいたらしく少年は姿を消していた。

大西は、そうした苦い経験もあるので、セブ島に着任してからも現地人を使うことはせず、大隊本部には兵以外の者の出入りを厳禁していた。

その間にも、ゲリラは、大西大隊の眼をかすめて各地に出没し、ゲリラ活動をつづけていた。親日派のフィリピン人の車を襲って殺害したり、軍用電線を切断し傍受したりする。そして、強力な一隊が出動すると発砲もせず逃げるが、それが少数の兵であると、襲撃をかけてきたりしていた。

またゲリラ隊員は、大胆にも旅団司令部のあるセブ市にやってきて、酒を飲んだり女と踊ったりして慰安を求めていた。むろん、憲兵隊が中心になってかれらの検束につとめていたが、ゲリラ隊員たちは一般人と変らぬ服装をしているので、かれらを見分けることはできなかった。

旅団司令部は、ゲリラの掃蕩《そうとう》を企《くわだ》てながらも、一般のフィリピン人に被害をあたえぬよう慎重な配慮をはらっていた。フィリピンは、共和国として独立した日本の同盟国であり、日本軍としては、フィリピンとの友好関係を維持するためフィリピン人に実害をあたえることを避ける必要があった。そうした事情から、セブ市その他でとらえたゲリラ容疑者も、拷問《ごうもん》などの方法による徹底的な追及をおこなわなかった。

討伐は、定期的におこなわれていたが、二月二十八日からセブ島中央部に第二回目の討伐がおこなわれた。

擲弾筒　旧日本陸軍独特の歩兵用携帯火器の一つ。手榴弾よりもやや威力の大きい弾丸などを発射するのに用いる。

大西は、入念に計画を立て、日没後各隊をそれぞれの駐屯地からひそかに進発させた。もしも昼間に行動をおこせば、たちまち現地人からゲリラ側に通報され、戦果をあげることは不可能であったからであった。

討伐行は、三月八日までつづけられたが、各隊は、随所で小人数のゲリラと遭遇《そうぐう》した。しかし、かれらは日本軍の姿を認めると地形を巧みに利用して逃げてしまう。かれらの足は早く一瞬の間に姿をかくし、時折り思いがけぬ場所から発砲してきたりした。

大西は、中国戦線の経験を十分に活用し、もっぱら夜間攻撃をおこなうよう指令した。それにもとづいて、各隊では、夜行動物のように闇を利してひそかにゲリラに接近し、白兵戦を主とした奇襲をくり返した。

この戦法は功を奏して、随所でゲリラをとらえ武器を押収した。或る夜もゲリラの歩哨線《ほしょうせん》を全滅させたが、ゲリラ隊員はギターやマンドリンを奏して低い声で歌をうたっていて、日本軍に包囲されたことにも気づかなかった。

しかし、その討伐戦でも大西大隊が接触したのは歩哨線のみで、ゲリラの本拠を攻撃することはできなかった。クッシング中佐のひきいる主隊は、日本軍の動きを事前にとらえて、巧妙に移動をつづけているようだった。

大西大隊がセブ島警備についた直後から、太平洋方面の戦局には重大な変化が起りはじめた。マキン、タラワ両島を手中におさめ強固な基地を建設したアメリカ軍は、マーシャル群島攻略を目ざして、昭和十九年二月二日砲爆撃を反復した後にクェゼリン島に上陸した。そして、火焔放射器等の最新兵器を駆使して全島を焼きはらい、日本軍守備隊約三、〇〇〇名を全滅させた。

クェゼリンの失陥によって、その西方一、〇〇〇浬《かいり》＊の位置にある日本海軍最大の基地トラック島は、必然的に最前線にさらされることになった。しかも、ソロモン群島方面の航空戦で日本航空兵力は弱体化し、連合艦隊の多数の艦艇が碇泊しているトラック基地上空は無防備に近い状態であった。

連合艦隊司令長官古賀峯一大将は、敵機動部隊によるトラック空襲は必至と判断し、全艦艇に退避を命じた。決戦に温存しておかねばならぬ海上兵力を、いたずらに敵機の攻撃にさらすことは避けねばならぬと考えたのだ。

艦艇群は、その命令にしたがって満潮を利して続々と環礁《かんしょう》外に出てそれぞれ指示された方向に散り、司令部もパラオに移動した。

古賀の推測は的中し、二月十七日早朝、敵機動部隊から発進した五六八機の敵機がトラックに来襲、退避のおくれた艦艇九隻、油運送船、貨物船、貨客船等計三一隻、特殊艦船三隻が撃沈された。また飛行機二七〇機も粉砕されて、トラックは基地としての機能を失ってしまった。

この結果、日本の手中にしていた中部太平洋の制海権は、半ば以上アメリカ側に奪われた。

絶対的に優位に立ったアメリカ軍は、強力な航空兵力を駆使してさらに攻撃を激化させ、多数の艦艇、船舶を放って二月十八日にはトラック島東方のブラウン環礁に、同月二十九日にはアドミラルティ群島のロスネグロス島にそれぞれ陸軍部隊を上陸させ、いずれも占領に成功した。トラック島の無力化とアドミラルティ諸島の失陥によって、海軍航空基地であったラバウル

＊一、〇〇〇浬　約一九〇〇キロメートル。「浬」は航海用の距離の単位。海里。

は孤立し、日本海軍は窮地《きゅうち》におちいった。

そのような戦局は、セブ島警備に任じる大西大隊にも伝えられたが、同島は最前線から遠く、米機が来襲する気配もなく平穏な日々が過ぎていた。

しかし、独立混成第三十一旅団司令部では島の情勢について決して楽観はしていなかった。セブ憲兵隊では、さかんに情報蒐集につとめていたが、それらはゲリラ部隊の強化をつたえるものばかりで、人員の増加とともに潜水艦ではこばれてくる兵器類も多量に支給されているという。

司令部は、ゲリラ部隊が強大な戦力をもつ前に損害をあたえるべきだと判断し、大西大隊に第三回目の討伐を命じた。実施日は三月二十九日、攻撃地区はセブ島南部であった。

各中隊は、兵力の半ばを出動させて大西中佐指揮のもとに攻撃地区に向った。そして、各所で米匪軍との間で戦闘を展開しかなりの打撃をあたえて追撃をつづけていたが、四月三日第一中隊から大隊本部に思いがけぬ悲報がつたえられた。それは、第一中隊隊長赤嶺豊中尉が戦死したという報告であった。

その日、第一中隊はゲリラの一隊を追いつめ、捜索戦をつづけていた。そして、赤嶺中隊長は、四散した敵兵の状況を視察のため望楼にあがって双眼鏡を眼に押しあてていたが、物かげにかくれていたゲリラ兵の放った一弾が額に命中し即死したのである。

赤嶺中隊長の戦死は、大隊に激しい衝撃をあたえた。戦力が向上しているとは言え、ゲリラ部隊に中隊長が射殺されたことは、大隊の士気に大きく影響し、また、赤嶺の戦死が洩《も》れればゲリラ側の戦意をたかめることにもなる。大西大隊長は、部下の戦意の低下をおそれて、即座に第一中隊長に東中尉を任命するとともに、赤嶺中尉の戦死した地区に兵力を集中して討伐戦をおこなった。そして、四月七日まで行動したが、ゲリラ部隊はいち早くその動きを察したらしく、いずれかに逃走してしまっていた。

大西中佐は、やむなく作戦停止を命じて各中隊にそれぞれの警備地区へ引返させた。

大西中佐は、丁重に赤嶺中尉の遺体を焼骨し、大隊本部で仮の葬儀をおこなった。そして、その遺骨を車でセブ市の旅団司令部に送った。

隊員は赤嶺の死を悼《いた》んだが、大隊が討伐行をおこなっている間に大隊本部に四門の迫撃砲がマニラから送られてきていて、大隊の沈鬱な空気もうすらいだ。それは、砲をもたぬ大西大隊にとって心強い戦力の増加であった。

迫撃砲は銃砲隊に譲渡されたが、銃砲隊員は中国戦線で山砲*を使用していて迫撃砲を扱った経験のある者はいなかった。そのため銃砲隊隊長淵脇中尉は、隊員に命じて砲を海岸に据えさせ、海上にむかって射撃訓練を反復させた。

大隊本部は、下方に小野田セメント工場と海を見下す丘陵の宿舎におかれていたが、大西たちは、討伐を終えてもどってきてから、異様な気配に気づくようになった。

セメント工場の前には撤退した米軍の手で完全舗装された道路が海岸沿いに走っていたが、路上を海軍のトラックや乗用車がしきりに往き交う。車は、セメント工場の前を走りぬけて南方へと疾走してゆく。その方面は、ゲリラの出没している治安不良の地区で、海軍にとって無

山砲　山岳地帯などで使用する火砲。分解して運ぶことができる。

関係な地域であった。

大隊本部の者や銃砲隊員は、丘陵の上からそれらの車の往来をいぶかしそうにながめていた。

「なんであのように車を走らせているんだ。海軍さんは、島の南方に新しく基地でも設けるつもりなのかな」

と、かれらは互いに顔を見合わせてつぶやいていた。

しかし、セブ島駐屯の海軍部隊のあわただしい動きは、基地建設を目的としたものではなく、海軍中枢部に大きな衝撃をあたえる重大事故が発生し、その収拾にあたる動きであったのだ。

二

トラック島に碇泊していた連合艦隊旗艦*「武蔵《むさし》」は、アメリカ艦載機による大空襲がおこなわれる以前に他の諸艦艇とともにトラックを出港して、横須賀《よこすか》にもどった。その後、横須賀をはなれ、二月二十八日にパラオ島のコロール泊地に入港した。連合艦隊司令部は、トラック島から約二、〇〇〇キロ後方のパラオに退いたのである。

連合艦隊司令長官は、前年の四月中旬に戦死した山本五十六大将の後任者として作戦指揮にあたっていた古賀峯一大将で、参謀長には福留《ふくとめ》繁中将が配されていた。パラオ在泊の艦艇は、旗艦「武蔵」をはじめ第四戦隊重巡*「愛宕《あたご》」「高雄」「鳥海」、第五戦隊重巡「妙高」「羽黒」、*二水戦の*駆逐《くちく》艦「白露」「満潮」「藤波」等であった。

約一カ月間、敵機動部隊の攻撃は、専らマリアナ諸島のサイパン、テニアン、グアム、ロタ等に向けられ、パラオ方面に敵来襲の気配は皆無だった。

この間、連合艦隊司令部では、古賀司令長官を中心にZ作戦と秘称された作戦計画が練られていた。それは前年の八月十五日に発令された「Z作戦要領」にもとづくもので、その後戦局の変化に応じて改訂がかさねられていた。

その構想の概要は、次のようなものであった。

一、マーシャル諸島方面を死守し、航空機、潜水艦による奇襲攻撃に乗じて、敵戦力を弱体化することにつとめる。

二、マリアナ諸島、カロリン諸島、西部ニューギニアをつらねる線を確保するため、防備、施設の強化につとめ、敵の来攻に際しては、艦隊は可能なかぎりの全兵力を集中し、航空作戦を主体として決戦する。

三、パラオ方面を全太平洋正面作戦を指揮する根拠地とし、太平洋方面に配備された水上決戦兵力の大部分をパラオに配置する。そして、必要に応じマリアナ諸島方面、東カロリン諸島方面及び西部ニューギニア方面に進出する態勢をととのえる。

この構想にもとづいて、連合艦隊司令部は鋭意検討をかさねた末、三月八日左のような「Z作戦要領」を発令した。

旗艦　艦隊の司令官・司令長官が乗船する軍艦。

重巡　「重巡洋艦」の略。大型の巡洋艦。基準排水量一万トン以下、主砲の口径六・一インチ（一五・五センチメートル）から八インチ（二〇・三センチメートル）のものをいう。

二水戦　「第二水雷戦隊」の略。「水雷戦隊」は水雷艇（魚雷を装備した小型の高速艇）により編制される戦隊。

駆逐艦　海軍艦艇の一つ。魚雷を主要兵器として搭載する、比較的小型の高速艦。

機密聯合艦隊命令作第七三号
聯合艦隊命令　一九・三・八
一　聯合艦隊ハ当分ノ間主作戦ヲ太平洋正面ニ指向シ　同方面ニ於《お》テ敵艦艇攻略部隊来攻スル場合ハ　友軍ト協同　集中兵力ノ全力ヲ挙ゲテ之ヲ邀撃《ようげき》々滅スルト共ニ所要ノ要域ヲ確保セントス
二　本作戦ヲ「Z作戦」ト呼称シ　其《そ》ノ作戦要領ヲ　別冊ノ通（リ）定ム

別冊には作戦方針、作戦要領の二節に、各部隊兵力の現状と今後予想される兵力、及びZ作戦に対する各部隊の配置、作戦方法等が詳細に記されていた。その作戦目的は、防備をかためるとともに奇襲攻撃を展開することにあった。

連合艦隊司令部は、敵の動向をさぐっていたが、三月上旬パラオ東方のカロリン諸島から東南方のニューギニア方面にわたって敵兵力の動きが活発化しているのを察知し、敵の進攻がニューギニア北岸と西部カロリン諸島に向けられる公算が大きいと判断した。

連合艦隊司令部は、同方面に厳重な監視をおこなっていたが、三月二十七日にいちじるしい兆候があらわれた。それは、アドミラルティ諸島基地から発進した多数の敵哨*戒機が、長時間飛行しているらしく、互いに交信する電波量の異常な増加が認められた。

司令部では、ハワイ方面の通信状況を注視し検討した結果、西部カロリン諸島とニューギニア間の海域に、アメリカ太平洋艦隊所属の有力な機動部隊が行動中であることを確認した。

司令部は、ただちにその日の午後一一時五五分、各方面に、
「敵機動部隊、西カロリントニューギニア中間ニ行動ノ算アリ」

という緊急信を発した。
この警報によって、中部太平洋方面艦隊司令長官南雲《なぐも》忠一中将は、翌二十八日午前四時一一分カロリン諸島方面に第一警戒配備を下令、第二、第六空襲部隊にも厳戒態勢につくことを命じた。
各航空部隊は、同方面に哨戒機を放って索敵《さくてき》につとめたが、その日の午前九時三〇分、西部カロリン諸島のメレヨン島基地から発進した索敵機から、左のような暗号電報が打電されてきた。
発五五一索敵戦
敵空母二隻ソノ他十数隻見ユ
針路二九〇度*速力二〇ノット*
地点「ユシ四テノ」（メレヨン島一七三度四二〇浬附近）
司令部は、その電報によって敵機動部隊が連合艦隊泊地であるパラオの空襲を意図していると断定した。と同時に、索敵機が敵機動部隊を発見した位置がパラオから七五〇浬もへだたった海域であるので、敵機の空襲は二日後の三月三十日以後になると推定した。
しかし、南雲中部太平洋方面艦隊司令長官は、
「明朝（二十九日）、パラオ、メレヨン方面空襲ヲ予期シ警戒ヲ厳ニスベシ」

哨戒機　敵の攻撃を警戒して見張りをする軍用飛行機。
二九〇度　方位を角度で示したもので、北を〇度として時計回りに二九〇度、の意。
二〇ノット　時速約三七キロメートル。「ノット」は船舶の速度の単位。一ノットは一時間に一海里（一八五二メートル）進む速度。

と、警告を発し、Z作戦空襲部隊指揮官である第一航空艦隊司令長官角田《かくた》覚治中将も、トラック、メレヨンを基地として索敵攻撃をおこなうよう指令した。

翌二十九日、同方面に放たれた索敵機から相ついで敵機動部隊発見の報が打電されてきたので、古賀連合艦隊司令長官は、敵の空襲が予想よりも早くおこなわれる確率がたかいと判断した。そのため古賀は、午後二時三五分、左のような命令を各方面部隊に発した。

一　一一五七敵空母戦艦*各二隻巡洋艦*駆逐《くちく》艦各数隻ペリリューノ一三八度三八〇浬、針度二九〇度速力一五ノット、明朝パラオ空襲ノ算大ナリ

二　遊撃部隊ハ取敢ズ空襲ヲ避ケル如《ごと》ク機宜《きぎ》行動スベシ　武蔵　第一七駆逐隊ヲ遊撃部隊ニ編入ス

三　本職一四〇〇パラオニ一時将旗ヲ移揚シ指揮ヲ執《と》ル

この指令にもとづいて、古賀長官をはじめ連合艦隊司令部幕僚*は旗艦「武蔵」を退艦して陸上に移り、「武蔵」以下の諸艦艇は、パラオを緊急出港した。そして、北西方に避退したが、「武蔵」は、待ちかまえていたアメリカ潜水艦の魚雷攻撃を受けた。魚雷は「武蔵」の左舷錨《びょう》鎖孔《さこう》附近に命中しその区劃に海水が浸入したが、強靭な船体には軽微な損傷となっただけでただちに注水装置によって艦の安定度を回復し、速力も衰えることなく日本内地に向った。

敵機動部隊のパラオ空襲は確実になり、航空部隊も敵機動部隊に対して攻撃を開始したが、それは敵の優勢な航空兵力にさまたげられてほとんど効果はなく、翌三十日午前五時三〇分、敵機の大編隊がパラオに殺到した。

パラオに配置されていた戦闘機群は迎撃のため飛び立ったが、圧倒的に機数の多い敵機の集

中攻撃をあびてその大半が撃墜され、パラオ基地は敵機の容赦《ようしゃ》ない爆撃にさらされることになった。

その日、空襲は第一波から十二時間後の午後五時三〇分までの間に十一波にわたって反復され、来襲機数は延《のべ》四五六機にも及んだ。

この空襲によって出港のおくれていた艦船に甚大な被害が発生した。その原因は、連合艦隊司令部をはじめ基地隊指揮者が、艦船の緊急退避をうながさなかったためであった。

沈没又は炎上擱坐《*かくざ》した艦船は、駆逐艦「若竹」以下艦艇一二隻、工作船*「浦上丸」以下一八隻の船舶で、そのほか坐礁したもの四隻に達した。また航空機の損害も大きく、同方面の航空兵力はほとんど潰滅《かいめつ》状態になった。

基地の機能は完全に麻痺《まひ》状態になったが、アメリカ側の攻撃は執拗《しつよう》をきわめ、翌三十一日も空襲がつづけられた。まず午前六時三〇分に敵機の大編隊が来襲し、その後、空襲は午後二時まで六波にわたって反復され、主として地上の軍需品集積倉庫等を銃爆撃し、さらに艦船の出入口である西水道と港内に多数の磁気機雷*を投下した。

戦艦　軍艦の一つ。強大な砲力と堅牢な防御力を備え、艦隊の主力となる。
巡洋艦　軍艦の一つ。戦艦と駆逐艦の中間に位置する。
幕僚　軍隊で、指揮官に直属し、その職務の補佐、作戦・用兵などの計画に参与する将校。
擱坐　船が浅瀬や暗礁に乗り上げて動けなくなること。
工作船　各種の工作機械を装備し、艦船の補修・整備などを行う船。
磁気機雷　近くを通る艦船の磁気に感応して爆発する機雷。「機雷」は「機械水雷」の略。

連合艦隊司令部は、パラオの防空壕内におかれていたが、前日の三十日夜にパラオを去ってフィリピンのミンダナオ島にあるダバオ基地に後退し、さらに最終的にはサイパンに移動することが決定していた。

その理由は、敵機動部隊の来襲後、パラオに敵が上陸作戦をおこなうおそれがあると判断されたからであった。もしも、そのような上陸作戦が実施されれば、連合艦隊司令部はパラオにとじこめられ、全軍の指揮は不可能になる。それは日本海軍にとって致命的な打撃になることはあきらかだった。

司令部内では、移動方法の検討がつづけられ、結局四、〇〇〇浬近い大航続力をもつ二式大型飛行艇*によってダバオに向うことに意見がまとまった。そして、古賀連合艦隊司令長官は、三月三十一日午前八時五八分、

一　聯合艦隊司令部ハ本三十一日夜（又ハ四月一日黎明《れいめい》）パラオ発ダバオ経由サイパンニ進出ス

二　進出輸送飛行艇八五一空ヨリ二機、八〇二空ヨリ一機派遣セラレ度《たし》

という命令を発信した。

出発日時については、三十一日夜が望ましかったが、移動にともなう準備をととのえるためには無理であるという意見が強く、第二案の四月一日未明に出発することに内定し、三機の二式大艇に分乗する者の人員が定められた。

まず第八百五十一航空隊から派遣される二機の二式大艇のうちの一機を一番機として、連合艦隊司令長官古賀峯一大将、艦隊機関長上野権太大佐、首席参謀柳沢蔵之助大佐、航空参謀内

藤雄中佐、航海参謀大槻《おおつき》俊一中佐、副官山口肇中佐、柿原饒軍医少佐、暗号長新宮等大尉が便乗することになった。

また第八百二航空隊所属の二番機には、参謀長福留繁中将、艦隊軍医長大久保信軍医大佐、艦隊主計長宮本正光主計大佐、作戦参謀山本祐二中佐、機関参謀奥本善行大佐、水雷参謀*小池伊逸中佐、航空参謀小牧一郎少佐、島村信政中佐（気象）、掌通信長*山形中尉その他二名が便乗し、第八百五十一航空隊の二式大艇を第三番機として司令部の暗号士、暗号員が乗ってダバオに向うことになった。

司令部では、移動準備をはじめたが、三十一日午後ヤップ方面に二群の機動部隊発見の報が入電し、翌日に敵機の大編隊が来襲することが予想された。そのため司令部では、再び第一案を採用することになり、移動準備を急がせて三十一日夜にダバオに向うことに決定した。

三

第八百二航空隊は、三月九日付で中部太平洋艦隊司令長官の直属となり、基地をサイパンに置いていた。同航空隊は、トラック空襲で全滅し、サイパンで再建されたのである。

二式大型飛行艇　旧日本海軍の四発（左右の主翼に二基ずつ計四基のエンジンを搭載）飛行艇。当時、世界最高の性能を誇った傑作機とされる。
水雷参謀　「水雷」は、魚雷・機雷・爆雷など、爆薬を詰めて水中で爆発させ、敵艦を破壊するための兵器の総称。
掌通信長　「掌長」は、旧日本海軍で、通信科などの科長の実務的な補佐を任務とし、兵から叩き上げで准士官（士官の下、下士官の上に位置する官）や特務士官に昇進した兵曹長や特務中少尉が就いた。

パラオが空襲を受けていた昭和十九年三月三十一日午後、二式大艇第十九号艇搭乗員に対し、

「至急、指揮所前に集合せよ」

という命令が発せられた。

搭乗員たちが指揮所前に急ぐと、同艇の機長である分隊士*岡村松太郎中尉が緊張した表情で待っていた。

岡村中尉は、整列した隊員にサイパン基地を出発してパラオに向う旨の命令を受けたと告げた。現在パラオは前日から敵機動部隊の艦載機による空襲を受け、艦艇は避退し連合艦隊司令部は陸上にとどまっている。司令部は、艦隊終結予定地のダバオに移動を策し、サイパン基地に二式大艇二機を派遣するよう指示してきたのだと告げた。

他の一機は、同じサイパンを基地とする第八百五十一航空隊の大艇で、灘波正忠大尉が機長として第一番機となる。そして、連合艦隊司令長官古賀峯一大将以下高級幕僚を乗せて輸送に従事するという。

岡村中尉を機長とする第二番機には、連合艦隊参謀長福留繁中将以下幕僚が便乗し、第一番機とともに今夜ダバオに向う。また第三番機は、ダバオに待機していた第八百五十一航空隊の安藤敏包中尉機で、夜の間にパラオに向い、明朝パラオを出発してダバオに引返すことが予定されていた。

「ただちに出発準備を整えよ」

岡村は、部下に命じた。

搭乗員たちは、すぐに第十九号艇の出発準備にとりかかったが、岡村機長には、一抹《いちまつ》の不安

があった。かれは、飛行時間も長い沈着な航空士官であったが、フィリピン方面を飛行した経験はなく、ミンダナオ島のダバオは未知の地であった。かれは同方面の詳細な航空地図を得たいと思ったが、それを入手することはできず、簡単な地図のみで夜間にダバオへ飛行することは困難に思えた。

しかし、同行する第一番機の機長灘波大尉は、パラオからダバオ間を何度も往復した飛行経験があった。灘波は、

「おれが道案内をつとめるから、安心しておれよ」

と、岡村をはげました。

また航空隊司令から第二番機に連合艦隊司令部航空参謀小牧一郎少佐が便乗予定であることも伝えられ、岡村の不安は解消した。小牧少佐は、パラオからダバオまでの航路を熟知していて、岡村に有効な指示をあたえてくれるにちがいなかった。

二機の飛行艇は、燃料を満載し敏速に整備を終えた。

午後五時、一、五三〇馬力四基のプロペラが重々しく回転しはじめ、まず第一番機が白波を蹴立てて湾内を走り、巨大な機体が海面をはなれた。それにつづいて第二番機も、轟音《ごうおん》とともに離水し、機首を南西方向に向けた。

両機は、前後してサイパン島上空をはなれた。機内には、二〇ミリ機銃五挺が四個所の銃座に設けられていて、射手は銃座にとりついていた。

分隊士　分隊長を補佐する役。中尉または少尉などが任じられる。

やがて、雲が茜色《あかねいろ》に染まりはじめ機体はまばゆく輝いた。そのうちに、日没がやってきて、夜の色が両機をつつみこんだ。

空に星が散っていたが、徐々に雲量が増してあたりに濃い闇がひろがりはじめた。計器に淡い灯が点じられているだけで、機内は暗く、ただ四基の発動機から起る音がきこえるのみであった。気流は安定していて、機は揺れることもなかった。

時計の針が、午後八時をまわった。

敵艦載機は夜間に来襲する確率は少ないが、パラオ基地も近くなったので搭乗員の緊張は増した。かれらは、周囲の空に警戒の眼を向けていた。

午後九時、機はパラオに接近し、パラオ陸上基地と連絡をとった。基地からは、敵機と誤認することを避けるため正しく北方から第一番機、第二番機の順序で降下し、湾内の指示した位置に着水するよう指示してきた。

両機は、機首を北方に転じ、大きく旋回しながらパラオ島に近づいた。

前方の闇に、多くの粒状の光がかすかに浮び上ってきた。それは人家の灯の群のように見えたが、近づくにつれて炎の乱舞であることがあきらかになった。地上施設が空襲で炎上し、艦船も被害を受けているらしく湾内や水道にも炎がひらめいていた。

搭乗員たちの顔に、悲痛な表情がうかんだ。その火炎は、空襲のすさまじさと基地が潰滅的な被害を受けたことをしめしていた。

第一番機が、両翼の着水灯を点じながら、北方から湾内に降下してゆく。そして、無事海面に着水すると、繋留浮標のある位置に移動した。

それにつづいて第二番機も着水しようとしたが、慎重な岡村中尉は、敵機が飛来して攻撃されることを懸念し、後部の座席にすわっている主偵察員の吉津正利一等飛行兵曹＊にあらためて周囲の偵察を命じた。

吉津は、部下の偵察員に上空監視をつづけさせたが機影らしきものを眼にすることはなかったので、

「分隊士、異常なかようです」

と、九州訛《なま》りの言葉で岡村中尉に報告した。

「よし、着水する」

岡村機長は答えると、第一番機と同じコースをたどって機を降下させていった。そして、両翼の着水灯をともして海面を照らすと着水させた。操縦は巧みで、機体はほとんど衝動もなく海面に接した。

岡村は、機を移動させて機体を浮標に繋留すると、陸上に発光信号を送り、

「第二番機、到着ス」

と、報告した。

それに対して陸上から、

「シバラク待テ」

＊**一等飛行兵曹**　旧日本海軍の階級の一つ。一等兵曹は上等兵曹の下、二等兵曹の上に位置する下士官（軍人の最下級である「兵」の上に位置する官）。

と、メガホンで指示してきた。

湾内は、炎の反射であかるんでいた。夜空には、黒煙にまじって無数の火の粉が舞いあがり、島全体が噴火しているような錯覚さえあたえた。

搭乗員たちは、機内から出ると主翼の上にあがった。燃料補給や司令部員の携帯品などの搭載には、かなりの時間が費されるにちがいないので、その間に休息をとろうとしたのだ。

かれらは、翼の上に坐ると煙草を吸い、地上施設から立ち昇る炎をながめていた。

そうした中で、ただ一人副操縦員の今西善久一等飛行兵曹は、休息をとる暇もなく機内にとどまって重量計算に熱中していた。飛行艇の離水はむずかしく、機に重量が均等に配分されなければ安定度を失うので、搭乗する者たちを機内の適当な場所に割りふらねばならなかったが、参謀長福留中将以下高級幕僚の乗りこんでくる人数は、不明であった。

今西一飛曹は、おそらく便乗者数は十名前後だろうと推定し、九名、十名、十一名、十二名の四つの場合にわけ、それぞれ一人の体重を平均六〇キログラムとして重量計算をし、便乗者の乗る位置をしめした四つの表を作成した。

第十九号艇が着水して一五分ほどたった頃、驟雨《しゅうう》が落ちてきた。

主翼の上にいた者たちは機内に入り、今西一飛曹は、速度計測のピトー管に雨がかからぬよう急いでおおいをつけた。

搭乗員たちは、機内で休息をとった。雨勢は激しく、海面は白く泡立っていた。かれらは、雨にかすんだ遠い炎の色を窓ごしにながめていた。

いつの間にか雨脚が、細くなった。

九時三〇分頃、突然陸上からメガホンで指令がつたえられてきた。敵機編隊が接近し空襲警報が発令されたので、ただちに出発することに決定したと言う。

パラオに基地をおいていた第三十根拠地隊附属航空隊の隊員は、その夜、艦隊司令部から長官一行を乗せる予定の二式大艇二機がサイパンからパラオにやってくるので、燃料補給するように命じられ、待機していた。

やがて、二式大艇二機が相ついで着水したので、燃料補給をはじめようとした。その補給指揮にあたった同航空隊高橋光雄兵曹長*は、左のような回想をしている。

「水偵ノ滑走台ガアル突堤《とってい》ニ、二式大艇ヲロープデ引キ寄セ、ドラム缶ノ燃料ヲ機内ニ入レヨウトシマシタ。

トコロガ、二人の参謀ガ、燃料補給ハ必要ナイ、一刻モ早ク出発スルト大声ヲアゲテ私タチヲ制シマシタ。空襲警報ガ発令サレテイマシテ、陸地ニ積ミ上ゲラレタドラム缶ガ燃エテイテ、シキリニ爆発音ヲ立テテ炎ヲフキ上ゲテイマシタ。参謀タチハ、敵機ガ来襲シテ投弾シテイルト思ッタヨウデシタ。

参謀タチノ中デ、只一人、古賀長官ダケガ突堤ニ置カレタ椅子ニ身ジロギモセズ無言デ坐ッテイルノガ印象的デシタ。

二人ノ参謀ハ、

『補給ハシナクテヨイ。出発ヲ急ゲ』

兵曹長　旧日本海軍の准士官。少尉の下、上等兵曹の上に位置する。

ト、言イツヅケテイマシタ。長官機ニハ同期ノ片岡嘉一郎兵曹長ノ顔モ見エマシタ」
このような経過で、第一番機、第二番機は、予定していた燃料補給をおこなわず出発することになったのである。

その旨が両機にもつたえられ、機内でも急速に離水準備がととのえられた。

そのうちに、二艘のゴム舟艇がエンジン音を立てて海岸をはなれ、一艘は第一番機に、他の一艘は第二番機に近づいてきた。

搭乗員たちは、緊張した。第一番機には古賀連合艦隊司令長官が、第二番機には福留参謀長が乗りこんでくる。連合艦隊の最高首脳者たちと同乗できる機会は皆無に近く、かれらは光栄に思うと同時に、責任の重大さを意識した。

ゴム舟艇が機体に接して、エンジンをとめた。そして、艇から軍服を身につけた幕僚たちが機内に入ってきた。

内部は薄暗く階級はわからなかったが、幕僚たちの交す短い会話で、肥満した士官が参謀長福留繁中将であると察することができた。

今西副操縦員は、便乗者数が十一名であることをたしかめ、あらかじめ作成していた重量計算表にもとづいて暗がりの中で便乗者たちに座席の位置を指定した。かれらは、素直に今西の言葉にしたがったが、航空参謀小牧一郎少佐のみは、機長席のすぐ後にある座席に席をとった。小牧は、地理不案内の岡村機長に指示をあたえるのに都合《つごう》のよい席を占めたのだ。

今西は、便乗者たちに、

「離水時と離水後しばらくの間、席について動かぬようにして下さい」

と、頼んだ。

かれは、重量計算が予定通り進められたことに安堵した。が、かれは緊急出発の混乱の中で、ピトー管のおおいをはずさねばならぬことを忘れてしまっていた。

今にも敵機編隊が来襲するかも知れぬという緊迫感が機内にみち、離水準備が急がれた。もしも空襲があれば、着水した飛行艇は、たちまち敵機の集中攻撃を浴びて炎上させられることは確実だった。

そのうちに、プロペラの回転する轟音がきこえてきて、第一番機が火炎の反映であかるんだ湾内を滑り出し、速度をあげると海面をはなれていった。時刻は、午後九時三五分であった。

しかし、福留参謀長らが第十九号艇の機内に入ったのはおくれていたので、第二番機が離水したのは、それから五分後であった。行動を共にすることになっていた両機にとって、それは好ましくない誤算であった。

第二番機は、離水すると速度をあげて西方に進み、第一番機を追った。雲間から月齢六日半の月がのぞいていて、天候はいつの間にか好転していた。

機は、第一番機の姿を発見しようとしたが、第一番機は敵機の来襲を恐れて高速度でパラオからはなれることにつとめているらしく、機影を眼にすることはできなかった。

第二番機は、第一番機の誘導でダバオに向う予定であったが、その計画は崩れ去った。地理不案内の岡村機長は、単独で飛行する以外にないことを知った。

岡村機長は、主偵察員の吉津一飛曹に、

「フィリピンに行ったことがあるか」

と、不安そうにたずねた。

吉津がないと答えると、岡村は、

「おれも数年前船上から見ただけで、ダバオは知らぬ」

と、つぶやいた。

吉津は、航法目標灯を投下することによって位置確認をしようとしたが、断念した。目標灯は投下着水後海水が浸入して発火剤が火を吹くが、その火が敵機に発見されるおそれがあったからであった。

二機の二式大艇は、行動をともにすることになっていたが、予定が実行されなかったのは、空襲警報が発令されたためであった。しかし、現実には、その後パラオには敵機の飛来はなかった。敵機編隊接近中という緊急報告は、味方機を敵機と錯覚した警戒部隊の誤報であったのだ。

第二番機は、轟々と四基のプロペラを回転させて月明の夜空を高度三、〇〇〇メートルで西進した。針路は、ミンダナオ島ダバオ附近の海面に突出しているサンアグスチン岬に定められていた。搭乗員は、誘導機である第一番機の視認につとめたが、かなり距離がはなされてしまったらしく、発見することを断念せざるを得なかった。

天候は良好だったがパラオを出発してから約一時間後、前方に黒雲が出現し、月は、次第に増加する雲にかくれてしまった。

やがて機は、密雲の中に突入し、激しい雨につつまれた。と同時に、機体は大きく動揺しはじめた。

岡村中尉は、すぐに機を上昇させ高度を五、五〇〇メートルまであげたが、密雲は厚くぬけ出すことができず、動揺は上下左右に一層激しさを増してきた。雲は、雷雨性積乱雲で、雷鳴がとどろき、稲光りが絶えずひらめいていた。

岡村は、危険を感じて機首を北方にめぐらし、速度をあげた。そして、密雲のうすれている位置に出ると、再び西に機首を向けた。かれは、雲の北端に沿って機を西航させたのだ。

しかし、その附近も風雨ははげしく、機は恐しいほどの動揺をくり返した。

偵察員は、推測航法をつづけ、その報告にもとづいて、岡村は密雲を避けながらサンアグスチン岬を目ざした。

重苦しい空気が機内にみち、口をきく者もほとんどいない。機は、動揺をくり返し、時には強い衝撃が加わることもあった。

パラオを離水してから二時間が経過し、ダバオも近いと推定された。が、依然として雲は厚く、視界は完全に閉ざされていた。

やがて雲量が少なくなって、機はようやく密雲の外に出た。時刻は、四月一日午前零時三〇分すぎであった。

夜空には、冴えた月光が輝き、星が明るく散っている。密雲の中を通過してきただけに、機内の者たちにはその夜空がひどく美しいものに感じられた。

偵察員は、すぐに眼下をさぐったが、そこには夜の海がひろがっているだけでミンダナオ島のサンアグスチン岬を眼にすることはできなかった。

吉津主偵察員が、星の光をたよりに天測を綿密におこなった。かれは天測に自信をもっていたが、測定結果は意外にもダバオから一六〇浬北方の位置であった。かれは、機が予定航路から大きくそれていることに気づいたが、その差が余りにも大きいので、天測に使用した腕巻式航空時計が狂っているのかと思った。

かれは、思案の末、岡村機長に天測の結果を報告したが、航空時計が狂っているおそれが多分にあると率直に意見を述べ、偵察員のつづけてきた推測航法を信用すべきだと進言した。

岡村は諒承し、機を三、〇〇〇メートルの高度で西進させたが、いつまでたっても陸影を眼下に発見することはできず、機内に焦慮の色が濃くなった。

午前一時すぎ、月が没した。

偵察員は、双眼鏡を水平線に向けていたが、やがて前方に淡い陸影が浮び上るのを発見した。機内に、安堵の声があがった。推測航法による位置計測が正しければ、それは到達目標のサンアグスチン岬かその附近であるはずだった。

岡村機長は、機首をさげ島影にむかって機を降下させていった。

やがて機は、陸影の上空に達したが、それはフィリピンのルソン島につぐ大きな島であるミンダナオ島ではなく小さな島であった。

機内に暗い空気がよどんだ。フィリピン諸島の一つであることは確実だったが、機は目標位置からはずれてしまっていることがあきらかになった。

機は、島の海岸線に沿って進み、島の輪郭をたどりながら機内におかれた地図と照合した。その結果、ミンダナオ島の北方に浮ぶカミギン島であることが判明した。それは、ダバオから一六〇浬北にあたっていて、吉津主偵察員の天測による位置測定が正しかったことをしめしていた。つまり、機は、目標位置から北へ大きくそれていたのだ。

機がカミギン島上空に達していることを知った福留参謀長と小牧航空参謀は、予定を変更して航路も熟知しているルソン島のマニラに行くべきだと主張した。マニラまでは二時間弱、ダバオまでは海岸線沿いに進むと約一時間の位置であった。

岡村機長は諒承し、岡田一等整備兵曹に燃料の残量について問うたが、その報告は、マニラ行きが不可能であることをしめしていた。岡田の報告によると、燃料は三〇分余の飛行に堪《た》える量しか残っていなかった。機は、パラオで緊急離水を命じられたため燃料補給ができず、その上密雲を突破するのに速度をあげ、さらに密雲の外辺部を迂回《うかい》したため燃料不足におちいってしまっていた。

岡田の報告によって、機はマニラにもダバオにも達することは不可能になり、三〇分以内に不時着しなければならなくなった。

岡村機長は不時着地の選定に苦慮したが、福留参謀長と小牧航空参謀の意見にしたがって、機を*九〇マイル弱の距離にあるセブ島に向けた。同島のセブ市には、海軍基地があり、その附近に着水することが最も好ましいと判断された。

機は、西進してボホール島西端をかすめ、海峡を通過してセブ島東海岸上空にたどりついた。そして、海岸線沿いに北上し、セブ市に向った。

やがて、前方の海岸線におびただしい灯の群がみえてきた。深夜にそれほど多くの灯の集落

九〇マイル弱　約一四〇キロメートル。「マイル」は、ヤード・ポンド法の距離の単位。一マイルは約一・六キロメートル。

があるのは、セブ市以外にないはずだった。

機内にただよっていた重苦しい空気は、灯の群にたちまち拭い去られた。セブ市附近に着水すれば、機も人命もそこなわずに基地隊に収容されることは確実だった。

機は、高度をさげて灯の集落に近づいていった。

福留参謀長は、セブ市に赴いたこともあるので、座席から立つと岡村機長の後に近づき灯を凝視した。セブ島には多くの町村があるが、電気があるのはセブ市のみで、灯の群は市街の灯と断定された。

しかし、セブ島には、セブ市以外に発電施設をもった場所があった。それは、セブ市南方二十二キロの海岸線に設けられたナガ町の小野田セメント製造株式会社ナガ工場であった。

小野田セメント・ナガ工場では、たまたまその夜は徹夜作業がつづけられていた。生産されたセメントは南方占領地域の陸・海軍に供給されていたが、前日の三月三十一日は昭和十八年の年度末日にあたっていて、陸・海軍は同工場からその年度に割当てられて残されていた大量のセメントの受け入れにつとめていた。その作業は、四月一日の日の出時刻を期して終了されることになっていたので、工場側では軍の要請にもとづいて全員が睡眠もとらずにセメントの搬出作業に従事していた。

工場では、電灯を煌々《こうこう》とともし、海に伸びた八〇〇メートルに及ぶ突堤につらなる作業灯にも点灯していた。そして、工場からセメントの袋を満載した貨車が、突堤上に敷かれたレール上を進んで、セメントを軍用貨物船に移していた。

そうした徹夜作業中の小野田セメント工場の灯を、第二番機の機内の者たちは、セブ市の灯と錯覚した。

機は高度を三〇〇メートルまでさげ、着水に適した海面を定めた。そして、両翼の着水灯を放ってみたが、水面は暗黒の闇で灯はとどかず着水は不可能だった。

やむなく岡村機長は、機上から着水照明筺《しょうめいきょう》の投下を命じた。それは、海水の浸入によって発光する夜間着水用の照明装置であった。

機は、四基のプロペラのうち中央の二基だけを旋回させて照明筺の投下海面に機首を降下させていったが、旋回時に長い時間が費されたので照明灯は消えてしまっていた。

岡村は、再び照明筺を投下させると、機を急旋回させ海面に接近させたが、灯はまたも消えていた。

燃料は、すでにつきかけていた。日の出を待って明るくなった海面に着水するのが理想だったが、それは到底望むべくもなかった。

岡村は、強行着水を決意し、

「これから着水します」

と、機内の者に伝えた。

機は、徐々に降下しはじめた。着水する折には、機首をあげエンジンの出力を増加させて着水姿勢をとり、接水と同時に出力をしぼる。

副操縦員の今西一飛曹は、高度計の計器盤を凝視していた。針が一〇〇メートル、八〇メートル、七〇メートルと移動してゆく。が、ピトー管のおおいをかけたままであったので速度がわからず、それが高度計の誤差を生んでいた。

高度計の針が五〇メートルをしめした時、岡村機長が着水姿勢に入るため機首の引き上げにかかった。その瞬間、海面が突然前方にあらわれ、機は海上に突きこんでいた。

激しい衝撃が機体をはずませ、破壊された個所から海水が奔流のように機内に浸入してきた。機は、着水に失敗し墜落したのだ。日時は、四月一日午前二時五四分であった。

機内から、乗員が海上にこぼれ出た。主偵察員吉津一飛曹もその一人で、墜落の瞬間、かれはなにかに頭をぶつけたらしく意識を失い、気づいた時には海中に投げ出されていた。

かれは、身を軽くするため急いで飛行服、飛行靴をぬぎ、*防暑服のみになった。そして、燃料に引火のおそれがあるので、闇の海を泳いで機からはなれることにつとめた。

しかし、二〇メートルほど離れた時、後方で激しい引火音が起り、あたりがまばゆいほど明るくなった。振返ってみると、尾翼を突き出した機体からきらびやかな炎がふき上げていた。

かれは、愛機の痛ましい姿に堪えがたい悲しみを感じ、立泳ぎしたまま挙手の礼をとった。附近は潮流が激しく、二式大艇は、燃えながら潮にのって夜の海面を遠ざかっていった。

機体から流れ出た燃料の炎で海面が明るくなり、吉津一飛曹の眼に泳いでいる二個の人影がみえた。かれは、

「オーイ、オーイ」

と、声をかけながら人影の方に泳ぎ出すと、所々で同様の声が起った。

人影が、一個所に集ってきた。海上に声をかけて生存者の確認につとめたが、その位置に集ったものが生存者のすべてであった。

それは、連合艦隊参謀長福留繁中将、作戦参謀山本祐二中佐、掌通信長山形中尉と、搭乗者

の機長岡村松太郎中尉をはじめ吉津正利、今西善久、浦杉留三各一飛曹、岡田敏郎、奥泉文三*一整曹、下地康雄*上等飛行兵、針谷高、田口*二飛曹、谷川*整備兵長の計一三名であった。

また機内に残って死亡したのは、連合艦隊軍医長大久保信軍医大佐、主計長宮本正光主計大佐、機関参謀奥本善行大佐、水雷参謀小池伊逸中佐、航空参謀小牧一郎少佐、気象担当島村信政中佐、高橋兵曹長、石川二曹の八名であった。これらはすべて連合艦隊司令部の士官、下士官で、二式大艇の搭乗員は奇蹟的にも全員海上に脱出したか、または投げ出されたのだ。

生存者の中には墜落時の衝撃で傷ついている者がいた。山形中尉は、後頭部と左腕に火傷を負い、田口二飛曹は左足に重傷を負って呻いていた。

海上は暗かったが、星の位置で北方に泳げばセブ市附近の陸岸に泳ぎつくことが確実と予想された。かれらは、一団となって泳ぎはじめたが、針谷二飛曹が、なにか浮くものを探してくると言って、機が墜落した方向にもどって行った。

岡村たちは泳ぎながら針谷の引き返してくるのを待っていたが、針谷は溺死《できし》したらしくその姿を再び眼にすることはできなかった（後に針谷二飛曹は、同日戦死と認定された）。

かれらは、互いに励まし合いながら泳ぎつづけた。

防暑服　旧日本海軍の軍人が熱帯地で着用した、折襟半袖、半ズボンの制服。
一整曹　「一等整備兵曹」の略。
上等飛行兵　旧日本海軍の階級の一つ。上等兵は兵長の下、一等兵の上に位置する。
二飛曹　「二等飛行兵曹」の略。二等兵曹は旧日本海軍の階級の一つ。最下級の下士官。
整備兵長　旧日本海軍の階級の一つ。整備科の兵の最上位。整長。

重傷の田口二飛曹には海面に浮んでいた救命胴衣をつけさせ、吉津一飛曹と岡田一整曹が附き添って北方へ曳《ひ》きながら泳いでいった。すでに田口二飛曹の意識はうすれ、時折低い呻き声をあげるだけになっていた。

火傷を負っていた山形中尉と福留中将は、浮力のある飛行艇のクッションにつかまり、岡村機長は、肥満した福留中将の身を案じて傍を泳いでいた。また泳ぎの不得手な奥泉一整曹は、救命胴衣をつけた今西一飛曹の背につかまっていた。

潮流は激しく、波のうねりが高い。そのうちに潮が南に転じて、かれらは南に押し流されはじめた。が、その中でただ一人泳ぎの巧みな谷川整長は、友軍の救出を仰ぐ目的で潮流にさからって陸岸に向って泳いでいった。

潮流にかなり流されたのか、前方に陸影は見えず、上空から見下した灯の集落もいつの間にか消えていた。かれらは、ナガ町南方のサンフェルナンド町沖方向まで流されていた。

かれらの疲労は、つのった。手足の感覚が失われ、意識もうすれてきていた。それに、海水の冷たさも体にしみ入ってきていて、かれらはただ手足を動かしているだけになっていた。

墜落してから二時間ほど経過した頃、空が青ずみはじめ、星の光がうすれてきた。

海上は仄明《ほのあか》るくなって、前方に陸影が浮び上った。はるか右方に灰色の煙突がみえたが、かれらはそれが小野田セメントの煙突とは知らなかった。

やがて海上に、南国のまばゆい陽光がさしはじめた。目測で陸上まで約三、〇〇〇メートルと推定できた。が、かれらは潮流にもまれ、いつの間にか煙突も見えなくなり、海岸線をふちどる椰子が前方にひろがるだけになった。

かれらは、余力をしぼって泳ぎつづけたが、陸地は近づかない。眠気と激しい疲労で沈みかける者が続出したが、その都度他の者が声をかけて励まし合った。

吉津一飛曹と岡田一整曹は、田口二飛曹の体をひいていたが、田口の唇がうっすら開き、しかも青くなっているのに気づいた。声をかけ体を激しくゆすってみたが、田口はすでに呼吸をとめていた。体をしらべてみると、左足が大腿部から切断されていて右足も踵から下の部分がなくなっていた。田口は、墜落時に落下した電信機で足をくだいていたのだ。

吉津と岡田は、田口の遺体を陸地までひいて行ってやりたかった。が、田口の身につけていた救命胴衣の浮力は失われていて、海中に沈みかける。つかまる物もなく数時間泳いでいたので体力も失われ、遂に田口の遺体をはなした。遺体は潮に流されながら濃紺の海中に沈んで行った。

すでに泳ぎはじめてから八時間近くが経過していた。体力は限界を越え、かれらは弱々しく手足を動かしているだけになった。

泳ぎの巧みな下地上飛が、

「分隊士、私が先に陸地へ泳ぎついて船を持って来ます」

と、岡村中尉に言った。

岡村は制止したが、下地は、

「大丈夫です」

と言って、陸地に向って泳いで行った。その後下地は海岸に達した気配もなく、行方不明になった。

その頃から、集団がくずれはじめ、体力の衰弱の激しい者たちが潮に流されて南へ移動していった。それは、福留中将、山本中佐、岡村中尉、吉津一飛、岡田一整曹の五名で、たちまち他の四名の姿はみえなくなった。

吉津は、何度も沈みかけては海面に顔を出していたが、だれの口からともなく、

「フネ」

という言葉がもれるのを耳にした。

吉津は、陸地の方向に眼を向けた。たしかに十艘ほどの小舟が、こちらに近づいてきている。舟は細長い形をしたカヌーで、その上に漁民らしい半裸の男たちが乗っていた。

福留中将をかこむように泳いでいたかれらの顔に、生色がよみがえった。カヌーに乗っているのはあきらかに現地人で、自分たちの姿に気づいているようだった。セブ島は、日本軍が完全占領している島で、かれらフィリピン人が危害を加えるとは思えなかった。

吉津たちは、声をあげ、手をふった。

カヌーが、近づいてきた。船の上には男が二人ずつ乗っていて、警戒するような眼を注いでいる。そして、カヌーの群は、吉津たち五名の泳いでいる海面を取りかこんだ。

しかし、何を恐れるのかカヌーの群は急に散ると遠ざかり、しばらくするとまた周囲に集ってきた。そんなことを何度か繰返した後、周囲に漕ぎ寄せてきたカヌーの上から、半裸の男たちが口早にわめきはじめた。意味は不明だったが、手ぶりでカヌーに一人ずつ乗れと言っていることを朧《おぼろ》げに理解できた。

福留中将と山本中佐は、Z作戦計画書と暗号書関係の図書類を入れた防水書類ケースを携行

していた。むろん敵手におちるおそれがある場合には海中に投棄しなければならなかったが、カヌー上の現地人に不穏な気配は全く感じられず、ケースを海中に沈めることはしなかった。

溺死寸前にあったかれらは、現地人のすすめに喜んで応じた。そして、近づいたカヌーの船べりにしがみつき、一人ずつ船上に這《は》いあがった。

全員をのせたカヌーの群は、そのまま陸地に向うにちがいないと思ったが、予想に反して思い思いの方向に進みはじめた。吉津のカヌーは北へ向い、しばらくすると他のカヌーは見えなくなった。

吉津は、幾分不安になった。が、二人の男は櫂《かい》を勢よく操り、カヌーは椰子の繁る岸にむかって近づいて行った。

陸地まで五〇メートルほどの距離に達した時、海岸の後方にひろがる密林の中から五、六〇名の現地人が砂浜に出てくるのが見えた。大半が半裸で、こちらを凝視している。

不意に、吉津は背後から声をかけられた。

振向くと、意外にも艫《とも》で櫂を操っていた男が腰の蛮刀《ばんとう》をひきぬき、なにか言っている。そして、手をのばすと、吉津の体にさわり、防暑服のポケットを探りはじめた。

吉津は、男が金品を欲していると察し、財布をとり出すと男に手渡した。男は、濡れた紙幣と硬貨をぬきとると、無造作に財布を海に投げ捨てた。

その仕草に、吉津は憤りを感じた。かれらが、決して良民ではないらしいことに気づいた。

舳《へさき》に立っていた男が櫂を操ることをやめ、身をかがめると船底の縄をとり上げ近づいてきた。

吉津は、男が自分を縛り上げようとしていることを直感し、傍におかれた櫂をつかむと立ち上った。その体の動きで、カヌーが激しく揺れ、疲労しきっていたかれの体はよろめいた。かれは、膝をつき男の気配をうかがった。背後の男は、叫び声をあげて刀をふりあげている。衰弱しきったかれが抵抗しても無駄なことはあきらかだった。

かれは、やむなく船底に腰をおろすと、鋭い眼でかれらを凝視しながら両手をそろえてさし出した。一応、男たちのするままに身を委ねた方がよいと思ったのだ。

男が近づき、かれの両手をきつく縄で緊縛《きんばく》した。そして、再び櫂をとり上げると、カヌーを岸に進ませた。

カヌーが舳を砂浜にのし上げ、吉津は砂地の上に立たされた。集ってきた男たちがかれの体をとりまき、なにか互いに言葉を交しながら縄をつかんで曳くと先に立って歩き出した。

砂浜のゆるい傾斜を上ると、完全舗装された道路が海岸沿いに走っていて、道路を横切ると男たちは密林の中に足をふみ入れた。

数十名の男たちは、大半が腰に蛮刀を帯び、黙々と林の中の小路を進んでゆく。吉津は、両手を縛られて引立てられていったが、セブ島は日本軍の占領している地であるし、結局は男たちが自分を日本軍のもとに連れて行ってくれるにちがいないという希望を捨てきれなかった。

それに吉津は、蛮刀をもっただけのかれらを敵と考えることができなかった。第一線部隊の航空機の搭乗員であるかれの接してきた敵は、常に重装備をほどこして来襲する殺気にみちたものであった。が、それとは対照的に、かれの周囲を歩く半裸の男たちは、たとえ刀を腰に帯びていても敵という概念とは程遠いものであった。

男たちは、密林の奥深く入ると、沈黙を破ってにぎやかに会話を交しはじめた。かれらの空気は急になごやかになり吉津に眼を向けて笑う者もいれば、歌を口ずさむ者もいる。そのうちに、一行は澄みきった水の流れる川の畔で停止し、腰を下した。

一人の男が近づいてくると、手の縄をとき粥状《かゆじょう》に煮た玉蜀黍《とうもろこし》を盛った洋皿を渡してくれた。吉津は、前日の夕方機上で食事をとっただけなので、食物をむさぼるように口に入れた。そして、激しい咽喉の乾きをおぼえて、男に頭上の椰子の実を指さした。男は、うなずくと、巧みに樹上にのぼって実をとってくると、実の端を切って汁を飲ませてくれた。

吉津は、幾分元気を恢復《かいふく》したが、素足で長い間歩かされたので、足の裏が傷ついて痛かった。かれは、男に履物が欲しいと手真似で伝えたが、男は素気なく顔をそらした。

三〇分ほど休息した後、吉津は再び手を緊縛され引き立てられた。

浅い川を渡ると、道は急坂になって、丘の上に出た。依然として密林はつづいていて、吉津は男たちにかこまれながら足をひきずって歩きつづけた。

日が傾きはじめた頃、一行は足をとめた。そこはなだらかな傾斜の中腹で、人家が三戸点在していた。その一廓に丸太で組んだ一坪ほどの小舎《こや》が立っていて、かれは縄をとかれるとその中に投げこまれた。

小舎の外をうかがったかれは、米軍の作業衣に酷似したシャツを身につけた数人のフィリピン人が、肩から自動小銃をかけて小舎の周囲に立っているのを見た。かれは、男たちが正規の軍人ではないが、それに準ずる者たちであることを本能的にさとった。

かれは、セブ島に米匪軍と呼ばれているゲリラ部隊が組織されていることを知らなかったが、武装したフィリピン人を眼にして、男たちが友軍のもとに連れていってくれるのではないかという望《のぞ》みは失《う》せ自分が敵側に捕えられたことをはっきりと知った。

四

吉津一飛曹は、福留中将らの安否を気遣《きづか》った。カヌーに乗せられたかれらが、自分と同様の憂目《うきめ》に遭っていることは十分に想像できた。

日が没して間もなく、懐中電灯を手にした男が丸太小舎に入ってきた。

かれは、意外にも日本語が巧みで吉津を慰めるようなことをしきりに口にした。

「ここは、なんという島か知っているか」

男が、言った。

吉津は、セブ島だと思っていたが確信はなく、頭をふった。

「ミンダナオ島だよ」

男は、答えた。その声は低く、小舎の外の監視兵の耳を恐れているように思えた。

吉津は、男の顔をみつめた。もしかすると男は日本軍に好意をいだいている者かも知れぬと思った。島がミンダナオなら、飛行艇で赴く予定のダバオ基地がある。かれは、

「ここからダバオの日本海軍基地までどのくらいの距離か」

と、質問してみた。

「二頭立ての馬車で行けば、二、三時間で到着できる」

男が、声をひそめて言った。

吉津は、男が日本軍側に属している人物のように感じ、男の協力を得て脱走しようと思った。

男は、吉津の意図を察したらしくにじり寄ると、

「あなたに逃げる気持があるなら、私が馬車を用意してもいい」

と、言った。

吉津はうなずくと、馬車を準備して欲しいと依頼した。

男は、無言でうなずき懐中電灯を消して小舎の外に出て行った。

しかし、それは男の策略だった。三〇分ほどして監視兵が男とともに入ってくると、吉津を荒々しく縛り上げた。男は、笑いながら、

「お前には、逃げる意志がある。われわれは、お前を逃がすようなことはしない」

と言うと、吉津の肩を強く押した。

かれは、荒々しく小舎の外に突き出された。欠けた月が出ていて、その光に百人近くの男たちが屯《たむ》ろしているのが見えた。殺されるにちがいないと覚悟しながら男たちの群を見まわすと、その中に縛られた一人の男が立っているのに気づいた。

凝視してみると、それは一緒に泳いでいた岡田一整曹であった。

「岡田」

吉津が声をかけると、

「吉津か」

という声がもどってきた。

岡田が、後手に縛られて近づいてきて、かれの傍に並んで立たされた。吉津は銃殺されるにちがいないと思ったが、男たちは危害を加えることもせず、二人を丸太小舎に押しこめた。

岡田は、カヌーに乗せられてから陸岸に運ばれたが、吉津と同じように縛り上げられ、密林の中を歩き回らされたという。

「参謀長たちは、どうした」

と、吉津がきくと、岡田は頭を振った。

翌日から吉津は、岡田とともにゲリラの群にかこまれて歩かされた。足は素足であったので、皮膚は破れ血がにじみ出た。島は石灰岩質で、足の裏に細かい破片が食いこんだ。足が血と砂におおわれ歩行が困難になった。吉津たちは、ゲリラに動物の皮をもらってそれで足をくるんだ。

日が没し、そして太陽が昇った。

歩きはじめてから三日目に、吉津は、死を覚悟した。林の中にひらけた空地を行くと、自動小銃を手にした男たちが一列に並んでいて、吉津は岡田とともにその前方に立たされた。男たちは、けわしい眼をして二人を注視していた。

男の一人が近づいてきて、黒い布で眼かくしをしようとしたが、吉津たちは、頭をふってそれを拒み、姿勢を正して立った。

男たちが、銃をかまえた。そして、指揮者が大きな声で合図をしたが、銃口からは弾丸が発射されなかった。

銃をおろした者たちは、笑っていた。かれらは銃殺の演技をしただけだったのだ。

その日も、男たちは歩きつづけた。吉津と岡田は、激しい疲労でおくれがちだったが、その度に男たちは乱暴に背を銃口で突き、歩くことを促した。

歩きはじめてから五日目の夜、男たちは、数軒の人家が点在している谷のような場所にたどりつき、吉津たちを小さな人家に投げこんだ。

吉津は、岡田と部屋の片隅に行くと壁に背をもたせかけた。内部に灯はなく、かれらは疲労でいつの間にか眠りこんでいた。

しばらくして吉津は、人声を耳にして眼を開けた。人声は戸外からしていて、次第に近づいてくる。

吉津が立ち上って板壁の間隙から外をうかがってみると、松明《たいまつ》をかざした男たちが賑やかに会話を交しながら近づいてくるのが見えた。そして、さらに注意して見るとその集団の中に、担架《たんか》が一つまじっているのも眼にできた。

かれらが入口の戸を開けたので、吉津は再び家の隅に行き壁に背を押しつけた。男たちが、松明を手に土間に入ってきて、そこに数名の者たちを残すと戸外に出て行った。

吉津は、土間に寄りかたまっている男たちの気配をうかがった。かれらは、担架を中心に身を寄せ合っている。

かれらの間から低い声がきこえはじめた。その言葉の中に、かれは、「大丈夫ですか」という日本語がまじっているのを耳にした。

吉津の胸に、熱いものがつき上げた。

かれは、立ち上るとよろめくように近づいて行った。その気配に、男たちが闇の中で顔をこちらに向けた。

「福留参謀長ですか」

かれは、這い寄ると声をかけた。

その瞬間、男たちが一斉に口に指を当てるのが見えた。

吉津は、それがなにを意味するのか即座に理解できた。かれらは、福留参謀長の階級氏名をさとられぬようにしているにちがいなかった。

担架に乗って運ばれていたのは福留繁中将で、他に山本中佐、山形中尉、岡村中尉、今西、浦杉一飛曹、奥泉一整曹の顔も見え、吉津、岡田を加えると九名が集ることができたのである。

吉津と岡田は、岡村中尉にカヌーに乗せられてから以後のことを報告して、同僚からもそれぞれ捕えられた折の事情を耳にした。

海上で福留中将らとはなれてしまった今西一飛曹は、山形中尉、浦杉一飛曹、奥泉一整曹とともに泳いでいるうちに、一艘のカヌーが近づいてくるのを発見した。カヌーには二名のフィリピン人が乗っていて、船べりをつかむように手真似で促した。

今西たちは、船べりにすがりついて陸地に上ったが、拳銃を手にした男たちにかこまれ後手にしばり上げられた。そして、道路を走って横切らされると、密林の中に引きこまれたという。

海上で別れ別れになった後、岡村中尉は、福留中将、山本中佐を守るように泳いでいた。不時着後すでに七時間も経過していて、福留も山本も疲労しきっていた。陸岸が淡くみえたが、そこは敵地かも知れず救助されることは絶望だと思われた。

山本中佐は、死を覚悟したらしく、

「参謀長、長らくお世話になりました。私は身を海底に沈めます」

と、言った。

福留は、

「早まるな」

と、山本を制した。

やがて、カヌーが十艘ほど近づいてきた。二名の少年をふくめた現地人がのっていて、疑惑もいだいたが、思いきってカヌーに乗った。そして、岸にあがったが、フィリピン人多数が姿をあらわし、かれらをとりかこむと山中へ引きこんだという。

福留たちは、自決を考え、ピストルを奪うことを考えたが、その機会はなく、ゲリラに、

「殺せ」

と、言った。が、かれらは手をふるばかりであった。

三日目の夜、山形中尉ら四名と遭うことができ、その二日後の夜、吉津と岡田の押しこめられている人家に引き立てられてきたのだ。

かれらの間には、沈鬱な空気がひろがっていた。純然たる敵ではないらしいが、俘虜《ふりょ》になったことに変りはなく、各人が思い思いに屈辱にさいなまれているようだった。

その夜、岡村中尉は、二式大艇の搭乗員である部下を家の隅に集めた。かれは、

「いいか、近いうちにかれらの訊問を受けて日本海軍の機密事項の自白を迫られると思う。そのような折には潔く自決する以外にないが、あらかじめ有効な自決方法を教えておく。後手にしばられて身動きできなくとも、膝を立てて舌をかみ、膝頭に顎を強く叩きつけろ。そうすれば、舌をかみ切って死ぬことができる」

と、その姿勢をしめしてみせた。

翌日から、九名の者たちは数珠《じゅず》つなぎに縄でつながれ、果てしない歩行を強いられた。福留中将の載せられた担架は、ゲリラの男たちが運び、足の傷ついた山本中佐、今西一飛曹は男たちに交代に背負われていた。

食物は、葉につつまれた悪質の米飯で、時にはバナナが与えられた。

一行は、汗と土にまみれ、顔も手足も黒ずんでいた。疲労は激しく、眼だけが苛立《いらだ》ったように血走っていた。

捕われてから八日後の四月九日も早朝から歩かされたが、正午近く山間部の平坦な草原で休息をとった。そこには数戸の家があり、自動小銃を手にした男たちが、しきりに家から出たり入ったりしていた。

吉津たちは、そこで一列横隊に並ばせられ、日本語の巧みな男から、一人一人官姓名を名乗れと命じられた。それは、捕えられてから初めての訊問で、銃口が各人につきつけられたが、全員かたく口を閉ざしたままだった。かれらは、訊問者に敵意のこもった凝視をつづけていたが、殊に吉津の眼は鋭い光を放っていたので、かれは数度頬を殴打された。

かれらが立っていると、一軒の家から若い女が出てきた。ブロンドの髪をした目鼻立ちの整った美しい女で、スカートをひるがえして近づいてくると、フィリピン語で甲高くゲリラ隊員になにか命じている。そして、福留たちを一瞥《いちべつ》すると、再び家に引返していった。

訊問が効果のないことを知った男たちは、福留たちに出発を命じた。吉津も歩き出したが、通りすがりに一軒の家をのぞいてみると、そこには、思いがけず大きな無線電信機が備えつけられているのがみえた。

一行は、ゲリラの本拠に引き立てられてゆくのだということを知って緊張した。訊問は本格的に開始され、それを拒めば処刑が待っているにちがいなかった。

その日の午後も、渓谷を渡り峰を越えて歩き、日が傾いた頃丘陵の中腹にたどりついた。そこには十戸ほどの家が点在し、洋風の家もあった。

吉津たちは、自動小銃をもった男たちに馬の飼料小舎に押しこめられた。ゲリラの態度はおだやかになって、久しぶりに縄をといてくれた。そして、その夜の食事はそれまでとは異なって質がよく、米飯に添えて豚の丸焼きも提供された。

吉津たちは、その食物に空腹をいやしたが、豊富な食事に最後の時が迫ったことをさとった。その丘陵に点在している建物は、自動小銃をもつ男たちが多数いることから考えてゲリラの本拠にちがいなかった。そして、ゲリラは、吉津たちを訊問して貴重な情報を得ようとしているはずだった。

福留中将は、それまで山本中佐と私語を交すだけであったが、食事を終えると全員を集めて初の訓示をした。

「自分たちは、不幸にして捕われの身になった。明日はいよいよ訊問があると思う。自分をはじめ士官は、決して氏名を告げるつもりはないが、下士官以下は名を告げても差支えない。お前たちは、自分の意志通りにしてよい」

福留の顔には、死を決意した色が濃くうかんでいた。

自分の意志通りにしてもよいという福留の言葉は、ゲリラの訊問に応じてもよいという意味に解されたが、吉津たちには、そのような意志はなかった。かれらは、夜が明け訊問が開始されれば、死を選ぶ以外にないと覚悟していた。

かれらは、福留の傍をはなれると、干草を土間に敷いた。

吉津は、干草の上に身を横たえた。縛られた手首の皮膚が破れてひどく痛んだ。

かれは、しきりに手首にこびりついた血糊《ちのり》をなめていた。

五

四月一日の午前零時以後も、小野田セメント・ナガ工場の徹夜作業はつづけられていた。所長兼工場長の中村謙次郎はセブ市に行っていて留守で、作業の指揮は、次長を兼務している保田庶務課長と生産課責任者尾崎治郎が当っていた。

尾崎は、工場の構内に立って、トロッコの列が突堤を動いてゆくのを眺めていた。

午前二時頃、夜空に爆音がきこえた。月は没していたので機影を眼にできなかったが、機はしきりに工場の沖合を旋回しているようだった。敵機の空襲は皆無であったので、尾崎は、友軍機が夜間訓練でもしているにちがいないと思った。

かれは、数日前からはじまった搬出作業の指揮で疲労しきっていた。夜明けとともに作業は自動的に終了するので、それまで仮眠をとろうと思った。

かれは、工場所属の病院に行くと、入口に近い宿直室に入って横になった。爆音はいつの間にか消えて、遠く貨車のレールを鳴らす音がきこえてくるだけであった。

かれは、すぐに深い眠りに入ったが、午前五時頃、人声で眼をさました。工場の従業員が連絡に来たのだと思い、起き上って戸を開くと、一人の若い男が立っていた。それは、濡れた防暑服を身につけた海軍の兵であった。

男は、第八百二航空隊の谷川整長だと名乗ると、沖合で飛行機が墜落したと言った。男は、肩をあえがせながら連合艦隊司令部の高級将官が他の者に守られて泳いでいるから救助して欲しいと頼んだ。

さらに兵は、

「海軍に至急連絡して欲しい」

と、口早に懇願した。が、工場とセブ市の海軍基地間に電話線はなく、尾崎は兵をセブ市に送りとどけなければならぬと思った。

尾崎は、すぐに社内電話で試験課員の佐藤一馬を呼んだ。走ってきた佐藤は、尾崎から事情をきくと、トラックを引出してきて病院に横づけにし、兵を乗せてセブ市方向に去った。

尾崎は、トラックを送り出すと突堤に走った。そこにはセメント搬出作業を監視していた檜田広助がいて、尾崎は檜田に船を出し海上を捜索するように命じた。

事故の起ったことを知った社員の伊沢定与と松風助一も駈けつけてきて、岸壁に舫《もや》っていた機帆船*二隻にエンジンをかけた。時刻は午前五時三〇分頃で、夜はすでに明けはじめていた。

泳ぎついた兵の話によると、墜落した位置が小野田セメント工場の南方沖合であるというので、機帆船はその方向にむかった。その方面の陸地はゲリラの出没がしきりで、治安状況はきわめて悪かった。

機帆船　発動機を備えた小型の帆船。

日の出と同時に工場の作業は終了していたので、尾崎は保田庶務課長とともに病院事務所で海方向を凝視していた。

午前七時三〇分頃、海岸線に沿った舗装路を佐藤の乗って行ったトラックと海軍のトラックが二台つらなって疾走してくるのが見えた。そして、佐藤のトラックは病院に横づけにされたが、海軍のトラックは、そのまま南の方向にフルスピードで走って行った。

佐藤の報告によると、セブ市の海軍基地は騒然となって、機関銃を装備したトラックに士官、兵たちが乗りこみ、泳ぎついた兵を道案内に現場へ急行したという。

尾崎たちがトラックの去った方向を見つめていると、一時間ほどして、舗装路を海軍のトラックが引返してくるのが見えた。そして、トラックは、病院の前で停止し、若い士官が兵とともに尾崎たちの前に立った。かれらの顔は青ざめていて、遭難者を一人も発見できなかったと告げた。

それから三〇分後、二隻の機帆船が工場の船つき場にもどってきた。尾崎たちは、士官たちと海岸に急いだ。

しかし、檜田らの報告は、尾崎たちを失望させた。機帆船は、海上を二時間余も捜索したが、遭難者の姿はなく不時着水した飛行機の破片も発見できなかったという。

若い士官は、悲痛な表情で海上を凝視していたが、

「この事故は海軍の機密事項に属するので、絶対に口外してはならぬ」

と、厳しい口調で尾崎たちに告げると、トラックに乗ってセブ市方向に去って行った。

セブ市におかれた*海軍第三十三特別根拠地隊は、ただちに偵察機二機を放ち、*内火艇一二隻

を出動させて海上捜索に当るとともに、第三南遣《なんけん》艦隊司令部に急報した。

第三南遣艦隊司令部は、その日早朝からかなりの混乱をしめしていた。古賀連合艦隊司令長官以下高級幕僚の搭乗した第一番機と福留参謀長の便乗した第二番機が四月一日午前三時頃にダバオ到着の予定で、ダバオにおかれた第三十二特別根拠地隊司令官代谷清志中将も出迎えに出ていたが、夜が明けても両機の機影は発見されず事故発生が危惧《きぐ》されていた。

その前年の四月十八日には、ラバウルから前線将兵の労をねぎらうためにブイン方面に向った連合艦隊司令長官山本五十六大将らの乗る二機の一式陸上攻撃機が、敵機と接触して二機とも撃墜され、山本長官は戦死、宇垣纒《まとめ》参謀長は重傷を負ったが、それと同様の事故が発生したのではないかと憂慮されていた。

第三番機（第八百五十一航空隊・機長安藤敏包中尉）の二式大艇は、三月三十一日午後九時にダバオを出発し、翌四月一日午前零時三〇分パラオに到着、午前四時五六分にパラオを離水後、同日午前七時四〇分無事にダバオへ到着していた。安藤機長の報告によると、ダバオからパラオに向って飛行中、午後一一時五〇分頃、すれちがいにダバオに向う第一番機の発する電信をとらえたが、天候不良のため電文を理解することはできなかった。また、パラオ、ダバオ間に

海軍第三十三特別根拠地隊　「根拠地隊」は旧日本海軍の陸上部隊の一つ。占領地などに置かれた臨時の海軍基地の防衛・管理を任務とした。
内火艇　機動艇の一つ。内燃機関で動く小型艇。
第三南遣艦隊　「南遣艦隊」は旧日本海軍の部隊の一つ。仏印（「フランス領インドシナ」の略で、現在のベトナム、カンボジア、ラオスの三国をいう）駐留を目的として編制された。

稲光りをともなう大密雲があったとも報告した。その報告から判断して、南遣艦隊司令部は、第一、二番機の両飛行艇が消息を絶ったのは敵機との接触によるものではなく、低気圧にさまたげられて遭難したものと推定し、各方面に指令を出して、航空機と艦船による大捜索を開始していたのだ。

そうした折に、第二番機不時着の報告電が入って、南遣艦隊司令部は予想が不幸にも的中したことを知って激しい衝撃を受けた。

第二番機のセブ沖不時着は確認されたが、第一番機の消息は全く不明で、積極的に捜索がつづけられた。しかし、各方面からはなんの連絡もなく、遭難は確実になった。恐らく第一番機は密雲に突入し、超低空で突破を試みたが高度測定をあやまって海面に墜落したと想像された。

その報告は、海軍省にも打電され、四月二日午前三時三五分、軍務局藤田局員から海軍省首席副官横山一郎大佐に電話でつたえられた。また岡本大臣秘書官から海軍大臣、次官にも連絡され、夜も明けぬ午前五時に次官沢本頼雄中将、軍務局長岡敬純中将、人事局長三戸寿少将が海軍省に集り、また軍令部からも次長伊藤整一、塚原二四三両中将、第一部長中沢佑少将も駈けつけた。

午前九時には、海軍大臣嶋田繁太郎大将も登庁し、大臣室で緊急会議がひらかれた。

山本五十六大将につぐ連合艦隊司令長官古賀峯一大将の遭難に、嶋田海相以下出席者の顔には沈痛な表情がうかんでいた。福留参謀長の便乗した第二番機の不時着位置はあきらかになっているが、古賀長官機の行方が不明であることにかれらは苛立っていた。その捜索結果を待った上で判断を下さねばならなかったが、最も重大な問題は、連合艦隊の作戦指揮が空白状態になっていることであった。

敵機動部隊は、パラオ空襲後も活潑に行動をつづけていて、日本海軍もそれに応じた作戦を展開しなければならない。会議の焦点は、指揮継承問題に集中し、暫定的に連合艦隊の指揮を南西方面艦隊司令長官高須四郎大将にゆだねることに決定した。

高須は病弱の身で、幕僚の増員も受けずその大任を受けついだが、指揮範囲は南西方面にかぎられ、中部太平洋、南東方面は軍令部の指導を受けた（高須は、約一カ月間作戦指揮をとったが、この年の九月に病死した）。

第一番機の遭難は確定したので、第三南遣艦隊司令部の関心は、もっぱら第二番機の便乗者の消息に集中された。同機の搭乗員一名が陸地に泳ぎついたことは、他の者が生存している可能性をしめしている。それは喜ぶべき予測だが、搭乗員の泳ぎついた方面は米匪軍の勢力範囲で、福留中将らが捕えられた公算も大きいと推測された。

福留参謀長と山本作戦参謀は、Z作戦計画の関係書類と艦隊司令部用信号書、暗号書を携行している。Z作戦計画は、千島から内南洋方面に敵の有力攻略部隊が来攻した場合の迎撃作戦をしめしたもので、それが敵手におちれば連合艦隊の全容が察知され、次期作戦に大きな悪影響をあたえることになる。

第三南遣艦隊司令部は、そのような事態の発生を憂え、セブの第三十三特別根拠地隊司令官原田覚少将に、厳重捜索を命令した。

特別根拠地隊司令部では、セブ港の興嶺丸その他を出動させ、四月二日未明から偵察機を放って捜索に当らせたが、その日の早朝、セブ島内からあきらかにゲリラ側の発する電信をとらえた。それは、ミンダナオ島中部にひそむファーチグ米軍大佐の指揮するゲリラ部隊の無線局WATに受信されたらしく、その直後WATからオーストラリアの連合軍司令部に同様趣旨の電文が発信されるのを傍受した。

それは、むろん暗号電報で解読はできなかったが、緊急信であることから重要な内容であることが容易に推察できた。

その報告を受けた第三南遣艦隊司令部は、ゲリラ側の発した緊急信が福留参謀長一行と密接な関係があると判断した。しかも、それが機密図書の入手を報じたものではないかとも危惧した。

第三十一警備隊セブ派遣隊は、南遣艦隊司令部の命令を受けて、第二番機不時着現場附近に密偵を放って情報蒐集につとめた。が、その附近の者たちはゲリラ側の報復をおそれて協力せず、有力な情報を得ることはできなかった。

海軍側は、福留参謀長の便乗した飛行艇の不時着事故について徹底した秘密主義をとり、セブ島警備の任にあたる陸軍独立混成第三十一旅団司令部にもつたえず、海軍独自でひそかに海上と陸地の捜索をつづけていた。

四月二日も、福留参謀長以下の消息と機密図書に関する情報はなく、翌三日海軍省と軍令部はそれぞれ次官、次長発電として各司令官、鎮守府*長官に事故の発生を打電した。その暗号電報は、最高機密扱いとして、冒頭に、

「本電ハ着信者以外翻訳スベカラズ（本電ハ着信者以外絶対厳秘トス）」

と注意し、左のような内容を伝えた。

「聯合艦隊司令長官以下司令部員大部、三月三十一日飛行艇ニテＰＰ（パラオ）発ＭＤ（ダバオ）移動中行方不明、目下調査中。

本件機密保持上知悉《ちしつ》範囲ノ限定等万全ヲ期セラレ度《たし》

本事件ヲ当分ノ間乙事件ト呼称スルコトニ定メラル」

この機密電によってもあきらかなように、福留参謀長以下司令部員の遭難事故は、海軍部内で乙事件と秘称されることに決定したのである。

その日も、現地からの情報は全く入電せず、翌四月四日午後三時三〇分には、横須賀鎮守府長官豊田副武大将が嶋田海軍大臣に大臣官邸へ招かれた。古賀峯一大将の死は確定的になったので、中沢佑軍令部第一部長の推挙もあって豊田大将を連合艦隊司令長官に推すことが内定したのだ。

嶋田海相は、豊田に事件の経過を説明して司令長官に着任するよう説き、豊田も諒承したので、午後四時三〇分宮中に参内《さんだい》し、天皇に事件の概要を報告し、古賀大将の後任として豊田大将を連合艦隊司令長官に内定したことを奏上した。

不安のうちに、日は過ぎた。セブ島の海軍基地では、全力を傾けて捜索と情報入手につとめたが、効果は皆無であった。

海軍中枢部の焦慮の色は濃く、福留参謀長一行の消息をつたえる報告を待った。

鎮守府　旧日本海軍で、所管海軍区の警備や所属部隊の監督などを行なった機関。呉・佐世保・横須賀・舞鶴の各軍港に置かれた。

セブ島警備の任に当る陸軍独立混成第三十一旅団の大西大隊は、四月七日島の南部地区討伐を終えて、それぞれの原駐地にもどっていた。

むろん大隊長大西精一中佐は、討伐に出ている間に福留参謀長機が大隊本部のおかれたナガ町沖合で不時着したことなど知らなかった。小野田セメント・ナガ工場の社員も、海軍側に口外することを厳禁されていたので、工場の敷地内に本部のおかれた大隊司令部にも報告しなかったのである。

討伐からもどった翌日、大西大隊のもとに旅団司令部から緊急命令がつたえられた。

旅団司令部では、憲兵隊の協力を得てゲリラ部隊の情報蒐集につとめていたが、大西大隊が南部地区討伐中に有力な情報を入手していた。それは、クッシング中佐を指揮者とするゲリラ部隊が、兵力の大増強に着手しているという内容であった。

その情報によると、約一、〇〇〇名と推定されているゲリラが急激に増員され、島の南部にあるマラライ地区に第八十七連隊、北部のカフマヤフロヤン地区に第八十八連隊、島の中央部にそびえるマンガホン山中に第八十五、八十六連隊の計四連隊が編成中であるという。そしてその編成が完了すると、総兵力は約一二〇、〇〇〇名という大規模なものになり、武器弾薬類は、島の南端に近い西海岸のメデリン附近に浮上するアメリカ潜水艦から供給されるというのだ。

さらに諜報活動で得た確実な情報として、移動の絶え間ないゲリラ本部がマンガホン山のトパス高地におかれ、指揮官クッシング中佐もその高地にある人家にひそんでいると伝えてきた。クッシング中佐は、若い妻と四歳の男児も同行しているという。

旅団司令官河野毅少将は、ゲリラ連隊が編成される前に潰滅させる計画を立て、大西大隊に大規模な討伐戦をおこなうことを命じた。作戦開始日は、翌日の四月八日夜で、大隊兵力の三分の二を使用するよう指示してきた。

また作戦目的は、指揮官クッシング中佐の捕獲と島外との連絡に使用している無線機の押《おう》収《しゅう》であった。

命令を受けた大西大隊長は、ただちに作戦準備に手をつけた。参加中隊は、中隊長赤嶺豊中尉の戦死した第一中隊をのぞく第二、第四中隊全員と第三中隊の二個小隊*で、大隊本部直属の鉄砲隊に、到着したばかりの迫撃砲を携行させることに決定した。

第二中隊は島の北部の東海岸にあるダナオに、第三中隊は中央部東海岸のセブ市、第四中隊は西海岸のバランバンに駐屯していて、翌四月八日夜、一斉にマンガホン山にむかって出動した。大隊本部も、鉄砲隊とともに日没後にナガ町をひそかに出発した。

大西大隊長は、クッシング中佐とゲリラ本部が諜報情報通りの地域にひそんでいれば、確実に包囲できる確信をいだいていた。その地は、背後がマンガホン山の切り立った断崖で、三方から進撃すれば、ゲリラ部隊を断崖の下に追いつめることは可能だった。

大隊本部は、迫撃砲を装備した鉄砲隊とキャンプ道と称される舗装路をトラックで西進した。

二個小隊　「小隊」は軍隊の編制単位の一つ。五〇名前後で構成される。

そして、高地に設けられた小哨*に到着し、その地点でトラックから下車して密林の中をマンガホン山にむかって北上した。

途中、ゲリラに発見されることもなく、四月九日夕刻には、バランバンから東進していた第四中隊との合流に成功した。

一隊は、闇の中をマンガホン山にむかって進んだが、途中でゲリラの小哨に接触した。大西大隊長は、斬込みを命じ、第四中隊の一小隊がこれを急襲し、ゲリラを刺殺するとともに自動小銃六挺を押収した。

大隊本部は、銃砲隊、第四中隊に警護されて急進し、夜明け近くには予定通り目的地近くに進出した。大西にとってその地は初めて眼にする地区ではあったが、旅団司令部の得た情報通りマンガホン山の断崖の下にマンガホンの渓谷があり、谷をへだてた前面になだらかな丘陵がある。そして、さらにその丘陵が谷におちこみ、こちら側にトパス高地があった。

トパス高地の頂きを双眼鏡でうかがってみると、たしかに瀟洒な洋風の家がみえる。諜報情報が正しければ、その家に米匪軍指揮官クッシング中佐とその妻子がひそんでいるはずだった。

大西大隊長は、作戦行動が計画通り達成したことを知った。かれのもとには、第二、第三中隊からの連絡が続々と入っていたが、両隊が指示通りの位置に進出し、米匪軍の本部がおかれているトパス高地の包囲態勢をととのえることができたことを確認した。

すでに東方では熾烈《しれつ》な銃声が起っていて、本部所属のゲリラとの接触がはじまっていたので、大西は、淵脇銃砲隊長にトパス高地に対して威嚇砲撃を試みるよう命じた。

淵脇は、銃砲隊小隊長三島可也少尉に砲撃指揮をとることを命じ、迫撃砲の砲門をひらかせた。砲声が殷々《いんいん》ととどろき、樹林からおびただしい野鳥の群が一斉に夜明けの空に舞い上った。

大西は、包囲網をさらに完璧なものにするために各隊に前進を命じた。そして、大隊本部も、銃砲隊とともに行動を起し、敏速にトパス高地に進出して高地の頂き附近に天幕を張り、本部指揮所を置いた。その間、第四中隊は指示通り西側に迂回し、ゲリラの退路を遮断する位置についた。

ゲリラの主力は、トパス高地から断崖の根を走るマンガホン渓谷に退避したことは確実だった。その渓谷の西方には第四中隊（中隊長川原一中尉）、東方にはセブ市から出撃した第三中隊（中隊長戸島軍七中尉）、そして南方には第二中隊（中隊長稲本富夫中尉）と、さらに大隊本部と銃砲隊（隊長淵脇政治中尉）が配置を終え、完璧な包囲陣が形成された。

各隊では総攻撃をひかえて朝食をとり、作戦開始を待った。

大西の作戦計画では、まず迫撃砲で攻撃し、その間に各隊を一斉に前進させて包囲網を縮め、マンガホン渓谷でゲリラ部隊を全滅させる予定であった。隊員は、実戦経験が豊富で、作戦は大成果をあげることが予測された。

午前九時、大西は作戦開始を各隊に指令することを命じたが、その時、渓谷の西方に配置された第四中隊の陣地方向で軽機関銃の発射音が起った。と同時に、警戒に当っていた兵から、大西に思いがけぬ報告がつたえられた。それは、前方の小さな谷をへだてた丘陵に、日章旗を手にした者が近づいてきたので、それを川原中隊の機銃手が射撃したというのだ。

小哨　軍隊で、警戒を任務とする小隊以下の兵力の部隊。前方あるいは側方の要点に配置される。

大西は、その報告をいぶかしみ、

「双眼鏡を貸すから、よく見た上であらためて報告しろ」

と、兵に言った。

兵は双眼鏡を手に走り去ったが、再び駈けもどってくると、

「服装がゲリラのものと同じで、日本兵のようには思えません。銃撃を受けましたので、その男は草叢《くさむら》に伏しましたが、日の丸のついた竿をしきりに振っております」

と報告した。

大西は不審に思い、作戦開始命令を出すことをためらっていたが、やがて西側に迂回していた第四中隊の川原中隊長から無電連絡が入った。それによると、日章旗をもった男はゲリラの服装をしているが、あきらかに日本人で、同隊の兵がとらえたところ指揮官に会わせて欲しいと言っていると伝えてきた。

大西はただちに川原中隊長に大隊本部へ連行するよう命じた。

二〇分ほどして兵に銃剣をつきつけられ日章旗を手にした男が、大隊本部の天幕に入ってきた。

大西は、男の異様な姿に息をのんだ。衣服は汚れきっていて破れ、足にはすりきれた草履《ぞうり》のようなものをはいている。顔は土埃《つちぼこり》と汗で汚れ、到底日本人とは思えなかった。男はひどく疲労しているようだったが、その両眼には強靱な意志をひめた鋭い光がやどっていた。

大西は、敵潜水艦に撃沈された輸送船の日本兵かとも思ったが、ゲリラ側のスパイ活動をしている日本人かとも疑った。

男は、姿勢を正すと、

「私は、海軍中尉岡村松太郎という者です」

と、言った。

その語調の正しさと男の眼光に、大西と傍にいた副官松浦秀夫中尉は、男が海軍士官であることを認めた。

大西は、

「どうしたのですか」

と、岡村中尉にたずねた。

岡村は、顔をゆがめるとパラオを飛行艇で離水したが、悪天候のためセブ島附近の海面に不時着したと言った。そして、一行九名は、現地民に捕えられマンガホン渓谷にいるゲリラ本部に拘禁《こうきん》されていることを伝えた。

「尚《なお》、一行中には……」

と言って、岡村は唇をかんだ。そして、しばらく思い惑っているようだったが、

「一行中には、フルミ海軍中将もおられます。富、留、美と書きますが、これは私たちの間でひそかに使っている姓で、偽名です。実際の氏名は、何卒《なにとぞ》おききにならないで下さい。ゲリラの指揮官クッシングには、花園少将と伝えてあります」

と、言った。

岡村は、説明を終ると破れた衣服のポケットから一通の手紙をとり出し、大西に差出した。それは、ゲリラ隊長ジェームズ・M・クッシング中佐が書いたものを、捕えられた連合艦隊作

戦参謀山本祐二中佐が日本文に翻訳したものであった。
手紙は、独立混成第三十一旅団長河野毅陸軍少将と在セブ島陸軍連絡官浅間少将宛《あて》になっていた。大西大隊長は、手紙をひらくことをためらったが、包囲陣は完成し攻撃開始寸前であるので思い切って封をひらいた。書簡には、左のような文章が記されていた。
「河野閣下
浅間閣下
一、私は、不時着した日本海軍機に乗っていた花園少将以下九名の海軍軍人を保護している。
二、日本軍は、セブ島南部で一般住民を虐待しているが、それを取締るよう厳命して欲しい。
ゲリラ司令官ジェームズ・M・クッシング」

大西は、その手紙を眼にして重大な事件に遭遇したことを知った。富留美中将又は花園少将という偽名を使っている人物は、海軍の高級将官であるらしい。海軍機が不時着し、乗っていた者たちがゲリラ側にとらえられているとすると、将官たちは行方不明者扱いにされているはずであった。

大西は、おそらく海軍側は、富留美と称する将官の捜索に努めているにちがいないと思った。かれは、重ねて岡村中尉に不時着後の詳細な説明を求め、岡村は左のように答えた。

一行は、現地民に捕えられて以後十日間にわたって島内を歩きまわらされ、山中に連れこまれた。

拘禁されたのは、大隊本部の置かれた丘陵（トパス高地）の頂き近くにある家で、夜明け近くに銃声を耳にし、砲声もきいた。その直後、ゲリラ指揮官クッシング中佐が入ってきて、日章旗を手に岡村と奥泉文三一整曹に手紙をもって日本軍陣地に使者として赴くよう指示した。

岡村は奥泉と二人で出発したが、一人で行く方が安全だと考え、奥泉を残してやってきたという。指揮官クッシングとその妻子は大西の推測通りゲリラ部隊主力とともにマンガホン渓谷に閉じこめられ、包囲されてしまったことも知っているらしく、かれらの間には激しい動揺が起っているという。

岡村の説明をきいた大西は、即座に富留美中将一行の救出に全力を傾けるべきだと思った。そして、岡村に、

「わが部隊が猛攻撃を開始した場合、富留美中将一行を救出する可能性はあると思うか」

と、問うた。

岡村は、きっぱりとした口調で、

「攻撃を実施した場合は、中将以下全員が殺されることはまちがいないと思います。かれらは、自動小銃を手に私たちの押しこめられている小舎を監視しています」

と、答えた。

大西は、岡村の言う通りだと思った。

かれは、とりあえず独立混成第三十一旅団長河野少将宛に米匪軍指揮官クッシング中佐からの書簡内容を打電させ、

「如何《いかが》スベキヤ、返電待ツ」

と、指示を仰いだ。そして、各中隊に伝令を送って中隊長を大隊本部に集合させた。

稲本第二中隊長、戸島第三中隊長、川原第四中隊長が参集し、淵脇銃砲隊長、松浦副官をまじ

えて意見の交換がおこなわれた。かれらは、包囲網が完成しているので攻撃することを欲していた。米匪軍は、結成以来、執拗なゲリラ活動をつづけながら、日本軍守備隊の度重なる討伐にも、地形を熟知しているという利点を駆使して巧みに身を避け、その間に戦力を徐々に強化させてきた。が、大西の的確な作戦計画によって、遂にかれらの主力は包囲され、全滅の危機に直面している。大西大隊にとって、今後このような好機をつかむことはできないにちがいなかった。しかし、総攻撃をおこなえば海軍将官らの救出は不可能になる。中隊長たちは、暗い眼をして互いに表情をうかがっていた。

大西大隊長は、決断を下した。富留美中将一行を失うことは、今後の日本海軍の作戦指揮に重大な支障になる。攻撃は第二義的に考え、まず救出に全力を注ぐべきだと各中隊長に説いた。そして、

「責任は、すべておれがとる」

と、かれは言った。

その協議を無言できいていた岡村は、

「念のため申し上げておきますが、富留美中将は、陸軍部隊の意志通りに行動していただいても異存はないと申しておられました。中将も山本中佐も連行途中自決を考えたことが何度もあり、私にゲリラから拳銃を奪えと命じたこともありました。貴部隊のよろしいようにして下さい」

と、言った。

旅団司令部からの返電は、来なかった。福留参謀長機の遭難は海軍側から陸軍側につたえられていなかったので、旅団司令部は大西大隊長からの無電連絡をどのように解釈してよいのか

戸惑っていたのだ。

大西は、一刻の猶予《ゆうよ》も許されない状況なので、クッシング中佐宛の返事をしたためた。

「私は、独立混成第三十一旅団独立歩兵第百七十三大隊長大西精一陸軍中佐であり、旅団長、連絡官宛貴翰《きかん》を披見した」

と冒頭に書いたが、かれはクッシング中佐を威嚇することを思いついた。それは海軍将兵がゲリラに捕えられていることを大西大隊が十分に承知して、そのために出動してきたと思いこませようとしたのだ。そして、それをクッシング中佐が信じれば、大西大隊の勢いに恐れをなして、海軍将兵全員の引渡しに応じるにちがいないと思った。

かれは、筆を進めた。

「わが大隊は、海軍将兵救出のため行動を起し、貴部隊の包囲を完成した。が、もしも貴官が無条件で花園少将以下九名の引渡しに応じるなら、即刻戦闘行動を中止して原駐地に帰還してもよい。

尚、貴官の手紙によると、セブ島南部で日本軍が住民を虐待していると抗議しているが、そのような行為は私の最も忌《い》むところであり、私の指揮下にある部隊に於ては、かかるいまわしき行為を犯したものはない。しかるに、貴官の統率する部隊中には、日本国に好意をもつフィリピン人を虐待し、或はそれらフィリピン人の乗る自動車を襲撃する等目に余る行為が頻発している。今後、このような不祥事の発生せぬよう厳命を下して取締られたい」

と、強い調子の書面を書き上げた。そして、関西大学出身の英語に堪能な大隊本部付日高重美中尉に命じて、英文に翻訳させた。

大西は、旅団司令部からの返電を待ったが、午後三時になっても指令はない。長時間使者の岡村中尉をとどまらせることはゲリラの疑惑を増し、富留美中将一行の身に危険がふりかかるおそれがあるので、大西は岡村中尉にクッシング中佐宛の返事を渡すと、出発するよう促した。

岡村は諒承し、

「私は、クッシングの回答をもって再び午後八時頃までにこの大隊本部にもどってきます。が、もしもその時刻までに姿を現わさなかった場合は不慮の事故があったと考え、攻撃を開始して下さい」

と言って、日章旗を手に大隊本部を出て行った。

大西たちが双眼鏡で見送っていると、岡村中尉はトパス高地の傾斜をくだって深い谷におり、対岸の丘陵にのぼって稜線《りょうせん》から姿を消した。

大西は、各隊に警戒を厳にするよう命じ、銃砲隊は、迫撃砲、重機関銃を正面の丘陵に向けていた。

時間が経過し、岡村中尉の口にした午後八時が過ぎた。が、岡村中尉は姿を見せず、日も没してその地一帯に夜の静寂がひろがった。

その頃、ようやく河野旅団長の返電が大隊本部で受信された。旅団司令部では、大西大隊長の緊急電を受けた後、旅団参謀渡辺英海中佐がセブ在勤海軍武官古瀬倉蔵大佐のもとに赴いた。そして、四月一日未明福留参謀長便乗の飛行艇がセブ島ナガ沖に不時着、海軍側が極秘裡に必死の捜索をしていることを初めて知った。

セブ島警備に当る旅団司令部としては、陸軍の協力を求めず極秘に捜索をつづけていた海軍

側の態度に不満だった。が、河野旅団長は渡辺参謀と協議した末、

「猛烈果敢ナル攻撃ヲ続行シ、匪首ヲ捕獲スルトトモニ海軍将兵ヲ救出スル以外何モノモナシ」

という激烈な電文を、大西大隊宛に発信した。

さらに旅団司令部は、セブ市に駐屯している大西大隊第三中隊の残存二個小隊を増援部隊としてマンガホン山に緊急出動を命じた。

旅団長からの電命を受けた大西大隊長は、当惑した。「猛烈果敢ナル攻撃」を続行すれば、たしかに匪首クッシング中佐を捕えることは可能だった。が、攻撃を開始することは富留美中将以下海軍将兵を死に追いやることを意味する。

しかも大西は、すでに岡村中尉に託したクッシング中佐宛の書簡で、海軍将兵の引渡しを条件に包囲を解くことを約束している。かれが旅団長命令に従って攻撃を実施すれば、米匪軍指揮官クッシング中佐との約束をふみにじることになる。

大西は、思案の末海軍将兵の救出のためにはすべてを犠牲にしてもやむを得ないと判断した。かれは、信義を重んずる人物で、たとえ日本軍に武力抵抗をつづけるゲリラであろうと、その指揮官との間で交した約束は軍人として遵守《じゅんしゅ》すべきであると考え、旅団長命令を無視することを決意したのである。

大西は、一睡もせず夜を過したが、各隊からは岡村中尉帰着の連絡はない。富留美中将らの身に不祥事の発生した可能性が大になった。

各中隊長からは、

「クッシングの回答がないかぎり、好機をのがさず攻撃を開始すべきです」

という意見具申が、大西のもとにつたえられてきた。

大西は、それらの意見を抑えていたが、約束の時間もはるかに過ぎたので、未明を期して攻撃を開始すべきだと判断した。そして、第二、第三、第四中隊に前進準備を命じ、大隊本部も銃砲隊とともに行動を開始した。

夜が、明けてきた。

その時、警戒に当っていた兵が天幕に走りこんでくると、

「前方の高地斜面に、日章旗が見えます」

と、報告した。

大西は、ただちに天幕を出ると、双眼鏡を前方の丘陵に向けた。たしかに日の丸を手にした男が斜面を下り、やがて谷に姿を没した。そして、三〇分ほどすると、日章旗が谷から出てきてトパス高地の斜面を上って近づいてきた。

男は、岡村中尉だった。

大西が、

「どうでした」

と、きくと、岡村は、

「クッシング中佐は、貴部隊の包囲をとくことを条件に海軍将兵の引渡しに応じると言っています」

と、答えた。

さらに岡村は、海軍将兵引渡し方法について口頭で左のようなことを伝えた。

一、引渡日時

　本日午前一一時

二、引渡場所

　前方高地のマンゴー樹の下

三、海軍将兵の引渡しを受ける大西大隊の人員及び携行品

　最小限の人数とし、武器は一切携行せぬこと。歩行困難の者が三名いるので担架を三個用意すること

四、海軍将兵引渡後、包囲をといた日本軍の帰還路

　トパス高地の東方にある竹藪高地からマビニー山西側を経て、ピトス町に向い、セブ市方向に赴くコースをとること

五、日本軍は、今後住民の虐待をやめること

大西大隊長は、一、二、三、四の各項については諒承するが、第五項については逆にゲリラ側の親日比人への残虐行為を停止すべきだと主張した。

岡村中尉は、その回答を必ずつたえると述べ、マンガホン渓谷にむかって引返していった。

大隊本部は、ただちに救出方法の準備に着手した。

まず救出隊の指揮官には大隊本部副官松浦秀夫中尉が任命され、通訳として軍属*の中島正人

軍属　軍人以外で、軍に所属する者。文官や技師などをいう。

を同行させることになった。また救出隊には、第四中隊長川原中尉に一個小隊の派遣を命じた。

川原中隊長は、亀沢久芳少尉指揮の小隊に出動を命じ、亀沢は、隊員約三〇名を率いて大隊本部前方の前線基地に赴いた。隊員は、完全武装していたが、大隊本部の指示にしたがい、その地で軽機関銃、歩兵銃、擲弾筒を捨て、帯剣をおびるのみになった。ただ亀沢は、部下に命じて手投弾を一個ずつひそかに衣服の下にかくさせた。

指揮官松浦中尉は、大西大隊長から訓示を受けた。引渡し場所のマンゴー樹の下は、いわば敵地で、当然丘陵の稜線にはゲリラ部隊が多数の射手を配置させていることは確実だった。それに対して救出隊は銃もなくマンゴー樹の下に赴くが、ゲリラ部隊は、海軍将兵を囮《おとり》に使って一斉に攻撃してくるかも知れぬ。そのような場合、大西大隊の各中隊は敵味方の区別なく集中砲火を浴びせかける予定なので、救出隊は、その砲火の中を全力を傾けて海軍将兵を伴い脱出せよと命じた。

松浦は諒承して、亀沢小隊の集結地に赴いた。すでに大隊長命令で、各中隊は全員戦闘配置につき、銃口を前方の丘陵に向けていた。大西大隊長は、マンゴー樹から約四百メートルの位置で指揮をとり、その傍には銃砲隊長淵脇中尉が控えていた。

松浦が亀沢少尉に大隊長の訓示をつたえると、亀沢は、課せられた任務が死の危険をおびたものであることを察してうなずいていた。

その時、

「出て来た」

という声がした。

松浦中尉が谷をへだてた前方の丘陵をみると、丘の頂きから人が点々とあらわれた。双眼鏡をのぞいてみると、二人、三人とゲリラらしい男が傾斜をくだりはじめ、そのうちに担架が三個稜線を越えて出てきた。

入念に男たちの姿を観察してみると、担架の前後に歩いているゲリラは、一人残らず自動小銃を肩にかけ、軽機関銃をかついでいる者もいる。

松浦は、顔色を変えた。クッシング中佐は、大西大隊側に無装備で引渡し場所にくるように指示してきたので、当然ゲリラ側も武器は携行せずにくるものと予想していたが、その推測が完全に裏切られたことを知った。

松浦は、亀沢小隊長と意見を交した。亀沢は、万一の場合には短剣をひき抜いて格闘戦をおこない、ゲリラ側の武器を奪って海軍将兵を連れて帰還すると言った。そして、隊員を整列させると、

「万一の場合は、全員突っ込む。決して油断するな」

と訓示し、隊員は、

「わかりました」

と、口を揃《そろ》えて答えた。

「それでは、出発する」

亀沢少尉の声に、小隊員は担架三個を手にトパス高地の傾斜を下り、谷に入った。

谷は、二〇〇メートルほどの深さがあって、一行は急傾斜をつらなって下った。そして、渓流を石をふんで渡ると、草の根をつかみながら細い坂道をのぼって行った。

松浦らが大きな岩を迂回した時、傾斜の上方に二人の男の立っているのが見えた。

隊員は足をとめ、松浦を先頭に周囲を警戒しながら男たちに近づいて行った。一人はフィリピン人で自動小銃をもち、他の背の高い男は白人との混血らしく米軍の軍服を身につけていた。

「だれか」

松浦は、中島軍属に通訳することをうながしたが、軍服をつけた男は、流暢な日本語でフィリピン軍憲兵中尉だと名乗り、

「御案内するために来ました」

と、言った。

松浦は、

「われわれは約束を守って武器も携行せずにやってきたが、お前らは小銃、軽機関銃をもってきている。それでは約束がちがうではないか」

と、厳しい口調で詰問した。

憲兵中尉は、戸惑ったような表情をすると、

「われわれは、そのような約束が取り交されていることを知らなかった。たしかに武器はもってきているが、あなた方に危害を加える気持は少しもない。われわれの任務は、ただ日本海軍の将兵を貴部隊に引渡すことだけだ。私が神に誓って責任をとるから諒承して欲しい」

と言った。

松浦は、

「責任をとるか」

と、男に視線を据えた。男は、

「私を信用して欲しい」

と、真剣な眼で言った。

松浦は、男の顔を見つめていたが信頼のおけそうな人物だと判断し無言でうなずいてみせた。

憲兵中尉は、安心したらしく谷の傾斜を先に立ってのぼって行った。

谷をのぼった一行は、マンゴー樹の下に向って歩いた。すでに樹の下の日陰には、一〇名近くの者が坐っている。それは、周囲にいるゲリラ兵と異なって衣服は破れ皮膚も黒ずんで、力なく頭を垂れていた。

松浦中尉は、その中に岡村海軍中尉の姿を認め、それが富留美中将一行だということを知った。そして、岡村中尉の傍におかれた担架の上に坐っている肥満した人物が、富留美中将だと直感した。

亀沢小隊は、マンゴー樹の下に到着した。

松浦は、ゲリラ兵に日本陸軍の威信を示すと同時に海軍中将に対して礼を尽す必要を感じ、亀沢少尉に命じて隊員を一列横隊に整列させた。

案内をしてきた憲兵中尉は、それを眼にして約八〇名のゲリラ兵に整列を命じた。かれらの列は不揃いであったが、一列横隊になって亀沢小隊の隊員と向き合った。

亀沢小隊長が、

「敬礼」

と、甲高《かんだか》い声で言った。

隊員は一斉に挙手し、ゲリラ兵たちは思い思いに頭をさげたが、中には照れ臭そうに笑っている者もいた。

松浦中尉が、

「クッシング中佐との約束にもとづき、わが海軍将兵を引取りに来た」

と言うと、憲兵中尉は、

「承知しました」

と、答えた。

ゲリラ兵たちは、一列に並んだままその場に腰を下した。

松浦中尉は、海軍の高級士官に対する礼として、

「花園少将閣下及び海軍士官各位に対して、かしらーッ右」

と、声をあげ、中将に敬礼した。

中将は、担架の上に坐ったままかすかにうなずいた。

松浦は、亀沢少尉に命じて隊員に折敷け*の姿勢をとらせて坐らせた。日本兵とゲリラ兵は、向い合ったまま坐った。

松浦たちは、ゲリラ兵の動きを監視した。かれらが突然発砲するような危険を感じ、兵たちは、ゲリラ兵たちに鋭い視線を注いでいた。

ゲリラ兵たちは特に選抜された者らしく、一様に体格の逞《たくま》しい者ばかりであった。が、日本兵の凝視におびえたように、視線をそらしがちであった。

重苦しい沈黙に堪えきれなくなったのか、顎鬚《あごひげ》を伸ばした一人のゲリラ兵が笑顔を作ると短

い言葉を発した。それは、「ゴクロウサン」という妙な訛のある日本語だった。

松浦中尉は、すぐにビサヤ語で、

「ありがとう」

と、答えた。

ゲリラ兵たちの顔に、柔いだ表情がうかんだ。かれらのいだいていた恐怖感も、松浦のビサヤ語にうすらいだようだった。

ゲリラ兵たちは、口々に「ゴクロウサン」を繰返し、日本兵を苦笑させた。

亀沢少尉が、煙草をとり出すと立ち上り、ゲリラ兵を手招きした。大柄な男が、おびえたように立って近づいてきた。亀沢は、煙草をさし出し一本ひきぬいて男にあたえた。

それを見た他のゲリラ兵たちは争うように近づいてくると、亀沢に握手を求めて煙草を受け、たちまち箱は空になった。

折敷けの姿勢をとる日本兵たちは、亀沢の許可を得て煙草やキャラメルをゲリラ兵たちに与えた。ゲリラ兵たちは給与が悪いらしく、それらを手にはしゃぎ、紫煙がかれらの間から起った。

奇妙な空気が、生れた。ゲリラ兵たちは陽気な声をあげて日本兵に笑顔を向け、手を伸ばしてはおもねるように握手を求める。そのうちに、かれらはたどたどしい歌詞で「湖畔の宿」を歌いはじめた。それは日本軍占領後特にセブ市を中心に流行していた歌で、現地人の間でもさかんに口ずさまれていた。

折敷け　「折敷く」の命令形。左膝を立て、右膝を曲げて腰を下ろす。

歌が終ると、日本の民謡や童謡が次々に歌われ、松浦たちはなごやかな空気を乱すまいと笑顔を向けていた。

すさんだ戦場で不意に空白状態が生れたような、人間同士の感情の交流だった。が、大西大隊の各隊は、集中砲火を浴びせようと砲と銃をその一点に向けていたし、また丘の稜線には五メートル間隔でゲリラ兵が自動小銃の銃口を向けていた。

松浦は、長くとどまることは危険だとさとり、亀沢少尉に海軍将兵の収容を命じた。そして、兵たちを立ち上らせると、海軍将兵に近づいた。

小隊員は、担架を置くとその上に三人の男を移した。亀沢は、ゲリラの奇襲を予測して分隊長小野軍曹*、尾形軍曹、河野伍長*を列の要所要所に配し、三個の担架の後に歩行可能の海軍将兵と兵を置き、最後尾にかれ自身と松浦中尉がつづくように列の順序を定めた。

松浦が憲兵中尉と握手すると、亀沢小隊員は海軍将兵を守護するように一列になってマンゴー樹の下をはなれた。後方から一斉射撃を受ければ皆殺しに会うので、かれらはこわばった表情で傾斜を下りはじめた。

その時ゲリラ兵の一人が、

「ニッポン、フィリピン、友達。ノー・ポンポン。ノー・ポンポン」

と、叫んだ。

ポンポンは銃声で、互いに発砲はやめようという意味であった。

亀沢小隊は足を早めて丘をくだり、谷の傾斜にかかった。松浦がふり返ってみると、丘の頂き方向に引返してゆくゲリラ兵が、しきりに手をふっているのが見えた。

一行は、谷を上ると大隊本部には向わず、クッシング中佐の指定した帰還路に近い第二中隊の陣地に赴いた。それは、ゲリラ側に大隊本部の位置をさとられないための配慮でもあった。

海軍将兵の体の衰弱は激しく、第二中隊に到着しても口をきく者はいなかった。殊に富留美中将の憔悴《しょうすい》は甚《はなは》だしかった。

やがて大隊長大西精一中佐が淵脇銃砲隊長とともにやってきた。

大西は、富留美中将に挙手の礼をとると、

「お疲れでございましょう」

と、言った。

中将は、無言でうなずいた。

大西は、松浦中尉に対して富留美中将一行に最上の礼をつくすよう命じた。まず衣服は各隊から新品の下着等が供出され、酒、味噌汁、携帯食品、煙草等も集められて海軍将兵にあたえられた。また渓流の水をみたした桶《おけ》も運ばれ、石鹼で顔や手足を洗うようすすめた。

海軍将兵たちは、その好意を謝して下着を着換え、体を洗った。そして、松浦の案内で近くの人家に入り、敷き並べられた寝具の上に身を横たえた。

その間に大西は、作戦参謀山本中佐から引渡し交渉までの経過をきいた。山本の話によると、クッシング中佐は四歳の男児の死を恐れて大西大隊の包囲を解いてもらうことを欲したのだと

軍曹　旧日本陸軍の階級の一つ。曹長の下、伍長の上に位置する下士官。
伍長　旧日本陸軍の階級の一つ。最下級の下士官。

いう。

大西は、山本にも休息をとることをすすめ、旅団長宛に海軍将兵九名の無事救出を打電させた。

この報告は、ただちにセブ駐屯の海軍第三十一警備隊セブ派遣隊に連絡され、同隊から第三南遣艦隊司令部に左の如く打電された。

「一、陸軍守備隊司令部ヨリ左ノ通知アリタリ
海軍将校等九、首尾ヨク陸軍討伐隊ニ収容
二、右以外ハ不明ナリ　詳細取調ノ上更《さら》ニ報告ス」
これに対して第三南遣艦隊司令部は、

「差当リ将軍ヲ返還セシメ、爾後《じご》適当ナル処置ニ依《よ》リ全員並ニ書類ヲ返還スル如クサレ度」

と、電命した。

司令部では、福留参謀長一行の携行していた機密図書が敵手におちいった公算もあると判断し、特に「書類」という文句も挿入してその奪還に努力することを命じたのだ。そして、その電報の末尾に司令部参謀を急派することも添えられていた。

翌四月十二日早朝、亀沢小隊は海軍将兵一行を護衛して出発、その夜おそくピトスに到着した。この動きはセブ在勤武官古瀬大佐を通じて、第三南遣艦隊司令部から派遣されていた参謀山本繁一少佐に伝えられ、同参謀は午後三時四六分左のような電報を軍令部に打電した。

「収容人員ハ、今朝来下山ノ途《と》ニ就《つ》キシヲ以《もっ》テ、小官ハ一個小隊ト共ニ収容ニ向フ。今夜セブ着可能ノ見込ミ。

現地ヨリノ電報ニ依レバ全部（福留中将以下九名）収容セリト」

さらに参謀山本繁一少佐は、セブ派遣隊の海軍一個小隊を率いてトラックでピトスに赴き、亀沢小隊から福留中将らを受けつぎ、セブ市に引返し、四月十三日午前三時に水交社[*]に到着した。

大西大隊は、その後各地で討伐をつづけ四月十七日に原駐地に帰還した。

大西大隊長は、福留中将一行の救出に成功したが、旅団長命令に反した行動をとったため、副官松浦秀夫中尉とともに車でセブ市の旅団司令部に赴いた。

大西は、旅団長の部屋に入ると、

「責任をとらせていただきます」

と、言った。

しかし、旅団長河野毅少将は、

「海軍が非常に喜んでいたぞ」

と言っただけで、責任を追及することもしなかった。

その後大西中佐は、旅団参謀渡辺英海中佐から、富留美中将又は花園少将が連合艦隊参謀長福留繁中将であることを報《し》らされたが、口外はかたく禁じられた。

大西はその約束を守ったので、大西大隊ではかれをのぞく全員が、終戦後まで福留参謀長を救出したことに気づいていなかった。

水交社　旧日本海軍高等官の親睦団体。また、その施設。

七

セブ市の水交社に収容された九名の者は、事故秘匿《ひとく》のため軟禁状態におかれた。

海軍の最大の関心事は、福留参謀長ら司令部員の携行していた「Z作戦計画」と司令部用信号書、暗号書の行方であった。第三南遣艦隊司令部から急派されていた参謀山本繁一少佐の任務は機密図書の追及で、かれは福留中将にその点をただした。

それに対して福留は、機密図書を納めた書類ケースを軍服等とともに現地人に奪われたが、かれらはほとんどそれらに関心をいだいてはいなかったと答えた。

山本参謀は、第三南遣艦隊司令部に、

「(福留中将等が捕えられている間) 訊問等全然ナク　匪賊ハ機密事項ニ対シ考慮少シ」

と打電したが、重大な機密に関する問題でもあるので、

「調査ノ結果　機密書類　附近漁村ノ手ニ渡リアル算大ナリ　小官今少シ残留シ陸軍ト共ニス」

と、書類奪還のために努力することをつたえた。

水交社では、福留中将、山本作戦参謀、山形掌通信長の三名が士官室に収容され、他の第八百二航空隊第十九号艇の搭乗員六名は一室に閉じこめられていた。

岡村中尉らの表情には、苦悩の色が濃かった。たとえゲリラであっても敵の捕虜になったことは事実で、虜囚《りょしゅう》の辱《はずか》しめを受けたことに変りはなかった。

岡村は、部下を集めると、

「おれたちは、残念ながら捕虜になった。海軍軍人として最大の恥辱だ。このままおめおめと基地には帰れぬ。おれたちのとるべき道は、自決以外にない」

と、訓示した。

他の者たちも、岡村の意見に同意した。そして、岡村中尉が集めてきた白鞘《しろざや》の短刀を一ふりずつ受けると、その夜自決することに決定した。

しかし、その直後、岡村は福留中将の収容されている士官室に呼ばれた。福留は、岡村が短刀を集めたことを知り、集団自決することを察したのだ。

福留は、

「お前らの気持はよく分るが、この重大な時期に貴重な搭乗員を殺すことは日本海軍の損失を招く。現在養成されている搭乗員は、すぐには実戦に参加できぬ。堪えがたきを忍んで思い直して欲しい」

と岡村をさとした。

岡村は、熱のこもった福留の説得を涙ぐんできいていたが、結局その言葉に従うことを誓った。そして、部屋にもどると、部下に福留中将の言葉をつたえ、

「参謀長のお言葉に従い、自決は保留にする。基地に帰るのは誠に辛いが、おれたちはそれぞれ一機一艦の体当り攻撃を敢行して恥辱を拭い去ることにつとめる。それまでの命だ」

と、言った。

搭乗員たちは、無言で頭を垂れていた。

(その後、かれらはサイパン基地にもどったが、岡村中尉の念頭からはたとえゲリラであっても捕虜に

なった記憶が忘れられぬらしく時折り顔をしかめていた。その年の六月十二日、かれの機は二機の二式大艇とともにトラック島夏島にある水上基地に繋留されていた。たまたま前日からかれの所属する八〇二空の基地のあるサイパンに敵艦載機が大挙来襲し、艦砲射撃の*掩護《えんご》によって上陸作戦が開始されていた。二式大艇は、サイパン基地にもどることになったが、岡村中尉機のエンジンの一基が故障していた。

やがて二機の二式大艇は夏島基地を離水したが、岡村は、四基のうち三基のエンジンを始動させ、追うように離水し、サイパンに向って去った。それを岸壁で見送っていた秋場庄二整備兵曹長は、無理をしている、死を急いでいるようだ、と思った。

その予感は的中し、岡村機は未帰還になった。）

海軍中枢部《ちゅうすうぶ》は、福留中将、山本中佐の処置に困惑した。福留は四月六日付で軍令部出仕になっていたが、連合艦隊参謀長が司令部員とともにゲリラに捕えられ、しかも携行していた機密図書が奪われたことは大不祥事であった。

捜索に当った第三南遣艦隊司令部内には、福留中将を軍法会議にかけるべきだという強硬意見を口にする参謀すらあった。

そのような空気を察した海軍中枢部では、至急福留、山本、山形の三司令部員を東京に招致することに決定し、かれらがセブ市水交社に収容された翌四月十四日午後一時には、早くも輸送機でセブ市を出発させた。

福留たちはマニラに到着したが、海軍省、軍令部は、なるべく早く羽田に輸送することを命じ、機密保持のため途中の中継地での燃料補給時間を短くするよう指示した。

海軍中枢部では、一般閣僚にも事件の内容をかくすことにつとめていたが、四月十四日には内閣書記官長が事件の全容を知っているという報告を受けた。また警視庁警保局長から、古賀連合艦隊司令長官の行方不明と福留参謀長の捕えられたという説が横浜方面に流布し、神奈川県警察部長からも横須賀方面で同様の風評がしきりだという報告が寄せられた。

四月十七日、福留中将ら三名を乗せた輸送機は、長崎県大村航空隊基地に到着し、同基地で一泊後翌日羽田についた。飛行場には海軍省首席副官横山一郎大佐が出迎え、ただちに海軍大臣官邸に案内した。

午後三時、同官邸で海軍次官沢本中将、軍令部次長伊藤、塚原両中将、海軍省軍務局長岡中将、人事局長三戸少将、軍令部第一部長中沢少将が福留中将、山本中佐から事情を聴取した。福留は歩行困難で杖《つえ》をつき、山本も足をひいていた。

機密図書を奪われた件については、福留中将、山本中佐が、セブ市水交社で第三南遣艦隊司令部から派遣された参謀山本繁一少佐に説明したのと同様の報告をした。ゲリラ指揮官クッシング中佐をはじめゲリラの扱いは丁重で、機密図書等に対する訊問も全くなかったことを述べた。

もしもクッシング中佐が機密図書を重視していたなら、当然それに対する訊問をおこなったはずで、沢本次官らは福留中将の「ゲリラは機密図書に関心をいだかぬようだった」という言葉を受け入れた。

沢本らは、安堵した。

艦砲射撃　「艦砲」は軍艦に装備されている砲の総称。艦載砲。

しかし、福留中将の責任は、それですべてが解かれたわけではなかった。日本軍人は、敵の捕虜となることを最大の恥辱とし、それを避ける方法として死を自らに課すことを常としている。そうした中で、連合艦隊参謀長が虜囚の辱しめを受けながら生還してきたことは、海軍全体の重大問題であった。

ただ福留中将も山本中佐も負傷をしていたし、またセブ市で第三南遣艦隊参謀山本少佐が岡村中尉に対する訊問で、福留、山本が何度も自決を実行しようと努めていたことがあきらかにされ情状酌量《しやくりよう》の余地はあったが、生還してきた事実を不問に付すことはできなかった。

沢本次官らは、その夜福留中将ら三名を海軍省別室に一泊させ、翌日東郷神社近くの池田邸へひそかに移し、軟禁状態におくことを決定した。

福留中将から事情を聴取した後、沢本海軍次官ら五名の者は、福留中将の処置について協議した。論議の焦点は、捕虜問題にしぼられた。或る者は、捕虜になったことは軍規律の根底をゆるがす重大問題であるので、福留中将ら三名の司令部員を軍法会議にかけるべきだと強い語調で主張し、また他の者は、福留中将らを捕えたのはゲリラで正規の敵と解釈すべきではなく、人材欠乏のおりでもあり、不問に付すのが妥当だと反論した。

主張は完全に対立し、結局沢本次官の発案で決をとることになり、挙手によって決をとった結果三対二で不問に付すことが決定した。

その折同席していた某軍令部高級部員のメモには、次のようなことが記録されている。

「福留中将ノ心境並ニ自決ノ肚《はら》アルヤ否ヤニツキ観測ヲナシタルモ、意志アリトスルモノ、次官ハ無シト言ヒ、結論ハ今夜特ニ監視ヲ附セズ、若シ本人ガ自決セントスルナラバソノ欲スル道ヲ執《と》ラシムベシト言フ意見ニ一致シテ、特ニ監視ヲ附セザルコトト決ス」

この現存する記録によると、海軍中枢部は監視を置かず、福留中将に自殺の機会をあたえたことがあきらかにされている。と言うよりは、むしろ自殺することを望んでいたと言うべきであろう。

しかし、福留中将に自決の気配はなく、翌日池田邸に移送された。そして、その日の午後五時、海軍省人事局長三戸少将の発案で、海軍大臣嶋田大将が福留中将から直接事情聴取をおこない、福留は前日と同様の報告をおこなった。

海軍中枢部は、福留中将の処置について苦慮した。もしも福留参謀長が捕虜になって生還したことが知れれば、日本海軍の光輝ある伝統は崩壊する。ただ海軍中枢部の唯一の救いは、福留中将らが捕えられたのは、敵の正規軍ではなくゲリラであるということだけであった。つまり、福留中将らが正式な意味で捕虜となったのではないという意見であった。

しかし、そのような解釈を果して第一線部隊が容認するか否かは、甚だ疑問であった。部隊指揮官は、たとえゲリラであっても米匪軍という名称のしめす通り敵であることに変りはないと主張するおそれがあった。

そのため軍令部では、次長伊藤整一中将をマニラの第三南遣艦隊司令部に派し、さらに陸軍側の諒解を得る必要から福留中将一行の救出に当った第三十一独立混成旅団を指揮下におく第十四方面軍司令部に出張させた。

第三南遣艦隊司令長官岡新中将は、福留中将と同期で、福留の境遇に同情していた。そして、不慮の事故にあった福留のとった行動は決して恥ずべきものではないと主張した。

伊藤次長は、さらに第十四方面軍司令部に赴いた。伊藤としては、陸軍側が福留参謀長に対する海軍側の処置を激しく非難することも十分にあり得ると予想していた。たとえゲリラではあっても捕虜になったことは事実で、当然それに相応した処置をとるべきだと主張されてもやむを得ないと思っていた。

かれは、司令官黒田重徳陸軍中将に会うと、海軍中枢部ではゲリラが正規の敵とは認めがたいという意見が一部にあることを伝え、陸軍側の判断を求めた。

黒田陸軍中将の答はきわめて明快で、

「福留中将が捕虜になったなどということは、陸軍としては一切問題にしていない。ゲリラは、たしかに味方ではないが、敵でもない。ただ治安を乱す集団であるので討伐しているにすぎない」

と、述べた。

伊藤は安堵し、司令部を辞した。

これら現地軍の好意的な回答によって、海軍中枢部の意見は確定した。そして、四月二十五日海軍省人事局は、福留中将ら（乙事件関係者）の処置について左のような決定を下し、関係方面に伝えた。

乙事件関係者ニ対スル処置ノ件

1、関係者ヲ俘虜査問会ニ附スルノ要ナシト認ム

（理由）

(1) 俘虜ノ定義ト称スベキモノ無ク　従ツテ乙関係者ガ俘虜トナリタルヤ否ヤノ判定ハ困

難ナルモ　少クトモ相手ヨリ俘虜ノ取扱ヲ受ケタル事実ハ無キモノト認ム

(2)　相手ハ必ズシモ敵兵ト見做《みな》シ得ズ　特ニ土民ハ敵ニ非《あら》ザルコト　明瞭ナリ　又クッシング中佐ガ果シテ米国政府ノ命ヲ受ケ戦闘行為ヲナシツツアルモノナリヤ否ヤ不明ニシテ　正規ノ敵兵ト断定シ得ズ

(3)　何等相手ノ訊問等ヲ受ケ又ハ自己ノ意志ヲ拘束セラレタル事実ヲ認メ得ラレザルヲ以テ相手ニ降服セルモノト認メ得ズ

(4)　仮ニ広義的ニ一時俘虜ノ経路ヲ辿《たど》レルモノトスルモ　海軍大臣ニ於テ其事実ヲ知リ且《かつ》何等利敵行為等ナク責任ヲ調査スルノ要ヲ認メ得ザルヲ以テ　査問会ニテ更《さら》ニ調査ノ要ナシ

2、関係者ヲ軍法会議ニ附スル要ナシト認ム

法律上ノ罪ヲ犯シタリト認ムベキモノナシ　即《すなわ》チ

(1)　事件発生ハ操縦者以外ハ不可抗力ナリシコト

(2)　「敵ニ降リ」タル事実ヲ認メ得ズ

(3)　利敵行為ナシ

(4)　軍機保護法ニ触ルルガ如キコトヲ為《な》シアラズ

3、処置

前諸号ニ依リ関係者ハ責任ヲ問フベキ筋ナキモノト認ムル所　従来敵国ノ俘虜トナリタル者ニ対シテハ　其《そ》ノ理由ノ如何ヲ問ハズ極端ナル処置ヲ必要トスル如キ理外ノ信念的観念ヲ以テ対処シ来タレル事実アリ

故ニ今次ノ処置ハ　右根本観念ヲ破壊セザルコト肝要（従来ノ観念ヲ変更セントセバ重大問題ヲ惹起《じゃっき》スベク且変更スベキニ非ズト信ズ）ニシテ　之ガ解決ノ途ハ一ツナリ
即チ海軍当局ノ方針ヲ明確ナラシムル点之ナリ

として、一切を不問に付した。

その間、四月六日に草鹿《くさか》龍之介中将が福留中将の後任者として連合艦隊参謀長に任命され、五月三日には豊田副武大将が司令長官に親補*された。そして、二日後の五月五日に古賀峯一大将の殉職《じゅんしょく》が左のように発表された。

大本営*発表（昭和十九年五月五日十五時）

一、聯合艦隊司令長官古賀峯一大将は本年三月前線に於て飛行機に搭乗全般作戦指導中殉職せり

二、後任には豊田副武大将親補せられ既《すで》に聯合艦隊の指揮を執りつつあり

この大本営発表とともに古賀大将に元帥の称号が下賜《かし》され、旭日桐花大綬章《きょくじつとうかだいじゅしょう》を授けられ正三位に叙せられたことが情報局より発表された。

当然、海軍中枢部は、福留中将の遭難について発表しなかったが、いつの間にかその事実は多方面に洩れてしまっていた。

これに対して海軍中枢部は、「乙事件関係者ニ対スル処置ノ件」の末尾に、「海軍当局ノ方針ヲ明確」にすることによって「解決ノ途」を見出すべきだとしていた。その「解決ノ途」とは、福留中将に対する意外な処置だった。

この点については某海軍省高級副官の回想メモによると、海軍中枢部は、福留中将一行が捕

虜であったという一般の疑惑を一掃するため福留中将を栄転させることに定めたという。そして、事実福留中将は六月十五日付で、第二航空艦隊司令長官に栄転したのである。

また作戦参謀山本祐二中佐も五月一日付で海軍大佐に進み、第二駆逐隊司令、連合艦隊司令部付を経て、八月には第二艦隊参謀として戦艦「大和」に乗艦した。

第二艦隊司令長官は乙事件調査時の軍令部次長伊藤整一中将で、沖縄に米軍が上陸後「大和」を主力とした海上特攻隊指揮官に任ぜられた。

「大和」は、昭和二十年四月六日巡洋艦「矢矧《やはぎ》」をはじめ八隻の駆逐艦をしたがえて内海を出撃、沖縄決戦海面に向ったが、翌七日午後米艦載機約三〇〇機の攻撃を受け、午後二時二三分沈没した。伊藤中将以下約三、〇〇〇名の将兵が艦と運命をともにしたが、山本大佐も戦死したのである。

八

第三南遣艦隊司令部は、機密図書がゲリラの手中に落ちたことは確実と判断し、セブ島のゲリラ部隊のひそんでいると思われる地区に、左のようなビラを飛行機から散布した。

「日本海軍機カラ拾得、モシクハソノ搭乗員ヨリ奪取セル文書、物入、衣服等ハスベテ五月三十日正午マデニ無条件デ返還セヨ。モシ諸君がワレワレノ要求ヲ履行《りこう》シナイ場合ハ、日本帝国

親補　旧憲法下で、天皇が自ら官職を命じること。
大本営　明治時代以降、戦時または事変の際に設置された天皇直属の最高統帥機関。

海軍ハ諸君ニ対シ断固タル徹底的手段ニ訴ヘルモノデアルコトヲ警告スル」

むろんゲリラ側から反応はなく、海軍機は、約二週間にわたってセブ島内ゲリラ地区に猛爆撃をつづけた。

そのような現地軍の動きはあったが、海軍中枢部は、福留中将一行が原住民に奪われた機密図書について重大な関心をいだかず、それらがゲリラ側からアメリカ側に渡されたようなことはないと判断していた。そのため連合艦隊司令部の作成したZ作戦計画を変更することはせず、司令部用暗号の切替えもおこなわなかった。

しかし、戦後、連合国情報局「ALLIED INTELLIGENCE BUREAU」のアリソン・インド米陸軍大佐の証言記録によると、機密図書類がゲリラ隊長クッシング中佐から米軍側に渡されたことが明記されている。

その記録によると、ゲリラは、四月一日の夜明前に、セブ島沖で火炎のあがるのを認め、それが日本機の不時着であることを知った。そして、漁民を使って救出に向わせ、日本海軍将兵を捕えた。

海軍将兵は、ほとんど動けないほど傷ついていたが、指揮官らしい男は「周囲の挑みかかろうとする警備兵を恐れずに見詰めた。そして、一度は、銃をもった警備兵の一人に、それを使用して自分たちを殺せという様子を示した。」

警備兵（ゲリラ）は、日本海軍将兵を密林の奥地へ連行しようとしたが、「そのときだった、防水の書類ケースが発見されたのは。」と記され、それがゲリラ本部に引渡されたことがあきらかにされている。

マンガホン山に本拠を置くゲリラ隊指揮官クッシング中佐は、日本海軍将兵の中にあきらかに高級士官と思われる者がいて、花園少将と称していたが、それが偽名らしいことにも気づいていた。さらに押収したケースの中に重要書類と推定できるものが入っていることを知り、ミンダナオ、ネグロス両島のそれぞれのゲリラ部隊で受信されるように、無線機で、

「高官ト思ハレル者ヲ含ム九名ノ日本兵ヲ捕ヘルト共ニ、日本ノ暗号システムラシキ物ノ入ツタ敵ノ重要書類ケースヲ入手シタ」

と、暗号電文を発信し、またクッシング中佐以下ゲリラ隊員は、福留中将を古賀峯一連合艦隊司令長官と信じて、その旨を伝えた。

この電文は、ミンダナオ、ネグロス両島のゲリラ部隊からオーストラリアの連合国軍総司令部に中継された。連合国側は狂喜し、潜水艦をネグロス島に派遣して古賀長官以下をセブ島からネグロス島に送り、潜水艦でオーストラリアに移送しようと企てた。が、ゲリラが大西大隊に包囲されていたのでそれは不可能になり、包囲を解くことを条件に海軍将兵を日本軍に引渡したのである。

機密図書類は、ゲリラの手でセブ島南部に送られ、夜間ひそかに浮上したアメリカ潜水艦に渡された。そして、それは、オーストラリアのブリスベーンにある陸軍情報部に送られた。

情報部では、それら機密図書の全ページを複写し、さらにマッシュビル大佐指揮下の翻訳者たちが徹夜をつづけて一語も余さず翻訳した。そして、それらを機密図書とともに海軍情報部へ送りとどけ、情報資料判定官と分析官の手にゆだねられた。

アメリカ海軍は、その機密図書が極めて重要な内容をもつものであることを知り、興奮した。

かれらは冷静に検討し、機密図書殊にZ作戦計画が奪われたことによって日本海軍が作戦計画を変更することを恐れた。つまりアメリカ海軍がその計画書通りに作戦を起すことを期待し、その裏をかくことを企てたのだ。そのためには、連合国側がそれらの図書を入手しなかったように偽装する必要があった。

アメリカ海軍は、そのような結論に達し、潜水艦に書類ケースをのせて飛行艇の不時着した海面に向わせ、故意にそのケースを流した。日本海軍の潜水艦にそれを発見させて、引揚げさせようとしたのである。

この記録の抄訳は連合国情報局員の証言記録で、つづいて起ったレイテ海戦について、

「連合国海軍は、広範囲にわたる日本軍の戦略構想の大要を知り尽して、それらの戦場にのぞんだばかりか、敵がどのような船にのってくるか、その燃料の量、火力、脆弱《ぜいじゃく》点、また指揮官の名前までも知っていた」

と、記している。

この点について、防衛庁防衛研修所戦史室編「戦史叢書　南西方面海軍作戦—第二段作戦以降—」の「聯合艦隊司令部の遭難」の記述中にも、次のような記述がみられる。

「……海軍中央部は機密図書の行方に強い疑いを持たなかったようであるが、『第二次大戦太平洋戦域における連合国情報活動』（アリソン・インド米陸軍大佐著）には、二番機の不時着時に聯合艦隊のZ作戦計画を入れた防水ケースが米軍の手に渡り、米潜水艦でオーストラリアに送られ、全ページが複製されたのち、もとの防水ケースに収められ、再び潜水艦によってフィリピンに運ばれて海に流されたと記されている。この暗号書および作戦計画の入手は、のちのレ

イテ湾海戦に重大な役割りを演じたのである。当時、機密書類の紛失について、あまり問題にされなかったのは、比島*が第一線と離隔した後方地域であったこと及び福留中将一行に対する待遇が良かったことから、一般比島人が米軍に密接に協力しているとは夢にも思われなかったこと、並びに不時着時の状況からみて敵手に落ちたとは思われなかったため等とみられる。」

アメリカ側では、これらの記録にもあるように機密図書を入手したとしているが、それが果して事実なのかという一抹の疑いもある。

しかし、終戦時海軍中佐として連合艦隊参謀であった千早正隆氏の証言は、その疑念を一掃している。

千早氏は語学に精通していて、昭和二十一年から五年間東京の郵船ビル内に設置されていた連合国軍最高司令部情報部戦史課に勤務していた。旧海軍士官として、米軍戦史の編纂《へんさん》に参加していたのである。

編纂に必要な太平洋戦争関係の厖大な資料がアメリカ本国の情報部から送られてきていて、千早氏は、それらの資料に眼を通す生活を送っていた。

或る日、千早氏は、その中に思いがけぬ書類の束を発見した。それは、連合艦隊司令部の作成した「Z作戦計画」の原本であった。

書類は海水に濆った痕跡が明瞭で、その計画書が海上で押収されたものであることをしめしていた。

比島　「フィリピン（比律賓）諸島」の略称。

千早氏は、福留中将一行がセブ島住民に機密図書類を奪われたことは聞き知っていたが、それがアメリカ側の手に渡っていたことを想像もしていなかっただけに、驚きは大きかった。

しかし、連合国情報局の証言記録によると、福留中将の携行していた書類ケースはアメリカ潜水艦によってセブ島附近で流されたと記されていて、それがアメリカ情報部資料として残されているはずはない。が、千早氏の証言はその疑惑を解き、一つの解釈を成立させる。

氏の眼にしたZ作戦計画書の表紙には、分母を30とし、分子を4又は5とした数字が記されていたという。分母の30という数字は、重要機密の作戦計画書の作成部数をしめし、分子の数字は、所有者の番号で、古賀連合艦隊司令長官は1の計画書を所有し、以下これにつづく。

もしも千早氏の手にしたZ作戦計画書が福留参謀長のものであれば、当然分子の数字は2でなければならぬ。それが4又は5であったとすると、福留中将と同行していた司令部員のものであるという結論が生れる。千早氏は、

「諸条件を考えて、それが作戦参謀山本祐二中佐所有のものとするのが常識でしょう」

と、述べた。

つまり福留中将、山本中佐がそれぞれ携行していた二部の機密図書がアメリカ側に押収され、福留中将所有のものが海に流され、山本中佐所有の図書がアメリカ側に保管されていたと推定されるのである。

いずれにしても、Z作戦計画書と暗号書等は、クッシング中佐の手を経て連合国軍に渡されたことは確実と思われる。

福留中将一行が救出されたセブ島は平穏だったが、戦局の悪化とともに激しい戦火にさらされるようになった。

まず福留機が不時着してから半年後の昭和十九年九月十三日に初空襲があり、その後頻繁に敵機の来襲を受けるようになった。敵の上陸も必至と判断され、セブ島在住の日本人男子は軍命令で義勇軍を結成し、翌昭和二十年一月三十日には四十五歳以上の男と婦女子に避退命令が出た。

総員は一七三名で、その中には小野田セメント工場工場長中村謙次郎、尾崎治郎、檜田広助と同工場炭鉱部の三井物産社員矢頭司他一名もまじっていた。

かれらは、ミンダナオ、ボルネオ、セレベスを経てマニラに向う予定で、夜陰に乗じてセブ港を機帆船で出発した。

しかし、一時間後にアメリカ海軍高速魚雷艇に発見され、船は撃沈された。そして、さらに魚雷艇は、洋上に漂《ただよ》う老幼婦女子に機銃掃射を反復し、生き残った者はわずかに重傷を負った尾崎治郎一名のみであった。

さらに同年三月二十六日午前六時、セブ島に来襲したアメリカ艦艇は猛砲撃を開始し、同八時に上陸してきた。

日本陸軍は、大西大隊を主力に海上輸送第八大隊（大隊長溝口似郎中佐以下一、二〇〇名）、第五船舶廠セブ出張所、船舶工兵第一野戦補充隊、三船司マニラ支部、セブ憲兵隊等計約六、八〇〇名が迎え撃ち、また海軍陸戦隊は、第三十三特別根拠地隊司令官原田覚少将を指揮官に、三、六五八名の将兵と一、五五〇名の軍属が戦闘に参加した。

当時、ゲリラ隊は、クッシング中佐を指揮官に約八、五〇〇の兵力に膨脹していて、日本軍は、優勢なアメリカ上陸軍とゲリラ隊の猛攻撃を受けた。

しかし、日本軍は強硬な反撃を反復し、終戦時に至っても激しい抵抗を持続した。

八月十六日終戦を知った各隊は、八月二十四日米軍との間に降伏文書を手交*し、戦火はやんだ。大西大隊の戦死者は、過半数の五七七名で、小野田セメント・ナガ工場関係者一四名は全員戦死又は病死した。

終戦後、フィリピン方面の日本軍指揮官の大半は、住民、俘虜虐待を理由に軍事法廷に立たされ絞首刑に処せられた。大西中佐も、セブ島住民の告発を受けてマニラのモンテンルパ収容所に送られた。

しかし、大西大隊に虐待事実の確証はなく、逆に住民を好遇していたこともあきらかになって大西中佐は無期刑に処せられた。その取調べ中、ゲリラ隊長クッシング中佐から大西が約束を守って包囲を解いたことに感謝する旨の証言もあった。

大西は、後に巣鴨刑務所に移され釈放された。

不時着機搭乗員中、現存しているのは元海軍一等飛行兵曹吉津正利、今西善久の両氏のみである。

手交　文書などを手渡しすること。

「海軍乙事件」調査メモ

「海軍乙事件」については、昭和四十七年秋に左の資料蒐集から手をつけた。

「乙事件関係記録（昭一九・三・三一ＧＦ長官機等遭難）」

この記録は、長官機、参謀長機の遭難状況、参謀長機搭乗の生存者救出にあたった独立混成第三十一旅団司令部、同旅団の独立歩兵第百七十三大隊（大隊長大西精一中佐）の行動、不時着海面に近いセブ島の小野田セメント製造株式会社ナガ工場関係者の証言、及び同事件に関する海軍省、軍令部の動き等の概要が記されている。

「中沢メモ」

当時、軍令部第一部長中沢佑少将が記録に残した「戦況」（自昭和十九年二月二十八日至同年六月十一日）によって、同事件の海軍省、軍令部の動きが知れる。

「ALLIED INTELLIGENCE BUREAU BY ALLISON IND」

これは、終戦後発表された連合国情報局アリソン・インド米陸軍大佐の証言による第二次大戦太平洋戦域での連合国情報活動に関する記録で、セブ島ゲリラ隊に参謀長ら一行が捕えられ、釈放された経過と、それに附随した機密図書についての記載がみられる。

これらの資料を整理し、生存している関係者と連絡をとって証言を依頼した。

まず不時着した参謀長機に搭乗し、ゲリラに捕えられ救出された九名のうち生存しているのは、吉津正利、今西善久両一飛曹の二名のみであることを確認した。

次に、参謀長らを直接救出した大西大隊関係者では、隊長大西精一中佐をはじめ松浦秀夫中尉、淵脇政治中尉、亀沢久芳少尉がそれぞれ現存し、連絡をとることができた。

また、小野田セメント株式会社ナガ工場の責任者であった尾崎治郎氏も健在であった。

準備もととのったので、その年も押しつまった十二月二十一日、私は、空路で宮崎市に向った。市の郊外にある閑静な地に、元陸軍中尉松浦秀夫氏がいた。

松浦氏は、大西大隊長に命じられ亀沢久芳少尉指揮の一小隊を伴ってゲリラから参謀長一行の引取りに成功した人である。氏の証言は劇的で、私は緊迫した情景を思いえがき、同時にセブ島の空の色、草木の匂いを感じた。

宮崎市をはなれた私は、列車で熊本県の玉名温泉に赴《おもむ》いた。そこには参謀長機に搭乗していた二名の生存者のうちの一人である吉津正利氏が若鶴荘という旅館を経営していた。氏からは、命令をうけて基地のサイパンから二式大艇でパラオに飛び、僚機は長官一行を自機は参謀長一行を乗せてパラオを離水した経過、途中で悪天候に遭遇しセブ島附近の海面に不時着した折のこと、さらにゲリラに捕えられ大西大隊に救出されるまでの状況を詳細にきくことができた。

私は、列車での旅をつづけ関門トンネルをくぐって山口県の小野田市に赴き、小野田セメント株式会社を訪れて尾崎治郎氏に会った。参謀長機に乗っていた吉津正利氏の話では、小野田セメント株式会社ナガ工場の灯火をセブ市のそれと誤認したといっていたので、なぜ夜の午前三時頃に煌々《こうこう》と灯火をともしていたのかをたずね、また不時着位置に近い工場周辺のあわただしい動きについても知ることができた。

私は、尾崎氏と別れ、夜行列車に乗って日本海沿いに進み、朝、米子《よなご》市についた。タクシーで皆生《かいけ》温泉の近くにいる大西精一氏を訪れた。氏は、長女の嫁ぎ先である新築されたばかりの家に住んでおられた。

当時軍令部第一部長であった中沢佑氏は、大西氏を「人格識見共に見事な武人ときいている」と言っておられたが、温厚な風格にみちた方であった。お体が不調のようであったが、氏は、淡々と当時の状況を話してくれた。戦後、氏はマニラで戦犯に問われ、死刑に処せられるという声が支配的であったが、無期刑に減刑された。それは、戦時中の氏の大隊長としての行動が常に公正なものであったことをアメリカ軍側も熟知していて、氏に好感をいだいていた結果だという。

氏は、当時の戦闘行動図も描いたりして時間の経過を正しく追って話してくださったが、救出した福留《ふくとめ》参謀長に敬意をいだき、その同行者に深い同情をしめしながら話されるのが、私の耳には実に快かった。長女の氏に対する温い心づかいも好ましく、氏が平穏な日々を送っていることを知って嬉しかった。

私はさらに旅をつづけ、吉津氏とともに戦後も生きつづけている参謀長機搭乗の今西善久元一飛曹を静岡県焼津市に訪れた。氏は、航空自衛隊第五術科学校の一等空尉であった。私は、吉津氏からきいた話を今西氏の話と照合し、当時の状況について正確を期した。

氏は、定年退職直前の由で、車で焼津駅まで送ってくれた。

私は、その旅によって関係者の証言をノートとカセットテープにおさめることができた。

さらに年が明けてから大西大隊の銃砲隊長であった元陸軍中尉淵脇政治氏と東京駅近くのホテルのロビーでお眼にかかり、参謀長一行のゲリラからの引取りに従った元陸軍少尉亀沢久芳氏に手紙を出し、当時の状況を伝える懇篤な御返事をいただいた。また長官機、参謀長機の行動については、元八〇一空、八〇二空、八五一空の日辻常雄、金子英郎、秋場庄二、居波俊、高橋光雄氏等から御指示をいただいた。

参謀長一行携行の機密図書類については、終戦時海軍中佐として連合艦隊参謀であった千早正隆氏から貴重な証言を得た。

海軍中枢部の動きについては、当時軍令部次長であった中沢佑氏の御自宅にうかがいお話をきかせていただいた。旧海軍の栄光よりも歴史的事実の正確さを尊重する氏のゆるぎない姿勢に、私は爽かな共感をいだいた。

文庫版のためのあとがき

昭和五十五年十二月五日号の「週刊朝日」に、

「極秘作戦計画書は司令部遭難機から、やっぱり米軍の手に渡っていた!! 偽られた戦史『海軍乙事件』に決定的な新資料」

と題して、

「小説『海軍乙事件』(吉村昭著)で明るみに出た疑惑は、やはり的中していた。その決定的証拠といえる米側資料を近刊の『太平洋暗号戦史』(W・J・ホルムズ著・妹尾作太男訳・ダイヤモンド社)が公表」

として、四ページの記事が掲載されている。

この「決定的証拠といえる米側資料」とは、拙作「海軍乙事件」の終りに近い部分で、元連合艦隊参謀・海軍少佐千早正隆氏が、戦後、偶然にもアメリカ情報部の保管する資料中にあるのを見出し驚いたレイテ海戦をふくむ日本海軍のZ作戦計画書の原本のことである。計画書がゲリラからアメリカ情報部に渡っていたことは、アリソン・インド米陸軍大佐著の「第二次大戦太平洋戦域における連合国情報活動」にも記されていて、そのことも拙作の中で紹介してある。

計画書の原本を眼にしたおそらくただ一人の日本人である千早氏の証言によってそれが裏づけられ、偶然にも氏からその驚きについてきくことができた私は幸運だった。

海軍乙事件によってZ作戦計画の全貌は米軍側に確実に知られ、日本海軍はそれに気づかず計画通り作戦を実施し、多大な損失をこうむったのである。

「海軍乙事件」を出版後、右のような週刊誌の報道があったことを、文庫とするに当って、編集部のすすめに従い書き添える。

関連地図

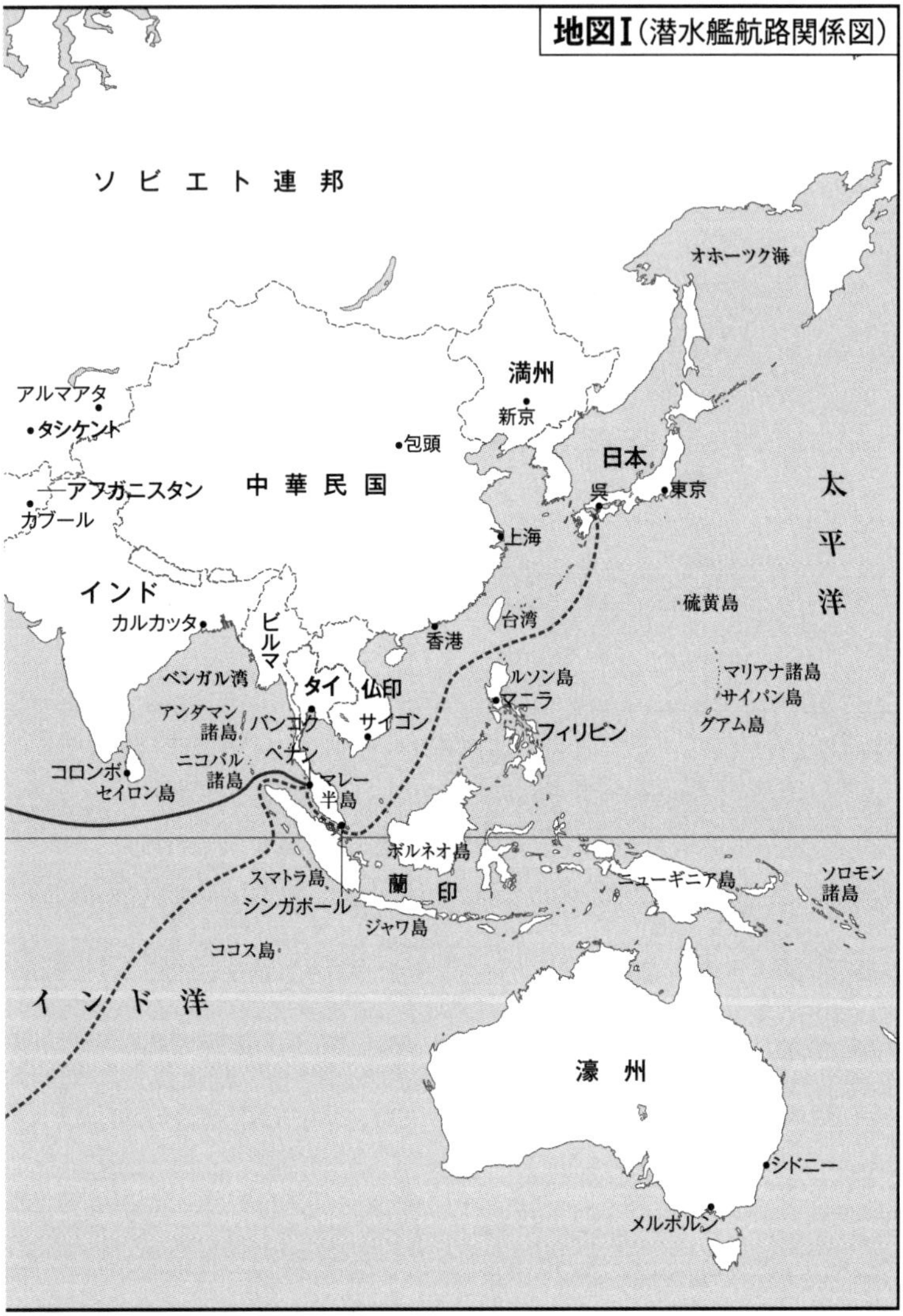
地図Ⅰ（潜水艦航路関係図）
ソビエト連邦
オホーツク海
満州
新京
アルマアタ
タシケント
包頭
日本
アフガニスタン
中華民国
呉
東京
太平洋
カブール
上海
インド
硫黄島
カルカッタ
ビルマ
台湾
香港
ベンガル湾
タイ
仏印
ルソン島
マリアナ諸島
マニラ
サイパン島
アンダマン諸島
バンコク
サイゴン
フィリピン
グアム島
ペナン
ニコバル諸島
コロンボ
マレー半島
セイロン島
ボルネオ島
スマトラ島
蘭印
ニューギニア島
ソロモン諸島
シンガポール
ジャワ島
ココス島
インド洋
濠州
シドニー
メルボルン

アイスランド
ノルウェー
スウェーデン
モスクワ
イギリス
アイルランド
ロンドン
ベルリン
ドイツ
パリ
ブレスト
ロリアン
ビスケー湾
フランス
クリミア半島
ルーマニア
カスピ海
ローマ
ブルガリア
黒海
アゾレス諸島
ポルトガル
スペイン
イタリア
アンカラ
トルコ
バクー
ジブラルタル海峡
チュニス
ロードス島
イラン
大西洋
スエズ
ペルシャ湾
カナリア諸島
アラビア半島
ベルデ岬
アデン
アラビア海
ジブチ
アフリカ
モンバサ
ザンジバル
ダル・エス・サラーム
アセンション島
ジエゴスアレス
モザンビーク
セントヘレナ島
マダガスカル島
サントマリー岬
ケープタウン
喜望峰
伊号第三十潜水艦の航跡
伊号第八潜水艦の航跡

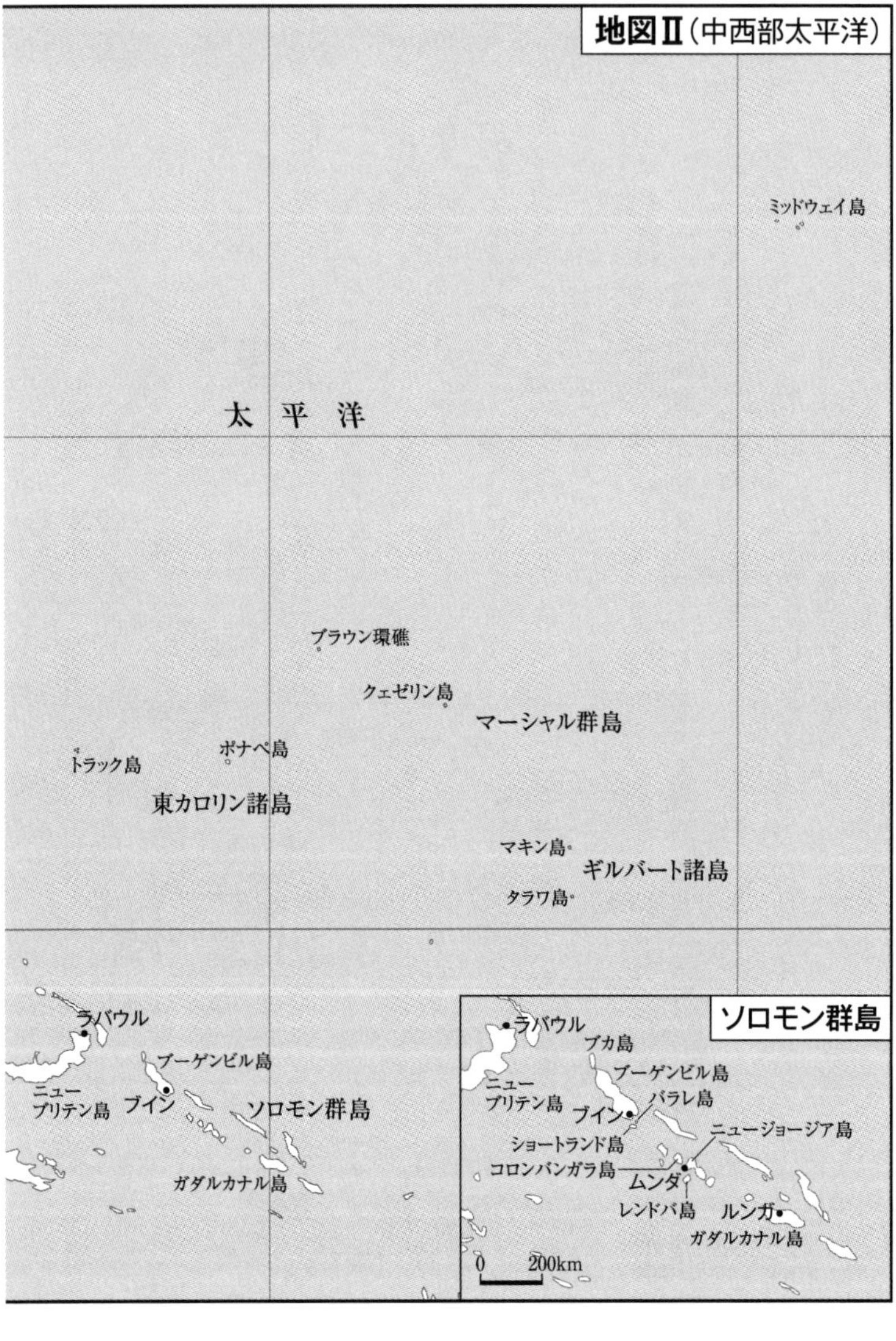
地図Ⅱ（中西部太平洋）
ミッドウェイ島
太平洋
ブラウン環礁
クェゼリン島
マーシャル群島
ポナペ島
トラック島
東カロリン諸島
マキン島
ギルバート諸島
タラワ島
ラバウル
ブーゲンビル島
ニュー
ブリテン島
ブイン
ソロモン群島
ガダルカナル島
ソロモン群島
ラバウル
ブカ島
ブーゲンビル島
ニュー
ブリテン島
ブイン
バラレ島
ニュージョージア島
ショートランド島
コロンバンガラ島
ムンダ
レンドバ島
ルンガ
ガダルカナル島
0
200km

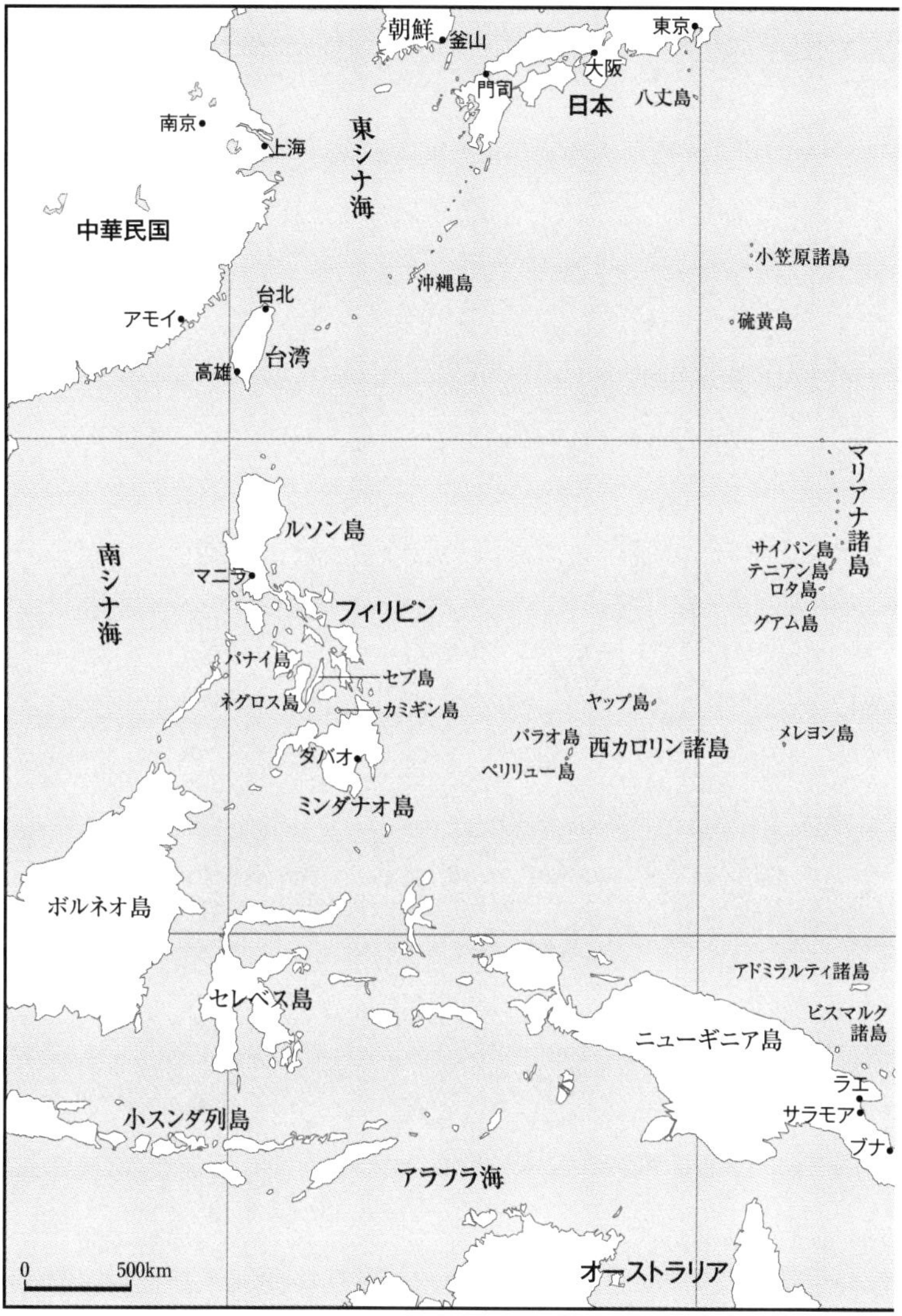
朝鮮
釜山
東京
大阪
門司
日本
八丈島
南京
上海
東シナ海
中華民国
小笠原諸島
沖縄島
台北
アモイ
硫黄島
台湾
高雄
マリアナ諸島
ルソン島
南シナ海
マニラ
サイパン島
テニアン島
ロタ島
フィリピン
グアム島
パナイ島
セブ島
ネグロス島
カミギン島
ヤップ島
パラオ島
西カロリン諸島
メレヨン島
ダバオ
ペリリュー島
ミンダナオ島
ボルネオ島
アドミラルティ諸島
セレベス島
ビスマルク諸島
ニューギニア島
ラエ
小スンダ列島
サラモア
ブナ
アラフラ海
0
500km
オーストラリア

吉村昭を読む

文学者の眼

森　史朗

一

一九七〇年（昭和四十五年）秋のことであったと思う。筆者が勤めていた出版社に吉村昭氏が訪ねてきたことがある。編集部保管の写真資料を見るためである。

それは、何とも異様な写真類であった。

戦時中に事故によって海没した潜水艦が戦後八年目にサルベージ会社によって引き揚げられ、浮上した艦内に飛びこんだ地元新聞社のカメラマンが兵員室の遺体を眼にして、とっさにカメラのシャッターを切った。乗員たちの遺体は六一メートルの海底で腐敗菌も発生せず、冷温状態で保存されていたので、まるで生けるが如く五体満足で横たわっていた。

吉村さんは写真を手に取り、食い入るように眺めていたので、私はいったん席を外し、見終わった頃合に応接室にもどった。

「おどろきましたねえ……」

吉村さんは深い吐息とともに、一枚の写真を指さした。

作業衣の胸をはだけ、両足を開いて仰向いている若い乗員の前に一人の水兵が佇立している。かすかに両足が浮いているのは縊死《いし》したためで、首に太い鎖が食いこんでいる。おそらくは、酸素不足で息苦しさに耐え切れなかったのであろう。

吉村さんに衝撃をあたえたのは、その筋骨隆々たる若者のがっしりした腰の下、下腹部の褌《ふんどし》から男根が太く屹立していることである。どのような生理現象なのか、その遺体が生きているかのように立っているので生々しく、生命の息吹きすら感じさせる。

吉村さんは『文學界』の一挙掲載「逃亡」をすでに書きおえ、つぎのテーマを模索していた段階だったから、即座に「この海没した潜水艦をテーマに書いてみましょう」と快諾してくれた。

文芸作家吉村昭は、「少女架刑」「透明標本」など死を扱ったテーマが多く、四度の芥川賞候補となった。この若い水兵の悲惨な死は、吉村さん自身の相次ぐ家族の死、東京大空襲、左肺の大手術など生と死の極限を見つづけた作家の視点に何かしら衝《つ》き動かすものがあったにちがいない。

当時の出版状況といえば、第二次戦記ブームといわれる活況を呈しており、第一次の吉田満「戦艦大和ノ最期」、野間宏「真空地帯」、大岡昇平「俘虜記」など作家の私的体験を文芸化した作品群とちがって、新米作家やジャーナリストが手軽にまとめた体験記、小説読物の類が氾濫していた。

そんなノンフィクション作家や純文芸作家が見向きもしなかった戦争を主題に、人間ドラマとして本格的な記録文学を生み出したのが、吉村昭著「戦艦武蔵」なのである。

作品「総員起シ」は翌年春に完成し、一九〇枚の長篇小説として雑誌掲載され、評判も良く、即単行本化された。

ところで、「総員起シ」執筆時に、編集部側がおどろかされたことがある。吉村さんの、取材記者の拒否である。

私は前任の週刊誌取材の体験から、大がかりなテーマは筆者を中心に数人の取材記者の助力を得て、はじめて記事が成就するものと考えていた。これがいわゆる調査報道の核である。

文芸ジャーナリズムの世界では、その習慣がなく、相変わらず作家依存の作品群が目次を飾っていた。したがって、私小説が文芸の主流で、小ぢんまりした小説群が誌面におとなしくまとめられていた。

私はそんな文芸世界が不満で、もっと社会性のある大きなテーマに取り組んでもらいたいと願っていた。そんな期待に真正面から応えてくれたのが、作家吉村昭である。

「総員起シ」の次作となった月刊『文藝春秋』誌連載の「深海の使者」などは取材対象者一九二名、戦時中の日独潜水艦の交流を描いた壮大な歴史ドラマである。この取材の労力、経費、資料蒐集にどれほどの個人的献身が必要なものなのか。

吉村さんの下取材の経費は、すべて自弁である。「深海の使者」の場合、旧海軍関係者が日本全国に散らばっていて取材費用がかさみ、「預金通帳に手をつけて、家計が赤字になっちゃった」と後日、ご当人が苦笑いしながら告白したのを耳にしている。

最初にテーマが決まったとき、私が「取材記者は何人必要ですか」と問いかけると、吉村さんは「取材記者なんていりませんよ」とキッパリ断わった。

「作家は自分で歩き、自分でモノを見て書くものです。取材原稿を基にして、良い作品が書けますか。費用も自分の仕事だから、自分で払います。それが作家としての私の流儀です」

そして、こうも付け加えた。

「良い作品を書けば、かならず読者が随《つ》いてきてくれます。そうなれば、単行本として刊行され、印税収入があります。取材にいくらお金がかかっても、最後には収支トントン、いやそれ以上入るかな」

担当編集者としては一本参った、といわざるを得ない。

二

「海軍甲事件」「海軍乙事件」もテーマが壮大すぎて、ふつうなら二の足を踏むシロモノである。ところがこの意欲的な作家は、いともあっさりと引き受けた。

いずれも連合艦隊司令長官の戦死という歴史的大事件で、前者はとくに米側の暗号解読による謀殺の疑いが濃いだけに、真相解明をせまる吉村さんの取材は徹底をきわめた。と同時に、作家の視点は山本長官機護衛の任を果たせなかった隻腕の青年下士官――その後の空戦で右手甲を吹き飛ばされた――や、また偶然、基地にいたために古賀長官機と福留参謀長機操縦の役割を担うことになった二式大艇の搭乗員の存在に視点を当てる。

戦局を左右する大事件勃発のために、出版ジャーナリズムの焦点は政治の流れ、海軍中央の動静に心奪われがちだが、この作家の眼はこうした歴史の襞《ひだ》にともすれば隠れてしまいがちな下級下士官のその後の人生にふれて、心温かい。

とくに山本長官機を目前で撃墜された一下士官の半生は、己の任務を果たせなかった贖罪《しょくざい》感と事件の重大さに身の打ちひしがれる思いをしたにちがいない。戦後も、職業軍人の生活は決して恵まれていたわけでもなく、結婚をし家族を抱えてどのように人生の辛酸をなめてきたことか。「海軍甲事件」の冒頭、元戦闘機パイロットの日常がさりげなく紹介されて、取材をおえたあと件の元下士官は、息子が医科大学に進学していて、その日、成人を迎えたという。南海の地獄の戦場を体験した後、ようやく安穏の晩年を迎えていることが描かれて、読後感も快い。

吉村さんの人間を見る眼は文学者としての鋭い感性に裏打ちされていて、隻腕の人物の戦後をくだくだしく説明することはない。読者には、別れぎわ「頭をさげる私に左手をふった」の一行で充分だ。

さて、「海軍乙事件」では一転して、記録文学者としての徹底的な事件解明がおこなわれる。昭和十九年三月三十一日、古賀長官機は悪天候に巻きこまれて遭難。行方不明となるが、二番機搭乗の福留繁参謀長他司令部員二名はフィリピン、セブ島沖に不時着水し、比島人ゲリラの捕虜となった。

重大視されたのは福留参謀長、山本祐二参謀がそれぞれ携行していたZ作戦計画書二冊と暗号書の行方である。これは米軍の本格的進攻にそなえて、千島から内南洋にいたる連合艦隊の迎撃作戦を定めたもので、もし敵手に陥ちれば日本側の不利は決定的となる。

このような軍機書類の紛失は国家的大事件——事実、後のレイテ湾海上決戦の場合、日本海軍の作戦は米側に見破られていた——にもかかわらず、海軍中央は福留少将の「現地人に奪われたが、かれらはほとんどそれらに関心をいだいてはいなかった」との釈明を信じ、それよりも比島ゲリラに参謀長が捕虜になったという不名誉をどのように処理するかが大問題となった。

福留証言が偽りであることは、作中でも明らかにされているが、事件の本質は海軍の名誉を守ることではなく、爾後《じご》の艦隊決戦において何万という海軍将兵が作戦行動の手の内が米側に筒抜けとなった状況で、何も知らず祖国のために生命を賭けて戦ったという悲惨な事実である。その責任は問われなければならない。

戦史に挑む作家吉村昭の原点は、歴史的事実にたいして一歩も躊躇《ちゅうちょ》しない真摯な態度である。本書でも防衛庁公式戦史『南西方面海軍作戦』の戦史編纂官が、「当時、機密書類の紛失について、あまり問題にされなかった」として事実に肉薄せず、真相解明を避けている点を鋭く指摘して、米側資料の具体的反証をあげている。

こうして戦史上、今まで謎とされてきた数々の疑問を公的機関でなく、吉村さんの個人的努力によって徹底的に解明された。筆者はその血のにじむような努力を垣間見て、絶対国防圏マリアナの失陥、レイテ湾海戦での無惨な敗北によって、万斛《ばんこく》の涙を呑んだ声なき将兵の魂がその敗因の真相が明らかにされたことで、いくらかは慰められると思われて仕方がない。

書誌

深海の使者
初出誌：「文藝春秋」昭和四七年一月号〜昭和四八年三月号
単行本：文藝春秋　昭和四八年四月
　新潮社『吉村昭自選作品集　第四巻』に収録　平成三年一月
文庫：文春文庫　昭和五一年四月・平成二三年三月改版（＊）
読者からの手紙（抄）（本書には、太平洋戦争に関わる部分のみを収録しました）
初出誌：「カピタン」平成一〇年一月号
新書：文春新書『史実を歩く』に収録　平成一〇年一〇月
文庫：文春文庫『史実を歩く』に収録　平成二〇年七月（＊）
総員起シ
初出誌：「別冊文藝春秋」昭和四六年三月
単行本：文藝春秋『総員起シ』に収録　昭和四七年一月
　新潮社『吉村昭自選作品集　第三巻』に収録　平成二年一二月
文庫：文春文庫『総員起シ』に収録　昭和五五年一二月・平成二六年一月改版（＊）
立っていた人への手紙
初出誌：「野生時代」昭和五一年五月号
単行本：講談社『白い遠景』に収録　昭和五四年二月
文庫：文春文庫『万年筆の旅（作家のノートⅡ）』に収録　昭和六一年八月（＊）
　講談社文庫『白い遠景』に収録　平成二七年三月

或る夫妻の戦後
初出誌：「ちくま」昭和五九年五月号
単行本：文藝春秋『私の引出し』に収録　平成五年三月
文庫：文春文庫『私の引出し』に収録　平成八年五月（＊）
海軍甲事件
初出誌：「別冊文藝春秋」昭和五一年三月
単行本：文藝春秋『海軍乙事件』に収録　昭和五一年七月
文庫：文春文庫『海軍乙事件』に収録　昭和五七年八月・平成一九年六月改版（＊）
海軍乙事件
初出誌：「別冊文藝春秋」昭和四八年三月
単行本：文藝春秋『海軍乙事件』に収録　昭和五一年七月
新潮社『吉村昭自選作品集　第四巻』に収録　平成三年一月
文庫：文春文庫『海軍乙事件』に収録　昭和五七年八月・平成一九年六月改版（＊）
（本書の底本を＊印で示しました）

編集付記

本書に収録した各作品の底本は、六四三頁の「書誌」に＊印で示しました。

本文表記は底本どおりとしましたが、明らかな誤植等については適宜校訂作業を施しました。

本文に付した注は、研究者諸氏の協力を得て新潮社〈吉村昭　昭和の戦争編集室〉が施しました。

なお、本書に収録した作品中には、時代背景などによる差別的表現、ないしは差別的表現ととられかねない箇所があります。しかし作者にその意図はなく、また作者がすでに故人であるという事情に鑑み、底本どおりとしました。

吉村昭　昭和の戦争編集室

地図製作　アトリエ・プラン
装幀　新潮社装幀室

吉村昭 昭和の戦争 3
秘《ひ》められた史実《しじつ》へ

二〇一五年 八 月三〇日 発行

著者 吉村《よしむら》昭《あきら》

発行者 佐藤隆信

発行所 株式会社新潮社

〒一六二-八七一一 東京都新宿区矢来町七一

電話 編集部（〇三）三二六六-五四一一

読者係（〇三）三二六六-五一一一

http://www.shinchosha.co.jp

印刷所 二光印刷株式会社

製本所 加藤製本株式会社

ISBN978-4-10-645023-5 C0393

吉村昭　昭和の戦争【全6巻】

I　開戦前夜に
『零式戦闘機』『大本営が震えた日』『「零式戦闘機」取材ノート』『戦記と手紙』

II　武蔵と陸奥と
『戦艦武蔵』『戦艦武蔵ノート』『陸奥爆沈』『城下町の夜』『浜千鳥』

III　秘められた史実へ
『深海の使者』『総員起シ』『海軍甲事件』『海軍乙事件』『読者からの手紙（抄）』『立っていた人への手紙』『或る夫妻の戦後』

IV　彼らだけの戦場が
『逃亡』『背中の勲章』『帰艦セズ』『闇の中からの声（抄）』『月下美人』『珊瑚礁』『動物園』

V　沖縄そして北海道で
『殉国　陸軍二等兵比嘉真一』『他人の城』『剃刀』『太陽を見たい』『敵前逃亡』『脱出』『海の柩』『鳥の浜』『手首の記憶』ほか

VI　終戦の後も
『遠い日の戦争』『プリズンの満月』『八人の戦犯』『最後の特攻機』『焔髪』『鯛の島』ほか